清詩話全編

乾隆期十二

張寅彭 編纂
劉奕 點校

上海古籍出版社

第十二册目次

應試詩法淺説

應試詩法淺説提要

《應試詩法淺説》六卷，據乾隆五十四年悔讀齋刊本點校。撰者葉葆（一七六〇——一八二一），字寶田，號玉岑、石農，又以病足號跛奚，山東聊城人。乾隆五十四年舉人，未出仕，家塾課徒爲業。此書卷首有乾隆五十四年己酉弁言及凡例，自述宗旨及始末甚詳。試律體卑，本無待言，然乾隆朝科舉恢復試詩，試律選本一時大盛，即紀曉嵐亦選有《唐人試律説》、《庚辰集》等。葉葆此書亦選唐人及本朝人試律合作者百首，其旨却不在選而在法，每首有「題解」、「箋釋」、「疏義」、「評注」等項，細爲解説，故一名「詩法百篇」。又前置一卷，備列「須知」、作法種種，非僅選本，固已明矣。葉氏乃爲塾師，自言「呐於口而勤於筆」，好著爲課本，而時已在乾隆末年，故其書於試律之法淺而備。如謂「兩韵一排」，「六韵小試用之」，「鄉、會兩試則增一排爲五言八韵」，所説豁然。所選唐人試律四十首皆六韵，今人試律六十首皆八韵。亦頗吸收紀昀之説，惟其説全按試律程式，轉不如紀説之近於一般詩法矣。每首行間原有圈點、簡評等，今删去。此書嘉慶六年刊本題作「學詩須知」，乃是用其卷一之第一目爲題也。

詩法百篇弁言

詩教至今日稱極盛矣。自廷試、館選迄鄉、會，直省科歲兩試，皆以之。近科功令所昭特嚴，磨勘聲律之細，與制義文等重。使非格律穩諧，有合體製，難冀入彀，則詩學可弗亟講歟？特是窮鄉僻邑，愧乏師承，徒事襲取，全無講貫。既苦於詩法不合，而坊刻簡略，僅列箋釋，絶少發明，又苦於詩律不細。二者均失，固然其無足怪。余家塾授徒，呐於口而勤於筆，凡文法經義待指明者，類作解以示之，而於詩學尤多緒論。語不涉深，言之易入，指畫所及，意已豁如，一時競傳，借鈔不一。同學諸子謂宜謀刊，不當自私。余聆之，而謝未遑也。然而一得之愚，亦思自獻；枕中之秘，雅欲公人。是編之出，雖無當于鼓吹休明之助，而學詩者喜得捷徑，授徒者樂有成書，播法遐邇，或不爲同志所棄，因撿手録原本而付之梓。計卷有六，合今、唐詩共一百首。至分録之法，詳諸例言，兹不復贅。時乾隆歲次己酉桂月之吉，聊城葉葆玉岑氏手書。

應試詩法淺説目録

詩法百篇凡例十則

一、前編淺説，爲塾課訓蒙，而設詞取達意，質而不文，説不厭詳，煩而不殺，借引初學之路，敢避大雅之譏。

一、詩前列題解數語，雖單論本題，而法可旁通。取則不遠，是在讀者觸類引伸。

一、本題出處，詩中典故，皆於詩後箋明。而遇有字義深奥難解者，仍用俗説釋之。爲便初學，不計淺陋。

一、以訓詁解詩，直等諸高子之固。然爲初學易解，不得不順文疏義。授徒者便於指陳，可取備覽；讀詩者嫌其煩瑣，可置不閲。既取兩便，何妨並存。

一、作者審題命意，煞有體認，讀者批竅導會，須中理解。是編以注爲評，皆於詩法實有發明，一切泛贊寬評，槩不闌入。

一、標示平仄，衹於平字角下加以線圈，仄字從省。正恐行間地窄，煩則混目。其中倒字拗體，記×于旁。單擡、雙擡，標△△於外。遇有音義異同需辨明，及難字需音釋者，亦一一詳列于後，並省查閲之勞。

一、詩景物典制分彙，題既取其類聚，解亦便于互參，較編輯失次者，尤爲便讀。唐人試律四十首，本朝如之。六韵八韵，於體既全；小試大試，於法亦備矣。

一、末録詩墨，趨風氣也。法守其舊，而調從其新，應闈試者便揣摩焉。其詩不以省分，不以科叙，隨收隨録，輯爲一卷，恰足百篇之數，聊懸入彀之式。

一、詩根性靈，亦關學力，取法不正，易落俗庸。是編爲試律備法，而選擇尤慎。一切習見之作，與律法不細者，槩不選録。

一、是編爲塾課定本，一字一句，批示必詳；一點一圈，着筆不濫。或引舊説，必注明其從來；時露新機，亦非出於臆見。金針暗度，甚勿貪看鴛鴦。

己酉冬日跛奚謹識

應試詩法淺説詳解卷一

跛奚璞言

學詩須知

詩體須知

詩不一體，亦不一法，自唐以詩取士，用五言排律，國朝因之，是爲應試定體。排律詩限以音韻，定以平仄，一字不容錯亂，所謂律也。詩不易學者以此，謂其有一定程式，不可那移也。然詩之易學亦賴有此，謂其有現成式樣，可以遵守也。五字成一句，是謂五言，兩句爲一聯，一聯用一韻，兩韻是一排，十二句爲一首，是謂六韻，小試用之。鄉會兩試則增一排，用五言八韻。

詩韻須知

字音有清濁，齊中書周顒以四聲切之，此韻書所由始也。切韻之學，近人不講，學詩者惟恃韻本分平仄矣。東、冬、江、支、微、魚、虞、齊、佳、灰、真、文、元、寒、删，上平十五韻。先、蕭、肴、豪、歌、麻、陽、庚、青、蒸、尤、侵、覃、鹽、咸，下平十五韻。在此三十韻内字，皆係平聲。又有上聲二十九韻，去聲三十韻，入聲十七韻，在此七十六韻内字，皆係仄聲。韻書所收字數，詳略不同。迨《佩文詩韻》出，乃集韵學之大成，應舉定本，恃此爲指南矣，他本未可爲據。《廣注》恪宜遵守。近有擇《韵府》、《字典》，附每字下爲《連珠含英》者，初學便之。但音義異同，字各有辨，不爲注明，仍多舛錯。特輯《錦函》若干卷，列《韵藻》於内，附《廣注考辯》於上。容謀續刊，以公同志。

限韵須知

試律皆押平韵，無押仄韵者。如詩題下寫「得風字」，便檢一東韵内字押，斷不許出此韵外，所謂限韵也。至所得之字，必須押出，尤不許遺失。○既限六韵，則首句自不應入韵；若入韵，則是七韵，非六韵矣。唐人多有，今人不宜。鄉、會試有因此磨勘者，不可不知。

平仄定式須知

詩如製曲一般，必須抑揚高下，方有音節。故平仄取其相間，去聲。今將定式，排寫於後。

仄仄平平仄，平平仄仄[平]。平仄平平仄仄，仄平仄仄平[平]。

仄仄平平仄，平平仄仄[平]。平仄平平仄仄，仄平仄仄平[平]。

仄仄平平仄，平平仄仄[平]。平仄平平仄仄，仄平仄仄平[平]。

上係六韵仄起式。

平仄平平仄仄，仄平仄仄平[平]。仄仄平平仄，平平仄仄[平]。

平仄平平仄仄，仄平仄仄平平。仄仄平平仄，平平仄仄平。

平仄平平仄仄，仄平仄仄平平。仄仄平平仄，平平仄仄平。

上係六韵平起式。内平仄並寫者，係可平可仄。字用圈者，係押韵字。

總之平仄粘聯，四句一排，無論幾韵，皆此一定排法。即仄起平起，亦是粘去，非有二法。恐初學不解，特全寫如右。

記韵須知

平仄定式，一看便曉，原不難解。所難者，初學於平仄不能悉分，難免倒字耳。要知字分四聲，本係天地自然之音，無難口調。前人《審音歌》云：「平聲平道謂放平念去。莫低昂，謂不可高下，高便混作上聲，下便混作入聲。上聲高呼謂須猛念。猛烈强。去聲分明謂須朗暢念去。哀遠道，入聲短促急收藏。」既解等韵，則平上去入隨音叶去，原自分明。即令初學不解調音，亦可記韵。統計仄字分七十六韵，平字不過三十韵，能將平韵勤看，平聲熟則仄字自對出來，此至拙之法，人人皆能，實至巧之法，人人不易。或謂三十韵不下千有餘字，初學或不盡識，焉能悉記。余曰：不然。韵内字初學誠有不識，然既不識認是字，豈復能用此字？於生疎不常用之字，祇可暫存不論，容以次漸通可耳。至謂難於記憶，獨不想每課作詩，便每韵遍閲，於檢韵時將應用之字即用筆圈記，祇存三十韵，前後翻閲不下數百遍，豈必須熟讀而後記耶。

裁對須知

詩除起結兩韵，中聯皆用對偶，學者想已知道。但對正不易，虚字仍對虚字，實字仍對實字，雖忌拈煞，又怕任意。總之初學作對，先以工穩爲貴。如「清風」對「明月」，「柳緑」對「桃紅」，乃覺工穩。前人教童子，於正課外多教學對，不但啓其才思，亦使之明於詩律。若不預知此法，驟令學詩，字字要工，句句要穩，未有不覺其苦難者。故作對是教初學作詩第一先路。○初學詩未能遽作一首，可仿童蒙學文，先作承破法，命從四句學起。破題承題，理既易明；用單用雙，法亦全備。能作兩韵，於串意對話，平仄粘聯，既無錯誤，以後依次排去，自覺易易。

以上六條，特爲初學陳其大略如是。從此看詩，庶乎知道如何爲律，如何爲韵，如何爲平仄。至於記韵、作對兩條，更指一入門之路。詩難解耶？亦易解耶？雖然，詩有詩法，若非細參，囫圇看去，仍無處下手。前人論詩，妙法秘訣，具有成書，或于試律不切。坊間試律諸選，僅列箋注，而於詩法多不指明，初學從何而得？兹特求其易解，或參前人舊説，或集名人新解，不憚煩絮，爲初學淺説之。

詩法淺説　十八則

篇法淺説

初學習文，其於破題、承題、前比、中比、後比、結題等法，講之久矣。今仍以文法解詩，理自易明。

詩有篇法，不是隨意凑成，足數而止。六韵詩首二句是破題，須將題字醒出，方見眉目，切忌蒙混浮泛。第二韵是承題，接上韵説清，祇取明白曉暢，且勿着力。第三韵是前比，須虚虚引入，寧淺勿深。第四韵是中比，須要靠題詮發，着力鍊句，不可單薄寬泛。第五韵是後比，找足餘意。末二句是結穴，收住全題，蓋由淺入深，由虚入實。原係一定層次，一樣布置。若不知篇法，未有不失之凌亂倒置者。此其大略。若其一氣貫注，逐比相生，必細玩成詩，方得其妙。

破題法淺説

按成詩，破法不一，有明破題字者，如《風不鳴條》詩是也。有暗破題意者，如《履春冰》詩是也。有順破者，如《早春殘雪》詩是也。有倒破者，如《窗中列遠岫》詩是也。有對破者，如《風光草際浮》《海上生明月》詩是也。有分破者，如《月夜》「梧桐葉上見寒露」是也。又有四句破完者。如「乘月早朝聽殘漏」詩是也。此係題中字多，兩句不能破完，故於承中補之。前人云：「破要如開門見山，突兀峥嶸，如《月中桂》暨《河鯉登龍門》等題起法似之。或如閒雲出岫，輕逸自在，如《風光草際浮》暨《積雲爲小山》，有此妙境。二者足盡破法之妙矣。」但非初學能解。有首句從題前引入，次句破題本位者。法既易曉，人亦易學。如《御溝新柳》第二句「溝邊柳色新」是將本題破明，首句先説「律到九重春」，便是題前來路。蓋説春是爲新柳作引，説到九重，是爲御溝作引，皆有理脉。又非如俗手，無論何題，首句漫用「時届三春節」、「律届朱明節」，此也。若《水始冰》題，首句用「元冥方届節」，《東風解凍》題首句用「太皡方司令」，便是題旨。又不可一概而論，是在解法者用之得宜耳。諸樣破法，皆於試律後詳示之，兹不悉備。

承題法

三四句名爲額聯，即是文之承題，前人謂承要。如驪龍之珠，抱而不脱，又如草蛇灰線，不即不離，初學未能遽解其妙。總之，或明承破意，或暗承破意，衹要緊跟上文，申明題義，不用實詮。即有切題新穎字且不用，着意刻劃語且不使，全要善留中比聯實詮地步。如《月中桂》第二聯説桂之根葉，非生下土，不墜秋風，亦衹承明是月桂，不同凡桂而已。至於月桂之所以超乎凡桂，如所謂影高群木，香滿一輪者，則用作中比聯。《飛鴻響遠音》題，第二聯衹承鴻字，説清聲高韵，流野入空，補出音字而已。至於遠音之所以響，如所謂榮雲避月者，則用作中比聯。承題之法，如是如是。

提比中比聯淺説

五六句名爲頸聯，即文之提比，漸漸合題，不得迂緩。但此聯若驟着力，又恐中比不稱，去聲。故寧淺毋深，寧虚毋實，用留下聯實詮地步。若七八句名爲腹聯，即文之中比，題中實情實境，實事實理，全要在此聯發揮，必須寫得飽滿圓湛。合上聯論之，上聯可以虚，此聯必須實；上聯可以淺，此聯必須深。或用烘托，或加點染，法詳後。用新穎字典，用警切故實，句法字法俱要着意琢鍊。若此聯薄弱，便前後不稱，通幅减色矣。○又有用分柱洗發者，須相題爲之。如「立春」題，清題後三四五聯皆靠實分發，此如文章之六比實詮格也。要其布置亦有前後，不但各聯立柱，無一重複。細注詳後。

後比聯淺説

九句十句名爲尾聯，即文之後比，宜向題後推説。有用旁襯者，如《御溝新柳》詩是也。有用開宕者，如《飛鴻響遠音》詩是也。有作翻勢者。如《月中桂》詩是也。凡言情、寫景、序事、引證，俱要變换，不可與前聯重複，而用意尤貴與結韵相生。蓋此聯爲轉，轉原爲合設，若能生出波折，引起結意，更妙。如《御溝新柳》用楚國、隋堤作襯，即引出帝城來；《月中桂》用未種作翻勢，即引出羽化意來，一氣捲舒，真屬妙法。

末韵收題法淺説

末韵收結，即文字之鎖題也。唐人試律，結法不一，有以自謙意作結者，如《日暖萬年枝》詩是也。有以祈請作結者，如《禁中春松》詩是也。有以言志作結者，如《秋山極天净》詩是也。有以勉勵作結者。如《出籠鶻》詩是也。要皆借題寓意，不粘不脱。但細爲衡量，祈請者鄰於干進，言志者涉於矜張，即自謙自勵，亦是俗套，總非應試體裁。論應試，還當以頌聖作結爲正式。蓋空格寫題，原爲擡寫而設，無擡寫何取空白。要知頌聖正自有法，非槩用套語，如常用「聖朝時序正」、「聖朝恩澤溥」之謂。其謂引事就我，用意切題，却出語冠冕，不落小樣，總之一關照法盡之。唐人試律，不皆頌聖，惟國朝館閣詩曲盡其妙，姑就其淺易可學者言之。如「花木」題，歸重到華林、上苑妙矣，而又能用茂對時育及栽培等意緊相關照。如「雨露」題，歸重到聖恩帝澤妙矣，而又能用休徵咸叶、雨暘時若緊相關照。學者窺破此秘，則語無泛設矣。

句法淺説

句法不一，或上二下三字，或上三下二字，或上四下一字，或一虛四實字，或兩虛三實字，前後必須變换，不可兩聯一律。即如前聯腰用虛字，則後聯可用實字。上聯押脚是實字，則下聯押脚可用活字。總要錯綜，最忌合調。〇鍊句須五字打成一片，要自然，要渾成，如鐵鑄成，如珠串定方妙，最忌生扭强凑。而鍊法尤忌太順，太順則直率無味。如《履春冰》第三聯，論詩意當云「行時想蟬翼，踏處驚魚鱗」矣，作者却將「蟬翼」、「魚鱗」拆開，用折轉鍊來，何等警切。又如《天驥呈材》，試力通衢，呈材盛世，亦俗意耳，作者偏將試力、呈材拆開，鍊句之妙，同一匠巧。〇有端莊句法，有流利句法。用實字多端莊，但忌生硬；用虛字多流利，但忌俗弱。

字法淺説

前人謂腐字要新用，別有煅鍊。生字要熟用，不致戾目。虛字要實用，勿令軟弱。死字要活用，不使板滯。俗字要雅用。皆須典核。運用之妙，視各人筆底爐竈，未可强也。又云詩貴鍊字，所謂詩眼是也。

譬如傳神點睛，一身靈動在乎兩瞳，通篇精采生於一字。詩中儘多字法，標示在後。但初學作詩率意下字，因多穉嫩，着意錬字，又或生拗，是字法全在平日熟讀，自然有得，甚勿效顰見短。

對法淺説

對貴工整，又忌板滯，過於拘泥，去聲。則出語無生動之致矣。詩家有虚實對法，有流水對法。知以虚對實，可化板滯；解兩句流水，更極圓轉。他若假對法，如《月中桂》承聯，下土秋風是也。交股對法，如《初日照鳳樓》承聯，峻宇通閣是也。又有本句自爲對法。總之，始求工緻，漸進圓通，變化從心，自不犯手。

烘托法

題有正面，却不於正面下呆筆，偏從反面、旁面寫出；本賦此物，却不專於此物上用寔寫，偏藉旁物別類點綴之，此烘托之妙也。畫家無寫月法，着意烘雲，雲烘滿，則月隱隱托出矣。此烘托之妙，學詩者可於借喻得之。

點染法

方之畫家，爲設色法。徒事白描，或恐太素，另换一副筆墨，着意絢染，則色色鮮艷矣。凡遇景物情致題，不可不用點染法，詳注在後。

襯貼法

襯者，陪也，如以風陪雨，以雲陪月，以花陪木是矣。而未盡貼題之妙，作詩必貼本題用襯，方不寬泛。若僅知用陪，便無借賓形主之妙，詳注在後。

關照法

關照法，多於結韵頌聖用之，固矣。而雙關題尤須解用此法。如所選經訓爲菑畬題，自是以經訓爲題正義，而用意下字却處處從菑畬上生情，如所用書田、藝圃、學殖等字，則關照得法矣。人情以爲田題，自是以人情爲題正義，而用意下字却處處從田字上生情，如所用越畔、心苗等字，則關照得法矣。若不窺破此秘，必無好句，固不獨結韵須解此法也。

運用法

曉嵐紀太史謂：隨手關合，即成巧句。如山谷《猩猩毛筆》詩曰：「生前幾兩屐，身後五車書。」因猩猩好着屐而思及阮孚之語，因筆可作書而思及惠施之事，未經運用，了不相關，偶爾凑拍，天然妙諦。蓋用事之妙，全在點化有神，若抄撮類書，搜尋韵府，雖極工巧，皆成死句。又謂：選聲配色，相題爲之。蓋典重之題，不得着一媚娬字。衣冠劍佩之中，間以粉黛則妖矣。濃麗之題，不得着一方板語。賞花邀月之飲，賓主百拜則迂矣。

審題法淺説

題不一類，自不一法。倘不細審題竅，則輕重不分，賓主不明，從何處着筆？蓋詩與文同，有小題，有大題，有單題，有雙題，有串遞題，有分疏題，有序事題，有渾發題，必須尋得題間，知其着眼何字，下筆方中理解。何謂小題？如草木禽鳥咏物等題是也，法衹肖形賦物足矣。若大題，或關治化，或屬典實，則必求冠冕，勿落小樣。又如題係咏柳，則詩單賦柳，是小題，亦屬單題。若出《春風柳上歸》，則脱去「風」字單賦「柳」字不得法，宜「風」、「柳」夾寫，着眼在「歸」字，方爲得法，所謂串遞題也。何謂雙題？事屬兩項，宜用分疏，如《雲霞出海曙》題，點清題字，以下分疏，宜一句貼「雲」，一句貼「霞」。若一聯咏「雲」，一聯咏「霞」，又或「雲」、「霞」渾説，仍欠清楚，皆不合法。如遇《浮雲連海岱》，則「海」、「岱」宜分貼，《山川出雲》則「山」、「川」宜分貼。題如剪股，兩項分疏，以一字綰定，成式具在，類推可也。又有題兼數項，中聯宜用分疏。如《五事廉爲本》，則五事必用分還方清楚；《四時爲柄》，則四時必用分還方清楚是也。入選唐詩，如《重陽日得書》，暨《詔賜公卿尺》，便是序述題，法應序明，前後一綫，層次清晰，毫不凌亂，方爲合法。又有雙關題，即比體也。紀太史謂有二格：其隱含喻意者，法當先影寫而後點睛，如唐詩《風雨鷄鳴》之類是也。遇題中明出「如」字者，如《澄心如水》題，法必先點清而後夾寫，此定法也。若李頻《振振鷺》詩之明點於前，王維《清如玉壺冰》詩之補點於後，皆有意變化見巧，非格應如是。又有就題論題，可不拘本旨者。如《春草碧色》可不必切送別，《白雲歸帝鄉》可不必切登遐，蓋試律貴吉祥，須識忌諱，此等處各以意通之，未可執一言法也。愚按場屋詩題多摘前人成語詩句，貴乎肖神，每多刻劃求工。夫題既着一二字着意刻劃，則作者得其用意，自應亦向他着意之字上用心摸寫，方不辜負題情。紀太史謂：凡句中之眼，皆鍊虚字，若以之命題，亦必於虚字摹寫，所謂「傳神寫照，正在阿堵中」。學者解此，則題竅不失矣。茲選於每題下各有講題數語，讀者細心玩味，觸類引伸，當自有得。

檢韵法

作詩首在審題，次當檢韵，韵得則布置已定，再選料，佐料現成，不難成句矣。韵何須檢？蓋不檢字則韵脚不穩，不檢字則句法不就。何也？有如《月中桂》題得「中」字，試代爲檢東韵字，除其所用「中」、「風」、「空」、「同」等字外，其餘字尚有與題切合者否？不切合，則强押不來。故有一題兩首，各人詞調不同，而韵字押用大略相似者，惟其應用之字，不外此數也。而句法不就，則又有説。夫詩爲韵限，與文不同，因字生意，即因韵成句，隨其自然也。不强韵就我，則語方融洽，並對仗亦工。若先有上句，再對下句，必爲韵縛，不但難工，抑且難穩。此兩條乃用韵妙訣也。

選料法

韵字檢得，則前後布置，胸有成竹矣。而學者腹笥未充，無詞敷佐，爲之奈何？是有選料之法。夫經傳去聲。自幼誦習，而詞賦等書，不必人人遍覽，即博覽載籍，尚需時日，而學者應試，即須有詩，此詩料之輯，洵足爲枵腹資糧也。但不經選用，則於本題未必的切，不經選用，則其中字典不盡雅鍊。初學看詩料，不知運化，多事堆垛，不顧何等字是此題應用，更不論此等字非詩中宜用，又何怪其雜湊無章，而戾語叢出也。必擇其的切者用，方不涉泛，必擇其雅鍊者用，方不涉粗。腋集千而俱白，錢選萬而盡青，是在各人披揀得法耳。坊刻詩料甚夥，大抵從舊本摭拾，未經選録，課讀之暇，爲輯《碎玉》若干卷，容隨《賦法》、《賦料》兩編一事謀刊，公之同志。

押險韵法

紀太史謂作詩最藏拙者，莫過於險韵。唐人試律，限險韵者至少，蓋主者深知甘苦，不使人巧於售欺也。而今人不知，輒謂熟韵易於成章，遇險韵多致窘手，是又不可不爲講押用之法。韵字既窄，應用之字祇有此數，若涉牽强，必難穩愜，是須引韵就我，亦可以題近韵。如《繞屋樹扶疏》戈作、《春蠶作繭》沈作，試玩其前後韵脚，何等穩稱，去聲。何等自然，結韵「懸匏」、「韶咸」，與本題有何關涉，一經引用，恰成一串。心地靈活，固自頭頭是道也。

讀詩法

以上詩法十八則，自每首篇法、字法、句法、對法，以及詩中烘托、點染、關照、運用，逐一示明，言之不謂不詳且盡矣。而作詩審題、檢韵、選料等法，更於前人注詩之外，指一入門之路，明白顯易，人人可解。試先於此編玩味有得，心已豁如，再讀試律，成式具在，對看更明，詩庶乎其易學乎？兹復爲之更進一解曰：作詩有法，即讀詩亦復有法。詩按譜填寫，與詞曲一般，其中音節頓挫，必須高聲朗誦，方合聲調。古人謂咏嘆淫泆，其味深長，讀《三百篇》尚然，况試律乎？初學不解詩味，祇同時文作一事念法，非讀不成句，即誦不出口，將名人詩直味等嚼臘，又安望其所作之詩音節諧合，聲調鏗鏘耶？夫字分平仄，句有粘聯，平字輕鬆，讀宜揚開，仄字重去聲。濁，讀宜抑下，一開口便有高下抑揚，則詩之節奏出矣。再者四句一排，其每句中各有界縫，各有宕折，若知頓挫，便合音節，讀者詳之。

擡寫法

詩策内有應擡寫字樣，鄉場例有明示，而小試則無，若非素日講貫，難免錯誤。其應擡寫之字甚夥，不能枚舉。大約詩中常用，如上苑、華林、係皇上園林者。紫禁、彤廷、鳳闕係皇上宫廷者。等類字樣，皆應一擡。若睿慮、皇恩、帝澤，係實貼皇上説者。應兩擡。即聖朝、盛世，亦應兩擡。至於天、廟、祖等樣字，則用三擡出格寫。唐人應制詩，如係應制，則制字亦應兩擡。如係御製詩，題則寫「恭賦」。一首多至數擡。

若應試詩可一擡，亦可兩擡，不必過多。總之，無兩擡字樣，則單擡作兩擡亦可，不謂違式；而兩擡字樣必不許作單擡，應三擡字樣必不許作兩擡，此場屋中宜留心者。特附録於編末。刻有《大小試場規要覽》，論列甚詳備。

詩品

唐司空圖撰

雄渾

大用外腓，真體内充。返虚入渾，積健爲雄。具備萬物，横絶太空。荒荒油雲，寥寥長風。超以象外，得其環中。持之匪强，來之無窮。

冲淡

素處以默，妙機其微。飲之太和，獨鶴與飛。猶之惠風，荏苒在衣。閲音修篁，美日載歸。遇之匪深，即之愈稀。脱有形似，握手已違。

纖穠

采采流水，蓬蓬遠春。窈窕深谷，時見美人。碧桃滿樹，風日水濱。柳陰路曲，流鶯比鄰。乘之愈往，識之愈真。如將不盡，與古爲新。

沈著

緑杉野屋，落日氣清。脱巾獨步，時聞鳥聲。鴻鴈不來，之子遠行。所思不遠，若爲平生。海風碧雲，衣渚月明。如有佳語，大河前横。

高古

畸人乘真，手把芙蓉。汎彼浩劫，窅然空縱。月出東斗，好風相從。太華夜碧，人間清鐘。虚佇神素，脱然畦封。黄唐在獨，落落玄宗。

典雅

玉壺買春，賞雨茅屋。坐中佳士，左右修竹。白雲初晴，幽鳥相逐。眠琴緑陰，上有飛瀑。落花無言，人淡如菊。書之歲華，其曰可讀。

洗煉

猶鑛出金，如鉛出銀。超心鍊冶，絶愛緇磷。空潭瀉春，古鏡照神。體素儲潔，乘月返真。載瞻星辰，載歌幽人。流水今日，明月前身。

勁健

行神如空，行氣如虹。巫峽千尋，走雲連風。飲真茹强，蓄素守中。喻彼行健，是謂存雄。天地與立，神化攸同。期之以實，御之以終。

綺麗

神存富貴，始輕黄金。濃盡必枯，淺者屢深。露餘山青，紅杏在林。月明華屋，畫橋碧陰。金罇酒滿，伴客彈琴。取之自足，良殫美襟。

自然

俯拾即是，不取諸鄰。俱道適往，著手成春。如逢花開，如瞻歲新。真予不奪，强得易貧。幽人空山，過水采蘋。薄言情悟，悠悠天鈞。

含蓄

不著一字，盡得風流。語不涉難，已不堪憂。是有真宰，與之沈浮。如渌滿酒，花時返秋。悠悠空塵，忽忽海漚。淺深聚散，萬取一收。

豪放

觀花匪禁，吞吐大荒。由道返氣，處得以狂。天風浪浪，海山蒼蒼。真力彌滿，萬象在旁。前招三辰，後引鳳凰。曉策六鼇，濯足扶桑。

精神

欲返不盡，相期與來。明漪絶底，奇花初胎。青春鸚鵡，楊柳池臺。碧山人來，清酒滿杯。生氣遠出，不著死灰。妙造自然，伊誰與裁。

縝密

是有真跡，如不可知。意象欲出，造化已奇。水流花開，清露未晞。要路愈遠，幽行爲遲。語不欲犯，思不欲癡。猶春于緑，明月雪時。

疏野

惟性所宅，真取弗羈。控物自富，與率爲期。築屋松下，脱帽看詩。但知旦暮，不辨何時。倘然適意，豈必有爲。若其天放，如是得之。

清奇

娟娟群松，下有漪流。晴雪滿汀，隔溪漁舟。可人如玉，步屧尋幽。載行載止，空碧悠悠。神出古異，淡不可收。如月之曙，如氣之秋。

委曲

登彼太行，翠遶羊腸。杳靄流玉，悠悠花香。力之於時，聲之於羌。似往已迴，如幽匪藏。水理漩洑，鵬風翱翔。道不自器，與之圓方。

實境

取語甚直，計思匪深。忽逢幽人，如見道心。清澗之曲，碧松之陰。一客荷樵，一客聽琴。情性所至，妙不自尋。遇之自天，冷然奇音。

悲慨

大風捲水，林木爲摧。適苦欲死，招憩不來。百歲如流，富貴冷灰。大道日喪，若爲雄才。壯士拂劍，浩然彌哀。蕭蕭落葉，漏雨蒼苔。

形容

絶佇靈素，少迴清真。如覓水影，如寫陽春。風雲變態，花草精神。海之波瀾，山之嶙峋。俱似大道，妙契同塵。離形得似，庶幾斯人。

超詣

匪神之靈，匪機之微。如將白雲，清風與歸。遠引莫至，臨之已非。少有道契，終與俗違。亂山高木，碧苔芳暉。誦之思之，其聲愈稀。

飄逸

落落欲往，矯矯不群。緱山之鶴，華頂之雲。高人畫中，令色絪緼。御風蓬葉，泛彼無垠。如不可執，如將有聞。識者已領，期之愈分。

曠達

生者百歲，相去幾何。歡樂苦短，憂愁實多。何如尊酒，日往烟蘿。花覆茅簷，疏雨相過。倒酒既盡，杖藜行歌。孰不有古，南山峩峩。

流動

若納水輨，如轉丸珠。夫豈可道，假體如愚。荒荒坤軸，悠悠天樞。載要其端，載同其符。超超神明，返返冥無。來往千載，是之謂乎。

此表聖自列其詩之有得於文字之表者二十四則也。昔子瞻論黄子思之詩，謂表聖之言，美在鹹酸之外，可以一唱而三嘆。於乎！崎嶇兵亂之間，而詩文高雅，猶有承平之遺風，惟其有之，是以似之，可以得表聖之品矣。常熟毛晉識。

應試詩法淺説詳解卷二

古東郡跛奚葉葆評注

唐人試律 景物二十首，六韻。

月中桂 題出虞喜《安天論》，言桂在月中，非凡樹能比也。

張喬

【題解】此題賦桂易泛，法宜用擡高寫，句句着眼月中，則泛賦桂題，自移用不去。

與月轉鴻濛，扶疏萬古同。根非生下土，葉不墜秋風。每以圓時足，還隨缺處空。影高群木外，香滿一輪中。未種去聲。丹霄日，應音英。虚白兔宫。何當因羽化，細得問元功。

【箋釋】鴻濛，元氣也。《莊子》：雲將東遊，適遭洪濛。扶疏，枝葉盛貌。圓缺，謂月也。月圓如車之輪，故謂一輪。丹霄，天上也。天有九霄，丹霄其一。白兔，月中擣藥者。羽化，謂登仙也。元，妙也。按：本作「玄功」，避諱，字應改寫作「元」。

【疏義】一起明破月，暗破桂，言此桂與月借元氣而生，亦與月萬古同榮焉。下即承清，謂根非托下土而生，宜其葉不隨秋風而墜也。中比兩聯，言月圓則此桂亦圓，月缺則此桂亦缺。照影獨高，直出群木以外，飄香常滿，衹在一輪之中。題已賦足，後比乃作翻勢，言丹霄未種之先，豈白兔宫果空虚無物乎？特設疑陣，起下問桂，言必須羽化登仙，庶幾細問此桂之元妙乎，隱寓折桂之意。

【評注】首韵破空而起，所謂開門見山，突兀峥嶸也。不知此超渾，便寫月桂不出，振全勢不起，此起調之絶佳者。○既係賦桂，則根葉影香，自然可用，但不切月中，則與題不肖。此詩全從大處落筆，虚際宕勢，渾脱精到，乃雅與題稱。○筆致圓轉，團結一氣，全在善用虚字。「非」、「不」、「每以」、「還隨」、「未」、「應」、「何」、「得」等字，用得輕鬆活脱，便覺筆挾飛動之勢，初學可向此中悟入。○詩忌凌亂，尤怕板滯。講前後次第法，則凌亂去矣；解開合流走法，則板滯除矣。

殘月如新月　題出庾信詩，言殘月如新，堪供玩賞也。　鄭谷

【題解】此咏月小題法，以摹寫爲工。是「殘」是「新」，要傳題中「如」字之神。水國輝華别，詩家比象難。佳人應誤拜，棲鳥反求安。屈指期輪滿，何心謂影殘。庾樓清賞處，吟徹曙鐘看。音堪。

榮落何相似，初終却一般。猶疑和夕照，誰信墮朝寒。

【箋釋】殘月是每月二十六、七將下弦之月，新月謂每月初五、六將上弦之月。○「榮落」、「初終」分貼「殘」字、「新」字。日入返景曰夕照。夕照將收，新月即出，故云和也。殘月多落于朝寒之時。水國，有水之區。詩家多咏月之章，唐張夫人有《拜新月》詩。庾謂庾亮，嘗與諸佐吏月夜登南樓嘯咏，謂「老子于此，興復不淺」。

【疏義】起言是殘是新，原不相似，何今日始終一樣耶？下即承清「如」字，言猶疑是隨夕照初升之月，誰信是凌朝寒將墜之月。中比用寔疏，若論月之輝華，自然有别，然令詩家咏月比象，正難措

手。佳人視如新月，則誤拜者多矣；棲鳥認爲新月，則反安棲不起矣。後比仍用疏明要之，屈指計筭，自是殘月，而竟謂之殘月，于心究未安也。末即以賞月者作結。吾知庾亮登樓嘯咏，應徹盡曙鐘矣。

【評注】此題摹寫甚難，説新月，却不得認真是新月，説不像是殘月，却仍是殘月，妙會「如」字，方能面面俱圓。若俗筆一着呆寫，便失題神。○起用破意法，不見題中一字，而題中字字俱醒。神到之筆，固不沾沾實字。○中兩聯刻劃工細，人争賞之。不知欲從顔色窺真相，已落詩家第二機矣。看起結兩排凌空寫意，不沾一實字，覺奇情幻景，皆注射而出。○「猶疑」、「誰信」、「屈指」、「何心」，亦是善用虚字，遂令題中「如」字跳脱紙上。○摹寫與刻劃微别，大抵刻劃多着實地，若摹寫，全是在虚處傳神矣。

月映清淮流 題句出古詩，言月映淮流，清光可愛也。

失名

【題解】不切清淮，則《華月照方池》亦可移用矣。然必填寫清淮故事則拙，不虚不實，見藴藉之妙。

淮月秋偏静，含虚夜轉明。桂花窺鏡發，蟾影映波生。澹灧輪初上，徘徊魄正盈。遥塘分草樹，近浦寫山城。桐柏流光遠，蠙珠濯景清。孤舟方利涉，更喜照前程。

【箋釋】淮，水名。淮水至清，故曰清淮。月中有丹桂、玉蟾，「桂花」、「蟾影」切月，「鏡」、「波」切淮。「澮灩」，水流貌，切淮。「徘徊」，不定貌，切月。桐柏，山名，在豫州，當淮流之衝。《禹貢》：「導淮自桐柏。」蠙，蚌之别名，淮夷所出。《禹貢》：「淮夷蠙珠曁魚。」涉，濟也。《易》：「利涉大川。」

【疏義】起明破淮月，言當秋夜静，其月含虚甚明也。下即承清映淮，言月裏桂花，如窺鏡中，月中蟾影，宛生波内。「映」字明點，更醒。中兩聯全用虚寫，言水輪初上，恰照澮灩之中，桂魄方盈，正在徘徊之際。遥塘草樹，映秋月而分光，近浦山城，映秋月而寫影。後比乃實貼淮上，言桐柏之山，流光應遠，蠙珠之彩，濯景彌清矣。即以濟淮作結，言利涉之人，得此月照，豈不喜前程有路乎？就題結住，絶不説開。

【評注】此所謂串遞題也。法宜月、淮雙綰，方鈎出「映」字之神。若説月脱去淮流，説淮流脱去月，皆不合法。○破處明點淮月，第五韵用「桐柏」、「蠙珠」方有根。且題句自是秋景，破中明點「秋」字，尤有眼。○第二韵「桂花」、「蟾影」鍊句新穎。第五韵用「草樹」、「山城」點梁時景，更屬神到之筆，而句法、字法皆極琢鍊，可以爲式。○《試律説》批此詩佳處，全在由虚入實，次第絶好。前用虚寫，到五聯方切淮上事。蓋此等句原不宜多，若句句塡寫清淮故事，氣必窒而不通。四聯極其藴藉，不必有淮上事，何嘗非淮上真境耶？

風不鳴條　題出《鹽鐵論》，言風不鳴條，見太平之瑞也。

【題解】題意是説風和，然不扣「鳴條」寫「不」字，則有題意無題面，亦不能緊切，更用不着一切咏風泛語。

習習和風至，過條不自鳴。暗通青律起，遠望白蘋生。拂樹花仍落，經林鳥不驚。幾牽蘿蔓動，潛惹柳絲輕。入谷迷松響，開窗失竹聲。薰絃方在御，萬里仰皇情。

【箋釋】周公太平之世，風不鳴條，（雷）〔雨〕不破塊。○習習，和舒也。《詩》：「習習谷風。」《漢書·律曆志》：「候氣之法，布緹縵室中，以木爲案，從其方位，加律其上，以葭灰實其端。其月氣至則灰飛而管通。」蘋，水木也。宋玉《風賦》：「風起於青蘋之末。」蘿，蔓生之物。《釋文》：「在本爲女蘿，在草爲兔絲。」舜作五絃之琴以歌南風曰：「南風之薰兮，可以解吾民之慍兮。」

【疏義】明破「風」、「條」，下即承清「不鳴」。言風之習習而至也，暗通律管之中，潛起蘋草之末，彼樹上之條豈其鳴乎？中聯用正寫，言一時之樹花自落，林鳥不驚，縱令蘿影晴牽，亦祇柳烟潛惹而已。後比又用反托，言彼谷中松響，窗外竹聲，渺不聞焉，此誠太平之瑞也。末以歸美本朝作結，言方今天子薰絃在御，誰不仰皇情之洽乎。

【評注】題中有「條」字，則「樹」、「林」、「蘿」、「柳」、「松」、「竹」皆可引用，非關題外摭及也。○第三扣合「不鳴」，祇用「仍」字、「不」字，「幾牽」、「潛惹」等字鈎醒之、掉轉之，妙，全在用筆。○第三韵刻劃已工，第四韵乃用「蘿影」、「柳烟」烘染「條」字，第五韵又用「松響」、「竹聲」烘染「鳴」字，在正面寫，却向旁面、反面搜尋，故爾空靈不滯。○「不」字複，「牽」字、「惹」字、「迷」字、「失」字是鍊字法。

風光草際浮

題出謝朓詩，言風浮草際，隱隱有光也。

裴杞

【題解】風好寫，風光難寫；風易見，若風光必於草際方見。體物甚微，煞難摹寫，稍不静細，便不着題。

澹蕩和風至，芊綿碧草長。徐吹遥撲翠，半偃乍浮光。葉似翻宵露，叢疑扇夕陽。逶迤明曲渚，照耀滿迴塘。白芷生還暮，崇蘭泛更香。誰知攬結處，含思去聲。有餘芳。

【箋釋】澹蕩，風和貌。芊綿，草盛貌。宵露，中夜之露也。夕陽，日落斜照也。逶迤音委移，來去貌。照耀，光明貌。白芷、崇蘭，香草也。《楚詞》：「緑蘋齊葉兮白芷生。」又：「光風轉蕙，氾崇蘭些。」攬，猶采也。老子結草以亢杜回，見《左傳》。

【疏義】起將「風」、「草」明點，對起工整。下即承明草際浮光，言風徐吹下，而草之翠色全撲，草方半偃，而風之光已浮動矣。中兩聯一用比擬，一用虚摸。言草葉翻處，疑點宵露之光，草叢扇時，訝閃夕陽之影。試看曲渚之旁，逶迤皆明，迴塘之間，照耀已滿矣。後比又以草作實指，言白芷暮生，崇蘭香泛，何處非風，何處不見風光浮動也。末以言情作結，言攬結此草，而餘思不禁矣。

【評注】頷聯用串遞法。從風落草，從草找風，「浮」字活現紙上。○「光」字難寫，四聯用宵露夕陽借襯，作比擬之詞，是襯貼法，亦是烘托法。○引「宵露」、「夕陽」，以宵露、夕陽皆有光也。説「翻」

說「扇」，句外有「風」字，句中有「浮」字。○醒題字處「風」、「光」一見，以下説草之葉，草之叢。曲渚迴塘，草之地，白芷、崇蘭，草之名。衹説草，不説風，非脱也，以風在草上，見是「風」字即在「草」字中。寫一面而兩面俱現，方爲妙筆。此串遞題一定作法。

春草凝露　此咏春草凝露，含滋堪愛也。

張友正

【題解】單賦「春草」，便脱下兩字。此作處處歸重，「凝露」，不泛賦「春草」，誠爲得法。

萋萋芳草色，含露對青春。已賴陽和長，上聲。仍沾潤澤頻。日臨殘未滴，風度欲成津。蕙葉垂偏重，去聲。蘭叢洗轉新。將行愁裛逕，欲采畏濡身。獨愛池塘畔，清華遠襲人。

【箋釋】萋萋，草盛貌。本作「蒼蒼」，紀本以不切春草，易之。裛音邑。杜詩：「衫裛翠微潤。」濡沾也。謝（朓）〔靈運〕詩：「池塘生春草。」

【疏義】起明點「草」、「露」，言萋萋芳草，對此青春，其含露堪愛也。下即從「春」字脱卸「露」字，言此草已幸托陽和之氣而生，兹何幸復沾潤澤而長也。中兩聯乃實寫「凝」字，言露見日則晞，而草上所凝，尚未滴殘，風度則墜，而草上所凝直欲成津。試看蕙業垂時，帶露偏重，蘭叢洗處，浥露倍新矣。後比又于「露」字生情，起下「愛」字，言欲行徑上，恐其沾衣，欲用手采，又怕沾身，則惟此池塘之上，清華襲人，遠望可愛而已。

【評注】《試律説》批：題重「凝露」，非咏「春草」也。中四句刻劃「凝露」極細緻，三四句一開一合，隨手脱卸，絶不費手。

月夜梧桐葉上見寒露

戴　察

【題解】此言桐葉露寒，當月夜見之，而清光可愛也。○段落長題，法以鋪敘見工。蕭疏桐葉上，月白露初團。滴瀝清光滿，熒煌素影寒。風摇愁玉墜，枝動惜珠乾。音干。氣冷疑秋晚，聲微覺夜闌。凝空流欲遍，潤物浄宜看。莫厭窺臨倦，將晞聚更難。

【箋釋】蕭疏，秋爽意。滴瀝，露垂貌。熒煌，露光貌。秋名玉露，杜詩：「玉露凋傷楓樹林。」又《别賦》：「秋露如珠。」闌，盡也。《詩・小雅》：「湛湛露斯，匪陽不晞。」晞，乾也。陽，日也。此天子燕諸侯之詩。

【疏義】起用明破，言蕭疏桐苑，當月白之夜，秋露已團團葉上矣。下即承「清」、「寒」字，言其垂來滴瀝，布滿清光，照處熒煌，遥傳素影。中兩聯用鋪叙法，言小葉風摇，時愁玉墜，秋林枝動，倍惜珠乾，冷氣侵人，疑是秋天已晚，滴聲漸微，方覺夜色將闌也。後比乃收「見」字，以便作結。言凝空欲遍，不獨高梧，潤物宜看，莫負月夜。不然日出則晞，求聚更難矣，豈可窺臨而有倦心乎？

【評注】題非泛賦寒露，是咏梧桐葉上之寒露，是月夜所見之寒露。若撇題上七字單賦寒露，便不成作法。此詩體格未高，而圓穩可取，録之以備長題一格。

早春殘雪　此咏庭雪消殘，以見春和潛至也。

姚　康

【題解】爲是早春，所以尚有殘雪。刻劃「殘」字，無作衰敗語，方合應試體裁。

微暖春潛至，輕明雪尚殘。銀鋪光漸濕，珪破色仍寒。無柳花常在，非秋露正團。素輝浮轉薄，皓質駐應難。幸得依陰處，偏宜帶月看。玉塵銷欲盡，窮巷起袁安。

【箋釋】銀鋪，形雪之白。珪破，形雪之殘。謝惠連《雪賦》：「既因方而爲珪。」「柳花」句形容春雪。謝道藴咏雪句：「未若柳絮因風起。」「露團」句形容雪殘。李詩：「露團庭緑。」團，聚也。素光、皓質切雪，轉薄、難駐切殘。駐猶留也。何遜《雪詩》：「誰言非玉塵。」《汝南先賢傳・袁安》：大雪積地丈餘，洛陽令行至其門，無有路，令人除雪入户，見安僵卧。令以爲賢，舉孝廉。

【疏義】起用明破，言春光潛至，而庭際輕明，尚有殘雪。下即承「殘」字作刻劃語，言銀屑紛鋪，素光漸濕，珪方欲破，浄色仍寒矣。中兩聯描寫「殘雪」，言早春尚無柳花，訝飛絮之常在，非關秋晚，看白露之正團。素輝遥浮，既乍消而轉薄，皓質暫駐，欲經久而恒難也。後比即作忻慰之詞，以便轉合結意。言此雪幸依陰處，不至驟消，試帶月看之，其清景正自宜人。吾想雪殘殆盡，彼僵卧之袁安，不且乘時而起乎？

【評注】着語不涉板滯，筆極輕倩之致。○對破輕鬆，頷聯回環用筆，妙極圓轉。「無柳」一聯，是早春，是殘雪，無一字粘煞，詞意新穎，化去刻劃之跡。若第五韵，則純用龍眠白描法，又《詩品》所謂

「不着一字，盡得風流」者也。○最豁解評題内「殘」字極没興趣，詩中刻劃處却多雋語。末韵徵引古事，翻空出奇，有絶處逢生之妙。

府試水始冰　馬　戴

題出《月令》，言孟冬迎寒，水始結冰也。

【題解】此賦物小題也，法以刻劃見工。題眼在「始」字，若泛咏冰，失却題竅矣。

南池寒色動，北陸歲陰生。薄薄流澌聚，灕灕翠潋平。晴霑霜稍厚，迴照日還輕。乳竇懸殘滴，湘流減恨聲。那堪金井貯，會映玉壺清。潔白心誰識，空期飲此明。

【箋釋】《月令》：「孟冬之月，水始冰。」○陸，日行之道。《左傳》：「日在北陸而藏冰。」流澌，將解之冰。《楚詞》：「流澌紛兮將來下。」潋，水滿貌。潘岳《西征賦》：「青蕃蔚乎翠潋。」乳，鐘乳也。竇，穴也。江文通詩：「乳竇既滴瀝。」湘，湘水。《楚詞》：「濟湘流而南極。」貯，猶存也。冰多貯之井中。李白詩：「玉床金井冰峥嶸。」鮑照詩：「清如玉壺冰。」《莊子》：「朝受命而夕飲冰。」

【疏義】起聯不見題字，是暗破法。言南池寒色已動，蓋日行北陸，而一歲之陰氣潛生矣。下即承陰生，疏始冰。試看池中之水，流澌欲聚，初薄薄而微凝，翠潋乍平，正灕灕而有色。中兩聯刻劃「始」字，言霑霜稍厚，未嘗有稜，日照還輕，仍然透影。驗來乳竇，此時之殘滴猶懸，聽向湘流，昔日之浪聲已減矣。後比仍就始冰着意「清」字，起下「潔白」作結。言貯之金井，今尚未能，清對玉壺，終當有日，可惜無人識吾潔白之志，未免有負飲冰初心耳。

【評注】此詩中間刻劃，句句着眼「始」字，誠爲得法。第二聯「薄薄」、「瀰瀰」是體貼「始冰」下字。第三聯「稍厚」、「還輕」是形容「始冰」。第四聯「滴殘」、「恨減」是刻劃始冰。第五聯又從後路夾寫始冰。○詩中最妙用兩路夾寫法。詩句以五字寫題，那得出手，妙用夾攻，或從題前，或從題後，或從題上，或從題下，一用逼拶，本題醒出矣。善繪圓光，故不在呆寫正面。紀《試律説》批：此府試詩。「乳竇」、「湘流」切其地也。語最警策，移于他處則非矣。題上存「府試」二字爲此。

窗中列遠岫

白居易

題出謝朓《郡齋》詩，言遠岫環列，開窗可一覽而收也。

【題解】題眼在「窗中列」三字，是四圍皆山，開窗盡是之景。勿泛寫遠山，方于題上三字有情。天静秋山好，窗開曉翠通。遥憐峰窈窕，不隔竹蒙蘢。萬點當虚室，千重叠遠空。列簷攢秀氣，緣隙助清風。碧愛開簾後，明宜返照中。宣城郡齋在，望與古時同。

【箋釋】窈窕，山深貌。曹攄詩：「窈窕山道深。」蒙蘢，林密貌。孫綽賦：「披荒榛之蒙蘢。」宣城屬江南寧國府，朓曾爲郡守。

【疏義】起用明破，承接一氣。言窗對山開，當早秋天静，開窗一覽而曉翠遥通矣。最愛窈窕奇峰，儼列窗外，無有障隔也。中聯用實寫，言近當虚室，堆來萬點青螺，遠接遥空，叠處千重翠嶂。簷前紛列，覺秀氣之直攢，清風徐來，且緣隙而徑入。後比乃放開寫景，以便起下「望」字。言雨後深碧，最愛開簾，窗裏虚明，更宜晚照。此時郡齋猶是，臨窗眺望，豈與古時有殊乎？

【評注】上用對破，却以流水聯承之，高唱入雲，又復渾灝一氣，此調最佳。○頷聯「峰窈窕」，「竹蒙蘢」，以虚對實，筆意活變。學者熟此，自無平板之病。○第五韵更極不粘不脱之妙。詩無沾寔呆寫者，大槩手筆放鬆，方有入神之句。俗學按譜填寫，字字實砌，將題句看成木偶，則筆帶滯相矣。末韵迴顧題，原不同習套，亦復大雅。

秋山極天净　此咏雨後天净，惟見秋山高聳也。　朱延齡

雨洗高秋净，天臨大野閑。葱蘢清萬象，繚繞出層山。日落千峰上，雲銷萬壑間。緑蘿霜後翠，紅葉雨來殷。音烟。散彩輝吴甸，分形壓楚關。欲尋霄漢路，翹首願登攀。

【題解】「净」是説秋天，「極天」是説秋山之高。此題須向大處着筆，方寫得秋時景象出。

【箋釋】天至秋彌覺其高。雨洗謂雨後雲銷，正形其净也。大野一望，四外見天，更覺寬閑也。葱蘢，蒼鬱貌。柳詩：「寒氣助葱蘢。」繚繞，周環貌。蘿青而細長，無雜蔓。《楚詞》：「若有人兮山之阿，被薜荔兮帶女蘿。」杜牧詩：「霜葉紅於二月花。」殷音烟，赤黑色，與十二文殷字音義悉别。

【疏義】起承四句分破全題。言新秋雨後天净，一望大野，何等寬閒，祇覺萬象皆空，惟有高山上出九霄而已。中間一聯貼「天」寫「净」字，一聯貼「山」寫「秋」字。言千峰日落，惟有天與山連，萬壑雲消，祇見山與天接。山上緑蘿，經霜染而翠鋪，山中紅葉，爲雨洗而紅深矣。後比仍就「山」字推衍，起下登攀意。言此山極高，上與天通，不但遠輝吴甸，近壓楚關已也。霄漢之路，自此可尋。吾也登攀

有心，蓋嘗幾回翹首矣。

【評注】起筆高聳，氣象萬千，真振得全勢起，亦起調之絶佳者。若不如此，便不稱題。○「日落」一聯，寫「净」字亦復濶大。入後説紅説緑，説彩説形，極言不净，而「净」字之意愈見，此以點染爲烘托也。微嫌緑蘿紅葉，寫「净」字太狹，「吴甸」、「楚關」，寫「極天」不出，然前半峥嶸，固已高踞題巔矣。

空水共澄鮮

題出謝靈運《登江中孤嶼》詩。

失　名

【題解】此咏空水澄鮮，秋色宜人也。點染「澄鮮」，烘寫「共」字，全以寫時景見情致。悠然四望通，渺渺水無窮。野鶴飛天際，烟林出鏡中。雲消澄遍碧，霞起澹微紅。落日浮光滿，遥山翠色同。樵聲喧竹嶼，棹唱入蓮叢。遠客舟中興，去聲。煩襟暫一空。

【箋釋】空，長空。水，秋水。澄，清也。鮮，新也。○悠然，遥遠之義。渺渺，水遠貌。澄碧貼天説，澹紅貼水説。樵聲，採樵之聲。嶼，水中洲。棹唱，漁歌也。蓮叢，蓮花深處。遠客，遠遊之客。煩襟一空，謂俗情盡滌去也。即就謝詩本義收結，不用套語。凡情景題能就本義隨手收結最好，必節外生枝，便不自然，若泥頌聖，更屬呆筆。興音幸，興致也，去聲。興起之興平聲。

【疏義】起用總破，言當秋遠眺，四望悠然，覺水天一色矣。飛來野鶴，直入天際而拂儀，點處烟林，恍入鏡中而寫影。中聯分貼「空水」，烘寫「澄鮮」。言雲容涓盡，天則湛深碧而遍澄，霞彩散餘，水則映遠波而微澹。啣將收之落日，處處浮光，點欲醉之遥峰，山山翠色。後即就江中時景作衍，以便作結。言此時竹嶼之樵聲正喧，蓮叢之棹歌方起，江行坐舟，興致不淺，客路煩襟，頓覺一空矣。

【評注】詩中用烘托，用點染，皆是不拈題字，故語有超脱之致。如此詩頷聯，偶拈一物，愈見一望空明，寫來固自頦上添毫也。與前首「緑蘿」一聯同一用意，而大小有别者，亦争稱題不稱題而已。〇「雲消」一聯，字法、句法俱極琢鍊，可以爲式。〇題有「澄鮮」兩字，與「秋水共長天一色」不同，篇中説鶴説林，説雲説霞，説日光，説山色，總是爲「澄鮮」字作烘托，彼題固移用不去。〇紀太史《試律説》批：此題有「共」字，法宜合寫「澄鮮」二字，方烘出「共」字甚神。中四句「空」、「水」分拈，未爲超妙。即此又可悟相題之法。

花發上林 此咏上林春早，百花先發也。 王表

【題解】宜切上林，不得泛咏花發，然未推透寫先發之根，亦未中肯。第三韵補腦得法，不獨立言有體。

上苑春何早，繁花已滿林。笑迎明主仗，香拂美人簪。地接樓臺近，天垂雨露深。晴光來戲蝶，夕影動棲禽。欲托凌雲勢，先開捧日心。試看桃李樹，何處不成陰。

【箋釋】漢武開上林苑，廣袤三百里。〇仗，儀仗。簪，美人首笄。梁簡文詩：「但使新花發，得間美人簪。」宋詩：「近水樓臺先得月。」唐律：「聖代即人多雨露。」晴光，謂晴日花光。夕影，謂夕陽花影。凌雲捧日，係借用作比。庾信《崔訦碑》：「思深捧日。」相如賦飄飄有凌雲氣。《唐書》狄仁傑嘗荐姚元崇數十人，俱爲名臣，或謂曰：「天下桃李，悉在公門。」

【疏義】起用明破，作呼應之筆。言上苑之春色何早，繁花開放，已遍滿華林矣。下即承明花發，切定上林，言花之發，若逐明主之仗而笑含，且上美人之簪而香滿。中聯乃用放寬之筆，一寫早發之由，一摹花發之景。此由上林之地，接樓臺而較近，以故九重之天，垂雨露而更深。試看晴光滿苑，戲蝶頻來，夕影遍園，棲禽飛動矣。後比即借先開作喻，以便起下。言此花久有凌雲之勢，今特先開捧日之心耳。從此春色已遍，彼桃李之樹，處處成陰矣。

【評注】「地接」一聯，恰是上林花發，恰是花之所以先發上林。補腦之筆，正與破中「何」字緊相呼應。○「晴光」一聯，説戲蝶，説棲禽，不只爲「花」字作襯貼，要知正是爲「發」字繪影繪香也。○凌雲捧日，寄托自高，但與「花」字未見的切。結就上林推開，歸美主試，運用舊事，恰合自然。別本作「當知桃李樹，從此別成陰」，説來便有語病。對參之，妍媸互見矣。馬孝丹評：題易爲藻繪語，詩偏以清麗勝，自不窮於趣。

御溝新柳 此言御溝之柳，新妍可愛也。

【題解】此題宜着眼「御溝」字、「新」字，不得泛作柳詩。法與上題同，而兩作局意，亦大略相似。

律到九重春，溝邊柳色新。細籠穿禁水，輕拂入朝人。日近韶光早，天低聖澤勻。谷鶯棲未穩，宮女畫難真。楚國空摇浪，隋堤暗惹塵。何如帝城裏，先得覆龍津。

【箋釋】天有九重，詩以天比君，亦稱九重。穿禁水，謂水從禁中穿出者。唐律：「緑奔穿禁水。」

韶光，春光也。谷鶯，出谷之鶯，遷喬而來，思棲柳上也。唐明皇有《十眉圖》，《柳葉》其一。《荆楚記》：緑堤邊悉植柳。隋煬帝幸江都，沿堤植柳。「龍津」，切御溝。駱賓王詩：「斜望黑龍津。」○第十一句「帝城」單拗。

【疏義】起用明破，承聯緊切「新」字，言九重春早，御溝之上，柳色已新矣。其葉則罩水而細籠，其枝則迎人而輕拂。中兩聯皆切「御溝」寫「新」字，言御溝日近，故能早得春光，御溝天低，是以先沾聖澤。此時新鶯出谷，來棲新枝，猶然未穩，宫女畫眉，欲仿新葉，尚覺未真。後比乃用襯筆，歸重本題作結。言彼楚國之柳，不過空摇錦浪，隋堤之柳，不過暗惹芳塵而已，何如在帝城之中，得先覆龍津乎？

【評注】篇中説「細籠」，説「輕拂」，説「未穩」，説「難真」，皆是爲「新」字摹寫。説「禁水」，説「朝人」，説「日近」，説「天低」，皆是爲御溝襯貼。作小題，自須講緊切法。○欲切合御溝，不得不用「穿禁水」、「入朝人」，若必用「宫女畫難真」刻劃「新」字，則跡痕顯露矣。雖小題不妨纖巧，然亦須巧不傷雅，方爲入格。○末用襯筆，四句一氣開合，鈎剔御溝甚醒，機局更覺生動。此與《月中桂》詩同一機軸，可爲收結一氣之式。

反舌無聲　題出《月令》，此咏反舌知時，入夏無聲也。　張　籍

【題解】景物時題，以能描寫時景見情致。此作烘染得法，便覺筆無俗韵。

夏木多好鳥，偏知反舌名。林幽仍共宿，時過已無聲。竹外天空曉，蹊頭雨自晴。居人疑寂寞，深院

益淒清。入霧暗相失，當風閑易驚。來年上林苑，知爾最先鳴。

【箋釋】反舌，百舌鳥也。《易緯通卦》：「反舌鳥能反覆其舌，隨百鳥之音。春始鳴，至五月稍止。」○唐律：「陰陰夏木囀黄鸝。」沈約《反舌賦》：「既含意于將曉。」劉孝綽詩：「越谷響幽深。」○首句「好」字倒。九、十句雙拗。十一句單拗。

【疏義】起明破「反舌」，下乃承清「無聲」。言陰陰夏木，好鳥最多，可異者反舌鳥，依林共宿，春時已過，則寂不聞聲矣。中用烘染法，虚寫「無聲」。言竹外涼天，蹊頭霽雨，正好聽其和鳴。今則天既空曉，雨亦自晴而已，並令居人疑寂寞之難堪，深院覺淒清之已甚。後比仍用虚寫，趁勢結到有聲，言飛入霧中，或致暗失，正當風處，人驚其閑暇矣。要知鳥因入夏感陰氣，則暫且不鳴，若到明春，上林苑中，則推爾爲最先矣。

【評注】按《月令》注，反舌陰類，故入夏感陰氣而收聲，詩頷聯補明此義，更圓。林幽共宿句無着。○中後點染時景，摹寫「無聲」，全用烘托法，情詞雋永，結用自寓，恰合本義，妙極自然。○詩有現成結法，只在各人心手靈敏，連掉自如耳。此作之反掉，花發上林之推開，皆順現成之勢，毫不費力，便成絶好結法。讀者其詳味之。

秋夕聞新雁

此言乍聞新雁，旅人驚秋也。　黄　滔

【題解】題句「秋夕聞」，則詩中有人在，自不得衹作首新雁詩。此作虚實用筆，正是善會題竅。

湘南飛去日，薊北乍驚秋。叫出隴雲夜，聞爲客子愁。一聲初觸夢，半白已侵頭。旅館移欹枕，江城起倚樓。寒燈依古壁，片月下滄洲。寂聽去聲。良宵徹，躊躇感歲流。

【箋釋】湘南，湘水以南，屬楚地。薊北，薊州以北，屬燕地。韓詩：「嗷嗷鴻雁鳴且飛，窮秋南去春北歸。」觸夢，驚夢也。半白，謂髮半白上頭也。旅館，客館。欹枕，圓木枕也。錢鏐王在軍未嘗睡，末年用圓木作枕，熟睡則欹，名驚枕。見《吴越備史》。趙嘏詩：「殘星數點雁橫塞，長笛一聲人倚樓。」歲月如流，言春去秋來，甚迅速也。

【疏義】一起暗破「新雁」，承清「聞」字。以下皆從聞雁着筆，更不作一「新雁」泛語。上實下虚，另成章法。言雁向湘南飛去，薊北一聲，人已驚秋。當静夜之時，叫破隴雲，何堪令客子聞也。猛地一聲，將人殘夢驚覺，不覺念到頭上半白，歲月催人。此時旅館不眠，頻移欹枕，坐起高樓，江城遠眺，只有寒燈伴人，而沙上片月已隱落樹稍矣。念良宵之不寐，感歲月之如流，幾曾寂聽，何勝躊躇。

【評注】作詩不過情景二字，情景兼到者爲上，偏到者次之。唐律中如「露從今夜白，月是故鄉明」，則情景兼到者。情到者，如「長疑即見面，翻致久無書」是也。景到者，如「月華川上動，風光草際浮」是也。景中寓情者，如「水流心不競，雲在意俱遲。」情中寫景者，如「捲簾惟自水，隱几亦青山」。又有情景相觸而不分者，如「感時花濺淚，恨別鳥驚心」。又有一句景、一句情者，如「白首多年病，秋天昨夜涼」。或則一聯景、一聯情，或四句景、六句情。總之，融情於景物之中，托思於風雲之表，非初學之所能也。此游子六先生論詩如此，讀此詩可悟即景寫情之妙。

出籠鶻 此咏出籠之神俊異常也。

濮陽瓘

【題解】題既綴「出籠」二字，則鶻之神俊正須從出籠時着想，方覺入神，勿泛賦鶻。玉鏃分花袖，金鈴出彩籠。遥心長捧日，逸翰鎮生風。一點青霄裏，千盤碧落中。星眸隨狡兔，霜爪落飛鴻。每念提攜力，常懷搏擊功。以君能惠好，不敢没遥空。

【箋釋】鶻，鳥名，有義性。《禽經》載鷹不擊伏，鶻不擊妊。○玉鏃，《試律説》謂是餙鷹之具。李賀《追賦畫江潭苑》詩：「翦翅小鷹斜，縚根玉鏃花。」眸如星之皎，爪如霜之白。狡兔，兔最狡獪，難以擒伏。搏擊即擒伏鳥獸之意。

【疏義】起用對破，下聯皆承「出籠」寫「鶻」。言此鶻花袖一分，羽旁之玉鏃微動，彩籠乍出，頷下之金鈴輕摇。前此本具遥心，長思捧日，今朝得舒逸翰，一鎮生風矣。中聯純用摹神之筆，言其飛入青霄，驚一點之猶高，遊來碧落，經千盤而未下。眸皎如星，隨狡兔而直前，爪利如霜，擊飛鴻而欲落。後比乃就出籠生情，言此鶻恩荷提携，念深搏擊，思君惠好之德，應不至望遥空而竟去也。

【評注】首韵對起亦整飭，亦秀聳。第二韵寫方出之勢。第三韵寫出籠之神。第四韵寫出籠之用。五韵寫既出之心。末韵仍於出籠上作收束。處處碩母，故爾筆筆有神。○通首寫鶻之神俊，不用一實字填寫，非鶻自不能當，非出籠之鶻亦不能當。後路不肯説開，收結處尤爲善疏題義。○調高響沉，六朝游獵篇遜此勁爽。

河鯉登龍門

此咏河鯉化龍，飛騰有象也。

【題解】題宜用力寫「登」字，方聳動有勢。通首更着一弱筆不得。魚貫終何益，龍門在此登。有成當作雨，無用耻爲鵬。激浪誠難泝，雄心自可憑。風雷潛會合，鬐鬣忽騰凌。泥滓辭河濁，烟霄見海澄。迴瞻順流輩，誰敢望同升。

【箋釋】《水經》：「鱣鯉出鞏穴，三月則上度龍門。得度爲龍，否則點額而退。」○龍門，在雍州兩傍有山，水陸不通，龜魚莫能上。江海大魚，薄集其下，上則爲龍。見《三秦記》。魚貫，騈首相次也。《易》：「貫魚以宫人寵。」逆流而上曰泝，見《爾雅》。北冥有魚，其名爲鯤，化而爲鵬，見《莊子》。凡魚之登龍門者，雷火燒其尾。鬐鬣，魚翅也，音嗜獵。十一句單拗。

【疏義】直拈題下三字起，通首一氣搏捖，更無績縫之跡。言衆魚相連而進，亦復何益，龍門在此，看我獨登可耳。上則爲龍，自能興雲雨以濟天下，若或點額而退，則亦終爲鯤魚，即化鵬亦足耻耳。論來逆流而上，激浪誠難，而雄心終在，何不可憑須臾之頃，風雷會合，騰凌而起，從此永辭河濁，欣游澄海，彼順流之輩，敢與我同升乎？

【評注】六韵俱用開合流走之筆，故能一氣折旋，靈活不滯，若令平放，便無聲勢。凡遇此等有聲色題，皆當竪起筆鋒，方峥嶸有勢。○通勢摹寫「登」字，而用筆自有前後次第。首韵點明。次韵寫欲登之意。三韵寫必登之心，是從未登時摹寫。四韵賦登之之勢，是從正登時摹寫。五韵則形容既登後之景色。末韵即以不能登者作結。

西戎獻馬

此咏西戎歸化，獻馬來朝也。

周　存

【題解】此與泛賦馬題不同，寫馬處皆從西戎來獻着筆，方無套語。

天馬從東道，皇威遠被戎。來參八駿列，不假貳師功。影別流沙路，嘶淩上苑風。望雲時蹀足，向月每争雄。禀異才難狀，標奇志豈同。馳驅如見許，千里一朝通。

【箋釋】漢《天馬歌》：「天馬來，從西極。」又云：「經千里，循東道。」周穆王有八駿馬，見《拾遺記》。大宛國有善馬，在貳師城，匿不肯與。漢乃使李廣利爲貳師將軍，伐宛取馬。見《史記》。蹀音蝶，猶舉也。《赭白馬賦》：「望朝雲而蹀足。」《春秋考異誌》：「地生月精爲馬。」或謂西戎每以月滿進兵，故曰「每争雄」。○第三句「八」字倒。

【疏義】起四句用渾破，言天馬何以從東道而來，祗因皇威遠被西戎，是以來獻此馬，用參八駿之列耳，豈必假貳師之功以强取乎？此馬別流沙之路而來，迎上苑之風而嘶，淩朝望雲，便思蹀足，當晚向月，每欲争雄，此才禀賦甚異，難以言狀。他驥皆願標奇，實非吾志也。惟君上許我馳驅，則千里之路，一朝可至耳。

【評注】起四句立言有體，善於制題，而「獻」字意更覺圓到。三四聯對尤活變，解此用筆，便不板滯。

越裳獻白雉　此咏異方入貢，見德化之遠也。

王　若

【題解】題應着眼「越裳獻」三字，與泛咏白雉題不同。

素翟宛昭彰，遥遥自越裳。冰晴朝映日，玉羽夜含霜。歲月三年遠，山川九譯長。來從丹徼外，入見白雲鄉。作瑞興周后，登歌美漢皇。朝音朝。天資孝理，惠化且無疆。

【箋釋】《韓詩外傳》：「成王時，南海越裳氏獻白雉于周王。」○翟音狄，雉名。越裳，國名。雉之睛其白如冰，雉之羽其白如玉。越裳去京師三萬里，故言歲月三年，山川九譯。譯音亦，即通使也。九譯，謂經九次。丹徼即邊外。徼音叫，去聲。白雲，帝鄉也。原本作「碧海路」，紀《試律説》以不切「越裳」易之。作瑞，即用本事。登歌，漢平帝時，又來獻雉，《東都賦》有《白雉詩》。《援神契》曰：「孝德感而白雉至。」結意用之，恰好頌揚。

【疏義】暗破白雉，明破來獻，言此素翟昭彰，宛然從越裳國來矣。下即承清是白雉，言冰晴映朝日而更明，玉羽含夜霜而倍皎。中賦來獻。其來也，歲月則歷三年之遠，山川則經九譯之長，是昔在丹徼之外，今入白雲之鄉，抑何幸也。後比乃用咏嘆作轉，即趁勢歸頌本朝。言此雉周時既已作瑞，至漢世又復登之歌咏，况今我皇上孝德所感，白雉自至，慈惠之化，宜乎遠被無疆也。

【評注】前四句寫「白雉」，中四句寫「越裳獻」，後四句歸入頌揚。雖無甚警策，而通體穩愜可取。○題係「白雉」，則「白」字亦未可略。前用「冰晴」、「玉羽」，切合矣。第五句上聯用「丹徼」借襯「白」

字，下句用「白雲」正映「白」字，尤得關照之妙。○爲此處用「白」字，故破「雉」用「素翟」代之，是替用法。

右録唐人試律景物題二十首爲一卷，其於風雲月露下，及草木禽魚各類，大小題詩法，亦略具矣。

應試詩法淺説詳解卷三

古東郡跛奚葉葆評注

唐人試律 典制二十首，六韻。

中和節詔賜群公尺

【題解】賜尺自有本義，非比偶然，故詩但發裁度之旨，至尺之形狀，賜之典禮，祇用一點，此立言之體。

春仲令初吉，歡娱樂大中。皇心貞百度，寶尺賜群公。欲使方隅法，還令規矩同。捧觀珍質麗，拜受聖恩崇。共荷裁成德，思酬分寸功。從兹度入聲。天地，與國慶無窮。

【箋釋】《唐書·李泌傳》稱廢正月晦日，以二月朔日爲中和節。因賜大臣戚里尺，謂之裁度。○春仲，三月也。初吉，朔日也。《尚書傳》：「皇極大中之道。」《周書》：「百度惟貞。」規矩，方圓之式。度，入聲，音鐸，度量也。上「百度」去聲，音杜，法度也。又令，初吉之令，去聲，號令也；還令之令，平聲，使令也。樂，音洛，入聲。首句「令」字倒，第六句「規」字倒，第十一句單拗。

【疏義】言中和佳節，人人歡娱，共樂大中之道。是日皇心欲貞百度，乃以寶尺，遍賜群公焉。蓋欲使人共守方隅之法，同歸規矩之中。維時捧觀珍質，拜受聖恩，共荷我后裁成之德，敢不思竭小臣分寸之功，從此度量天地，庶乎與國運相慶無窮矣。○首句破中和節，即用「樂大中」透出裁度正意來。三句又就皇上身上先透一筆，至四句則明點賜尺，有根矣。五、六句就賜尺本義寫，是題正義。七、八句説尺，説受賜，是題正面。九、十句復就受賜者身上寫，是題後餘義。末韵仍就尺上推闡，以作頌揚。

【評注】此與文章順題布置，逐比相生同法。若仍守首韵破題，二韵承題，一定舊腔板，則泥矣。此賦時事題，與時令咏物題不同，宜頌揚得體，又須關照有法。蓋出自恩賜，若着一庸陋字眼，便乖體製。篇中所用皇心貞度，拜受恩崇，出語冠冕，則頌揚得體矣。賜之物爲尺，泛用受賜字眼，便寬綽無當。篇中用「大中」、「方隅」、「規矩」、「裁成」、「分寸」，下字細切，則關照得法矣。讀者解用此法，遇典制題自不窘手。

清明日賜百僚新火

韓 濬

【題解】清明改火，原是舊俗，而出自上賜，則新恩矣。關照「火」字措詞，寫受賜之榮。前後次第，章法不亂。

朱騎傳紅燭，天厨賜近臣。火隨黄道見，烟遶白榆新。榮耀分他日，恩光共此辰。更調金鼎味，還暖玉堂人。灼灼千門曉，輝輝萬井春。應憐螢聚者，瞻望及東鄰。

【箋釋】《歲時記》：唐清明日取榆柳之火，以賜近臣。○《後漢·禮儀志》：「清明騎士傳火。」唐韓(翊)〔翃〕詩：「日暮漢宫傳蠟燭。」天厨，御厨也。《漢書》：「日有中道。中道，黄道也。」按：季春心星出東方。心是大火，出黄道之東，故曰「火隨黄道見」。又春取柳榆之火，而天上星亦曰白榆，故蒙上句曰「烟遶白榆新」。金鼎、玉堂，切百僚，映「火」字。螢聚者，用晉車氏事。車鄰用漢匡衡穿壁事。○騎音寄，去聲，騎乘也。又音其，踦馬也，平聲，在支韵。調，和也，音迢，平聲。聲調之調，去聲。

【疏義】言朱騎傳來天厨新火，乃遍賜近臣。時當春季，火星正隨黄道而見，節届清明，烟光乃遶白榆而新矣。念予小臣，叨深恩于他日，榮耀已分，承嘉貺于今朝，恩光仍共。庶乎金鼎更調，玉堂同暖，用無負遍賜之恩。從此千門曉色，萬井春輝，亦焕然維新矣。惟憐寒士此時無螢可聚，不得不向東鄰而希借光耳。一、二句點賜火。三、四句承清「清明日」點「新」字，題義已完。五句就「他日」拓開一筆，六句鈎入「賜」字，用筆極輕倩之致。七、八句緊切「百僚」。九、十句推開。末乃以祈請作結，仍不脱「火」字。

【評注】改火取順陽氣，實義無可發揮，「新火」又無多點染，詩乃淡淡着筆，袛用「榮耀」、「恩光」、「調味」、「暖人」爲恩賜作關照，爲「新火」作襯貼，更無一筆粘實，此謂空靈。

恩賜魏文貞公諸孫舊第以道直臣

陳彦博

【題解】恩賜舊第是題面，其所以賜于諸孫者，意在以道直臣。題既叙明，詩中必須縮定，方見原委。

阿衡隨逝水，池館主他人。天意能酬德，雲孫喜庇身。生前由直道，殁後振芳塵。雨露新恩日，芝蘭舊里春。勳庸留百代，光彩映諸鄰。共賀昇平日，從兹得諫臣。

【箋釋】《全唐詩話》載：憲宗時，李師道請收贖魏徵舊宅，還其子孫。白居易爲學士，奏云：「師道何人，輒掠此美。宜敕有司，特以官錢收贖，使還後嗣，以勸忠臣。」按：魏徵曾爲諫議大夫，殁謚曰文貞。〇阿衡，借比文貞公。《書》阿衡謂伊尹也。元孫之子爲仍孫，仍孫之子爲雲孫，見《爾雅》。芝蘭喻賢子孫。《世説》：「如芝蘭玉樹，欲使其生于階庭耳。」

【疏義】言賢臣既殁，宅第已屬他人，孰意天意能酬直臣之德，復還後嗣，文貞子孫，亦可以庇身矣。良由生前之直道堪稱，故殁後之芳塵猶振。是日新恩，如沾雨露，幾年舊里，復生芝蘭。從此勳庸則百代常留，光彩則諸鄰遥映，共荷聖世，誰不復勉爲諫臣乎？先破「舊第」，再承清恩賜諸孫。中言文貞直道，宜承恩賜。後從舊第推説，末結到道直臣之意。

【評注】恰是舊第，恰是新賜，恰是以道直臣。前路圓題處轉掉自如，後半推闡處關照有法，足爲長題之式，允合頌美之體。〇「雨露」十字寫全題，字字圓到，筆不粘紙，此謂輕鬆。

長至日上公獻壽

張叔良

【題解】頌聖題固着不得一庸俗語，然務求冠冕，概用套語，又不合題。此作中扣「長至」着筆，誠爲得法。

鳳闕晴鐘度，鷄人曉漏長。九重初啓鑰，三事盡稱觴。日至龍顔近，天旋聖曆昌。休光連雪净，瑞氣雜爐香。化被君臣洽，恩沾士庶康。不因稽舊典，誰得記朝章。

【箋釋】長至，冬至日也。《尚書注》：「玉者之後稱公，故曰上公。」壽謂聖壽。獻者，稱觴上壽也。〇漢作建章宮，東謂鳳闕。鷄人，呼旦之官，見《周禮》。鑰，關鑰。啓，開也。三事，三公也。日至即長至。天旋謂星回於天，陽運將復也。〇朝音潮。

【疏義】言鳳闕鐘鳴，雞人曉唱，九重天上，玉鑰初啓，三事大夫，莫不稱觴上壽。適逢日至，快覩龍顔，正值天旋，好占聖曆。休光連晴雪而愈浄，瑞氣雜爐烟而更香。斯時也，君臣情洽，士庶恩沾，誠盛典也。稽行舊典，誰不謹記而恪奉焉。首二句先從設朝説起，是題上一層。三、四承出三公獻壽。五、六切長至日寫。七、八切長至日時景寫。九、十就長至恩澤寫。末以奉行舊典作結。

【評注】一陽初動，歲且更始，此上壽與賀歲之制正同，故篇中祇記朝廷令典，而一切岡陵泛話，概不闌入，此是作者寬題走窄路法。故《萬壽無疆》題不能分潤。

觀開元皇帝東封圖　馬（載）〔戴〕

【題解】是題觀圖，則「觀」字、「圖」字乃題之眼。若呆賦「東封」，則不得題旨。此詩命意既高，而用筆尤活。

儼若翠華舉，登封圖乍開。冕旒明主立，冠劍侍臣陪。迹類飛仙去，光同拜日來。粉痕疑檢玉，黛色訝生苔。挂壁雲將起，凌風仗若迴。（年）〔何〕年復東幸，魯叟望悠哉。

【箋釋】按《通鑑》：玄宗開元十三年東封泰山。○翠華，天子羽衛也。冕旒，天子所戴之冠。冠劍，侍臣所服。飛仙，飛行之仙。《東坡賦》：「挾飛仙以遨遊。」拜日，朝日也。《禮記》：「元端而朝日于東門之外。」粉痕，黛色，指圖上點染處。漢武帝封泰山，有白雲起于封中。仗，儀仗。迴謂封罷還朝。魯叟謂魯國父老。陶詩：「汲汲魯中叟。」○起韵雙拗，十一句單拗。

【疏義】一望之際，儼若翠華舉動者何也？蓋東封之圖乍開。細細觀之，其中戴冕旒而立者爲明主，列冠劍而陪者爲侍臣。觀其踪跡，絶類飛仙而去，觀其光景，又同拜日而來。圖中點有粉痕，疑是檢玉，圖中染有黛色，訝是生苔。試挂壁間，若白雲起自封中，使凌風前，驚儀仗迴于西土。因此想(年)〔他〕年東幸之恩，魯叟之仰望彌切矣。首二句冒起全題，用「儼若」二字，陡起高聳，極飄忽之致。三、四寫圖中人物。五、六寫登封光景。七、八寫圖色之新鮮。九、十句寫圖勢飛動。末結到望幸，蓋因觀圖而冀其再封也。

【評注】《東封圖》畫得想來生動，詩亦寫得生動，筆意真是靈活異常。○寫東封，祇用「類同」、「疑訝」、「將若」等虛字作摹寫，便確是圖，確是觀圖，此所謂筆善斡旋也。入手用「儼若」字，更善作勢。○通篇未明點「觀」字，細按之却無一句不是「觀」字之神。無名氏《觀慶雲圖》之作，命意與此略同，而筆力尚遜此健拔。

李都尉重陽日得蘇屬國書

白行簡

【題解】此題頗難措詞，詩祇就題還題，一字不着論斷，最善用筆，可爲相題行文之法。

降虜意何如，窮荒九月初。三秋異鄉節，一紙故人書。對酒情無極，開緘思去聲。有餘。感時空寂寞，懷舊幾躊躇。雁盡平沙迥，烟銷大漠虚。登高南望處，掩淚對雙魚。

【箋釋】《漢書》：李陵字少卿，善射，爲騎都尉。與蘇武善。武字子卿，爲栘中監。使匈奴十九年，歸拜典屬國。《文選注》：天漢二年，陵率步卒五千人，出塞與單于戰，力屈乃降。匈奴中與武相見。武得歸，爲書與陵，令歸漢。毛西河曰：《文選注》云云，今考《漢書》無此事，且有重陽日得書，尤不可解。○降，服也，平聲。虜謂單于。「對酒」貼重陽，「開緘」貼得書，「感時」貼重陽，「懷舊」貼得書。漢，北方流沙也。張華《壯士篇》：「馳騁大漠中。」古詩：「客從遠方來，遺我雙鯉魚。呼童烹鯉魚，中有尺素書。」《史記》：漢使詭謂單于曰：「天子射上林中，得雁，足有係帛書，言武在某澤中。」○第三句單拗。

【疏義】言降虜之初，是何意也。至今窮荒九月，過異鄉之節，得故人之書，不覺對酒傷情，開緘興思矣。良時空度，已廑寂寞之思，舊好無人，倍懷躊躇之想。况當此時，平沙雁盡，大漠烟銷，是何景色，登高南望，能無掩淚乎？首二句從重陽説入。次聯承明得書。三聯寫得書，「思有餘」三字是一篇主腦。四聯寫得書之情况。五聯寫得書之境地。末乃以言情作結，總見其情無極而思有餘也。

【評注】重陽得書，不省何出，亦不解命題何意。此詩直就得書者情懷寫去，渾灝流轉，迥出詩試律以上。通篇純以氣調制題，單用虚寫，不粘一字。其寫得書，又能句句帶定「重陽日」，筆筆雙綰，真乃力大于身。○調貴前後變换，不可一律。此詩六韵，通犯平頭，讀者不可不知。

緱山月夜聞王子晉吹笙

鍾　輅

月滿緱山夜，風傳子晉笙。初聞盈谷遠，漸聽去聲。入雲清。杳異人間曲，遥分鶴上情。孤鸞驚欲舞，萬籟寂無聲。此夕留烟駕，何時返玉京。唯愁音響絶，曉色出都城。

【題解】是吹笙，是聞仙人吹笙，又是在緱山月夜。線索在手，乃不虞題緒紛如。

【箋釋】《列仙傳》：「王喬，周靈王太子晉也。好吹笙作鳳鳴，遊伊洛之間。道士浮丘公，接上嵩山三十餘年。見桓良，謂曰：『可告我家，七月七日，待我于緱氏山頭。』至期果乘白鶴駐山頭，望之不得到。舉手謝時人，數日乃去。」○緱山在河南偃師縣。盈谷，滿谷也。入雲，謂聲入雲霄。人間，凡間也。王喬好乘鶴，故云「鶴上情」。鸞，鳳屬。籟，響也。烟駕，猶言仙駕。天上有白玉京。○按應試須識忌諱，如愁苦憂傷等類字，在場屋可以不用。

【疏義】言當緱山月夜，恰逢子晉吹笙。乍聞之，初則布滿山谷，漸乃響遏行雲。是笙也，迥非人間之曲，亦遥分鶴上之情而已。此時孤鸞驚舞，萬籟無聲，月夜聞之，真是仙境。但仙駕不過暫留，不久即返歸天上，移時都城天曉，正恐音響永絶，渺不復聞矣。首韵喝起全題。次韵承清「聞」字。三韵言笙聲之妙。四韵寫聞笙之趣，妙以無聲反襯「聞」字，且恰合「月夜」之景，真乃八面玲瓏。五韵以仙駕去留，宕開作勢。末以聞者之情作結，妙能拒合「月夜」。

【評注】紀批：「月」字不免微脱，亦緣得意疾走，風利不得泊也。有此遥情勝韵，不妨賞其神駿，略其驪黄。又云：「萬籟」句對面傳神，與「空水共澄鮮」詩第三句同法。「盈谷」似用黄帝張樂，「在谷滿谷」意。「入雲」似用秦青之歌「響遏行雲」意，皆樂事也。此亦未必不然。然作詩説詩，俱不必如此粘滯。鍾嶸曰：「『清晨登隴首』，羌無故實；『明月照積雪』，詎出經史。」按此條其益後學，不但規解詩支離之失，並可砭作者平實之病，故備録之。

湘靈鼓瑟

錢　起

【題解】此等題着不得一呆語，空際傳神，須帶縹緲不盡之致，詩乃超妙入神。

善鼓雲和瑟，常聞帝子靈。馮音凭。夷空自舞，楚客不堪聽。逸韵諧金石，清音入杳冥。蒼梧來怨慕，白芷動芳馨。流水傳湘浦，悲風過洞庭。曲終人不見，江上數峰青。

【箋釋】《楚詞・遠遊》篇：「二女御，九韶歌。使湘靈鼓瑟兮，令海若舞馮夷。」按上言二女，則「湘靈」當是湘水之神，非湘夫人也。詩意直以「湘靈」爲二女。○雲和，山名，出琴瑟之材。《周禮》：「雲和之琴瑟。」《九歌》：「帝子降兮北渚。」注：「帝子，謂堯女。」馮夷，河伯也。楚客，謂屈平。八音中有金石。諧，和也。坊本作「偕」。蒼梧，地名，舜所葬處。白芷，香草名。《楚詞》：「折芳馨兮遺所思。」毛注：「流水、悲風皆曲調名。」湘浦，即湘水。洞庭，山名。《山海經》：「洞庭之山，帝之二女居之。」

【疏義】言誰撫此雲和之瑟，蓋嘗聞帝子死爲湘水之神，有此靈異矣。聞瑟起舞，馮夷自樂，而楚客則不堪聽。其逸韵雖與金石同諧，而清音實自杳冥而發。蒼梧遥隔，如興怨慕之思，白芷潛生，暗動芳馨之氣。流水傳湘浦而來，悲風過洞庭而去。曲終人遠，何處可尋，但見江上峰多，數處青青而已。四句提醒眼目，通篇俱納入一「聽」字中，運法甚密。第三句隨手注題，更覺渾然無迹。

【評注】此詩佳處，諸評已備，兹不復贅。中六句調同，犯切脚之病，讀者不可不知。○題出《楚辭》，故詩多用《楚辭》中字作襯貼，色澤方稱，若用俗字，便淺陋不肖題。即此可悟引用之法。紀批：「白芷」句正寫聲氣相感之妙。「流水」、「悲風」亦是烘寫遠神，爲末二句布勢，不必定作曲名解。

清如玉壺冰

盧　綸

【題解】欲稱其清，特借「玉壺冰」以形之。明拈出「如」字，自須以人爲主。若單賦「玉壺冰」，失去題中「如」字矣。

玉壺冰始結，循吏政初成。既有虚心鑒，還如照膽清。瑶池慙洞澈，金鏡讓澄明。氣若朝霜肅，形隨夜月盈。臨人能不蔽，待物本無情。怯對圓光裏，妍媸自此呈。

【箋釋】題出鮑照《白頭吟》：「直如朱絲繩，清如玉壺冰。」按題本義，原以方人，詩則直以比循吏，蓋應試頌美之體，多有不顧本旨者。辨詳前篇。○循吏，良吏也。《唐書》：高馮爲吏侍，太宗賜金背鏡一面，以表清鑒。秦有方鏡，照見人心膽。瑶池，西王母所居。《洞冥記》：「望蟾閣有清金鏡。」妍媸，猶美惡也。

【疏義】一起明破「玉壺冰」，暗破「清如」。言玉壺冰結，與循吏政成，初無二致。下乃承明是循吏也，既于政治有虚心之鑒，直如冰玉有照膽之清焉。中聯用形容法，言其洞澈也。雖瑶池猶慚其澄明也，即金鏡猶讓，信非玉壺冰不足以方之。而且肅若朝霜，瑩同夜月，何其清也。以之臨人，自不蒙蔽，以之待物，豈有私情。其清如此，吾知圓光一照，妍醜自分，誰不對之而心怯也哉。末以自喻作結，借「清」字歸美主司，是應試體。

【評注】此比喻題也，必須正喻、夾寫，方繪出「如」字全神。中間全用借喻，不粘實字，是討巧法。其實比中生比，輾轉牽引，題緒茫然矣。惟五韵用渾寫，是人是物，一語雙關，寫得「清」字真，説得「如」字圓。

薦冰

陳至

【題解】凡典禮題，須寫得典貴鄭重方合體裁，着不得一纖佻語。

凌寒開固沍，寢廟致精誠。色静澄三酒，光寒肅兩楹。形鹽難比潔，玉豆爲去聲。潛英。禮自春分展，堅從北陸成。藉茅心共結，出鑑冰漸明。幸得來觀薦，靈臺一小生。

【箋釋】《月令》：仲春之月，天子乃獻羊開冰，先薦寢廟。○固沍，陰肅之義。《左》：其藏冰也，深山窮谷，固陰沍寒，于是乎取之。三酒，見《周禮》，謂事酒、昔酒、清酒也。形鹽，築鹽爲虎形，見《左》，聘饗所用也。玉豆見《周禮》，謂籩豆，以玉餙之。春分，在仲春時。北陸，日行之次。《左》：

「日在北陸而藏冰。」藉茅者，封禪必須三春之茅以爲藉也，見《史記》。鑑，盛冰之器，見《周禮》。靈臺，周所建之臺，藏珍玩圖書之所。○作爲之爲平聲，有爲之爲去聲。第十句「漸」字倒。

【疏義】言凌寒開冰，先荐寢廟，以致精誠之意。其色則對三酒而還澄，其光則澈兩楹而倍肅。所供形鹽，難與比潔，所陳玉豆，或爲潛英。荐之禮雖自春分始展，而冰之堅則從北陸而成。方之藉茅、明水，皆同此致潔之意耳。靈臺小生，若非來此觀荐，安得覩此典禮之盛乎？首韵點題，以下即寫冰之光色。中間賦「荐」字，仍用虛寫。九、十又用旁襯。末以觀荐作結。

【評注】開冰取節宣陽氣之義，洗荐者，不敢以人之餘奉神，有尊祖敬宗之心。作典禮題，寫不出精義來，不見典切。然遇正位難用實詮，又須解用旁襯、借映等法方寬展有餘地。讀此作，須玩其寬展不犯手處。○末韵劣。

積雪爲小山

劉眘虚

【題解】題甚淡雅。説「積」、説「爲」，須從人寫方傳題意。若呆作雪山，失題味矣。作小題不可用麗大之筆。

飛雪伴春還，春庭曉自閑。虛心因任道，遇賞遂成山。峰小形全秀，巖虛勢莫攀。以幽能皎潔，謂近可循環。孤影臨冰鏡，寒光對玉顏。不隨遲日盡，留顧歲華間。

【箋釋】題末詳所出。按唐李子卿有《聚雪爲小山賦》。○《莊子》：「虛其心，實其腹。」孔平仲

《玩月》詩：「團圓非鏡吐清華。」謝惠連《雪賦》：「紈袖慙冶，玉顔掩姱。」循環，旋繞也。歲華，年華也。《詩》：「春日遲遲。」

【疏義】言早春飛雪滿庭，曉起情閑，虚心任道，于賞心之下，乃隨意爲山焉。是山也，峰雖小巧，而形則雋秀，巖甚虚明，而勢難攀躋。要之境最幽静，愛其皎潔，近在咫尺，正可循環對此小山，如臨冰鏡之旁，而玉顔可照。倘能不隨春日消盡，用作歲華之玩，豈不可久乎。○起就春雪説起，先有人在，已撥動「積」、「爲」之神。故承筆隨手點出爲山，更不着一「雪」、「山」實字，是善下虚筆也。中間亦全用虚寫，確是小山，確是積雪爲之。填寫實字，能如此玲瓏剔透否？後聯又從對雪山者着筆，總不粘實。末韵隨手收束，就題完題，仍不脱「積」、「爲」之神。

【評注】筆無俗韵，濯濯出塵，小題聖手也。○題眼多在虚字，不在實字。作詩亦須解用虚筆，無事填實。着虚筆則鬆動有神，用填實則平板無力。虚實之分，仙凡之界也。

履春冰

張蕭遠

【題解】此題亦屬比喻，須寫出兢慎之意來。作者寫春冰，皆從履者心目中看出，題面、題意，兩兩俱到。

一步一愁新，輕輕恐陷人。薄光全透日，殘色半消春。蟬想行時翼，魚驚踏處鱗。底虚難動足，岸闊怯迴身。豈暇躊躕久，寧容顧眄頻。願將矜慎意，從此越通津。

【箋釋】《書·君牙》：「若蹈虎尾，涉于春冰。」又《詩經》：「如臨深淵，如履薄冰。」皆形容矜慎之意。○徐行曰步。陷，猶墮也。蟬，禽屬，其翼最薄，用作借喻。冰薄則踏處頻驚游魚。躊躕，却行不前貌。顧眄，回視之貌。

【疏義】言舉足之時，一步一愁者，正恐春冰難履，易於陷人也。試看冰之薄處，全透日光，冰之殘餘，已半消春色。行時可畏，輒想蟬翼之薄，踏處堪驚，如礙魚鱗之動。又兼之冰底甚虚，難以動足，岸旁甚濶，不容迴身。尚容人躊躕顧眄，却行而不前乎？亦惟存此矜慎之意，庶乎過此通津耳。○一起説一步一愁，便直從履者説起，而春冰祇用暗破，並不明點。第二韵説薄光、殘色，乃道清是春冰。「蟬想」聯用形容，「底虚」聯用推闡，皆爲題首「愁」字摹神，即早爲結尾矜慎意透根。「豈暇」聯又用開宕，以便結合本意。首尾一氣承接，精神團聚。

【評注】詩兼賦、比、興，而理法則與時文無異。有題面，即有題義。貪發題義不緊，但題面則不醒；貪發題面，而全略題義則不透。時令景物題，多用賦體，能兼用情景，便是好詩。若典制有實義題，賦、比、興當兼用之，必準以時文理法，方有發揮，勿輕試律爲小道也。○此題若不爲「履」字着想，縱極力刻劃「春冰」，則亦一《水始冰》、《東風解凍》題詩耳，與此題本義何涉？故知審題必細，命意方高。

濟川用舟楫

胡　權

【題解】題無「若」字，亦隱喻，非顯比也。祇從喻意説可也。

渺渺水連天，歸程想幾千。孤舟辭曲岸，輕楫濟長川。迴指波濤雪，迴瞻島嶼烟。心迷滄海上，目斷白雲邊。泛濫雖無定，維持且自專。還如明聖代，理國用英賢。

【箋釋】《書・説命》：「若濟巨川，用汝作舟楫。」汝蓋謂傅説也。○渺渺，水無窮貌。程，路程也。雪狀波濤之白。嶼亦水中山島。維持，繫維之意。

【疏義】言一水遥隔，歸程甚遠，幸有孤舟輕楫，庶乎辭曲岸而濟此長川乎。從此指波濤之雪浪，瞻島嶼之烟光，不覺心迷滄海，目斷白雲矣。要之泛濫之踪，雖無定所，而維持之力，賴有專人。正如明聖之世，欲理國家，必用英賢。則濟川者，若捨舟楫，又何具乎？○起從欲濟川説入，下乃承明「用舟楫」。兩句清還，中間渾寫，便不患無眉目矣。五、六句寫濟川時景色。七、八句寫濟川時情事。後聯一句束「濟川」，一句束「用舟楫」，仍還清楚，關鎖有法，中幅乃不嫌脱略。末乃結明正意，賓主分明，正喻皆見。

【評注】題既節用《書》語，删去「若」字，則就題還題，只隱含喻意可也。臨末結明，却是正格。與《風雨鷄鳴》題同一法律。

玉巵無當

元　稹

【題解】以「無當」合題意，仍以「玉巵」見身分，善用斡旋，此應試體也。題有不可依原文本義者，以此推之。

共惜連城寶，翻爲無當巵。詎慚君子貴，深訝巧工隳。泛蟻功全少，如虹色不移。可憐殊礫石，何計辨糟醨。江海誠難滿，盤筵莫(忘)〔妄〕去聲。施。縱乖斟酌意，猶得奉光儀。

【箋釋】《韓非子》：堂溪公謂韓昭侯曰：「今有白玉之巵無當，瓦巵有當，君寧何取？」曰：「取瓦巵。」當，底也。巵，飲器。○魏文帝書曰：「不損連城之璧。」按《史記》，趙得和氏璧，秦昭王曰願以十五城易之，「連城」本此。《禮記》：「君子貴玉而賤珉。」浮蟻，醪汁滓酒也。《爾雅》：「酒有泛齊浮蟻。」《禮·聘義》：「氣如長虹。」礫音杓，細石也。《楚詞》：「相與貴夫礫石。」醨音離，薄酒也。《楚詞》：「何不哺其糟而啜其醨。」《淮南子》：「江河不能滿漏巵。」盤，盃盤。筵，席也。○「當」去聲。「無」字倒。

【疏義】言可惜連城之寶，翻爲無當之巵。昔原見重于君子，今胡竟隳于巧工，致令泛蟻之功難全，如虹之色空在。方之礫石，雖然有殊，若盛糟醨，實難爲用。洵乎江海難滿其量，而盤筵之間不必忘施矣。要之巵終是玉，即不可斟酌，仍得奉君子光儀，究于瓦巵有殊也。○入手點明，便用抑揚之筆。三四從玉巵説到無當。五六句即從無當挽到玉巵。七八句又從玉巵説到無當。九十句復從無當挽到玉巵。順逆往來，一絲不亂。

【評注】紀太史《試律説》批：韓非本意，言玉巵無當，不如瓦巵有當。然試律之體，有褒無貶，有頌無刺，不得不立意斡旋，此立言之體也。遇此種題，宜知此意。愚按：崑山片玉，桂林一枝，在郄詵本意，原屬謙言，試律作此題，皆就貴重之義説，同一尊題法也。○無書人振襟肘見，艱于補綴，固難雅切。若無筆則掉轉不來，亦不能屈伸如意。有筆人隨我議論，題自隨之，故詩中有開宕，亦有抑揚也。○紀太史云：襞積錯雜，非詩也。而排偶鈍滯，亦非詩也。善作者鍊氣歸神，渾然無迹。次亦詞氣相輔，機法相生。初爲詩者，不能翕闢自如，出落轉折之處，必先以虚字鈎接之。漸久漸熟，自能刊落虚字，精神轉運于空中，血脉周流于内際。

金在鎔　白行簡

【題解】題無「猶」字，則喻意尚未顯露。作詩祇用雙關之筆，雖單賦鎔金，而正義自見言外，乃爲得法。

巨橐方鎔物，洪爐欲範金。紫光看漸發，赤氣望逾深。燄爇晴雲變，烟浮晝景陰。堅剛由我性，鼓鑄任君心。踴躍徒標異，精純自可欽。何當得成器，待叩向知音。

【箋釋】《漢書・董仲舒傳》：「上之化下，下之從上，猶金之在鎔，惟冶者之所爲。」注：「鎔謂鑄器之模範也。」○巨橐，爐箱也。魏文帝《典論》：「五色駭爐，巨橐自鼓。」洪，大也。《莊子》：「以天下爲大爐。」範，式也，法也。鼓鑄猶言造就也。踴躍，跳躍意。《莊子》：「大冶鑄金，金踴躍曰：『我且必爲莫邪。』大冶必以爲不祥之金。」叩，擊也，自比金鐘待叩而鳴也。○十一句單拗。

【疏義】言巨橐方欲鎔物，而洪爐之中，金已就範。試看紫光漸發，望之而赤氣逾深矣。火燄爇時，晴雲色爲之變，青烟浮處，晝景亦爲之陰。是其堅剛之質，生成由我，而鼓鑄之力，成就惟君。既不肯以踴躍標異，人將愈欽其精純。若得成器爲鐘，有知音者尚其叩之。○三句初鎔也。四句漸鎔也。五、六句全鎔也。前半篇全寫題面，後半寫董子本義，隱然自喻，全不説破。此雙關題之善措筆者。

【評注】此賦在鎔之金，非單賦金也，故須從「在鎔」着想，方合題義。故作典制題，全在相題有識，筆乃中肯。若一味填實，不但無好詩，即詩鍊得好，亦是不切題之詩，焉能制勝？

觀淬龍泉劍

裴夷直

【題解】淬，《説文》：「堅刀刃也。」徐曰：劍燒而入也。此咏寶劍初淬，新刃可觀。宜着眼題首兩字，無泛咏劍。

歐冶將成器，風胡幸見逢。發硎思剸玉，投水(欲)〔化〕爲龍。詎肯深藏匣，終期用拂鐘。蓮花生寶鍔，秋日礪霜鋒。鍊質纔三尺，吹毛過百重。擊磨如不倦，提握願長從。

【箋釋】《越絶書》：楚王召風胡子之吴越，見歐冶子、干將，使之爲鐵劍三枚。一曰龍泉。○硎，礪石也。《莊子》：「解牛若新發硎。」剸音轉，細割也。《列子》：「西戎獻昆吾之劍，切玉如泥。」化龍事見《晉書》：雷煥爲豐城令，掘獄得二劍，名龍泉、太阿。後煥子經延平津，劍忽躍入水中，乃變爲龍。匣，藏劍器。剸鐘，見《説苑》：「干將莫冶，剸鐘不錚。」鍔音蕚，劍刃也。唐太宗詩：「霜野韜蓮劍。」三尺謂劍。李賀詩：「先輩匣中三尺水。」吹毛謂毛過可斷也。陸龜蒙詩：「劍離孤匣欲吹毛。」

【疏義】言值歐冶方欲淬劍，風胡子適來觀焉。是劍也，將思切玉，新用發硎，如欲化龍，即當投水，詎肯深藏匣中，不使試劚鐘之用乎？以故初開寶鍔，簇生蓮花，乍礪霜鋒，正映秋日。雖祇三尺之質，堪吹百重之毛，特恐擊磨或倦耳。若果有人提攜，則情願長從君身矣。○入手用渾破，一句是淬劍，一句是觀劍。二韵承明「淬」字。三韵言淬之之意。四韵言淬之之善。五韵言劍之利。末韵以干請寓意，關合劍字作結。

【評注】凡作詩，須審題所重，方好下筆。此題非泛賦龍泉劍，題眼全在「淬」字、「觀」字，賦劍處皆從觀者看出，得法。

吴宫教戰

吴　秘

【題解】題似香艷，然孫武借事立威，實有正義可發，不容泛作美人賦也。

客獻陳兵計，功成欲霸吴。玉顔承將略，金殿賜軍符。轉珮風雲暗，鳴鼙錦繡趨。雪花頻落粉，香汗盡流珠。掩笑誰干令，嚴師必用誅。至今孫子法，猶可静邊隅。

【箋釋】節録《史記》：孫武以兵法見吴王，王出宫中美人，武分爲兩隊，以王寵姬爲隊長。約束而鼓之，婦人笑，復三令五申而鼓之，又笑，孫子乃斬隊長二人以狥。吴王知孫子能用兵，卒以爲將，破楚，入郢，北威齊、晋。○將略，大將韜略也。軍符，以竹爲之，上鐫篆書，持之以合信也。見《漢書》。珮，環珮，美人所佩。鼙音皮，騎上之鼓。

【疏義】言有客獻計，欲以戰功伯吳，乃于宮授以將略，賜以軍符，使教美人戰焉。一時之環珮爭旋，繞風雲而盡暗，鳴鼙齊振，擁錦繡而爭趨。墜落雪花皆是粉，流出香汗盡成珠。彼時掩笑者，係誰干軍令，而孫武執法，竟誅二人以殉，抑何嚴也。至今守孫子之遺法，而邊隅永静，洵軍威之宜肅也。

【評注】凡以舊事命題，作者須識明此事實義何在，着筆方中肯綮。如此題，若作游戲小題看，或涉香艷，便不合體。是作中寫教戰，未免稍涉濃艷，然尚不大傷雅道。而起結兩處，獨見大意，洵爲得體。

方士進恒春草

梁　鍠

【題解】此記事，非咏物也。呆賦「恒春草」便不合叙事之體。

東吳有靈草，生彼剡溪旁。既亂莓苔色，仍連菡萏香。掇之稱大藥，持以奉明王。北闕顔彌駐，南山壽更長。金膏徒騁妙，石髓莫矜良。倘能霑涓滴，還遊不死方。

【箋釋】《唐書·方技傳》：姜撫，宋州人。自言通仙人不死術，隱居不仕。開元末，因訪隱民，召至東都。因言服長春藤，使白髮還鬢，則長生可致。帝遣使至大湖，多取以賜中朝老臣云云。○剡音閃，剡溪在嵊縣。莓音枚，亦苔屬。菡萏音頷髡，芙蓉也。掇，拾取也。金膏，仙藥。謝詩：「金膏滅明光。」石髓，金玉之精。《仙經》：「神山五百歲一開，其中石髓出，得而服之，壽與天相畢。」《山海經》：「羽人之國，不死之民。」

【疏義】言東吴傳有靈草，遶剡溪之旁而遍生。色既雜莓苔而莫辨，香還同菡萏而愈清。方士取之，稱爲大藥，持以奉上，進之明主，從此北闕駐顔，自將壽比南山矣。彼夫金膏、石髓，豈足與之並衡哉？倘使得霑些須，則延齡有術，永登壽域矣。○方士進藥，事殊非體，措詞當有斟酌。詩前四句但賦「恒春」，後六句但賦草之功用，「進」字惟五六句一點，更不照應，識力絶高。

【評注】叙事題須用順叙法。此作於難措手處，妙在不着議論，祇順題寫去，如題而止，而逐句相生，承接一氣，誠試律中僅見之作。學者熟此，自化堆砌之病，去補綴之迹。恒春草苦無故實，此詩祇以襯貼還題，毫不犯手。

風雨鷄鳴

李　頻

【題解】純是比體，未露正義，故通篇祇隱隱切合，結處乃畫龍點睛，此定法也。

不爲風雨變，鷄德一何貞。在暗常先覺，臨晨即自鳴。瀟瀟和斷漏，喔喔報重平聲。城。向晦如相警，知時似獨清。陰霾方見信，頃刻詎移聲。欲識詩人興，中含君子情。

【箋釋】題出《詩·鄭風》：「風雨凄凄，鷄鳴喈喈。既見君子，云胡不夷。」《小序》：「思君子也。言風雨凄凄然，雞猶守時而鳴，喻君子不改其度也。」○瀟瀟，風雨聲。喔音渥，鷄聲。韓詩：「天星牽落鷄喔咿。」重城，謂帝城。晦，陰也。《易·隨》大象：「君子以向晦入宴息。」霾音埋。《爾雅》：「風而雨土爲霾。」孫注曰：「大風揚塵，土從上下也。」

【疏義】言不爲風雨變節，如雞之德，一何貞也。在暗先覺，有識時之明，臨晨即鳴，見守信之義。想其瀟瀟深夜，和斷漏而傳聲，喔喔清音，出重城而報曉。如相警以向晦之心，若獨具一知時之識。歷陰霾而守信，即頃刻而不移。鷄之德洵足異乎。要知詩人所以咏此者，正以喻君子之能守節也。○起用一喝，便擊動正意，非祇贊鷄也。以下承清「鳴」字，俱綰定「風雨」説題義方圓。至末乃結明正義。

【評注】此類題若祇作咏物題作，無詩法矣。「向晦」一聯正喻雙關，直寫得題義透。○臨末結明正義，得理得法。

振振鷺

李　頻

【題解】先出正意，然後摹寫，是雙關題之變調。蓋神明千法，非定格所能拘也。録此作以參其變。

有鳥生江浦，霜華作羽翰。君臣將比潔，朝野用爲歡。月影林梢下，冰光水際殘。飛翻時共樂，飲啄道皆安。迴翥宜高咏，群棲入静看。由來鴛鷺侶，濟濟列千官。

【箋釋】題出《魯頌・有駜》篇：「振振鷺，鷺于下。」「醉言舞。于胥樂兮。」此燕飲頌禱之詞。○振振，群飛貌。下「鷺」字謂鷺羽也。

【疏義】言有鳥生于江浦之中，其潔白如霜，可作羽翰，故君臣取以比德，而朝野歡娱，見諸咏歌焉。是白鷺也，棲林則映月影，依水則對水光，飛翻共樂，飲啄皆安。其迴翥宜乎高咏，而群棲之意，静看更宜也。彼朝廷之士，濟濟千官，不與此鷺侣相同乎？宜詩之借以作比也。

【評注】紀批：此詩佳在以「有鳥」二字領起，而次聯明出一「北」字，將正意攝入「有鳥」二字中，故以下仍可直接鳥寫。此筆妙也，無此筆則一經説破，轉掉不來，不如用常格矣。

右録唐人試律典制題二十首爲一卷，其於典禮、政治，以及序事、寓言，各類大小題法，亦略具矣。

應試詩法淺説詳解卷四

古東郡跛奚葉葆評注

本朝試律 景物二十首，八韵。

日浴咸池

【題解】題重一「浴」字，詩須帶定「咸池」，用夾寫方得「浴」字之神。勿泛賦初日。詩忌重複，又須寫出層次來。

羲御上曈曨，天鷄唱曉風。潮來浮澒洞，日出破鴻濛。巨壑茫茫白，圓規漾漾紅。六螭凌泱漭，百寶動沖瀜。浪涌烏踆躍，雲消蜃氣空。一輪珠耀火，萬里鏡磨銅。朱爓何曾濕，黄人漸欲中。如升方獻頌，翹首大瀛東。

【箋釋】《淮南子》：「日出于暘谷，浴于咸池。」〇曈曨，《説文》：「日欲明也。」《述異記》：「桃都山有樹，名桃都枝。上有天鷄，日出即鳴。」澒洞，音永動，水大貌。鴻濛，元氣也。巨壑，海也。木華賦：「茫茫積流。」圓規，日也。白詩：「水光紅漾漾。」《淮南》：「爰息六螭。」注：「駕以六龍，羲和御之。」泱漭，水遠貌。禹玉牒語：「沐日浴月百寶生。」沖瀜，深廣貌。《淮南》：「日中有踆烏。」踆音逡。《天官書》：「海旁蜃氣象樓臺。」唐明堂有火珠。蘇詩：「但見碧海磨青銅。」爓與熖同。《海賦》：「朱黝緑烟。」黄人守日，外國人來降。見《困學紀聞》。《詩》：「如日之升。」大瀛，海也。

【疏義】先從題前破入。次韵點日出。三韵寫乍浴之景。四韵寫方浴之景。五韵寫浴時之景。六韵寫浴後之景。七韵束題。末以頌聖作結。○詩有來路，有去路。首韵從題前説入，是來路，結韵推到題後，是去路也。

【評注】紀評：咸池無典可徵，不得不從「浴」字落墨，然刻劃纖巧又不稱題。渾寫大意，雄闊絶倫，此題須有此氣象。○試律講聲調，論品格，雖在各人筆性所近，總之相題行文，全歸穩稱。是編雄壯韵秀兼收，讀者勿偏執所好。

海上生明月　紀　晦

【題解】題眼在「生」字，然非切定「海上」寫，則凡咏月題皆可移用矣。詩寫「生」字有次第，于「海上」有映合。

一片寒空暮，無邊巨壑長。烟消澄遠碧，月出逗新黄。龍女微開鏡，鮫珠漸吐芒。高凌天尺五，直湧水中央。輪抱三山影，波涵萬里光。乾坤浮澒洞，風露浴青蒼。河漢微雲斂，蓬壺夜氣涼。金鼇誰獨立，閒看上聲。舞霓裳。

【箋釋】題出張九齡詩。○祖（埏）〔珽〕《望海詩》：「登高臨巨壑，不知平萬里。」謝宗可《水中月》詩：「鮫人泣罷珠猶濕，龍女妝成鏡未收。」蓋以珠鏡比月也。《鷄跖集》：「城南韋杜，去天尺五。」《神仙傳》：「海上有三神山，曰蓬萊、瀛州、方丈。蓬壺又其一也。」金鰲獨立，喻登科也。李義山詩：「空記大羅天上事，衆仙同日咏霓裳。」

【疏義】先破海上，次聯乃承清月生。三韵是寫初生之景。四韵是寫正生之景。五韵是寫生後之景。六韵就海上寫。七韵束題，以喻意作結。

【評注】月出海上，分作數層寫，「生」字活現矣。説龍、説鮫、説水、説波，又無句不抱海上也。◯潘邠老云：「五言詩第三字要響。」竊謂字字要活，活則字字響。此詩「澄」字、「逗」字，真鍊得響。其餘「凌」字、「湧」字、「抱」字、「涵」字、「浮」字、「浴」字，寔無一不活也。日詩要健字撑住，活字斡旋。撑住用實字，斡旋在虚字。「名豈文章著，官應老病休。」「豈」、「應」兩字，乃斡旋處。

宿烟含白露

馮秉忠

【題解】露好寫，烟難寫，至于宿烟含露，更難着筆矣。題語妙寫難狀之景，作者自須體會入微。野外烟頻合，林邊露正酣。流珠將翠滴，引素入花含。暝處疑蒸雨，凝時總帶嵐。乳傾人不見，氣警鶴先諳。夾葉融空瀣，鋪山濕蔚藍。膏浮成冉冉，香潤半馣馣。低已迷蘭芷，高還浥杞楠。秋郊清景暮，芒屩好徐探。

【箋釋】題句未省所出。◯江淹《别賦》：「秋露如珠。」沈約詩：「長烟引輕素。」天乳，甘露也。《風土記》：鶴至八月，露降，有聲，即鳴以相警。沆瀣，北方夜半露氣也。宋濂詩：「融來玉瀣從空薄。」蔚藍，翠色。杜詩：「上有蔚藍天。」馣馣，香氣也。蘭芷，香草。杞楠，木名。芒屨，履也。○酣音憨，洽也。諳音庵，悉也，明也。沆瀣音抗介。馣音庵。楠音南。探音貪，遠取也，索也。

【疏義】對起清「烟」字、「露」字。承聯清出「含」字。三韵一句從烟串到露，一句從露找到烟，用兩路夾寫法，「含」字乃透。四韵虛寫「含」字。五韵從烟順説到露。六韵又從露逆找到烟，「含」字衹好用夾寫帶出。七韵足題。末結到遊眺上。

【評注】烟裏有露，露被烟隱，此境是秋郊早行，于疏林衰草處得之，有此名句，以之命題，幾難求肖矣。詩細爲體驗，巧于形容，語妙恰如題妙，的是名手。○露猶可寫，烟寔難寫，然寫「露」字必須帶有「烟」字。浮烟、清露猶易寫，曰「宿」、曰「含」，如何寫？然寫烟必定是「宿」方盡相，寫白露必須見是于宿烟中含之方盡相。繪花有香，繪水有聲，詩人之筆，何所不至。貪走易路，便是凡筆。

微雲淡河漢

紀　昀

【題解】題是「微雲」，作成「秋雲似羅」題不得。是河漢雲淡，作成「秋河曙耿」題不得。

碧空澄夜色，絡角挂明河。疏雨三更歇，微雲幾片過。一條横似練，數尺卷如羅。水自盈盈隔，痕餘澹澹拖。依稀纔有迹，清淺不生波。最愛玲瓏映，無嫌點綴多。人間秋若此，天上境如何。擬泛靈槎去，瓊樓問玉梭。

【箋釋】孟浩然時適秘省，秋月新霽，與諸公聯句。浩然曰：「微雲淡河漢，疏雨滴梧桐。」咸訝其清絶。○絡角星在天河旁。羅隱《七夕》詩：「絡角星河菡萏天。」宋之問《明河篇》：「倬彼昭回如練白。」梁元帝賦：「秋雲似羅。」古詩：「盈盈一水間，脉脉不得語。」又：「天河清且淺。」《世説新語》：「司馬太傅齋中夜坐，于時天月明净，都無纖翳。太傅嘆以爲佳景。謝景重在坐，答曰：『意謂乃不如微雲點綴。』」《博物志》：有人居海上，每年八月見海查來，不違時。乃齎一年糧，乘之至天河。蘇詞：「不知天上宫闕，今夕是何年。我欲乘風歸去，又恐瓊樓玉宇，高處不勝寒。起舞弄清影，何似在人間。」

【疏義】首韵點「河漢」。次韵點「微雲」。三韵切「雲」寫「微」字。四韵切「河漢」寫「澹」字。五韵曲盡「微」字、「澹」字之象。六韵妙傳「微」字、「澹」字之神。七韵就「河漢」上作襯説。末就「河漢」上寓意結題。通首層次順利，氣味浹洽，後四句更一氣流走。

【評注】題既着意摹寫，作者自應也向他着意字上作刻劃，方不負題。此題「微」字、「淡」字是其着意字也，詩祇微作點綴，淡淡還題，乃恰如題分。○作詩全在相題，有宜含蓄者，則意當深厚；有宜豪放者，則意當發露；有宜莊重者，則語當痛快；有宜輕還者，則語當流利。聲調體格，研鍊之功在平日；至于命意着筆，則隨題變化，無乎不可。

秋雲似羅

梁國治

【題解】題以羅比雲，是形容求肖。若不從「羅」字上刻劃，則形容不到。此題固不得泛賦秋雲了事。

一望長空静，雲羅澹不收。時拖三兩尺，畫出淺深秋。那作魚鱗蹙，將舒鳳尾柔。微烘穿線榭，偏映曝衣樓。巧借天孫織，深添海客愁。爲裳霞雜綺，如幕月成鈎。刀尺歸天地，花光動斗牛。瞻堯雲漢近，畫衮被皇州。

【箋釋】梁元帝《蕩婦秋思賦》：「重以秋水文波，秋雲似羅。」〇魚鱗貼雲。《淮南子》：「水雲魚鱗。」鳳尾貼羅。李商隱詩：「鳳尾香羅薄幾重。」穿線榭，見《荆楚歲時記》：「七夕，婦女結綵樓，穿七孔鍼以乞巧。」曝衣樓見《續六帖》：「太液池西有樓，七月七日宫女出后衣，登樓曝之。」李賀詩：「鵲辭穿榭月，花入曝衣樓。」織女，天女孫也，能織錦。海客于水底織綃。謝朓詩：「餘霞散成綺。」梁簡文帝曲：「浮雲似帳月成鈎。」《史・堯紀》：「瞻之如雲。」《詩》：「倬彼雲漢。」蘇詩：「繡裳畫衮雲垂地。」

【疏義】首韵破完題面。次韵承清題意。三韵拍合到「羅」字。四韵扣「秋」字，借「穿線」、「曝衣」映合「羅」字。五韵借「天孫」、「海客」襯貼「羅」字。六韵借霞綺、月鈎烘托「羅」字。七韵透寫雲羅，用推闡之筆，題意乃暢。末用頌聖，雙關題字作結。

【評注】作小題須用刻劃法，但必巧不傷雅，方爲入格。第二韵之淡永，七韵之大方，允爲高唱。〇他如《餘霞散成綺》題之應扣「綺」字作刻劃，《密雨如散絲》題之應扣「絲」字作刻劃，同一法也。詩不多録。〇「霞綺」、「月鈎」聯，人争賞之，在試律固不妨過巧，然必以是見長，則落小樣矣。但能如曝衣樓映合之巧，刀尺、花光設想之高，何等大雅，鍊格定品，詩家當另着眼。〇頷聯「三兩」、「淺深」，是本句自爲對法。

秋容無迹澹平空

張　垣

【題解】有迹好寫，無迹難寫。然詩以形容取象，固不能不用烘寫。此詩仍以點染還題，自有手法。

小雨洗秋色，平郊望欲空。天高澄玉瀣，宇静捲金風。烟意霏難着，嵐光薄豈濛。歛從霜氣白，流是日華紅。鏡覆遥山澈，壺收遠水同。一聲初唳鶴，萬里不飛鴻。澹與争詩品，清尤入畫工。晶明看帝闕，漸有彩雲籠。

【箋釋】題出王初詩。〇韓詩：「長安雨洗新秋出。」歐陽《秋聲賦》：「天高日晶。」陸游詩：「爲我傾玉瀣。」瀣音介，露也。吴秘《風光草際浮》題詩：「紅是日華流。」玉鏡、水壺，詩家借以比秋空。《空水共澄鮮》詩：「遥山翠色同。」《桂》詩：「遠水兼天净。」楊衡詩：「一一鶴聲飛上天。」李益詩：「無限塞鴻飛不度。」司空表聖《二十四詩品》，冲澹其一也。又畫家有白描法，有水墨法。唐七律：「雲裏帝城雙鳳闕，雨中春樹萬人家。」

【疏義】一起點秋空，渾破全題。次韵承秋空，清出澹無迹之故來。三韵正寫「澹」字，確是無迹。四韵寫「容」字，烘托無迹。五韵就山水摹寫無迹。六韵就鴻鶴寫「空」字，襯托無迹。七韵收足「澹」

字。末用反襯作結。

【評注】既云「無迹」，從何處着筆？然顯帶「秋容」兩字于上，則「無字」只托出一「澹」字耳。詩以點染爲烘托，曲盡秋空之勢，而「淡」字自到，説來固仍是「無迹」，恰是「秋容」也。〇詩家有頰上添毫法。如唐人《空水共澄鮮》題用「海鶴」作點綴，偶□一物，愈見是一望空明，此詩「唳鶴」一聯正得此秘。其餘亦無不善托「淡」字。

山空氣相合

劉　綸

【題解】秋山好寫，秋氣難寫，至于山氣相合，尤難着筆。窮神盡象，自須體會入微。

葉落衆山空，山山秋色同。疏黄飄淅瀝，積翠入冥濛。崷崒千巖合，蒼茫一氣通。斷厓分鳥道，巨壑共松風。暮靄沉沉碧，斜陽澹澹紅。不知峰向背，直接嶺西東。樓閣烟綃裏，林巒水墨中。憑誰呼嬾瓚，老筆寫巃嵸。

【箋釋】林逋詩：「山空氣相合，旦暮生秋陰。」〇疏黄謂落葉。僧清塞《重陽詩》：「雲木疏黄秋滿川。」淅瀝，細下貌。喬知之《定情篇》：「黄葉已淅瀝。」積翠，山色。李澄詩：「雨歇南山積翠來。」冥濛，空濛貌。崷崒，音酋誶，山高貌。李商隱詩：「霞分鳥道紅。」劉臻詩：「諸嶺共松風。」周密詞：「認隱烟綃重叠。」王維《畫訣》云：「水墨最爲上。」倪瓚善畫，或稱爲嬾瓚。

【疏義】入手醒「空」字，明點「秋」字，尤有根。次韵虚含到「氣」字。三韵醒「合」字、「氣」字。四韵「空」字、「合」字俱透。五韵就題外寫爲本題作烘托。六韵渾寫「山空」。七韵作點染之筆，托出畫意。末乃結到善畫人，可作秋山圖，收題老致。

【評注】紀評：題境極難摹寫，泛咏秋山無當也。寔從「空」字做出「氣」字，從「氣」字做出「相合」字，泓噌蕭瑟，老筆森然。能摹難寫之景方成好句，能作難寫之題方稱好詩。若風、花、雪、月一字題，不過四時俗景，又不足覘人才思，見人筆意矣。是選景物題中，多録此等之作，取其開人思路，取備詩法，一切習見熟題，槩不多録。

巨靈擘太華

劉統勳

【題解】太華好賦，此題爲溯所由來，固重在上三字。若泛咏華山，則不見題義矣。作詩勿貪走易路。

太華音化。誰能擘，遺踪想巨靈。金天通户牖，玉女啓窗櫺。導水排雙闕，開山勝五丁。聳原虧日月，劈忽走雷霆。一朵披蓮蘂，三峰豁翠屏。雲根驚坼裂，石骨透瓏玲。練界中央白，螺分兩道青。至今仙掌畔，五指尚真形。

【箋釋】張衡《西京賦》薛注：「華，山名也。巨靈，河神也。」巨，大也。古語云：此本一山，當河水過之而曲行。河之神以手擘開其上，足蹋離其下，中分爲二，以通河流，手足之跡于今尚在。《通典》：先天二年，封華岳神爲金天王。華山上有玉女洗頭盆。《魯靈光殿賦》：「玉女闚窗而下視。」

《水經注》：「其山中斷，兩峰雙闕。」《蜀志》：惠王知蜀王好色，許嫁五女。蜀遣五丁開山迎之。《漢書音義》曰：高山壅蔽，日月虧缺半見。杜詩：「雷霆走精鋭。」《蓮花峰》詩：「青危一朵穠。」崔顥詩：「天外三峰削不成。」《廬山瀑布》詩：「今古長如白練飛，一條界破青山色。」劉禹錫《君山》詩：「白銀盤中一青螺。」

【疏義】入手即清題字。次韵切「太華」，先透「擘」字之意。三韵寫巨靈之力。四韵寫巨靈之神。五韵寫太華初擘之形。六韵寫太華既擘之勢。七韵寫太華擘後之景。末仍就題作結，不肯説開。

【評注】凡以故事命題，無論事之有無，迹之奇異，衹就題還題可也，勿貪走易路，方不負題。○紀評：句句切定「擘」字，又能切定「太華」，虚實并到。蓋題中「太華」字實，「擘」字虚，能解題字有虚實，用筆便有輕重。

門對浙江潮

王際華

【題解】「門」字何指？不抱靈隱寺，則「對」字無着落矣。必不略題字，方見切當，固不容泛作觀潮詩。

梵宇錢塘岸，觀潮對海門。六鼇排巨浪，一線射朝暾。風雨聲初合，雷霆勢乍奔。銀潢誰倒瀉，石堰欲横吞。樓迥疑無地，山漂略有痕。龍宫驚澒洞，鷲嶺恐飛翻。萬古長江涌，千年古刹存。登臨真勝絶，軒豁見乾坤。

【箋釋】宋之問《遊靈隱寺》詩頷聯：「樓觀滄海日，門對浙江潮。」梵音帆。梵宇，寺也。錢塘在浙江治。《武林舊事》：「浙江之潮，天下之偉觀也。自既望以至十八日爲最盛。方其遠出海門，僅如銀線。既而漸近，則玉城雪嶺，際天而來，大勢如雷霆。」云云。《列子》：海中五山，巨鰲十五，舉首戴之。又云：有大人一釣而連六鰲。朝暾，謂日也。楊時《過錢塘江》詩：「銀漢翻空際天白。」石堰即塘岸，以石爲之。李商隱詩：「地寬樓已迥。」李群玉詩：「山漂欲抃鰲。」韓愈《南海神廟碑》：「乾端坤倪，軒豁呈露。」

【疏義】一起先清出「門」字、「對」字，則題有着落。次韵清「潮」字。以下四韵通是寫潮來之勢。後四句説樓，説山，説龍宫、鷲嶺，更帶定題上兩字，方不脱略。七韵又束到「門」字、「對」字，更見清楚。末仍就題結住。

【評注】題語雄濶，詩之激壯亦稱之。此等題若非此等筆寫之，則奄奄無氣力矣。寸幅中其有氣蒸波撼之勢，讀之增人筆力，益人體格。○後半不脱靈隱，「對」字乃不落空，是其善扣題字，不略題眼處。

花缺露春山

紀　昀

【題解】雖有「山」字，却用不着叠嶂層巒；雖有「花」字，亦用不着驚采絶艷。善窺題間，全在作

「缺露」之神。

花外隱春山，山青花復殷。音烟。有時紅斷續，忽露碧孱顔。遥隔玲瓏影，斜窺鬖髿鬟。參差疏密處，掩映有無間。似欲留餘地，憑教見一斑。試從空隙望，應愛遠峰閒。孤嶂看逾好，芳林坐未還。年光與物景，樂意正相關。

【箋釋】題句出岑參《郡中春卧寄王子》詩。○孱顔，高山貌。《相如傳》：「放散畔岸，驤以孱顔。」玲瓏，玉聲，又借作瑣碎義用。鬖髿，音婐朶，髮留不翦者。鬟音還，曲髮爲髻也，借以比山。蘇咏大小孤山詩：「峩峩兩烟鬟。」《晉書》：「管中窺豹，時見一斑。」《説文》：「隙，壁際孔也。」陶詞：「坐茂林以終日。」石曼卿詩：「樂意相關禽對語。」

【疏義】一起清「花」字、「山」字，將「花」與「山」紐合一片，方便于鈎取「缺」字、「露」字之神，是善窺題間處。以下全摹「缺」字、「露」字之神，更不呆賦春山、春花一句，是善用虚寫處。末就玩賞時景作結。

【評注】説山而對花言，則山必不高；説山露祇因花缺，則山必不遠。于題字不肯等閒放過，則題解即得。詩有鍊句必響，琢對甚工，而讀之毫無餘味者，祇坐在相題不真，下筆失分寸耳。○「參差」一聯，妙寫圓光，筆筆中鋒，餘句亦跳脱紙上。○起用古調疏題，風骨不凡，試律中猶屬僅見。白華吴太史謂前人論詩，集中多古體者詩必工，多近體者詩必下。學詩者如《十九首》及陶、韋雅正之音，最宜熟玩。兩謝小有雕餙氣味，自佳，且于今試體詩較近。次則裴、王倡和絶句，雲靄春空，味之亦必有得。

春從何處來

錢陳群

【題解】口氣處應摹虛神，詩法與文正同。此題不從「何」字上討消息，縱填寫春字，無當題味。草意金鈎屈，冰痕水鏡開。温暾知氣暖，倏忽已春回。誰遺如期到，端應有自來。偶然相問訊，轉覺屢疑猜。烟暖鶯微覺，風吹柳暗催。尋踪空杳藹，佇目但徘徊。萬紫千紅徧，三才一氣該。雷從何處起，程邵試詳推。

【箋釋】吴均《春日詩》：「春從何處來，渡水復驚梅。」○「草屈金鈎緑未回」，石曼卿句。白行簡此題詩：「消冰水鏡開。」温暾，懷暖也，南人方言。白樂天詩：「草色暖温暾。」倏忽，陡然之貌。杳藹，烟樹迷濛貌。徘徊，傍徨不進貌。萬紫千紅，見朱文公《春日》詩。潘岳《西征賦》：「伐一氣而甄三才。」《二程遺書》載邵堯夫問程子曰：「子知雷起處乎？」曰：「某知之，堯夫不知也。」堯夫愕然，曰：「何謂也？」曰：「既知之，何用推數也？以其不知，故待推而後知。」堯夫曰：「子以爲起于何處？」曰：「起于起處。」堯夫瞿然稱善。

【疏義】一起先坐實「春」字。二聯清出「春」來。以下四韵俱用虛筆摹「何來」之神，直作不解之詞，真乃善會語妙。七韵透寫春來大義。末借邵、程辯難語作結，借點「何處」字恰合。

【評注】善會語妙，真作詰問之詞，寫來明是春來，確是不解從何處而來，句句曲傳「何」字之神。

紀評：唐試帖亦有此題，癡寫春光，下四字消歸烏有矣。此乃課虛明叙，妙入希夷。○唐人作以題爲問，以詩作答，自是有意以變格見奇，非關故抛題字。若後人無論何題，槩用填實，不論題位，則未可藉口前人矣。録此以示試律中原有審題吻、作虛字之法。但論詩務求理路，講法脉已細矣，又與之求神理、體口氣，不幾乎淺説而反深乎？

萬紫千紅總是春

博　明

【題解】「萬紫千紅」已説得濶大，又綴「總是春」三字，明是總括語，固無容句句分疏也。大題須知總徹法。

暖入三三徑，寒消九九天。春光無遠近，花意總便娟。麗紫晴烘日，酣紅曉破烟。柔枝都旖旎，老樹亦新鮮。隔水濃如畫，尋源望若仙。是誰工設色，使爾巧争妍。衆竅風吹萬，長江月印千。發生由一氣，此理妙難傳。

【箋釋】朱子《春日》詩：「等閑識得東風面，萬紫千紅總是春。」○楊萬里詩序：「東園新開九徑，九種花木，各植一徑，命曰三三徑云。」楊允孚《雜咏》詩：「試數窗間九九圖，餘寒消盡暖回初。」便娟，好貌。《楚詞》：「便娟之修竹兮。」旖旎，音倚那，猶阿那也。吹萬，見《莊子・内篇》：「夫吹萬不同，而使其自已也，咸其自取。」《五燈會元》：「千江同一月，萬户總逢春。」

【疏義】一起直透「春」字，緣題中有「千萬」字，故「三三」、「九九」亦用數目字打照。承聯乃清出

「總是」字，帶出「花」字。前比聯乃明醒「紅」、「紫」，以下三聯全用總疏，更不分説，是正透「總」字也。束比聯乃借點「千」、「萬」字。末歸重到本題本義作結。

【評注】紀評：是題若鋪排千紅萬紫，便爲買櫝還珠。着意「總是春」三字，乃使傳神寫照在阿堵中。○題瑣碎則從細處刻劃，題囫圇則從大處摹寫。大題原不與小題同法。○此等題固以總疏爲得法。而題又有應用分還者，如《春秋多佳日》，「春」、「秋」應用分還。其「佳日」，若非鋪叙，如何寫得出？故詩必須中間用數聯疏寫，一句一佳日，合之則是「多佳日」也，不作「多」字，而「多」字自見。不用鋪叙，更有何法？只善于審題，方巧于用筆。

遶屋樹扶疏

戈濤

【題解】扶疏是孟夏，莫認作樹樹秋色。遶屋是五柳家，莫説成千章夏木。筆意蕭疏，尤須合處士風味。

晉代有高士，耕桑卧近郊。里居猶號栗，屋宇定編茅。嘉樹隨時植，清陰入夏交。枝低通鹿町，葉密隱烏巢。好雨微侵徑，軒雲半掛梢。簾窺新月下，門聽去聲。故人敲。會合幽棲意，應平聲。占肥遯爻。倘令生聖世，可話樂音洛。懸匏。

【箋釋】陶潛詩：「孟夏草木長，遶屋樹扶疏。衆鳥欣有托，吾亦愛吾廬。」○陶潛，晉人。《名勝志》：「栗里，陶淵明故宅。」町音廷，平聲。又他頂切，從上聲。《詩》：「町疃鹿場。」《毛傳》：「鹿迹也。」庾信詩：「鳥巢解背風。」謝詩：「資此永幽棲。」《易・遯卦》上九：「肥遯，无不利。」孔《疏》：「肥，饒裕也。謂超然絶志，無所累也。」懸匏，見王粲《登樓賦》：「懼匏瓜之徒懸兮，畏井渫之莫食。」即用《論語》「繫而不食」意。又王勃《上絳州上官司馬書》：「辨群籟于莊軒，懸匏自托。」

【疏義】先從陶處士説起，是原題法，是清題出處法。二、四句以里居陪出「屋」字。五、六句點「樹」字，醒出時景。七、八句寫「扶疏」。九、十句借雨雲襯寫。十一、二句就屋上生情，映合「樹」字。七韵收到在屋之人。末乃翻進一層，頌聖作結。

【評注】紀評：「窮達戀明主，耕桑亦近郊。」本錢起語，换一「卧」字，便成高人偃蹇意象，此點化之妙。通首蕭踈稱題，一結尤斡轉有力。○五字中有時、有地、有人，莫當作寬題做也。入手醒高士則有人，前點入夏則有時，中説徑、説簾、説門，則有地。至于風味蕭疏，又恰是幽棲之致。此謂肖題。試律最忌不肖題，神味先差，雖詩極琢鍊，皆成滯相，安望其意愜關飛動。

夜雨滴空堦

陳聖時

【題解】題無一字可略，逐字還他着落，則句句切題矣。莫認作寬題做方不負題。

凉雨零深夜，蕭條館舍空。拂簷珠錯落，繞砌玉丁東。秋老猿聲裏，寒生蝶夢中。濕雲三徑黑，老屋一燈紅。切切聽逾急，瀟瀟響未終。伴人惟絡緯，隔牖是梧桐。側耳迷清漏，披衣待曉風。明朝會開霽，天净日曈曨。

【箋釋】何遜詩：「夜雨滴空階，曉燈暗離室。」○丁東，玉聲，猶丁當也。同「珠錯落」皆借喻雨聲。吴融《雨夜聞猿》詩：「雨滴秦山夜，猿聞峽外聲。」莊子夢化爲蝶。李頎詩：「濕雲帶殘暑。」趙忭詩：「風高老屋斜。」切切、瀟瀟皆雨聲。漢樂府：「絡緯響空階。」温庭筠《更漏子》詞：「梧桐樹，三更雨，不道離情正苦。一葉葉，一聲聲，空階滴到明。」喻鳧詩：「清將玉漏偕。」

【疏義】一起首句點「夜雨」，二句點「空階」。三、四句點「滴」字，仍緊抱「階」字。五、六句寫「雨」，仍不脱「夜」。七、八寫「夜」，仍不脱「階」。九、十句寫「滴」字。十一、二句寫「空」字。十三、四句用襯貼放寬説。末從「夜」字推出「朝」字，從「雨」字推出「霽」字，翻轉結題。

【評注】紀評：「野徑雲俱黑，江舡火獨明。」工部咏春雨詩也。七、八句從此脱胎，而寫來確是秋雨，確是空階，所謂運用之妙，存乎一心。又「伴人」句結足「空階」，「隔牖」句結足「滴」字，收裹完密，措語亦微妙可思。題太蕭索，作試帖難于收束，後四句翻轉結之，最爲得法。○題字有可不必拈者，法當句句撇去。字有不容略者，法當句句找清。其撇去者正爲題神在虚字，一粘實則落滯相也。若題字字見意，自應字字還清，此題是也。又如《柳橋晴有絮》題，賦柳絮應找清「橋」字、「晴」字，方不略。《江涵秋影雁初飛》題，賦秋雁應找清「江」字、「影」字、「初」字，方不略。録一詩以備法。

停琴佇涼月

李　翊

【題解】題眼在「停」、「佇」兩虚字。正惟佇月，所以停琴。呆寫琴、月，無當題神。題眼多在虚字，好詩豈在實詮。

乘涼横緑綺，待月上青林。别有飄然思，去聲。誰知静者心。一鈎光欲吐，三疊響微沉。寂寂朱絃歇，遲遲素魄臨。樓臺依水近，松石寄情深。露濕中庭白，秋澄萬木陰。所懷真淡泊，此夕最蕭森。若問絲桐意，飛鴻自遠音。

【箋釋】謝朓《移病還園示親友》詩：「停琴佇涼月，滅燭聽歸鴻。」○緑綺，琴名。白居易詩：「高高白月上青林。」杜甫《憶李白》詩：「白也詩無敵，飄然思不群。」杜《寄張山人》詩：「静者心多妙。」一鈎謂月。三疊謂琴。蘇麟詩：「近水樓臺先得月。」《宋書・蕭思話傳》：「從太祖登鍾山，中道有盤石清泉，上使于石上彈琴，因賜以銀鍾酒，曰：『相賞有松石間意。』」王建《中秋》詩：「中庭地白樹棲鴉。」常建《江上琴興》詩：「泠泠七弦遍，萬木澄幽陰。」嵇康贈人入軍詩：「目送飛鴻，手揮五絃。」

【疏義】一起「琴」、「月」平出。次韵承清「佇」字之意。三韵、四韵「琴」、「月」分貼，祇還「停」字、「佇」字正面。五韵、六韵暗籠，純摹「停」字、「佇」字虚神。七韵疏寫題義。末運化嵇叔夜語，遞到本詩下句作收，既自然亦洒脱。

【評注】紀評：題有「琴」字，然云「停」，是無琴也；題有「月」字，然云「佇」，是無月也。詩于「琴」、「月」字槩不刻畫，惟以「停」字、「佇」字寫蕭然自遠之神，最爲得解。○「一鈎」四句分還題面，猶人所能；「樓臺」兩聯句句藏有「月」字、「琴」字在，寫來總是「停」、「佇」之神，則人人閣筆矣。○題句無論五字、七字，各有要字，所謂題眼也。得題後逐字推敲，批竅導會，務中理解，命意自不患不高，用筆自不患不細。録此詩以示聽題有法。

八月萑葦

曹錫寶

【題解】萑葦堪爲曲薄之用，此句是爲下句蠶事而設，須得先時預備，意勿認作《蒹葭蒼蒼》題。

蠶事豳民裕，先時葦與萑。霜風連浦静，秋水老叢寒。既重舟鮫守，寧同錯楚看。簹筤宜碧範，璘藉莫金摶。影外春三月，篝前火一欄。菼飛疑上箔，蘆秀想成團。舉趾心同切，于茅計早完。躬桑欽帝苑，佇看去聲。獻冰紈。

【箋釋】《詩·邠風·七月》篇：「八月萑葦，蠶月條桑。」萑葦音完偉，即蒹葭也。言七月暑退，當預擬來歲治蠶之用，故于八月萑葦既成之際而收蓄之，將以爲曲薄之用，殆爲來歲條桑計也。○《左傳》：「澤之萑蒲，舟鮫守之。」《詩》：「翹翹錯薪，言刈其楚。」錯，雜也。楚，荆屬。秦觀《蠶書》：「織萑葦，範以簹筤竹爲筐。」黄金作璘，音憐。《廣雅》：「文也。」又璘藉，蠶筐也。見龍輔《女紅志》。摶音團。篝音溝，熏籠也。菼音毯。《説文》：「萑初生曰菼。」「葦初生曰蘆。」箔音薄。唐詩：「春蠶上箔時。」《高僧傳》：「惟攜一蘆團子。」舉趾、于茅，并見《邠風》。

【疏義】一起即從蠶事入手，醒先時預備意，得主腦。承聯即時景寫，清出「八月」。三韵襯出「萑葦」。四韵正寫織萑葦爲薄。五韵點染時景，上句特透蠶月，是主賓夾寫法。六韵又從蠶月着筆，作想像語，摹題虚神。七韵引本題他事作陪。末乃結到蠶事，恰落到題後。

【評注】凡題句有應爲補入者，須于入手處點醒，方有根原，不獨出處宜清出也。如《新月誤驚魚》，不醒「鈎」字則「驚」字無根。《追琢其章》題，不抱上文「金玉」句，則「追琢」無着落。遇題有上下文者，當識此意。

洞庭獻新橘

李尚美

【題解】是橘，是洞庭新橘，然明拈出「獻」字，則題有眼目，莫衹作賦物體，方爲有識。

萬頃吴雲罨，垂垂橘柚鄉。日收園户潤，風送貢船香。緑篛封題密，金丸歷落藏。圓勻千顆露，濕帶滿林霜。照殿包山赤，堆盤笠澤黄。踰淮非枳化，薦廟應三抬等櫻芳。作頌名推楚，爲珍地自揚。蓬萊親擘後，分及小臣嘗。

【箋釋】《山海經》：「洞庭之山，其木多橘。」山在吴郡，故曰吴雲。罨音奄，覆也。篛音弱，嫩皮也。歐陽修《歸田録》：「金橘如金丸。」又詩：「香篛包裹封題斜。」韋應物詩：「封後欲題三百顆，洞庭尤待滿林霜。」包山在震澤中，山有林屋。《揚州記》：「太湖一名笠澤，又名洞庭。」《晏子春秋》：「橘踰淮而化爲枳。」《月令》：「仲夏，羞以含桃，先薦寢廟。」《楚詞》有《橘頌》篇。《書·禹貢》：「揚州，厥包橘柚。」蓬萊，殿名。唐太宗于蓬萊殿，九月九日賜群臣橘。

【疏義】先破洞庭新橘。次聯承明「獻」字。三聯就「獻」字前一層賦橘。四聯申寫「新」字。五聯實疏「獻」字，仍帶洞庭。六聯運事爲「新橘」作襯。七聯束題。末韵就「獻」字高一層作結。

【評注】寫橘句句帶定「新」字，寫「獻」句句帶定「洞庭」，總不肯抛荒題眼，乃見手法。至其點竄成詩，運化故實，亦無一不帶鮮之色，是試律中極合時之作。○賦艷物題若不典核，便不雅切。而運用處，若必字字求新，句句帶秀，則在各人筆意不俗。○《詩林碎玉》一書，經選録而成，各類悉備，增坊本所未增，其句兩字至四字、六字，取材既富，裁對必工。涉粗豪者必汰落，俗俚者從删。標示平仄，兼調聲律。即出問世，不敢自私。

鴻雁來賓

馮秉忠

【題解】來有後先，遂成賓主，此題義也。篇中若不從賓字生情，則易涉泛。用字須知鬭合法。同是隨陽志，秋深到楚臺。行原兄弟續，勢似主賓陪。塞盡寒應急，峰高望未回。鄉聲千里接，旅夢幾群來。弦爲參差避，書因次第催。相逢蘭芷宅，先有水雲媒。漸陸知偕振，啣蘆豈見猜。何如梁燕客，歸路羽毰毸。

【箋釋】題出《月令》：「季秋之月，鴻雁來賓。」注：「雁以仲秋先至者爲主，季秋後至者爲賓。」○《書傳》：「雁，隨陽之鳥。」《禮記》：「兄之齒雁行。」《一統志》：「回雁峰在衡州，雁至此不過，遇春而回。」雁足係帛，見上林中，見《漢書》。陸龜蒙《白鷺》詩：「倩君先作水雲媒。」《易·漸卦》：「鴻漸于陸。」《淮南》：「雁啣蘆以避弋繳。」杜詩：「秋燕已如客。」毰毸音培腮，張羽貌。

【疏義】一起帶入仲秋雁來，側落出題本位愈醒。次韵承出「賓」字，借兄弟陪主賓，工穩。三韵寫後至之故。四韵正寫「賓」字。五韵仍就後來洗發。六韵寫足「賓」字。七韵清餘意。末韵借燕作襯，又恰收到「賓」字意。

【評注】槩作「鴻雁來」詩，那得不泛？拈住「賓」字，則探驪得珠矣。〇借賓形主，是文章用陪法，此詩正好用以主定賓之法。詩中帶定仲秋雁來作伴説，是他善于清題位處。至其用「鄉聲」、「旅夢」、「蘭宅」、「水媒」爲「賓」字作襯貼，總一關合法也。〇本朝試律，善做題字，無不求窮神盡致而止。如《高樹早涼歸》題，必不肯泛咏秋風，處處着眼「歸」字，寫來便恰似故人。《新燕認舊巢》，必不肯泛咏新燕，認定舊巢，寫來便恰是故主。種種巧雋，固未嘗帶一毫滯相。

蟄蟲坯户

金啓南

【題解】是坯户，不是墐户，自應切本月時令説。但題句小巧，正難措手。看此作巧構形似，可悟小題法。

野處寒猶淺，深藏序漸催。已知形欲俯，故解户先坯。暑雨多湮没，秋陰半圮隤。凝香分砌草，補緑就垣苔。竇小疑初鑿，封高續舊培。數重和露葺，一隙向陽開。亦覺微風入，時窺淡月來。良圖衛身早，不患雪霜摧。

【箋釋】《禮・月令》：「仲秋之月，蟄蟲坯户。」注：「坯，益也。」疏：「户謂穴也。以土增益穴之四畔，使通明處稍小。蓋爲陰氣將至，此以坯之稍小，以時氣尚濕，猶須出入。故十月寒甚，乃閉之也。」○形欲俯，亦見《禮·月令》：「季秋之月，蟄蟲咸俯在内，皆墐其户。」疏：「俯，垂頭也。墐，塗也。前月但藏而坯户，至此月既寒，故垂頭向下，以隨陽氣。此又塗塞其户，以避上陰殺之氣也。」湮没、圮隤，皆敗懷之義。竇，孔也。竅，明也。衛身，藏身也。

【疏義】首二句虚引本題。三句先借蟄蟲咸俯一陪，使本位清楚。五、六句叙户之所以須坯。以下三聯，細寫坯户。「亦覺」二句説已坯後光景。末以寓意作結，亦能小中見大。紀評：此種題無景可詩，無頌可獻，最難收束，必如此方結得住。○大題着不得一纖巧句，小題又用不着一寬闊語。作色揣稱，幾欲求肖，聲調機法，總貴如題。

【評注】不出蟄蟲是暗破法。「暑雨」、「秋陰」透寫所以用坯之由，是設身處地法。「凝香」、「補緑」借物襯託，是點染法。「竇小」、「封高」、「和露」、「向陽」，是形容法。「風入」、「月來」是寫景法。作小題心思不滯，手筆放活，固不患題句之不肖也。録此備賦物小題之法。

春蠶作繭

沈德潛

【題解】此賦「作繭」，非泛咏春蠶。是繭之始作，非泛咏成繭。着眼「作」字，依小題緊扣法，方見新穎。

蠶月條桑後，蠶家閉户嚴。纏綿絲漸吐，宛轉縷俱銜。巧性形能肖，藏身裏似緘。圓時疑比甕，掛處想棲巖。理緒覘多藴，文心悟不凡。已看筐滿滿，旋摘手摻摻。黼黻憑繅藉，荆揚足貢函。冰弦成五色，清廟奏韶咸。

【箋釋】題未省所出，按唐王建有詩。○《詩・豳風》：「蠶月條桑。」趙師秀詩：「蠶月人家閉。」《鄉嬛記》：「蠶最巧，作繭往往遇物成形。」歐詩：「有似蠶作繭，縮身思自藏。」《述異記》：「園客種五色香草，啖華蠶，得繭一百二十八枚，大如甕。」古巢居穴處，曰巖棲。白詩：「酒盞酌來須滿滿。」摻摻，猶纖纖也。《詩》：「摻摻女手。」繅所以藉圭，詳《聘禮》。《書》：揚州厥篚織貝。《拾遺記》：「員嶠山有水蠶，作繭長一尺，其色五彩。」清廟見《詩・周頌》。韶，舜樂名。咸池，黄帝樂名。

【疏義】先破「春蠶」。連用「蠶」字冠句首是古法，不礙重字。下乃承清「作繭」。以下三聯，分三層寫「作」字，出淺入深，極有次第。「理緒」聯是空中比擬法。六韵乃就「作繭」以後寫。七韵又推進一層説。末以繅繭成絲，可作琴弦，高一層結。

【評注】得小題緊扣法。中間體物求肖，曲盡形容之妙。紀評：「理緒」二句，妙于忽入别情，而語脉不覺其横亘。按：《朱文公像贊》云：「理義密微，繭絲牛毛。」《文心雕龍》云：「章句在篇，如繭之抽緒。原始要終，體必鱗次。」是蓋從「繭」字上生情不同，摭及題外也。然即小即大，等諸「禮後」之悟，真乃文心不凡。○韵「咸」字去題頗遠，妙借絲成作弦，關合到樂上，遂覺天然凑拍。即此可悟引韵就題之法。

應試詩法淺説詳解卷五

古東郡跛奚葉葆評注

本朝試律典制二十首，八韻。

野人獻日

林人槐

【題解】事屬不經，然既以之命題，自須寫出他一段愛日之誠來。若負曝，衹好用映帶寫，更不必枯煞。

莫以晴簷暖，而忘廣厦寒。出耕皆帝力，舉首即長安。既念求衣切，寧私炙背歡。孤葵傾影好，寸草報暉難。殿野雖殊地，喧和總恁般。採芹知共獻，負襁即同看。誰戀千金賞，惟抒一寸丹。鳳樓光五色，更照萬方寬。

【箋釋】《列子》：有田夫曝於野，美之，不識廣厦綿纊之屬，謂其妻曰：「吾負日之暄，以獻吾君，必獲重賞。」○晴簷切野人，廣厦切君上。堯時有老人歌曰：「出作入息，耕田鑿井，帝力於我何有哉。」晉明帝答元帝曰：「日遠長安近。」《南史》：梁武帝詔曰：「夜分求衣。」炙即曝也。葵藿傾陽，花開必向日。暉，日光也。孟郊詩：「誰言寸草心，報得三春暉。」恁般猶一般，恁音飪，俗言如此也。食芹而美，取以獻君，係宋野人事，亦見《列子》。寸丹猶言赤心一片也。五色謂日。

【疏義】起韵渾破題義。頷聯借扣「日」字題面，是虚籠大義法。提比用陪筆清出「獻」字。中比兩聯，一用葵影、春暉映合「日」字，正疏「獻」字，一用異地、同暖反託「獻」字。後比引獻芹負褦作襯筆。束比又翻入一層。末就日光普照，遍及萬方，翻照本題作結。○按：前後次第，無論六韵、八韵，同一章法。無論景物、典制，皆講理路。

【評注】起結命意既高，運筆更飛動有勢。頷聯點化成語，妙極自然。「孤葵」一聯寫「獻」字正義，妙能映帶「日」字。

登春臺

胡紹鼎

【題解】諸子多半喻言，此題若不解是借比萬民熙熙氣象則題義不明，並題面亦醒不出。帝澤如春渥，祥和貫九垓。天開仁壽域，人在聖神臺。暖日資游騁，融風化甈坏。羲皇新歲月，區宇大周回。攜得衢尊上，歌將擊壤來。有生皆遂養，無地不歡咍。應瑞三堦正，爲圖四表該。青旂遥倚處，調鼎御雲杯。

【箋釋】《老子》：「萬民熙熙，如享太牢，如登春臺。」○垓音該。《淮南》：「八極之外曰八垓。」杜詩：「八荒開壽域。」司馬彪：「心爲聖神臺。」騁音逞，直馳也。甈音憩，破瓦也。《淮南》：「甄陶天下者其和平，剛則甈，柔則坏。」坏，土疎不枯也。《南康記》：「雲都君山有玉臺，周回數十丈。」《淮南》：「聖人之道，猶中衢而設尊，過者斟酌，各得其宜。」《帝王世紀》：堯之世，百姓無事，有老人擊壤而歌。

咍音台，笑也。韓詩：「笑言溢口何歡咍。」泰堦者，天之三堦也。《書》：「光被四表。」迎春東郊，用青旂。宋之問詩：「青旂遥倚望春臺。」御，進也。李商隱詩：「玉樓長御白雲杯。」○凡押險韻，須有來歷，如此詩「坏」字、「咍」字是也。

【疏義】起從帝澤探源説來，明破「春」字。下乃承明登臺，「遊騁」貼「登」，「甎坏」貼「臺」。「暖日」、「融風」仍帶定「春」字。「羲皇」一聯映合「臺」字，説得闊大。「攜得」一聯襯貼「登」字，寫得跳脱。「有生」聯申明題義。「應瑞」聯借映「臺」字，以作束筆。末仍切合春臺作結。「御雲杯」即暗用「享太牢」意。

【評注】春臺須寫得濶大，方稱題面。登臺須寫得歡忻，方肖題神。詩真傳得萬民熙熙之氣象出。

衢尊

夏之蓉

【題解】題面是中衢設尊，題義是斟酌得宜。此喻題，不扣題面則不醒，不疏題義則不透，此定法也。

醇化天膏渥，瑶尊列廣衢。香分千日澤，人賜十年醽。流出丹丘甕，分來筐脯厨。八荒皆挹注，大氣互沾濡。酌亦均中下，宜知叶聖愚。春風鄉廣大，斜日醉歌呼。器道名難似，巵辭理不誣。公堂歡萬壽，更繪獻觥圖。

【箋釋】《淮南子》：「聖人之道，猶中衢而設尊，過者斟酌，多少不同，各得其所宜。」○「醇化天膏」，皆指帝澤説。尊，酒器。瑶謂以玉爲之。廣衢，通衢也。有酒一醉千日。漢文帝時，下詔賜民牛酒，酺五日。丹丘，國名，黄帝時獻寶甕，堯時猶有甘露在其中。又玉甕不汲自盈，聖人之瑞也。《帝王世紀》稱堯厨有莆箑，摇則生風。挹注、沾濡貼尊説，即斟酌意。八荒、六氣貼衢説，即遍及意。稷米得酒爲中樽，粟米得酒爲下樽。又酒以色清味重者爲聖，墨色酸醨者爲愚。「鄉廣大」疏衢字。「醉歌呼」疏尊字。「大道不器」見《禮》。「巵言日出」見《莊》。「躋彼公堂，稱彼兕觥，萬壽無疆。」見《詩・豳風》。

【疏義】首句先透正義，二句點明題字，承寫大意，字字典切。「丹丘」、「箑脯」特爲「尊」字作點染。「八荒」、「六氣」特爲中衢作推闡。酌均中下，疏斟酌得宜意，更極雅切。「春風」一聯，全題在握，寫得酣足。「器道」一聯，乃收轉取喻之意，特用「器」字、「巵」字，映照「尊」字。末用頌聖，「公堂」是從「衢」字生情，「兕觥」是從「尊」字生情，固無一字泛設也。

【評注】「衢」字須説得濶大，「尊」字亦不得説得窄小。詩會題義，善從大處着筆，而題字祇用映帶法，故筆筆雙關，題義、題面，無一不醒，無一不透也。

賞以春夏

張若霍

【題解】春生夏長，賞以此，見順時之義。不道清此義，作詩便無根由。

無私皇建極，以德賞乘時。解是勾萌後，心於長上聲。養宜。春臺天廣大，夏屋地平夷。雨共蒼旂灑，風將玉軫隨。窮簷添粟廩，幽谷出蘭枝。野聽去聲。啼花鳥，人歌擊鼓詩。融和成玉燭，流澤似衢巵。璇柄欽遥執，淵居正受釐。

【箋釋】《左傳》：「賞以春夏，刑以秋冬。」○《書》：「皇建其有極。」解，《易》卦名。大象：「雷雨作解，君子以赦過宥罪。」《三禮義宗》：「夏，大也。養萬物使長大也。」《老子》：「熙熙然如登春臺。」《法言》：「震風淩雨，然後知夏屋之爲帡幪也。」《月令》：「孟春之月，天子載青旂。」玉軫，琴也。用舜歌南風事，切夏。賞典莫大于恤民禮賢，「窮簷」兩句，分貼教、養，舉大者兩條以例其餘也。《爾雅》：「四時和謂之玉燭。」衢巵，即用《淮南子》衢尊事。釐，予也。《書》：「釐上帝之景命。」謂受福也。

【疏義】「爲政以德」，入手從「德」說入，極得主腦。承聯暗貼「春夏」。三韵乃明點「春」、「夏」，寫「賞」字濶大。四韵借「風」、「雨」比「賞」字，兩句分貼春、夏。五韵實寫「賞」字，言提其要，用筆有法。六韵從賞從摹寫時景，亦復不俗。七韵乃收足，用「玉燭」束「春夏」，用「衢尊」束「賞」。末乃從「賞」字對面高一層作結，歸到順時受福，尤爲得體。頌聖有識，命意更超。

【評注】頷聯真道得題義透，「以」字乃出，題義先暗透，題字又借醒，無不工妙。○春、夏分貼不易，「賞」字實發尤難。此詩惟二、三韵用正鋒，以後貼春、夏，用「風」、「雨」作闔合，「賞」字借教養作指點，後又就人物上摹寫，皆詩家討巧法也。

闢四門

張　垣

【題解】題是闢門，不醒題字，只説登賢，別題亦可移用。欲走窄路，只一扣題醒字法耳。聖德先詢岳，皇衷繼闢門。聽卑天詄盪，方聚士殷繁。閶闔隨風啓，春明映日暄。雲開新竹箭，江出舊瑶琨。申甫生西嶽，文昌映北垣。衢平招乘去聲。集，階闊拱星尊。朋黨銷寰宇，旁求重愷元。九重平聲。今側席，廷陛有昌言。

【箋釋】《虞書·舜典》：「詢四岳，闢四門。」○聽卑喻言下問也。詄音迭。詄盪，天體堅清之貌。漢樂府：「天門開，詄盪盪。」方聚，四方之士咸聚也。殷繁，衆多貌。紫微宫門名閶闔，又八風有閶闔風。春明，唐城門。《唐實録》：燕於春明門外。《文選》：「質映南金，才逾東箭。」《詩》：「維嶽降神，生甫及申。」文昌星在斗北，映紫微垣。逸詩：「翹翹車乘，招我以弓。」取求賢之義。星拱取四面旋繞之意。「塞朋黨之門。」見《戰國策》，足「闢」字之義。《左》：「高辛氏有才子八人，謂八元。高陽氏有才子八人，謂八愷。」側席，求賢也。《書》：「禹拜昌言。」○乘，去聲，音政，車乘也。平聲，音繩，駕而登也，勝也，在蒸韵。

【疏義】起用明破，先以《書》上句陪出。「聽卑」句承「門」字，「方聚」句承「四」字。「閶闔」一聯寫「闢」字。以下鋪叙「四門」，東用東箭事，南用南金事，西用嶽降事，北用星垣事。上聯暗點東南，下聯明點西北，筆不板滯，對尤活變。後又用「衢平」、「階闊」襯「門」字，用「朋黨」、「旁求」足「闢」字，更極正大。末以頌美本朝作結。

【評注】是闢門，是闢四門，中間用分叙，乃見清楚。如《六事廉》爲本題，六事須分還。《四時爲柄》題，四時須分還。此定法也。○中間分還「四」字，何等清楚，妙在恰又映到人才。前後着筆，亦無句不是「門」，無句不是「闢」也。

中和節進農書

觀保

【題解】題重在「進」字，見君臣同一重農之意。從此發揮，方得主腦。中和節祇略作點逗可也。候值農祥正，謨陳黼座徐。聖賢同弼直，今古一菑畬。帝曰來咨汝，臣言實啓予。松軒勤拂拭，蕙册用攄舒。採入豳風畫，分成月令疏。杏花函内景，桑葉卷中居。質矣閭閻業，欽哉御府儲。告成欣萬寶，至德遍耕鋤。

【箋釋】農書者，載農政之書。進，獻也。《唐史·李泌傳》：泌進農書，請以二月一日爲中和節。○農祥，房星，立春日晨見南方。弼，輔也。直，正也。《書》：「維幾維康，其弼直。」田不耕曰菑。三歲曰畬。攄，舒也。《離騷序》：「攄舒妙理。」《詩》：「民之質矣，日用飲食。」《書》：「欽哉欽哉。」

【疏義】先破中和節，再入進書。承用渾寫法，清出大意。「帝曰」一聯，轉到纂注農書，是叙事法。「松軒」聯寫進農書。「採入」聯借《邠風》、《月令》襯寫農書。「杏花」聯以中和節景物入農書内，作點染。「質矣」聯取束亦清。末用推開作結。

【評注】叙述題法，與《獻賢能書》略同。而時事與舊典，語氣略有側重。故篇内帶叙鄴侯，多作稱頌語。

鄉老獻賢能書

程夢元

禮重賢能職，王登鄉老書。三年臣草莽，一旦品瓊琚。册是泥金簇，名原澹墨舒。鄉誠爲善士，府必在天儲。遴選崇先達，公誠慎假譽。名經雖號佛，稱孝已聞閭。天静秋騰鶚，門高暖躍魚。盛朝占彙吉，肯負雨風廬。

【題解】三年大比，須叙得清楚，獻書于王，須寫得典重，方稱題。

【箋釋】《周禮・地官》：「三年則大比。」「考其德行道誼，而興賢者能者。鄉老及鄉大夫群吏，獻賢能之書于王，王拜而受之，登于天府。」〇《開元遺事》：「新進士及第，以泥金帖子，附家信，謂之泥金信。」筆録進士榜，粘黄紙四張，以淡墨氊筆書。鄉大夫，先儒以爲三公致仕家居者，故曰先達。鄴陽上書：「豈素宦于朝，假譽于左右。」《摭言》：唐張倬捧登科記頭上戴之，曰：「此《千佛名經》。」《禮記》：「州閭鄉黨稱其孝也。」〇輕重之重，去聲，音仲。九重之重，音蟲，平聲。朝音潮。

【疏義】起韵完題。次韵承明三年大比。三韵點染「書」字。四韵疏鄉老獻書，登之天府。五韵寫獻書之鄭重。六韵寫足「賢能」。七韵借作比喻。末以推開自負作結。

【評注】對起工整，典制題須如此沉着用筆方不涉輕佻。「三年」一聯，妙在渾脱，絶不拈煞。「泥金」、「澹墨」，祇爲「書」字作點綴。「善士」、天府一聯，乃實疏正義也。先達假譬，寫得正大。名經孝行，以進士榜襯薦舉，恰是《周禮》此條事。

豳風圖

張九鎰

【題解】是圖非詩，題中「豳風」字可用鋪叙，「圖」字可用點染。較《無逸圖》題之實疏正義，尚好着筆。

講幄賡風什，雲屏繪古豳。請看勤苦業，俱是太平民。淡抹原如繡，濃鋪屋似鱗。墻桑連露翠，籬棗映星銀。鶯入縑中黛，人低卷上皴。桃源非魏晉，杏縣即朱陳。無逸編同進，知艱事更新。嘉禾與瑞藕，更寫獻楓宸。

【箋釋】豳風謂《豳風・七月》篇。周公欲使成王知稼穡之艱難，乃使矇瞽朝夕諷誦之。後世賢君，每繪此爲圖。○講幄、雲屏、楓宸俱切皇上説。淡抹、濃鋪、縑中、卷上，俱切「圖」説。原、屋、桑、棗、鶯、人，俱切「豳風」説。縑音兼，絹也。皴音逡，皮細起也。畫山石人物有皴法。桃源用陶潛《桃源記》「不知有漢，無論魏晉」語。杏縣用白居易詩。徐州有豐縣，其村曰朱陳。無逸，《書》篇名。《書序》：「唐叔得嘉禾，異畝同穎。」後漢建武二年，野蠶成繭。

【疏義】用頌揚體起，先點「風」字，次清「豳」字、「圖」字。「請看」聯渾承大意，題藴已透。以下六句，隱括詩語，俱爲「圖」字作鋪叙。寫原野屋廬，寫樹木，寫人物，層層入畫。「桃源」一聯又借圖作襯貼。「無逸」聯束題。末用進一層作結。

【評注】繪此爲圖，正見重農之意，起用頌揚，恰合體裁。三、四句尤道得題義醒，筆致生動乃爾。○韓愈有《桃源圖》。宋時畫有《朱陳嫁娶圖》。蘇詩：「我是朱陳舊使君，勸農曾入杏花村。」是聯正爲「圖」字作襯貼，非泛拈也。○點染鋪叙，《耕織圖》題亦可用之。面中間耕織，又須句句分配，方爲得法。學者細玩前編審題一則，隨題變換，自然有得。

三豳吹籥　　劉亨地

【題解】「吹籥」有用處，「三豳」有着落，典制題第一要清晰，最忌蒙混。

農事傳周籥，淳風尚在豳。典懸三朔始，調入四時勻。寒暑宣中氣，寅賓肅仲辰。以方祈澤普，爲蜡報功新。俱導艱難業，同吹浩蕩春。鼓喧花外路，酒醉社前人。奏響偕琴瑟，成民用鬼神。願將圖畫獻，歷歷頌皇仁。

【箋釋】《周禮》：「籥章掌土鼓、豳籥。中春，掌吹《豳詩》以逆暑。中秋夜迎寒，亦如之。祈年田祖，吹《豳雅》，以樂田畯。祭蜡，吹《豳頌》，以息老物。」按：鄭氏三分《豳風・七月》之詩以當之。朱子謂以《楚茨》、《大田》諸篇爲《豳雅》，《載芟》、《良耜》諸篇爲《豳頌》者近是。○《周禮》「正月之吉，始和，懸政教之法於象魏」文，實典正月元旦，亦名三朔。「方，秋祭四方，報成萬物也。」《詩》：「以社以方。」蜡祭在秋成以後。《邠風・七月》，周公所作，欲成王知稼穡之艱難也。《詩》：「琴瑟擊鼓，以迓田祖。」《左》：「先成民，而後致力于神。」薩都剌詩：「爲我獻上豳風圖。」

【疏義】起用倒破。承聯上句虚襯，下句總冒「三豳」。以下分叙，「寒暑」二句叙《豳詩》，依逆暑迎寒意合寫。「以方」兩句，《豳雅》、《豳頌》分寫。「俱導」兩句，又用總寫，以風貫入雅頌内，清出「吹」字，手法甚活。「吹喧」兩句，用襯寫景，方不寂枯。「奏響」二句束全題。末以頌聖作結。○凡中有數項題，中聯必須分還方清楚，或單或雙，對仗要工，又要活，忌錯亂，忌板滯。

【評注】逆暑迎寒，樂田畯、息老物還他清楚，風雅頌還他着落，而三項配合搓對處，絶不板滯，尤見筆仗之活。録《闢四門》並此作，爲分疏。人式法而隅反在人，不能類矣。

農祥晨正

全　魁

【題解】此題若不識是立春時令，則「農祥」字先認不清，即「晨正」亦何謂也。故題須認清來歷，方好下筆。

彩仗迎郊日，蒼圭禮地晨。祥星初燭漢，農候正逢春。彩向明堂見，光因木德陳。條風初兆甲，暖旭漸開寅。振蟄蘇膏壤，勾龍主上辰。鳥啼林外樹，鼓競社前人。千畝青圻渥，三推黛耜親。順時頒惠政，豐稔肇斯民。

【箋釋】《國語》：「農祥晨正，土乃脉發。」注：「農祥，房星。晨正，謂晨見南方，立春之日也。」○彩仗，旂屬，或華純麗，立春日官吏各以彩仗擊土牛以迎春。蒼圭，蒼玉製爲圭，用以禮地，見《周禮》。

祥星，謂房星。燭，明也。房爲明堂，見《天官書》。立春之日，盛德在木，見《月令》。立春則條風至。蟄謂蟄蟲。振，振也。勾龍，能平水土，祀以爲社，見《史記》。元日曰上辰。圻同畿。江總賦：「列翠幕于青圻。」黛耜，天子籍田所用。《月令》：「天子三推，庶人乃終于畝。」

【疏義】先從立春説起，清「晨」字。下乃承明「農祥」，字字清楚。「彩向」一聯，切定立春，正寫「晨正」。「條風」一聯，襯寫「晨」字。「振蟄」一聯，申明實義。「鳥啼」一聯，點綴時景。「千畝」、「三推」，説到耕籍，題中「農」字，愈覺鄭重。末乃以順時布政作結。

【評注】點次清楚，疏寫切實，筆意更極生動有致，典制題僅見之作。○典制題字眼忌填湊，句調忌板滯，看此又自然又流動，熟玩此等詩，筆姿自然長進。○典制題不知出處，大是難事。丁人可先生《詩賦題解》一書，洵足津梁後學。但衹爲箋明字義，尚未完備。容稍暇爲之逐題添解，成《詩賦題講義》一書，以爲初學拈韵速成之助。

稼穡維寶

林人櫆

【題解】不拈定「寶」字，便不扣題，然非捏合到「稼穡」中説，即雜陳珍異字，無當也。欲求扣題，在關照得法。

重本勤耕斂，升華在陌阡。花如開寶樹，金即是昆田。不素廛三百，其陳歲十千。春生犁玉地，人誦雨音遇。珠天。瑞自無貪結，財因有道全。堆時疑作府，暖處或生烟。遍野羅珍異，盈倉話大年。皇心仍節儉，儲孕自綿綿。

【箋釋】題句出《詩·大雅·柔桑》篇。○《述異記》：崑崙山有寶樹，開花如粟。漢武帝詔曰：「朕禮首山，昆田下出珍物，或化爲黄金。」《詩·伐檀》篇：「不稼不穡，胡取禾三百廛兮。彼君子兮，不素餐兮。」《甫田》篇：「歲取十千，我取其陳。」注：「十千，一成之田。陳，舊粟也。」犁玉用藍田種玉事。蘇文：「使天而雨珠，寒者不得以爲襦。」「堆時」句用群玉府事。「暖處」句點化「藍田日暖玉生烟」語。○雨露之雨上聲。自上而下曰雨，音遇，從去聲。此與善、惡、好、惡等字，各有兩音兩義者同。

【疏義】一起暗破「稼穡」，下即承清「維寶」。「不素」聯緊切「稼穡」寫「寶」字。「春生」一聯點染「寶」字。「瑞自」一聯發明題義。「堆時」一聯扣嵌題面。「遍野」聯收束全題。末用高一層作結。

【評注】是稼穡是寶，雙管齊下，寫來面面俱圓，是善用關照法者。「不素」、「其陳」，點竄詩詞，妙。用「三千」、「十百」映合「寶」字，尤爲大雅。「春生」一聯，亦簇簇生新。○運用成語入詩，是新花樣，是出色法，但恐涉腐，又怕生硬，惟心靈手敏人，則俯取即是，着手成春矣。典制題賴此是解脱法。此編所選，多録合時之作，讀者其詳味之。

東觀讀未見書　　張九鐔

【題解】此題徒誇東觀儲書之富，于題義何涉？處處從「未見」字着想，則詔讀之恩，得讀之幸，俱見言外。

東京儲第一，南國士無雙。詔讀恩何重，來觀氣已降。此時深似海，昔日淺於江。天地羅圖幀，星辰帶壁釭。讀時藜吐火，勘向日横窗。修綆方深汲，微莛豈可撞。地依新雨露，身帶舊蘭茳。報國詞章富，龍文筆更扛。

【箋釋】《漢書・黄香傳》：香博覽經典，窮精理道。肅宗詔香詣東觀讀所未見書。○漢東京圖書，悉在東觀。「天下無雙，江夏黄童」，見黄香本傳。來觀氣降，謂多未見書也。《抱朴子》：「五經爲道義之淵海。」《南史》：「意淺于江。」以今之深，見昔之淺也。幀音倀，張畫繪也。言圖書羅天地之秘。釭，登也。《景福殿賦》：「落帶金釭。」言壁釭映星辰之奇。藜火用劉向校書，青藜照讀事。勘，校也。陸游詩：「日射勘書窗。」綆，繩也。修，長也。韓詩：「汲古得修綆。」莛音廷，草莖。撞音狀，擊也。《魏志》：「萬石之鐘，不可以寸莛起音。」茳，香草。黄庭堅詩：「要我賦蘭茳。」韓詩：「龍文百斛鼎，筆力可獨扛。」喻言筆力强也。

【疏義】對起工整，字字典切，是先從東觀説來，下乃承清「詔讀」。「深海」一聯，寔切「未見」寫。「天地」一聯，切東觀書寫。「藜火」一聯，從讀書上點染。「修綆」一聯，透發所以宜讀之故。「地依」一聯，束全題。末乃高一層作結。

【評注】海深江淺，恰是未見真情。「修綆」一聯，亦善取喻，寫宜讀更透。前後出筆大雅，亦無不稱題。○此題較天禄閣校書事難寫，以有「未見書」三字。徒侈陳東觀書，不是題義。太看皁讀書之人，又不合本傳。此作寫詔讀之恩，得讀之幸，俱有斟酌。至於聲調高華，險韵巧押，乃其餘事。

青藜照讀

湯大紳

【題解】不切本事，固不扣題；不解用借襯旁托，亦無手法。此詩具有不粘不脱之妙，可爲拙滯者導竅。

漢有芸臺彦，中宵静校經。忽傳太乙火，言是老人星。日借黄衣彩，龍啣紫燭形。袖書何候久，扶杖且徐聽。字燦初横蚪，囊香不聚螢。自他光有耀，識我客真靈。斑管同增彩，金蓮欲映青。餘暉分聖照，長願讀槐廳。

【箋釋】《漢書》：劉向夜校書天禄閣，有老人黄衣，植青藜杖，叩閤而進。吹杖端火照之，曰：「我太乙之精。天帝聞卯金之子博學，下而觀焉。」○芸臺，漢藏書處。老人星即南極。日旁有黄人守之，則外國來降。李賀詩：「下有啣燭龍。」《史記》：張良于圯上，爲老人納履，老人約以後五日早會。比至期往，老人已先在。怒曰：「後何也？」後良夜半往，乃喜曰：「當如是。」出一編以授良。「袖書」句暗用此事。又賈山上書曰：「臣聞山東吏布詔命，民雖老羸癃疾，扶杖而往聽之。」下句暗用此事。魯恭王修孔子宅，得壁中書，皆蝌蚪文字。囊螢，車胤事。「光遠而自他有耀。」語見《左傳》。「詞客有靈應識我。」見温庭筠詩。梁元帝筆有三品，或以斑竹爲管。金蓮，寶炬也。槐廳，學士院第三廳也。

【疏義】四句完題，用唐人舊法，直叙事起。三聯特爲黄衣、青藜作襯托。四聯點化舊事，借疏大義。五聯又爲「照讀」作襯貼。六聯又爲「照讀」作烘寫。七聯借「斑管」、「金蓮」爲「青藜」作點綴。末切校書寓意作結。

【評注】詩以叙事還題最忌重沓，此詩頷聯用筆何等輕倩。詩家運事疏題最忌牽强，此詩袖書聯運化何等融洽。「自他」、「有耀」爲「照」字傳神，亦復新不涉腐。○詩須典核，要知不在填實，拈來便是極不相類事，用來恰好鬬合。字須新穎，要知不在濃縟，雖極閒淡語，用來無不深穩。静參名作，會心正不在遠。

鑿壁偷光　　金牲

【題解】此等題若必執定題字，呆作雕鏤，便無雅趣。得其用意，衹好以借襯旁托出之，方見大雅。

鄰壁寧堪鑿，餘光幸可偷。研經窮暮景，舉燭費前籌。既詘焚膏力，聊爲鑽穴謀。自他常有耀，於我更何求。映雪愁難得，囊螢乏久收。藩籬誠得閒，去聲。徑竇豈同羞。別具傳薪理，真無過隙憂。專精資巧取，佳話解頤不。

【箋釋】《漢書・匡衡傳》：「衡家貧無燭，鄰舍有燭，乃鑿壁引其光而讀。」○《史記》「貧女語曰：『子燭光幸有餘，子可分我餘光。』」膏，油也。韓文：「焚膏油以繼晷，恒兀兀以窮年。」映雪，孫康事。囊螢，車胤事。《爾雅》：「樊，藩也。」郭注：「謂藩籬。」徑，小路。竇，小穴。「君子不徑不竇。」見朱子《小學稽古篇》。傳薪，見《莊子》：「指窮于爲薪，火傳也，不知其盡也。」「人生天地之間，如白駒之過隙。」亦見《莊子》。匡衡善解《詩》，語曰「匡語詩，解人頤」。見《漢書》。○不與否同韵，會未定之詞。白詩：「平生似此不。」

【疏義】起聯先清題字。承聯找出題義。三聯正還題面。四聯渾寫題義。五聯用原題法，是所以偷光之故。六聯用反托法，是善原鑿壁之巧。七聯又足題義。末結到本人身上，直以輕放完題，更不涉滯。

【評注】詩句最忌板放，遂令語無生趣。善用反正開宕之筆，則語見圓相矣。看此詩平起，語句之間何等跳脱。三四原題展局，以下逐句承接，圓轉如珠，全由筆活。而用古尤妙在融化無痕，「映雪」四句逼拶甚緊，而氣脉却寬。又善于養局，「別具」二句詞意雋妙。結還出處亦復隱秀。○「藩籬」、「徑竇」是從鑿壁上生情，「傳薪」、「過隙」又從偷光上生情。皆熟于襯貼法，遂令題字無不托出。解此打照詩句，自有不粘不脱，左縈右拂之妙，何慮題字之少，題位之窄。

摛藻艷春華

焦紹祖

【題解】藻，詞藻。「摛」音池，舒也。言文章詞藻如春華之艷也。是以春華比文章，烘寫「艷」字，宜用雙關語。

圖册西清富，騰輝盡國華。好將五色筆，結作一春花。注硯霏紅露，含毫綻綺霞。叢叢攢意蕊，點點散詩葩。浣去疑成錦，籠來好倩紗。薰香和日麗，摛艷映風斜。秋實知同採，朝雲莫浪誇。掞天原有藻，黼黻在皇家。

【箋釋】題句係潘尼詩，見《文選》。○西清，翰苑也。語云：文章華國。《齊書》：江淹夢得五色筆。梁簡文帝詩：「文章舒意便。」韓文：「《詩》正而葩。」五代周仁裕夢江水浣其腸胃。王播詩：「如今始得碧紗籠。」杜牧詩：「濃薰班馬香，高摘屈宋艷。」《魏志》：「採庶子之春華，忘家丞之秋實。」李商隱詩：「欲書花葉寄朝雲。」宋之問詩：「終乏掞天材。」○第三句五字倒。

【疏義】破從正義起，先按住「摛藻」，下乃承出艷如春華。以下六韵，俱用襯貼法，寫「艷」寫「摛」。「秋實」一聯，又用圓題法，義蘊包盡。末用高一層作結，補點「藻」字更清楚。

【評注】承聯用串遞之筆，生動有致。中幅用「硯」、「毫」、「意」、「詩」等字，恰是「藻」，不呆説是花。用「露」、「霞」、「叢」、「點」、「香」、「艷」等字，又確是「華」，確是「艷」，此雙關之妙也。浣錦、籠紗作襯貼，亦典切。「薰香」、「摛艷」，一筆雙鈎，更妙，極現成。○運化之妙，固本腹笥，亦根性靈。腹笥不充，即搜盡枯腸，總無一字，是以專事油腔。若性根不靈，縱多讀多記，皆歸印板，臨時獺祭，不過逐件臚陳而已，未能俯拾即是，那能着手成春。是編詳解，正爲鈍根人説法，特非少帶性靈，未必一覽便曉，言之易入耳。

漢宮人誦洞簫　李尚美

【題解】此等題原無甚深義，然就題還題，正難措手，須看此詩布置妥當，描寫出色處。

作賦推斑管，摛華在洞簫。誰將詞嫋嫋，傳入苑迢迢。麗句蒙天賞，佳音倩慧調。錦心流字字，繡口啓朝朝。香叶參差韵，歌盈婉娩宵。問奇紅袖指，擊節玉釵摇。錦帙繙頻共，烏絲寫倍饒。更憑明月夜，吹得鳳來朝。音潮。

【箋釋】《漢書·王褒傳》：元帝爲太子時，嘉賞褒《洞簫賦》，令後宮貴人皆誦讀之。○斑管謂筆。摛華謂作賦。嫋與裊通。迢迢，遥深之意。蘇賦：「客有吹洞簫者，倚歌而和之。」又：「餘音嫋嫋。」倩，藉也，藉慧口人調之也。麗句切賦，佳音切誦，錦心繡口，亦是用作分貼。參差韵謂簫。婉娩，音宛晚。《禮·内則》：「婉娩聽從。」有好事者載酒問奇字，見《揚雄傳》。魏晉之世，有孫識善擊節唱和。繙同翻。烏絲，紙界格也。吹簫可以引鳳。杜牧詩：「二十四橋明月夜，玉人何處教吹簫。」

【疏義】洞簫謂賦，入手即清作賦，有眉目。下乃遞入宮人誦賦，語更飄逸有致。誦賦有來歷。「麗句」句清出元帝嘉賞來。「佳音」句拍合到宮人。以下六句，一句貼賦，一句貼誦，無不工細。「錦帙」二句，又借繙寫，爲「誦」字作推闡。末即借洞簫生情，用吹簫引鳳事作結，更極自然。

【評注】洞簫是賦，非寔咏洞簫。是宮人誦賦，非泛誇王褒賦手。詩將王褒賦之佳製與宮人誦之雅韵俱用對寫，清思麗句，層見叠出，驚其才大，忘其韵險。○凡讀詩須選有思路、有才氣諸作，熟玩詳參，則心源汩汩而來矣。勿貪看平熟板實等題，徒便抄寫。作詩須研入題中，又必置身題上，空濶不滯，則生機潑潑動矣。亦勿愛作平熟板實等題，謂易成章。

穆如清風

沈啓震

【題解】題是以清風取喻，比「吉甫作誦」，其沖和宜人也。明出「如」字點清，後通用夾寫，方爲合法。

作誦含毫遠，如風取象精。元音何沕穆，高韵最輕清。欸欸微能動，泠泠御欲行。宛然涼意好，但覺躁心平。得句宜秋曉，披襟稱去聲。月明。永懷君子德，深入故人情。詞擬中郎贈，詩推謝女評。吹噓依聖世，雅頌愧歌賡。

【箋釋】《詩・大雅・崧高》篇：「吉甫作誦，穆如清風。」穆，和也。言吉甫作此工歌之誦，其調和人之性，如清風長養萬物狀。○沕音物。沕穆，深微貌。《詩序》孔《疏》：「感而不切，微動昔風。」《莊子・逍遥》篇：「列子御風而行，泠然善也。」周子：「淡則欲心平，和則躁心釋。」蘇詩：「清風定何物，可愛不可名。所至如君子，草木有嘉聲。」杜牧《早秋》詩：「清風故人來。」蔡邕《答對元式詩》：「君子博文，貽我德音。詞之集矣，穆如清風。」《晉書》：謝安嘗問：「《毛詩》何句最佳？」道韞稱「吉甫作誦，穆如清風」有雅人深致。

【疏義】四句清題，首句點「作誦」，尤有眉目。「欸欸」二句虚寫風定。「宛然」二句正清「如」字。「得句」二句用襯貼寫。「永懷」二句從對面寫。「詞擬」二句引事作證。末就風頌美作結，仍不脱題首。

【評注】《庚辰集》評：寫「清風」不難，但苦脱却「如」字，直是咏風耳。即寫「清風」後，再寫「如」字，亦是敷衍還題。題中四字，句句合寫，此爲純用中鋒。○用中鋒，非大力者不能，故詩家多用襯貼、旁托法，討巧處正不可少。

其人如玉

紀昀

【題解】題以人爲主，非泛賦玉也。因人想到玉，即以玉比人。要句句傳出想像之神，方合題味。空谷高人往，風流想見之。每當吟宛在，輒欲賦温其。緬彼千金質，蕭然一褐披。誰家生玉樹，之子是瓊枝。潔白平生許，雕鏤幾度施。蒹葭空見倚，琬琰最堪思。好識連城璧，休言無當去聲。巵。憑看裴叔則，朗朗照人時。

【箋釋】《詩·小雅·白駒》篇四章：「皎皎白駒，在彼空谷。生芻一束，其人如玉。」○《詩·秦風·蒹葭》篇：「所謂伊人」，「宛在水中央。」又《小戎》篇：「温其如玉。」《史》：「千金之子。」《家語》：「被褐懷玉。」謝安曰：「譬芝蘭玉樹，欲使其生予階庭耳。」又王戎神姿高澈，如瑶林瓊樹。潔白謂玉之質。雕鏤謂治玉之工。毛曾與夏侯玄共坐，人謂之蒹葭倚玉樹。琬琰，美玉也。岷山之女，曰琬、曰琰，桀刻其名于苕華之玉。連城璧，見《史記》。玉巵無當，見《韓非子》。李白稱裴叔則朗朗如玉山上行。

【疏義】起聯虚喝「其人」，次點「如玉」，以下雙管齊下，是玉是人，無非善繪「如」字圓光。「緬彼」

聯用串遞法。「誰家」聯用指點法。「潔白」聯用關照法。「蒹葭」聯用借襯法。「好識」聯用旁襯法。末引舊事作結，又好在是玉，恰是人。

【評注】不難其句句是玉，難其句句是人，「如」字乃跳躍行間。他手用襯貼，用打照，皆凡筆也。○試律佳境，不過聲調鏗鏘，詞采鮮艷而已。題入先生手，能作虛字，能傳虛神，筆善走而不停，氣既鍊而不滯，雖極板重題，而運筆甚輕，出語必活，無不着紙欲飛，真試律中獨闢之境。至其對仗之工，掉轉之靈，湊泊之妙，無一不足啓人思路，長人才情。學者欲窺全豹，當覓先生全集讀之。

得意忘言

吉夢熊

【題解】題句本超妙，作詩更着不得一呆語，只渾寫題意，而四字又各有着落，手法超絶。但識真詮妙，誰煩費許辭。畫前原有易，象外更傳詩。山碧雲生處，天青鶴點時。此中皆活潑，以後總支離。自得無絃操，寧勞日出卮。拈花方欲笑，應手不須爲。水縠何心涣，風簫一任吹。鳶魚超聖契，即與漆園期。

【箋釋】題出《莊子・雜篇・外物》：「言者所以在意，得意而忘言。吾安得夫忘言之人而與之言哉！」○真詮猶言真解。程子詩：「須信畫前原有易。」《詩品》：「超以象外，得其環中。」《五燈會元》：「有時雲生碧嶂，月落寒潭。」戴表元詩：「初晴鶴點青邊嶂。」《朱子語類》：「『「活潑潑地」是禪語否？』曰：『是俗語。』」支離猶分散，言各有科條，分散而難通。晉淵明有無絃琴，曰：「但解琴中趣，何勞絃上聲。」「巵言日出」，見《莊子》，言因物隨變，日出不窮也。《傳燈録》：釋迦在靈山會，手拈花示衆。迦葉見之，微笑。遂傳以正藏法眼。《莊子》：「得之于心，應之于手。」《易》象：「風行水上，涣。」王世貞文：「風行水上，涣爲文章。風定波息，與水相忘。」《淮南子》：「堯之治天下也，若風之過蕭，忽然感之，各以清濁應矣。」莊子曾爲漆園吏。

【疏義】起四句抉題之根。「山碧」四句寫「得意」，以「自得」聯作關鍵，一句承「得意」，一句拍「忘言」。「拈花」四句正寫「忘言」。結用頌揚，即補清出處。章法最清，意思亦蕭然高寄。

【評注】先將「意」字寫入微妙，「得」字超則「忘言」自透。此等題全在神趣上探取，勿容沾沾句下。○題係子語，篇中即引諸子及佛經作證佐，此用本地風光法也。若多作理語則腐。相題行文，尤須因題設色，可以意通之。

射中正鵠

龔學海

【題解】「中」去聲。「正」平聲。○「正鵠」是射之的，題眼祇在一「中」字。要得射者之意，方好下筆，勿呆相題面。

仁者當如射，儀兮不出正。立惟知己鵠，發必待循聲。豈乏穿楊技，無忘破的名。日懸朱緑映，風入豹熊清。君子何妨失，周官不教争。弓開和月滿，鏃去見心平。兼有蘋蘩節，終須德藝成。澤宮榮選士，審固告司旌。

【箋釋】朱子《中庸》注：「畫布曰正，棲皮曰鵠。正音征，讀作平聲。」〇《孟子》：「仁者如射。」《詩・齊風》：「終日射侯，不出正兮。」《禮》：「射者射己之鵠。」又孔子曰：「循聲而發，不失正鵠。」善射者百尺能穿楊葉。《詩》：「舍矢如破。」的，準也。《周禮》：禮正「去蒼白，畫以朱緑。」又《司裘》：「諸侯則供熊侯。」李白詩：「過月開張弓。」《射雉賦》：「鯨牙低鏃，心平望審。」《禮・射義》：「大夫以采蘋爲節，士以采蘩爲節。」又《禮》：「德成而上，藝成而下。」澤宮即太學。禮，天子選士，習射于澤宮。司旌，射中則舉之。

【疏義】原正意起，承破四句，全運用成語。全題分晰，何等穩稱。「豈乏」句作一跌勢。「無忘」句拍合「中」字。「朱緑」貼「正」。「熊豹」貼「鵠」。「君子」兩句又作翻襯之筆。「弓開」兩句乃正寫「中」字。「兼有」二句用收束。末乃進一層作結。

【評注】題重在「中」字，入手處却從「失」字一面着想，正得題意。此謂聽題有聲，故出筆不滯。〇詩與文同，聽題之法，皆不可不講，莫謂五字、七字中即無口氣、無神理也。題解一則，非爲一題備講，而引伸之妙，專以望諸解人。

應試詩法淺説詳解卷六

古東郡跛奚葉葆評注

近科詩墨二十首，八韻。

山呼萬歲

戊申河南監臨畢程

【題解】凡典故題須序清事實，點明出處，方有眉目。此題尤須頌揚得體，凝重不佻，方爲肖題。紫蓋蟠雲漢，黄旂映碧嵐。崇班群嶽冠，去聲。歡意萬靈含。音似卷音拳。阿矢，籌從海屋探。辰居星拱北，午位極當南。寶瑞疑森五，金鞭宛聽去聲。三。精誠空際出，嘘吸静中涵。茗管諧鸞吹，去聲。瑞笙應鶴驂。豫遊隆上軌，父老洛濱談。

【箋釋】《漢書·武帝紀》：「詔曰：『朕親登嵩高，御史乘屬在廟旁，吏卒咸聞，呼萬歲者三。』」○紫蓋，嶽頂最高峰也。《月令》：「天子載黄旂。」矢，陳也。《詩·大雅·卷阿》篇：「來游來歌，以矢其音。」《神仙傳》：「海水變桑田輒下一籌，今滿十屋矣。」瑞，寶玉也。《書》：「乃輯五瑞。」金鞭，朝時所設，其聲三響，天子乃升。茗管、鸞吹、瑞笙，皆仙樂。鶴驂，仙騎也。

【疏義】先從武帝登封中岳説起，是原題法。次聯暗透山靈歡呼之意，是渾承法。五、六用矢音醒「呼」字，用海籌醒「萬歲」字，是借點法。七、八作比喻，是證佐法。九、十旁托「呼」字，借點「三」字，是襯托法。十一、十二乃透寫所以山呼之故，是實疏題義法。十三、十四又爲「呼」字作旁襯，是點綴法。末就父老傳聞稱頌宸遊作結，是頌揚法。

【評注】典重題着一輕佻語、俗弱字不得。對起工整，字字典重，方振得全勢起。其餘措詞練句，亦無不凝重有力，雅與題稱。惟岳崧高、氣象尊，對看諸墨，一覽衆山小矣。

敦俗勸耕桑得登字

丙午山西主考吴程

【題解】「耕」、「桑」兩字，法應分還，而題義却重在上三字，作詩又不得徒寫題面，忘却題義，方謂虚實兼到。

本富宸衷切，河東況股肱。耕催春雨膩，桑沃黛雲凝。簑笠參差集，筐鉤上下承。平鋪針疊疊，斜依葉層層。信是田蠶渥，欣看禮教興。思深敦以厚，風古勸兼懲。敢謂分疆域，從教設愛憎。輶軒勤問處，唐俗幸先登。

【箋釋】題句出唐明皇《曉登太行言志詩》：「宣風問耆艾，敦俗勸耕桑。」○《後漢書》：「河東，吾股肱郡。」簑笠，農人禦雨具，貼耕。筐鉤，條桑之具，貼桑。針指秧，葉指桑，亦分貼也。輶軒，使車也。詩稱唐爲堯舊都，後屬晉。其地土瘠民貧，勤儉質樸，憂深思遠，有堯之遺風焉。

【疏義】一起直抉題義，從「勸」字頂上透出，討源而入，筆意超絶。第二句運用恰合，尤擅勝場。次聯清出眉目。三、四兩聯乃分還題面。第五聯用一紐找到上截。六、七兩聯醒「敦」醒「勸」，字字真切。此謂清新，不涉俗艷，收結關合有法，天然如意，的是名程。

【評注】此是文家截發格，熟極生巧，有此圓通，時手不能。○此題元作，點染風華，吐屬新艷，自是當行出色之作。其中聯「循甸塹懸耜，聽歌薄采菱」，是從耕桑反面作襯托，正爲「勸」字正面寫元神。下聯「其耘晨戴月，載績夜園燈」，點染亦復風雅。玩其引用，新不涉艷，巧不傷雅，是詩家新花樣，是時墨出色法，可摘録以備揣摩。

四時爲柄

丁未聯捷蔡振中

【題解】不從「柄」字落想，空疏「四時」，失却驪珠矣。寫「柄」更能寫出實理，不祇以關照法行之，此謂精到。

玉燭徵時若，珍符似柄然。天工神運掌，日就佛音弼。仔肩。政典居辰撫，農書令甲懸。東西郊迭迓，左右个頻遷。信寄中央位，元爲四德先。璣衡原在握，珠斗自輝躔。兩以精能執，三無馭不偏。百昌欣茂對，行健倍乾乾。

【箋釋】《禮運》：「聖人作則，必以天地爲本，以陰陽爲端，以四時爲柄。」○《爾雅》：「四時調謂之玉燭。」《文選》：「聖皇乃握乾符，闡坤珍。」《書》：「天工人其代之。」《詩》：「日就月將，學有緝熙于光明。佛時仔肩，示我顯德行。」《史記》：「著令甲注政典次第。」《月令》：天子迎春于東郊。迎秋于西郊。孟夏居明堂左个。季冬居元堂右个。五行中央爲土，分寄四時，在人之德爲信。《易》：「元者善之長也。」璇璣玉衡，察天之器。舜執兩用中。《禮記》：「奉三無以勞天下。」《易·无妄》大象：「先王以茂對時育萬物。」《乾》卦象：「天行健，君子以自强不息。」又爻詞：「君子終日乾乾，夕惕若，厲无咎。」

【疏義】一起醒「時」字、「柄」字。次韵點化成語，疏明爲「柄」正義。三韵實貼「柄」字。四韵分還「四時」。五韵圓題，又用補斡法。六韵借襯「柄」字。七韵補足題義。末乃從「時」字作結，歸到頌聖。

【評注】起便字字工整，幾費琢練趨時之作，全脱俗徑。原評：頷聯神佛，虚實借對，人巧極、天工錯矣。思路之高，點化之妙，自是聰明絶頂，未許俗子問津。○對不難工，第恐涉板，參以虚實語自活，便句亦生動。○通體不呆，疏「四時」全從「柄」字上落想。題面、題義無不精透，運事下字，更能處處生新。

東壁圖書府得東字

庚子江南　歐陽煒

壁本文章府，圖書錦軸充。斗旋光耀北，奎近氣騰東。古瑞稱龍馬，奇形識鳥蟲。牙籤標月令，藻繪獻豳風。萬象包羅外，三餘誦讀中。山河名不一，甲乙部原通。藏許石渠富，校希天禄工。聖朝頒四庫，珍秘仰宸衷。

【題解】題有「府」字，則「圖書」可用鋪陳，但須帶定「東壁」，方不嫌脱略上兩字。

【箋釋】張説《恩賜麗正殿書院賜宴》詩：「東壁圖書府，西園翰墨林。」○《石氏星經》：「東壁之星主文籍，天子圖書之秘府也。」《天官書》：「北斗七宿爲帝之車，運乎中央。奎十六星爲天之武庫。」伏羲時，河中龍馬負圖。《書斷》：倉頡仰觀奎星圜曲之勢，俯察龜文鳥跡之象，合而爲字。月令，《禮記》篇名。邠風，《詩》篇名。《抱朴子》：「五經爲道義之淵海，子書爲增深之川流。」晉武帝分秘府圖籍爲甲乙丙丁四部。石渠、天禄，兩閣名，皆漢藏圖籍處。

【疏義】首句先點「壁」字，次句點「圖書」。二韵醒「東」字。三韵、四韵分貼圖書。五韵、六韵又合疏「府」字。七韵借藏書兩閣爲「府」字作襯。末歸到頌美作結。

【評注】琢語工，練調響，典重高華，是題須此筆寫之。○他作多用渾寫，此作中聯「圖」、「書」特用分疏，更極典切。○朱墨有聯：「月明藜火照，雲淡碧紗籠。」爲壁、星作襯托，涉想極超，運事尤雅。藜火用劉向天禄閣事，碧紗籠用王播客木蘭院事。

燈右觀書

乙未會試　失　名

【題解】是題賦觀書不難，難在不脱燈右，不走易路，正須從難着筆處落想，則句句貼切。

棐几觀書静，篝燈夜色籠。好偕圖列左，如倚壁居東。照影何嫌側，迴光恰在中。簡分深柳碧，穗結半簾紅。漏永輝斜月，帷輕護晚風。記言人未及，銘座位差同。豈話窗西别，毋虚硯北功。然藜登秘閣，博古副宸衷。

【箋釋】題未詳所出。○棐几，以文木作几也。王羲之詣門生家，見棐几滑浄，因書之，真草相半。篝音溝，燻籠也。古人左圖右書。張説詩：「東壁圖書府。」簡，竹簡。王維詩：「深柳讀書堂。」穗，燈花所結。《禮》：「天子言則右史書之，動則左史書之。」古人座右有銘。劉向天禄閣校書，有老人然藜以照。見《劉向别傳》。

【疏義】一起點明「書」字、「燈」字。次韵借左圖、東壁夾出「右」字。三韵正疏「右」字。四韵點染「燈」字。五韵又借風月襯寫「書」、「燈」。六韵正逼「右」字。七韵又用西窗、北硯反托「右」字。末韵從觀書生義頌聖作結。

【評注】人多舍難就易，此獨因難見巧，名句叠出，乃令人一讀一擊節。○爲題有「右」字，便想到左圖、右書，想到右史記言，想到座右有銘。惟有精思，乃成名句；艱于構思，縱有敷佐，亦搜尋不到。○難于句句精切，而襯托法總不可少。篇内側影迴光，窗西硯北，皆是爲「右」字作襯托也。

青藜照讀得吹字

癸卯福建游光繹

【題解】序事輕便，出筆不滯，點染生動，設色亦雅，此題能事盡矣。

何處純青氣，熒然杖未吹。群書方博極，靈曜已潛窺。倚几藤初卓，開函鏡有資。光生虚室静，影墮碧天遲。好奪蘭高艷，疑分桂魄奇。宵深忘寂默，精感獲扶持。東壁文章燦，西京斗望垂。崇文逢聖代，中秘可能披。

【箋釋】《劉向别傳》：「向校書天禄閣，有老人黄衣，植青藜杖，叩而入。吹杖端烟，燃與向説開闢以前，向因受五行洪範之文。至曙而去，曰：『我太乙之精，天帝聞卯金之子有博學者，下而觀焉。』」〇靈曜，星精也。《莊子》：「虚室生白。」蘭膏謂燭。桂魄謂月。壁，星名，主文籍。《詩》：「倬彼雲漢，爲章于天。」韓子，學者仰之如泰山北斗。

【疏義】入手先從青藜杖説入。次韻乃醒「照讀」。三韻爲初照時虚景。四韻爲正照時寫景。五韻正疏藜火，借燭月作陪寫。六韻乃疏明實義，透寫所以然。七韻收來，放寬籠題。末用頌揚作結。

【評注】閒雲出岫，輕逸自生，亦起境之最佳者，是作有焉。一氣流走，輕鬆生動，毫不吃力。方之畫家，當屬逸品。〇詩義有須洗發處，一經疏明，題藴悉透。此詩第六韻與《山呼萬歲》題第六韻，皆是此法。

經訓乃菑畬

己亥浙江陳鴻漸

【題解】正義是「經訓」，作詩處處須向「菑畬」上落想，方關照有情。不解此訣，則題義不醒，並題竅亦失。

不殖憂將落，横經信不虚。講仁同播種，陳義即菑畬。學圃苗頻藝，心田莠必除。築場登二酉，納稼課三餘。獲豈盈箱若，荒真宅草如。庭宜書帶植，家已石倉儲。汲古時尋綆，搜奇自滿車。便便音邊。詩腹笥，何假百城居。

【箋釋】題出韓昌黎詩。田不耕曰菑，田三歲曰畬。〇《左傳》：「學猶殖也，不殖將落。」《禮運》：「修禮以耕之，講學以耨之，本仁以聚之，播樂以安之。」《史》：「立苗欲疎，非其種者，鋤而去之。」二酉，山名。魏董遇曰：「讀書當以三餘。」《詩》：「千斯倉。」「萬斯箱。」《汲冢周書》：「務耕而不耨，惟草其宅之。」鄭康成有書帶草。曹曾積石爲倉以藏書，號曹氏書倉。韓詩：「汲古得修綆。」《史記》：「溝篝滿車。」後漢邊韶云：「腹便便，五經笥。」李永和謂：「丈夫擁書萬卷，何假南面百城。」

【疏義】直透正義，起點「經」字。次韻承清「菑畬」。以下俱用對寫。「學圃」聯是用喻意影正意。「築場」聯是以正意合喻意。「盈箱」聯作一反比，一正比。「書帶」聯是一借襯，一正襯。「汲古」聯又從題後推闡。末仍雙關正喻兩意作結。

【評注】雙關之法，全在兩下打照，未可拘于一面。看此作點竄字典，運化事實，無一字不從「菑畬」上生情，却無一句不是向「經訓」上收攏，故能正喻皆見，雙管齊下。試律中此類題極多，須解此秘，方不窘手。〇沈緝園作善捭虛字，琢句更新，運化尤巧。中聯「耕乎忘餒在，業也戒荒於」，又「豈爲芸人計，而言學稼如」，俱用文言入詩，異樣出色，亦屬時尚。《渭川千畝竹》題有句：「簣如歌有斐，苟矣咏斯干。」點化《詩》詞，簇簇生新。均可爲法。

賢不家食　失名

【題解】此題着重在「食」字，却用不着呆寫「食」字，體會養賢正義，而題面只以映帶法出之，斯爲大雅。

聖主賢爲寶，榮分尚食隆。衡門踪乍遠，列鼎賜何豐。饘粥懷前志，簞瓢易素風。大官頻受錫，厚祿愧無功。幸汲清時福，寧殊道味充。良農有黍稷，鳴鳳在梧桐。澤洽需雲外，膏流湛露中。願將蔬水業，調燮辨和同。

【箋釋】《易·大畜》彖詞：「不家食，吉，養賢也。」○所寶惟賢。《詩》：「衡門之下，可以棲遲。」鼎，烹飪之器。饘粥，疏食也。簞食瓢飲，見《論語》。《易·井卦》爻詞：「可用汲，王明，並受其福。」《詩·大雅》：「黍稷翼翼。」言農者之所獲也。《小雅》：「鳳凰鳴矣，于彼高岡。」比多士濟濟之象也。《需》大象：「雲上于天，需；君子以飲食宴樂。」《詩·小雅》：「湛湛露斯，匪陽不晞。」飯疏食飲水，亦見《論語》。「據亦同也，焉得爲和？和如羹焉，齊之以味，濟其不及，以洩其過。」見《左傳》昭公十九年，晏子對齊景公語。

【疏義】入手即從養賢說入，得題主腦。先點清「食」字。次韻即承清「不家食」。三韻先從對面寫。四韻乃從正面寫。五韻放鬆說還「食」字。六韻用映照法疏「賢」字。七韻收足養賢正義。末韻收到賢者身上，仍關合「食」字作結。

【評注】善從「家食」一面着想，以便轉合「不」字，句句得養賢本旨，題義、題面，兩兩俱到。○此等題極難着筆，白描易於涉俗，運用又恐入腐，既須典切，又必雅飭，乃爲入格。近科多摘經語命題，可熟玩此等題作法。○有一聯：「舊業樵蘇外，新豐酒醴中。」全不粘煞寫「食」字，語極大方。元作中聯：「帝有調羹望，臣思作醴功。」更極名貴。

圭璋特達 得真字　戊申江南黄丕烈

【題解】「圭璋」所以喻德，「特達」自應切定行聘時講，方不涉泛。器以圭璋重，良工賞鑒真。深藏因待聘，特達爲去聲。交鄰。駟馬寧同獻，文皮弗並陳。德從君子比，信藉大夫申。世豈虞懷璧，人當識賤珉。允宜推國寶，洵不愧儒珍。渭水璜思尚，崑山玉記詵。佇看天府貴，儀度肅垂紳。

【箋釋】《禮・聘義》：「圭璋特達，德也。」《疏》：「行聘之時，惟執圭璋，特得通達，不加餘幣。言人之有德，亦無事不通，不須假他物而成也。」○《易》：「君子藏器于身，待時而動。」《禮》：「儒有席上之珍以待聘。」享禮庭實用虎豹之皮，無皮則以乘馬代之。《禮・聘義》：「君子于玉比德焉。」《左傳》：「匹夫無罪，懷璧其罪。」《聘義》：「君子貴玉而賤珉。」《國語》：「楚國無以爲寶，惟善以爲寶。」《尚書中侯》曰：「太公釣于磻溪，得玉璜。」《晉書・郤詵傳》：「對策爲天下第一，猶桂林一枝，崑山片玉。」

【疏義】首韵明點「圭璋」。次韵清「特達」。三韵疏明「特」字。四韵補明「德」字，融會題義。五、六兩韵俱爲「圭璋」字擡高身分。七韵爲玉作徵佐。末仍扣本題，正位作結。

【評注】剗落一切習見語方新，徒襲用成詩，色澤便舊。此題成詩儘多，尤難出色。如第七聯之用事練句押字，另具匠巧，讀之則簇簇生新矣。○是題黄作有聯：「士謂伸知己，人占利用賓。」運用成語亦新，是時尚出色法。

崑山片玉得珍字

戊申陝西譚　淮元

【題解】「片玉」本旨，原屬自謙，作詩衹作貴重義寫，立言得體，尊題有法，可以意通之。

地啓崑山秀，靈鍾片玉珍。瑶林經萬選，金粟即前身。瘦似從刀削，堅還謝石磷。痕侵孤月影，稜映遠峰皴。鶴羽分攜潔，鵞肪寸截匀。品應儕五瑞，價自重千緡。剪出桐圭薄，鐫成楮葉新。冰壺清共印，待聘莫求人。

【箋釋】《晉書·郄詵傳》：武帝問詵曰：「卿自以爲何如？」詵對曰：「臣舉賢良對策爲天下第一，猶桂林之一枝，崑山之片玉。」○張鷟文詞如青錢萬選。《發迹經》云：「浄名大士，是往古金粟如來。」《列子》：「昆吾刀切玉如泥。」磷，薄也。《論語》：「不曰堅乎，磨而不磷。」魏文帝《與鍾繇謝玉玦書》：「白如截肪。」五端，五等諸侯所執，以合符于天子者也。《書》：「輯五瑞。」《史》：成王以桐葉爲圭，戲封弱弟康叔。《列子》：「宋人有以玉爲楮葉者，三年而後成。」鮑照詩：「清如玉壺冰。」《禮》：「儒有席上之珍以待聘。」

【疏義】首韵點醒全題。次韵承清題義。以下俱就「片」字作刻劃。「瘦似」聯是推原「片」字。「痕侵」聯是形容「片」字。「鶴羽」聯是刻劃「片」字。「剪出」聯是比方「片」字。末韵乃結到正義，關合時事，收足題義。

【評注】不肯寬泛用筆，通從「片」字上生情，是文家走窄路法。琢句修詞，自爾新穎異常。○凡題各有要字，所謂詩眼也。不從題眼上落想，命意便不中肯綮。不從題眼上着筆，鍊語亦少警切。審題用筆，制勝之法在此。

造化鍾神秀 得宗字

丁酉山東李光時元

【題解】曰神，曰秀，歸之造化獨鍾，此岱嶽之所以稱宗也。作詩不能寫出東嶽大處，便不肖題。

摩霄青一色，知是萬山宗。震出神全聚，坤生秀特鍾。自東開壽域，逾海躍蟠龍。湧日端倪豁，爲霖德澤醲。巖巖瞻氣象，歷歷溯登封。雲起崖飛練，濤鳴壑應去聲。松。儲精資國福，作鎮獻民庸。幾度邀天翰，奎光澈九重。

【箋釋】杜甫《望嶽》詩：「岱宗夫何如，齊魯青未了。造化鍾神秀，陰陽割昏曉。盪胸生層雲，決眥入歸鳥。會當凌絕頂，一覽衆山小。」○《易·説卦》：「萬物出乎震。震，東方也。」《易·坤》大象：「至哉坤元，萬物資生。」薛道衡《老氏碑》：「納蒸民于壽域。」《泰山考》：長白山來脉甚大，一支過海，成泰岱云云。岱有日觀峰，可觀日出。《國語》：「泰山之雲，觸石而出，膚寸而合，不崇朝而雨遍天下。」《周禮》：「河東曰兖州，其山鎮曰岱山。」又《司勳》：「國功曰功，民功曰庸。」天翰，宸章也。

【疏義】起用渾破，濶大稱題。次聯醒「神秀」字清題，而以下四聯就泰山寫其神秀，句句從大處説，方見出是造化獨鍾，方確切泰山。七韵束題。末韵結到幸岱留詩，關合到時事作收。

【評注】詩家争勝，全在起結。格律穩稱，而首尾平俗，縱中多警聯，未易出色。惟破空而起，突兀峥嶸，則全神振動矣。似此作起聯，何等超脱，何等峻拔。詩有自然句，有苦索句，自然句春容大雅，不煩思索，有自在游行之樂，多根諸性靈。苦索句錘字鎔句，幾費琢練，見慘澹經營之功，蓋得之學力。

恭賦御製五嶽卓爲宗

庚子山東杜漢元

【題解】不抑他嶽，題中「卓」字不出；不帶他嶽，題中「宗」字亦不醒。尊題有法，須以高華典重還之。

岱嶽鍾神秀，稱宗古制隆。天開群物祖，地闢長男宫。勝各臨滄海，尊宜表大風。衆山星拱北，絶頂日生東。鬱嵂形如礪，岧嶢秩視公。齊州青未了，帝座氣先通。匪直淩衡霍，還看俯華音化。嵩。供詩兼迓蹕，長此贊元功。

【箋釋】五嶽者，東岱、西華、南衡、北恒、中嵩也。○杜詩：「造化鍾神秀。」《書》：「至于岱宗，禮統天地元氣所生，萬物之祖也。」《易・説卦》：「震爲長男。」《左》：「泱泱乎大國之風也，表東海者，其太公乎。」杜詩：「一覽衆山小。」《論語》：「譬如北辰，居其所而衆星共之。」日觀峰在岱絶頂，雞一鳴時，見日始欲出，長三丈所。韓詩：「杲杲寒日生于東。」鬱嵂，山高峻貌。《漢書》：「泰山如礪。」岧嶢，亦山高貌。《禮》：「五嶽視三公。」杜詩：「齊魯青未了。」李白登華山落雁峰，曰：「此山最高，呼吸之氣，上通帝座。」

【疏義】起從泰山直入，醒「宗」字。次聯承出「卓」字。以下四韵，寫岱嶽大處，皆是疏明所以「卓爲宗」處。七韵乃清五嶽。末韵闗合時事，切合東嶽作結。

【評注】題熟則意境難新，欲求出色，須於措詞練句中留心。不用習見語則警切，必有典故佐之；不作順落語則生動，必以凝練出之。〇人生于寅，帝出乎震。頷聯點化此意，爲東嶽開生面，便是不經人道語。此謂奇闢，此謂警切。〇凡限韵字，須着意押，勿求順手。此題限「東」字，本熟，此作押「東」字却新。此謂生別，最易豁目。

蓬瀛不可望 得秋字

丙午北直蔡振中

【題解】蓬瀛喻言登第也。「不可望」三字，須寫出神山飄緲難即之境，帶出仰止不盡之神，方合情事。

仙境憑誰到，蓬瀛目幾留。山非蟠地起，水自接天流。近帶傍三島，遥臨外九州。蠹疑依市現，變想逐潮收。蜃雨空粘屐，樵風漫引舟。飛來同鷲竺，合處失羅浮。舊識殊凡界，還期選勝遊。鑾坡瞻有日，雲路仰高秋。

【箋釋】唐太宗《秋日》詩：「蓬瀛不可望，泉石且娱心。」〇《博物志》：「海上有三神山，以金銀爲宮闕，仙人所集。」《列子》：「五山高下，周旋三萬里，仙聖之所往來。其根無所連着，常隨波上下。」云云。」又：「崑崙山有三島。」禹分天下爲九州。《夢溪筆談》：「《漢書》云：海旁有蜃氣爲樓臺。登州海中，時有雲氣如宮室樓臺，歷歷可見，謂之海市。」《史記·封禪書》：「未至，望之如雲，及到三神山，反居水下。臨之風輒引去。」《西湖志》：「虎林山，前晉時西天僧云：此是天竺國靈鷲山之小嶺，不知何日飛來。」《初學記》：「羅浮二岳，以風雨而合離；蓬萊三山，隨波濤而上下。」

【疏義】起聯渾破全題。次聯承明題義。三韻寫蓬瀛之仙跡難近。四韻寫蓬瀛之奇幻難測。五韻爲「望」字證實，傳「不可望」之神。六韻爲神山設喻，盡「不可望」之象。七韻略作反逗，借趨下句。末韻寓意作結，恰合時事。

【評注】於題上二字語語盡象，恰于題下三字句句傳神。筆意靈活，一塵不染。○近科試律，最重力趨新言，全在脱俗。是作字法句法無一不新，氣味神理無一不超，是極合風氣之作。○是題有聯：「心營憑象罔，目巧失離婁。」寫「不可望」超妙入神。聞此君即以是詩獲選。

海日照三神山 得東字

丙午福建林志仁

天外三峰削，何時落海東。似隨潮上下，先照日曈曨。境向虚無覓，籌添歲月同。佛螺圓鏡秀，仙髻朶雲紅。暖吹去聲。千年樂，長乘平聲。萬里風。通明光碧殿，照耀水晶宮。鸞鳳層霄上，魚龍白晝中。星槎如可到，擬住碧玲瓏。

【箋釋】唐人有《海日照三神山賦》。○三神山，蓬萊、瀛洲、方丈也。崔顥詩：「天外三峰削不成。」《列子》：「三山其根無所依着，常隨波上下。」又《初學記》：「蓬萊三山，隨波濤而上下。」曈曨，《説文》：「日欲明也。」揚雄贊老聃著虚無，言「乘虚無而上假」，見《大人賦》。海屋添籌，見《神仙傳》。佛螺，仙髻，喻神山。宋宗慤曰：「願乘長風，破萬里浪。」光碧殿，西王母，帝后，見《穆天子傳》。《逸史》：「盧杞嘗騰上碧霄，皆水晶爲墻，有女曰：此水晶宫也。」

【疏義】先從神山説入，是倒破法。次韻乃點明「日照」，是四句分破法。三韻安放三山。四韻正寫日照。五韻寫神山之景。六韻寫日照神山之景。七韻乃就海山中之鱗羽作點綴。末韻寓意作結。

【評注】試律起語最忌直率無味，看應試名作，無不留心着韻。若順出題字，趁手點明，則平平無勢矣。

洞庭秋月　得浮字

【題解】是題若拋荒上兩字，則凡泛咏秋月題皆可移用矣。欲求的切，須扣本題。

一望重湖迴，君山眼底收。沙明湘浦夕，月湧洞庭秋。八九吞雲夢，東南逼斗牛。星疎隨岸闊，水遠覺天浮。蓀茝懷三楚，烟波渺十洲。魚龍驚不夜，河漢赴西流。何處聞長笛，誰家漫倚樓。勝遊仙路近，應上木蘭舟。

【箋釋】洞庭湖西岸有沙洲，故南名青湖，北名洞庭，所謂重湖也。君山在洞庭湖中。《史》：「吞雲夢者八九于其胸中，曾不芥蔕。」蓀茝皆香草，見《楚詞》。《水經》：魚龍以秋日爲夜。又：古有日夜出于東萊，故萊子立城，以不夜爲名。杜甫詩：「河漢聲西流。」趙嘏詩：「殘星數點雁横塞，長笛一聲人倚樓。」

【疏義】首韵先從「洞庭」説起。次韵乃點明「月」字。以下五韵寫「秋月」，句句帶定「洞庭」。三、四、六韵寫洞庭之時景，五韵、七韵帶寫望月者之情懷。末直就題寓意作結。

【評注】秋月好寫，但非切定洞庭，則寬泛不着題矣。寫境必按切時地，方的切不易。此作寫秋月高華，切定洞庭，語尤濶大，自是名手。○詩中有人在，凡懷古即事，皆須識得此意，即寫景題亦當如是。大抵景到而情寓焉，言之有物，詩味方厚，此未可單于試律中求之。是詩風味雋永，寄懷曠遠，格律直逼唐人。

竹箭有筠 得如字

癸卯浙江監試沈擬

【題解】是借以喻禮，非泛賦竹。明限「如」字，可知題竅矣。故中聯須用雙關之筆，方得題義。

嘉植東南勝，名材竹箭儲。丰標從外耀，美盛本中虛。苞折雷聲後，筠浮雨滴初。放梢青欲竦，解籜緑全舒。秀色嵐光合，清芬俗障祛。膩裝殊粉黛，絢采重璠璵。素艷和風扇，濃陰湛露湑。猗猗歌有斐，聖學琢磨如。

【箋釋】《禮器》：「其在人也，如竹箭之有筠也，如松栢之有心也。」有筠喻言致飾于外，有心喻言貞固于內。〇《爾雅》：「東南之美，有會稽之竹箭焉。」苞，叢生而固也。《詩》：「如竹苞矣。」筠，竹之青皮。《拾遺記》：「篷山有浮筠之榦，嘗有青鸞集其上。」戴凱之《竹紀》：「竹始生曰筍，竹皮曰籜，竹節曰約，竹叢曰筤。」陸游詩：「山光秀可餐。」韓文：「粉白黛綠。」璠璵，美玉名。《逸論語》：「璠璵魯之室也。」猗，美盛貌。《詩・衛風》：「菉竹猗猗，有斐君子。」

【疏義】首韵明點「竹箭」。次韵暗承「有筠」。三韵乃明點「筠」字。四韵賦「筠」字正面。五韵賦「有筠」正義。六韵爲「有筠」作襯托。七韵放寬束題。末韵仍從竹上關合到人，恰好借押「如」字。

【評注】認真「筠」字，措語皆關合到人身上，乃能兩面俱到。若泛賦竹，失題義矣。故作詩全在認題。〇中幅賦「有筠」，細膩不俗。結韵押「如」字，尤警快絕倫。人之增釋，方諸有筠，君子之琢磨，比之有斐，頌聖恰好，的切不移。

清露被皐蘭 得深字

癸卯湖北鄭永江元

【題解】是露被皐蘭，非等泛賦秋露，法應兩層雙綰，方合串遞題作法。

清露當秋下，皐蘭被澤深。流珠光錯落，入葉氣蕭森。月彩凝逾浄，烟痕淡欲沉。含芳知竟體，霏屑悟同心。秀比階庭玉，涼生木葉吟。涉江人遠望，警夜鶴鳴陰。蘅芷香還薄，蒹葭采未禁。何如紉佩者，恩渥最能任。

【箋釋】阮籍《詠懷詩》：「清露被皐蘭，凝霜霑野草。」〇江淹《别賦》：「秋露如珠。」《梁書》：「謝覽意氣閑雅，武帝目送，曰：『覺此生芳蘭竟體。』」晉胡毋輔之吐佳言如鋸木屑，霏霏不絶。《易》：「同心之言，其臭如蘭。」《世説》：「謝太傅問：『子弟何預人事，而正欲使其佳？』車騎答曰：『譬如芝蘭玉樹，欲其生於階庭耳。』」《楚詞·九歌·湘夫人》篇：「嫋嫋兮秋風，洞庭波兮木葉下。」《古詩》：「涉江采芙蓉。」鶴至秋夜露降，即鳴以相警。蘅芷，皆香草，見《楚詞》。蒹葭，葦屬，見《詩·秦風》。《楚詞》：「紉秋蘭以爲佩。」

【疏義】入手醒題，對照「露」、「蘭」。次韵承明「被」字。三韵寫臯蘭之景色。四韵寫臯蘭之臭味。五韵就時景寫題。六韵就人物托題。七韵用陪筆。末韵歸到本位。一氣流走，全用唐人舊法。

【評注】串遞題必從兩路夾寫，方能鈎取全題神理。有如是題，「蘭」、「露」若用開講，則「被」字便寫不出。

桂殿蘭宫

【題解】題屬兩項，法應分疏，然中間若不雙綰，又嫌脱略。看此作桂蘭分還，又能帶定宫殿，極有手法。

高閣臨江渚，祥光接斗牛。宏開宫殿麗，秀發桂蘭幽。繞砌含芳遠，穿簾積翠稠。庭餘空谷佩，座挹小山秋。玉露階前潤，天香檻外浮。氣清人在室，花好月當頭。一序傳佳景，千年紀勝遊。錦帆從此布，風送到瀛洲。

【箋釋】王勃《滕王閣序》中聯：「鶴汀鳧渚，窮島嶼之縈迴；桂殿蘭宫，列岡巒之體勢。」○序後詩：「滕王高閣臨江渚。」又《序》首段：「龍光射斗牛之墟。」孔子《猗蘭操》：「幽蘭空谷，無人自芳。」淮南小山《招隱士》曰：「桂樹叢生兮山之幽。」阮籍詩：「清露被皋蘭。」駱賓王詩：「天香雲外飄。」《家語》：「與善人居，如入芝蘭之室。」虞喜《安天論》：「月中有桂樹。」

【疏義】首韵清題出題，是原題法。次韵點明題字，是醒題法。中四韵分貼兩項，是還題法。七韵總收，是束題法。末借題自喻作結，是寓意法。

【評注】首從題之出處説入，點明題字後，以下四韵，句句桂、蘭分貼，七韵一束，以便結住，律法穩合。○桂、蘭分貼得法矣，然使脱去宫殿，則亦泛咏花題矣。與《滕王閣序》此處何涉，中間綰定宫殿，妙祇用「庭」字、「座」字、「階」字、「檻」字、「在室」、「當頭」字鈎醒之。解此則扣題有法矣。○序中原有射斗牛之虚語，第二句不爲趁韵。

緑葉素榮得紛字

癸卯湖南方筠

【題解】不解是咏橘，則題字無可指實，從何處着筆？故題解宜清。至于設色端稱，尤須肖題。

擷芳傳橘頌，佳植紀氤氲。葉借層巒翠，榮舒素艷紛。結根原抱潔，聳秀獨超群。古樹浮烟白，新林浥露芬。蕊蘭招澧浦，薜荔共湘雲。未寫題封句，曾垂作貢文。陸懷探有待，潘賦擬同云。霜落知香信，秋光顆顆分。

【箋釋】題出《離騷經·橘頌章》：「緑葉素榮，紛其可喜兮。」謂橘也。○《九章》中有《橘頌》篇。《異物志》：「橘爲樹，白華而赤實，既馨香，又有嘉味。」《子虚賦》：「橘柚芬芳。」《湘君》篇：「沅有芷兮澧有蘭。」又：「罔薜荔兮爲帷。」韋應物詩：「封後欲題三百顆，洞庭尤待滿林霜。」《書》：「揚州厥包橘柚錫貢。」《吴志》：「陸績年六歲，于九江見袁術。術出橘，績懷三枚。拜，橘墮地。術謂曰：『陸郎作賓客而懷橘乎？』答曰：『欲歸遺母。』術奇之。」○澧音禮。

【疏義】入手即清出處，題目已醒。次韵點明題字。三韵疏「素」字。四韵用烟露烘染「素」字。五韵用蘭荔襯托「橘」字。六韵爲橘尋典實。七韵用舊事作證佐。末推到題後作結。

【評注】賦物題首貴典切，尤重雅飭，此題于橘樹若無敷佐設色便俗。作試律腹笥宜充，未可恃枯腸誇白戰也。詩固句句典切，雅與題稱。○烟浮古樹，露浥新林，于「緑」字、「素」字烘染出色，寫來覺洞庭秋色，宛然在目。第五韵澧蘭、湘荔用《楚詞》本色語，爲橘樹作襯托，亦復新艷動人。○「葉」是橘葉，「榮」謂橘花。元作頷聯：「叢倚千條翠，花霏一樹雲。」分點更醒，語尤韶秀。

鯤化爲鵬 得騰字

癸卯江南 沈清瑞元

【題解】「鯤」、「鵬」二字不必拈實，直從「化」字寫，則筆筆凌空矣。詩拈實字便板，詩拈虚字便靈。

蒙莊談物理，變化有鯤鵬。水擊三千捷，風摶九萬能。天容垂浩蕩，雲氣助奔騰。碣石揚鬐出，南溟鼓翼興。升沉驚頓易，飛躍妙相乘。大力培多日，晴霄澈幾層。徵奇同雉蜃，志怪異鳩鷹。咸若觀儀舞，齊諧詎足稱。

【箋釋】節録《莊子》：「北溟有魚，其名曰鯤。鯤之大，不知其幾千里也。化而爲鵬，鵬之背，不知其幾千里也。怒而飛，其翼若垂天之雲。是鳥也，海運則將徙于南溟。」○莊子，蒙人也，名周。「水擊三千里」、「摶扶摇而上者九萬里」，俱《莊子》語。碣石，在冀州河口，海水之濱。南溟，天池也。培，厚也。《莊子》：「風之積也不厚，則其負大翼也無力，故九萬里則風斯在下矣。而後乃今培風。」《月令》：「仲春之月，鳩化爲鷹。」「孟冬之月，雉入大水爲蜃。」齊諧者，誌怪者也。

【疏義】入手清出處，即點明全題。次聯鎔《莊子》原文，寫出「化」字實境。三韵寫化時景象。四韵分貼「鯤」、「鵬」。五韵渾疏「化」字。六韵單從「鵬」字落想，是説到題後。七韵借他物之化者作襯貼。末用高一層收結。

【評注】試律詩以高華典重爲貴，遇此等題，尤須氣象峥嶸，方見寄託不凡。此作當是從《河鯉登龍門》唐人詩脱胎而出，筆力正復相埒。○頷聯用原文恰合。中聯寫「化」字入妙。末用高一層頌聖作結，壓題有法，識力更高人數倍。即此可元。○論起境之佳者，當以第八名周作爲最：「千里垂天翼，滄波一旦升。因時神變化，觀物妙飛騰。」亦復可元。

詩原

詩原提要

《詩原》一卷，據清刻本點校。撰者蔡家琬（一七六三—一八三六），字右峨，號二知道人，安徽合肥人。貢生。晚年主講江西五峰、吉安諸書院。私淑陶淵明，因號陶門弟子。有《陶門弟子集》。此篇有乾隆五十七年李法序，謂蔡生於此年春以此篇謁見，知是其早年之作，而後亦未見收入其集中，然持論已甚是穩正。以志、情、氣及讀書爲詩之四端，而一歸於正，即其所謂「原」也。論似近於格調，而較爲簡明醒豁，故末云「前人言之甚詳，兹不復贅」，當即指沈德潛耳。

序

庚戌歲，予試合邑童子，拔取能詩者，得蔡生家琬一人。秋九月，學使者秦端崖先生按臨，蔡生復以能詩獲售。先後見取，若合符節，蓋信乎生之於詩非苟焉者也。壬子春，生以所著《詩原》一册謁予求質。其所論述，始端用情，終歸温厚，一絶浮靡風月之談，深合古昔論詩之旨。益知生之受知，有非偶然者。雖然，詩之道無窮，吾知蔡生必不以見知於縣尹、學使，遂沾沾自喜。方將本其所論，殫研精進，上追漢魏，下超唐宋，而爲異日宏猷黼黻之才，鳴國家之盛，登郊廟之歌，乃爲偉也，豈屑屑以高世俗而已足哉！一予嘉生之論，而思勉其所未至也，故書數行，以弁其端。乾隆五十七年歲次壬子仲春上浣友人李法拜撰。

詩原

合肥蔡家琬陶門述

立志

《書》曰：「詩言志」。《記》曰：「志之所至，詩亦至焉。」此詩之所由作也。或曰：「後人作詩，似不以此。」曰：朱子言之矣。詩者，志之所在，在心爲志，發言爲詩，然則詩豈復有工拙哉？亦視其志之所向高下何如耳。至於格律之精粗，用韵屬對、比事遣辭之善否，試即魏晉以前諸賢之作考之，未有留意於其間者，而况古詩之流乎？是以古人之德足以求其志，其於詩，固不學而能之。自詩有工拙之論，而葩藻之辭勝，言志之功隱矣。又隋李諤云：「連篇累牘，不出月露之形；積案盈箱，盡是風雲之狀。」又《螻齋詩話》云：「君子言有物，若風雲月露，鋪張滿眼，識者見之，直是一葉空紙耳。」由此觀之，後人作詩，其不得詩意而去作詩之原者，蓋亦遠矣。學詩者必能俯仰兩儀，錯綜萬彙，胸襟曠達，意趣高超，本此志以立言，自不致徒爲花鳥之詞矣。曰：「花草禽魚，原詩人吟弄之具，如子云云，凡此皆當洗刷，不許入詩人之口乎？」曰：此亦非也。天理流行，隨處充滿，無少欠闕。志之所向，果有見地，即風花雪月之句，登臨燕衎之詩，亦寓至理。如陶詩云：「采菊東籬下，悠然見南山。山氣日夕佳，飛鳥相與還。」何嘗不詠菊詠山詠鳥，令讀者想其胸有元氣自在流出，得風浴詠歸之趣。杜工部

《野人送朱櫻》云：「西蜀櫻桃也自紅，野人相贈滿筠籠。數回細寫愁仍破，萬顆匀圓訝許同。憶昨賜霑門下省，退朝擎出大明宮。金盤玉筯無消息，此日嘗新任轉蓬。」偶見朱櫻，回思君賜，所謂每飯不忘君也。若晚唐詩云：「驅禽養得熟，和葉摘來新。圓轉盤傾玉，鮮明籠透銀。」意盡言中，索然無味。予嘗謂詩人必有獨高千古之志，乃有獨高千古之詩。若但就禽魚花草間講究工穩，講究尖新，是不知漢魏，何論《風》、《騷》，又何論賡歌拜颺之盛。以此言詩，只事塗飾，終不得作詩之原，即老杜所云僞體是也。故作者當以立志爲首務。

正情

朱子曰：「詩者，感物而形於言之餘也。」所感有邪正，故所形有是非。唯聖人在上，則其所感者無不正，而其言皆足以爲教。昔王子擊好《晨風》而慈父感悟，裴安祖講《鹿鳴》而兄弟同食，周盤誦《汝墳》而爲親從征。此三詩別有旨也，而觸發乃在父子兄弟間，惟作詩者之情無不正，故讀者亦因之興起焉。夫詩之能感人者在情，以無情之語而欲動人之情，必無是理。感之者不得其正，而欲爲所感者一出於正，更不可得。《藝圃擷餘》云：「今之作者，但須真才實學。本性求情，且莫理論格調。」旨哉言乎。後人好作艷情詩，試思《詩》本六籍之一，豈爲艷情發耶！自陸士衡有「詩緣情而綺靡」之論，六朝以降，多爲輕浮綺靡之詞，名曰宫體。至唐末，香匳褻嫚益甚，不獨失好色不淫之旨，抑且大傷名教。或疑漢人《羽林郎》篇：「頭上藍田玉，耳後大秦珠。兩鬟何窈窕，一世良所無。一鬟五百萬，兩鬟千萬餘。」《陌上桑》篇：「頭上倭墮髻，耳中明月珠。緗綺爲下裙，紫綺爲上襦。」《焦仲卿妻》篇：「足下躡絲履，頭上玳瑁光。腰若流紈素，耳著明月璫。指如削蔥根，口如含朱丹。」非賦美人乎？不知此數詩，大抵從《碩人》之美莊姜「手如柔荑」一章化出。《碩人》始賦莊姜世族之貴，繼賦莊姜婦容之盛，乃以貞静故不見答於莊公，足見莊公狂惑之甚。《焦仲卿妻》篇亦賦其妻婦容與婦德、婦功，原無玷缺，而卒不得於其姑，以寓深可痛惜之意。至《羽林郎》、《陌上桑》，則謂胡姬、羅敷如此明媚，以與富貴榮寵者遇，宜其易爲所動，而終以前夫爲重，不可動摇，以況臣無二主之義也。他若邊情閨情，非徒寫男女相思，亦以賦征徭之苦，徵政教之得失耳。諸凡此類，詞雖近艷而義極貞正，豈西崑、香奩諸體所可并論哉。

養氣

輔臣弼士，其氣嚴厲；遷臣孽子，其氣竦仄；豪賢碩俠，其氣雄武；逸民遺老，其氣沉静。此徐昌穀之論也。蓋言人生遭際不同，氣質亦異，苟得其養，皆可歸於温柔敦厚之教。朱子曰怨而不怒，非養氣，烏能致此？嚴儀卿云：「近代以駡詈爲詩，而至此可謂一厄。」不養氣之故也。惟能養氣，則嚴厲而不失之猛烈，竦仄而不失之拘局，雄武而不失之粗暴，沉静而不失之鬱悶。和其聲以鳴國家之盛，風雅之道，思過半矣。

讀書

讀書所以窮理也。詩非談理，固也，豈遂可以畔散五經，滅棄《風》《雅》，必悖理而後爲佳詩乎？有談詩者曰：「作詩不必讀書，不必窮理。」予急詢其故，曰：「嚴儀卿云：『詩有別才，非關書也；詩有別趣，非關理也。』」似此談詩，於儀卿之言，從中横截而不會其全旨，是儀卿之罪人也。按：《滄浪詩話》云：「詩有別才，非關書也；詩有別趣，非關理也。然非多讀書，多窮理，則不能極其至。」夫所謂別才者，人人各有性靈，隨所感觸，皆成妙悟，不必專出於書，非教人廢學也。所謂別趣者，貴有意緒，不必剿襲説理陳言，非教人悖理也。下接云：「非多讀書，多窮理，則不能極其至。」蓋學之不極其博，擇之不極其精，縱性靈發露而有才思，意緒紛披而有興會，而一項只就其所近者説去，或不免偏駁，或不免尖削，或不免横軼，安得不刊之論、大雅之音耶？王新城尚書謂十三經、廿一史，皆詩之淵海，豈謂經史皆詩料耶？唯淹通經史，事理方能透徹耳，仍是儀卿讀書窮理之旨。奈何謂不必讀書，不必窮理也。總之，志不立，則所見卑靡，溺於風會而不能自拔。情不正，則其志雖大，而或情勝欲動，亦復難歸雅正。立志矣，情正矣，然非養氣，則其聲不和，其詩縱極正大，而措語定多激越不平處。故養氣之道，又不可不講也。究竟不讀書，則理解不真。理解不真，則志之所向，如何豎立得起？情之所感，如何純正無疵？至於養氣，非僾柔饜飫於讀書道義之途，氣更如何得養？故於立志、正情、養氣之後，而以讀書終之。此四端者，分之則各有條理，合之則相爲貫通。知乎此，於作詩之大原已得其要領。若夫格調，前人言之甚詳，兹不復贅。

（竇瑞敏點校）

陶門詩話

陶門詩話提要

《陶門詩話》一卷，據道光十五年聞喜堂刊《陶門弟子集》本點校。撰者蔡家琬，生平見《詩原》提要。此卷附於《陶門弟子集》後，末有癸巳夏五自識，謂詩話三卷成於道光元年辛巳，以卷二論歷朝詩未免拾人牙慧，卷三采近人詩不廣，故棄而不録，而獨存此一卷。此已是其晚年之論，而極主一「我」字，一「真」字。所謂「有真性情然後有真格律，有真格律然後有真風調」；「勿問其似何人之詩也，自成其本人之詩而已」。至以王維「詩中有畫」，與韋應物「詩中有人」作比，而判韋勝於王。其説雖不言袁枚，而此則又與隨園之性靈説爲近矣。

陶門詩話

合肥蔡家琬漫筆

古云：「善《易》者不占，善《詩》者不説。」此二語正須善會。不占者即不疑何卜之義，不説者即不悱不發之義，若謂絶口不道，則大舜之「詩言志」數語，孔子之「興、觀、群、怨」數語，孟子之「以意逆志」數語，非説《詩》乎？至匡鼎説《詩》解頤，遂成千古佳話，不説云乎哉。

子貢、子夏，聖人以言《詩》許之，萬古之大詩人也。求其章句，未傳隻字，而言下善悟作詩之道，思過半矣。

朱子《詩傳序》因端竟委，最爲明晰。學者爛熟於胸中，則作詩之道可以從此悟入。

讀《詩》必先讀《詩》注，或先讀小序。如讀《關雎》一篇，必先讀「周之文王，生有聖德，又得聖女姒氏以爲之配。宮中之人，於其始至，見其有幽閒貞静之德，故作是詩」數語，然後再讀「關關雎鳩」三章，方有次序。至比也、興也、賦也，不必讀，果能通經，自知其體。

真實詩人時時有忠臣孝子、風土人情、名山大川、禽魚草木在其胸中。故有時一筆揮成，有時吟聲甚苦，總以寫其胸臆爲主，正非描頭畫角者所得知也。

人必先有至情，或有豪情，或有逸情，或有柔情，而後發之於詩，自各有感人之處。

詩忌道學語，一切語録不可入詩，固也。但必有理趣，意味方長，求新於理，是爲得之。

文以載道，詩亦以載道。文有見道語，詩忌有道學語。無道語而道味彌永，斯爲化境。

人生不難於身閒，實難於心閒。雖營營於名利之場，而中有主宰，役於物不溺於物，則偶一吟詠，性情流露，即是真詩。

唐馮贄《記事珠》云：「淵明嘗聞田水聲，倚杖久聽，歎曰：『秫稻已秀，翠色染人，時剖胸襟，一洗荆棘，此水過吾師丈人矣。』」予嘗讀此數語，覺五柳先生胸次浩然，詩情已動矣。

作詩必有我在，詩情始活。昔人説詩云：「輞川詩中有畫，左司詩中有人。」此韋之所以勝於王也，有人者即有我之謂也。

詩中之言祇詠一事，言外之意延及千端。此詩境之所以寬也。

詩有興到之作，一氣呵成，若不經意究之，千錘百鍊所不能及。此種詩乃天籟，不可多得。

詩有在可解不可解之間者，追魂攝魄，至當不移。司空《詩品》云「不着一字，盡得風流」，正指此種。

作詩要鍊，鍊到恰好處，自令人領略不盡。九醖之醇，自勝於一酘之酒也。

詩人偶有所觸，亟須構思立格，趁其活潑之機，方是天籟。若稍涉遲滯，或爲俗事所阻，即伸紙磨墨，慘澹經營，非復同時之機趣矣，惜哉。

白下陳古漁先生嘗云：「活活潑潑作去，仔仔細細改來。」二語最宜深玩。

前人云：「詩有可以驚四筵而不可以適獨坐，可以適獨坐而不可以驚四筵。」知言哉。

詩人往往先得一句，而後成篇，要必氣足神完，方無痕迹。

古人之詩，一古董肆也。今人學詩如入古董之肆，買明珠者不能强之買文甲，買通犀者不能强之買翠羽，各隨其意耳。意者，性之所近也。故人之胸襟筆力祇近一家，而又不必專學一家。買明珠者未必不兼愛通犀、文甲，買文甲者未必不兼愛翠羽、明璫也。

六體各有難處，細審之，並無等差，必有當於風人之旨，則各體皆宜。謂近體易於古體者，不知詩者也；謂古體易於近體者，尤爲不知詩者也。

江陰朱晝亭先生云：「五言詩每句中須有轉折。」此語可思。

熟讀古文，大有益於七古。

昔人云：詩無論其爲漢魏也，六朝也，初、盛、中、晚也，宋、元、金、明也，皆是也，而莫不善于今人。擬之一説：有人于此面目我也，手足我也，一但憎其貌之不工，欲使眉似堯、瞳似舜、乳似文王、項似皋陶、肩似子産，古則古矣，于我何有哉？今人擬古，何以異是。此論先獲我心。

昔人云：「詩無古今，惟其真爾。有真性情，然後有真格律；有真格律，然後有真風調。勿問其似何代之詩也，自成其今世之詩而已；勿問其似何人之詩也，自成其本人之詩而已。」昔人有云：「我與我周旋久，寧作我也。」世之尊韓抱杜者，盍觀此論。

法者，規矩也。人可不循規矩乎？用古法而自成我法，此謂「神而明之，存乎其人」。

宋嘉祐間，朝廷屢頒陣圖賜邊將。王德用諫曰：「兵機無常，而陣圖一定，若泥古法以用今兵，慮有僨事者。」此數語可玩。沈歸愚先生《説詩晬語》云：「試看天地間，水流雲在，月到風來，何處着得死法？」

董文敏論書法云：「其初須與古人合，其後須與古人離。」作詩亦然。

作詩不可先有成見。有意雄健，勢必至於粗豪；有意峭拔，勢必至於生硬；有意和平，勢必至於軟弱；有意澹遠，勢必至於枯槁。以意爲主，信筆性之所之，而後加以錘鍊。所謂「自出機杼，不致寄人籬下」者，此也。

古人一賦一答，謂之「倡和」，非若今人必和其韵也。予謂詩必和韵，不知埋没幾許真詩，乃有人非和韵絶無興會，斯亦習慣耳。

凡以和韵見長、押險韵自喜以及用藥名、離合、迴文體，皆非正聲。

文人第一戒打油詩，信口占來，隨筆寫去，皆非所宜。設有人以詩文譏刺時事者，未免爲人所疑。吟詩不易，改詩尤難。有眼前極安詳之字，一時竟搜索不出，嗣於無意中忽自得之，亦天機所到耳。

道光辛巳春，偶作詩話三卷，此其首卷也。二卷論歷朝之詩，未免拾前人牙慧。三卷采近人之詩，不及廣收，恐人謂予之阿好也，置之而已。

癸巳夏五陶門自識

（李清華點校）

聲調譜拾遺

聲調譜拾遺提要

《聲調譜拾遺》一卷，據《藝海珠塵》（土集）本點校。撰者翟翚（一七五二—一七九二），字儀仲，安徽涇縣人。諸生。有《南溪遺集》。按此一卷乃訂趙執信《聲調譜》之未悉者。如趙譜謂中唐以後古、近體判不相入，此則舉韓翃《送客之江寧》一首，指爲「古詩純用律調者」，詩格遂卑，故曰「晚唐無古詩」，識較秋谷爲精密。又如趙譜謂七古轉韵體不可輕用四平四仄句，此則言「李、杜、韓諸家詩中亦間用之，未見有礙」，不可用者惟在平韵古詩耳。又趙譜推李白《扶風豪士歌》一首爲「歌行極則」，此譜則推杜甫《陪王侍御同登東山最高頂宴姚通泉晚携酒泛江》爲極則，又連舉老杜《戲題畫山水圖歌》、《天育驃騎歌》、《醉歌行》凡四首，加上太白、昌黎各一首，較趙譜之論七古歌行大爲擴充。兩譜前啓後承，實可合觀。

聲調譜拾遺自序

涇縣翟翬儀仲編

余幼從家蘭陔兄學詩，得趙飴山先生《聲調譜》讀之。既卒業，疑其有未悉者。因取所讀詩，默記其平仄，以審定其聲音高下之節，正變相生之旨，參互考訂，徐若有得。印以飴山之譜，果未悉也。乃綴其所知，録而藏之。今十餘年，欲馳正四方博雅之士，困於舌耕，無須臾之閒。而慫慂之者曰：「古人著書亦有紕繆爲世指摘者，問之於世，有能鍼砭其廢痼，是亦所以考鏡得失也。」余曰：「是吾心也。」將遂梓之，而叙其始末：詩之體製莫盛於唐，聲調之正變亦莫備於唐。自唐以來，詩學大家咸規橅其成法，未嘗有所出入。故飴山之譜推本唐賢，而余亦循是爲依據焉。譜引唐賢而宗少陵者，聲調之正變於少陵爲備也。宗少陵而以諸家傅之者，廣少陵之所未備，又以明聲調之所同然也。夫詩之有聲調，猶樂之有律吕也，工之有規矩也。樂有殊號，律吕之製則同；工有殊才，規矩之用則一。是故詩之爲道，聲調所不能盡也。泥於聲調者不可以爲詩，不嫺聲調者亦不可以言詩。以聲調爲詩，譬之土偶之爲人，有形骸而無神氣，神氣不充，不可以爲人。去聲調以爲詩，如樵唱牧笛之聲，嘔啞嘲哳，自謂悦耳，求之太常協律之所掌，不能與《雅》《頌》比次也。聲調之辨，有正有變。變聲者由正而變，不詭於正，所以濟正聲之窮也。《樂記》曰：「聲相應，故生變，變成方，謂之音。」變而無方，非所以爲變也。夫正變之際，聲詩之樞紐，不知聲者不可與言詩。飴山憫不知者之誤，而惜知之者之自私也，著之於譜，以示天下，此誠詩家之先筏，後學所宜法者。顧不自遜，竊飴山之緒餘，而思推廣其義，以畢其説。儻於唐賢之詩無郢書燕説之誤，則於飴山之譜不無少有裨益焉。幸四方覽者不吝教益，摘其紕繆而指示之，則余之所深望也。

論例

一、詩已經趙譜注明者，不復載入。其有未盡明者，仍取而注之於譜，如杜子美《望嶽》等詩是也。

一、雜言轉韵古詩如李太白《夢遊天姥吟》等，平韵不轉韵詩如韓退之《石鼓歌》、李義山《韓碑》等，柏梁體如韓退之《陸渾山火》、王昌齡《箜篌引》等，皆載趙譜，注釋詳明，故兹譜略而不載，讀者當於趙譜中求之。

一、五言絶句本古體。唐人所作，或從古製，或效齊、梁，或與近體相入，體製不一，類難枚舉。細讀之其義自見，兹譜槩不載入。

一、七言絶句源流與五言相似。杜少陵所作特多拗體，兹譜取之，以與律詩相印證焉。

一、樂府體元、明以來，論者人人各異，莫能得其要領。惟常熟馮定遠先生《古今樂府論》考據精詳，分辨明晰。趙氏自稱私淑定遠，故其語有原本可觀，兹譜無事贅説。善學者因趙氏之説，參考其義，則樂府源流亦略可見矣。

一、趙譜注記，凡平聲俱用○，仄聲俱用●。古詩中與律句同者不著筆，近體中不拗者亦不著筆。兹仍其舊，俾讀者便於參閲。

五言古詩

尋高鳳石門山中元丹邱　李白

尋幽無前期，五平字句。乘興不覺遠。四仄字句。蒼崖渺仄難平涉，拗律句。詳見五言律體中。白日忽欲晚。五仄字句。未仄窮三平四山，拗律句。已歷千萬轉。亦拗律句。俱詳五言律體中。寂寂聞猿愁，三平。平韵古詩正調。行行見雲收。高松來好月，律句。空谷宜清秋。三平。溪深古雪在，下三字仄，律句微拗。石斷寒泉流。三平。峰巒秀中天，登眺不可盡。四仄。丹邱遥相呼，五平。顧我忽仄而平哂。拗律句。亦仄韵古詩正調。遂造窮谷間，始仄。在律爲失調，須第三字以平救之。古詩不拘也。知静者閒。留歡達永夜，三仄。清曉方言還。三平。

月下獨酌

花間一壺酒，拗律句。獨酌無相親。三平。舉杯邀明月，對影成三人。三平。月既不解飲，五仄。影徒隨平我身。拗律句。亦平韻古詩正調。暫伴月仄，妙將影，拗律句。行樂須平及仄春。我歌月徘徊，我舞影仄凌平亂。拗律句。醒時同交歡，醉後各分散。拗律句。同前。永結無情遊，相期平邈仄雲平漢。拗律句。

仄韵古詩正調。

夏日李公見訪

杜甫

遠林暑仄。拗氣靜，公子過平我遊。貧居類村塢，僻近城南樓。三平。旁舍頗淳朴，所願亦易四仄求。隔屋喚西家，落字平。律句。借問有酒四仄不。墻頭過濁醪，落字平。律句。展席俯清流。律句。清風左右至，三仄。客意已驚秋。律句。巢多衆鳥鬭，葉密鳴蟬稠。苦遭此物聒，孰謂吾廬幽？水花晚色靜，拗。同首句及第十五句。庶足充淹留。預恐樽中盡，更起爲君謀。二句律。不粘亦健。

郡齋中雨與諸文士燕集

韋應物

兵衛森畫戟，宴寢凝清香。海上風雨至，拗。同首句。逍遥池平拗。不平則律矣。閣涼。煩疴近消散，嘉賓復滿堂。律句。自慚居處崇，落字平。亦拗律句。未瞻斯民康。四平字句。理會是非遣，性達形跡忘。鮮肥屬時禁，蔬果幸見三仄嘗。俯飲一盃酒，仰聆金玉章。神歡體自輕，落字平。律句。意欲凌風翔。吳中盛文史，群彦今汪洋。方知大藩地，豈曰財賦强？

畫鶻行　杜甫

高堂見生鶻，颯爽動秋骨。初驚無拘攣，何得立突兀？乃知畫師妙，巧刮造化窟。寫作神俊姿，充君眼中物。烏鵲滿樛枝，律句。軒然恐其出。側腦看青霄，寧爲衆禽没。長翮如刀劍，律句。人寰可超越。乾坤空峥嶸，粉墨且蕭瑟。緬思雲沙際，自有烟霧質。吾今意何傷，顧步獨紆鬱！

讀古詩有不悉者，須於五七言律體中求之。蓋凡律詩拗調，皆古詩句法也。但古詩句法有可以參入律體者，有必不可以參入律體者。是當細撿有所分辨耳。

趙譜論古詩頗詳盡，由此與趙譜參之，庶幾無遺義矣。

七言古詩

侍從宜春苑奉詔賦龍池柳色初青聽新鶯百囀歌　李白

東風已緑瀛洲草，律句。紫殿紅樓覺春好。拗律句。仄韵古詩正調。池南柳色半青青，律句。縈烟嫋娜拂綺城。垂絲百尺挂雕楹，律句。上有好鳥此字必仄相和鳴。三平，妙。平韵古詩正調。間關早得春風情。忽單一句。三平，妙。以上皆叠韵。春風卷入碧雲去，律句微拗。此句落字必仄。千門萬户皆春聲。三平，妙。此下斷宜轉韵。是時君王在鎬京，此句叠韵，猶轉韵也。五雲垂輝耀紫清。仗出金宫隨日轉，天迴玉輦繞花行。二句律。始向蓬萊看舞鶴，還過茝若聽新鶯。新鶯飛繞上林苑，願入韶簫雜鳳笙。後六句微參律調，音節妙絶，有繞梁之致。

戲題畫山水圖歌

杜甫

十日畫一水，五日畫一石。五仄句。能事不受相促迫，疊韵妙。王宰始肯留真跡。壯哉崑崙方壺圖，挂君高堂之素壁。巴陵洞庭日本東，赤岸水與銀河通。中有雲氣隨飛龍。單句。三平，妙。舟子漁人入浦漵，落字仄。山木盡亞洪濤風。三平，妙。單句疊韵，與前詩同。尤工遠勢古莫比，换韵，與前詩參看。咫尺應須論萬里。焉得并州快剪刀？二句律。剪取吴淞半江水。

天育驃騎歌

吾聞天子之馬走千里，九字句。今之畫圖無乃是。是何意態雄且傑？駿尾蕭梢朔風起。毛爲緑驃兩耳黄，眼有紫燄雙瞳方。矯矯龍性合變化，卓立天骨森開張。伊昔太僕張景順，監馬攻駒閲清峻。遂令大奴字仄，妙天育，别養驥子憐神俊。當時四十萬匹馬，張公嘆其材盡下。故獨寫真傳世人，見之座右久更新。年多物化空形影，嗚呼健步無由騁！二句律。不粘亦健。如今豈無騕褭與驊騮？時無王良伯樂死即休。九字句，拗健。

醉歌行

陸機二十作文賦，首句不押韻。汝更小年能綴文。總角草書又神速，世上兒子徒紛紛。驊騮作駒已汗血，鷙鳥舉翮連青雲。詞源倒流三峽水，筆陣横掃千人軍。只今年纔十六七，射策天門期第一。律句。舊穿楊葉真自知，暫蹶霜蹄未爲失。偶然擢秀非難取，律句。會是排風有毛質。汝身已見唾成珠，亦變律句。汝伯何由髮如漆？春光澹沱仄聲秦東亭，渚蒲芽白水荇青。風吹客衣日杲杲，樹攪離思仄聲花冥冥。酒盡沙頭雙玉瓶，疊韻妙。衆賓皆醉我獨醒。乃知貧賤别更苦，吞聲躑躅涕淚零。

陪王侍御同登東山最高頂宴姚通泉晚攜酒泛江

姚公美政誰與儔？不減昔時陳太丘。邑中上客有柱史，多暇日陪驄馬遊。東山高頂羅珍羞，疊韻，與轉韻同格。下顧城郭消我憂。清江白日落欲盡，復攜美人登綵舟。笛聲憤怨哀中流，疊韻，同前。妙舞逶迤夜未休。律句。燈前往往大魚出，聽曲低昂如有求。二句拗律。三更風起銀浪湧，取樂喧呼覺船重。滿空星河光破碎，四座賓客色不動。請公臨深莫上下字皆平，此字仄，妙。相違，迴船罷酒上馬歸。人生歡會豈有極？無使霜露霑人衣。

此古詩歌行極則也。其用韻轉换，聲調高下疾徐處，皆當細意會之。神明於此，餘可望而知也。

趙譜謂「平平平仄平平」句法，尋常轉韻古詩不可輕用，信矣。然李、杜、韓諸家詩中亦間用之，而未見有礙。由其詩純用古調，而盛氣又足以勝之也。否則不宜著此矣。

平韻古詩，無論轉韻及不轉韻，凡「仄仄仄平平平平」及「仄仄平平平平平」等句法，皆不可用。杜、韓詩筆力最横絶，未嘗有此。唐人間有用之者，要是踰閑之弊，不可不知。

以上二條所論句法，頗宜柏梁體。

八月十五夜贈張功曹

韓愈

纖雲四卷天無河，清風吹空月仄舒波。沙平水息聲影絶，一杯相屬君當歌。君歌聲酸辭正苦，不能聽終淚如雨。洞庭連天九仄疑高，句同前。蛟龍出没猩鼯號。十生九死到官所，幽居默默如藏逃。下牀畏蛇食畏藥，海氣濕蟄熏腥臊。昨者州前搥大鼓，律句。嗣皇繼聖登夔皋。赦書一日行千里，罪從大辟皆除死。二句律，不粘。遷者追回流者還，滌瑕蕩垢朝清班。州家申名使仄，妙。家抑，坎軻祗得移荆蠻。判司卑官平不仄，妙。上下字平，此字宜仄。堪平説，與上聯句同，亦詳見七律中。未免捶楚塵埃間。同時輩流多平上仄，妙。上字平，此字宜仄。道，句法見前，亦詳七律中。當與上二句參看。天路幽險難追攀。君歌且休聽我歌，即用起處原韵。「歌」字韵複，複韵古人多有之。我歌今與君殊科。人生由命非由他，有酒不飲奈明何！四句叠韵。

純用古調，無一聯是律者。轉韵亦極變化。

夜上西城聽梁州 李益

行人夜上西城宿，聽唱《梁州》雙管逐。此時秋月滿關山，何處關山無此曲？鴻雁新從北地來，聞聲一半却飛回。金河戍客腸應平聲斷，更在秋風百尺臺。

送客之江寧 韓翃

春流送客不應平賒，南入徐州見柳花。朱雀橋邊看淮水，拗律句，甚諧。烏衣巷裏問王家。千閭萬井無多事，闢户開門向山翠。楚雲朝下石頭城，江燕雙飛瓦官寺。吴士風流甚可親，相逢嘉賞日應平聲新。從來此地誇羊酪，自有蓴羹味可人。

此古詩純用律調者。

趙譜謂中唐後古近體判不相入，或未可信。然裒觀李、杜、韓、柳諸集，無古詩純用律調者。古詩用律調，詩格之卑也。昔人謂晚唐無古詩，亦謂此也。

人日寄杜二拾遺 高適

人日題詩寄草堂，律句。遥憐故人思故上二字平，此字必仄。鄉。柳條弄色不忍見，梅花滿枝空斷腸。身在南蕃無所預，律句。心懷百憂復仄千慮。今年人日空相憶，明年人日知何處？二句律。一卧東山三十春，拗律句。豈知書劍老風塵？律句。龍鍾還忝二千石，愧爾東西南北人。二句拗律。

喜韓尊相過　岑參

三月灞陵春已老，律句。故人相逢耐醉倒。甕頭春酒黃花脂，禄米只充沽酒仄資。與前詩第二句參看。長安城中足仄年少，獨共韓侯開口笑。律句。桃花點地紅斑斑，有酒留君且莫還。律句。與君兄弟日攜手，拗律句。世上浮名好是閒。律句。

此亦古詩中金科玉律也。總有近律處，斷無亂入柏梁體者，可與趙譜杜少陵《樂遊園歌》參看。

入奏行　杜甫

竇侍御，驥之子，鳳之雛。年未三十忠義俱，骨鯁絶代無。炯如一段清冰出萬壑，置在迎風寒露之玉壺。蔗漿歸廚金盌凍，洗滌煩熱足以寧君軀。政用疏通合典則，戚聯豪貴耽文儒。兵革未息人未蘇，天子亦念西南隅。吐蕃憑陵氣頗麤，竇氏檢察應時須。運糧繩橋壯士喜，斬木火井窮猿呼。八州刺史思一戰，三城守邊却可圖。此行入奏計未小，密奉聖旨恩宜殊。繡衣春當霄漢立，綵服日向庭幃趨。省郎京兆必俯拾，江花未落還成都。江花未落還成都，複句。肯訪浣花老翁無？複韻。爲君酤酒滿眼酤，與奴白飯馬青芻。

此古詩長短句不轉韵格。篇中叠韵猶轉韵也，可與轉韵詩例看。

五言律詩

奉答岑參補闕見贈　杜甫

窈窕清禁宜平而仄。闥，拗句。罷仄朝歸平字拗救。不同。第三字用平，救上句亦救本句。本句第一字仄，故第三字必平也。君隨丞相後，我住日華東。冉冉柳宜平而仄。枝碧，拗句。娟娟花平蕊紅。第三字平，所以救上句第三字之仄。拗同第二句。上句亦可不救。故仄人得宜平而仄。佳宜仄而平。句，拗句。趙譜云第三字仄，第四字平，則第一字必平。觀此似不必拘。獨贈白頭翁。

夜雨

小雨夜復密，五仄字，拗句。迴風吹平字拗救。早秋。野涼侵閉户，江滿帶維舟。通籍恨多病，拗，同前詩第五句。爲郎忝薄遊。不救上句，與前詩五六句參看。天寒出巫峽，同前詩第七句。趙譜云第一字必平者若此。醉別仲宣樓。

杜律凡五字全仄及「仄仄平仄仄」、「平仄仄仄仄」等句，皆用拗救。趙譜所論，直與符合。然唐人亦有不用拗救者。趙云不救便落調，恐未必然。

凡律詩上句拗，下句猶可參用律調，下句拗，則上句必以拗調協之。此不易之法。

空囊

翠柏苦猶食，晨霞高可餐。世人共宜平而仄。鹵莽，趙譜謂中唐後無此調，亦非。證例在韓愈、裴説詩。吾道屬艱難。不爨井晨凍，無衣牀夜寒。囊空恐羞澀，留得一錢看。

暫遊臨邑至㟙山湖亭奉懷李員外率成示興

野亭逼湖水，拗句。凡下句連用三平聲字者，此句必拗。歇馬此句此字必仄。高林間。三平。黿吼風奔浪，魚跳日映山。暫遊阻詞伯，同首句。却望懷青關。同第二句。靄靄生雲霧，唯應促駕還。

秦州雜詩

蕭蕭古塞冷，三仄，亦律詩拗句。漠漠秋雲低。三平字句。黄鵠翅垂雨，蒼鷹饑啄泥。薊門誰自北？漢將獨征西。不意書生耳，臨衰聽鼓鼙。

去蜀

五載客蜀郡，趙譜云五仄及四仄句中須有入聲字。其説甚妙，細參之。一年居平梓州。如何關塞阻？轉作瀟湘遊。上句不作拗調，故下聯以拗調救之。今人有不論上下聯字句而突著三平聲字者，非也。七言律詩倣此。萬事已黄髮，殘生隨白鷗。救上二句在此。前詩得三四，拗調亦協，須細參之。安危大臣在，何必淚長流？

翫月呈漢中王

夜仄深平露仄氣清，拗句。詳注李白詩。江月滿江城。首句拗，次句可不救。浮客轉危坐，歸舟應獨行？關山同一照，烏鵲自多驚。欲得淮王術，風吹暈已生。

南陽送客　李白

斗酒勿爲薄，拗句。寸心貴不忘。同前詩首句。趙譜云下句第二字平，第一字及第三字用仄爲落調。觀此似不可信。然上句不拗，下句亦不可著此，今人失調處在不論上下句，細參之。坐惜故人去，偏令遊子傷。離顔怨芳草，春思去聲。結垂楊。揮手再三别，臨歧空斷腸。

送友人東歸　戴叔倫

萬里楊柳色，出關送故人。同前詩第一、第二句。輕烟拂流水，落日照行塵。積夢江湖闊，憶家兄弟貧。「兄」字平，救本句「憶」字之仄。徘徊灞亭上，不語自傷春。

按：此等句法，唐人間有用之者，亦只在起調，他處未嘗著也。世人所以不信趙譜，正以此等詩與趙譜所論間有不合故爾。書不盡言，言不盡意，旁推交通，以盡其變，要在善讀者加之意焉。

獨釣　韓愈

獨往南塘上，秋晨景氣佳。露排四岸草，同杜詩「世人共鹵莽」句。風約半池萍。鳥下見人寂，魚來聞餌馨。所嗟無可召，不得倒吾瓶。

秋半百物晦，四仄。溪魚去不來。不救上句，可與杜甫《夜雨》詩參看。風能拆芡角，露亦染梨腮。遠岫重疊見，拗句。寒花散亂開。不救上句，可與杜甫《奉答岑參》詩參看。所期終莫至，日暮與誰迴？

道林寺　裴説

獨立憑危欄，高低落照間。寺分一派水，拗句，與杜、韓詩參看。趙譜謂中唐後無此調者，非也。僧鎖半房山。對面浮世隔，垂簾到老閒。二句亦可與前詩參看。烟雲與塵土，寸步不相關。

江園書事寄盧綸　司空曙

種柳南江邊，三平。閉門三平字拗救。四年。俗人那勝竹，凡鳥不如蟬。嗜酒漸思渴，讀書多欲眠。平生故交在，白首遠相憐。

臨洞庭湖贈張丞相　孟浩然

八月湖平水仄平，拗句起，與李白詩之「楚水清若空」、包何詩之「願以金秤錘」等句同。涵虛混太清。氣蒸雲夢澤，波撼岳陽城。欲濟無舟楫，端居恥聖明。坐觀垂釣者，徒有羨魚情。

唐人五七言近體詩，起調多作拗句。知詩律於起調較寬也。

七言律詩

題省中院壁　杜甫

掖垣拗字。宜仄而平。竹埤平梧十第四字平，此字必仄。尋，拗句。洞門對雪嘗陰陰。三平。粘。落花游絲白日晚，三仄。妙。不粘。同第一句。鳴鳩乳燕青春深。三平。同第二句。粘。以下俱粘。腐儒衰晚謬拗字。宜平而仄。通籍，拗句。退食遲回違此字平，所以救上句第五字之仄。寸心。拗句。七言中第五字，即五言第三字，當合五言律參之。衮職曾無一字補，三仄。妙。下句著三平聲字，故此略拗以協之。許身媿比雙南金。

鄭駙馬宅宴洞中

主家陰洞細仄烟霧，拗句。留客仄，妙。夏簟青琅玕。此句與上句不粘，第二字妙仄，以不粘爲粘。不粘句不可不拗。春酒杯濃琥珀薄，冰漿椀碧瑪瑙宜平而仄。寒。拗句。誤仄，妙。疑宜仄而平。茅堂過上下字平，此字必仄。江平麓，拗句。已入仄，妙。風磴霾雲端。自是秦樓壓鄭谷，時聞雜珮聲珊珊。

崔氏東山草堂

愛汝玉仄山草宜平而仄。堂宜仄而平。静，拗句。趙譜云第三字必平，而此偏仄。可與五言中「故人得佳句」句參看。高秋爽氣相鮮新。有時自發鐘宜仄而平。磬宜平而仄。響，拗句。落日更見漁樵人。此與上句不粘，故拗。可與前詩第一、第二句參看。盤剥白鴉谷口栗，飯煮青泥坊必平。底芹。二句不粘而拗，略與上同。何爲西莊王給事，柴門空閉鎖松筠？

卜居

浣花溪水水西頭，主人爲卜林塘幽。拗句。與上不粘。已知出郭少塵事，更有澄江銷客愁。第二句拗，必須此拗調救之。無數蜻蜓齊上下，一雙鸂鶒對沈浮。東行萬里須乘興，須向山陰上小舟。

九日

去年宜仄而平。登高郪縣北，今日宜平而仄。重在涪江濱。苦遭白髮不相放，羞見黄花無數新。四句正粘。世亂宜平而仄。鬱鬱久爲必平客，路難宜仄而平。悠悠長傍必仄。人。酒闌却憶十年事，腸斷驪山清路塵。

將赴成都草堂途中有作先寄嚴鄭公

錦仄，妙。官宜仄而平城西生事微，烏皮几在還思歸。昔去爲仄憂亂兵入，同「愛汝玉山草堂静」句。不粘。以下粘。今來已恐鄰人非。側身天地更懷古，同首風塵甘息機。共説總戎雲鳥陣，不妨遊子芰荷衣。

赤甲

卜居赤甲遷居新，三平。兩見巫山楚水春。炙背仄，拗。可以獻天必平子，美芹平，拗。由來知野必仄。人。第二句不救首句，故須以此救之。同《卜居》詩三、四句。荆州鄭薛寄書遠，蜀客郗岑非我鄰。笑接中郎評事飲，病從深酌道吾真。

江雨懷鄭典設

春雨闇闇塞峽中，拗句。早晚宜平而仄。來自楚王宫。拗句。亂波宜仄而平。分披已打岸，拗句。弱雲狼藉不禁風。上句亦可不救。寵光蕙葉與多碧，點注桃花舒小紅。谷口子真正憶爾，拗句。第四字平，變而仍律。岸高瀼滑限西東。白居易詩「出郭已行十五里，惟銷一曲慢霓裳。」句與此同。

立春

春日春盤細生菜，拗句。趙氏所云第三字必平者若此。忽憶兩仄京梅此字平，所以救本句第三字之仄。發時。盤出高門行白玉，菜傳纖手送青絲。巫峽寒江那對眼，杜陵遠客不勝悲。此句亦變律調。然唐人詩中亦間用之。此身拗字。宜仄而平。未仄，妙。知歸平，妙。定處，拗句。同前詩第三句。呼兒覓紙一題詩。

十二月一日

今朝臘月春平意宜平而仄。動，拗句。同「有時自發鐘磬響」句。雲安平縣前江可必仄。憐。拗句。一聲何處送仄書雁，百丈誰家上瀨船？趙譜云上句必用拗救，亦非。可與《省中院壁詩》第五、第六句參看。未將梅蕊驚愁眼，更取椒花媚遠天。明光起草人所羨，同第一句。肺病幾時朝平。拗救。日邊。

望嶽

西岳崚嶒竦處尊，諸峰羅列如兒孫。三平。安得仙人九節杖，三仄，妙。下句拗，故此略拗以協之。拄到宜平而仄。玉女洗頭盆？同「早晚來自楚王宮」句。車箱入谷無歸路，箭栝通天有一門。稍待西風涼冷後，高尋白帝問真源。

見螢火

巫山秋夜螢宜仄而平。火宜平而仄。飛，拗句。首句拗可不救。簾疏巧入坐人衣。忽驚屋裏琴書冷，復亂簷前星宿稀。却繞井欄添個個，偶經花蕊弄輝輝。滄江白髮愁看汝，來歲如今歸未歸？

題鄭縣亭子

鄭縣宜平而仄。亭子澗之濱，拗句起。户牖憑高發興新。不救，同前。雲斷岳蓮臨大路，天晴宫柳暗長春。巢邊野雀群欺燕，花底山蜂遠趁人。更欲題詩滿青竹，晚來幽獨恐傷神。

長沙送李十一銜

與子避地西康州，三平。洞庭平相逢十第二字平，此字可仄。二秋。拗救上句。遠愧上方曾賜履，竟非吾土倦登樓。久存膠漆應難並，一辱泥塗遂晚收。李杜齊名真忝竊，朔雲寒菊倍離憂。

龍池篇　沈佺期

龍池平躍龍龍已飛，龍德先天天平。拗救。不違。不粘。説見前。池開天漢分黄道，龍向天門入紫微。邸第樓臺多氣色，君王鳧雁有光輝。爲報寰中百川水，來朝此地莫東歸。

黄鶴樓　崔顥

昔人平已乘黄鶴去，拗句，見前。此地空餘黄平鶴樓。不粘，拗。黄鶴一去不復返，六仄，拗句。白雲千載空悠悠。三平拗救。晴川歷歷漢陽樹，芳草萋萋鸚鵡洲。日暮鄉關何所似？烟波江上使人愁。

題東溪公幽居　李白

杜陵宜仄而平。主人清且廉，拗句起。東谿卜築歲將淹。宅近青山同謝朓，門垂碧柳愛陶潛。好鳥迎春歌後院，飛花送酒舞前簷。客到但知留一醉，盤中惟有水晶鹽。

題濬公山池　李頎

遠公遁跡廬山岑，三平。開山宜仄而平。幽居祇平樹林。片石孤雲窺色相，清池皓月照禪心。指揮如意天花落，坐卧閒房春草深。此外俗塵都不染，惟餘元度許相尋。

王敬美謂詩無一句拗者，此詩獨於第二句下一拗調，於理不合，因改「開山」字爲「開士」。其後毛大可極力非之，以爲此詩本兩句拗，若改「山」爲「士」，則反成一句拗矣。以矛刺盾，王復何言？

又按：此詩文義亦斷依原本，改易不得。蓋「開山」字本承上句一直説下，謂遠公來遁跡廬山，而開山以居。故結用元度與遠公故事，終始以比體暗照濬公。若添出「開士」一層，便不成章法，筆力亦疲苶矣。然如毛大可訓「開山」句，謂以開山之僧而幽居祇垣，添一「僧」字而文理亦轉覺澀滯。噫！説詩之難，固未可以輕心掉之也。

酌酒與裴迪 王維

酌酒與君君自寬，人情翻覆似波瀾。白首相知猶按劍，朱門先達笑彈冠。草色全經細雨濕，三仄。花枝欲動春風寒。三平。世事浮雲何足問？不如高卧且加餐。

於中聯偶著拗調，求之前人詩中，亦不多見。豈是時詩律未嚴，沿襲齊、梁之遺與？

靈寶縣西 吴融

碧溪瀲瀲流殘陽，晴沙兩兩眠鴛鴦。不粘。柳花無賴苦多暇，蛺蝶有情長自忙。千里宦遊成底事？每年風景是他鄉。高歌一曲垂鞭去，盡日無人識楚狂。

曲江感春 羅隱

江頭日暖花又開，江東行客心悠哉。高陽酒徒半雕落，終南山色空崔嵬。聖代也知無棄物，侯門未必用非才。一船明月兩竿竹，家住五湖歸去來。

春日長安即事　崔魯

一百五日又欲來，與「春雨闇闇寒峽中」句同。梨花桃花參差開。七平字句。行人自笑不得宜平而仄。意，拗句。匹馬獨吟真平救。可哀。起作拗調，得此二句，甚協。杏酪漸澆鄰舍粥，榆烟將變舊鑪灰。玉樓春暖笙歌夜，肯信愁腸日九迴？

七言絕句

漫興　杜甫

眼見客愁愁不醒，無賴春色到江亭。即遣花開深造次，便教鶯語太丁寧。

手種桃李非無主，野老墻低還是家。恰是春風相仄聲，音悉。此字不仄便失律。欺得，夜來吹折數枝花。

熟知茅齋絕仄低小，拗句。見前。江上燕子故來頻。銜泥點污琴書內，更接飛蟲打著人。

二月已破三平，妙。月來，拗句，見前。漸老逢春能平救。幾回？莫思身外無窮事，且盡生前有限杯。

登廬山五老峰　李白

廬山東南五老峰，青天削出金芙蓉。九江秀色可攬結，吾將此地巢雲松。

山中與野人對酌

兩人對酌山花開，三平。一杯平一杯復第二字平，此字可仄。一杯。拗救上句。我醉欲眠君且去，明朝有意抱琴來。

黃鶴樓送孟浩然之廣陵

故人平西辭黃鶴樓。拗句。烟花三月下揚州。孤帆遠影碧空盡，惟見長江天際流。

齊梁體

寄贈王十將軍承　杜甫

將軍膽氣雄，臂懸兩角弓。不粘。纏結青驄馬，出入錦城中。不粘。時危未授鉞，勢屈難爲功。三平。賓客滿堂上，何人高義同？四句正粘。

示全真元常　韋應物

余辭郡符去，爾爲外事牽。寧知風雪夜，復此對牀眠？始話南池飲，更詠西樓篇。三平。不粘。無將一會易，歲月坐推遷。

初發揚子寄元大校書

悽悽去親愛，落字仄。泛泛入烟霧。歸棹洛陽人，殘鐘廣陵樹。今朝爲此別，仄何處還相遇？世事波上舟，沿洄安得住？

酬友人　温庭筠

辭榮亦尚素，倦遊非夙心。寧復思金籍？獨此卧烟林。四句與上下不粘，只本句調。閒雲無定貌，佳樹有餘陰。坐久芰荷發，鉤闌茭葦深。游魚自摇漾，浴鳥故浮沉。唯君清夕露，不粘。一爲灑幽襟。

詩學源流考

詩學源流考提要

《詩學源流考》一卷，據道光五年静存書屋刊《是程集》本點校。撰者魯九皋（一七三二——一七九四），原名仕驥，字絜非，號山木，江西新城人。乾隆三十六年進士，官夏縣知縣，卒於任所。有《魯山木先生集》。此篇刊行於撰者身後，其始末《是程集》白鎔、胡森二序言之甚明。白鎔時任粤東學使，九皋子迪光在幕中，獻其父未刊稿數種，白以《審題要旨》、《制義準繩》、《詩學源流》三種可作「發策決科之一助」而梓行之。全篇總括一部詩史，言簡而能完備，誠爲不易。大抵以曹子建、陶淵明、李太白、杜子美、韓昌黎爲五大宗，六朝以前無異詞，唐詩則抑白香山、李義山稍低，宋詩於江西詩派遺陳與義，於南宋遺楊誠齋、范石湖，皆不免過簡。惟論前明詩則稍備，至殿以嶺南屈大均、陳恭尹，二家雖可謂遺民，實皆已入清矣。又論詩體惟以五古爲正，而嫌七古濫、律詩靡，此或不免溯源過甚而不知沿流也。

此篇未明作年，姑據其卒年置於此處。

詩學源流考

新城魯九臯山木

孟子曰：「王者之迹熄而《詩》亡，《詩》亡然後《春秋》作。」自春秋迄戰國，又數百年，於是屈子興於南服，作爲《離騷》、《九歌》、《九章》之屬，以上繼《風》、《雅》、《頌》之音，其徒宋玉之徒和之，號爲《楚詞》。遭秦滅學，旋廢其業。漢興，《大風》、《秋風》之作，振起於上，於是小山《招隱》之詞，《惜誓》、《九諫》、《九懷》、《九嘆》之什，群然並作。王逸審定其旨，並列《騷》學。而司馬相如、揚雄又沿其流，作《子虛》、《上林》、《羽獵》、《長楊》諸賦。東都班固、張衡繼之，而《兩都》、《兩京》等賦出焉。要其敷陳直叙，不失古人諷諫之意，故班固之《兩都賦序》曰：「賦者，古詩之流也。」自時厥後，賦學漸棼，沿及梁、陳、隋、唐，又有古賦、律賦之别，而賦遂與《詩》、《騷》不相比附矣。五言之興，或云始於蘇、李與《十九首》。梁昭明太子選《十九首》，係以無名氏。徐陵《玉臺集》，分其中六章爲枚乘作。劉勰《文心雕龍》則云：「孤竹一篇，傅毅之詞。」是《十九首》中，東西兩都，並有其人，而枚乘在陵、武之前，又不得云始於蘇、李也。大抵漢之五言，其意委曲詳盡，其詞抑揚宛轉，工於比興，切近事情，猶有十五《國風》之遺焉。然自唐山夫人有《安世房中歌》，而武帝立樂府采詩，以李延年爲協律都尉，《風》、《雅》、《頌》之音已備。蓋《房中歌》意擬《周南》，而義則取諸《文王之什》，是《大雅》之遺也。《郊祀十九章》學《頌》，《鐃歌十八曲》學《小雅》，其餘《相和曲》、《清調》、《平調》、《瑟調》、《舞曲歌詞》、《雜曲歌詞》，皆《風》之遺也。故自漢以來，樂府而外，凡學士大夫之作，别爲徒詩，殆其音節與絲竹不相調歟？蜀漢之際，魏、吴並立，而曹氏父子擅制作才，子建尤爲傑出，多借樂府題以歌咏時事。其時孔融、王粲、徐幹、劉楨、陳琳、阮瑀、應瑒群相景附，謂之「建安七子」。自後言詩者，奉爲大宗。魏既篡漢，晉旋代魏，典午之世，阮嗣宗之《咏懷》，其遺音也。及金陵既下，混一晉統，而陸氏機、雲入洛，與張（華）［協］兄弟齊名，時稱「二陸三張」。而傅玄、潘岳，並擅時譽。然文采徒存，性真不附，詩道至此少衰。惟太冲《咏史》，景純《遊仙》，劉琨傷亂，頗能振興。迄陶公降生，以西山之節，師柳下之行，不激不隨，超然閑淡，時時歌咏其性情，而真詩以出，風雅之盛，復媲於建安矣。劉宋之奪晉祚也，晉臣謝靈運入焉，與其從叔父混、從弟惠連、瞻並名於時。其詩長於遊山，刻畫點綴，備極神妙。而顔特進、鮑參軍各以其能著。參軍之擬古諸作，實足與謝相伯仲，故後世並稱「鮑謝」。及玄暉繼起於齊，又有「大小謝」之稱。梁繼齊統，何遜、沈約、范雲、任昉、江淹、柳惲、吴均一時並起。諸子之才，水部爲冠。休文審定音韵，特標五聲八病，遂爲律詩濫觴。自後陳有徐陵、陰鏗，北周有王褒、庾信。迨隋一南北，煬帝以英騺之才，與群臣唱和，而越公楊素尤爲挺出，薛内史雖負盛名，非其倫也。蓋自謝氏遊山，體尚排偶，詞工雕繪，雖在彼爲之，彌見古樸，而由此日趨日下，性情愈隱，至陳極矣。迄於隋，其復古之一機乎？蓋三漢、六朝之大略如此。其間柏梁之會，實肇七言，樂府中或雜其體。自參軍擬《白紵》、《行路難》，始有專家。梁、陳以下，始有繼起，要亦無足稱者。唐承六代之餘，崇尚詩學，特命詞臣定律詩體式，制科以此取士。貞觀之際，王、楊、盧、駱號稱四傑，其詩多沿舊習。陳、杜、沈、宋繼之，格律漸高。

而陳拾遺尤爲復古之冠，其五言古詩，原本阮公，直追建安作者。自後曲江繼起，浸浸稱盛。開元、天寶之際，篤生李、杜二公，集數百年之大成。太白天才絶世，而古風樂府，循循守古人規矩；子美學窮奥突，而感時觸事，憂傷念亂之作，極力獨開生面。蓋太白得力於《國風》，而子美得力於大、小《雅》，要自子建、淵明而後，二家特爲不祧之祖。其輔二家而起者，有王維、孟浩然、高適、岑參、李頎、王昌齡、劉昚虚、裴迪、儲光羲、常建、崔顥諸人。而元結又有《篋中集》一選，集沈千運、王季友、于逖、孟雲卿、張彪、趙微明、元融七人之作，都爲一卷，其詩直接漢人。故論詩者至開、寶之世，莫不推爲千載之盛也。大曆而後，風格漸降，獨韋應物以古詩稱於時。其詩專師陶公，兼取謝氏，前人所謂「發穠纖於簡古，寄至味於淡泊」，氣象近道，蓋卓乎不爲時域者也。其揚王、孟之餘波者，劉長卿猶不失雅正，而錢起次之。錢起與耿湋、盧綸、韓翃、李端、司空曙、吉中孚、苗發、崔峒、夏侯審並稱「十才子」。然十子之中，不無利鈍，而足與錢、劉相羽翼者，惟郎士元、李嘉祐、皇甫冉兄弟。貞元、元和之際，韓文公崛起，以天縱逸才，爲起衰鉅手，詩繼李、杜之盛。而柳子厚獨傳《騷》學，亦宗陶公，五言幽澹綿邈，足繼蘇州，故世並稱曰「韋柳」。輔韓文公而起衰者，孟郊東野也，與柳州稱契者，有劉禹錫焉。其他元、白、張、王之樂府，盧仝、李賀、劉叉之詭怪，姚合、賈島之艱僻，非不瑰奇偉麗，卓然成家，然於此道中别闢一境，遂爲旁門小宗矣。太和、會昌而下，詩教日衰，獨李義山矯然特出，時傳子美之遺，特用事過多，涉於濃滯，或掩其美。次則杜牧之律體，寓拗峭以矯時弊，猶有健氣。義山與温庭筠、段成式並爲西崑體，然温非李儔也。其餘皮、陸、許渾、馬戴、趙嘏、韋莊、羅隱、唐彦謙諸人，雖間有逸韵，靡靡無足觀。降而韓偓之《香奩》，風益下矣。蓋終唐之世，稱大家者，以李、杜、韓三家爲宗。古詩之得正音者，陳、張、韋、柳四家爲宗，而元結、沈千運諸人爲輔。律詩之稱正音者，王、孟二家爲宗，而高、岑、錢、劉諸人爲輔。此唐詩之大較也。若夫唐人樂章，多尚鋪張，不若柳子厚之《唐雅》二篇、《鐃歌》十二曲，爲足追古作者。而樂人所歌，又在諸名人絶句，如王之涣之《涼州詞》、王維之《陽關三疊》，其尤著者。其他朝廟應制諸詩，體崇鉅麗，固以唐初前後四子及燕、許諸人爲正云。唐風既衰，五代干戈之際，作者寥寥。宋初國祚雖定，文采未著，學士大夫家效樂天之體，群奉王禹偁爲盟主。其後楊億、劉筠輩崇尚西崑，專取温、李數家，摹倣於字句儷偶之間。及歐陽公出，始知學古，與梅聖俞互相講切。歐詩長篇多效昌黎，間取則於太白。梅則於唐人諸家，不名一體，惟造平淡。自此介甫、東坡相繼而起，山谷晚出，而與東坡齊名於元祐之際，又有張文潛、晁无咎兄弟相爲羽翼，時稱「蘇門六君子」。東坡才大，汪洋縱恣，出入於李、杜、韓三家。山谷則一意學杜，精深峭拔，別出機杼，自成一格。吕本中嘗作《江西宗派圖》，以山谷爲鼻祖，列陳師道、潘大臨、謝逸、洪芻、饒節、僧祖可、徐俯、洪朋、林敏修、洪炎、汪革、李錞、韓駒、李彭、晁沖之、江端本、楊符、謝薖、夏倪、林敏功、潘大觀、何覬、王直方、僧善權、高荷，合二十五人，以爲法嗣，謂其源流皆出豫章。然二十五人，以詩聞於世者，不過數人，其餘未有聞焉。南渡以還，氣格卑約，獨陸放翁超然特出。顧此數君子，皆以長句見長，至如五言，則必以梅宛陵爲冠。次則末造之謝皋羽翺、嚴儀卿羽，猶存唐音。而《谷音》一集，多遺民逸士之作，足繼《篋中》之選。他若永嘉四靈之專學姚、賈，又其別出者也。金、元之際，元遺山猶傳東坡遺韵，次則劉迎差足羽翼。元初海内作者，推虞、楊、范、揭四人。道園自負其詩如「老吏斷獄」，允爲四家之冠。吴立夫萊後輩傑出，筆力實足抗衡。此外則趙子昂之清逸，薩天錫之工緻，雖非正音，亦稱能手。至楊鐵崖以淹博艷麗之才，專學飛卿、長吉，作爲樂府，怪僻詭異，詩道中又增一魔障矣。明代詩家，最爲總雜。開國之初，青田劉文成以名世之英，出經綸之餘，形於歌咏。當其未遇，已見知於道園虞氏。道園稱其「發感慨於性情之正，存憂患於敦厚之言，體製音韵，無愧盛唐」。次則「吴中四傑」高季迪啓、楊孟載基、張來儀羽、徐幼文賁，並有倡始之功。而是時劉子高崧起於江右，孫仲衍蕡起於嶺南，林子羽鴻起於閩中，又有張志道以寧、袁景文凱相繼而作，可謂一時之盛。第舊體初變，掃除未盡，就中求其莊雅純浄諸體皆備者，其海叟乎？青丘才力雖大，歌行而外，他體不無元習。孟陽而下，抑又蕪已。永樂以還，崇尚臺閣，迄化、治之間，茶陵李東陽出而振之，俗尚一變。但其新樂府，於鐵崖之外，又出一格，雖若奇創，終非正軌。嗣是空同李氏、大復何氏大聲一呼，海内響應，又得徐昌穀禎卿、邊華泉貢爲之輔翼，稱「弘治四傑」。繼又益以康海、王九思、王廷相三人爲七子，是爲「前七子」。是時詩學之盛，幾幾比於開元、天寶，而李、何聲價，當時亦不啻李、杜。七子之後，則有祥符高子業叔嗣，以深微妙婉之思，發温柔敦厚之旨，粹然一出於正。繼之以皇甫子浚沖、子安涍、子循汸、子約濂兄弟，並溯源於建安及潘、左、鮑、謝諸家，不失五言正音。此外如薛君采蕙、華鴻山察、楊夢山巍，雖才力或减數子，時有出入，亦其次也。嘉靖之初，李、何之風少熄，而王元美氏、李于鱗氏復揚其餘燼，與四溟山人謝榛及梁有譽、宗臣、徐中行、吴國倫結社爲「後七子」，以振興風雅爲己任。當結社之始，稱詩選格，並取定於四溟。其後議論不合，于鱗乃遺書絶交，而元美别定五子，遽削其名。又有「後五子」、「廣五子」、「續五子」、「末五子」，廣至四十子，而四溟終不與。其實餘子皆無足稱，而七子之中，亦惟王、李、謝而已。前後七子，議論略同，其所宗法，皆在少陵以上，建安而下，唐以後書則置焉。其見非不甚善，特斤斤規仿，過於局促，神理不存。王、李之視李、何，抑又甚焉，故錢牧齋《歷朝詩選》極力擯之。然而當詩教榛蕪之日，其催陷廓清之功，亦何可少。至如昌穀徐氏選擇精融，純乎唐音，皇甫兄弟獨見推獎，王敬美亦擕與高按察並稱，謂「更千百年，李、何尚有廢興，二家必無絶響」，論斯允矣。即四溟今體，工力深厚，不媿能手，又何可以「七子」而譏之也？自是以後，詩學日壞，隆、萬之際，公安袁氏，繼以竟陵鍾氏、譚氏，《詩歸》一出，海内翕然宗之，而三漢、六朝、四唐之風蕩然矣。其間非無卓然不惑，如歸季思子慕、高景逸攀龍、李伯遠應徵、區海目大相、謝在杭肇淛、曹能始學佺諸君子者，力持風氣，然淫哇之教，浸人心術，論詩之害，未有烈於斯時者也。及陳卧子子龍奮臂大呼，少一轉變，論者猶以其不離「七子」面目爲憾。然大雅擧止，與侏儒之拜舞何如也？至嶺南屈翁山大均，五言直接太白，而陳元孝恭尹輔之，而有明一代之詩，至此終焉。蓋詩以言志，自《虞書》發其義，而《三百篇》窮其奥。漢人去古未遠，創爲五言，所作猶古風，故後之學者，以得五言爲正。五言之轉而七言，濫矣。五七言之弊而有律詩，抑又靡矣。然自能者爲之，則皆有以得其性情之正，而合於《虞書》言志之義。但或盛或衰，其出多歧，論者以爲玩物喪志之資，作者第以爲嘲風弄月之具，是以詩教愈隱，此皆沿其流而不知溯其源之故也。吾由漢迄明，其間得大宗五人焉：曰曹子建、陶淵明、李太白、杜子美、韓昌黎。其他支分派别，各有攸屬。匯而一之，以爲《詩學源流考》。詩之宗派，即文之經緯。紛紛綸綸中，一綫穿成，可謂金針度盡。而黜靈運於晉，不得並於陶；殿翁山於明，直上承乎李，尤爲獨具隻眼。南豐趙勉齋識

權衡諸家處，皆有來歷，其文氣充沛如江河。凡水之蓄洩分合，一以山石爲體，而行乎自然，蓋庶幾大觀也。涂南池評

樂府標源

樂府標源提要

《樂府標源》二卷，據嘉慶二年刊《古愚老人消夏録》本點校。撰者汪汲，字葵田，廣東海陽人。有《古愚老人消夏録》等。汪氏生平未詳，此書及《樂府遺聲》另載其《詞學八種》内，此本有乾隆五十九年談泰序，知作於此年前。按鄭樵《通志·樂略一》分樂府爲正聲、遺聲、祀饗正聲、祀饗別聲、文武舞等五類，汪氏大抵據此抄録，而又分合增芟，較原作爲精審。其改訂略有數端：一於諸曲解釋略有增補，如《將進酒》增李白、李賀之作，《苦寒行》、《善哉行》、《野田黄雀行》、《猛虎行》增《文體明辯》之釋等。二每於曲名下補出古辭，蓋鄭浹漈之詩樂觀主聲，故不録辭。三多有删節調整，每作按語説明之。如「正聲」未録「胡角十曲」、「琴操五十七曲」等。又移《白紵歌》與「清商七曲」於「相和歌吟嘆四曲」前，「吟嘆四曲」録三曲，按語云：「張永《元嘉技録》本四曲，内《王昭君》一曲已見前清商七曲。又古八曲有《小雅吟》、《蜀琴頭》、《楚王吟》、《東武吟》四曲，今俱闕。」「相和歌瑟調三十八曲」，《通志略》原録自王僧虔《技録》，汪氏録二十六曲，按語謂另有「十曲已見前，《蜀道難》一曲見《集解》，外闕一曲」。其訂正多類此。卷下及於「遺聲」以下，删訂更甚。如「遺聲」二十五小類，僅録「古調」全部及「佳麗」、「歌舞」、「神仙」、「山水」、「行樂」等五類之一部，如「佳麗」四十七曲僅録十曲，按語曰「餘入《遺聲》」，此指其《樂府遺聲》，然此十首本亦在「遺聲」類内，未知何以分置。而「祀饗正聲」、「別聲」兩類，汪氏將原「漢武帝郊祀之歌十九章」以下與「唐七朝五十五曲」對換，亦不知何意。末「文武舞」録晉宋梁隋唐舞，按語即以「五朝文武舞十曲」作結。總之，此書雖以抄撮爲主，然頗有案斷，已非《通志・樂略》舊觀。王運熙先生《漢魏六朝樂府詩研究書目提要》「隨手抄録，不足以稱著述」之評，似嫌稍苛。

樂府標源卷上

海陽竹林人汪汲葵田氏消夏録

《朱鷺》 鷺惟白色，漢有朱鷺之祥，因而爲詩。梁元帝《放生碑》云：「玄龜夜夢，終見取於宋王；朱鷺晨飛，尚張羅於漢后。」謂此也。魏曰《楚之平》，言魏平陵也。吴曰《炎精缺》，言漢衰而孫堅扶王室也。晉曰《靈之祥》，言宣帝佐魏而石瑞之祥也。梁曰《木紀謝》，言齊謝梁升也。北齊曰《水德謝》，言魏謝齊興也。後周曰《玄精季》，言魏道陵遲，太祖肇開王業也。

《思悲翁》 魏曰《戰滎陽》，言曹公也。吴曰《漢之季》，言孫堅閔漢也。晉曰《宣受命》，言宣帝禦諸葛也。梁曰《賢首山》，言武帝破魏軍於司州，肇王迹也。北齊曰《出山東》，言神武戰廣阿，破爾朱兆也。後周曰《征隴西》，言太祖誅侯莫陳悦，掃清隴右也。

《艾如張》 温子昇辭云：「誰在閑門外，羅家諸少年。張機蓬艾側，結網槿籬邊。若能飛自勉，豈爲繒所纏。黄雀儻爲戒，朱絲猶可延。」此艾如張之事也。觀李賀詩，有「艾葉緑花誰剪刻，中藏禍機不可測」，似剪艾葉爲蔽張之具也。魏曰《獲吕布》，言曹公圍臨淮，禽吕布也。吴曰《摅武師》，言孫權征伐也。晉曰《征遼東》，言宣帝討滅公孫氏也。梁曰《桐栢山》，言武帝牧司州，興王業也。北齊曰《戰韓陵》，言神武定京洛也。後周曰《迎魏帝》，言武帝西幸，太祖奉迎，宅關中也。

《上之回》 漢武帝元封初，因至雍，遂通回中道，後數遊幸焉。其歌稱帝「遊石關，望諸國，月支臣，匈奴服」，蓋誇時事也。魏曰《克官渡》，言曹公破袁紹於官渡也。吴曰《烏林》，言周瑜破魏武於烏林也。晉曰《宣輔政》，言宣帝之業也。梁曰《道亡》，言東昏失道，義師起樊、鄧也。北齊曰《殄關隴》，言神武遣侯莫、陳悦誅賀拔岳，定關隴也。後周曰《平竇泰》，言太祖討平竇泰也。

《擁離》魏曰《舊邦》，言曹公勝袁紹於官渡，還譙，收死亡士卒也。吴曰《秋風》，言悦以使民，民忘其死也。晉曰《時運多難》，言宣帝討吴，方有征而無戰也。梁曰《抗威》，言破加湖，元勳也。北齊曰《滅山戎》，言神武屠蠡升、高車，而蠕蠕向化也。後周曰《復弘農》，言太祖收復陝城，關東震懼也。古辭云：「擁離趾中可築室，何用葺之蕙用蘭。擁離趾中。」

《戰城南》古辭言：「戰城南，死郭北，野死不葬烏可食。」此言野死不得葬，爲烏鳥所食。願爲忠臣義士，朝出戰而暮不得歸。後來作者皆體此意。魏曰《定武功》，言曹公初破鄴也。吴曰《克皖城》，言孫權勝魏武於此城也。晉曰《景龍飛》，言景帝也。梁曰《漢東流》，言克魯山城也。北齊曰《立武定》，言神武立魏主，遷都於鄴，而定天下也。後周曰《克沙苑》，言太祖俘齊軍十萬於沙苑，神武脱身遁也。

《巫山高》古辭：「巫山高，高以大。淮水深，難以逝。」大略言江淮深，無梁以渡，臨水遠望，思歸而已。後之作者皆涉陽臺雲雨之説，非舊意也。魏曰《屠柳城》，言曹公破三郡烏丸於柳城也。晉曰《平王衡》，言景帝調萬國也。梁曰《鶴樓峻》，言平郢城也。北齊曰《戰芒山》，言神武克周師也。後周曰《戰河陰》，言太祖破神武於河上，斬其三將也。

《上陵》　漢章帝元和三年，帝自作詩四篇，一曰《思齊姚皇》、二曰《六麒麟》、三曰《竭肅雝》、四曰《陟屺》，與《鹿鳴》、《承元氣》二曲爲宗廟食舉。又以《重來》、《上陵》二曲合八曲爲上陵食舉。據此所言，則《上陵》自是八曲之一名，或作於章帝之前，亦未可知，蓋因《上陵》而爲之也。魏曰《平南荆》，言曹公平荆州也。吴曰《通荆州》，言吴與蜀通好也。晉曰《文皇統百揆》，言文帝也。梁曰《昏主恣淫慝》，言東昏政亂，武帝起義，伐罪弔民也。北齊曰《禽蕭明》，言梁遣明來寇，爲清河王岳所擒也。後周曰《平漢東》，言太祖命將平隨郡安陸也。

《將進酒》　魏曰《平關中》，言曹公征馬超，定關中也。吴曰《章洪德》，言孫權之德也。晉曰《因時運》，言時運之變，聖策潛施也。梁曰《石首篇》，言平京城，廢東昏也。北齊曰《破侯景》，言清河王岳破侯景，復河南也。後周曰《取巴蜀》，言太祖遣軍平定蜀地也。李白所擬此題，直勸岑夫子、丹丘生飲耳。李賀深于樂府，其作此詞，亦曰「琉璃鐘」、「琥珀濃」云。

《有所思》　亦曰《嗟佳人》。漢太樂食舉十三曲第七曰《有所思》，漢人亦以此樂侑食。魏曰《應帝期》，言文帝以聖德受命，應期運也。吴曰《順曆數》，言孫權建大號也。晉曰《惟庸蜀》，言文帝平蜀，封建復五等之爵也。梁曰《期運集》，言武帝受禪也。北齊曰《嗣丕基》，言文宣帝也。後周曰《拔江陵》，言太祖命將禽蕭繹，平南土也。

《芳樹》　魏曰《邕熙》，言君臣邕穆，庶績咸熙也。吴曰《承天命》，言踐位也。晉曰《天序》，言用人盡其才也。梁曰《於穆》，言君臣和樂也。北齊曰《克淮南》，言文宣遣清河王岳禽梁司徒陸法和，克壽春，盡取江北之地也。後周曰《受魏禪》，言閔帝受魏禪作周也。

《上邪》　魏曰《太和》，言明帝繼統，得太和平而改元也。吴曰《玄化》，言以道化天下也。晉曰《大晉承運期》，言應籙受圖也。梁曰《惟大梁》，言梁德廣運也。北齊曰《平瀚海》，言文宣命將滅蠕蠕國也。後周曰《宣重光》，言明帝入承大統也。

《君馬黄》　晉曰《金靈運》，言晉乘金運也。北齊曰《定汝穎》，言文襄遣清河王岳，禽周將王思政於長葛，汝、穎悉平也。後周曰《哲皇出》，言高祖之聖德也。按古辭云：「君馬黄，臣爲蒼，二馬同逐臣馬良。」終言「美人歸以南，以北，駕車馳馬，令我心傷。」但取第一句以命題，其主意不在馬也。李賀之作，其得古道乎。如張正見、蔡知君之流，只言馬而已。按謝燮云：「或聽鐃歌曲，惟吟君馬黄。」古人知音，别曲見於賦詠者如此。後世只於言語上計較，此道無聞。

《雉子班》　晉曰《於穆我皇》，言武帝也。北齊曰《聖道洽》，言文宣之德，無思不服也。後周曰《平東夏》，言高祖禽齊主於青州，一舉定山東也。按吴兢所引古辭云：「雉子高飛止，黄鵠高飛已千里，雄來飛，從雌視。」以爲始作之辭。然樂府之題亦如古詩題，所謂《關雎》、《葛覃》之類，只取篇中一二字以命詩，初無義也。後人即物、即事而賦，故於題有義。據此，古詞無「雉子班」之語，往往《雉子班》之作，復在此古辭之前，吴兢未之見也。如吴均「可憐稚子班」，又後人所作也。

《聖人出》　晉曰《仲春振旅》，言大晉蒐田以時也。北齊曰《受魏禪》，言文宣受禪，應天順人也。後周曰《禽明徹》，言高祖遣將克陳將吴明徹，而俘之也。

《臨高臺》　古辭云：「臨高臺，臺下清水清且寒。江有香草雜以蘭，黄鵠高飛離或翻。開弓射鵠，令我生萬年。」晉曰《夏苗田》，言大晉蒐田爲苗除害也。北齊曰《服江南》，言梁主蕭繹來附化也。

《遠如期》　亦曰《遠期》。漢太樂食舉十三曲，一曰《鹿鳴》，二曰《重來》，三曰《初造》，四曰《俠安》，五曰《來歸》，六曰《遠期》，七曰《有所思》，八曰《明星》，九曰《清涼》，十曰《涉大海》，十一曰《大置》，十二曰《承元氣》，十三曰《海淡淡》。魏時以《遠期》、《承元氣》、《海淡淡》三曲多不通利，故省之。及晉荀勗、傅玄之流並爲歌辭。晉曰《仲秋獮田》，言蒐狩以時，雖有文德，不廢武事也。北齊曰《刑罰中》，言孝昭舉直錯枉，獄訟無怨也。

《石留》　晉曰《順天道》，言仲冬大閱，用武修文也。北齊曰《遠人至》，言海外諸國遣使朝貢也。

《務成》　晉曰《唐堯》，言聖皇陟位，化被四表也。北齊曰《嘉瑞臻》，言聖王應期，河清龍見，符瑞總至也。

《玄雲》　北齊曰《成禮樂》，言功成化洽，制禮作樂也。

《黄爵行》　晉曰《伯益》，言赤烏銜書，有周以興，今聖皇受命，神雀來也。

《釣竿篇》　崔豹《古今注》：「伯常子避仇河濱，爲漁父，其妻思之，而爲釣竿歌，每至河側，輒歌之。後司馬相如作《釣竿詩》，遂傳爲樂曲。」

右漢《短簫鐃歌》二十二曲，亦曰《鼓吹曲》。按：漢、晉謂之《短簫鐃歌》，南北朝謂之《鼓吹》。

《關中有賢女》　「中」一作「東」，漢章帝製。魏曰《明明魏皇帝》，晉曰《洪業篇》。
《章和二年中》　漢章帝製。魏曰《太和有聖帝》，晉曰《天命篇》。
《樂久長》　魏曰《魏曆長》。晉曰《景皇篇》。
《四方皇》　魏曰《天生烝民》。晉曰《大晉篇》。
《殿前生桂樹》　魏曰《爲君既不易》。晉曰《明君篇》。
右漢《鞞舞歌》五曲，未詳所始。漢代燕享則用之。傅毅、張衡所賦，皆其事也。
《白鳩篇》　亦曰《白鳧舞》，以其歌且舞也。亦入清商曲。按晉楊泓《舞序》云：「自到江南，見《白符舞》。」「符」即「鳧」，《白鳧舞》即《白鳩舞》。《白鳧》之辭出吴《拂舞曲》，其歌云：「平平白鳧，思我君惠，集我金堂。」謂晉爲金德，吴人患孫皓虐政，思從晉也。
《濟濟篇》
《獨禄篇》　李白作《獨鹿》。
《碣石篇》　晉樂奏，魏武帝分爲四篇，一曰《觀滄海》，二曰《冬十月》，三曰《土不同》，四曰《龜雖壽》。
《淮南王篇》　舊説淮南王安求仙禮方士，遂與八公相携而去，莫知所在。其家臣小山之徒，思戀不已，乃作是歌，言安仙去也。此則恢誕家爲此説耳，不然亦是後人附會。

右《拂舞歌》五曲，魏武帝分《碣石》爲四曲，共八曲。

《黄鵠吟》　一作《黄鵠吟》。

《隴頭吟》　亦曰《隴頭水》。

《望行人》

《折楊柳》　笛曲名。晉桓伊嘗爲征南將軍，撰此曲，本名《楊柳枝》。

《關山月》

《洛陽道》　中古琴弄有此名。

《長安道》

《豪俠行》　亦曰《俠客行》。

《梅花落》

《紫騮馬》　「馬」，一作「嘶」。

《驄馬》　復有《驄馬驅》，非横吹曲。

《雨雪》

《劉生》　不知何代人。觀齊、梁以來所爲，《劉生》之辭，皆稱其任俠周遊三秦間。或云抱劍專征，爲符節郎。

《古劍行》

《洛陽公子行》

右《鼓角横吹》十五曲。按《周禮》「以鼖鼓鼓軍事」，舊云用角。其説謂蚩尤氏帥魑魅與黄帝戰于涿鹿之野，帝命吹角爲龍吟以禦之。其後魏武帝北征烏桓，遠涉沙漠，軍士聞之悲思，於是減爲中鳴，尤更悲矣。按此有十五曲，後之角工所傳者，只得《梅花》耳。今太常所試樂工第三等，五十曲抽試十五曲，及鳴角人習到《大梅花》、《小梅花》、《可汗曲》，是《梅花》又有小大之别也。然角之制不始於中國，中國所用鼓角，蓋習邊角而爲也。黄帝之説多是謬悠，況鼓角與邊角聲類既同，故其曲亦相參用。今人謂角鳴爲邊聲，初由邊徼所傳也。《關山月》、《洛陽道》、《長安道》、《豪俠行》、《梅花落》、《紫騮馬》、《驄馬》七曲，後代所加也。

《江南曲》　梁簡文辭云：「陽春路，時使佳人度。枝中水上青併歸，長楊佛地桃花飛，清風吹人光照衣。景將夕，擲黄金，留上客。」古辭，古之詩，即今之曲也。由梁武之後皆能音律，故創激越之辭，發靡麗之音，世所好尚，至今曲與詩分爲二矣。簡文辭美則美矣，其如失古意何。

《度關山》　亦曰《度關曲》，古辭。曹魏樂奏，武帝作。

《長歌行》　古辭。按長短歌行皆言其歌聲發越，目有短長，魏文《燕歌行》曰：「短歌微吟不能長。」傅玄《艷歌行》曰：「咄來長歌續短歌。」是也。崔豹《古今注》言「長歌」乃續命之「長」，吴兢亦如是説，謬哉。

《薤露歌》　亦曰《薤露行》，亦曰《天地喪歌》，亦曰《挽柩歌》。田横門人作。辭云：「薤上朝露，何易晞。薤露明朝更復落，人死一去何時歸。」「蒿里誰家地，聚斂魂魄無賢愚。鬼伯一何相催促，今乃不得少踟躕。」按《左傳》，齊將與吴戰于艾陵，公孫夏使其徒歌《虞殯》。注云：「送葬歌也。」是古有喪歌矣。使挽柩者歌之，故謂喪歌，亦謂挽柩歌。此二章之作，乃田横門人歌以葬横也。但悲其亡耳，亦無怨言，足見古人之用心，任所遇而已，未嘗尤人焉。本一詩也，而有二章。至漢武時，李延年分爲二曲，《薤露》送王公貴人，《蒿里》送士大夫、庶人。當其時，聲亦自有别，所以爲二曲。後人通謂之挽歌者，以其聲無異也，故不復存其名。《薤露》亦謂之《泰山吟行》者，言人死則精爽歸於泰山。

《蒿里傳》　亦曰《蒿里行》，亦曰《泰山吟行》。

《雞鳴》　亦曰《鷄鳴高樹顛》，蓋本古辭，所謂「鷄鳴高樹顛，狗吠深巷中」也。

《對酒行》　古辭。曹魏樂奏。

《烏生八九子》　古辭。「烏生八九子，端坐秦氏桂樹間。」言烏母生子，本在南山巖石間，而來爲秦氏所彈。白鹿在苑中，人得以爲脯。黄鵠摩天，鯉魚在深淵，人可得而煮之。皆由有所欲也。此言爲隱者戒耳。今劉孝威之詩但言烏而已。

《平陵東》　古辭云：「平陵東，松栢桐，不知何人劫義公。」取第一句以命篇。此則漢翟義門人所作也。義爲東郡太守，起兵誅王莽，不克而死。門人作是歌以哀之。

《陌上桑》　亦曰《艷歌羅敷行》，亦曰《採桑曲》，曹魏改曰《望雲曲》。按古辭《陌上桑》有二，此則爲《羅敷》也。羅敷者，邯鄲秦氏女也。嫁千乘王仁，仁爲趙王家令。羅敷採桑陌上，趙王登臺見而悦之，置酒欲奪焉。羅敷善彈箏，作《陌上桑》，甚誇其夫爲侍中郎以拒之。或言與舊説不同。然侍中郎，漢官也，或仁初爲趙王家令，後爲漢侍中郎也。呼趙王爲使君者，「郎君」之稱本於漢稱，言使君者，猶今言使長也。其辭有「日出東南隅，照我秦氏樓」之句，故亦曰《日出東南隅行》，亦曰《日出行》。別有《秋胡行》，其事與此不同，以其亦名《陌上桑》，致後人差互其説。如王筠《陌上桑》云：「秋胡始停馬，羅敷未滿箱。」蓋合爲一事也。

《秋胡行》齊王融撰　亦曰《在昔解見琴曲》。因有於路旁見婦人採桑，又有乃向採桑者云云，故亦曰《陌上桑》，亦曰《採桑》，遂致與《羅敷行》無別。

《短歌行》　亦曰《鰕䱇》。晉樂奏。《文體明辯》作陸機撰。

《燕歌行》　晉樂奏。燕，北地也，是歌始於魏文帝，其辭云：「秋風蕭瑟天氣涼，草木摇落露爲霜，群燕辭歸雁南翔。念君客遊思斷腸，慊慊思歸戀故鄉，何爲淹留寄他方。賤妾煢煢守空房，憂來思君不敢忘，不覺淚下沾衣裳。援琴鳴絃發清商，短歌微吟不能長。明月皎皎照我牀，星漢西流夜未央。牽牛織女遥相望，爾獨何辜限河梁。」明徐伯魯《文體明辨》：劉履曰：「此婦人思其君子遠行不歸之詞，豈帝爲中郎將時，北征在外，代述閨中之意而作歟？然不可考矣。」

《苦寒行》　亦曰《吁嗟》，晉樂奏。古辭云：「北上大行山，艱哉何巍巍。羊腸坂詰屈，車輪爲之摧。樹木何蕭瑟，北風聲正悲。熊羆對我蹲，虎豹夾道啼。溪谷少人民，雪落何霏霏。延頸長嘆息，遠行多所懷。我心何怫鬱，思欲一東歸。水深橋梁絶，中路正徘徊。迷惑失故路，薄暮無宿栖。行行日已遠，人馬同時饑。擔囊行取薪，斧冰持作糜。悲彼東山詩，悠悠使我哀。」《文體明辨》作曹操撰。

《董逃行》　古辭云：「吾欲上謁從高山，山頭危險道路難。」言五嶽之上，皆以黄金爲宫闕，多靈獸仙草，以人君多欲壽考，求長生不死之藥，故令天神擁護。疑此辭作於漢武之時，蓋武帝有求仙之興。董逃者，古仙人也。後漢遊童競歌之，有董卓之亂，卒以逃亡。此則謡讖之言，因其所尚之歌，故有是事，實非起於後漢也。梁簡文詠《行幸甘泉》云：「董逃拜金紫，賢妻侍禁中。」又云：「不羡神仙侣，排烟遠駕鴻。」所言仙事也。然陸機、謝靈運之作，皆言節物易徂，可及時行樂。晉傅休奕《九秋十二篇》，有《擬董逃行》，但言夫婦離别，各隨其意。

《塘上行》　亦曰《塘上辛苦行》，晉樂奏。或云魏文帝甄后作。《文體明辯》：「劉履曰：《鄴都故事》云：『魏文帝甄后，袁紹子熙之妻也。太祖破紹，帝時從征，納爲夫人，生明帝。後爲郭后所譖，賜死。臨終爲此詩。』」詳其詞氣，乃初見棄在後宫所作，非臨終時語也。

《善哉行》　亦曰《日苦短》。古辭云：「來日大難，口燥脣乾。」言人命不可保，當樂見親友，求長生術，與王喬、八公遊也。《文體明辨》：魏文帝撰。

《東門行》　晉樂奏。古辭云：「出東門，不顧歸。」言士有貧不安其居，拔劍將去，妻子牽衣留之，願其餔糜，斯足不求富貴也。

《西門行》　古辭。

《煌煌京洛行》　晉樂奏。

《艷歌何嘗行》　亦曰《飛鵠行》。古辭云：「飛來雙白鵠，乃從西北來。」言雌病，雄不能負之而去，五里一返顧，六里一徘徊，雖遇新相知，終傷生别離。

《步出夏東門行》　亦曰《隴西行》，古辭。一無「東」字。

《野田黄雀行》　晉樂奏。《文體明辨》作魏曹植撰。

《滿歌行》　大曲古辭。

《櫂歌行》　晉樂奏。魏明帝將用舟師平吴，故作是歌，以明王化所及。後之作者多言方舟鼓櫂之興耳。

《雁門太守行》　按古辭，是後漢孝和時洛陽令王涣也。涣嘗爲安定太守，有安邊恤民之功，百姓歌之。然則雁門太守，若非事偶相合，則是作詩者誤以安定爲雁門耳。

《白頭吟》　解見琴曲。後人作《白頭吟》，皆是以直道被讒見疏於君，故古辭云：「凄凄重凄凄，嫁女不須啼。願得一心人，頭白不相離。」

《氣出唱》　亦曰《惟乾》。

《精列》　古辭。

《東光》

右《相和歌》三十曲，乃漢舊歌也。曰《相和歌》者，並漢世街陌謳謡之辭，絲竹更相和，令執節者歌之。按《詩・南陔》之三笙以和《鹿鳴》之三雅，《由庚》之三笙以和《魚麗》之三雅者，《相和歌》之道也。本一部，魏明帝分爲二部，更遞夜宿。始十七曲，魏晉之世，朱生善琵琶、宋識善擊節、列和善吹笛等復爲十三曲。自《短歌行》以下，晉荀勗採撰舊詩，施用以代漢、魏，故其數廣焉。

《白紵歌》《白紵歌》有白紵舞，《白凫歌》有白凫舞，並吴人之歌舞也。吴地出紵，又江鄉水國自多凫鶩，故興其所見以寓意焉。始則田野之作，後乃太樂氏用焉。其音入清商調，故清商七曲有《子夜》者，即《白紵》也。在吴爲《白紵》，在晉爲《子夜》。梁武令沈約更制其辭焉。古辭云：「白紵白，質如輕雲色似銀，制以爲袍餘作巾，袍以光軀巾拂塵。」《山堂肆考》：吴孫皓作。「紵」作「苧」。時曲雙角有此名。

《子夜》亦曰《子夜吴聲四時歌》，亦曰《子夜吴歌》。晉有女子名子夜，歌聲甚哀，蓋憶所私而作也。晉孝武太元中，琅琊王軻家有鬼歌《子夜》，又庾僧虔家亦有鬼歌，則子夜爲太元以前人也。其音同於《白紵》，皆清商調，故梁武本《白紵》而爲《子夜吴聲四時歌》。明此《子夜》亦有晉《白紵》，實不離清商。

《前溪》舞曲也。晉車騎將軍沈玩撰。

《烏夜啼》宋臨川王義慶作，注詳琴曲。時曲大石調、南吕調皆有此名。

《石城樂》《炙轂子録》：宋臧質作。石城在景陵，質爲景陵太守，於城上見群少年歌詠之樂，因爲此辭。其辭曰：「生長石城下，開門對城樓。城中美少年，出入相依投。」

《莫愁樂》《舊唐書·音樂志》：《莫愁樂》出於《石城》之作。石城有女子名莫愁，善歌謡，故《石城》之外，復有《莫愁》。其辭云：「莫愁在何處，莫愁石城西。艇子打兩槳，催送莫愁來。」古又有莫愁爲洛陽女，與此不同來音釐。

《襄陽樂》宋隋王誕始爲襄陽郡，元嘉末仍爲雍州，夜聞諸女歌謡，因爲之辭云：「朝發襄陽城，暮至大堤宿。大堤諸女兒，花艷驚郎目。」宋劉道彦爲雍州，有惠化，百姓歌之，亦謂之《襄陽樂》，與此不同。

《王昭君》亦曰《王嬙》，又曰《王明君》。唐劉餗《琴操》載，昭君名嬙，齊人王穰女，極美。獻之元帝，數年，帝未見。因單于入朝，帝宴之禁中，後宮執事，嬪御皆侍，昭君在列。酒酣，帝曰：「欲以一女遺單于，誰能行者？」昭君怨帝，即出請往，帝見悔之。宋鄭樵《通志》：漢元帝時，匈奴盛，請婚於漢，帝以後宮良家子昭君配焉。元帝之時，後宮掖庭員數多，帝不及徧識，令毛延壽畫圖。延壽取金於後宮，而昭君不與，故陋其姿。及昭君既出宫，帝爲愕然，殺延壽。其時公主嫁烏孫，爲馬上彈琵琶作樂，以慰其道路之思，其事多見載籍。其辭云：「吾家嫁我兮天一方，遠託異國兮烏孫王。穹廬爲室兮旃爲牆。」旃，帳也。按《漢書》，烏孫使使獻馬，願得尚公主。乃遣江都王建女爲公主，以妻烏孫焉。此則是也。若以爲延壽畫圖之説，則委巷之談，流入風騷人口中，故供其賦詠，至今不絶。時曲亦有此名。

右《清商曲》七曲，亦謂之《清樂》，出於《清商三調》。所謂平調、清調、瑟調也。三調者，乃周房中樂之遺聲，漢、魏相繼，至晉不絶。永嘉之亂，中朝舊曲散落江右，而清商舊樂猶傳江左，所謂梁、宋新聲也。元魏孝文纂漢，收其所獲南音，謂之清商樂，即此等是也。隋平陳，因置清商府，傳採舊曲。若《巴渝》、《白紵》等曲，皆在焉。自此漸廣，雖經喪亂，至唐武后時，猶存六十三曲。

《大雅吟》

《楚妃嘆》琴曲亦有此名。

《王子喬》

右《相和歌·吟歎》三曲。按：張永《元嘉技録》本四曲，内《王昭君》一曲已見前清商七曲。又古八曲有《小雅吟》、《蜀琴頭》、《楚王吟》、《東武吟》四曲，今俱闕。

《蜀國四絃》

右《相和歌·四絃》一曲，即張永《元嘉技録》也，居相和之末，三調之首。古有四曲，其《張女四絃》、《李延年四絃》、《嚴卯四絃》三曲皆闕。此《蜀國四絃》一曲，節家舊有六解，宋歌有五解，今亦闕。

《猛虎行》《文體明辨》作晉陸機撰。琴曲亦有此題。

《鞠歌行》

右《相和歌·平調》二曲。按：宋王僧虔《大明三年宴樂技録》，本七曲，内《長歌行》、《短歌行》、《燕歌行》三曲已見前，《君子行》、《從軍行》見琴曲。

《豫章行》　晉陸機撰。琴曲亦有此題。

《相逢狹路間行》　亦曰《長安有狹斜行》，亦曰《相逢行》。《文體明辨》《相逢狹路間行》作宋孔欣撰，《長安有狹斜行》作晉陸機撰。《相逢行》乃古辭。

《三婦艷詩》　亦曰「大婦織綺羅，中婦織流黄」。

右《相和歌·清調》二曲，附《三婦艷詩》一曲。按王僧虔《技録》，清調本六曲，内《苦寒行》、《董逃行》、《塘上行》、《秋胡行》四曲已見前，其《三婦艷詩》《技録》不載者，張氏云：「非管絃音聲所寄，似是命笛理絃之餘。」

《東西門行》

《却東西門行》

《順東西門行》

《飲馬行》　古辭，本名《飲馬長城窟行》。晉陸機亦有此曲。

《上留田行》　漢人撰。
《新城安樂宮行》
《婦病行》
《孤子生行》　亦曰《孤兒行》，亦曰《放歌行》。
《大牆上蒿行》
《釣竿行》　晉傅玄撰。
《臨高臺行》
《長安城西行》
《武舍之中行》
《艷歌福鍾行》
《艷歌雙鴻行》
《帝王所居行》
《門有車馬客行》　晉陸機撰。
《牆上難爲趨行》
《日重光行》
《月重輪行》

《有所思行》

《蒲坂行》

《採梨橘行》

《白楊行》

《青龍行》

《公無渡河行》 亦曰《箜篌行》。

右《相和歌・瑟調》二十六曲。按王僧虔《技録》，本三十八曲，因《善哉行》、《步出夏門行》、《折楊柳》、《西門行》、《東門行》、《野田黄雀行》、《雁門太守行》、《艷歌何嘗行》、《煌煌京洛行》、《櫂歌行》十曲已見前，《蜀道難》一曲見《集解》，外闕一曲。

《白頭吟行》

《泰山吟行》

《梁甫吟行》

《東武琵琶吟行》 本名《東武吟》。

《怨詩行》 漢班婕妤撰。亦曰《怨歌行》，亦曰《明月照高樓》。

《長門怨》 亦曰《阿嬌怨》。

《班婕妤》　亦曰《婕妤怨》。
《娥眉怨》
《玉階怨》　齊謝朓撰。
《雜怨》
右《相和歌·楚調》十曲。按王僧虔《技録》，本五曲，自《長門怨》以下五曲續附。
《東門》《東門行》
《西山》《折楊柳行》
《羅敷》《艷歌羅敷行》
《西門》《西門行》
《默默》《折楊柳行》
《園桃》《煌煌京洛行》
《白鵠》《艷歌何嘗行》
《碣石》《步出夏門行》
《何嘗》《艷歌何嘗行》
《置酒》《野田黄爵行》

《爲樂》《滿歌行》

《夏門》《步出夏門行》

《王者布大化》《櫂歌行》

《洛陽令》《雁門太守行》

《白頭吟》《與前相和歌不同》

右《大曲》十五曲。

《楊懌新聲》

《神白馬》

《永世樂》

《萬世豐解》

《于闐佛舞》

右西涼部五曲。

《投壺樂》

《善善》

《摩尼解》
《婆伽兒舞》
《小天舞》
《聖明樂》
《疏勒鹽》
右龜兹部七曲。本二十曲，内《萬歲樂》、《藏鈎樂》、《七夕相逢樂》、《玉女行觴》、《神仙留客》、《抛磚續命》、《舞席》、《同心結》、《泛龍舟》、《鬭雞子》、《鬭百草》、《還舊宫》、《長樂花》、《十二時》等曲見後三十三曲《泛龍舟》注内。
《沙石彊歌》
《天曲樂舞》
右天竺部二曲。
《戢殿農和正歌》
《末奚波地舞曲》
《前扳地舞曲》

《惠地舞曲》

右康國部四曲。

《兀利死逐歌》

《遠服舞》

《監曲解》

右疏勒部三曲。

《附薩單時歌》

《居和祇解》

《末奚舞》

右安國部三曲。

《芝栖歌》

《芝栖舞》

右高麗部二曲。

《單交路行》
《散花舞》
右禮畢部二曲。禮畢者，九部樂終則陳之。按九部樂，隋煬帝所定，即右八部加清樂部也。唐高祖即位，亦設九部樂。曰燕樂伎、曰清商伎、曰西凉伎、曰天竺伎、曰高麗伎、曰龜兹伎、曰安國伎、曰疏勒伎、曰康國伎，其實皆主於清商焉。

《古辭十九曲》 無名氏作。
《擬行行重行行》 晉陸機作。
《古意》 唐李白作。
《淫思古意》 唐顔峻作。
《古樂府》 唐權德輿作。
右《古調》二十三曲。

樂府標源卷下

海陽竹林人汪汲葵田氏消夏録

《白雪》　楚曲也，或云周曲。唐顯慶三年十月，太常寺吕才奏：「按張華《博物志》云，《白雪》是黄帝使素女鼓五十絃瑟曲名。以其調高，人和遂寡。自宋玉以來，迄今千祀，未有能歌《白雪》者。臣今准勑，依琴中舊曲，定其宫商，然後教習，並合於歌，輒以御製雪詩爲《白雪》歌辭。又樂府奏正曲之後，皆有送聲。君唱臣和，事彰前史，輒取侍中許敬宗等奏和雪詩十六首以爲送聲，各十六節。」上善之，乃付太常編于樂府。時曲平調有此名。

《公莫舞》　即巾舞也。漢高祖與項羽鴻門會飲，項莊舞劍，項伯以袖隔之，使不得害高祖，且語莊云「公莫」。公莫者，古人相呼爲公，言公莫害漢王也。亦謂之《公莫曲》。後之舞者用巾，蓋像項伯衣袖遺式。本即舞，後人因爲辭焉。

《巴渝》　即鞞舞也。本名《竹枝曲》。《玉海》：高祖爲漢王，定三秦，還巴中。而閬有渝水板楯土著者，多居水之左右，天性勁勇。初范因率賨人以從，爲前鋒，數陷陣，封因爲閬中侯，復賨人七姓。其俗喜歌舞，高祖觀之，曰：「此武王伐紂歌也。」命樂人習之，所謂《巴渝曲》也。凡四篇，其辭既古，莫能曉其句度。魏使王粲改創其調，晉及江左皆制其辭。

《明君》　即昭君。晉時避文帝諱也。

《明之君》　漢鞞舞曲，梁武改其曲辭，以歌君德。

《鐸舞》　漢曲。

《吴聲四時歌》　梁曲。見《子夜》注。

《阿子歌》　亦曰《歡聞歌》。晉穆帝升平初，童子輩或歌於道，歌畢輒呼「阿子汝聞否」，又呼「歡聞否」，以爲送聲。後人演其聲爲二曲。宋、齊間用「莎乙子」之語，稱訛異也。

《團扇郎》　晉中書令王珉與嫂婢謝芳姿情好甚篤，嫂鞭撻過苦。婢素善歌，珉好持白團扇，故作此曲。其辭云：「團扇復團扇，持許自遮面。憔悴無復理，羞與郎相見。」

《懊儂》　晉石崇侍人緑珠所作，「絲布澁難縫」一曲而已。東晉隆安初，民間訛謡之。曲云：「春草可攬結，女兒可攬擷。」齊高帝謂之《中朝歌》。

《長史變》　晉司徒左長史王廞臨敗所作。

《丁督護》　亦曰《丁都護》，亦曰《督護歌》。宋彭城内史徐之逵尚武帝長女，爲魯軌所殺，武帝使府内直督護丁旿收殯之。帝女呼旿至閤下，問殯送之事，每問輒歎息曰「丁督護」。其聲哀切，後人因其聲廣其曲焉。一名《阿督護》。

《讀曲》　宋人爲彭城王義康而作。《古今樂録》：元嘉十七年，袁后崩，百官不敢聲歌，或因酒燕，只竊聲讀曲細吟而已。

《估客樂》　齊武帝作。武帝爲布衣時，常遊樊、鄧。踐阼以後，追憶往事，而作是歌。使太樂令劉瑶教習，百日無成。或啓釋寶月善音律，帝使寶月奏之，便就。勑歌者重爲感憶之聲。梁改爲《商旅行》。

《烏夜啼》　亦曰《栖烏夜飛》。劉宋荆州刺史沈攸之作。攸之舉兵發荆州，未敗之前，思歸京師，所以歌之曰：「日落西山還去來。」

《楊叛兒》　亦曰《西曲楊叛兒》，本童謡也。齊隆昌時，女巫之子曰楊旻，隨母入内。及長，爲太后所寵愛。童謡云：「楊婆兒，共戲來所歡。」語訛轉「婆」爲「叛」也。

《雅歌》　未詳所起。

《驍壺》　投壺樂也。隋煬帝製。以投壺有躍矢爲驍壺，今謂之驍壺是也。

《常林歡》　即長林也，今之荆門長林縣是也。樂人誤以「長」作「常」，此則梁、宋間曲也。宋代以荆、雍爲南方重鎮，皆王子爲之牧，江左辭詠莫不稱之以爲樂土。故宋隋王誕作《襄陽樂》，齊武追憶樊、鄧，作《估客樂》是也。

《三洲》　商客數由巴陵三江口往還，因共作此歌。乃陳主擬作，又因《三洲歌》而作《採桑歌》。

《採桑度》　《三洲曲》所出也。與《艷歌羅敷行》、《秋胡行》所謂採桑者異矣。

《玉樹後庭花》　《玉樹後庭花》與《黄鸝留》、《堂堂》、《金釵兩臂垂》凡四曲，皆陳後主所作。常與宫女學士及朝臣相唱和爲詩。太樂令何胥採其尤輕艷者爲此曲。

《堂堂》　《樂苑》：《堂堂》，角調，陳後主作。唐高宗朝常用之。《樂府詩集》：重言堂者，以唐再受命也。

《泛龍舟》　隋煬帝幸江都宫作。又令太樂令白明達造新聲《萬歲樂》、《藏鈎樂》、《七夕》、《相逢樂》、《舞夕一作席同心髻》、《玉女行觴》、《神仙留客》、《擲磚續命》、《鬭鷄子》、《鬭百草》、《還舊宫》、《長樂花》、《十二時》等曲，掩抑摧藏，哀音斷絶。

《春江花月夜》　隋煬帝作，凡二首。一曰：「暮江平不動，春花滿正開。流波將月去，潮水帶星來。」二曰：「夜露含花氣，春潭漾月暉。漢水逢遊女，湘川值兩妃。」

右三十三曲内，《白鳩》、《白紵》、《子夜》、《前溪》、《烏夜啼》、《石城》、《莫愁》、《襄陽》八曲已見前。

《中山王孺子妾歌》　孺子者，幼小之稱。《漢書》曰：「詔賜中山王噲及孺子妾冰、未央才人歌詩四篇。」

《烏孫公主》　漢武帝以江都王女細君爲公主，嫁烏孫昆彌。至其國，别治宫室，歲時一再會，公主悲怨而作。

《情人桃葉歌》　亦曰《千金意》。桃葉者，王獻之妾名，緣於篤愛，所以作歌。或云是童謡。「桃葉復桃葉，桃葉連桃根。相憐兩樂事，獨使我殷勤。」又曰：「桃葉復桃葉，渡江不用楫。但道無所苦，我自楫迎汝。」與《詞名集解·千金意》注迴别。

《李夫人》　漢武帝喪李夫人，令寫真甘泉殿，又令方士合靈藥曰「反魂香」，以降夫人之魂，髣髴其狀，背燈隔帳，不得語。

《杜秋娘》　金陵女，年十五爲李錡妾。錡叛滅，籍之入宫，有寵於景陵。穆宗立，命爲皇子傅母。皇子封章王，鄭注事被罪，放還故鄉。其辭云：「勸君莫惜金縷衣，勸君須惜少年時。花開堪折直須折，莫待無花空折枝。」

《木蘭辭》　木蘭，唐人女也。代父戍邊十二年，人不知其爲女。歸，賦戍邊詩云：「促織何唧唧，木蘭當户織。不聞機杼聲，惟聞女歎息。問女何所思，問女何所憶，女亦無所思，女亦無所憶。昨日見軍帖，可汗大點兵。軍書十二卷，卷卷有爺名。阿爺無大兒，木蘭無長兄。願爲市鞍馬，從此替爺征。旦辭爺娘去，暮宿黄河邊。不聞爺娘聲喚女，但聞黄河流水聲濺濺。旦辭黄河去，暮宿黑山頭。不聞爺娘喚女聲，但聞遊騎聲啾啾。萬里赴戎機，關山度若飛。朔氣傳金柝，寒光照鐵衣。將軍百戰死，壯士十年歸。歸來見天子，天子坐明堂。策勳十二轉，賞賜百千强。可汗問所欲，木蘭不用尚書郎，願馳千里足，送兒還故鄉。爺娘聞女來，出郊扶相將。阿妹聞姊來，當户理紅妝。小弟聞姊來，磨刀霍霍向豬羊。開我東閣門，坐我西間牀。脱我戰時袍，着我舊時裳。當窗理雲鬢，挂鏡帖花黄。出門看火伴，火伴皆驚忙。同行十二年，不知木蘭是女郎。」杜牧《題木蘭廟》詩云：「彎弓征戰作男兒，夢裏曾經學畫眉。幾度思歸還把酒，拂雲堆上祝明妃。」

《杞粱妻歌》　杞殖妻之妹朝日所作也。殖戰死，妻泣曰：「上則無父，中則無夫，下則無子，人生之苦至矣。」乃放聲長號，杞城爲之頹。遂投水死。其妹悲之，爲作是歌。梁乃殖字。

《湘夫人》 亦曰《湘君》，亦曰《湘妃》。堯二女長曰娥皇，次曰女英，爲舜二妃。舜南巡，二妃追隨不及，没於湘渚，今有其祠。

《舞媚娘》 「舞」亦作「武」。唐則天朝常歌此曲。

《上陽白髮人》 唐天寶五載以後，楊貴妃專寵，後宫人無復進幸矣。六宫有美色者輒置别所，上陽是其一也，貞元中尚存焉。

右「佳麗」四十七曲之十曲，餘入《遺聲》。

《上聲歌》 此因「上聲促柱」得名。或用一調，或用無調，名如古歌辭，所謂哀思之音不合中和。梁武因之改辭，無復雅句。

《大垂手》 舞而垂手也。《小垂手》、《獨搖手》亦然。其辭云：「垂手忽迢迢，飛燕掌中嬌。羅衫恣風引，輕薄任情搖。詎似長沙地，促舞不回腰。」

《小垂手》 其辭云：「舞女出西秦，躡節舞陽春。且復小垂手，廣袖拂紅塵。折腰膺兩笛，頓足轉雙巾。蛾眉與慢臉，見此空愁人。」

《艷歌行》 古辭有「翩翩堂前燕，冬藏夏來見」，言兄弟流宕他方。或言魏武始作。

《獨舞調笑辭》 急聲也。至今猶存。

《吴趨曲》　齊謳者，齊人之歌。吴趨者，吴人之舞。故陸機所引牛山陸厥所言「稷下皆齊地，閶門乃吴門」，闔閭所行亦名破楚門，千載而下欲爲齊謳者，必本齊音，欲爲吴趨者，必本吴調。

右「歌舞」二十一曲之六曲，餘入《遺聲》。

《招隱》　本《楚辭》，漢淮南王安小山所作，言山中不可久留，或言即安所作。後人改爲五言，若晉左思杖策招隱數篇是也。晉王康琚又作《反招隱》。舊説淮南書有小山，亦有大山，猶詩有《小雅》、有《大雅》。

《紫谿翁歌》　序云：「紫谿翁過用里，先生舉酒相屬，醉而歌。」

右「神仙」二十二曲之二曲，餘入《遺聲》。

《桐柏山》　山在唐州桐栢縣，淮水發源之處。

《華陰山》　山在華州西嶽。

《淫豫歌》　亦曰《灧豫歌》。其辭云：「淫豫大如服，瞿唐不可觸。金沙浮轉多，桂浦忌經過。」此舟人商客刺水行舟之歌，非簡文所作。蜀江有瞿唐之患，桂江有桂浦之難，故過瞿唐者則準灧豫，涉桂浦者則準金沙。又有「艷豫如馬，瞿唐莫下，灧豫如象，瞿唐莫上」之語，是單言瞿唐也。

《昆明春水滿》　此唐貞元中作也。自唐後不都長安，昆明池遂爲民田矣。

右「山水」二十四曲之四曲，餘入《遺聲》。

《苦樂相倚曲》　唐元微之作。言人情不常，恩寵反覆，專引班姬、趙飛燕事爲言。

《合歡詩》　晉楊方作，咏婦人也。其詩言：「我情與君，猶形影不相離。願食共並根穗，飲共連理杯。衣同雙絲絹，寢共無縫裯。坐必接膝，行必携手。如鳥同心，如魚比目。利斷金石，密逾膠漆。」

《定情篇》　漢繁欽作。言婦人不能致相悦媚，乃解衣服玩好致之，用叙綢繆之志。若臂環致拳拳，指環致勤勤，耳珠致區區，香囊致和和，跳脱致契闊，佩玉結恩情，自以爲至矣，而相期終不答，乃自傷悔。

右「行樂」十八曲之三曲，餘入「遺聲」。

《傾盃曲》　唐太宗内宴，詔長孫無忌作。明皇有馬舞《傾盃》數十曲，宣宗喜吹蘆管，自製《傾盃樂》，皆唐樂府。

《樂社樂曲》　魏徵奉詔作。

《英雄樂曲》　虞世南奉詔作。

《黄驄叠曲》　《唐樂府雜録》：太宗破竇建德時所乘馬名。及征高麗，馬斃於道上，頗哀之，命樂工製《黄驄疊曲》。

右四曲太宗内宴詔無忌等作，皆宫調。

《景雲河清歌》　亦名《燕歌》。高宗即位，景雲見河水清，張文收采古意爲此歌。

《慶善樂》　《唐書・禮樂志》：「太宗生於慶善宫，貞觀六年，幸之。宴從臣，賞賜閭里，同漢沛宛。帝歡甚，賦詩，起居郎吕才被之管絃。名曰《功成慶善樂》。」

《破陣樂》　《唐書・禮樂志》：太宗製《七德舞》、《九功舞》。高宗製《上元舞》，凡三大舞。《七德舞》本名《秦王破陣樂》。唐劉餗《隋唐嘉話》：太宗平劉武周，河東士庶歌舞于道，軍人相與爲《秦王破陣樂》之曲。及即位，宴會必奏之。後因編入《樂府》，一名《十拍子》。《舊唐書・音樂志》：自《破陣舞》以下，皆雷大鼓，雜以龜兹之樂，聲振百里，動蕩山谷。《大定樂》加金鉦，惟《慶善舞》獨用西凉樂，最爲閑雅。

《承天樂》　《唐書・禮樂志》：舞四人，進德冠、紫袍、白袴。

《壹戎衣大定樂》　高宗將伐高麗，宴洛陽城門觀，屯營教舞，按親征用武之勢。

《八紘同軌樂》　高宗時高麗平，天下定，製此曲。

《彝羌賓曲》　遼東平，李勣作是曲以獻。

右七曲，唐高宗朝所作。

《安舞》　一作《太平安舞》，周隋遺音。

《太平樂》　一作《太平(下缺)

《破陣樂》　注已見前。

《慶善樂》　注已見前。

《大定樂》　《舊唐書・音樂志》：《大定樂》出自《破陣樂》，舞者百四十人，乃雙調曲也。

《上元樂》　《舊唐書・音樂志》：高宗製。舞者百八十人，畫雲衣，備五色，以象元氣，故曰「上元」。

《聖壽樂》　《舊唐書・音樂志》：武后作。舞者百四十人。

《光聖樂》　《舊唐書・音樂志》：明皇製。舞者八十人。○宋高似孫《唐樂曲譜》以上八曲爲明皇所分立部伎。

《燕樂》　《周禮・大宗伯》：凡祭祀、饗食，奏燕樂。又《景雲河清歌》亦名《燕樂》。

《長壽樂》　《舊唐書・音樂志》：武太后長壽年製。舞者十有二人，時曲羽調，亦有此名。

《天授樂》　武后天授年製，舞四人。

《鳥歌萬歲樂》　《通典》：武后製。時宮中養鳥能人言，嘗稱萬歲，爰爲樂以象之。或曰太簇商即《萬歲樂》。

《龍池樂》　《唐樂曲譜》：明皇爲郡王時，賜第隆慶坊，坊南地忽變爲池，中宗泛以厭之。及明皇即位，乃作此樂以歌其祥。《唐書・禮樂志》：舞者十有二人，冠芙蓉冠，躡履備，用雅樂，惟無磬。

《小破陣樂》　宋高似孫《唐樂曲譜》：以上六曲爲明皇所分坐部伎。

《夜半樂》

《還京樂》　《唐樂府雜録》：明皇自潞州還京師，夜半斬長樂門關領兵，入宫誅韋后。撰《夜半樂》、《還京樂》二曲，時曲黄鐘宫有《三臺夜半樂》，中吕調有慢，有近拍，有序。

《文成曲》　明皇作。

《霓裳羽衣曲》　《碧雞漫志》：西凉都督楊敬述創進，明皇潤色，易此名。一説羅公遠與明皇遊月宫，見仙女數百，皆素練霓裳舞。問其曲，曰《霓裳羽衣》。帝默記其音調而還，故作是曲。

《元真道曲》　明皇詔道士司馬承禎作。

《大羅天曲》　明皇詔茅山道士李會元作。

《紫清上聖道曲》　明皇詔工部侍郎賀知章作。

《景雲》　《唐書・禮樂志》：舞八人，五色雲冠，錦袍五色，袴金銅帶。

《九真》　「紫霜耀，絳雪霏。追以還，轉復飛。九真道方微。」此梁武帝□□曲也。

《紫極》　韓愈詩：「紫極觀忘倦，青詞奏不譁。」

《小長壽》

《承天樂》　注已見前。

《順天樂》　自《景雲》至此凡六曲，太常卿韋縚作，言太清宮成也。

《君臣相遇樂曲》　商調，韋縚作。　見《玉海》。

《荔枝香》　《唐書・禮樂志》：「明皇幸驪山，楊貴妃生日，命小部張樂長生殿，因奏新曲，未有名，會南方進荔枝，因名曰《荔枝香》。」《樂史》：「忠州進荔枝，比至，開籠時，香滿一室，供奉李龜年撰此曲進。」時曲大石調亦有此名。

《梨園法曲》　法曲本隋樂，其音清而近雅。　煬帝厭其聲淡，明皇愛之，選坐伎三百人，教于梨園，宮女數百，亦爲梨園子弟。

《凉州》　唐鄭棨《傳信記》：「西凉州俗好音樂，製新曲曰《凉州》。　開元中，列上獻上，召諸王同觀。　曲終，諸王拜賀稱善。　寧王知音，獨不拜。　上顧問，寧王曰：『音始於宮，散於商，成於角、徵、羽。今宮不勝，商有餘，主卑臣僭，兆于斯曲矣。』上默然，後果有安史之亂。」

《伊州》　注詳宋樂。

《甘州》　天寶樂曲皆以邊地名之，又詔道調法曲與新聲合作。

《千秋節》　唐鄭棨《傳信記》：　明皇生日作。　時曲中吕調亦有此名。

右三十四曲並明皇朝所作。

《寶應長寧樂》　代宗由廣平王復二京，梨園供奉官劉日進獻。　按此樂凡十八曲，皆宮調。

《廣平太一樂》　唐大曆元年作。

右二曲代宗朝所作。

《定難曲》　舊紀：唐貞元三年四月庚午，御麟德殿，試此曲，乃河東節度使馬燧所獻。

《中和樂》　德宗生日自作。宋太宗亦沿其名，作黄鐘宫大曲。

《繼天誕聖樂》　德宗生日，劉玠撰此樂，昭義節度使王虔休獻，以宫爲調。

《孫武順聖樂》　唐山南節度于頔所獻。

右四曲德宗朝所作。

《雲韶法曲》

《霓裳羽衣舞曲》

右二曲，文宗詔太常卿馮定采開元雅樂作也。臣下功高者賜之，又改法曲爲仙韶曲。

《萬斯年曲》

右一曲，武宗會昌初，李德裕命樂工作此曲以獻。見《玉海》。

《播皇猷曲》

右一曲，《通志》：宣宗每宴群臣，備百戲。帝自製新曲，故有播皇猷之作。唐鄭棨《傳信記》作武宗製。未知孰是。

《練時日一》

《帝臨二》

《青陽三》

《朱明四》

《西顥五》

《玄冥六》

《惟泰元七》 建始初，丞相匡衡奏罷鸞輅龍鱗，更定惟泰元。

《天地八》 匡衡奏罷黻繡周張，更定天地。

《日出入九》

《天馬十》 元狩三年，渥洼水生馬作。太初四年，伐大宛，得宛馬作。

《天門十一》

《景星十二》 元鼎五年，得鼎汾陰作。

《齊房十三》 元狩二年，芝生甘泉齊房作。

《后皇十四》 按此詩首句云「后皇嘉壇」，《通志》作「皇后」，乃傳寫之誤也。

《華爗爗十五》

《五神十六》

《朝隴首十七》 元狩元年，行幸雍獲白麟作。

《象載瑜十八》 太始三年，行幸東海，獲赤雁作。

《赤蛟十九》

右漢武帝郊祀之歌十九章。

《地厚》

《天高》

右隋房内曲二首。高祖龍潛時頗好音樂，常倚琵琶作此歌，託言夫婦之義，因即取之爲皇后房内曲。命婦人并登歌上壽並用之。

《飲馬長城窟》 或作蔡邕作。

《竹枝》 唐貞元中，劉禹錫在沅湘，以俚歌鄙陋，依騷人《九歌》，作《竹枝》新辭九章。徐士俊云：「泛言《竹枝》者，蜀詞居多。」故有蜀《竹枝》，有江南《竹枝》，有漁家《竹枝》。《樂府詩集》：《竹枝》本出巴渝，故又名《巴渝辭》。《詞律》：唐人所作，皆言蜀中風景。後人效其體，於各地爲之，非古也。

《赤白桃李花》　亦曰《桃李》，唐高祖時歌。

《冉冉孤生竹》　取古詩第一句作題。按何偃作此詩所言皆婚姻事。

《秋風辭》　漢武帝幸河東，祠后土，顧視帝京，欣然中流，與群臣宴，賦此詞。

《華原磬》　唐天寶中，始廢泗濱磬，用華原石代之。詢諸磬人，則曰：泗濱磬石調之不能和，得華原石，考之乃和。

《百媚娘》　古《樂府》：「思我百媚娘。」

《藁砧今何在》　唐劉餗《樂府解題》：藁砧，爲夫也。「山上復有山」，言夫出也。「何時大刀頭」，問何時還也。「破鏡飛上天」，言月半時還也。

《雜合詩》　《樂府解題》：孔融作。合詩字以成文。

《明堂》

《辟雍》

《靈臺》

《寶鼎》

《白雉》

右漢班固東都五詩。

《夕牲歌》

《降神歌》　晉傅玄撰。右二樂皆即事而歌，夕牲之時，則有《夕牲歌》，降神之時，則有《降神歌》。

《饗神歌》　晉傅玄撰。凡三章，天郊、地郊、明堂也。

《俊雅》　取《禮記》「司徒論選士之秀者，而升之學，曰俊士」也。衆官出入奏《俊雅》，二郊、太廟、明堂三朝同用。

《皇雅》　取《詩》「皇矣上帝，臨下有赫」也。皇帝出入奏《皇雅》，二郊、太廟同用。

《胤雅》　取《詩》「君子萬年，永錫祚胤」也。皇太子出入奏之，三朝用焉。

《寅雅》　取《尚書·周官》「貳公宏化，寅亮天地」也。王公出入奏《寅雅》，三朝用焉。

《介雅》　取《詩》「君子萬年，介爾景福」也。上壽酒奏《介雅》，三朝用焉。

《需雅》　取《易》「雲上於天，需君子以飲食宴樂」也。食舉奏《需雅》，三朝用焉。

《雍雅》　取《禮記》「大享客，出以雍徹」也。徹饌奏《雍雅》，三朝用焉。

《滌雅》　取《禮記》「帝牛必在滌三月」也。牲出入奏《滌雅》，北郊、明堂、太廟同用。

《牷雅》　取《春秋左傳》「牲牷肥腯」也。薦毛血奏《牷雅》，北郊、明堂、太廟同用。

《諴雅》　取《尚書》「至諴感神」也。南北郊、明堂、太廟並同用《諴雅》，降神及迎送奏之。

《獻雅》　取《禮記·祭統》「尸飲五，君洗玉爵獻卿」，今之飲福酒，亦古獻爵之義也。皇帝飲酒奏《獻雅》，北郊、明堂、太廟同用。

《禋雅》　取《周禮·大宗伯》「以禋祀祀昊天上帝」也。北郊、明堂、太廟之禮埋燎俱奏《禋雅》。

右梁武帝雅歌十二曲。

《善哉》

《大樂》

《大歡》

《天道》

《仙道》

《神王》

《龍王》

《滅過惡》

《除愛水》

《斷苦轉》

右梁武帝述佛法十曲。

《黄鸝留》

《金釵兩臂垂》

右二曲皆陳後主製，已見《玉樹後庭花》注。或言《金釵》、《兩臂垂》爲隋煬帝作，未知孰是。

《無怨》

《伴侣》

右北齊後主二曲。

《豫和》　以降天神。冬至祀圓丘，上辛祈穀，孟夏雩，季秋享明堂，朝日、夕月，巡守告于圓丘，燔柴告至，封祀泰山，類于上帝，皆以圜鐘爲宫，三奏。黄鐘爲角，太簇爲徵，姑洗爲羽，各一奏，文舞六成。五郊迎氣，黄帝以黄鐘爲宫，赤帝以函鐘爲徵，白帝以太簇爲商，黑帝以南吕爲羽，青帝以姑洗爲角，皆文舞六成。

《順和》　以降地祇。夏至祭方澤，孟冬祭神州地祇，春秋社，巡狩告社，宜于社，禪社首，山皆以函鐘爲宫，太簇爲角，姑洗爲徵，南吕爲羽，各三奏，文舞八成。望于山川，以蕤賓爲宫，三奏。

《永和》　以降人鬼。時享、禘祫，有事而告謁于廟，皆以黄鐘爲宫，三奏，大吕爲角，太簇爲徵，應鐘爲羽，各二奏，文舞九成。祀先農，皇太子釋奠，皆以姑洗爲宫，文舞三成。送神，各以其曲一成。蜡兼天地人，以黄鐘奏《豫和》，蕤賓、姑洗、太簇奏《順和》，無射、夷則奏《永和》，六均皆一成以降神，而送神以《豫和》。

《肅和》　登高以奠玉帛。于天神，以大吕爲宫。于地祇，以應鐘爲宫。于宗廟，以圜鐘爲宫。祀先農、釋奠，以南吕爲宫。望于山川，以函鐘爲宫。

《雍和》　凡祭祀以入俎。天神之俎，以黄鐘爲宫。地祇之俎，以太簇爲宫。人鬼之俎，以無射爲宫。又以徹豆。凡祭祀，俎入之後，接神之曲亦如之。

《壽和》　凡以酌獻、飲福。以黄鐘爲宫。

《太和》　以爲行節。亦以黄鐘爲宫。凡祭祀，天子入門而即位，與其升降，至于還次，行則作，止則止。其在朝廷，天子將自内出，撞黄鐘之鐘，右五鐘應，乃奏之。其禮畢，興而入，撞蕤賓之鐘，左五鐘應，乃奏之。皆以黄鐘爲宫。

《舒和》　以出入二舞，及皇太子、王公群后、國老若皇后之妾御、皇太子之宫臣，出入門則奏之。皆以太簇爲商。

《昭和》　皇帝、皇太子以舉酒。

《休和》　皇帝以飯，以肅拜三老，皇太子亦以飯。皆以其用之律均。

《正和》　皇后受册以行。

《承和》　皇太子在其宮，有會以行。若駕出，則撞黄鐘，奏《承和》。出太極門而奏《采齊》，至于嘉德門而止。其還也亦然。

右唐雅樂十二和曲，祖孝孫本梁十二雅以作也。

《正德舞》

《大豫舞》　晉文舞曰《正德舞》，武舞曰《大豫舞》，荀勗撰。

《前舞》

《後舞》　宋文舞曰《前舞》，武舞曰《後舞》，王韶之撰。

《大壯舞》

《大觀舞》　梁武舞曰《大壯舞》，文舞曰《大觀舞》，沈約撰。

《文舞》

《武舞》　隋圜丘元會用，各二篇。

《治康舞》

《凱安舞》　唐文舞曰《治康舞》，武舞曰《凱安舞》。

右五朝文武舞十曲。唐有《七德》、《九功》、《上元》三大舞，皆見前《破陣樂》注。

樂府遺聲

樂府遺聲提要

《樂府遺聲》一卷，據嘉慶間刊《古愚老人消夏録》本點校。撰者汪汲，生平見《樂府標源》提要。此書乃抄訂《標源》之餘，復就《通志·樂略一》之「遺聲」類續抄、續訂之。「遺聲」原分二十五小類，汪氏已將「古調」一類録入《標源》，此則就剩餘之二十四小類另行審訂之。有調整各類次第者，如「時景」昇至第一，「征戍」退至「怨思」後等。有稍增注釋者，如「征戍」類《塞下曲》下注曰：「《塞上曲》見《集解》。」「魚龍」類《枯魚》一曲下注曰：「古辭有《枯魚過河泣》，琴曲有《枯魚引》。」又除「佳麗」、「歌舞」、「神仙」、「山水」、「行樂」等五小類之一部已入《標源》外，其餘未入者亦偶有芟削，如「時景」類芟《秋風辭》、《夜坐吟》、《白日歌》三曲；「怨思」類芟《湘妃怨》一曲，或以「佳麗」類已入《湘妃》一曲而避重也。王運熙先生《漢魏六朝樂府詩研究書目提要》以爲「此書所以與《標源》別行者，殆以前書有題解，此則僅列曲題」，似亦誤會其旨矣。

樂府遺聲

海陽竹林人汪汲葵田氏消夏録

《陽春歌》　唐吴象之撰。
《青陽歌》
《春日行》
《北風行》
《苦熱行》
《秋歌》
《朝歌》
《晨風歌》
《朝來曲》
《夜夜曲》　梁沈約撰。
《遥夜吟》
《春旦有所思》
《玄雲》　晉傅玄撰。

《朝雲》
《雷歌》
《驚雷歌》
《雪歌》
《胥臺露》
《明月篇》
《明月子》
《日出行》
《日與月》

右時景二十二曲。

《百年歌》　陸機作，十年爲一章，共十章。
《人生》
《老年行》
《老詩》

右人生四曲。

《大禹》
《成連》
《湘東王》
《祖龍行》
《百里奚》
《項王》　亦曰《蓋世》。
《楚王曲》
《安定侯曲》
《李延年歌》
右人物九曲。

《神仙篇》
《外仙篇》
《升仙歌》
《升天行》
《仙人篇》　魏曹植撰。

《遊仙篇》
《仙人覽六著篇》
《海漫漫》
《桃源行》
《上雲樂》　亦曰《洛濱曲》。
《武陵深行》　一曰《武溪深行》。
《反招隱》
《四皓》
《蕭史曲》
《方諸曲》
《王喬歌》
《元丹丘歌》
《歸去來引》

右神仙隱逸十八曲。

《遊子移》

《遊子吟》　唐孟郊撰。
《嘉遊》　亦曰《喜春遊》。
《王孫遊》
《棗下何纂纂》
《攜手曲》
《樂未央》
《永明樂》
《今樂歌》
《吾生作宴樂》
《今日樂相樂》
《還臺樂》
《河曲遊》
《行幸甘泉宫》
《宫中行樂》
右行樂十五曲。

《美女篇》　亦曰《齊瑟行》，亦曰《齊吟》。

《美人》

《織女辭》

《錦石擣流黄》

《丹陽孟珠歌》

《錢塘蘇小小歌》

《孫綽情人碧玉歌》　宋汝南王亦有此歌二章。

《董嬌饒》　漢宋子侯作。

《楚妃吟》

《楚明妃曲》

《女秋蘭》

《劉勳妻》

《焦仲卿妻》　古辭。

《未央才人歌》

《邯鄲才人嫁爲厮卒婦》

《黄門倡》

《五娟娘》
《妾薄命》 亦曰《惟日月》。
《妾安所居》
《皚如山上雪》
《燕美人》
《蠶絲歌》
《貞女》
《孀婦吟》
《麗人行》 唐杜甫撰。
《繚綾》
《時世妝》
《王家少婦》
《委舊命》
《秦女卷衣》
《静女辭》
右佳麗女功才慧貞節三十一曲。

《生別離》
《離歌》
《長別離》
《河梁別》
《春別曲》
《自君之出矣》　劉宋許瑶撰。
《送歸曲》
《思歸篇》
《送遠曲》
《母別子》
《寄衣曲》　唐長孫佐輔作。
《迎客曲》
《送客曲》
《遠別離》
《久別離》
《古離別》

《怨别》
《離怨》　一作《雜怨》。唐張籍作。
《井底引銀瓶》
右别離十九曲。
《傷歌行》　古辭。一云魏明帝作。
《怨辭》　唐崔國輔作。
《青樓怨》
《春女怨》
《秋閨怨》
《閨怨》
《寒夜怨》　宋陶弘景撰。
《征婦怨》
《綵書怨》
《鳳樓怨》
《緑墀怨》

《四愁》

《七哀》

《長相思》　唐張繼撰。

《憂且吟》

《獨處愁》

《思公子》

《思君去時行》

《洛陽夫七思詩》

《娼樓怨》

《西宮秋怨》

《西宮春怨》

《遺所思》

《獨不見》

右怨思二十四曲。

《戎行曲》

《遠征人》
《南征曲》
《將軍行》
《霍將軍行》
《司馬將軍歌》
《長城》
《築城》
《築城曲》
《塞下曲》《塞上曲》見《集解》。
《古塞曲》
《邊思》
《校獵曲》
右征戍將帥城塞校獵十三曲。

《遊俠篇》
《俠客行》

《博陵王宫俠曲》
《臨江王節士歌》
《少年子》
《少年行》
《刺少年》
《邯鄲少年行》　唐高適撰。
《長安少年行》
《羽林郎》　漢辛延年作。
《輕薄篇》
《劍客》
《結客》
《結客少年場》　曹植詩云：「結客少年場，報怨洛北芒。」故取一句。
《沐浴子》
《結援子》
《壯士吟》
《公子行》

《燉煌子》
《扶風豪士歌》
右遊俠二十曲。
《浩歌行》
《緩歌行》
《前緩聲歌》
《會吟行》
《同聲歌》
《勞歌》
《悲歌行》
《鈞天曲》
《童謡》
《入朝曲》
《清歌發》
《正古樂》

《齊謳行》

右歌舞十三曲。

《挾琴歌》

《相如琴》

《薄暮動絃歌》

《鼓瑟有所思》

《趙瑟》

《秦箏》

《龍笛曲》

《短簫》

《鳳笙》

《五絃彈》

右絲竹十曲。

《羽觴飛上苑》　沈君攸作。

《前有一樽酒》
《城南偶燕》
《當置酒》
《當壚》
《獨酌謡》
《山人勸酒》
右觴酌七曲。

《魏宮辭》
《玉華宮》
《長信宮》
《連昌宮》
《楚宮行》
《雍臺》
《凌雲臺》
《新城長樂宮》

《登樓曲》

《青樓曲》　唐于濆作。

《建興苑》

《芳林篇》

《上林》

《閶闔篇》

《駕言出北闕》

《坐玉堂》

《内殿賦新詩》

《西園遊上才》

《春宫曲》

右宫苑樓臺門闕十九曲。

《名都篇》　亦曰《齊瑟行》。魏曹植撰。

《京兆歌》

《左馮翊歌》　京兆，京師也。馮翊在左，扶風在右，謂之三輔。京兆今永興，馮翊今同州，扶風今鳳翔。

《扶風歌》 見《集解》。

《荆州樂》

《青陽樂》 今青州。

《潯陽樂》 今江州，即九江。

《凉州樂》 今屬西夏。 按今之樂有伊州、凉州、甘州、渭州之類，皆西地也。 又按隋煬帝所定九部樂，西凉、龜兹、天竺、康居之類，亦皆西地也。 觀詩之《雅》、《頌》，亦自西周始。 凡是清歌妙舞，未有不從西出者。 八音之音，以金爲主； 五方之樂，惟西是承。 雖曰人爲，亦莫非稟五行之精氣而然。

《邯鄲歌》 今趙州。

《長平行》 秦白起所坑趙降兵處。

《故絳行》 晉遷新田，以舊地爲故絳。

《西長安行》

《臨碣石》 平州之地，臨北海，禹所導河從此入海，故曰「碣石送反潮」。

《白銅鞮歌》 亦曰《襄陽蹋銅鞮》。 梁武帝製。

《南郡歌》 今南陽。

《荆州歌》 今荆南府即荆州府。

《陳歌》

《吴歌》
《鄴都引》
《蔡歌行》
《越城曲》
《越謡》
《孟門行》 唐崔顥作。
《燕支行》
《汾陰行》
《新昌里》
《洛陽陌》
《大堤曲》
《出自薊北門行》
《江南行》
《江南思》
《長干行》

右都邑三十二曲。

《陰山道》
《太行路》
《行路難》
《變行路難》
《沙路曲》
《沙隄行》
右道路六曲。

《舍利佛》
《法壽樂》
《阿郍瓌》
《摩多樓子》
右梵竺四曲。

《于闐採花》
《高句麗》

《紀遼東》　隋煬帝爲遼東之役而作是詩。

《出蕃曲》

右諸蕃四曲

《巴東三峽歌》

《河中之水歌》

《曲池之水歌》

《東海》

《小臨海歌》

《江上曲》

《江皋曲》

《方塘含白水歌》

《日暮望涇水》

《曲江登山曲》

《巫山》

《中流曲》

《濟黄河》
《渡易水曲》
《桂楫泛河中》
《登名山行》
《半路溪》
《泛水曲》
《幽澗泉》
右山水登臨泛渡十九曲。
《秋蘭篇》
《採蓮曲》 梁武帝製。
《採菱曲》
《採菊》
《茱萸篇》
《蒲生歌》
《城上麻》

《夾樹》

《夾樹有緑竹》

《緑竹》

《樹中草》

《楊花曲》

《隋堤柳》

《種葛》

《江籬生幽渚》

《浮萍篇》 魏曹植作。

《桑條》 太史迦葉志忠上《桑條歌》十二篇，言韋后當受命。

右草木採種花果十七曲。

《車遥遥篇》

《高軒過》

《白馬篇》 亦曰《齊瑟行》。魏曹植撰。

《驅車》

《天馬歌》 唐李白撰。
《八駿圖》
右車馬六曲。
《尺蠖》
《應龍篇》
《飛龍篇》
《飛龍引》
《枯魚》 古辭有《枯魚過河泣》，琴曲有《枯魚引》。
《捕蝗》
右龍魚六曲。
《白虎行》
《烏栖曲》
《東飛伯勞歌》
《擬東飛伯勞》

《雙燕》

《燕燕于飛》

《澤雉》

《滄海雀》

《空城雀》

《雀乳空井中》

《鬭雞》

《晨雞高樹鳴》

《鴛鴦》

《鳴雁行》

《鴻雁生北塞行》

《黄鸝飛上苑》

《飛來雙白鶴》

《雙翼》

《隻翼》

《鳳凰曲》

《秦吉了》

右鳥獸二十一曲。

《雜曲》

《五雜俎曲》

《寓言》

《雜體》

《藁砧》 亦曰《藁砧今何在》。

《兩頭纖纖》

右雜體隱語六曲。

共三百四十五曲。

杜詩注解摘參

杜詩注解摘參提要

《杜詩注解摘參》四卷，據乾隆六十年伊蒿草堂刊《伊蒿文集》本點校。撰者甯錡，字湘維，浙江山陰人。官四川什邡知縣。有《伊蒿詩草》、《伊蒿文集》。此書載於《文集》，爲卷五、六、七、八。有乾隆六十年自序。乃摘取仇兆鰲《杜詩詳注》與浦起龍《讀杜心解》兩家之相異處，約近四百首，排比折中，出以案斷，以糾兩家或失之繁瑣、或求深致誤。其説甚細，意主平允，於讀杜不無助益，尤有功於兩家注，然終在兩家之範疇内，未能成一家之新説耳。

杜詩注解摘參序

杜爲詩聖，唐元稹作工部墓銘，贊杜者至矣，後人復何贅論？惟其詩多忌諱，筆意古奥，必須注解。本朝甯波仇兆鰲滄拄氏爲《杜詩詳注》，無錫浦起龍二田氏則有《讀杜心解》。仇氏注務典博，擇焉不精，而所解反附會其注，又强分段落，如律詩執以四句分截，附會尤甚。《心解》注少解多，其駁仇者十五六，然似有心尋仇之失，矯枉過正，求深反淺者，亦復不少。余久欲將二書折中，未逮。今秋北上，往來棧道，欲仿杜句紀行，擱筆難成。因披閲《詳注》、《心解》二書，其相合者無容參議，其不合者，宜從《詳注》，宜從《心解》，宜從舊説，或俱不宜從，直參以己意，摘若干條，録成四卷，梓之。非敢謂竟得杜意，勝古今之注杜解杜者，亦聊以自記遺忘焉爾。時乾隆六十年歲次乙卯嘉平月望日，會稽甯錡書於什邡官舍。

杜詩注解摘參(伊萬文集卷之五)

會稽甯錡湘維氏著

《遊龍門奉先寺》:「天闕象緯逼,雲卧衣裳冷。」「天闕」二字,聚訟紛紜,自宜以韋述《東都記》「龍門若天闕」爲據。「雲卧」二字不必引證,總謂高若登天闕,凉若卧雲中耳。古風何必板對,且贈張卿垍詩云:「軒冕羅天闕,琳瑯識介珪。」則「天闕」自是常用,亦不必龍門也。

《登兖州城樓》:「東郡趨庭日,南樓縱目初。浮雲連海岱,平野入青徐。孤嶂秦碑在,荒城魯殿餘。從來多古意,臨眺獨躊躇。」此五律也。八句起字俱平聲,昔人論詩有平頭之忌,竟不足信。惟「一三五不論,二四六分明」之法,斷不可從。余有《應試詩則》,即以此詩論之特詳。

《題張氏隱居》:「不貪夜識金銀氣,遠害朝看麋鹿遊。」注家紛紛,引典不確,亦不必强解。大意如楊震不受夜餽之金耳。如「識金銀氣」必要典,豈從「麋鹿遊」亦必有典耶?「乘興杳然迷出處,對君疑是泛虚舟。」《詳注》引《莊子》「虚船觸舟,雖褊心人不怒」,自確。《心解》作「欲出不可,欲處不可,飄摇如泛虚舟」,屬公自講,未免求深反淺。

《對雨書懷走邀許主簿》:「震雷翻幕燕,驟雨落河魚。」《心解》:「落河魚本常語,注家雜引書符隕魚等事,堪笑。」《詳注》引慈水姜氏曰:「與『細雨魚兒出』照看自明。」俱得之。

《臨邑舍弟書至苦雨》:「螺蚌滿近郭,蛟螭乘九皋。」《詳注》:「『滿』可讀平聲。如『人頻墜塗炭』，『塗』可讀上聲。『此生任春草』，『任』可讀平，『春』可讀上。『心微傍魚鳥』，『傍』可讀平，『魚』可讀上。知杜詩失嚴處仍是謹嚴。」愚按：《字典》「滿」無平聲。此句失嚴在「近」字，《字典》無平聲。至「塗」可讀上，協韵有之。「春」可讀上，義作蠢，猶可通。「魚」可讀上，《字典》無考。如「心微傍魚鳥」，「傍」去聲，「魚」平聲，聲調仍諧。律詩自有此格，並非失嚴。如「螺蚌滿近郭」，直是失嚴，可作拗體論，何必曲爲杜辨也？張綖以此詩諸家編在開元二十九年，公年甫三十，而詩中「吾衰同泛梗」句不應此時作。《心解》：「吾衰謂運蹇不遇也。」是爲得之。軼詩「命之衰兮」可證。

《過宋員外之問舊莊》：題有原注：「員外季弟執金吾，見知於代，故有下句。」《詳注》去之，於收句「更識將軍樹，悲風日暮多」注云：「乃觸物增悲，情見乎詞。」俱屬感宋公解。蓋因黄鶴以之悌不曾爲金吾官，疑原注有誤耳。《心解》以執金吾乃宿衛官之號，之悌嘗官羽林，何不可稱。愚按：如《心解》，不特「將軍」有着，「更」字亦有神理。

《李監宅二首》：《心解》以二首非一時作，上首專述招壻張宴之事，次首春日偶過監宅而作，上首有頌無諷。《詳注》謂諷其豪華，非本旨。愚按：二首必連看方明。「尚覺王孫貴」，直從次首收聯「鹽車雖絆驥」句倒提，蓋諷其豪濃尚然耳。至上首「且食雙魚美，誰看異味重」，是頌既飽之意，非諷其味之多而不欲看也。

《贈李白》：「二年客東都，所歷厭機巧。野人對腥羶，蔬食常不飽。豈無青精飯，使我顔色好。苦乏大藥資，山林跡如掃。李侯金閨彦，脱身事幽討。亦有梁宋遊，相期拾瑶草。」《詳注》：「青精不如大藥，歎避世引年之無術。」「大藥無資，故思瑤草」云。語勢未合。愚意青精飯可以好顏色者，山林中豈無之，但苦無資住山林耳。即所謂「何日霑微禄，歸來買薄田」之意。青精、大藥、瑶草，俱是延年之物，不分高下。「李侯金閨彦」，正對上「野人」，不求照應而自照應。

《陪李北海宴歷下亭》：「修竹不受暑，交流空涌波。」《詳注》引張綖解：「修竹既不受暑，則交流空自涌波。此十字句法。」愚意「空」字作空中涌波解，猶云「鑑湖五月涼」也。

《鄭駙馬宅宴洞中》：「主家陰洞細烟霧，留客夏簟青琅玕。春酒杯濃琥珀薄，冰漿椀碧瑪瑙寒。誤疑茅堂過江麓，已入風磴埋雲端。自是秦樓壓鄭谷，時聞雜佩聲珊珊。」此拗體詩也。《詳注》以三五七句末「薄」、「麓」、「谷」皆入聲，疑其隔句用韵。或中换一字便不碍，欲改「江底」、「江渚」，殊皆不必。聲病本皮毛之論，况論杜耶？《心解》末句「『誤疑』、『已入』似迷，不知所之，迨聞佩聲，始覺身在主家」，太鑿，亦無味。《詳注》引朱瀚曰：「暗用毛詩『雜佩以問之』，見公主有好賢之意。」可謂精雅。

《送孔巢父》：「深山大澤龍蛇遠。」《心解》：「此句雖用《左傳》『深山大澤，實生龍蛇』，實暗用『老子猶龍』，見此等人定應遠引也。」愚按語意，深山大澤，實生龍蛇，今則巢父歸而龍蛇遠去。韓昌黎《送李愿歸盤谷序》「蛟龍遁藏」即用此句意。

《贈特進汝陽王》：《詳注》分段：「服禮求毫髪，推忠忘寢興。聖情常有眷，朝退若無憑。仙醴來浮蟻，奇毛或賜鷹。清關塵不雜，中使日相乘。」《心解》以朝退無憑主聖情講，用漢高失蕭何如失左右手。《詳注》主汝陽不挾貴解，「『推忠』故帝常眷注，『服禮』故勢不敢憑。醴、鷹遣使，申言聖眷。清關不雜，正見無憑。」愚按：「若無憑」爲不挾貴，自得之。「仙醴」四句，俱是承聖情常眷，頂上「推忠」。清關不雜，略作開勢，帶服禮意。下去「晚節嬉遊簡，平居孝義稱。自多親棣蕚，誰敢問山陵」四句，俱是承上「朝退無憑」，頂上「服禮」。而「誰敢問山陵」句仍帶推忠意。《詳注》分段處往往太瑣碎，太穿鑿。

《奉寄河南韋尹丈人》：「有客傳河尹，逢人問孔融。青囊仍隱逸，章甫尚西東。」次聯即問詞。繼云：「鼎食分門户，詞場繼國風。尊榮瞻地絶，疏放憶途窮。」《心解》以「鼎食」二句並指己與韋，《詳注》專指韋之世家與文章。愚按：「鼎食」句用一「分」字從己，側重韋，「詞場」句專指韋，「尊榮」句專指韋，「疏放」句從韋落到己也。「盤錯神明懼，謳歌德義豐。」《心解》：「『神明懼』，美其臨民顧畏，非治稱神明之謂。」是神明屬心講。《詳注》：「猶言鬼神畏其精鋭。」是仍用《後漢·虞詡傳》而少變其説。愚意謂盤錯之遇，神明所懼，而韋則德義足以懷民也。

《冬日洛城北謁玄元皇帝廟》：《杜詩箋》所解十得八九，惟「道德付今王」句不必云明皇未知道德之意爲諷。蓋以史遷尚不尊老子爲世家，何乃道德爲今王所尊耶？末四句以老子爲隱君子，卑周室而身退，非養谷神而不死也。漢皇之拱其經，亦猶今王之尊其祀，拱非垂拱而治之謂。《詳注》以結含諷意，《詩箋》以全首主諷，《心解》亦以全首似頌，實全首是諷，又駁《箋》爲語語指斥，何耶？

《故武衛將軍挽詞三首》：第一首結云：「封侯意疏闊，編簡爲誰青？」《詳注》：「『意疎闊』，褒封絶望。『爲誰青』，史簡足傳。」愚按：是恐史官遺失意。第二首：「赤羽千夫膳，黄河十月冰。」《詳注》

駁劉會孟以赤羽爲雁，曰：「十月雁已南翔矣。」駁《詩箋》以赤羽爲箭羽，曰：「豈軍行絶漠，能射禽充食乎。」所駁似是，但如解爲赤羽旂下千夫會食，則「膳」字終綴而無謂。不如以赤羽解作血毛，豈軍行絶漠，不許偶一射禽作膳耶？此句見三軍艱食，下句見三軍耐寒。

《樂遊園歌》結云：「却憶年年人醉時，只今未醉已先悲。數莖白髮那抛得，百罰深杯亦不辭。聖朝已知賤士醜，一物但荷皇天慈。此身飲罷無歸處，獨立蒼茫自詠詩。」《詳注》：「朝已見棄，而天猶見憐，假以一飲之緣。」一物指酒。《心解》：「謂我當此聖朝，已自知賤士之醜。」「四十無位，棄物也。」皆不確。愚按語意，聖朝已知我之醜矣，但天下何一物不仰皇天之慈，此身獨飲罷無歸，不覺蒼茫發詩興耳。「皇天」即「聖朝」。

《投簡咸華兩縣諸子》：「鄉里兒童項領成，朝廷故舊禮數絶。」《詳注》引《詩》注：「項，大也。」本鄭《箋》：「項，大也。四牡者，人所駕。今但養大其領，不肯爲用。」自是古説。但杜加一「成」字，似不必用「四牡項領」。考《儀禮・士冠禮》注：「項，結纓也。」《釋名》：「領，頸也，以壅頸也，亦言總領衣體爲端首也。」則「項領成」是可勝衣冠意，對「禮數絶」爲雅。

《玄都壇歌寄元逸人》：「子規夜啼山竹裂，王母晝下雲旂翻。」《詳注》上句依黄希：「謂子規夜啼，而山竹爲之裂，得之。」下句引杜修可曰：「王母，鳥名，故對子規。《酉陽雜俎》云：齊郡函山有鳥，名王母使者。又王椿齡云：其尾五色，長丈許，飛如旂狀。」則王母非鳥使者，乃鳥也。詩意直作王母將降，雲使先翻，形容玄都仙境耳。

《曲江》第三章：「自斷此生休問天，杜曲自有桑麻田，故將移住南山邊。短衣匹馬隨李廣，看射猛虎終殘年。」《詳注》：「首句陡然截住，因杜曲故及南山，因南山故及李廣射虎，一時感慨之情，豪縱之氣，不能自掩。」愚按：首句是突然透起，「隨李廣」、「終殘年」二句，有數奇之感，有安命之意，非徒豪縱之謂。《心解》謂首句頓，第三句又頓，五句詩凡作三截，亦非是。

《奉贈鮮于京兆二十韻》：「王國稱多士，賢良復幾人。異才應間出，爽氣必殊倫。始見張京兆，宜居漢近臣。驊騮開道路，鷹隼離風塵。侯伯知何筭，文章實致身。奮飛超等級，容易失沉淪。脱略磻溪釣，操持郢匠斤。雲霄今已逼，台衮更誰親？鳳穴雛皆好，龍門客又新。義聲紛感激，敗績自逡巡。途遠欲何向，天高難重陳。學詩猶孺子，鄉賦忝嘉賓。不得同晁錯，吁嗟後郄詵。計疎疑翰墨，時過憶松筠。獻納紆皇眷，中間謁紫宸。且隨諸彦集，方覬薄才伸。破膽遭前政，陰謀獨秉鈞。微生霑忌刻，萬事益酸辛。交合丹青地，恩傾雨露辰。有儒愁餓死，早晚報平津。」此詩《詳注》與《心解》互有得失，而以「平津」指楊國忠，注解皆同，愚意不然。《詳注》分起首至「敗績自逡巡」爲稱鮮于，「途遠欲何向」至末爲公自叙。《心解》以「王國稱多士」四句爲公自負語，非是。安有贈京兆大官，開口即譏國少賢良，誇己爲異才間出者？《心解》以凡今侯伯亦文章致身，惟己獨超飛，則膜視沉淪，較《詳注》謂鮮于一旦奮飛，則向之沉淪頓失，似屬有味，但「脱略磻溪釣」句接得牽强矣。愚按：「侯伯」自泛指，「文章」自切指。「奮飛」二句，言其今日雖已超奮，憶其向日，幾易失於沉淪耳，隱隱有望其振拔沉淪意。「脱略磻溪釣」，頂沉淪幾失，「操持郢匠斤」，頂文章終達，今已逼近雲霄，不日更親台衮，非公而誰？一氣貫注，復曲折有味。《詳注》謂「台衮」指國忠，非是。「學詩猶孺子」是謙言尚未知詩，非必年少也。「時過憶松筠」，非希晚遇之謂，蓋貢舉不第，憶松筠而思歸。後因帝詔而中謁丹青地，非謂鮮于與國忠交合，正言已與鮮于交合也。少陵二次到京，獻賦待詔，豈不與鮮于有交而貿貿贈詩耶？況此句接上，「遭前政」四句轉下，言今不霑忌刻，而可霑雨露，安得不以窮愁之狀，早晚報於鮮于？正收足奉贈意。說者必以「平津」指國忠，不過以公孫弘爲宰相，鮮于非宰相耳。詩家用事，何必如此固執？即以此爲預頌亦可。且少陵投詩京兆，瀕於餓死，韓愈上書宰相，迫於飢寒，後儒猶以爲氣體太卑，若託鮮于轉求國忠，抑何卑之至。此詩中並無此指，豈得以影響附會之談汙蔑忠賢耶？

《陪鄭廣文遊何將軍山林》第五首次聯：「緑垂風折笋，紅綻雨肥梅。」《詳注》：「烹笋摘梅。」以三聯有「金魚換酒來」，作飲宴佳品解。但次聯無宴意，笋爲風折而緑垂，梅爲雨肥而紅綻，是山林景物。笋是新篁，折是折腰舞之謂，他有作風拆甲解者，則垂字解不去矣。

第六首：「風磴吹陰雪，雲門吼瀑泉。」《詳注》：「風磴而吹陰雪者，乃雲門之吼瀑泉也。」《心解》因之，以夏本無雪耳。愚意不過形容其陰寒如雪，上句虛擬，次句實指。

第七首：「棘樹寒雲色。」《詳注》作「楝」，謂楝大而棘小。《心解》謂此係石林高木，無分大小。「陰益食單凉。」《詳注》引趙氏爲鋪地之單，邵氏爲盛器之簞。《心解》主《戎募間談》所載范尼紫絲布食單爲證。愚意皆無不可。

第八首：「憶過楊柳渚，走馬定昆池。醉把青荷葉，狂遺白接䍦。刺船思郢客，解水乞吴兒。坐對秦山晚，江湖興頗隨。」《詳注》：「上四實景，下四虛景。」愚按：《詳注》引《唐書·安樂公主傳》：「嘗請昆明池爲私沼，不得，乃自鑿定昆池。」又注：「池在韋曲之北，楊柳渚亦在其旁。」則定昆池當是公主別業爲時人所游者，未必入何氏山林。若曰坐此對山，覺所憶所思江湖之興，一時俱隨矣。《詳注》總必四句分截，未免穿鑿。

《奉陪鄭駙馬韋曲二首》第二首後四句云：「城郭終何事，風塵豈駐顔。誰能與公子，薄暮欲俱還。」《心解》：「『還』，還歸城郭也。」則是十字句，誰能與公子因薄暮俱還，蓋欲長此以免城郭風塵之雜耳。《心解》又注：「韋曲之西即杜曲，公之族屬在焉，其有歸根之志與？」此注未免蛇足。

《重過何氏》第一首：「門訊東橋竹，將軍有報書。倒衣還命駕，高枕乃吾廬。花妥鶯捎蝶，溪喧獺趁魚。重來休沐地，真作野人居。」劉辰翁解謂得其報書，即顛倒而前，既至便如吾廬，高枕而卧，「野人居」，猶吾廬也。此解文氣較順。《詳注》謂次聯是報書語，又引黄生云：「『野人居』，承『休沐地』，皆就將軍言。」意思頗新，但「還」字、「乃」字、「作」字俱解不去矣。《心解》主劉説，得之。

《渼陂西南臺》結六句：「身退豈待官，老來苦便静。况資菱芡足，庶結茅茨迥。從此具扁舟，彌年逐清景。」《詳注》：「『便静』二字本謝康樂詩『還得静者便』而反用之。謝以便静爲安閒，此以便静爲閴寂，故覺其苦，而欲行樂陂間也。」《心解》：「苦便猶云苦愛。」「言深便此寂静之境也。」《心解》得之。如《詳注》，豈渼陂非静境耶？下「資菱芡」、「結茅茨」、「逐清景」，如何非静？「况」字亦接不上。

《與鄠縣源大少府宴渼陂得寒字》結聯：「主人情爛熳，持答翠琅玕。」《詳注》：「翠琅玕，比主人之情重，故持詩以答之。邵云以詩比美玉，非也。」愚按：詩比琅玕，似自譬。《杜詩箋》：「時岑參同遊，得人字。」則多有同遊賦詩者，不妨比以琅玕，見主人情重，答亦宜重耳。如琅玕仍比主人之情，持詩以答之，詩字不見，似藏頭句矣。

《贈田九判官梁丘》天寶十三載在長安作。首聯云：「崆峒使節上青霄，河隴降王欵聖朝。」《詳注》：「陳注：上青霄，謂崆峒地高，非指朝宁之地。」總因欲辨哥舒翰於天寶十三載無入朝事，是年因風疾入京之説耳。然安知應接降王不護送入朝，史偶遺失耶？或即田九護送來京，因翰所使，竟稱使節耶？「青霄」究屬朝廷爲妥。

《病後過王倚飲贈歌》後六句：「故人情義晚誰似，令我手足輕欲旋。老馬爲駒信不虛，當時得意況深眷。但使殘年喫飽飯，只願無事長相見。」「老馬爲駒」，《詩箋》謂「見老成之人，反悔慢之，視如幼稚。」朱《傳》謂「如老馬憊矣，而反自以爲駒。」《詳注》主《詩箋》，「申上情義誰似，言衆皆輕已，況能深眷乎。『但使』二句申上手足輕旋。」不確。愚按：老馬爲駒應頂上手足輕旋以自喻也。當時得意，就現在言，況深眷傾倒，其情義後來有加無已也。竟以老馬反爲駒，不顧其後。二句翻轉用之，故以殘年長見作結。《心解》以老馬爲駒謂兼《詩箋》與朱《傳》二意，未免騎墻。

《贈獻納使起居田舍人澄》：「獻納司存雨露邊，地分清切任才賢。舍人退食收封事，宫女開函捧御筵。曉漏追趨青瑣闥，晴窻點檢白雲篇。楊雄更有河東賦，唯待吹噓送上天。」《詳注》：「獻納舍人，上四並提，下四分頂。」未免牽强。詩題語意，田雖舍人，而兼獻納，贈者以獻納爲主。「曉漏追趨」

頂「捧御筵」，「晴窻點檢」頂「收封事」，「白雲篇」不必有所本。《心解》謂「公獻三賦，無所遇，更欲上《封西岳賦》，故贈此詩。」得之。

《崔駙馬山亭宴集》：「蕭史幽棲地，林間踏鳳毛。洑流何處入，亂石閉門高。客醉揮金碗，詩成得繡袍。清秋多宴會，終日困香醪。」「踏鳳毛」，《詳注》謂林間遺跡，時公主蓋已逝世。其疑總以金碗爲用盧充與崔女幽婚，臨别贈金碗故事，似切崔姓耳。其實駙馬姓崔，公主非崔，借用反覺顛倒。如公主已逝，所遺金碗爲客醉揮，語大失體。愚按：林間鳳毛仍用蕭史、弄玉故事，揮金碗不過飛羽觴之意。「得繡袍」，自用武后令從官賦詩，先成者賜錦袍之典，正見公主重客愛文之意。錦袍改作繡袍，避武后事耳。《心解》依《詳注》，謂如公主未逝，「洑流」二句與主家不稱。愚意「洑流」句頗佳，惟「亂石」句乃寫山亭率筆，如公主已逝，則「詩成得繡袍」句何屬？

《示從孫濟》首云：「平明跨驢出，未知適誰門。」後云：「阿翁懶惰久，覺兒行步奔。所來爲宗族，亦不爲盤飱。小人利口實，薄俗難具論。勿受外嫌猜，同姓古所敦。」《詳注》駁盧注謂公「欲警兒輩，故奔走而來」，蓋公「本跨驢而出，非步行而至者。『行步』，當就濟言。」愚按：盧注語勢自合，但覺字非警覺，應作念字解。一念着孫兒，便行步能奔，緊承懶惰意，與跨驢無碍。若就濟言，則「所來」句不接矣。《詳注》：「『利口實』，起下『外嫌猜』。」據《尚書》「以台爲口實」。愚按：緊承上「不爲盤飱」，當據《頤》卦「自求口實」爲是，若曰小人則利口實，我豈小人，恐薄俗有此猜嫌，故戒以勿受。

《苦雨奉寄隴西公兼呈王徵士》：「今秋乃淫雨，仲月乃寒風。群木水光下，萬家雲氣中。所思礙行潦，九里信不通。悄悄素滻路，迢迢天漢東。願騰六尺馬，背若孤征鴻。劃見公子面，超然懽笑同。」《詳注》分此段：「思隴西也。」「奮飛既胡越，局促傷樊籠。一飯四五起，憑軒心力窮。嘉蔬没溷濁，時菊碎榛叢。鷹隼亦屈猛，烏鳶何所蒙。式瞻北鄰居，取適南巷翁。挂席釣川漲，焉知清興終。」「此不見隴西，而思徵士也。」「『挂席』欲水行以見徵士。」「『瞻北鄰』則南翁爲之適意。引盧注《偪側行》云『我居巷南子巷北』，故知公爲南巷翁也。」《心解》：詩寄隴西，「詳相憶阻雨之意，末及王徵士，徵士必與隴西爲近鄰。北居即指隴西，南翁當指徵士。遥想兩人不時往還，以形己之岑寂也。」此解甚確，方與題之賓主分明融洽。如《詳注》脱然兩截，與兼呈意不合。《奉贈太常張卿垍二十韻》起云：「方丈三韓外，崑崙萬國西。建標天地闊，詣絶古今迷。氣得神仙迥，恩承雨露低。相門清議衆，儒術大名齊。」《詳注》主《杜詩箋》，謂垍嘗求致寶符，得膺主眷，意主含諷。《心解》主朱注：「垍由尚主身貴，得接禁掖，意主誇美。」「其言『方丈』、『崑崙』者，唐人於貴主姻戚，多以仙家比之。言世間闊絶之區，平人迷不能到，今乃得合氣承恩，其爲親貴何如。」愚按：通體詩無諷意，《心解》爲尚主意，太鑿，還是遠使求仙，但非含諷耳。

《自京赴奉先詠懷》中云：「非無江海志，蕭洒送日月。生逢堯舜君，不忍便永訣。當今廊廟具，構厦豈云缺。葵藿傾太陽，物性固莫奪。顧惟螻蟻輩，但自求其穴。胡爲慕大鯨，輒擬偃溟渤。以兹悟生理，獨恥事干謁。兀兀遂至今，忍爲塵埃没。終愧巢與由，未能易其節。沉飲聊自適，放歌破愁絶。」《詳注》云：「江海之士遺世，公則慕君不忍忘。」此注合。「廊廟之臣尸位，公則至性不敢欺。」此注錯。詩意廊廟不乏能臣，作一折筆，逼出己之戀君不舍耳。又注云：「居廊廟者，如螻蟻擬鯨，公深耻而不屑干。遊江海者，若巢由隱身，公雖愧而不肯易。仍用雙關，以申上文之意。」皆不確。《心解》：「『非無』四句，欲高蹈而不忍也。『當今』四句，戀君恩之至性也。『顧惟』四句，揣分引退之詞。『以兹』四句，浩然歸隱之槩。『終愧』四句，雖秉藏身之節，仍懷不舍之志。『非無』至此，一氣讀下，乃見曲折。」俱解得。是惟「未能易其節」，言雖愧巢由之行，未能易致君之節，其字不貼巢由解爲是。如以螻蟻比居廊廟者，不特大乖口吻，且大乖老杜忠厚之心，不可以不辨。

《蘇端薛復筵簡薛華醉歌》結云：「忽憶雨時秋井塌，古人白骨生青苔，如何不飲令心哀。」《詳注》引張綖云：「井是貴者之墓，猶今言金井也。」《心解》謂即作廢井，説近是。因秋雨而稱秋井，焉知井傍不有古墳，井塌而墳壞見骨耶？《一百五十夜對月》：「無家對寒食，有淚如金波。斫却月中桂，清光應更多。仳離放紅蘂，想像顰青蛾。牛女漫愁思，秋期猶渡河。」《詳注》引《詩》「有女仳離」，「言當此仳離而紅蘂自放。對蘂顰眉，猶云『感時花濺淚。』」朱注却以蘂指月桂，蛾指嫦娥，不切。」愚按：以紅蘂指月桂，正接上「斫却」，蛾指嫦娥，反映上「無家」，何以不切？惟下接「牛女」，似稍雜沓，然嫦娥獨處，牛女期會，意實相貫無礙。《心解》不錯，惟仳離亦主説人。愚意直作花放仳離爲順，仳與披同。

《自京竄至鳳翔喜達行在所》首章第三聯：「霧樹行相引，蓮峰望或開。」舊注指華州蓮花峰，《詳注》引朱注云：「公自金光門出，西歸鳳翔，不應走華陰道，當依趙次公作『連山』爲是。」「霧樹」，《英華》作「茂樹」。愚意次首云「間道暫時人」，或紆道過之，亦未可定。不然，或另有蓮峰，不必華山也。

「霧樹」則「引」字方合，「蓮峰」則開字更妙。若作「茂樹」、「連山」，何趣？《送從弟亞赴河西判官》中二句：「帝曰大布衣，藉卿佐元帥。」《詳注》引《左傳》：「衛文公衣大布之衣。」似不合。蓋布衣上加一大字，重之也，雖無出處，覺甚古茂。如帝稱曰大布之衣，成何話耶？結云：「吾聞駕鼓車，不合用騏驥。龍吟迴其頭，夾輔待所致。」《詳注》：「末以歸朝大用望之。」「騏驥駕鼓，比亞不當爲判官。龍馬長吟，回首京闕，思成夾輔之功。」《心解》略同。愚按：龍即騏驥，以不盡所用，故回其頭，將來夾輔之功可待而致也。必曰回首京闕，反鑿矣。

《送楊六判官使西蕃》題朱注：「《舊唐書》：『至德元載，吐蕃遣使和親，願助國討賊。二載三月，吐蕃遣使和親，遣給事中南巨川報命。』詩蓋送楊贊巨川以行。」結云：「慎爾參籌畫，從茲正羽翰。歸來權可取，九萬一朝摶。」《詳注》駁張注「借兵之舉，權且取之」爲曲說。《心解》駁《詳注》「權位可取，不終於判官」爲可入笑林，解作「權此舉之，可取與否」，是從張注，而少變其說也。愚意不確。從張注，「歸來」字、「可」字，俱接不去。依《詳注》，亦自稚氣。或作兵權可取，較《詳注》差勝，總覺牽强，闕疑可也。

《獨酌成詩》：「燈花何太喜，酒緑正相親。醉裏從爲客，詩成覺有神。兵戈猶在眼，儒術豈謀身。苦被微官縛，低頭愧野人。」《詳注》：「古人凡送別遣懷之作，只寫景言情，作詩本意，已在其中。若篇中明説作詩，近於自注，終覺非體。如《卷阿》、《崧高》兩篇，但於章尾結出贈詩之意，收束有情。杜詩如《留別嚴賈》詩第三句、《遊脩覺寺》詩第三句，及此詩第四句，突於半腰中，插入作詩，題意已盡，而語氣亦傷，後面重叙，便脉絡不貫。」此不可以論詩，况論杜詩？此題明明「獨酌成詩」，第四句正是點題，何爲自注？

《玉華宫》：「不知何王殿，遺構絶壁下。」《詳注》引朱注：「宫作於貞觀年間，去公時僅百載，而云『不知何王殿』，按《高僧傳》載，玄奘曾於此譯經，意久廢爲寺，與九成之置官居守者不同，故人皆不知爲何王殿耳，非公真昧其迹也。」《心解》略同。愚意宫果創於貞觀，工部必非不知，知之必不可説「何王」，意唐以前原有此宫，貞觀間葺之耳。「當時侍金輿，故物獨石馬。」梅聖俞曰：「宫近有晉符堅墓。」焉知非即符堅墓之寢室，唐葺之而改爲宫，後因廢爲寺耶？

《羌邨》三首，《詳注》：「此亦還鄜州道中作。」愚按：詩詞俱是到家後作。

《北征》中云：「至尊尚蒙塵，幾日休練卒。仰觀天色改，坐覺妖氛豁。陰風西北來，慘淡隨回紇。其王願助順，其俗善馳突。送兵五千人，驅馬一萬匹。此輩少爲貴，四方服勇決。所用皆鷹騰，破敵過箭疾。聖心頗虚佇，時議氣欲奪。」《詳注》：「此憂借兵回紇之害。」「虚佇，帝望回紇。氣奪，時議沮喪。」引趙次公：「不用外兵，而用官軍，此即當時之議。」接云：「伊洛指掌收，西京不足拔。官軍請深入，蓄鋭伺俱發。此舉開青徐，旋瞻略恒碣。昊天積霜露，正氣有肅殺。禍轉亡胡歲，勢成擒胡月。胡命其能久，皇綱未宜絶。」《詳注》：「此陳專用官軍之利。」引朱注：「當時李泌之議，欲令建寧並塞北出，與光弼犄角，以取范陽，所見正同。」張綖注：「公以乞師回鶻爲非計，故云：『聖心頗虚佇，時議氣欲奪。』又謂官軍直可乘勝長驅，故云：『此舉開青徐，旋瞻略恒碣。』唯此議不行，回鶻果爲唐患，河北訖非唐有。」愚按：此皆事後之談，牽强附會，全非詩旨。蓋此處分不得二段，自「仰觀天色」二句作提，回紇助順，破敵最疾，聖心虛佇，時議氣奪，將見收伊洛、拔西京，官軍亦何俱發，則開青徐、略恒碣，皆在此一舉矣。詩中雖有陰風慘淡之慮，却有鷹騰箭疾之喜。觀《喜聞官軍臨賊》詩「此輩感恩至，羸俘何足慘」可證。《心解》：「此時所急，尤在克復，不與《留花門》詩同旨。」甚爲得之。「平生所驕兒，顔色白勝雪。見爺背面啼，垢膩脚不韈。」《詳注》引《杜臆》：「白勝雪，乃飢色。」愚按：正言其平日之白，今則垢膩改色耳。「擒胡月」，引《酉陽雜俎》：「祿山死，大白蝕月。」愚按：對「亡胡歲」，月是歲月之月，與蝕月事何涉？「不聞夏殷衰，中自誅褒妲。周漢獲再興，宣光果明哲。」《詳注》：「此借鑒楊妃，隱憂張良娣也。」亦是事後附會。「褒妲」有改「妹妲」，不如「褒妲」，正不必拘夏、殷、周、漢也。

《行次昭陵》中云：「往者災猶降，蒼生喘未蘇。指揮安率土，盪滌撫洪爐。壯士悲陵邑，幽人拜鼎湖。玉衣晨自舉，鐵馬汗常趨。」《杜詩箋》以此詩作於收京後。黄生疑「祿山之亂，率土翻覆，九廟震驚，何詩中略無一語叙及？恐蹂躪之慘，恢復之功，以『往者』四句當之，亦不甚似。」《詳注》因定此詩於《北征》詩後。「往者」四句下：「此再叙太宗當時仁政，以補上文所未備。」「『玉衣』、『鐵馬』，見靈爽猶在云爾。」愚按：題《行次昭陵》，宜有頌意，如何可以蹂躪之慘瀆陳先帝？「往者」二句，儘多含蓄。如恢復之功，則「指揮」、「盪滌」，見先帝貽謀，「玉衣」、「鐵馬」，見先帝靈護也。《心解》：「『往者』以下，深憤陷京，乞靈在天。」「皆想望難必之詞。」遵草堂本，編還鄜道中，近之。愚意此詩總在收京後作，則「往者」二字方見妥確，千家注不如公自注也。

《收京》第二首三四聯：「羽翼懷商老，文思憶帝堯。叨逢罪己日，洒涕望青霄。」「懷商老」，望君得輔。「憶帝堯」，望上皇回鑾。不必以後日玄、肅父子之嫌，爲公先見之明。《詳注》依朱鶴齡論，《心解》駁之，甚是。蓋朱謂「肅宗前以良娣、輔國之譖，賜建寗王死。至是，廣平王又爲良娣所忌，雖李泌力爲調護，而時已還山。公恐復有建寗之禍也」。此説尚似。至謂上皇還京，肅宗「失於定省，使良娣、輔國得媒孽其間，以致劫遷西内，子道不終」，「公若深有見其微者」。時上皇尚未還京，公豈遂忍料其君有此事乎？《詳注》遂解末二句云：「恐罪己之日，又增闕失。」實爲附會穿鑿。

《題省中壁》：「掖垣竹埤梧十尋，洞門對雪常陰陰。」「埤」字，解者各異。陳廷敬曰：「『埤』與卑同，言竹卑梧高。」引證歷歷。《詳注》主張綎注：「『竹埤』，謂掖垣之上，以竹編爲儲胥，若城埤然。《心解》：「如今竹籬、竹屏之類。」大略相同。「對雪」，《詳注》改作「對霤」，引《禮記》注「堂前有承霤」、《吴都賦》「玉堂對霤」爲據，以詩作於春深無雪耳。按《説文》：「霤，屋水流也。」何必常陰陰？《心解》：雪謂「洞門所對」，「或有墻隅石罅之雪，積而未銷」。似爲近之。然不如作虚景看。十尋之梧，葉覆色碧，洞門相對，有似於雪。詩中以雪形容陰色者甚多，不必過泥。

《曲江二首》首章：「一片花飛減却春，風飄萬點正愁人。且看欲盡花經眼，莫厭傷多酒入唇。江上小堂巢翡翠，苑邊高冢卧麒麟。細推物理須行樂，何用浮名絆此身。」《詳注》：「上四曲江景事，下四曲江感懷。」「傷多酒，傷於酒也。」似不成語。愚按：傷屬心講，上愁春減，下推物理，俱在此「傷」字内。《詳注》執定律詩四句分截，恐以傷心佔下截地步，不知好詩無不全首一氣者，草蛇灰線，正在此

「傷」字。

二章：「朝回日日典春衣，每日江頭盡醉歸。酒債尋常行處有，人生七十古來稀。穿花蛺蝶深深見，點水蜻蜓欵欵飛。傳語風光共流轉，暫時相賞莫相違。」《詳注》：「上四曲江酒興，下四曲江春景。」「花蝶水蜓，景物堪戀，併欲暫借風光，以助一時翫賞。蓋風光和暢則可賞，一遭陰雨則相違。『共』字對花蝶等言。」《心解》略同。愚意傳語世人春去夏來，風光共相流轉，相賞者暫時，如相違則時不及待矣。上首「江上小堂」二句以人事言，此首「穿花蛺蝶」二句以天時言，《詳注》總執定四句分截，以「共」字爲對花蝶言，以「違」字爲遭陰雨言，不勝支離。

《曲江對雨》：「城上春雲覆苑墻，江亭晚色静年芳。林花着雨臙脂濕，水荇牽風翠帶長。龍武新軍深駐輦，芙蓉别殿漫焚香。何時詔此金錢會，暫醉佳人錦瑟傍。」此憶上皇也。黄生曰：「公感玄宗知遇，詩中每每見意。五六指南内之事，蓋隱之也。叙時事處，不露痕迹。憶上皇處，不犯忌諱。本詩人之忠厚，法宣聖之微詞。」朱瀚曰：「於掉尾拈一詔字，露出思君本意，含無限低徊傷感。」《心解》：「『詔』字宜貼肅宗説。」「若着上皇邊，恐迹涉嫌疑。」此本黄生語而推之，然成蛇足矣。謂望肅宗詔續此會，以慰親心，則「暫醉佳人錦瑟傍」豈指上皇耶？成何體統。

《送許八拾遺歸江寗省覲》：「詔許辭中禁，慈顔赴北堂。」《詳注》：改「承慈赴北堂」，似較明。上句改「有詔辭中禁」，則不如「詔許」爲妥。殊不知此正十字句，詔許其辭中禁，赴北堂，因其有親在堂也。改詩難，改杜尤難。

《因許八寄江寧旻上人》：「不見旻公三十年，封書寄與泪潺湲。舊來好事今能否，老去新詩誰與傳。棋局動隨幽澗竹，袈裟憶上泛湖船。聞君話我爲官在，頭白昏昏只醉眠。」《詳注》主《杜臆》作「問君」，謂旻問而許話，見因許之意。《心解》依舊注作「聞君」，「傳聞旻公之語，而告以衰懶之況。通首皆通問旻公，何得結忽致語許八？」愚按：《詳注》詞似有致，然依舊注爲妥，依舊注亦可。作試問君話我現在爲官乎，我實頭白昏昏，只醉眠耳。「在」字對「眠」字，亦有致。

《義鶻行》中二句：「斯須領健鶻，痛憤寄所宣。」《詳注》：「痛憤之心寄於宣訴之語。」愚按：似謂鷹所痛憤，托義鶻而宣。

《九日藍田崔氏莊》：「老去悲秋强自寬，興來今日盡君歡。羞將短髮還吹帽，笑倩傍人爲正冠。藍水遠從千澗落，玉山高並兩峰寒。明年此會知誰健，醉把茱萸仔細看。」「笑倩」句有解作己欲正冠，笑勸旁各正冠者，不必倩人爲己正冠，狂態如畫。《詳注》：「看茱萸，明是傷老。顧注謂手把茱萸，眼看山水，非是。」愚按語意，山水長在，人老難知，此會之茱萸，能常看耶。

《得舍弟消息》：「亂後誰歸得，他鄉勝故鄉。直爲心厄苦，久念與存亡。汝書猶在壁，汝妾已辭房。舊犬知愁恨，垂頭傍我牀。」《詳注》：「未得消息，直欲與同存亡。」「既得消息，又欲藉犬傳書。」「存亡乃厄苦之故，上句因下。辭房即書中之語，下句因上。」愚按：此詩前有《憶弟》二首，原注：「時歸在河南陸渾莊。」此詩蓋先後同時作，前四句是得弟消息，知其無恙，故曰「他鄉勝故鄉」，祇爲我心之厄苦，無日不念與弟存亡耳。後四句因得消息而叙故鄉亂離之慘，汝常時所挂之書猶在壁，汝逃時所遺之妾已辭房矣。此種愁恨，舊犬猶知依依也。

《憶弟》第三聯：「憶昨狂催走，無時病去憂。」《詳注》：「此十字句法。謂自昔奔走以來，憂弟而病，無時解去也。」愚按語意，即是憶昨催狂走，無時去病憂耳，不必費解。

《新安吏》中云：「莫自使眼枯，收汝淚縱橫。眼枯即見骨，天地終無情。」《詳注》：「不言朝廷而言天地，諱之也。」愚按：無情自說天地，非諱言朝廷也。陸時雍曰：「一往而至者，情也。必然必不然者，意也。少陵五古精刻高卓，而未齊於古人者，以意勝也。假令以《古詩十九首》與少陵作，便是首首皆意。以《新安吏》、《石壕吏》諸什與古人作，便首首皆有神往神來，不知而自致之妙。」愚謂詩各有情意，易地則皆然。

《石壕吏》結四句：「夜久語聲絶，如聞泣幽咽。天明登前途，獨與老翁別。」《詳注》：「婦隨吏訴官，故其媳泣聲。吏驅婦夜去，故其夫曉回。前途別，乃公與之別，非婦與翁別也。」愚按：語聲絶，婦隨吏去矣，公尚如聞老婦之泣，觀如字可見。

《新婚別》中云：「生女有所歸，鷄狗亦得將。」《詳注》：「嫁時將鷄狗以往，欲爲室家久長計也。」愚按：古語云：「嫁鷄隨鷄，嫁狗隨狗。」「得將」即上句「有所」意。「君今往死地，沉痛迫中腸。」《詳注》依《杜臆》作「君今生死地」，「妙有餘思，『往死地』語便直致。」愚按：痛迫者，正爲往死地，何嫌直致。

《留花門》結四句：「胡塵踰太行，雜種抵京室。花門既須留，原野轉蕭瑟。」《詳注》：「『踰太行』，指思明，『抵京室』，指回紇。」駁舊注「踰太行而至京邑，即指回紇新來驍騎，若回紇取道太行，路程反紆」不確。《心解》略同。又駁《詳注》「誤認『抵京室』爲思明猖獗，遂以此詩編入二年之秋。時公已在秦州，遼遠叫閽，甚無當也。」愚按：《詳注》定此詩爲入秦州後追記前事而作，自是不錯。惟「胡塵」、「雜種」，應如舊注，俱指安、史。時安慶緒據鄴郡，史思明陷洛陽，此花門之所以須留也。如以雜種爲回紇，花門即回紇也。既曰花門「抵京室」，又曰花門「既須留」，句意複沓，須字亦不鬭筍。

《佳人》，《詳注》分三段，每段八句。中段末二句：「但見新人笑，那見舊人哭。」注云：「新人叠言，即《衛風》『宴爾新婚，不我屑以』之意。」末段首二句：「在山泉水清，出山泉水濁。」《詳注》：「山泉比守潔不污。」引《詩》「相彼泉水，載清載濁」，「此謂守貞清而改節濁也。或以新人、舊人爲清、濁，或以前華後憔爲清、濁，皆未當。」《心解》遵之。愚按：「相彼泉水，載清載濁」，本棄婦詩，則出山爲見棄無疑。此二句宜合上爲一段。

《遣興五首》第一首：「蟄龍三冬卧，老鶴千里心。昔時賢俊人，未遇猶視今。稽康不得死，孔明有知音。」《詳注》：「叔夜、孔明不宜專承卧龍，亦不當分頂龍、鶴。」「蓋自傷不得志而發。」「後四首皆發端於此。」又引《晉書》：「鍾會以舊憾言於文帝曰：『稽康，卧龍也。』」《蜀志》：「徐庶言於先主曰：『孔明，卧龍也。』」黄生注：「老鶴，指稽康。《世説》：人言稽延祖如野鶴之在雞群，王戎曰：『君未見其父耳。』」則引注夾雜矣。《心解》以卧龍指稽康，亦不確。愚按：老鶴指稽康，卧龍指孔明爲是。下四首各有指名，此首自指稽與諸葛也，不必以此爲下四首發端。

《遣興二首》第一首：「天用莫如龍，有時繫扶桑。頓轡海徒涌，神人身更長。性命苟不存，英雄徒自强。吞聲勿復道，真宰意茫茫。」《詳注》引朱注：「此詩深警安史之徒也。龍乃君象，人臣而欲竊據天位，勢不得行，故曰頓轡。扶桑在東海，比安史之地。神人更長，謂朝有名將。性命不存，言積惡日斃。臨殁吞聲，不敢復言。天意渺茫，見報應之不爽也。」下首「地用莫如馬」，《心解》以二詩不知何指，不敢强説。朱氏以龍擬安史，以馬喻郭李，未妥。愚按：就《詳注》解之，既比安史之徒，則「龍乃君象」句不得攔入。鄙意言天上莫强於龍，有時爲神人所制，英雄安在，彼必自道天既生我英雄，何以復致敗亡。公令其吞聲勿復道，真宰之意茫茫，非爾識也。

《秦州雜詩》第八首：「聞道尋源使，從天此路迴。牽牛去幾許，宛馬至今來。」《詳注》：「去幾許，去今已遠。」《心解》：「言用力甚省。」愚按：言尋源已至天上，與牽牛星相去不遠也。

《秋笛》：「清商欲盡奏，奏苦血霑衣。他日傷心極，征人白骨歸。相逢恐恨過，故作發聲微。不見秋雲動，悲風稍稍飛。」《詳注》：「『奏苦』、『聲微』，乃上下眼目。」似仍欲四句分截。愚按：首句從「發聲微」倒轉，言清商本欲盡奏，奏苦則將泣血霑衣矣。昔見征人白骨，已極傷心，今聞笛聲發微，似恐人過於怨恨，然已覺悲風飛而秋雲爲動焉。《心解》得之。

《秦州見勑目薛三璩授司議郎畢四曜除監察與二子有故遠喜遷官兼述索居凡三十韵》：「大雅何寥闊，斯人尚典型。交期余潦倒，材力爾精靈。二子聲同日，諸生困一經。文章開突奥，遷擢潤朝廷。舊好何由展，新詩更憶聽。別來頭併白，相見眼終青。」《詳注》以此爲首段，「賓主並提」。《心解》略同。惟《心解》以相見爲「即在『勅目』上見其名字，非面見也」，似覺牽强，不如作懸擬見面爲妥。「伊昔貧皆甚，同憂歲不寗。栖遑分半菽，浩蕩逐流萍。俗態猶猜忌，妖氛忽杳冥。獨慚投漢閣，俱議哭秦庭。還蜀衹無補，囚梁亦固扃。華夷相混合，宇宙一羶腥。」《詳注》以此爲二段，「申彼此舊交，及遭逢亂離之故。」「『還蜀』，不得扈從上皇。『囚梁』，朝官被繫洛陽。」《心解》以「無補」爲「自謙脱賊授拾遺事」，「固扃」謂「二子亦被賊拘囚洛陽」，更明切。「還蜀」用黄權降魏語，皆同。「帝力收三統，天威總四溟。舊都俄望幸，清廟肅惟馨。雜種雖高壘，長驅甚建瓴。焚香淑景殿，漲水望雲亭。法駕初還日，群公若會星。宫臣仍點染，柱史正零丁。」《詳注》以此爲三段，「記肅宗收京，及二子遷官之事」。「『宫臣』，謂薛授司議。『柱史』，謂畢除監察。」《心解》以此段合下，謂「宫臣」、「柱史」者，「以今日之官稱之，非謂其已除官也。」駁《詳注》「忘却『法駕初還』句」，「駕還在三年前，公正在朝。如二子已授此官，何得至『秦州』始『見勅目』」。所駁似是。但「法駕初還」原是追叙，見群公應俱得顯榮，而至今薛始授司議，畢始除監察，二官亦非大用，仍是「點染」、「零丁」而已。下接追叙已官也。「官忝趨棲鳳，朝回嘆聚螢。唤人看騕褭，不嫁惜娉婷。掘劍知埋獄，提刀見發硎。侏儒應共飽，漁父忌偏醒。旅泊窮清渭，長吟望濁涇。」《詳注》以此爲四段，「自述索居之況」。俱屬公自講，只「發硎」句，「幸見用方新」，挽合二子。《心解》以「漁父忌偏醒」句上俱合在前，作一大段。駁《詳注》：「如『唤人』等句爲公自述，則『看』字、『惜』字、『知』字、『見』字，如何着落？且既自云索居，則身在秦州，當詳秦州之況。若當日在京，二子稔知，何必瑣瑣細述？」不知看是唤人看，惜是隱自惜，豈無着落？惟「知埋劍」、「見發硎」二句，俱宜屬二子説，意謂己則不嫁，徒惜幸二子，始得掘劍發硎耳。「侏儒」二句，一譏一慨。《心解》謂「傷晚遇以束彼，傷轉徒以起己」，誠然。「旅泊」二句，在秦望京，述己索居，正是詩筆之曲折縱横，沉鬱頓挫。《心解》以「朝回嘆聚螢」句下五句俱屬二子，未免好出己見也。「羽書還似急，烽火未全停。師老資殘寇，戎生及近坰。忠臣詞憤激，烈士涕飄零。上將盈邊鄙，元勳溢鼎銘。仰思調玉燭，誰定握青萍。」《詳注》此爲第五段，「又嘆鄴城之潰。」「隴俗輕鸚鵡，原情類鶺鴒。秋風動關塞，高卧想儀形。」《詳注》此結四句，「自述遠遊而有懷二子也。」《心解》以「旅泊窮清渭」至此合爲末段，所解略同，不復贅。

《寄彭州高三十五使君適虢州岑二十七長史參三十韵》：「故人何寂寞，今我獨凄涼。老去才難盡，秋來興甚長。物情尤可見，詞客未能忘。海内知名士，雲端各異方。」《詳注》：「故人何嘗寂寞，今我獨見凄涼。」「比二公於雲端，則知其不寂寞矣。」下接「高岑殊緩步，沈鮑得同行」共十二句。《詳注》：「此應『故人何寂寞』。」《心解》：「『何寂寞』者，言何與我遠也。」是「故人」皆指高、岑。或謂「故人」即己，對高、岑説，己是高、岑之故人，不過以「今我」作對耳。或謂泛指故人，言寂寞者亦多，而我更凄涼，「詞客」則漸到高、岑，下段則直提高、岑，如「故人」即指高、岑，亦當作何其寂寞，雖在雲端而各異方耳。愚按：《心解》似較《詳注》爲妥，然總不如泛指爲有步驟，高、岑亦籠在内耳。次段應詞客難忘，《詳注》非是。後段：「男兒行處是，客子鬥身强。羈旅推賢聖，沉綿抵咎殃。三年猶瘧疾，一鬼不銷亡。隔日搜脂髓，增寒抱雪霜。徒然潛隙地，有靦屢鮮妝。」《詳注》：「『行處是』，起羈旅。『鬥身强」，起沉綿。」《心解》略同。愚按：「男兒行處是」，猶云丈夫志在四方，所以「羈旅推賢聖」，客子全在身强，疾病沉綿，則抵死殃矣。《詳注》：「潛地、鮮妝，避瘧鬼也。」非是。《心解》無解。愚意殆殃難避，徒潛隙地，反有忝於宦途之屢易鮮妝也，故下接云「何太龍鍾極，於今出處妨。」結段云：「舊官寗改漢，淳俗本歸唐。」《詳注》：「『寗改漢』，刺史依然漢官。『本歸唐』，虢州本屬堯封。」《心解》謂不必分貼，誠然。愚按：「舊官」即「復覩漢官儀」之意，「淳俗」即「再使風俗淳」之意，「唐」即唐朝也。

《寄岳州賈司馬六丈巴州嚴八使君兩閣老五十韵》：《詳注》以首八句爲一段，中各四十四句爲二段。首段：「衡岳猿啼裏，巴州鳥道邊。故人俱不利，謫宦兩悠然。開闢乾坤正，榮枯雨露偏。長沙才子遠，釣瀨客星懸。」《詳注》：「此承謫宦而言。當乾坤反正之日，人各沾恩，特以質有榮枯，故受雨露有偏。詞本微婉，舊注直不得蒙恩而見謫，未免語涉懟上。」愚按：舊注明白，何必迴護。三段：「每覺昇元輔，深期列大賢。秉鈞方咫尺，鎩翮再聯翩。」《詳注》此四句合下作第三大段，依舊注，「『元輔』，言相位，『大賢』，指嚴賈。勢可秉鈞，而連翩放逐。」下接：「禁掖朋從改，微班性命全。青蒲甘受戮，白髮竟誰憐？」主「疏救房琯」。《心解》：「『每覺』四句另一段，爲上下轉樞。」以元輔大賢指房琯，以秉鈞咫尺爲房琯當國未幾，鎩翮聯翩爲同官遷謫多人，此解亦因下青蒲句來。但房琯既已作相，此時追溯，亦何必用每覺、深期？咫尺是言地近，未有言時近者。依舊注指嚴賈，則字字有着矣。《詳注》以末「多病加淹泊，長吟阻静便。如公盡雄俊，志在必騰騫」四句爲另一段作結。《心解》合上爲末一大段。語意語勢，《心解》自合。

《寄張十二山人彪三十韵》中云：「數篇吟可老，一字賣堪貧。」謂賣一字即堪度貧耳。「流轉依邊徼，逢迎念席珍。時來故舊少，亂後别離頻。」《詳注》：「『流轉』以下，公赴秦州也。『念席珍』，慨窮途無珍重之者。」愚按：「席珍」指山人，若以邊徼逢迎，無如山人之爲席珍者，所以念之而深悲離别也。「旅懷殊不愜，良覿渺無因。自古皆悲恨，浮生有屈伸。」《詳注》：「『悲恨』、『屈伸』，復自解也。『屈伸』以聚散言。」愚按：此併山人在内。山人性本忠孝，藝復絶倫，乃不作席珍，而結草庵，與己之馳驅流離無異，故曰「皆悲恨」、「有屈伸」。「蕭瑟論兵地，蒼茫鬥將辰。大軍多處所，餘孽尚紛綸。」《詳注》：「『蕭瑟』四句，憂思明之亂。」《心解》：「『論兵地』，猶言當日聚談處。『鬥將辰』，今爲用武之場。」愚按：公稱山人爲席珍，向與論兵，可知《心解》是。「高興知籠鳥，斯文起獲麟。窮秋正摇落，回首望松筠。」《詳注》引朱注：「困如籠鳥，不忘高興。窮如獲麟，可起斯文。皆自況。」《心解》：「『籠鳥』，謂彼遇亂家居，雖高興而坐困。『獲麟』，謂我發憤著述，假斯文以奮筆。」愚按：籠鳥知無高興，獲麟聊起斯文，依《詳注》爲是。

《法鏡寺》結四句：「拄策忘前期，出蘿已亭午。冥冥子規叫，微徑不敢取。」《詳注》：「聞子規聲慘，不敢取徑搜奇，遂去寺而前邁矣。」愚按：冥冥則將晚，不敢復取徑而遊，甚言寺景之妙，遊之自朝至暮耳，不言去寺前邁。

《青陽峽》後段：「昨憶踰隴坂，高秋視吴嶽。東笑蓮花卑，北知崆峒薄。超然侔壯觀，已謂殷寥廓。突兀猶趁人，及兹嘆冥漠。」《詳注》：「此借衆山以形其突兀。」「若欲侔此壯觀，意謂寥廓之地隱伏難見。今到青陽，其突兀之壯猶若趁人而來。」《心解》：「此特提『吴嶽』一山爲襯。『踰隴』觀岳，覺他山皆小，已謂超然獨出，至今猶似突兀趁人。及觀兹峽，乃嘆爲冥漠也。兜題只一句。」愚按：隴坂即峽所從來。昨踰隴坂，高視吴嶽，超然壯觀相侔，已謂極殷寥廓矣。「殷」作盛字解。誰知突兀趁人，而及兹峽，竟如入冥寞之中，則「侔」字方有着落。「趁人」與「及」字，自應接連。

《鳳凰臺》：「亭亭鳳凰臺，北對西康州。西伯今寂寞，鳳聲亦悠悠。山峻路絶蹤，石林氣高浮。安得萬丈梯，爲君上上頭。恐有無母雛，飢寒日啾啾。我能剖心血，飲啄慰孤愁。心以爲竹實，炯然無外求。血以當醴泉，豈徒比清流。所重王者瑞，敢辭微命休。坐看綵翮長，舉意八極周。自天銜圖瑞，飛下十二樓。圖以奉至尊，鳳以垂鴻猷。再光中興業，一洗蒼生憂。深衷正爲此，群盗何淹留。」《詳注》引盧注：「當時李泌久歸衡山，春宫左右無人調護，故曰『安得萬丈梯，爲君上上頭』。」「肅宗聽張良娣之譖，既去建寧王倓，又欲摇動廣平王俶。俶母吴氏，生子而亡，故云『恐有無母雛』。披心瀝血，欲獻忠肝，以保護之耳。」《心解》爲盧氏「不嘗讀至下文耶？下云：『坐看綵翮長，舉意八極周。』是何等説話，不幾欲輔廣平以行篡逆耶？」愚問《心解》何以見得「綵翮長」、「八極周」是篡逆事？太子養成德器，爲君輔治天下，獨不可云然耶？況詩中明明説「圖以奉至尊，鳳以垂鴻猷」，至尊非肅宗而誰？鳳猷非太子而誰？安有奉至尊，光中興，而爲行篡逆之事耶？《心解》大繆，惟盧注於李泌歸山一層可不必攔入。

《乾元中寓居同谷縣作歌七首》第四章：「竹林猿爲我啼清晝。」《詳注》、《心解》俱去「竹」字。或有作「竹林」者，以「竹林」爲鳥名，不確。劉須溪作「竹林猿」，似較六歌各結句多一字，然正有致，仍之。

第六首：「南有龍兮在山湫，古木巃嵸枝相樛。木葉黄落龍正蟄，蝮蛇東來水上游。我行怪此安敢出，拔劍欲斬且復休。嗚呼六歌兮歌思遲，溪壑爲我迴春姿。」《詳注》以龍蟄蛇來爲「陽微陰勝之象」。《心解》以龍蟄比君當厄運，蝮蛇比安史寇偪，大略相同。《詳注》以拔劍且休爲誅不勝誅，《心解》謂力不能殄，似較妥。愚意恐一劍之忿，致鹵莽決裂，且思遲以待時，溪壑亦應從此迴春矣。

《劍門》：「惟天有設險，劍門天下壯。連山抱西南，石角皆北向。兩崖崇墉倚，刻畫城郭狀。一夫怒臨關，百萬未可傍。」「川嶽儲精英，天府興寶藏。」此二句諸本無。《詳注》：「往見舊人手卷，有此二句。」《心解》：「杜詩多四句轉意，此段獨缺二句。且得此一提，文氣愈暢。仇氏非僞撰也。脱簡無疑。」「珠玉走中原，岷峨氣悽愴。三皇五帝前，雞犬各相放。後王尚柔遠，職貢道已喪。至今英雄人，高視見霸王。併吞與割據，極力不相讓。吾將罪真宰，意欲剗疊嶂。恐此復偶然，臨風嘿惆悵。」《詳注》本《杜臆》：「山抱西南，而石角北向，亦見地形内屬，彼併吞割據者，皆違天矣。」《心解》：「從來注家，於篇首八句反看了，遂令本段語意不明，通篇氣脉不貫。兹特正之。」「『抱西南』，見曲爲彼護。『角北向』，見顯與我敵。爲篇末『剗疊嶂』之根。」「『怒臨關』、『未可傍』，見扼險可虞，爲篇末『英雄』『高視』之根。」愚按：《心解》以「石角」字爲角力解耳。果爾，宜云「石向皆北角」，今明明云「皆北向」，自屬面内之義。况本段語意、通篇氣脉，未嘗不明、不貫。蓋謂劍門形本天險，勢本内向，其天險則一夫足以控制百萬，其内向則寶藏可以利用中原。但前皇任其自來自往，故川嶽之精不竭。後王務於柔遠職貢，故岷峩之氣已喪。及至霸王割據，恃險而不向，反覺真宰設險之罪，故意欲剷之，不如無險之無虞矣。末以恐復然，戒當宁毋索職貢，而懷遠以德也。

《卜居》：「浣花溪水水西頭，主人爲卜林塘幽。已知出郭少塵事，更有澄江銷客愁。無數蜻蜓齊上下，一雙鸂鶒對沉浮。東行萬里堪乘興，須向山陰入小舟。」顧注：「乾元二年十二月，公至成都。明年，上元元年，卜成都西郭浣花溪以居。黄鶴、鮑欽止皆云劍南節度裴冕爲公卜成都草堂以居之，此説無據。」《詳注》：「主人，公自謂。爲卜者，爲此而卜居也。此從浣花溪叙入，即可稱花溪主人，後《歸成都》詩『錦里逢迎有主人』，即可稱錦里主人。」「班固作《東都賦》，自稱爲主人，劉孝標作《廣絶交論》，亦自稱爲主人，此可互證。」《心解》因之。愚按：酬高適詩「故人供禄米」，注謂裴冕，此主人何以見非裴冕？即非裴冕，亦非公自謂。觀下更有「澄江銷客愁」，自稱主人，又自稱客，殊覺夾雜。且卜者爲客卜也，非指成都主人而何？後《歸成都》詩云「錦里逢迎有主人」，亦應指嚴武，非爲己也。

《從韋二明府續處覓綿竹》：「華軒藹藹他年到，綿竹亭亭出縣高。江上舍前無此物，幸分蒼翠拂波濤。」《心解》：「他年到，當是來蜀時曾經明府處。」得之。

《憑何十一少府邕覓榿木栽》，《詳注》：「『榿』，《唐韵》不載此字。苕溪漁隱云：丘宜切。」愚考《康熙字典》，榿一音楷，是平仄俱可。

《蜀相》，《詳注》據《方輿勝覽》：「廟在府西北二里。」今考武侯祠有二，一在北門外，一在南門外近西。《華陽國志》：「成都西城，故錦官城。」則祠應在南門外近西者爲是。

《江邨》：「清江一曲抱村流，長夏江村事事幽。自去自來梁上燕，相親相愛水中鷗。老妻畫紙爲棋局，稚子敲針作釣鈎。多病所須惟葯物，微軀此外復何求。」《詳注》：五七句末「『局』字、『物』字疊用入聲」，七句末「宜從《英華》作『但有故人供禄米』爲是。且禄米包得妻子在内。」愚按：兩出句末字不得同用一音，此講不知出自何人，《英華》集因贈高適詩「故人供禄米」添上「但有」二字，恐非原本。且藥物似與江村幽事更貫，宜仍之。

《遣興》：「干戈猶未定，弟妹各何之。拭泪霑巾血，梳頭滿面絲。地卑荒野大，天遠暮江遲。衰疾那能久，應無見汝期。」《詳注》：「上四傷手足睽離，下四嘆行踪流落。地平，故見野寬。天曠，故覺暮遲。此寫蜀中春景。」《心解》：「以三四作轉樞。『霑巾血』，申上『弟妹』，『滿面絲』，起下『衰疾』。」愚按：律詩必謂四句分截，似太板執，但第三聯必與結聯詞意相貫。如此詩三聯，謂寫蜀春景，與末聯全不相貫矣。鄙意「地卑荒野大」，言獨居曠野，「天遠暮江遲」，言遠望長江，那以衰疾而久此，安得弟妹之速見乎？

《遣愁》：「養拙蓬爲户，茫茫何所開。江通神女館，地隔望鄉臺。漸惜容顔老，無由弟妹來。兵戈與人事，回首一悲哀。」《詳注》：「此詩當入成都詩内，舊編在夔州，非是。」「江可通而地猶隔，嘆不能往夔也。」「『回首』，對開户而言。」「『江通神女館』，即所謂『獨立見江船』。『地隔望鄉臺』，即所謂『力盡望鄉臺』。如身在夔州，不必云『江通神女館』。久思出峽，何反言『地隔望鄉臺』？」愚按：此詩語氣自屬夔州作。神女館在巫山，與夔州相去尚遠。成都詩言「力盡」，此云「地隔」，明明不在成都矣。鄙意户何所開，開在夔。江與神女館雖通，而與望鄉臺則隔。成都猶有臺可望鄉，此處惟有蓬户養拙，弟妹何來，回首往事，不勝悲哀也。

《戲爲韋偃雙松圖歌》結云：「韋侯韋侯數相見，我有一匹好東絹，重之不減錦繡段。已令拂拭光凌亂，請公放筆爲直幹。」東絹作關東、川東俱可。《詳注》本《杜臆》：「上言『屈鐵交錯迴高枝』，韋之畫松以屈曲見長，直便難工。匹絹幅長，汝能放筆爲直幹乎？戲之也。」愚按：直幹從匹絹放筆來，正欲觀其筆力耳。戲字不必泥。數相見，欲其常常而來，傾倒如此，豈以直筆難工戲之？

《和裴迪登新津寺寄王侍郎》：「何恨倚山木，吟詩秋葉黄。蟬聲集古寺，鳥影度寒塘。風物悲遊子，登臨憶侍郎。老夫貪佛日，隨意宿僧房。」《詳注》概指自言，以遊子指裴。《心解》以上六句概指裴，末乃示以己懷。「登新津」以下八字乃裴原題。愚按：首句必裴詩有恨意，故曰何恨。末二句特提出老夫似不恨而恨正深，《心解》得之。「貪佛日」，《詳注》引蔡注：「古詩：『貪佛不如貪僧。』」又引《金光明經》：「佛日輝耀，方寸光明。」句讀似相矛盾。「貪佛」即作佞佛，「日」猶時也。

《泛溪》：「落景下高堂，進舟泛迴溪。誰謂築居小，未盡喬木西。遠郊信荒僻，秋色有餘凄。練練峰上雪，纖纖雲表霓。童戲左右岸，罟弋畢提携。翻倒荷芰亂，指揮徑路迷。得魚已割或作劇鱗，採藕不洗泥。人情逐鮮美，物賤事已或作亦，或作跡睽。吾郤靄冥姿，異舍雞亦栖。蕭條欲何適，出處庶可齊。衣上見新月，霜中登故畦。濁醪自初熟，東城多鼓鼙。」中段《詳注》：「兒童戲逐者，携罟得魚，翻荷採藕，本取鮮美。今乃傷鱗帶泥，則是賤其物而乖事理矣。」愚按：中段似有慨乎唐室天下爲小兒安史輩戲壞而言，故結云「東城多鼓鼙」，意以溪有魚有荷，乃爲兒童所戲，指揮罟弋，翻倒荷芰，得魚割鱗，採藕帶泥，人惟知貪逐鮮美，而不知暴殄天物，睽棄生理，此一解也。或承上進舟玩景，乃兒童惡戲捕魚，翻倒荷芰，迷亂路徑，已得魚劌鱗，猶帶泥盡藕，見人情貪逐，賤物睽理，因迴舟返村。下曰「蕭條」「何適」，「出處」「可齊」，有將避世之意，又一解也。《詳注》不合。

《建都十二韵》：「蒼生未蘇息，胡馬半乾坤。議在雲臺上，誰扶黄屋尊。建都分魏闕，下詔闢荆門。恐失東人望，其如西極存。時危當雪恥，計大豈輕論。雖倚三階正，終愁萬國翻。牽裾恨不死，漏網辱殊恩。永負漢庭哭，遥憐湘水魂。窮冬客江劍，隨事有田園。風斷青蒲節，霜埋翠竹根。衣冠空穰穰，關輔久昏昏。願枉長安日，光輝照北原。」按：西極自應指西京，《詳注》指上皇幸蜀之地，非是。愚按：《詳注》杜詩分明段落固佳，而每段連絡轉接尤不可不知。如此詩，首四句慨朝議之失，遂接議建南都，忘雪恥大計，而輕論國事。諸君徒因三階之正，莫愁萬國之翻，因接己恨牽裾不死，永負屈賈之忠。今劍外途窮，風斷霜埋，無力正乾坤矣。而在朝者穰穰空存，一任中原陷没，惟望日光自照北原也。

杜詩注解摘參（伊蒿文集卷之六）

會稽甯錡湘維氏著

《漫成》第二首三聯：「讀書難字過，對酒滿壺頻。」《詳注》：「『讀書難於字過』，老年眼鈍也。」勝於胡夏客謂「經眼之字難於輕過，是從容探討意。」總不如《心解》「陶潛讀書不求甚解」意爲的當。蓋「難字」對「滿壺」，若「難」與「滿」一讀，成何文理？

《琴臺》：「茂陵多病後，尚愛卓文君。酒肆人間世，琴臺日暮雲。野花留寶靨，蔓草見羅裙。歸鳳求凰意，寥寥不復聞。」《詳注》：「『酒肆』二句，是生前之事，昔日琴臺。『野花』二句，是殁後之容，今日琴臺。」引趙汸注：「玩人世於酒肆之中，思暮雲於琴臺之上。」然「人間世」意總解不出。《心解》謂「三、四即含憑吊。以玩世行雲之地，而成閲世看雲之區，此從有慨其無。五、六從無想其有。」乃爲得之。

《一室》三四聯：「巴蜀來多病，荆蠻去幾千。應同王粲宅，留井峴山前。」《心解》本舊注，謂留井於蜀。《詳注》：「《襄沔記》：王粲宅，在襄陽峴山坡下，宅前有井，人呼仲宣井。」「襄陽本公祖居，故欲留迹其地。」是爲得之。

《所思》：「苦憶荆州醉司馬，謫官樽酒定常開。九江日落醒何處，一柱觀頭眠幾回。可憐懷抱向人盡，欲問平安無使來。故憑錦水將雙泪，好過瞿唐灧澦堆。」《詳注》本顧注：「『懷抱』，懷崔之意。

『向人』，盡向人問訊也。舊以『懷抱』屬崔者，非。」愚按：不如仍舊屬崔説。「向人」，空向於人之意，則可憐頂上謫官醉眠爲有着。如杜懷崔，突用可憐，下用將淚，語無好勢矣。

《赴青城縣出成都寄陶王二少尹》末二句：「文章差底病，回首興滔滔。」《詳注》：「『差』，楚灖切。」引趙注：「『差』，病除也。言雖有文章，差得何病。朱注：差是差錯之差，言文章之不利，差在何病。今從趙注。」愚按：「差」作差强、差勝之音，即頗字意。「底病」作何病，即不容何病意。

《野望因過常少仙》首二句：「野橋齊渡馬，秋望轉悠哉。」《詳注》：「方云：野橋可連騎者少，『齊渡』二字，寫景特佳。」此亦未曾見過四川野橋耳。愚意應是常少仙邀公同渡。

《送韓十四江東省覲》：「兵戈不見老萊衣，嘆息人間萬事非。我已無家尋弟妹，君今何處訪庭闈。黄牛峽静灘聲轉，白馬江寒樹影稀。此别應須各努力，故鄉猶恐未同歸。」《詳注》：「『黄牛』、『白馬』，出峽所經。」引《一統志》：「黄牛山在夷陵西，白馬在崇慶州東北。」則黄牛山是韓所經處，白馬江是公所留處，非皆出峽所經。就「渭北」、「江東」句法，與下句各字正合。

《柟樹爲風雨所拔嘆》中二句：「野客頻留懼雪霜，行人不過聽竽籟。」《詳注》：「垂蔭足避雪霜，迎風如聽竽籟，故客行至此，頻留而不過。」《心解》略同。愚意頻留樹下者，爲懼雪霜，即不過此樹者，亦聽竽籟，蓋樹高聲遠也。

《石犀行》結二句：「安得壯士提天綱，再平水土犀奔茫。」《詳注》：「何不提去以滅其迹。」愚按：此處「提天綱」是振綱挈領之意，非提去之謂。與《石笋行》結句「安得壯士擲天外」不合。「犀奔茫」，見水土平而犀牛無用也。《心解》近之。

《重簡王明府》後四句：「行李須相問，窮愁豈有寬。君聽鴻雁響，恐致稻粱難。」《詳注》：「王今問我行李，豈有寬解窮愁之法。」按：語氣是須王相問，非己問於我也。「窮愁豈有寬」即反喝末句。《心解》得之。「豈有寬」作「豈自寬」，不必。

《百憂集行》末二句：「癡兒不知父子禮，叫怒索飯啼門東。」《詳注》引《漫叟詩話》：「《記》注：庖厨之門在東。故曰『啼門東』，非强趁韵也。」甚精。又注云：「『啼門東』，説飢不擇食之情甚慘。」應改「説無食之情甚慘」。

《入奏行贈西山檢察使竇侍御》末二句：「爲君酤酒滿眼酤。」《詳注》：「『滿眼酤』，謂滿前皆酒酤。」「上『酤』字買酒也。《小雅》：『無酒酤我。』下『酤』字，一宿酒也。《商頌》：『既載清酤。』」愚意滿眼猶飽眼，惟恐不及也。上下兩「酤」字不必分虛實。《心解》：「『滿眼』，猶云盡量酤。」得之。

《魏十四侍御就敝廬相别》首四句：「有客騎驄馬，江邊問草堂。遠尋留葯價，惜别到文場。」《詳注》作「倒」字，「意氣傾於文場。若作到字，與『問草堂』重複矣。」愚按：「問草堂」，未到也。「到文場」，面叙别也。有魏重己之意，有己自重之意。「文場」，用字太過耳。若作傾倒，便生硬不成文。《心解》亦錯。

《屏迹第二首》次聯：「桑麻深雨露，燕雀半生成。」《詳注》：《杜臆》：生者已成，成者又生。半字最佳。愚按：桑麻、雨露，春深之時，則燕雀正在生成。半者，功尚未全有，日望之之意。不必如《杜臆》解。

《奉和嚴中丞西城晚眺十韵》末段：「帝念深分閫，軍須遠筭緡。花羅封蛺蝶，瑞錦送麒麟。辭第輸高義，觀圖憶古人。征南多興緒，事業闇相親。」《詳注》：「『分閫』二句，見朝廷所倚。『封羅』二句，見恩賜特隆。」引遠注：「『遠筭緡』，謂不事科斂也。」愚按：當解作軍須惟任中丞遠筭，所謂閫以外，將軍主之也。帝加隆賜，臣愈高義，留心邊事，以報主恩。文理乃順當。如「遠」字讀作去聲，爲不事科斂，於上下語氣隔斷，「遠」字亦費解。《心解》近之。至「封羅」二句，舊注謂嚴公入貢，自不合。「觀圖憶古人」，《詳注》、《心解》俱以爲蜀道畫圖，舊注謂雲臺畫圖。玩「憶古人」，則舊注自確。《詳注》：「杜征南係公始祖，用以贈嚴。」獨見親切。

《絶句》：「無數春笋滿林生，柴門密掩斷人行。會須上番看成竹，客至從嗔不出迎。」《詳注》：「杜門謝客，護笋成林，有聖人對時育物意。」《杜臆》：種竹家，初番出者壯大，養以成竹。後出漸小，則取食之。」愚按：此詩有避人意。春笋滿林，柴門密掩，雖斷人行，而客至須迎也。惟已看成竹，則竹密掩門，客嗔亦可不出矣。

《戲爲六絶句》第二首：「楊王盧駱當時體，輕薄爲文哂未休。爾曹身與名俱滅，不廢江河萬古流。」《詳注》本《杜臆》：「四公之文，當時傑出，今乃輕薄其爲文而哂笑之。」《心解》從盧注，謂後生「自爲輕薄之文，而反譏哂前輩。」得之。

第五首：「不薄今人愛古人，清詞麗句必爲鄰。竊攀屈宋宜方駕，恐與齊梁作後塵。」《杜詩箋》以首章庾信、次章王楊盧駱數公當今人。《杜臆》：「『不薄』二字，另讀。『今人愛古人』，連讀。『清詞麗句』，緊承『愛古人』。」《詳注》因之：「今人，指後生輕薄者。古人，指屈原、宋玉。庾信、四傑，乃齊梁嫡派也。」「言今人愛古人，必鄰其清詞麗句。我豈敢薄之，但恐屈宋難攀，徒作齊梁後塵耳。」「如《箋》，則與首章所稱今人不合矣。」愚按：首章「今人」，自指今後生王楊盧駱，不必庾信在內。意謂爾曹不可薄四傑爲今人，而愛屈宋爲古人。四傑之清詞麗句，爾曹必與爲鄰，則可同庾信文章流傳後世矣。若妄攀屈宋，恐終作齊梁後塵，不如今人也。《心解》近之。

第六首：「未及前賢更勿疑，遞相祖述復先誰。別裁僞體親風雅，轉益多師是汝師。」《詳注》本《杜臆》：「今人未及前賢，以其遞相祖述，愈趨愈下，無能爲之先者。」愚按：此章即頂「不薄今人」意，謂薄今人者以今人未及前賢耳。但詩學自《三百》以來，遞相祖述，代有師承，後者欲先誰耶？惟別去僞體而親風雅，凡近風雅者，無論古今，皆足師也。《心解》近之。

《戲贈友二首》：「元年建巳月，郎有焦校書。自誇足膂力，能騎生馬駒。一朝被馬踏，唇裂板齒無。壯心不肯已，欲得東擒胡。」《詳注》：「末二，諷之也。」《心解》同。愚意非諷焦，是諷人擒胡。「元年建巳月，官有王司直。馬驚折左臂，骨折面如墨。駑駘漫深泥，何不避雨色。勸君休嘆恨，未必不爲福。」《詳注》：「末二，慰之也。」《心解》同。愚意非慰王，是諭世禍福。

《溪漲》末四句：「我遊都市間，晚憇必村墟。乃知久行客，終日思其居。」《詳注》：「因思向者朝遊夕返，行客思居，不能自已。」說本《杜臆》。愚按：末二句感懷故鄉而言，《心解》得之。

《奉濟驛重送嚴公四韵》末二句：「江村獨歸去，寂寞養殘生。」劉會孟注：「感知己之詞。」會意精深。

附嚴武《酬别杜二》後二句：「試回滄海棹，莫妬敬亭詩。」《詳注》：「勸杜留蜀。杜嘗有『吾道在滄州』之句，故以回棹留之。謝朓有《遊敬亭山》詩，囑勿以不至敬亭爲妬也。」愚按：「妬」字原費解，所以後人有武欲殺公之謗，但句自有囑公慎詞之意，若曰滄海不必浮，詩不可不慎耳。

《姜楚公畫角鷹歌》中云：「畫師不是無心學。」《詳注》：「後之畫師，不是無心學，但不能學耳。」愚意言良工心苦也。《心解》近之。畫師不指後人，亦不必指楚公。

《東津送韋諷攝閬州録事》末二：「他時如按縣，不得慢陶潛。」《詳注》本顧注：「囑其毋慢屬員。」愚意想有賢令，是公所推重者。

《客夜》：「客睡何曾着，秋天不肯明。入簾殘月影，高枕遠江聲。」《詳注》據洪仲注：「『高枕』對『入簾』，謂江聲高於枕上，以實字作活字用。」愚意入簾只見殘月之影，高枕只聞遠江之聲，如作江聲高於枕上，對雖工而語牽强。中二句：「計拙無衣食，途窮仗友生。」或指高適，或指章彝。愚意不必指名。公以三朝老臣官蜀者，半屬故舊，何日不仗資衣食也。末二句：「老妻書數紙，應悉未歸情。」《心解》謂妻之來書，不如《詳注》謂寄妻之書。

《客亭》首二句：「秋窻猶曙色，落木更高風。」《詳注》本《杜臆》：「『曙色』、『高風』，即諺語日高風也。」愚按：此詩跟前首「秋天不肯明」，兹猶肯明矣，乃更有高風，老翁聞之，實不耐煩。

《戲題寄上漢中王》第二首云：「策杖時能出，王門異昔遊。已知嗟不起，未許醉相留。」《詳注》首句屬己，次句屬王，「『嗟不起』，述王自嘆之詞。『未許留』，惜王斷酒之禁。」愚意第三句亦宜屬杜講，謂王已知我嗟不起用矣，乃未許一醉相留耶。用《殷浩傳》「深源不起」爲是。《心解》得之。

《寄高適》：「楚隔乾坤遠，難招病客魂。詩名惟我共，世事與誰論。北闕更新主，南星落故園。定知相見日，爛熳倒芳樽。」《詳注》：「此在梓而寄詩於高也。一、二，從高説至己。三、四，從己説向高。」「新主初立，故園可歸，相見傾樽，預道還京之樂也。」總評：「此詩聚訟紛紜，多疑贋本。顧注疑高適入京在廣德二年，不得稱新主。不知送高還，別有一詩，此則喜代宗初立而作，不必牽合同時。朱注疑成都爲蜀地，不得言楚。考七國時，蜀本屬楚，前《送李校書》詩亦云『已見楚山碧』，則高在成都，何不可言楚？《杜臆》疑適家滄州，不得言故園。按：公本杜陵人，故以長安爲故園，原未嘗專指適也。」詩題注：「按：寶應元年四月，代宗即位。後高適代嚴武尹成都，公自綿入梓，此詩寄適，當在是年之秋。」《心解》編次亦同。以首二句「楚」字、「病」字疑當互轉，因改作「病隔乾坤遠，難招楚客魂」，「故園」即指草堂。愚按：此詩舊編在廣德二年，與《寄高常侍》一詩前後所作，自是不錯。蓋代宗寶應元年四月即位，至廣德二年春，高適入京，時尚未三載，猶在諒闇之中，稱新主亦無不合。自蜀還京，有水陸兩路。前送嚴武至綿州，是從陸路棧道行者。後送弟韶陪鴻漸入京，是從水路至荆門行者。觀「舍舟策馬論兵地」句，可見此時高或因事、或乘便從水路過楚，此詩之寄，正高抵楚之時，所以云「楚隔乾坤遠」。因宋玉有《招魂》賦，即以比高，病客屬己，因接以「詩名惟我共」。如杜在梓綿，高在成都，相隔百十里，何得云乾坤遠？且前《送李校書》詩云：「南登吟白華，已見楚山碧。」是明在長安之南矣。下又云：「長雲濕褒斜，漢水繞巨石。」則明是從長安至漢中，乘漢水而至楚地，何所見楚指成都言也？《心解》欲將「楚」、「病」二字互轉，更屬牽强。「乾坤」與「楚」貫，「招魂」與「病」貫，如互轉，乾坤句文義先不貫矣。「故園」指長安爲是。高適本朝臣，長安舊居，豈無故園？此詩之聚訟，總因以高適自蜀返長安，經棧道而不經楚也。殊不知從棧道騎馬，二十四站抵長安，從楚乘舟下水不過二十日至荆門，登岸騎馬，不過十站即至京矣。此詩總以高入京時所寄爲是。

《有感五首》第二首：「幽薊餘蛇豕，乾坤尚虎狼。諸侯春不貢，使者日相望。慎勿吞青海，毋勞問越裳。大君先息戰，歸馬華山陽。」《詳注》：「『幽薊』，指河北降將。『虎狼』，指吐番羌夷。諸侯不貢，使者相望，内地尚然，况欲遠勤青海越裳乎？蓋由大君急於息戰，以致國威不振也。」愚按：末二句舊注謂當時生事外夷者，《詳注》駁其迂而不切。然如《詳注》，公蓋欲收鎮兵以入關内，時子儀在京，可爲統領，一以銷北顧之憂，一以備西侵之患，此最當時大計與大立。八年入對之意同，亦從舊注引而伸之也。鄙意幽薊固餘蛇豕，乾坤尚多虎狼，此虎狼不指外夷，仍指鎮兵降將。因接「諸侯春不貢，使者日相望」，大君之所以不收鎮兵，爲備青海越裳之戰耳。殊邊患小而内患大，請大君先息戰而收鎮兵，歸馬以實關内也。如以「虎狼」指吐番，則「諸侯」句接不上。以「息戰」爲滅威，則「慎勿」、「無勞」説不去。《心解》虎狼句駁《詳注》，得之。末句仍屬附會。

第五首：「胡滅人還亂，兵殘將自疑。登壇名絶假，報主爾何遲。領郡輒無色，之官皆有詞。願聞哀痛詔，端拱問瘡痍。」《詳注》：「寇滅而人還亂者，由兵少而將疑也。」「『兵殘』乃殘少，非殘害。」「諸將實封爵土，何以不思報主，而反懷二心耶？」愚意「胡滅人還亂」，此兵相殘而將自疑之故，直作殘害解爲穩。「登壇名絶假」，謂將不能鎮兵，登壇之名乃絶假也。不然，何不急思報主。惟願君下詔哀痛，以削弱藩鎮，如前首封建親賢可圖也。諸注以實封爵土爲絶假，引韓信「封真王，何以假爲」。又或謂是真拜之，非特假節。俱屬支離。《心解》引後日賈林説成德叛將王武俊曰：「大夫登壇之日，撫膺顧左右曰：『我本狗忠義。』可證此句。」是爲得之。「報主」，《心解》作「執玉」，俱可。

《涪城縣香積寺官閣》首四句：「寺下春江深不流，山腰官閣迥添愁。含風翠壁孤雲細，背日丹楓萬木稠。」向疑春無丹楓，或楓俱可稱丹。《心解》：「反照映之，故赤。『背』字，晚景可想。」得之。

《數陪李梓州泛舟有女樂在諸舫戲爲艷曲二首》第一首：「上客迴空騎，佳人滿近船。江清歌扇底，野曠舞衣前。玉袖凌風並，金壺隱浪偏。競將明媚色，偷看艷陽天。」《詳注》：「舫上佳人，有歌者，有舞者，有迎風並立者，有提壺引水者。」「舊注謂浪映金壺之半偏，於上下文不合，黄生從趙本，作『引浪』爲是。」愚按：金壺引浪，亦覺無謂。金壺應是歌妓執以酙酒者，浪翻舟擺，妓女乃怯，而偏隱之。意隱作隱避義。及閲《心解》：「五、六，見不一舫。」此從題上「諸舫」二字悟出，則五句「並」字、六句「偏」字、七句「競」字，字字有着落，較鄙解尤妙。

《倚杖》：「看花雖郭内，倚杖即溪邊。山縣早休市，江橋春聚船。狎鷗輕白浪，歸雁喜青天。物色兼生意，淒凉憶去年。」《詳注》：「『市』承『郭』，『船』承『溪』，『鷗』、『雁』承『春』，『物色』、『生意』又承

『鷗』，『雁』，逐層接下。近注將『生意』、『物色』分頂中二聯者，未確。」愚按：「郭内」、「溪邊」總冒，「市」、「船」，「鷗」、「雁」分寫，「物色」、「生意」總收，不必如近注之分頂，亦不必如《詳注》之側承。《詳注》執定律詩四句分截，自有解不去處。

《惠義寺送王少尹赴成都》：「苒苒谷中寺，娟娟林表峰。闌干上處遠，結構坐來重。騎馬行春景，衣冠起暮鐘。雲門青寂寂，此別惜相從。」《詳注》後半：「少尹騎馬而行，僧人衣冠而起暮鐘。山門寂寂，惜不與之偕行也。申涵光曰：寺僧見貴客至，故衣冠鳴鐘。劉云解不得，何也？」《心解》：「五句，預擬程圖。六句，倒拈别況。」亦不甚分明。愚按：是王少尹與己送别者，因暮鐘而起，騎馬而行，寺門寂寂，惜相從此别矣。如寺僧衣冠鳴鐘，真可一噱。

《陪王漢州留杜綿州泛房公西湖》：「舊相恩追後，春池賞不稀。闕庭分未到，舟楫有光輝。豉化蓴絲熟，刀鳴鱠縷飛。使君雙皂蓋，灘淺正相依。」《詳注》：「三頂『恩追』，嘆不與房相偕往。四頂『池賞』，喜得王杜同遊。」「或將上四句全主房湖説，曰『恩追』，曰『未到』，曰『光輝』，爲知己之感。但此詩爲王杜泛湖而作，不應多叙房湖。」《心解》略同。愚按：「恩追」，有指房公既歿追贈者，非是。屬房公赴召，則後字「有」着。「闕庭分未到」屬杜自説，「舟楫有光輝」屬承房説，所以結必點明二使君。詩雖陪王杜泛湖，實爲房湖而作也。此詩正宜上下四句分截。

《漢川王大録事宅作》：「南溪老病客，相見下肩輿。近髮看烏帽，催蓴煮白魚。宅中平岸水，身外滿牀書。憶爾才名叔，含悽意有餘。」《詳注》：「朱氏謂公有《詰王録事許脩草堂資》詩，即疑其人，非也。按此詩言『才名叔』，蓋公尊行也，後詩直云『爲嗔王録事』，知其别爲一人。」《心解》駁《詳注》，疑即前詩王漢州之侄。愚按：《詳注》以王爲公尊行，因結有「才名叔」之稱也。然味語意，所憶者乃録事之叔，公之舊好，想已亡故，故云「含悽」，亦未必即前詩王漢州也。所稱「爾」者，乃指録事，是公爲録事尊行。後詩「爲嗔王録事」，應即其人。

《短歌行送祁録事歸合州》前半首：「前者途中一相見，人事經年記君面。後生相勸何寂寥，君有長才不貧賤。」《詳注》：「相勸後生，何憂寂寥，具此長才，終當顯達。」是後生即指祁。《心解》作「相勤」，謂才足以動人，近似。愚意後生泛指，言少年可相勸勉者，何其寂寥，如君長才，不愁貧賤也。

《送王十五判官扶侍還黔中》二聯：「青青竹笋迎船出，白白江魚入饌來。」《詳注》因楊慎云「青青白好，白白近俗，有似童謡『白白一群鵝』之句」，改作「日日」。本《東觀漢記》「姜詩舍側涌泉，每旦出雙鯉魚」，以「每旦」爲「日日」，以「日」對「青」字，《心解》非之，仍作「白白」爲是。

《投簡梓州幕府兼簡韋十郎官》：「幕下郎官安穩無？從來不奉一封書。固知貧病人須棄，能使韋郎迹也疏。」《詳注》：「上二諷幕府諸公，下二諷韋十郎官。」「不奉書，不接來書也。」《心解》以如此，則通首面謾。不奉一書，蓋我固不敢强通。然韋郎迥異凡流，能概以世情之疏略料之乎？」愚按：《詳注》明白。

《戲作寄漢中王》第一首：「雲裏不聞雙雁過，掌中貪看一珠新。秋風嫋嫋吹江漢，只在他鄉何處人。」《詳注》：「雁書不至，豈爲貪看新珠之故。抑知流落他鄉者，爲何處人耶。」《心解》：「信疏而思往，且欲道誕珠之喜。『貪看』，公自謂。結句，言或梓或蓬，總是他鄉無定處。」愚按：《詳注》爲是。「何處」即貼他鄉無定處意。

《九日》末二句：「酒闌却憶十年事，腸斷驪山清路塵。」《詳注》：「末作推原禍本，方有關係，若徒説追憶盛事，反淺。」「『清路塵』，輦出而清道也。」愚按：「清」作虚字解，作實字用。憶清路之塵而腸斷也。如「清」字一讀，「路塵」連字，便拙穉。

《閬州東樓筵奉送十一舅往青城》：《詳注》引盧注：「時二十四舅赴任青城，十一舅與之同往也。」末段：「今我送舅氏，萬感集清樽。豈伊山川間，回首盜賊繁。高賢意不暇，王命久崩奔。臨風欲慟哭，聲出已復吞。」《詳注》以「高賢」爲十一舅，「前奉命而任青城，實以賢勞之故，今舅氏復往，益覺孤危，故傷心而欲哭。」愚按：「高賢」二句，既懷二十四舅，久奉王命崩奔，下二句不必再轉至十一舅復往矣。蓋「臨風」者，臨青城也。欲哭者，爲群盜也。《心解》近之。

《嚴氏溪放歌》起六句：「天下兵馬未盡銷，豈免溝壑常漂漂。劍南歲月不可度，邊頭公卿仍獨驕。費心姑息是一役，肥肉大酒徒相要。」《心解》：「『是一役』句晦。」《詳注》：「舊誤謂以一役夫待人。」「《杜臆》：『是一役』，言徒以此一役了事。」「邊鎮驕蹇凌物，即有時費心姑息，不過酒肉相要一役而已。」愚按：「是一役」，必非即以相要爲一役，若曰是一役也，似覺其費心姑息我矣，乃仍然徒以酒肉相要，而無實濟也。如《孟子》云「王庶幾改之」，自暗有所指。

《西山》第一首次聯：「築城依白帝，轉粟上青霄。」《詳注》：「『依白帝』，擬其高。」甚是。乃引黄希曰：「白帝，西方之帝。舊引夔州白帝城，非是。」《心解》同。愚按：白帝城依山，今築城亦依山，依作依樣解，若作西方解，無謂。

《與嚴二郎奉禮別》首二句：「別君誰暖眼，將老病纏身。」《詳注》：「言冷眼者多。」愚按：是別君後誰有暖眼視我者，與下句乃接。

《山寺》：「野寺根石壁，諸龕遍崔嵬。前佛不復辨，百身一莓苔。雖有古殿存，世尊亦塵埃。如聞龍象泣，足令信者哀。使君騎紫馬，捧擁從西來。樹羽静千里，臨江久徘徊。山僧衣藍縷，告訴棟樑摧。公爲顧賓從，咄嗟檀施開。吾知多羅樹，却係蓮花臺。諸天必歡喜，鬼物無嫌猜。以兹撫士卒，孰曰非周才。黄生注云：「『以兹』二句當在『窮子』二句之下。」窮子失浄處，高人憂禍胎。歲晏風破肉，荒林寒可迴。思量入道苦，自哂同嬰孩。」朱鶴齡曰：「章彝爲人，大抵將略似優，乃心不在王室。是冬天子在陝，彝從容射獵，未必無擁兵坐制之意。公窺其微，不敢誦言，因游寺以諷諭之。世尊塵埃，咄嗟檀施，豈天子蒙塵，獨能宴然罔聞乎？『以兹撫士卒，孰曰非周才』，欲其用此道以治兵敵愾，無但廣求福田也。」《詳注》、《心解》俱本之，大略相同，「窮子」指士卒。愚按：黄生注將「窮子」二句調在「以兹撫士卒」句上，極爲有見。蓋「窮子」指僧人，以比士卒，謂如廟宇不脩，窮子失其浄處，則高人憂爲禍胎，所以大開檀施也，以撫士卒，豈不同一理乎？末段即自比窮子，謂如我苦寒望春，亦自哂與嬰孩同，士卒何獨不然？或謂入道，原不可畏苦，如歲晏風必破肉，荒林寒自迴春，即苦盡甘來之意。但此非嬰孩所能受也，以自哂，隱比士卒，亦可。《詳注》、《心解》俱謂已因苦寒樂春，不能同山僧入道，同使君信心，與上文意全不相貫，未敢附會。

《泛江》：「方舟不用楫，極目總無波。長日容盃酒，深江浄綺羅。亂離還奏樂，飄泊且聽歌。故國流清渭，如今花正多。」《詳注》、《心解》俱本方氏，以下「奏樂」、「聽歌」照之，知綺羅爲妓女之衣。愚意即「澄江浄如練」耳。如作妓女衣，則與「奏樂」、「聽歌」，三句一事，未免複沓。

《收京》：「聞道收京邑，兼聞殺犬戎。衣冠却扈從，車駕已還宫。克復誠如此，安危在數公。莫令回首地，慟哭起悲風。」《詳注》：「《杜臆》：却扈從，有不滿諸臣意。」《心解》駁之，以爲喜詞，甚合。《詳注》：「安危，猶《荀子》言『安國之危』。」愚意對尅復作講爲是，用數公則安，不用則危。

《巴西聞收京闕送班司馬入京》第二首：「群盗至今日，先朝忝從臣。嘆君能戀主，久客羡歸秦。黄閣長司諫，丹墀有故人。向來論社稷，爲話涕霑巾。」《心解》别載此首，《詳注》未清。愚按詩意，謂不料群盗竟至今日，我忝先朝從臣，猶不得歸，君能戀主歸秦，不勝嘆羡。黄閣司諫者，尚有故人在焉。君歸，話我向悲社稷，不忘朝廷也。規故人意，自在言外。

《傷春五首》第四首次聯：「近傳王在洛，復道使歸秦。」此不必故實。《詳注》用漢獻還洛，張儀歸秦事，反覺支離。

第五首：「聞説初東幸，孤兒却走多。難分太倉粟，競棄魯陽戈。」《詳注》：「《漢紀注》：從軍死事者之子，養羽林，教以五兵，號羽林孤兒。」「次聯嘆衛士飽粟，不能操戈禦虜，而反爲出奔之輸。」愚按：難分倉粟，似平時無食之意。

《玉臺觀》第一首：「中天積翠玉臺遥，上帝高居絳節朝。遂有馮夷來擊鼓，始知嬴女善吹簫。江光隱見黿鼉窟，石勢參差烏鵲橋。更肯紅顔生羽翼，便應黄髮老漁樵。」《杜臆》：「謂若生羽翼，便老漁樵，知公未肯忘世也。」語意晦澁。《詳注》：「末二言情，恐昇仙而未得。」語意更稚。愚按語意，更肯令我紅顔生羽翼乎，果爾，則便應黄髮老漁樵矣。恐未必然也，是不信神仙意。

《奉待嚴大夫》：朱注：「此詩，舊俱編在廣德二年。黄鶴編在寶應元年，非是。」辨駁甚詳。愚按：「殊方又喜故人來」，只一「又」字，已可定爲廣德作矣，況下「不知旌節隔年回」可證。

《將赴成都草堂途中有作先寄嚴鄭公五首》第二章次聯：「雪山斥候無兵馬，錦里逢迎有主人。」《詳注》以「主人」屬公自謂，則「逢迎」迎嚴公也。結云：「習池未覺風流晚，況復荆州賞更新。」豈不夾雜複沓？《心解》謂主人屬鄰里講，得之。

第三首五六句：「書籤葯裹封蛛網，野店山橋送馬蹄。」《詳注》：「蛛網久封，馬蹄空送，堂中闃無人跡。」《心解》以「蛛網」爲堂内之塵封，「馬蹄」爲公自指歸途，於「送」字似欠合。然如《詳注》，結句「肯藉荒庭春草色，先拚一飲醉如泥」，又接得太率。仍依《心解》「送」作送歸解乃可。

第四首：「常苦沙崩損葯欄，也從江檻落風湍。新松恨不高千尺，惡竹應須斬萬竿。生理祇憑黄閣老，衰顔欲付紫金丹。三年奔走空皮骨，信有人間行路難。」《詳注》：「『葯欄』、『江檻』，昔所結構者。」引劉逵曰：「設江檻以減殺風湍，則沙岸不至崩頽。」是「落」字作減殺講，「從」作隨字解。愚意檻在江上，何以能減殺風湍？且與將歸意無涉，與下四句亦截然不貫。《心解》：「『從』，隨也。時聞江檻已落，恐損及葯欄。」近之。愚意「從」作任解，蓋沙崩損欄，昔日所常苦者，今離草堂三年，江檻必壞，此也任之。惟最愛之新松不易長，可惡之惡竹偏易長，培之，去之，有望於嚴，故接「生理祇憑黄閣老」云云。「生理」二句，詞意極博大精深，《詳注》以爲近腐，何耶？「三年奔走空皮骨」，近今詩翁，有襲爲「一官奔走空皮骨」者，試思杜公因奔走三年，所以致消瘦而空皮骨，如「一官」，豈不與下五字如贅耶？

《草堂》末二句：「飲啄愧殘生，食薇不敢餘。」《詳注》引《杜臆》：「一飲一啄，已愧此殘生，而薇蕨有餘矣。」欠明析。愚按：是只敢食薇，不敢及餘之意。

《題桃樹》：「小徑升堂舊不斜，五株桃樹亦從遮。高秋總餽貧人食，來歲還舒滿眼花。簾户每宜通乳燕，兒童莫信打慈鴉。寡妻群盜非今日，天下車書已一家。」《詳注》：「『非今日』，今無亂離也。」愚按：言其亂離已久也，今幸得復治，乳燕、慈鴉，不猶一家乎？暗承餽貧人食意。乳燕、慈鴉，即比人也。《心解》以爲詩是題桃，後四句總要歸在桃樹上，故解云：「『乳燕』、『慈鴉』，無補於世，皆護惜之。桃非其類乎？」理意俱背。

《奉寄高常侍》：「汶上相逢年頗多，飛騰無那故人何。總戎楚蜀應全未，方駕曹劉不啻過。今日朝廷須汲黯，中原將帥憶廉頗。天涯春色催遲暮，别泪遥添錦水波。」王嗣奭曰：「高杜交契，不作諛詞。『總戎』句，不諱其短。『方駕』句，獨稱其長。下但云中原相憶，則西蜀之喪師失地，亦見於言外矣。此可謂深文。」《詳注》：「『無那』，無如適者。『應全未』，未盡其長。『不啻過』，遠過古人。」《心解》略同。愚意唐人詩多以「無奈」爲「無那」，是言其飛騰留不住也。《心解》謂「『應全未』欠妥，『方駕』句夾雜」，正不知「未」字對「過」字之精耳。曹劉稱其詩才，是實録，何夾雜？

《贈王二十四侍御契四十韻》中八句：「會面嗟黧黑，含凄話苦辛。接輿還入楚，王粲不歸秦。錦里殘丹竈，花溪得釣綸。消中祇自惜，晚起索誰親。」《詳注》：「此段自叙初歸之事。『會面』，見成都人也。」下八句：「伏柱聞周史，乘槎有漢臣。鵷鴻不易狎，龍虎未宜馴。客即挂冠至，交非傾蓋新。由來意氣合，直取性情真。」《詳注》：「此段侍御還蜀，而重叙交情。」愚按：《詳注》以「會面」謂見成都人，以下段有「客則挂冠至」，始指王侍御也。鄙意此二段宜併一段，接上「子去何瀟洒，余藏異隱淪」。別後懷思。「會面」二句虛提，「接輿」六句話己之苦辛，「伏柱」四句話王之苦辛，「客即挂冠至」，喜以後交情永合也。《心解》近之。「屢喜王侯宅，時邀江海人。」《詳注》：「此王侯即指王姓侍御，不得擬王侯。」《心解》謂「未安。侍御恐是賃故侯廢宅爲居者。」近之。愚按前後文勢，此宅不是王侍御所居，必別有王侯，如漢中王者，邀公與侍御宴飲，故及之，觀下「出入並鞍馬，光輝參席珍」可見。《詳注》：「參席，同飲也。」則與上下多複，不如作席上珍解，即指侍御爲當。「區區甘累趼，稍稍息勞筋。」《詳注》：「『甘累趼』，公自謂。『息勞筋』，指侍御。」愚意二句開合勢，不必分指。結云：「列國兵戈暗，今王德教淳。要聞除猰貐，休作畫麒麟。洗眼看輕薄，虛懷任屈伸。莫令膠漆地，萬古重雷陳。」《詳注》：「此有感世，而以古道交情望諸侍御也。『除猰貐』，勉其立功。『休畫麟』，戒其尸位。」引《朝野僉載》：「楊炯每目朝官爲麒麟楦，脫皮還是驢耳。」《心解》：「按：本文乃自謂，無規侍御之意。當主圖形麟閣。『休作』，言不作此想。」近之。愚按：此數句收結，賓主俱在内，亦可蓋侍御。已挂冠不出者，何猶作麟閣想？如謂麒麟楦於畫字，先牽强矣。

《軍中醉歌寄沈八劉叟》：「酒渴愛江清，餘酣漱晚汀。軟沙歌坐穩，冷石醉眠醒。野膳隨行帳，華音發從伶。數盃君不見，都已遣沉冥。」《詳注》：「此詩不樂居幕而作也。上四言草堂醉後，有倘佯自得之興。下四言軍中陪宴，非豪飲盡興之時。沈、劉蓋草堂同飲者，故寄詩以見意。」「結作十字句解，數盃之後，君不見我沉冥乎。」愚按：「野膳隨行帳」，雖軍中而實江上也，不得以上四爲草堂之飲，下四爲軍中之宴。鄙意上四係未奏樂，飲醉而醒，下四係奏樂成宴，蓋謂正要暢飲，乃數盃而君皆不見，豈都已遣沉冥耶。沈、劉似同幕同宴，因醉先回，故寄以嘲之。《心解》極合。

《韋諷録事宅觀曹將軍畫馬圖歌》中云：「曾貌先帝照夜白，龍池十日飛霹靂。内府殷紅瑪瑙盤，婕妤傳詔才人索。盤賜將軍拜舞歸，輕紈細綺相追飛。貴戚權門得筆跡，始覺屏障生光輝。」《詳注》：「《杜臆》：賜盤詔索，正索其貌照夜白也。下言紈綺追飛，乃權戚求畫，此亦用倒插法。」愚按詩意，明皇觀將軍所畫照夜白，靈奇可喜，詔婕妤取瑪瑙盤賜之，才人即向府索盤，故遂接以拜賜舞歸云。《太子張舍人遺織成褥段》中云：「客云充君褥，承君終宴榮。空堂魑魅走，高枕神形清。」《詳注》：「爲坐褥，則當冥增榮。爲卧褥，則魑魅驚走。」愚按：走魑魅而清形神，正是「承君終宴榮」，不必分坐褥、卧褥。結云：「錦鯨卷還客，始覺心和平。振我粗席塵，愧客茹藜羹。」通篇本曾子易簀意，而語多激切。《心解》以爲此却褥後所作，藏已篋笥，非示張者，信然。

《寄董卿嘉榮十韻》：「聞道君牙帳，防秋近赤霄。」《詳注》以吴注引邢君牙爲謬，「君牙帳，謂董君之牙帳。」《心解》仍之。愚恐另有君牙，待考。「會取干戈利，無令斥候驕。」《詳注》：「兵利寇退，則斥堠不驕。」愚按：《史記》：「將驕卒惰者必敗。」宜是嚴斥候意。

《到郪》：「碧澗雖多雨，秋沙先少泥。蛟龍引子過，荷芰逐花低。」《詳注》：「澗經雨洗，則泥去沙存。雨多水寬，故蛟龍引子過。泥少根脱，故荷芰逐花低。下二分承。《杜臆》謂荷芰低垂，如蛟龍經過。此另一説。」愚按：首句用「雖」字撇過，注在「秋沙」「少泥」，「蛟龍」二句，總頂「少泥」。惟少泥水清，則見蛟龍引過，少泥水滿，則覺荷芰花低。二句有寓意。「老去參戎幕，歸來散馬蹄。稻粱須就列，榛草即相迷。蓄積思江漢，疏頑惑町畦。暫酬知己分，還入故林栖。」《詳注》：「欲謀稻粱，須身就農列，惜田間榛草日已荒迷。思出江漢，則蜀難久留，但舊畦仍在，未免惑志。」愚按：「疏頑惑町畦」是脱略不知彼此意，所以願入故林栖也。「故林」從「江漢」來，指河南舊居，不指草堂。《心解》得之。

《獨坐》第三聯：「滄溟恨衰謝，朱紱負平生。」《詳注》：「『滄溟』，指江村。」愚按：指海。恨衰謝，欲浮海而不能。《心解》得之。

《送舍弟穎赴齊州》第二首後四句：「江通一柱觀，日落望鄉臺。客意長東北，齊州安在哉。」《詳注》：「『一柱觀』，經過之路。『望鄉臺』，遥想齊州。『安在』二字，寫穎意中旁皇奔赴之情，從上句連讀。」愚按：「一柱觀」是弟所經，「望鄉臺」是公所登。「客意」，公自謂。弟往東北，而公意長在東北，故登臺而望「齊州安在哉」。《心解》得之。

《懷舊》，《詳注》：「杜詩有用字犯重者，『漢史徒空到』，『徒』下不當用『空』字，『不復更論文』，『復』下不當用『更』字。」愚按：此等虚字重用，《左》、《史》皆有，正見其古。

《哭台州鄭司户蘇少監》起云：「故舊誰憐我，平生鄭與蘇。存亡不重見，喪亂獨前途。」此「獨」字，三人俱在内中云。「道消詩發興，心息酒爲徒。許與才雖薄，追隨跡未拘。班揚名甚盛，稽阮逸相須。」《詳注》：「『許與』承詩，『追隨』承酒。『班揚』承詩，『稽阮』承酒。」《心解》駁之，以「『道消』二句爲知交謝而哀輓攖情，意緒孤而沉冥取醉，作束上語。」此亦束得無理。惟「班揚」二句可以分承詩酒，「許與」二句難以分承。《詳注》往往硬以分頂、分承，誤失詩意，《心解》又往往矯而過之，均失也。

《初冬》末二句：「干戈未偃息，出處遂何心。」《詳注》：「『遂何心』，出處兩未遂也。」愚意欲出遂可出乎，欲處遂可處乎。「遂」字作虚字用。

《營屋》後段：「度堂匪華麗，養拙異考槃。草茅雖薙葺，衰疾方少寬。」「草茅」句承「匪華麗」來，言雖不過薙草葺茅，而衰疾方得少寬矣。如此用「雖」字，《史記》有之。《項羽本紀》：「義帝雖無功。」

《長吟》第二聯：「花飛競渡日，草見踏青心。」《詳注》云：「此有兩説，一足踏青草之心，一人有踏青之心，前説爲近。」愚按：人當競渡之日，而花與之俱飛，人有踏青之心，而草爲之若現，見花草之有情。如云踏青草之心，則無味。《心解》以競渡對踏青，亦當踏青而偶見競渡耳，後人不得並用。既云偶見，何妨偶用，豈杜公有偶見，而後人不得偶見耶？末云：「賦詩新句穩，不覺自長吟。」《詳注》引顧注云：「『晚節漸於詩律細』，非細不能穩也。可見『語不驚人死不休』猶帶少年意氣。」胡夏客云：「詩句已穩，猶自長吟，比草草成篇，高歌得意者，懸絶。」此等議論，皆忘却詩題有「長吟」二字也。

《去蜀》末二句：「安危大臣在，不必淚長流。」《詳注》：「『大臣』，指郭、李。」「《吕氏春秋》：先王之所以治亂安危也。」愚按：言國家安危，自有大臣在耳。「安危」字平用，「大臣」不必指郭、李。《心解》指嚴武，亦不必。

《狂歌行贈四兄》中云：「今年思我來嘉州。」《心解》：「此係去成都以後，公留嘉非久，而四兄乃適來看者，必其赴成都相候，值公已行，而追及之。」愚意或四兄從水路上成都來，而公至嘉州，適遇，同居。

《宴戎州楊使君東樓》：「勝絶驚身老，情忘發興奇。座從歌妓密，樂任主人爲。重碧拈春酒，輕紅擘荔枝。樓高欲愁思，横笛未休吹。」《詳注》：「座從妓密，寫出少年痴心。樂任主爲，曲盡妖姬媚態。山谷云：拈酒擘枝，此主人使歌妓爲樂也。」愚按：座從妓密，有隨俗之意。樂任主爲，有自傷之意。非譏年少摹妖態，乃驚身老也。拈酒擘枝，自拈自擘，所謂發興奇也。末二句仍不能因勝絶而忘愁矣。《心解》以「歌妓」二句爲發興，亦不確。

《撥悶》：「聞道雲安麴米春，纔傾一盞即醺人。乘舟取醉非難事，下峽銷愁定幾巡。長年三老遥憐汝，捩舵開頭捷有神。已辦青錢防雇直，當令美味入吾脣。」《詳注》：「《杜臆》：『汝』指麴米春，言舟子亦憐酒而捷往也。『雇』，謂舟費。『直』，謂酒資。」愚按：汝即指長年三老，因其捷於捩拖開頭，故憐之，尚未登舟，故遥憐。美味乃指春酒。若以舟人憐酒而捷於開舵，語意似稚。且接青錢雇直，似脱。又以美味指酒，似重。「雇直」，雇價之謂，專指舟費。

《長江》第二首收句：「未辭添霧雨，接上過衣襟。」《詳注》引《杜詩博議》：「江流之大，不辭霧雨。雨接江流而上，過人衣襟之間，所謂波浪兼天涌者如此。」「單複疑有訛字。按：『接上』恐當作接壤言，水浸岸上也。」《心解》謂不特江浪騰躍，即再添霧雨，使衣襟濕透，亦所不辭，作勇決出峽語。此似從《博議》而裁之者，近似，然總不確，闕疑可也。

《承聞故房相公靈櫬自閬州啓殯歸葬東都有作》第二首三聯：「劍動親身匣，書歸故國樓。」《心解》：「『匣』謂劍匣。」《詳注》指蛟龍匣，謂親身棺，非。《哭嚴僕射歸櫬》「風送蛟龍匣」，指棺也。有作「風送蛟龍雨」，更妥。

《十二月一日》第二首三四句：「負鹽出井此溪女，打鼓發船何郡郎。」遠注：「峽中多曲，江有峭石，兩舟相觸，急不及避，故發船多打鼓爲號。」愚按：尚有一説：川江百丈，牽瀨遠在山上，不知瀨過與否，鼓不止，則牽不可止也。

《船下夔州郭宿雨濕不得上岸別王十二》後四句：「晨鐘雲外濕，勝地石堂偏。柔櫓輕鷗外，含悽覺汝賢。」《詳注》依晉本作「雲岸」，爲與題相合。「石堂偏」改作「石堂烟」，爲「『烟』是晨景，作『偏』字少理會。」《心解》同。愚按：題是「雨濕不得上岸別王」，後截歸重此意。「雲外」作「雲岸」尚可，其實「外」字好。蓋天晴則鐘徹，今聞晨鐘而知雨濕雲外，言其遠。「石堂烟」不如「偏」字多多。偏指王判官所居之偏，濕遠地偏，所以不得上岸作別。如以「烟」對「濕」，便成死句，詩意在雨濕，不在晨景。

《客堂》中云：「舊疾廿載來，衰年得無足。死爲殊方鬼，頭白免短促。」《詳注》改作「甘載來」，《心解》同。愚按：自是「廿載」，觀下句「免短促」可見，「甘載」究不成話。

《引水》末二句：「人生流滯生理難，斗水何直百憂寬。」《詳注》：「夔州取泉，勝於雲安沽水，但生理艱難，一水未足以解憂。」愚按：承上句「接筒引水喉不乾」，生理艱難，斗水遂可潤喉活命，豈但百憂可寬哉。《心解》得之。

《上白帝城》末二句：「公孫初恃險，躍馬意何長。」《詳注》：「『公孫』指崔旰。《杜臆》：意何長，言雖負雄心不能久據。」愚按：言恃險之初，其意何長，含後則敗亡。《心解》得之。

《上白帝城二首》第一首二三聯：「天欲今朝雨，山歸萬古春。英雄餘事業，衰邁久風塵。」《詳注》引《杜臆》：「謂此世界英雄儘有事業可爲，惜以衰邁久混風塵。」愚按：此解得曲而無當。「餘」字是指公孫言，伯業空餘此城，己乃衰邁，久滯此地，俱頂上「萬古春」。《心解》得之。

《陪諸公上白帝城宴越公堂之作》末二句：「莫問東流水，生涯未即拋。」《詳注》：「生涯未拋，不能舍夔州下也。」愚按：流水東逝不返，人老生涯亦拋，今未即拋，是悲壯語。《心解》：「見姑謀居止意。」亦欠透亮。

《武侯廟》：「遺廟丹青落，空山草木長。猶聞辭後主，不復卧南陽。」《詳注》引朱注：「武侯爲昭烈驅馳，未見其忠，惟當後主昏庸，盡瘁出師，不復有歸卧之意。『猶聞』者，空山精爽，如或聞之。」《心解》獨取其「空山精爽」二語，其餘不合，且語病不少。愚按：孔明起南陽，辭後主，此自始至終之出處，今猶聞其辭後主，不復見其卧南陽，雖出師未捷，而精爽猶存。

《八陣圖》：「功蓋三分國，名成八陣圖。江流石不轉，遺恨失吞吳。」《詳注》：「所恨吞吳失計。」引《東坡志林》：「嘗夢子美謂僕：『吾意本謂吴蜀脣齒之邦，不當相圖。晉之能取蜀者，以蜀有吞吴之志，以此爲恨耳。』」《心解》雖辨詩意「恨」從「石不轉」生出，謂「天若留遺此恨跡」。至論所恨之失處，與《詳注》同。愚按：此詩宜仍照舊説，以不能滅吴爲恨。蓋孔明於魚腹布此陣圖，原爲吞吴計，非爲魏也。諸説紛紛，總好奇耳。至東坡爲君子儒，斷非捏夢以欺世，然因平日心中索解此二句，夜自能致魂夢，亦能錯致杜公。既實著於詩，又何虚托於夢？即後人誤解，於詩何損，而必汲汲於夢以惑人耶？東坡君子之心，而却有文人之氣，談玄道妙，遂使杜公同於土木偶人，疑鬼疑神，爲後世聚訟張本，可謂誣矣。如果杜公之靈，因一詩爲人錯解，必汲汲以明之，則孔子之書，爲後人錯解者未必盡無，宣聖之靈，何不一夢及人耶？世人多惑，不可以不辨。

《曉望白帝城鹽山》末二句：「春城見松雪，始擬進歸舟。」《詳注》引《杜臆》：「春城焉得有雪，亦謂鹽山似之。見此佳景而始擬進舟，有不忍遽然之意。」愚按：通首無山似鹽之意，收句何突然以雪比之？冬則山只見雪，春則見松帶雪，承上「暄和」，故始擬進歸舟，欲出峽也。《心解》以歸舟爲久艤出峽之舟，「故直名之『歸舟』」，今見斯異境，欲進舟以窮其勝」。更不可解。

《憶鄭南》：「鄭南伏毒寺，瀟洒到江心。」《心解》謂鄭南無江，當即指渭。又云：「寺乃倚山臨川，今詩曰『到江心』，蓋謂『瀟洒』適意，此到江之心境。舊誤讀『到江心』，全首都無入港處。」此何説也，豈謂寺必在江心之中，而後可云到江心乎？則天下只有楊子江、金山寺矣。《詳注》：「寺在江中。」自合。

《贈崔十三評事公輔》，五律帶古。《心解》謂此詩「俗解繆戾特多」，今細較之，與《詳注》大略相同。中云：「燕王買駿骨，渭老得熊羆。活國名公在，拜壇群寇疑。冰壺動瑶碧，野水失蛟螭。」《詳注》：「『駿骨』、『熊羆』，謂主帥能用崔。『名公』，即指元戎。『群寇疑』，能『活國』也。」《心解》亦同。惟《詳注》以「冰壺」句「言將令肅清」，「野水」句「言餘孽銷除」，此承「活國」、「登壇」來，《心解》謂「冰壺朗徹，使在野英俊，一時奮飛」，此合下「入幕諸彦集，渴賢高選宜」去。愚按：「冰壺」句，《心解》爲是，「野水」句，《詳注》爲是。蓋惟名公冰壺朗徹，所以能得駿馬熊羆，而銷除野水蛟螭也，上下俱貫。

《火》，題原注：「楚俗，大旱則焚山擊鼓，有合神農書。」起云：「楚山經月火，大旱則斯舉。舊俗燒蛟龍，驚惶致雷雨。」《詳注》：「此先叙舉火之由。」「爆嵌魑魅泣，崩凍嵐陰昈。羅落沸百泓，根源皆太古。青林一灰燼，雲氣無處所。」《詳注》：「此日中之火，熖徹於山林。」「根源皆太古」句無解，引《三墳》「太古之人皆壽」云爾。《心解》：「火羅泓傍而水沸，泓源沸盡而根見，二句串講。『皆太古』，謂從未見底也。」如此解，亦應「根」字頂「爆嵌」、「崩凍」，「源」字頂沸泓，則「皆」字方合，然牽强、晦塞、稺氣，一句病全矣。愚按：段落宜從《心解》，自「爆嵌魑魅泣」六句合下「入夜殊赫然，清秋照牛女。風吹巨熖作，河漢騰烟柱。勢欲焚崑崙，光彌焮洲渚。腥至焦長蛇，聲吼纏猛虎。神物已高飛，不見石與土」十句，前後共十六句爲一段，不宜如《詳注》分日中、夜間作兩段。「根源皆太古」，言爆山沸泓，楚俗謂自太古已然，承上「舊俗」，即題原注「有合神農」意作一應。下言一爈之後，雲氣更無處所，徒見自日至夜，火焰滔天，蛟龍避去，無能爲雨也。末段云：「爾寗要謗讟，憑此近熒侮。薄關長吏憂，甚昧至精主。遠遷誰撲滅，將恐及環堵。流汗卧江亭，更深氣如縷。」《詳注》引朱注：「舊俗不經，實因長吏薄於憂民。」《心解》略同。愚按：「憂」即下「將恐及環堵」意，然習俗如是，故只云薄關，非薄於憂民之謂。「烟柱」，《詳注》恐無出處，欲改從手作「拄」，不必。

《熱》第三首：「朱李沉不冷，彫菰炊屢新。」楊慎引《説文》：「彫菰，一名蔣。」恐是水菜炊食，可以解熱，故曰「屢新」。《杜臆》謂彫胡之飯「天熱易餿，故每新炊」，未免穿鑿。

《夔州歌》第三首：「群雄競起問前朝，王者無外見今朝。比訝漁陽結怨恨，元聽舜日舊簫韶。」《詳注》：「『群雄』，指前代據蜀者，不指安史陷京。『舜日』，指明皇入蜀時，不指代宗復國。」愚按：「舜日」自指明皇，「元聽」是言今日見漁陽徒敗而舜樂依然。《心解》得之。

第七首：「蜀麻吴鹽自古通，萬斛之舟行若風。長年三老長歌裏，白晝攤錢高浪中。」《詳注》引曾季貍《艇齋詩話》：「『攤錢』，即攤賭也。」《心解》同。愚按：川江之險，從無夜舟可行者，故曰白晝。其運麻、運鹽，皆於高浪中圖利，如錢攤播浪中，何險如之。如攤賭，夜間亦可，何必白晝？

《毒熱寄簡崔評事十六弟》中云：「千室但掃地，閉關人事休。」《詳注》：「『掃地』，欲卧地求涼也。」愚按：言往來行迹掃絶，故下句曰「閉關」，《詳注》何本？《心解》駁其稚甚，信然。又云：「炎宵惡明燭，况乃懷舊丘。」《詳注》：「對燭增煩，不如舊丘安適。」愚按：對燭增炎，非增煩也。「懷舊丘」，更增煩矣，故用「况」字。末云：「短章達我心，理爲識者籌。」《詳注》「爲」字：「去聲，一作『待』。」《心解》直作「待」。「待」字意出。

《信行遠修水筒》結四句：「詎要方士符，何假將軍佩。行諸直如筆，用意崎嶇外。」「符」，用《神仙傳》「葛玄取一符投水中，能使逆流而上。」「佩」，用《東觀漢記》「李貳師將軍投佩刀刺山而泉飛出。」《詳注》、《心解》同。按：「佩」有作「蓋」、作「拜」者，引用錯雜，不如「佩」字對「符」字，典與意皆穩。「行諸」，作信行之行，去聲，「諸」猶乎，呼其名。定功曰：「後魏古弼，太武嘉其直而有用，以其頭尖，呼爲筆公。《詳注》、《心解》同。似覺牽强。愚按：以符佩襯起「筆」字，水筒須直，故囑其用意。《心解》以爲結是嘉其成功，非重叙入山事。愚按：往來四十里之水筒，非一日即能脩畢，故復勉其行諸。山路崎嶇，故復云「用意崎嶇外」。

《催宗文樹雞栅》舊本：「吾衰怯行邁，旅次展崩迫。愈風傳烏雞，秋卵方漫喫。自春生成者，隨母向百翮。驅趁制不禁，喧呼山腰宅。課奴殺青竹，終日憎赤幘。踏籍盤案翻，塞蹊使之隔。墻東有隙地，可以樹高柵。避熱時來歸，問兒所爲迹。織籠曹其內，令入不得擲。稀間可突過，嘴距還汙席。我寛螻蟻遭，彼免狐貉厄。應宜各長幼，自此均勍敵。籠柵念有修，近身見損益。明明領處分，一一當剖析。不昧風雨晨，亂離減憂慼。其流則凡鳥，其氣心匪石。倚賴窮歲晏，撥煩去冰釋。未似尸鄉翁，拘留蓋阡陌。」《心解》依舊本，《詳注》依《杜臆》，將「課奴殺青竹」句改在「終日憎赤幘」上，「踏籍盤案翻」句改在「塞蹊使之隔」上，將「避熱時來歸」二句改在「我寛螻蟻遭」上，謂如此方明白。愚按：不如仍舊，自明白。「我寬螻蟻遭」句，《詳注》謂有柵則雞不啄蟻。愚意雞不汙席，則我得寬螻蟻之遭，比雞嘴距汙席如遭蟻之叢擾也。「各長幼」、「均勍敵」，俱是指雞，螻蟻不在「各」字内。《詳注》以「我寬螻蟻遭」四句爲宗文答公問詞，更屬無謂。《詳注》：「『損益』，查籠柵之不齊。『剖析』，别雞群之異黨。」愚按：「損益」、「處分」、「剖析」，總承上文，一切所包，道理甚大，《詳注》、《心解》俱未確。「亂離減憂慼」，《心解》謂指雞，不如《詳注》謂聽雞減憂。「亂離」即應起處「行邁」、「旅次」意。「倚賴窮歲晏」，《詳注》謂歲終充用。愚按：即起「秋卯」、「愈風」，非宰雞度歲之意。《詳注》：「末二句，作自哂語。」愚按：是解嘲語，見旅中圖即次之安，非拘留有求仙之想也。

《七月三日戲呈元二十一曹長》末四句：「吾子得神仙，本是池中物。賤夫美一睡，煩促嬰詞筆。」《詳注》謂元二十一未能化羽，而己之美睡同仙。則於「煩促」句無着。《心解》謂得仙本是凡胎所致，而我但「美睡」，能無「煩促」。於「本」字似有理會，然非「戲呈」。愚意子得神仙，終不免池中之物，我美一睡，仍不免煩促，所嬰可同一粲。

杜詩注解摘參(伊蒿文集卷之七)

會稽甯錡湘維氏著

《牽牛織女》後云:「嗟汝未嫁女,秉心鬱忡忡。防身動如律。」《詳注》:「女子待嫁,未免憂心忡忡。」愚按:未嫁之女,常恐失身,故「秉心鬱忡忡」,非爲待嫁而憂也。《心解》謂「體貼待嫁時心事,微甚」,此更作何解?「小大有佳期,戒之在至公。」《詳注》謂「大而仕進,小而婚配」。《心解》謂大小「總以男女嘉會言」,得之。

《雨》起四句:「峽雲行清曉,烟霧相徘徊。風吹蒼江樹,雨洒石壁來。」《詳注》引朱子:「『樹』字無意思,當作『去』,正對『來』字。」愚按:以「去」對「來」,有何意思?不如「樹」字好。

《雨二首》第二首中云:「連檣荆州船,有士荷戈戟。南防草鎮慘,霑濕赴遠役。群盜下辟山,總戎備强敵。水深雲光廓,鳴艫各有適。」《詳注》本《杜臆》:「『草鎮』,峽西地名。峽西有亂,總戎調荆州兵防之。」「『群盜』,指小寇,又『下辟山』,而總戎只備强敵,不暇及之。」愚按語意,似「草鎮」、「辟山」寇盜齊發,總戎調兵分防,故云「鳴櫓各有適」。《心解》近之。

《奉漢中王手札》起云:「國有乾坤大,王今叔父尊。」《詳注》本滔注,「謂王所封之國甚大」,則「乾坤」二字何以安放?意是乾坤有大國,練句作對耳。

《雨》末二句:「干戈盛陰氣,未必自陽臺。」愚按:雨爲干戈陰氣所致,因地有陽臺,用以作翻耳。

《詳注》謂「非由地氣使然」，覺泛。或解謂非貴妃所致，更鑿。

《楊監又出畫鷹十二扇》：「近時馮紹正，能畫鷙鳥樣。明公出此圖，無乃傳其狀。」《詳注》：「鷹圖乃臨摹馮畫。」引朱注：「謝赫《畫評》：畫有傳移摹寫，爲六法之一。」愚按詩意，謂出此圖以傳其狀，乃傳示之傳，自是馮紹正所畫。

《白帝》：「戎馬不如歸馬逸，千家今有百家存。」《詳注》評二句「掉字成句，詞調稍平」，誠然。《杜臆》謂「『戎馬』指作亂者，『不如歸馬逸』，笑其勞而無功」。如此與上下文意不貫。愚按：「戎馬不如歸馬逸」，此何須説，杜必無此平庸之句。「不如」應是「不知」，字竟就馬言，蓋戎馬無歸，何知歸馬之逸，較「如」字爲警。

《謁先主廟》中云：「霸氣西南歇，雄圖歷數屯。錦江元過楚，劍閣復通秦。」《詳注》：「舊注：『錦江』、『劍閣』，蜀地。『過楚』、『通秦』，傷其不久而合於晉。《杜臆》：若非氣歇、數屯，東達楚，可以取吳，北通秦，可以取魏。此多一轉折，不如舊注。」《心解》從《杜臆》，得之。蓋雖多一轉折，氣味深厚。如就合於晉説，公時唐室一統，豈宜傷其合哉？且語勢平直，有何意味？後云：「絶域歸舟遠，荒城繫馬頻。如何對摇落，况乃久風塵。孰與關張並，功臨耿鄧親。應天才不小，得士契無鄰。遲暮堪帷幄，飄零且釣緡。向來憂國泪，寂寞洒衣巾。」《詳注》：「孔明與伊吕相伯仲，舊説以關張相比並，非也。一云：孔明豈與關張相並，直與耿鄧相親，亦非也。詩本言先主，而突贊武侯，語氣不符。蓋公不以將材自居，而欲爲中興名佐，是也。《箋》亦云：『孰與』四句，屬公自叙語。」愚按：自是公自叙，但究以孔明自負，言對摇落而久風塵，孰有如孔明之並關張而親耿鄧者，應天契主，以成功業耶？孔明與伊吕伯仲，非關張可並。先主相契，則與關張並耳。

《諸將》第一首：「漢朝陵墓對南山，胡虜千秋尚入關。昨日玉魚蒙葬地，早時金碗出人間。見愁汗馬西戎逼，曾閃朱旂北斗殷。多少材官守涇渭，將軍且莫破愁顔。」《心解》：「此爲備吐蕃者告也。吐蕃於廣德元年，一陷京師。上年永泰元年，再逼京師。」「焚陵係廣德事，『見愁』，指永泰事。詩用兩截遞寫。上截意中之唐，言中則漢。下截用『見愁』字遞落，無複舉之病。」解甚清切。愚謂上截用漢事，爲本朝諱，更得體。「玉魚」、「金碗」，此係幽事，不必深考。「北斗殷」，見賊熾之盛。《詳注》用朱注，指爲旂上斗星，未免曲説。《杜詩箋》謂「焚宫烟焰」，仍混入初寇矣。兩「愁」字複，偶失檢耳。《詳注》謂是「丁寧致戒」，不必。

第三首後半：「朝廷衮職誰争補，天下軍儲不自供。」《詳注》引顧注：「衮職誰補，言相皆出將。」愚按：言宰相不能補闕耳，非相皆出將之謂。《心解》作「衮職雖多預」，「謂諸將徒擁高位」。愚意亦不必分將相。「稍喜臨邊王相國，肯銷金甲事春農。」《詳注》謂「諸鎮不知屯種，而縉獨舉行，是稍喜。縉素附元載，此事可節取，亦是稍喜。」《心解》用前説，得之。

《八哀・贈司空王公思禮》後云：「不得見清時，嗚呼就窀穸。永繫五湖舟，悲甚田横客。千秋汾晉間，事與雲水白。」《詳注》：「公方繫舟，不得赴哭，故作歌以悲，甚於田横之客。舊引范蠡乘舟泛湖事，非。」《心解》亦爲二句公自謂。愚按：應屬思禮説。蓋思禮本望功成而泛五湖，今不得見時清而就窀穸，則舟惟永繫而已。「田横客」，就其部下言，若主杜公自説，「千秋」二句，如何硬接？公與思禮無甚交接，爲國而哀之，何必自比田横客耶？

《故司徒李光弼》起云：「司徒天寶末，北收晉陽甲。胡騎攻吾城，愁寂意不愜。人安若泰山，薊北斷右脅。朔方氣乃蘇，黎首見帝業。」《詳注》：「光弼西扼賊衝，故朔方無虞，肅宗得以起業靈武。攻城，指太原。『愁寂』，賊失意也。」愚按：「愁寂」應指司徒言。賊攻太原，拒守五十餘日，其意之愁寂何如。如指賊失意，「愁寂」二字難通。結二句：「疲苶竟何人，灑淚巴東峽。」《莊子》：「苶然疲役而不知所歸。」是公自謂。注解未清。

《贈左僕射鄭國公嚴公武》中云：「京兆空柳色，尚書無履聲。群烏自朝夕，白馬休横行。」《詳注》：「烏自朝夕，中丞虚位。白馬休行，諫諍不聞。」「朱注引侯景乘白馬渡江爲證，謂蜀中寇息也。但下文自有『四郊失壁壘』句，不應預侵預用。」「後漢張湛常乘白馬。光武有異政，曰：『白馬生且復諫矣。』」愚按：朱注爲是。是言武没後遺愛及於屋烏，餘威震於群寇耳。下四郊句另講未没時治蜀之政，何預侵？如以「白馬」爲指武，以諫諍爲「横行」，以没爲「休」，似不成話，況上有「三掌華陽兵」句，則「白馬」指蜀寇無疑。

《贈秘書監江夏李公邕》：「長嘯宇宙間，高才日陵替。古人不可見，前輩復誰繼。」《詳注》：「『古人』，概言。『前輩』，指李。」愚按：「前輩」與「古人」一例總提起。下：「憶昔李公存，詞林有根柢。聲華當健筆，灑落富清製。風流散金石，追琢山岳鋭。情窮造化理，學貫天人際。」《詳注》：「『健筆』，言書法，起『金石』二句。『清製』，言文章，起『造化』二句。」「『山岳鋭』，狀碑勢之巍峩。」愚按：健筆凌雲，聲出金石，氣並山岳，總是論文，非論書法。「干謁走其門，碑版照四裔。」又云：「眄睞已皆虛，跋涉曾不泥。」《詳注》：「眄睞皆虛，前之看碑者已往；跋涉不泥，後之摩碑者復至。若以爲索碑之人，於上『干謁』句重複矣。」愚按：眄已皆虛，顧盼間，求碑者已得，而往跋涉來求者亦不煩少泥以待。甚言其文之敏捷，與上不複。如以「眄睞」爲看碑者，可通，以「跋涉」爲摩碑者，何考？

《故右僕射相國曲江張公九齡》，《詳注》：「曲江見禄山有反相，欲因失律誅之，明皇不聽。至幸蜀，追思其言，遣使祭贈。此乃一生大節，關於國家治亂興亡，篇中尚略而未詳。楊升庵補作一篇，格整詞茂，力摹少陵。」備載其詩。愚按：升庵詩句如自哀曲江作則可，如爲杜公補則大不可。內云：「狐媚蕩主心，狼子紓皇眷。」是以「狐媚」指貴妃。杜公曾以楊妃比褒妲，云「狐媚」亦可。但與「狼子」對，以貴妃對禄山，可乎？杜曾以「金蝦蟇」比禄山，曰「至尊顧之笑，王母不遣收」，何等雅道。而哀九齡詩乃「狐媚」、「狼子」直對，成何體統？又有云：「金鏡倏垢塵，玉奴驚睲瞖。」注：「『玉奴』，楊妃小名。『睲』音性，『瞖』音限，目睛大也。東坡詩：『潞州别駕眼如電。』次公注：明皇初爲此官，則『睲瞖』當指明皇。別傳謂張九齡進《金鏡録》，爲貴妃所毀。『驚』者，不欲令帝見此書也。」夫杜公爲唐臣子，直呼貴妃小名，可乎？稱先帝爲「睲瞖」，亦穿鑿附會。又有云：「朱鸞奔咸京，青螺乘蜀傳。」杜詩於明皇幸蜀，代宗幸陝，無不稱狩，《春秋》之義也。即扈駕臣妾，亦不得言奔。以此較之，度量相越，豈不遠哉？至此詩特略曲江彰彰事迹，其宗旨原不在此。《心解》得之。

《夔府書懷四十韵》中云：「文園中寂寞，漢閣自磷緇。」或以「磷緇」爲名玷朝班，固未妥。《詳注》既以楊雄校書漢閣，而以「磷緇」爲磨礪，亦未有所本。鄙意楊雄投閣，公被賊獲，如楊雄之投閣，「磷緇」猶云恨不死耳。「田父嗟膠漆，行人避蒺藜。」《詳注》、《心解》俱引吕祖謙曰膠漆爲弓，嗟歎誅求之多。愚按：嗟禍亂如膠漆之不解耳，與「避蒺藜」正句對而意貫。如誅求獨言膠漆，又云嗟之，句意不成。「長吁翻北寇，一望卷四夷。」《詳注》引《杜臆》：「昔順今逆，故曰『翻』。傾國而來，故曰『卷』。」愚按：「翻」如翻天，「卷」如席卷。「不必陪玄圃，超然待具茨。」《詳注》引朱注：「代宗嘗幸陝，故用周穆黄帝事，言我豈必陪車駕於玄圃？但如黄帝之問道具茨，則治平不難致矣。」愚按：「陪」非自言，指君説。周穆巡玄圃，今君出狩，似陪玄圃之宴，其實不必，但能求賢，則足以爲治，故接以「凶兵鑄農器，講殿闢書帷」云。

《往在》中云：「前春禮郊廟，祀事親聖躬。微軀忝近臣，景從陪群公。登階捧玉册，峩冕聆金鐘。侍祠恧先露，掖垣邇濯龍。」「先露」二字，注家不一，《詳注》作「先路」，引《郊特牲》注：「先路，祭廟車。」《心解》謂「先霑霧露，侵早伺駕。」俱不確。愚按：仍照舊「先露」爲妥。謂前日先靈暴露，君臣侍祠，俱有慙恧。今則直宿掖垣，依然密邇龍宫，舉朝皆有喜氣。故下接以「天子惟孝孫，五雲起九重」云，如此則「恧」字方有着落。如作「先路」，則爲君車恧矣。「前者厭羯胡，後來遭犬戎。俎豆腐羶肉，罘罳行角弓。安得自西極，申命空山東。盡驅詣闕下，士庶塞關中。主將曉順逆，元元歸始終。一朝自罪己，萬里車書通。鋒鏑供鋤犁，征戍聽所從。冗官各復業，土著還力農。君臣節儉足，朝野歡呼同。中興似國初，繼體如太宗。端拱納諫諍，和風日冲融。赤墀櫻桃枝，隱映銀絲籠。千春荐靈寢，永永垂無窮。京都不再火，涇渭開愁容。歸號故松柏，老去苦飄蓬。」《詳注》以「前者」起至「士庶塞關中」爲一段，「此記廣德吐蕃陷京之事。」用誅注：「『前者』，指禄山。『後來』，指吐蕃。」用《杜臆》：「『安得』二字，直貫下節。」又以「主將」起至「永永垂無窮」爲一段，「此論永泰後代宗還京之事。」以末四句爲「思鄉之意作結。」愚按：既以「安得」二字直貫下節，則此至末俱屬期勉之辭，不必數句分截。且「安得」二字直貫至「歸號故松柏」，一大縱也，「老去苦飄蓬」一句擒住，真大開大闔文字。《詳注》分段，有是有非。

《壯遊》題，《詳注》：「上章，『昔者與高李，晚登單父臺』，故拈『昔遊』爲題。此章，『往者十四五，出遊翰墨場』，當拈『往遊』爲題。如作壯年之遊，何以首尾兼及老少事？『壯』字疑誤。」愚按：《昔遊》命題，自是昔年遊也。《壯遊》命題，亦自壯年遊也。因老而追壯，因壯而追少，首尾正宜如此。如「往遊」命題，「往」字可混作往來之往，而必添注往年之往，似俗所謂縮脚韵矣，成何文理？中云：「河朔風塵起，岷山行幸長。兩宫各警蹕，萬里遥相望。」此自言禄山起兵，明皇幸蜀事。「崆峒殺氣黑，少海旌旗黄。」《詳注》用朱注，謂「崆峒在西，少海在東，東西皆用兵」。《心解》以「崆峒」爲助順者，「少海」照舊注，謂太子屬少海星，指廣平王爲元帥，近是。「禹功亦命子，涿鹿親戎行。」《詳注》謂「命子」，明皇命肅宗即位。「親戎」，謂肅宗親征。《心解》謂「命子」，肅宗命廣平王爲元帥。「親戎」，肅宗命子親征。愚按「亦」字義，自屬肅宗命子。蓋明皇既命子，肅宗亦命子也。「翠華擁吴岳，螭虎噉豺狼。」《詳注》謂「『翠華』，天子葆羽。『貙虎』，靈武諸將。」《心解》謂「呈岳」，在鳳翔。「螭虎」，是指隴右、河西、安西、西域助會之兵，非指靈武諸將。愚按：靈武諸將亦自在内，何必不指？至《詳注》以「螭虎」爲不能噉豺狼，必改作「貙虎」，似鑿。「爪牙一不中，胡兵更陸梁。大軍載草草，凋瘵滿膏肓。」《詳注》謂「一不中」，指陳濤斜之敗。「載草草」，指清溝之潰。《心解》謂「一不中」，指肅宗不從李泌西北之兵耐寒新鋭，可先直擣賊巢之議，違性失時，故曰「不中」。如陳濤斜之敗，係肅宗未至鳳翔以前事，與上聯不接。愚按：不中曰一，自實有所指，依《詳注》指陳濤斜之敗爲是。《心解》總執定吴嶽爲不在靈武，殊未讀公《青陽峽》詩：「憶昨踰隴板，高秋視吴嶽。東笑蓮華卑，北知崆峒薄。」翠華所樹，鳳翔、靈武何不可云擁西嶽也？「之推避賞從，漁父濯滄浪。榮華敵勳業，歲暮有嚴霜。吾觀鴟夷子，才格出尋常。群兇逆未定，側佇英俊翔。」《詳注》用《杜臆》：「榮華勝於勳業，鮮能令終，如嚴霜殺草。」「敵」直作勝解。愚按：「敵」當匹解。言「榮華」、「勳業」，等歸於盡，但之推、漁父，究不如鴟夷之才格。今群兇未定，我衰無能，安得不側佇英俊耶？盧注謂「鴟夷」乃思李泌，不必。

《遣懷》中云：「先帝昔好武，寰海未凋枯。猛將收西域，長戟破林胡。百萬攻一城，獻捷不云輸。組練去如泥，尺土負百夫。」《詳注》引《唐韵》：「俗謂負爲輸。」《心解》作拚舍之意。朱注引《國策》注：「負，恃也。」愚按：「組練去如泥」，言死亡衆也。「尺土負百夫」，言尺土之得，直百夫負之而來，作負土解更雋。《贈李八秘書别三十韵》：「往時中補右，扈蹕上元初。」《詳注》、《心解》俱謂扈駕於主上建元之初，非如《草堂》詩「經營上元始」之年號，誠然。但恐無此文法。或人主接統之元年可以稱上元，如有後元之例，亦未可定。中云：「台星入朝謁，使節有吹噓。西蜀灾長弭，南翁憤始攄。對敭抏士卒，乾没費倉儲。勢藉兵須用，功無禮忽諸。」《詳注》：「此秘書入朝後事。」用朱注：「『台星』、『使節』，指杜鴻漸。秘書因鴻漸表薦入朝，其奏對君前，當以師老財匱爲言。蓋全蜀之勢，今方藉兵，不得不用，而諸將冒功無禮，如所謂『抏士卒』、『費軍儲』，其可忽之不問乎？是時崔旰雖歸朝，而楊子琳未釋甲，蜀中所在聚兵，軍儲耗蠹，故因秘書赴幕而及之。言外亦暗規鴻漸也。」《心解》同。大旨不錯。愚按：「對敭」二字指秘書奏對，與「抏士卒」不貫，與「乾没」不對，應指藩鎮之冒功者，迹似對敭休命，而實則抏卒費儲耳。「抏」，損也。「乾没」，坐侵也。秘書因鴻漸吹噓入朝，公期勉之曰：從此蜀灾長弭，我憤始攄。但藩鎮屢叛，對敭而抏士卒，乾没而費軍儲，如此事勢，安得不藉兵用彼冒功無禮者，豈可忽而不治？秘書其如季文子，見無禮於君者，如鷹鸇之逐鳥雀焉，故下以恩賜拜舞接之。

《中夜》：「中夜江山静，危樓望北辰。長爲萬里客，有愧百年身。故國風雲氣，高堂戰伐塵。胡雛負恩澤，嗟爾太平人。」《詳注》：「此客夔而傷亂離也。」「『故國』、『高堂』，北望之意。」「『高堂』概言華屋，非指夔州地名。」《心解》同。愚按：在夔言夔，成都屢興戰伐，塵及夔州，總自禄山反始，故追恨之。如概言華屋，亦何必稱高堂？

《夜》：「疏燈自照孤帆宿，新月猶懸雙杵鳴。」《詳注》：「『懸』，指月，非謂杵聲空懸也。」愚意是言杵聲之高與月同懸耳。如單就月講，則「雙杵鳴」如贅疣矣。

《宿江邊閣》後云：「鸛鶴追飛静，豺狼得食喧。不眠憂戰伐，無力正乾坤。」《詳注》用鶴注：「鸛鶴喻軍士，豺狼喻盜賊，起下戰伐，時蜀有崔旰之亂。」愚意鸛鶴追飛而静者，下畏豺狼也，不獨指軍士。

《宗武生日》：「小子何時見？高秋此日生。自從都邑語，已伴老夫名。詩是吾家事，人傳世上情。熟精文選理，休覓彩衣輕。凋瘵筵初秩，欹斜坐不成。流霞分片片，涓滴就徐傾。」《詳注》：「小子何時見其生。」不如《心解》「嶄然見頭角之見」爲妥。《詳注》「都邑」指成都，不如《心解》概指都邑爲當。即公陷賊時，有詩云：「驥子好男兒，前年學語時。問知人客姓，誦得老夫詩。」可見矣。《詳注》：「流霞涓滴，想得仙漿以起疾。」愚按：流霞爲宗武生日點綴，如俗用初秩霞觴耳。涓滴不能多飲，徐傾不能急飲，承凋瘵强飲而帶喜意。「彩衣」，注家俱用老萊子事，愚意不必。一勉一戒，與《元日示宗武》詩「試吟青玉案，莫羡紫羅囊」同意。注家恐與後詩意複耳，殊不知父示子詩，雖再三複戒，何礙？

《九日諸人集於林》：「九日明朝是，相邀舊俗非。老翁難早出，賢客幸知歸。舊采黄花賸，新梳白髮微。漫看年少樂，忍淚已沾衣。」《詳注》：「舊俗」，懷樊川故里。愚按詩意，公自入蜀以來，已屢經舊俗，且在夔，公亦曾過九日，所以下有「舊采黄花賸」之句。

《秋興八首》第二首：「夔府孤城落日斜，每依南斗望京華。」《詳注》、《心解》俱作「北斗」。愚按：秦城上直北斗，夔州在長安之南，則依南望北爲着實，與上句亦緊接。

第五首：「蓬萊宫闕對南山。」《詳注》改作「高闕」，以下有「雲移雉尾開宫扇」，「宫」字犯重。律詩重字看如何重法，而杜詩尤不可以常論，《心解》是。末句：「幾回青瑣點朝班。」《詳注》：言立朝幾度也。點乃傳點之點，非點汙之玷。是。

第六首：「瞿塘峽口曲江頭，萬里風烟接素秋。花萼夾城通御氣，芙蓉小苑入邊愁。珠簾繡柱圍黄鵠，錦纜牙檣起白鷗。回首可憐歌舞地，秦中自古帝王州。」《詳注》：「上四叙致亂之由，下四傷盛時難再。曲江，歌舞之場，回首失之，豈不可憐。然秦中自古建都之地，王氣猶存，安知不轉爲治乎。」愚按詩意，是追嘆已往，非望治將來也。《心解》謂「總是一片身親意想之神，亦不必如俗解説衰説盛之紛紛。若黏定玄宗，則爲追咎先朝。若泛説君王遊幸，今昔改觀，則將使子孫效尤而可乎？俱非著述之體。」愚按：此等是求深反淺，矯枉過正之論。試問「花萼夾城通御氣，芙蓉小苑入邊愁」二句究係指誰？

第七首：「昆明池水漢時功，武帝旌旂在眼中。織女機絲虚夜月，石鯨鱗甲動秋風。波漂菰米沉雲黑，露冷蓮房墜粉紅。關塞極天惟鳥道，江湖滿地一漁翁。」中四句，諸解不一。楊慎以爲皆叙其衰。《杜詩箋》以爲皆叙其盛。《詳注》以爲上下四句分截，「織女」二句乃叙其盛，承首二句，「波漂」二句乃叙其衰，合末二句。《心解》近皆叙其盛意。愚按：還是皆叙其衰。武帝旌旂在眼中，猶歷歷開元事分明在眼前，下隨接以無端盜賊起，忽已歲時遷。「在眼中」與在眼前句法一樣，見轉眼而即變荒涼。我今在夔，惟鳥道一漁翁，僻遠孤羈，亦安得復見旌旂之盛哉？如《詳注》分二句盛、二句衰，從何見得？

第八首：「昆吾御宿自逶迤，紫閣峰陰入渼陂。香稻啄餘鸚鵡粒，碧梧棲老鳳凰枝。佳人拾翠春相問，仙侶同舟晚更移。彩筆昔曾干氣象，白頭吟望苦低垂。」《詳注》：「『香稻』二句，記秋時之景，連屬上文。『佳人』二句，憶尋春之興，引起下文。仍四句分截。」《心解》「香稻」作「紅荳」，謂作者於此偏寫出春夏麗景。愚按：香稻固秋成，即作紅荳，亦近秋成，《詳注》爲是。「干氣象」，《詳注》用張綖注，指山水之氣象，干者，凌也。與《寄題鄭監湖亭》「賦詩分氣象」參看，駁《杜詩箋》作賦詩干主爲非。愚按：究以干人主爲是。干非必求也，即「詩感帝王尊」之意。蓋此末二句，雖結此章，實統結八章。杜公一生盛事，在獻賦待試，豈歷歷追叙長安盛事，而自叙惟「仙侶同舟」一語乎？況「賦詩分氣象」，亦説詩之氣象，分韵而呈，非分山川氣象也。《心解》得之。「吟望」，《詳注》作「今望」，以對「昔」字，不必。

《詠懷古跡》第二首：「摇落深知宋玉悲，風流儒雅亦吾師。悵望千秋一洒泪，蕭條異代不同時。江山故宅空文藻，雲雨荒臺豈夢思。最是楚宫俱泯滅，舟人指點到今疑。」愚按：故宅無存，空有文藻，雲雨陽臺，本無此夢。且楚宫亦俱泯滅，豈但宋宅哉？不必如《詳注》以楚王爲富貴磨滅，宋玉有文藻爲幸也。《心解》謂豈徒以雲雨荒臺勞吾夢思。夢屬杜公，亦無謂。

第四首：「蜀主窺吴幸三峽，崩年亦在永安宫。」愚按：「亦」字從「窺吴」來。先主伐吴，敗還魚復，改魚復爲永安，建宫。至明年正月，召丞相亮於成都，四月，崩於永安宫。是先主不歸成都，而崩在永安者，爲窺吴也，故曰「崩年亦在永安宫」。《詳注》謂當云「漢主征吴」，以明正統。殊知對「吴」，自應稱「蜀」，「窺」字生下亦字，正宜如此。至盧注謂「曰幸曰崩，若《春秋》之筆，其帝蜀可見」，亦是深文。

《寄韓諫議注》起云「今我不樂思岳陽」六句。《詳注》：「此叙懷思韓君之意。『岳陽』、『洞庭』，韓居之地。」次段：「玉京群帝集北堂，或騎騏驎翳鳳凰。芙蓉旌旆烟霧落，影動倒景摇瀟湘。星宫之君醉瓊漿，羽人稀少不在旁。」《詳注》：「此借仙君以喻朝貴。」《心解》：「集斗騎鳳，謂得時而馭之徒。芙蓉落影，謂屏居岳陽之客。星君醉，承集斗。羽人稀，承落影。此段將朝貴、韓君，兩兩虚形。」未確。蓋《心解》以「摇瀟湘」爲岳陽，指韓所居耳。詩明言落影倒景，並非居地，是天上照耀岳陽，正與韓君相形，《詳注》爲是。惟「羽人」句，比韓君去國。下云：「國家成敗吾豈敢。」《詳注》、《心解》俱作「豈敢忘」，愚意作「豈敢言」爲當。末云：「焉得置之貢玉堂。」《詳注》本黄生云：「焉得置之不用。」愚意作「致」字解。黄生云：《史記索隱》注：子房本韓公族，因秦索之急，故變姓張。」詩言「韓張良」，正切諫議。妙。

《解悶》第七首：「陶冶性靈存底物，新詩改罷自長吟。孰知二謝將能事，頗學陰何苦用心。」《詳注》：「『將能事』，謂將近其能事。」《心解》謂與「縱之將聖」同一微婉。更雋。

第十首：「憶過瀘戎摘荔枝，青楓隱映石逶迤。京華應見無顔色，紅顆酸甜只自知。」《詳注》：「此譏遠貢失真。」《杜臆》：「涪州有荔枝園，相傳謂充貢於貴妃者，涪去京師尤遠，今讀公詩，知出瀘戎者，是傳稱置驛傳送數千里，色味未變，此蓋駁其無是理也。」愚按：唐之涪州與瀘戎等處俱貢荔枝地，亦不甚相遠，而《茘枝譜》以瀘戎爲上，詩意非譏遠貢失真。承上先帝、貴妃寂寞，言如瀘戎所生茘枝，紅顆酸甜，今日猶是，但愛者寂寞，到京應無顔色，故只可自知耳。自知屬茘講，非公食而自知。《心解》謂有呈身取輕意，以箴士品。更不確。

《能畫》：「能畫毛延壽，投壺郭舍人。每蒙天一笑，復似物皆春。政化平如水，皇明斷若神。時時用抵戲，亦未雜風塵。」《詳注》：「舍人投壺，足動天顔之笑。延壽善畫，能令萬物之生春。」愚按語氣，不合分項，串講爲是。《杜臆》：「『抵戲』，用以當戲劇，舊引《漢書》角觝戲，未合。」愚按：作角觝戲爲是。能畫、投壺，技巧之類，與觝戲無異。《心解》得之。如謂能畫、投壺用以當戲，鑿而且脱矣。

《歷歷》末二句：「爲郎從白首，卧病數秋天。」《詳注》作數，所角切。愚按：照顧音先主切爲是。

《洛陽》：「洛陽昔陷没，胡馬犯潼關。天子初愁思，都人慘别顔。清笳去宫闕，翠蓋出關山。故老仍流涕，龍髯幸再攀。」愚讀《孟子》曰：「三代之得天下也以仁，其失天下也以不仁。」至哉言乎。觀此詩末二句，益信。論明皇之寵貴妃，不啻桀紂之寵妹妲。且貴妃本壽王妃，明皇瀆倫，更甚於桀紂。然桀紂寵妹妲而殺龍逢、比干，明皇無是也。如斮脛、刳孕、炮烙之刑，明皇無是也。且臨幸蜀，不焚左藏，恐賊無所得，以困其民。不焚便橋，恐民避賊而絶其路。去國仁言，雖不如太王行仁，邠人從之如歸，究以此感動人心，而得收復天下。即貴妃誅死，後世猶有憐之者。非以明皇之猶有仁心哉？治天下者，可知所本矣。

《鷗》：「江浦寒鷗戲，無他亦自饒。却思翻玉羽，隨意點春苗。雪暗還須浴，風生一任飄。幾群出滄海，清影日蕭蕭。」《詳注》：「憐其少自得之致。在六句分截。嘆浦鷗之勞，不如海鷗之逸也。」「舊作『春苗』，盧作『青苗』。」「既云寒鷗，不當言春苗，以青對玉爲工。」「羅大經曰：浦鷗閒戲，使無他事，儘自寬饒，却以謀食之故，翻玉羽而弄青苗，雖風雪凌虐，亦不暇顧。何似群飛海上者，清影翛然耶。」愚按：「無他亦自饒」，言其無不自得而已。今雖已寒，却思翻玉羽，隨意點春苗，雪浴風飄，無時不戲，江上海上，無地不戲，嘆身不如鷗之逸也。寒鷗不得言春苗，雪時豈得有青苗耶？玩「却思」，是追溯春時耳。《心解》駁羅大經謀食之非，得之。至解「無他」，謂無他心，亦鑿。愚意言浦鷗除戲之外無他也。

《雞》：「紀德名標五，初鳴度必三。殊方聽有異，失次曉無慚。問俗人情似，充庖爾輩堪。氣交亭育際，巫峽漏司南。」《詳注》：「德常標五，鳴必度三，雞之職也。今殊方，聽之有異，夜鳴失次，比曉能無慚乎？乃問之習俗，人情皆云如是，彼既不能司晨，亦但堪充庖耳。當子半亭育之時，而巫峽漏聲，早有司南之報，雞鳴果安在哉？」愚按：「失次曉無慚」，非夜失次而曉則慚。雞曰司晨，原主乎曉人情，似《詳注》直作如是之是，又添出皆云意，以如人比雞，未免刻薄殊〔一〕。公嫉惡懷剛腸，原不自諱，且人情似只輕輕一點，爾輩仍獨説雞也。「司南」，本《韓非子》「先王設司南以端朝夕」，今雞失曉，猶巫峽中漏却司南之官，自是譏諷時事，並不重複。《心解》得之。

【校勘記】

〔一〕此處疑奪「甚」字。

《哭王彭州掄》題，《詳注》：「王蓋先以御史罷官，後在嚴武幕中，又遷彭州刺史而卒也。」中云：「頃壯戎麾出，叨陪幕府要。將軍臨氣候，猛士塞風飈。井渫泉誰汲？烽疏火不燒。前籌自多暇，隱几接終朝。」《詳注》：「『戎麾出』，指嚴武鎮蜀。『幕府要』，謂辟爲參謀。」《心解》亦同。愚按：朱注引顔延之「一麾出守」，即指掄出守彭州，蓋參謀而兼出守，可説戎麾。如指嚴武，突然無謂。將軍乃指嚴武。四句説王前籌之功，隱几言己無功。後云：「再哭經過罷，離魂去住銷。之官方玉折，寄葬與萍漂。」《詳注》：「『玉折』，是住而銷魂。『萍漂』，是去而銷魂。」愚按：王去公住，皆銷魂也。「玉折」、「萍漂」六句，是王之去而魂銷。末四句馮唐毛髮，歸興蕭蕭，是公之住而魂銷。《心解》近之。

《偶題》中云：「聖朝兼盗賊，異俗更喧卑。」「兼」者，重遭盗賊也。「稼穡分詩興，柴荆學土宜。」「分」者，稼穡作勞，而詩興分奪也。

《瞿唐兩崖》結云：「羲和冬馭近，愁畏日車翻。」《詳注》用《杜臆》：「冬日行南陸，今兩崖聳窄，屏去日光，似乎羲和亦畏車翻而却避之者。」愚意此作詩者爲之愁畏也。

《小至》結二句：「雲物不殊鄉國異，教兒且覆掌中杯。」《詳注》：「覆杯，有二義。一不飲，一快飲。公《墜馬》詩云『喧呼且覆杯中緑』，知此詩乃爲盡飲之義。」愚按：《墜馬》詩衆客喧呼，自是盡飲之義，此獨飲感懷，忽思鄉國，應是不飲之義。况云「教兒且覆」，豈教兒盡飲耶？

《覽鏡呈栢中丞》：「渭水流關内，終南在日邊。膽銷豺虎窟，淚入犬羊天。起晚堪從事，行遲更學仙。鏡中衰謝色，萬一故人憐。」《詳注》：「『豺虎』二句，京中爲盗侵蕃陷也。或指蜀中叛將、吐蕃，與上二句不接。」《心解》謂概以世亂渾之。愚按：「豺虎窟」指西京，「犬羊天」指蜀中。行遲學仙，《詳注》謂「仙必輕步，今行遲，豈可學仙。」愚意仙人逍遥行遲，今衰老行遲，更似學仙。《心解》謂解嘲語，得之。

《栢中丞觀宴將士》第一首：「極樂三軍士，誰知百戰場。無私齊綺饌，久坐密金章。醉客霑鸚鵡，佳人指鳳凰。幾時來翠節，特地引紅粧。」《詳注》：「『霑鸚鵡』，舉杯也。『指鳳凰』，彈琴也。中丞未拜節度，故云『來翠節』。唐人多用官妓，故得『引紅粧』。」愚按：「霑鸚鵡」用舊注禰衡作賦事。「霑」者，因酒而潤色之，如指鸚鵡杯，何趣？「指鳳凰」，或指琴、指簫，俱可，指袍文之飾則不可。《心解》：「又按《異苑》：『劉穆之居京口，鳳凰集其庭。』公意隱以群官之會，當鳳凰之集，借佳人之指以祝之。」此却别有會意。翠節來而紅粧引之，如昭容之引朝儀。或唐或前，另有典故，故曰「特地」。如只謂引用官妓，則與上「佳人」複，且「特地」二字無謂。

《奉送蜀州栢二别駕赴江陵因示從弟行軍司馬位》末二句：「與報惠連詩不惜，知吾斑鬢總如銀。」《詳注》：「王維楨曰：鬢今盡白，本以苦吟之故，不别寄一詩，非惜也。時解謂望弟寄詩，恐非。」《心解》謂「附此相示，未盡苦衷，不惜别爲一詩，以報老况。正指同時所寄杜位之五律言。」愚按：五律究未知與此同時寄否，總不如望弟寄詩爲妥。

《荆南兵馬使太常卿趙公大食刀歌》後云：「吁嗟光禄英雄弭，大食寶刀聊可比。」「光禄」應是刀名，《心解》謂「光禄」疑當作「太常」，亦是。

《黑白二鷹》第一首："雪飛玉立盡清秋，不惜奇毛恣遠遊。在野只教心力破，干人何事網羅求。一生自獵知無敵，百中争能恥下鞲。鵬礙九天須却避，兔經三窟莫深憂。"《詳注》："心力雖破，而網羅難求。""『心力破』，指虞人。"愚按：應指鷹言。恣意遠遊，即心力破，而不惜承上二句來。如教虞人心力破，似起下句，而此句竟成悶煞没頭鵞矣。黑白二鷹，首章咏白鷹，首句"雪飛玉立盡清秋"，次章咏黑鷹，首句"黑鷹不省人間有"。二首眉目碧清，其各首通體不粘定黑白者，自因題爲"王監兵馬使説羅者久取未能得恐臘後春生騫飛避煖眇不可見請賦詩二首"云爾，非必處處粘定黑白也。《心解》直欲盡去"黑白"二字，首章"雪飛"欲改作"雲飛"，次章"黑鷹"欲改作"異鷹"，此亦好爲人師之病。

《愁》前四句："江草日日唤愁生，巫峽泠泠非世情。盤渦鷺浴底心性，獨樹花發自分明。"《詳注》："『盤渦鷺浴』，本自得也，疑其有何心性。『獨樹花發』，此春意也，謂其只自分明。愁思反常耳。"《心解》仝。愚按："鷺浴"，心性不畏水險，是可怪者。"花發"，分明無異故鄉，是可感者。故下接以"十年戎馬暗南國，異域賓客老孤城"云。

《江梅》："梅蘂臘前破，梅花年後多。絶知春意好，最奈客愁何。雪樹元同色，江風亦自波。故園不可見，巫岫鬱嵯峨。"《詳注》："臘前映雪，年後飄風，花開花謝，都非故園春色。"愚按："元同色"、"亦自波"，見雪樹江風，春意無殊，而故園難見。《心解》得之。

《庭草》："楚草經寒碧，庭春入眼濃。舊低收葉舉，新掩卷牙重。步履宜輕過，開筵得屢供。看花隨節序，不敢强爲容。"《詳注》用《杜臆》："舊葉之低垂者，今收而上舉。新牙之掩伏者，今卷而重出。」近是。《心解》謂「舊葉低地收而舉去，言除訖也。新芽掩土卷而重抽，表生機也」。「舉」作除，亦穿鑿。愚按：公詩「春草何曾歇」，即此詩「楚草經寒碧」，蓋夔地時煖冬，草不死，逢春則舊葉收而上舉，新芽又卷而重抽。「掩」即舊葉舉而掩之，似護其芽，故曰「重」，此流水句法。《杜臆》：「倘愛花而見棄，亦不敢强爲容色以媚人，君子之交如此。」《心解》：「踐損不自任咎，歸於看花之故，斯爲不拂生意。俱穿鑿。」愚按：此草爲未花之草，言開花有待意。

《崔評事弟許相迎不到走筆戲簡》：「江閣邀賓許馬迎，午時許坐自天明。浮雲不負青春色，細雨何孤白帝城。身過花間霑濕好，醉於馬上往來輕。虚疑皓首衝泥怯，實少銀鞍傍險行。」此詩朱瀚疑爲贋作，句句駁之，於「虚疑」、「衝泥」爲聲韵頹唐。愚按：通首戲詞，雅有風趣。末二句流水對，虚疑老怯，實少馬迎。傍險者，謂我尚能傍險而行，奈爾無銀鞍來迎何。《心解》得之。至聲韵之病，不可以論杜。

《遣悶戲呈路十九曹長》：「江浦雷聲喧昨夜，春城雨色動朝寒。黄鸝並坐交愁濕，白鷺群飛太劇乾。晚節漸於詩律細，誰家數去酒杯寬。惟君最愛清狂客，百遍相過意未闌。」此詩《心解》謂題係呈非簡，疑飲於路，留宿而曉呈者，是。或一道但題云「遣悶」，似因雨獨居而悶，如飲宿於路，是阻雨不歸而悶，結何以云「百遍相過意未闌」耶？惟「意未闌」三字謂指路講，頗好。「太劇乾」，「劇」字紛紛解不一，《詳注》作難，同煩劇意，《心解》作喜，同戲劇意。愚按：不如舊解，作太苦意。蓋鷺本水鳥，喜雨，觀其得雨群飛之喜，知其未雨之苦乾也。若云現在苦乾，自説不去矣。此詩朱瀚亦疑爲贋作，《心解》辯之，甚當。

《入宅》第一首中云：「花亞欲移竹，鳥窺新捲簾。」《詳注》：「花壓竹枝，愛花故須移竹。鳥常入室，卷簾故復來窺。」《心解》：「欲移竹，預派欲移名色。如此對句，似工而趣，但竹非易遷之種，欲爲預派名色，究屬牽强。」黄注：「亞乃相依之意。」愚意作花枝之亞，欲移近於竹，爲何如？不然，或是欲移竹搭花棚之意。

《暮春題瀼西新賃草屋五首》第一首：「久嗟三峽客，再與暮春期。百舌欲無語，繁花能幾時。谷虚雲氣薄，波亂日華遲。戰伐何由定，哀傷不在兹。」《詳注》：「中四，寫暮春時景。末二，傷心世亂，爲後兩章伏脉。」用《杜臆》：「『百舌』二句，見物候易遷。『谷虚』二句，見瀼土堪適。不在兹，言豈不在此戰伐。」愚按：律詩必四句分截，未免太拘。惟末或與首聯應，或與中聯應，斷無脱上另生之意。如《詳注》，末二句與首句「久嗟」似應，與五六句全然脱氣矣。鄙意五六非謂瀼土堪適，蓋以谷虚雲薄比人情虚薄，波亂日遲比亂離日長，故接以「戰伐何由定」，哀傷不在久客也。即如《詳注》，亦當云瀼土堪適，但戰伐何由定，哀傷不在久客也。《心解》近之。

《熟食日又示兩兒》：「令節成吾老，他時見汝心。浮生看物變，爲恨與年深。長葛弟在兹地。書難得，江州妹在兹地。涕不禁。團圓思弟妹，行坐白頭吟。」《詳注》：「劉會孟云：身後寒食，見汝思親之心。王嗣奭云：汝曹不知悲老，他時自知。二説俱無關係，還作囑兒回省先墓爲當。」此亦從劉説來者。《心解》謂三説俱是「强下注脚」，「只合云：吾則老矣，汝曹今日蚩蚩，直待他年，汝心方見出來也」，不得偏主一端。解似近之。愚按：次句直暗提下截四句，「見汝心」即「團圓思弟妹」之心，老人心事，總望子以骨肉爲心，言我老來如此思弟妹爾，他時亦自見其心也。

《喜觀即到復題短篇》第一首：「巫峽千山暗，終南萬里春。病中吾見弟，書到汝爲人。意答兒童問，來經戰伐新。泊船悲喜後，欵欵話歸秦。」《詳注》：「病中見弟書到，知其身尚無恙。是十字句法。」《心解》謂上句因下句。愚按：病中吾得見弟矣，書到知吾弟尚無恙也。前得觀書，已達江陵，蓋來經戰伐，公刻刻慮之，故預擬其船到，答兒童接問之意云云。《詳注》、《心解》本黄生注：「開書之時，其子在傍，詢叔動定，且讀且答。」殊可不必作如此解。

第二首：「待爾嗔烏鵲，抛書示鶺鴒。枝間喜不去，原上急曾經。江閣嫌津柳，風帆數驛亭。應論十年事，愁絶始星星。」《詳注》：「鵲在枝間，若報喜而不去，復望之也。鶺鴒原上，乃急難曾經者，何又寂無一言。」《心解》：「『嗔烏鵲』、『示鶺鴒』，恐書詞虚報。乃噪者不去，相急者其素性，是必不傳虚信者。」亦俱可通。愚按：鵲喜不去，是喜其必來矣。原急曾經，恐其復有急難而望也。故下接以「江閣」一聯。「愁絶始星星」，《心解》作「撚絶始星星」，謂「十年前撚鬚索句，纔星星數莖，今毛髮皓白矣」。用舊注引唐詩「吟安五个字，撚斷數莖髭」爲據。工部恐未必用此俗典。且「撚絶」何物？「星星」何物？「始」字更何着？可謂穿鑿支離。《詳注》作「惺惺」，用趙汸刻本。黄生云：「『愁絶』，愁死也。『惺惺』，蘇醒也。」愚按：「愁」字下從心，「然」字下從火，草書俱從一畫，閲者以「愁」誤「然」，因不解，又從然旁添手，此《心解》之誤也。《詳注》「愁」字不錯，而「星」旁添心字，又何必？詩意與弟論十年之事，我因愁絶而髮始星星盡白也。《詳注》以公髮早白十年前，弟應早見，何以云「始」。殊不知前雖髮白，未必盡白，今自十年以來，始星星盡白耳。

《承聞河北諸道節度入朝歡喜口號絶句》第四首：「不道諸公無表來，茫茫庶事遣人猜。擁兵相學干戈鋭，使者徒勞萬里迴。」《詳注》：「此遡往時不朝而惜之也。」愚按：言其始之不入朝者，爲國練兵，非擁兵逆節也。好爲解釋。

第十首：「漁陽突騎邯鄲兒，酒酣並轡金鞭垂。意氣即歸雙闕舞，雄豪復遣五陵知。」《詳注》：「此言主將歸心，而士卒効力也。」愚按：摹寫叛卒猶有桀驁之氣。

《月三首》第二章：「併照巫山出，新窺楚水清。羇棲愁裏見，二十四回明。必驗升沉體，如知進退情。不違銀漢落，亦伴玉繩横。」《詳注》：「『升沉』，謂月有出没。『進退』，謂月有盈虧。上弦之月早升，故夜違銀漢而早落。下弦之月遲升，故曉伴玉繩而猶横。『不』、『亦』二字活看，不是如彼，亦是如此。他注謂望夜之月，自昏達旦，不落而常横，却於上文不相貫。」愚按：「二十四回明」，自指望月。望月有升沉，四時行道，亦有進退，進退非盈虧。「不違」、「亦伴」，就自昏達旦説爲穩。下章乃專咏上弦，是六月初旬作也。

《過客相尋》：「窮老真無事，江山已定居。地幽忘盥櫛，客至罷琴書。掛壁移筐果，呼兒問煮魚。時聞繫舟楫，及此問吾廬。」《心解》謂「相尋非尋訪，言相尋而至，客不一至也。『時聞』正欵前客，後客又至。」愚意客之來訪，或一次不得，再三始得，故題曰「相尋」，詩曰「時聞」。《詳注》：「移果供客，問雜魚傍。」愚意或不止於魚，或止有一魚，故曰間煮。

《豎子至》：「楂梨纔綴碧，梅杏半傳黄。小子幽園至，輕籠熟柰香。山風猶滿把，野露及新嘗。欹枕江湖客，提携日月長。」《詳注》：「『提携』，謂豎子勤於供事。黄生謂公素提携此子，與前説不同。」《心解》謂「園果以次而熟，可得及時携送，所謂『日月長』也」，解得分曉。

《歸》次聯：「林中才有地，峽外絶無天。」《詳注》：「林峽之中，地平天寬，儘堪自適。」「見瀼土獨露天光。」愚按：「林中才有地」，是暫安即次之意。「峽外絶無天」，是不能出峽之嘆。《心解》謂「只此間是平土，此外皆高山」，亦不確。

《園官送菜》中云：「乃知苦苣輩，傾奪蕙草根。小人塞道路，爲態何喧喧。又如馬齒盛，氣擁葵荏昏。點染不易虞，絲麻雜羅紈。一經器物内，永挂粗刺痕。」《詳注》謂「『一經』二句，語冗可删。」愚按：此二句正反指送菜意，如删去，此段語氣難住。

《課伐木》詩題序云：「則旅次於小安。」《詳注》「於」字「疑羡」，去之。愚按：次，舍也。去聲，息也。「於」字不宜去。後云：「示式遏爲與虎近，混淪乎無良。賓客憂害馬之徒，苟活爲幸，可嘿息已。作詩示宗武誦。」《詳注》以「嘿息」爲「柏公鎮此，可以嘿銷」。《心解》以「無良」、「害馬之徒」即指虎，「可嘿息已」謂藩籬補而旅次安，可静嘿而甯息。愚按：通首詩句無一及寇盜意，即「無良」與「害馬之徒」，不專指虎，亦是帶説。序中不及柏公，何以見得嘿息爲政理寇銷耶？詩中賢府主乃指柏公，《心解》得之。詩中云：「蒼皮成委積，素節相照燭。藉汝跨藩籬，當杖苦虚竹。」《詳注》：「『汝』，指木言。」以上「蒼皮」指木，「素節」指竹，此處不應有竹無木也。不知前已提明伐木，層層下來，以木之蒼皮引起竹之素節，而未明點「竹」字，故特點明耳。「汝」指隸人爲是。

《槐葉冷淘》，朱曰：「以槐葉汁和麵爲冷淘。」詩中云：「碧鮮俱照筯，香飯兼苞蘆。經齒冷於雪，勸人投比珠。」《詳注》：「『碧鮮』句，言色佳。『香飯』句，比珠美。」愚按：玩「俱」字，似冷淘之碧鮮，與香飯、苞蘆俱照筯一色，「俱」字倒貫下來。或食冷淘，兼陳香飯、苞蘆也。如今食麵，仍加飯菜之意。總之，「碧鮮」句言其色，「經齒」句言其味，「香飯」句或陪其色，非比其味也。

《季夏送鄉弟韶陪黄門從叔朝謁》：「令弟尚爲蒼水使，名家莫出杜陵人。比來相國兼安蜀，歸赴朝廷已入秦。捨舟策馬論兵地，拖玉腰金報主身。莫度清秋吟蟋蟀，早開黄閣畫麒麟。」《詳注》：「捨舟策馬，杜韶陪行。拖玉腰金，鴻漸朝服。莫度清秋，望韶速往。早開黄閣，期鴻漸功成。四句皆弟叔雙關。」愚按：弟叔雙關，正不必以拖玉腰金、畫閣麒麟獨指鴻漸，以捨舟策馬、清秋蟋蟀獨指杜韶也。《心解》「早開」作「早聞」，謂吟蟋蟀屬韶，畫麒麟屬鴻漸，可通。

《灩澦》末二句：「寄語舟航惡年少，休翻鹽井擲黄金。」《詳注》：「『翻』乃翻飛，舟行疾也。『擲』，换也。」愚按：此「翻」字不屬舟行疾講，屬鹽井講，猶俗翻利之意。

《又上後園山脚》中云：「龜蒙不可見，况乃懷故鄉。肺萎屬久戰，骨出熱中腸。」《詳注》：「『久戰』，病咳而身戰也。公《過王倚》詩『寒熱時交戰』可證。」《心解》同。愚按：寒熱相交，可以云戰，肺氣衰萎，何以云戰？應從舊注，言肺萎因世亂久戰，煩熱傷肺耳。

《見螢火》：「却繞井欄添個個。」《詳注》：「照入井中，一螢兩影，若添個個。」愚意却繞轉回，似添箇箇，何必照入井中。黑夜誰俯井觀螢影耶？

《舍弟觀歸藍田迎新婦送示》：「汝去迎妻子，高秋念却迴。」《詳注》：「謂弟當念迴也。」《心解》謂懸筭迴時，得之。

《送李八秘書赴杜相公幕》：原注：「相公朝謁，今赴後期也。」「青簾白舫益州來，巫峽秋濤天地迴。石出倒聽楓葉下，櫓摇背指菊花開。貪趨相府今晨發，恐失佳期後命催。南極一星朝北斗，五雲多處是三台。」此詩，黄鶴以杜鴻漸入朝，辟李秘書入幕，杜蓋先行，李追赴之也。李注：「杜鴻漸還朝，仍以平章事領山劍副元帥，故稱相公幕。」《詳注》：「上四，舟行之景。下四，赴幕情事。」末二句用毛奇齡曰：「《漢·天文志》：『南極星，在益州分野，三台三公，又在北斗傍。時杜相還朝，李從益州來赴京，故言南極而向北者，以三公在北斗傍也。』是以『南極』屬李，『三台』屬鴻漸。《心解》：「玩本題及原注，詩爲杜相朝回復鎮，李八應辟赴幕而作。自黄鶴以此行爲赴京，承譌久矣。『益州來』，杜相命舫至夔來迎李八，非從益州來赴京也。『南極』、『三台』，俱指杜相言。自『一星朝北』，而『五雲隨蔭『三台』。李八入幕贊襄，亦共凛威顔，交宣雅化乎？」愚按：詩題本無『赴京』字，詩前六句亦只是赴幕，惟『朝北斗』似有朝京之意，然李究未足以稱『南極』，『一星』自應稱杜。但送人入幕，獨稱其幕主作收，似漏却本人。如《心解》云『五雲』隨蔭『三台』，是又主帥蔭己，與幕友何涉？後又找言入幕贊襄云云，藏尾太多矣。鄙意『南極一星朝北斗』，非必指杜朝京，直是杜鎮南極，朝拱北斗。李入三台幕，直入五雲中，送者翹望之詞。至此詩爲送李八赴京，尤有可疑者。杜鴻漸於六月自蜀入京朝謁，李八後期追赴，時已楓落秋深，宜即自益州由棧道至京，不過二十四日可以追合。若自益州歷夔抵荆州，起岸至京，必多費十日程期，豈非欲速而反紆耶？況鴻漸自季夏入朝，深秋早可復鎮，必自京由棧道至劍南矣，何尚催李八自益州從水路赴京入幕耶？此詩自屬杜已復鎮益州，催李八從夔州上來赴幕無疑。惟《心解》謂青簾白舫是杜相命舫自益州來迎，又多一番轉折，不如竟作青簾白舫向益州上來更爲明簡。

《秋日夔府詠懷寄鄭監審李賓客之芳一百韻》中云：「即今龍厩水，莫帶犬戎羶。耿賈扶王室，蕭曹拱御筵。乘威滅蜂蠆，戮力効鷹鸇。舊物森猶在，凶徒惡未悛。國須行戰伐，人憶止戈鋋。奴僕何知禮，恩榮錯與權。胡星一彗孛，黔首遂拘攣。哀痛絲綸切，煩苛法令蠲。業成陳始王，兆喜出於畋。宫禁經綸密，台階翊戴全。熊羆載吕望，鴻雁美周宣。」《詳注》：「『龍厩水』『羶』，吐蕃陷京也。『莫帶』，莫不尚帶餘羶。『耿賈』四句，思靈武將相。『舊物』四句，惡當時叛將。『奴僕』四句，推禍本於程元振。『哀痛』以下，指代宗還京之事。『兇徒』，如李懷玉之逐侯希逸，僕固懷恩之誘吐蕃是也。」引王道俊《博議》：「公以代宗不能往問河北之師，而但慕止戈之名，故曰『人憶止戈鋋』。」盧注：「程元振以奴僕而錯與大權，舊指禄山爲奴僕者，非。」《杜詩箋》：「『始王』，指代宗初政。『於畋』，以文王出獵，喻代宗幸陜。『宫禁』二句，承陳『始王』，自君身説到群臣。『熊羆』二句，自大臣説歸人主。『熊羆』，指郭子儀。」所注大旨不錯，但引論尚多夾雜。愚按：「即今龍厩」六句，言吐蕃陷京即。今遁逃，已費盡功臣之力。乃舊物猶存，兇徒未改。「國須行戰伐」，即「勢藉兵須用」，「人憶止戈鋋」，即「戰伐何由定」也。「奴僕」應遵舊注，指禄山。玩「胡星一彗孛」「一」字可見。「哀痛絲綸切」二句，善代宗還京初政。「業成陳始王」，望君克艱任賢。「於畋」非指代宗幸陜，幸陜何事，而可曰喜乎？「熊羆」自指專任郭子儀。此上十四句，是層層追遡從前。下八句，是頌現在，而望將來。《心解》「莫帶犬戎羶」作得毋解，較莫不爲勝。惟「奴僕」二句，亦混稱宦豎典兵，不知此二句即下「胡星」二句一氣讀者，餘俱較勝《詳注》。「置驛常如此，登龍蓋有焉。雖云隔禮數，不敢墜周旋。高視收人表，虚心味道玄。馬來皆汗血，鶴唳必青田。」《詳注》：「此八句，稱鄭李交誼。」「『置驛』，切鄭。『登龍』，切李。『周旋』，公願與往來也。」愚意不必説公願與往來，仍屬鄭、李説。言雖禮數相隔之人，不敢忽墜，接下「高視」、「虚心」，乃一氣貫串。平日與公周旋，亦自在内。下云：「兒去看魚笱，人來坐馬韉。」《詳注》於出句改作「俗異鄰鮫室」，以此上六句言飲食，下八句言居室，不應插入魚笱。愚按：上六句言飲食，下八句言居室，此句緊接「求飽或三鱣」，承飲食來，轉到「人來坐馬韉」，引起居室來爲是。「懇諫留匡鼎，諸儒引服虔。不逢輸鯁直，會是正陶甄。」「不逢」，《詳注》、《心解》俱作「不過」，何意？愚按：匡衡抗疏，是能懇諫者。服虔在太學，首出諸儒者。今或輸硬直，或正陶甄，不逢如彼，會是如此，仍分頂上二句。作「不過」二字，大輕，難通。

《寄峽州劉伯華使君四十韵》後云：「展懷詩頌魯，割愛酒如澠。」《杜臆》：「自孔子删《詩》，《詩》宗於魯，稱劉詩得其正宗。朱注謂公作詩以贈使君，猶史克之頌魯侯。前説作『誦』，後説作『頌』。」

《詳注》用前説，《心解》用後説。愚按：「誦」不如「頌」字典。結云：「咄咄寧書字，冥冥欲避矰。江湖多白鳥，天地有青蠅。」《詳注》：「『咄咄』，傷去官。『冥冥』，欲遁世。『白鳥』，比貪夫。『青蠅』，比讒人。皆承『避矰』意。」「杜修可曰：白鳥有二説：一如『白鳥鶴鶴』，喻賢者之潔白。一謂白鳥乃蚊蚋，譬小人之侵侮。言賢者欲隱，則爲蚊蚋所嚼，欲出，則爲青蠅所汙，無所逃於天地間矣。」愚按：作潔白講爲是。言其所以避在江湖者，以天地有青蠅也。《心解》得之。

《峽隘》：「聞説江陵府，雲沙静眇然。白魚如切玉，朱橘不論錢。水有遠湖樹，人今何處船。青山各在眼，却望峽中天。」《詳注》：「『人何處』，想及弟觀也。」本盧注：「時弟觀，歸藍田迎婦，望其早至江陵。」愚按：不如《心解》依舊注自嘆爲是。題只「峽隘」，突以人指弟觀，不明不白，又是悶殺没頭鵞矣。

《秋日寄題鄭監湖亭》第三首結句：「賦詩分氣象，佳句莫頻頻。」《詳注》用朱注：「分湖亭之氣象。」不如《心解》：「聯吟而分呈氣象。」趙注：「言莫不頻頻。」《杜臆》：「言莫先頻頻。」不如《心解》作「得毋頻頻」。

《秋野》第三首：「禮樂攻吾短，山林引興長。」《詳注》謂禮樂則短，山林則長，對似工。愚意直作攻吾之短。《心解》近之。

《向夕》結二句：「琴書散明燭，長夜始堪終。」《詳注》用黄注：「燭光散射於琴書，句用倒裝。」愚按：夕則琴書可收，今復點燭而散之，讀書彈琴，以終長夜耳。《心解》得之。

《復愁》第十首：「江上亦秋色，火雲終不移。巫山猶錦樹，南國且黄鸝。」《詳注》：「江上秋色，正於錦樹見之。」愚按：江上亦秋色矣，山猶錦樹，正見錦樹之未秋色。

《暝》：「日下四山陰，山庭嵐氣侵。牛羊歸徑險，鳥雀聚枝深。正枕當星劍，收書動玉琴。半扉開燭影，欲掩見清砧。」《詳注》本遠注：「正枕而誤當劍，收書而誤動琴，以室暝故耳。」《心解》仍之，又云：「近燭者不見遠，身在門外，掩扉以蔽燭光，可循砧聲而得其影。」「五六似盲詩。」諸家何僻解至此？愚按：「當」字非當住之當，乃當對之當。蓋暝宜正枕，必與劍相當，將以防夜。公喜談兵，詩中劍不離身，況夔地有虎有盜，故正枕必當劍，此客情也。暝則收書，猶將鼓琴消夜。琴在囊中，故動以啓之，此客況也。鼓琴後，掩扉欲睡，因燭影而見清砧，恐聞聲不成寐矣。

《九月一日過孟十二倉曹十四主簿兄弟》：「藜杖侵寒露，蓬門起曙烟。力稀經樹歇，老困撥書眠。」《詳注》：「前詩言『讀書秋樹根』，故『經樹』、『撥書』，皆指孟園中。」愚按：「經樹歇」，是未到孟園，老人略息足力耳。《心解》得之。

《孟倉曹步趾領新酒醬二物滿器見遺老夫》次聯：「籍糟分汁滓，甕醬落提攜。」《詳注》：「醬多流落，叙滿器見遺。」愚按：籍糟已分汁滓，是送來清酒也。甕醬用落提攜，明其滿器也。「落」與「絡」通，或作携到放落其甕，亦可。如云甕外流落，太鑿。

《簡吴郎司法》，此首朱瀚疑爲贋作，誠然。但下有《又呈吴郎》一首，此首宜姑存之。

《九日》第二首：「舊日重陽日，傳盃不放盃。」《杜臆》：「見古人只用一盃，諸客傳飲。」愚按：今人亦用傳盃，以大杯也。古人想亦如是。未必合宴只用一杯。

《登高》：「風急天高猿嘯哀，渚清沙白鳥飛迴。無邊落木蕭蕭下，不盡長江滾滾來。萬里悲秋長作客，百年多病獨登臺。艱難苦恨繁霜鬢，潦倒新亭停通濁酒杯。」《詳注》：「此詩八句皆對，黄生謂結調略須放鬆。」愚按：並不板實，何須放鬆。

《刈稻了詠懷》次聯：「野哭初聞戰，樵歌稍出郉。」《詳注》：「『初聞戰』，因哭而知。『稍出村』，農畢始樵。」愚意野哭之後，稍聞樵歌。二句一氣。《心解》近之。

《季秋蘇五弟纓江樓夜宴崔十三評事韋少府侄》第二首結云：「盡憐君醉倒，更覺片心降。」《詳注》：「公以病酒斷飲，故曰『心降』。」愚按：前首結云「堅坐看君傾」，此曰盡憐醉、片心降，蓋喜極也。《心解》得之。

《寒雨朝行視園樹》，七言排律，本不好做，如出杜手，必帶古體。此乃全首字句工對，平仄諧適，而詞意不甚清楚。如「丹橘黄甘」、「桃蹊李徑」、「梔子紅椒」、「藤梢」、「松骨」、「林香」、「葉蒂」，雖俱貼「園樹」，亦何重叠如是？細細推敲，斷非杜筆。昔人無疑爲贋作者，以東坡曾用此詩中「元自」、「現來」作對耳。愚謂東坡亦焉知不以魚目混珠耶？

《獨坐》第一首三聯云：「煖老思燕玉，充飢憶楚萍。」燕玉可以煖老，或别有典，諸説紛紛，不雅不確。

第二首結句：「亦知行不逮，苦恨耳多聾。」按：「行不逮」，即行不及耳，不必引「恥躬不逮」，行不逮言。《詳注》作「足行不逮」，對「坐」字講，頗穩。《心解》謂「衰微見於耳聾，亦不逮之一驗」，不必。語意謂吾亦知行之不及矣，但耳不聾尚可，今更苦耳多聾也。

《雲》：「龍以瞿塘會，江依白帝深。終年常起峽，每夜必通林。收穫辭霜渚，分明在夕岑。高齋非一處，秀氣豁煩襟。」《詳注》：「『起峽』、『通林』，言水雲。『辭渚』、『在岑』，言山雲。山雲微淡，故云『秀氣』。愚按：總是一雲，不在霜渚，即在夕岑，故接以非一處，何分山雲、水雲？《心解》近之。

《十月一日》：「有瘴非全歇，爲冬亦不難。夜郎溪日煖，白帝峽風寒。」《詳注》：「瘴未全消，忽焉交冬。」是言瘴變爲冬，亦易覺語帶穉氣。或云：「冬而有瘴，不亦難爲。」亦不作不亦。或云：「冬初有瘴，則過冬不見苦難。」就此二句可通，與下峽風寒不合。愚按語意，瘴非全歇，似難乎爲冬矣，今亦不難，故隨接以溪日猶煖，峽風已寒云，如難爲兄之難而反用之。

《夜》第二首結句：「斗斜人更望，月細鵲休飛。」《詳注》：「公欲北歸，則嫌鵲南飛，故囑其休飛也。」《心解》同。愚按：月明鵲飛，初七八之月細，則半夜故鵲休飛，見久不睡也，無囑其休飛之意。

《雨》第三首結句：「時危覺凋喪，故舊短書稀。」《詳注》：「《杜臆》：近者短書，遠者長書。短書猶稀，況長書乎？」愚按：無分遠近言，即數字不可得耳。

《奉送卿統節度鎮軍還江陵》：《詳注》：「卿二翁，姓崔，乃公舅氏。」「火旗還錦纜，白馬出江城。嘹唳吟笳發，蕭條別浦清。寒空巫峽曙，落日渭陽情。留滯嗟衰疾，何時見息兵。」《詳注》評：「太白詩『浮雲游子意，落日故人情』，對景懷人，意味深永。少陵云『寒空巫峽曙，落日渭陽情』，亦是寫景贈別，而語意短淺。」愚按：太白二句固送别情深，少陵此二句，上句記地，已帶别意，下句切舅，動思親之念，自曙至暮，戀别更深，嫌其短淺，低昂李杜，不知從何見得。

朱瀚所疑贋杜詩太多。愚按：《客至》七律，情致身分與《賓來》七律相同。《送王十五判官侍還黔中》七律内云：「青青竹笋迎船出，白白江魚入饌來。」清切絶倫。《早秋苦熱堆案相仍》七律題原注：「時在華州司功。」《心解》謂傲吏之憤，如稽叔夜「七不堪」意。工部每有此粗糙語。誠然。《至後》七律次聯云：「青袍白馬有何意，金谷銅駞非故鄉。」《詳注》依朱注，謂在嚴幕作。「青袍白馬」，公自謂。《心解》以青袍白馬用侯景事，指史思明。「有何意」，憤極而爲致詰之詞，如在嚴幕，作公自謂，與下句不粘。愚按：作公自謂與下句乃粘。見得在幕之青袍白馬，有何意味，適以動金谷銅駞故鄉之思也。如以有何意詰史思明，却詰得無謂。通體雖多率筆，而此二句極雋。《惠義寺送辛員外》七絶、《又送》七律，雖俱係集外詩，七絶遜於七律，然次題「又送」，似屬原本。《簡吴郎司法》七律，第一首雖遜於第二首，然次題《又呈吴郎》，似屬原本。《暮春》七律、《雨不絶》七律，俱有别致，且帶拗體。《戲簡崔評事》七律、《戲呈路曹長》七律，原是戲筆，且詩致絶佳。《題栢學士茅屋》七律，原是率題，又帶拗體。《峽中覽物》七律，《心解》評其質實，近是。《至日遣興》七律二首，第一首遜次首遠甚，且詞意與次首多複，似非杜筆。《清明》七排二首，《心解》評其多平調，然章法自隱，蓋七排本不好作，杜亦偶一爲之。其中七排最好者，是《題鄭十八著作丈》一首，餘如《心解》所載《釋悶》、《寄岑嘉州》、《寄從孫崇簡》三首，仍是古非排也。惟《寒雨朝行視園樹》七排，直是贋作，斷非杜筆，詳論於本章詩内。

杜詩注解摘參（伊蒿文集卷之八）

會稽甯錡湘維氏著

《寄裴施州》：「廊廟之具裴施州，宿昔一逢無比流。金鐘大鏞在東序，冰壺玉衡懸清秋。自從相遇減多病，三歲爲客寬邊愁。堯有四岳明至理，漢二千石真分憂。幾度寄書白鹽北，苦寒贈我青羔裘。霜雪迴光避錦袖，龍蛇動篋蟠銀鉤。紫衣使者辭復命，再拜故人謝佳政。將老已失子孫憂，後來況接才華盛。」《詳注》：「《英華》末有『遥憶書樓碧池暎』句。《杜臆》：裴有此佳政，子孫猶將與被其澤，況文章華國，更可爲後世法程。」《心解》：「『子孫』可訂世講，『才華』再接後來，及到兩家繼起，交誼更長。」愚按：諸家皆節外生枝，未免氣稚筆率矣。鄙意「將老」句遥接「減多病」、「寬客愁」來，見得病減愁寬，則子孫之憂已失，況裴才華日盛，將來接見，豈不快哉。直收到廊廟之具意。「後來」不指後世，所以《英華》本尚有「遥憶書樓碧池暎」之句。

《鄭典設自施州歸》中云：「時雖屬喪亂，事貴當匹敵。中宵愜良會，裴鄭非遠戚。群書一萬卷，博涉供務隙。」《詳注》：「《杜臆》：往事尊貴，適當匹敵之人。一説，時雖值乎喪亂，而事則貴與匹敵者相賞。『貴』字與『雖』字皆活字，不如前説。」《心解》從後説，得之。蓋鄭謁裴施州，必有所事，觀下「務隙」，可見二人才學正當匹敵耳。如作「事貴」，又曰「匹敵」，究未安。況下曰「非遠戚」，豈事貴耶？

《觀公孫大娘弟子舞劍器行》：《詳注》引《文獻通考》舞部，以劍器爲古武舞之曲名，「用女妓雄粧，空手而舞。此詩指武舞言，或以爲刀劍，誤也。」愚觀詩意，自形容刀劍之舞，即武舞名，亦以劍舞也。結二句：「老夫不知其所往，足繭荒山轉愁寂。」《詳注》作「愁疾」。足繭行遲，反愁太疾，臨去而不忍其去也，是屬李十二娘講。愚意屬公自講，猶云吾不自知其所往，足繭荒山，轉覺愁寂耳。如指舞者言，豈別駕府中夜深舞畢，即足繭荒山耶？况突稱老夫，又轉愁其行疾，何謂耶？《心解》得之。

《寫懷》第二首中云：「古者三皇前，滿腹志願畢。胡爲有結繩，陷此膠與漆。禍首燧人氏，厲階董狐筆。君看燈燭張，轉使飛蛾密。」《詳注》：「飛蛾赴燭，譏其滅身而不顧也。」愚按：燈燭比燧人、董狐，飛蛾比遭禍厲者，非譏飛蛾也。《心解》得之。

《可嘆》前云：「近者抉眼去其夫，河東女兒身姓柳。丈夫正色動引經，酆城客子王季友。」後云：「豫章太守高帝孫，引爲賓客敬頗久。聞道三年未曾語，小心恐懼閉其口。太守得之更不疑，人生反覆看已醜。明月無瑕豈容易，紫氣鬱鬱猶衝斗。」《詳注》：「與人情反覆者不同。」「朱注謂：柳氏棄夫，此事之反覆而可醜者。於上句語氣不接。」《心解》從朱注，以爲太守不疑其妻妾之嫌，無如人生反覆看者，久已醜之。如《詳注》，此句近接不語、小心，然「醜」字似趁韵。如《心解》，此句遥接「抉眼去夫」，「醜」字穩合。愚按：下「明月無瑕豈容易」句正承「醜」字來，稍作開勢，「紫氣鬱鬱猶衝斗」句作合，見此微瑕不足以掩衝斗之光。若《詳注》，竟脱却前截，似節外生枝，且於「更」字、「已」字、「豈」字、「猶」字俱無理會。結云：「王也論道阻江湖，李也疑丞曠前後。死爲星辰終不滅，致君堯舜焉肯朽。」

吾輩碌碌飽飯行，風后力牧長迴首。」《詳注》：「此風后力牧之儔，故常迴首望之。」愚按：如以「風后力牧」一頓，「長迴首」屬吾輩望之，太曲無味。鄙意承「焉肯朽」來，言吾輩碌碌飽飯而已，風后力牧，則長迴首於致君堯舜也。

《舍弟觀赴藍田取妻子到江陵喜寄》第二首次聯云：「他鄉就我生春色，故國移居見客心。」《詳注》：「『他鄉』，指江陵。『故國』，指藍田。弟在客途，故云『客心』。」愚按：「客」對「故國」言，公亦在内。

《續得觀書迎就當陽居止正月中旬定出三峽》中云：「發日排南喜，傷神散北吁。」《詳注》：「排舟而南，則離散於北。」「散北」似不成話。愚按：「排」頂「日」字，發日向南，則排時而喜。「散」頂「神」字，傷神顧北，則散聲而吁。

《太歲日》次聯：「病多猶是客，謀拙竟何人。」《詳注》：「言不得比於何人。」似多一轉折，宜作竟是何人。

《大曆三年春白帝城放船出瞿唐峽久居夔府將適江陵漂泊有詩凡四十韵》後云：「甲卒身雖貴，書生道固殊。出塵皆野鶴，歷塊匪轅駒。」《詳注》：「武夫得志，儒術不尊，豈知出塵歷塊，吾道固堪濟世。公之自負不淺。」《心解》：「甲士得志，儒生道消。君子當如出塵之鶴、歷塊之駒，飄然遠遁。」是將適江陵意。似於「皆」字、「匪」字更有理會，見君子之道，即不得志於時，亦必出塵歷塊者。又云：「伊吕終難降，韓彭不易呼。五雲高太甲，六月曠摶扶。」「五雲」句衆説不一。王勃《益州夫子廟碑》

云：「華蓋西臨，藏五雲於太甲。」杜公本此無疑。「太甲」、「太乙」，不必紛辯。《詳注》、《心解》：「帝廷如五雲太甲，渺然天際，吾惟效鵬摶南徙，爲長往之計而已。」此不如董斯張曰：「是時國雖多難，而五雲猶扶翼蒼帝。冀其六月之息，一奮乾斷，如乘扶摇而上。筆意猶挺挺也。又不如黄生謂：「『五雲』句，申上『伊吕終難降』。『六月』句，申上『韓彭不易呼』。」蓋摶扶曰曠者，言六月之久鵬曠摶扶也。高者不肯降，曠者不能呼，四句一串矣。故結云：「迴首黎元病，争權將帥誅。山林託疲茶，未必免崎嶇。」伊、吕不降，則黎元長病，韓、彭難呼，則將帥相誅，八句亦一串矣。《泊松滋江亭》三聯：「一柱全應近，高唐莫再經。」《詳注》、《心解》俱以前詩有「死地脱斯須」之句爲勿再經此險，劉會孟謂嘆不復再來，味厚而雋。

《和江陵宋大少府暮春雨後同諸公及舍弟宴書齋》：「渥洼汗血種，天上麒麟兒。才士得神秀，書齋聞爾爲。棣華晴雨好，綵服暮春宜。朋酒日歡會，老夫今始知。」《詳注》：「『才士』，指宋少府。『棣華』，比其弟。『綵服』，兼諸公。『今始知』，不得與宴，而遥和詩也。」《心解》：「少府爲主，諸公及弟爲賓。少府開宴，似爲其親具慶而設，日日歡會，今日始知，頗致不得與宴之憾，蓋戲筆也。」末二句獨有理會。但以爲少府爲親具慶而設，以其有「綵服」句也。如此，則「棣華」比弟，「綵服」屬少府，對覺牽强，且漏却諸公。愚意是少府得子設宴，「渥洼種」、「麒麟兒」，是贊其子，接云「才士得神秀」，明點少府得子也。以《詳注》「棣華比弟，綵服兼諸公」爲當。「綵服」字原不必泥。「舍弟」，舊謂杜位，《心解》謂指弟觀，俱可。

《短歌行贈王司直》：「王郎酒酣拔劍斫地歌莫哀，我能拔爾抑塞磊落之奇才。豫章翻風白日動，鯨魚跋浪滄溟開，且脱劍佩休徘徊。西得諸侯櫂錦水，欲向何門趿珠履。仲宣樓頭春色深，青眼高歌望吾子，眼中之人吾老矣。」此詩《詳注》謂「當在荆南作」，以其有「仲宣樓」句。諸本編在成都詩内，以其有「櫂錦水」句。愚按：「仲宣樓」原不必泥，但若在成都，不應云「西得諸侯」，又云「欲向何門」，惟在荆南，指蜀爲西，語勢方合。「歌莫哀」，《詳注》、《心解》俱作公勸其莫哀。愚意當與「莫强」、「莫善」、「莫悲」、「莫樂」例看，作莫如其哀解。

《水宿遣興奉呈群公》後云：「杖策門闌邃，肩輿羽翮低。」《詳注》：「杖策步行，閽者不報。肩輿往拜，窮途乏費。」愚意肩輿亦非高軒，故覺羽翮低垂，非乏費也。結云：「贈粟囷應指，登橋柱必題。丹心老未折，時訪武陵溪。」《詳注》：「寸心未折，終期有濟，武陵之行，特暫時焉。」愚按：如暫時，應用暫訪，時訪者，時時訪之而不決去也。《心解》謂末二句忽然颺開，言雖老而心恥乞鄰，行訪武陵以避世耳。此解似與「丹心」不貫。

《江邊星月》第二首：「江月辭風纜，江星别霧船。雞鳴還曙色，鷺浴自晴川。歷歷竟誰種，悠悠何處圓。客愁殊未已，他夕始相鮮。」《詳注》：「星月無踪，而俟之他夕。蓋客愁藉以頻遣也。」愚按：客愁未已，與星月相爲終始云。《心解》謂透到後夜，頗明白。

《舟月對驛近寺》結句：「皓首江湖客，鈎簾獨未眠。」《詳注》：「鈎簾而望，借此遣懷。」愚謂非遣懷，正感懷也。

《秋日荆南送石首薛明府辭滿告别奉寄薛尚書頌德叙懷斐然之作三十韵》中段云：「公時呵猰貐，首唱却鯨魚。勢愜宗蕭相，材非一范睢。」《詳注》謂「薛景仙爲陳倉令，殺楊國忠妻子及虢國夫人，是『呵猰貐』。既克復扶風，又擊破賊兵，爲『却鯨魚』。」《心解》謂「殺虢國等婦女非猰貐，二句俱指扶風却戎事」，不如《詳注》分明爲當。《詳注》謂「薛景仙控禦賊衝，江淮之粟，得自襄陽達於扶風，功比蕭何，不但如范睢之攻拔城邑」。《心解》謂宜依舊注，「以蕭相比郭令公，以范睢比諸名將，言勢足以資汾陽成功，諸將併力，皆由尚書倡起。」《心解》爲當。如以此二句爲指薛景仙，則下有「高衛霍」、「接應徐」、「雙宋玉」、「兩穰苴」等句，贊薛者豈不詞、意、調俱複耶？况上云「首唱」，此云「非一」，針鋒甚對。後段云：「鑒徹勞懸鏡，荒蕪已荷鋤。嚮來披述作，重此憶吹噓。白髮甘凋喪，青雲亦卷舒。經綸功不朽，跋涉體何如。應訝耽湖橘，常餐占野蔬。」《詳注》：「『經綸』，指薛能戡亂。『跋涉』，指薛曾和蕃。」愚按：語勢不合起處「聞道和親入」，薛尚書出使和蕃，意已足，何必重述？况此段自叙已懷，突插薛能勘亂和蕃二句，上下文俱不接。鄙意白髮已甘於凋喪，青雲亦任其卷舒。致青雲者，如尚書經綸之功，垂於不朽。甘白髮者，如己跋涉之體，衰爲何如。則接下「應訝」云云，一氣貫串矣。

《哭李尚書之芳》：「漳濱與蒿里，逝水竟同年。」《詳注》：「得病隨亡，故曰同年。」愚玩語勢，似有與李同亡之友，公方哭未幾，隨又哭李也，與下《重題》「兒童相識盡」句意同。《心解》謂「漳濱」疾歿，「蒿里」歸葬，歿未幾而即移櫬，故曰「逝水」「同年」。亦不確。

《哭李常侍嶧》第二首起云：「青瑣陪雙入，銅梁阻一辭。」結云：「發揮王子表，不愧史臣詞。」《詳注》：「李在銅梁，公疏於一辭之寄。」是「一辭」與結「史臣詞」字異而義同也，無此用韵法。愚意李任銅梁，公經渝忠下夔，不紆道辭别，故曰「阻一辭」。《心解》得之。

《移居公安山館》三聯：「山鬼吹燈滅，厨人語夜闌。」《詳注》謂「厨人夜起，因手燈吹滅，戲語爲山鬼吹滅。兩句用倒插法。」太曲而鑿。愚按：寒館滅燈，疑山鬼所吹，即《離騷》、《山鬼》意而已。《心解》是。

《移居公安敬贈衛太郎》結云：「白頭供宴語，烏几伴栖遲。交態遭輕薄，今朝豁所思。」《詳注》：「宴語誰供，惟伴烏几，交態之薄可知。」愚意白頭供人宴語，即强將笑語供主人意，所謂交態遭輕薄也。《心解》：「以衆棄之翁，而來供宴語，以蕭然之室，而來伴栖遲。收衛郎知我意。」是供白頭、伴烏几倒轉，亦不順適。

《公安縣懷古》：「野曠吕蒙營，江深劉備城。寒天催日短，風浪與雲平。灑落君臣契，飛騰戰伐名。維舟倚前浦，長嘯一含情。」《詳注》：「胡夏客云：此嘯，從抱膝吟《梁父》化出。」愚按：先主君臣契合，壞於吕蒙公安之襲。乃千秋後，君臣之契合與飛騰之戰伐同歸於盡，長嘯含情，有昔日英雄而今安在之意，揶揄吕蒙也。

《宴王使君宅》第一首：「漢主追韓信，蒼生起謝安。吾徒自漂泊，世事各艱難。逆旅招要近，他鄉思緒寬。不才甘朽質，高卧豈泥蟠。」《詳注》：「不才高卧，豈望泥蟠復奮。」是獨就己言。《心解》謂「由我及彼，逆勢雙兜，言外見我則已矣，君亦廢棄耶。」甚合。蓋前四句雙關，此四句豈獨自謂。况招要是王招公，結亦應雙兜。但如《心解》，竟不必作言外兜王。鄙意言己之不才，自甘朽質矣，君之高卧，豈竟泥蟠耶。亦蘊藉，亦醒豁。

《冬深》：「花葉隨天意，江溪共石根。早霞隨類影，寒水各依痕。易下楊朱泪，難招楚客魂。風濤暮不穩，捨棹宿誰門。」首句「隨天意」，《詳注》改作「惟天意」，以其與「隨類」字重。愚按：「惟」字不如「隨」字穩，杜詩不可以重字論也。《詳注》謂此章全用倒插。「花葉惟天意」，以「早霞隨類影」也。「江溪共石根」，以「寒水各依痕」也。初疑「寒水」句與「石根」緊承，「早霞」句與「花葉」不貫。後見《杜臆》「霞狀變化，如花如葉，故比之花葉，且翫『天意』二句，明屬早霞矣。」愚按：天意豈必霞在上爲有天意，花葉在下即無天意耶？且荊南冬煖同夔，夔州詩云「寒花亦可憐」，荊南冬深，豈無花葉耶？惟冬深花葉可憐，故曰「隨天意」。早霞是比花葉耳。《詳注》本《杜臆》，未免穿鑿附會。《心解》謂「花宜藻彩高揚，乃在石根之下，影落溪中者，以與寒水相依耳。」如此串插，則「共」字、「各」字、「依」字俱牽入荊棘叢中矣。鄙意花葉自花葉，江溪自江溪，見此地當冬深之際，花葉還如早霞之類影，故曰「隨天意」，江溪已覺寒水之依痕，故曰「共石根」。四句非比也，乃興也，興起楊朱之歧路、楚客之無歸耳。

《曉發公安》：「北城擊柝復欲罷，東方明星亦不遲。鄰雞野哭如昨日，物色生態能幾時。舟楫眇然自此去，江湖遠適無前期。出門轉眄已陳跡，藥餌扶吾隨所之。」《詳注》：「杜律有語承、意承之法。『不遲』承『欲罷』，『幾時』承『如昨』，此句承法。『鄰雞』承『擊柝』，『物色』承『明星』，以所聞言，以所見言，此意承法。『物色』指物，『生態』指人，陳跡公安之地。」愚按：前四句自夜至曉，次第感嘆，注到第七句，陳迹意不必以所聞、所見分承。「生態」指物之生態，如指人，則「野哭」非指雞乎？《心解》：「哭即啼也，以哀心聽之，故云。」《詳注》：「唐人作拗體詩，平仄多有失粘處。明季蕭雲從作《杜律細》，平仄用轉音，改拗從順，雖考證詳洽，但恐多此轉折。」誠然。

《衡州送李大夫七丈勉赴廣州》三聯：「日月籠中鳥，乾坤水上萍。」《詳注》本《杜臆》：「日月照臨之下，身如籠鳥。乾坤覆載之中，迹若浮萍。」愚按：我之困處，觀日月如籠中之鳥。我之流離，觀乾坤如水上之萍。《心解》近之。

《陪裴使君登岳陽樓》：鶴注：「使君必岳州守。」結句云：「敢違漁父問，從此更南征。」《詳注》：「屈原至江濱，漁父勸其與世推移。公旅況依人，故不敢違漁父之問而更欲南征。南征，指潭州。」意赴潭是與世推移也，似覺無趣。且二句中氣亦斷續，不如《杜臆》：「落句深有意於裴，漁父倘肯見問，豈敢違之而更南征乎。」愚意不必有倘肯意，此時想裴使君自欵留公也。《心解》得之。

《宿青草湖》：「洞庭猶在目，青草續爲名。宿槳依農事，郵籤報水程。寒冰争倚薄，雲月遞微明。湖雁雙雙起，人來故北征。」《詳注》：「孤舟防盗，故宿依農畔。倚薄曰争，見寒冰交侵而競迫。」按：上首《過南岳入洞庭湖》詩曰「蔣穿芽」、「蒲吐節」、「壤童犂雨雪」等句，下《宿白沙驛》詩曰「湖外草新青」，此詩曰「湖雁」「北征」，皆春景也，則依農事不必作防盗解。「寒冰」是餘寒之殘冰，春深將寒解冰銷，此時争相倚薄耳。《心解》得之。

《解憂》前云：「減米散同舟，路難思共濟。向來雲濤盤，衆力亦不細。呀坑瞥眼過，飛櫓本無蒂。

得失瞬息間，致遠宜恐泥。」《詳注》引趙注：「『雲濤盤』，言雲濤之間盤轉未出，方言所謂盤灘也。舊注以雲濤爲灘名，恐是附會。」愚意「雲濤盤」應是三字灘名，如謂雲濤之間盤轉未出，三字拆開，恐是穿鑿。《詳注》又以「向來」二句爲遡從前之事，以致遠恐泥爲慮將來之事。愚意雲濤盤之險，向來有藉衆力，得則飛櫓瞥過，失則致遠恐泥。今出此險，所以散米同舟，無分從前將來之事。結云：「百慮視安危，分明曩賢計。茲理庶可廣，拳拳期勿替。」《詳注》：「視安若危，此即前賢慮事深計。」愚按：安危即上得失見安危之事，百慮難周，曩賢深計而拳拳也。「安危」二字，平用爲是。注家遇國家安危等句，則必作安其危，此處又作安若危，未審何意。

《早行》：「歌哭俱在曉，行邁有期程。孤舟似昨日，聞見同一聲。飛鳥數求食，潛魚何獨驚。前王作網罟，設法害生成。碧藻非不茂，高帆終日征。干戈未揖讓，崩迫關其情。」《詳注》用黃生注：「鳥以求食，不能安居。魚雖安水，而又患網罟。」《心解》：「『飛鳥』，自喻。『潛魚』，喻民。」俱似穿鑿。愚按：網罟兼魚鳥，不應獨指魚，頂上「歌哭」。見鳥因求食而飛，魚雖潛伏而驚，皆有網罟之害，此所以歌哭同聲。如我舟依碧藻，正可少憩，乃干戈崩迫，終日帆征焉，得不感觸關情乎。

《次晚洲》中云：「擺浪散帙妨，危沙折花當。」《詳注》：「以『當』對『妨』，乃便當之當。《杜臆》說是。舊注以花當爲花根，誤。」「花發沙前，舟近則折之爲便。」愚按：何以必云危沙，蓋沙岸之花非同樹上難折，然非浪擺而沙危，折之亦難，因危沙折之，則連根帶來，故便當耳。諸解於「危」字無着。

《發白馬潭》：「水生春纜没，日出野船開。宿鳥行猶去，叢花笑不來。人人傷白首，處處接金盃。

莫道新知要，南征且未迴。」《詳注》：「宿鳥猶且先我而去，水花不肯向舟而來，見逆流難上。」「『背指菊花開』，狀順流之速，『水花笑不來』，指逆流之遲。」愚按：背指花開，何以見得順流？花笑不來，何以見得逆上？不如《心解》：「見客途人情難恃。宿鳥成行，猶背我而去，水花含笑，不隨我而來。」解得有味。《詳注》以後四句爲虛擬，「縱人人傷我白首，處處接我金盃，亦莫道新知爲要，只顧南征未迴。」《心解》以三聯作宕筆，「言人人亦皆傷我白首，處處亦皆接我金盃，然莫道新知爲要，我姑舍然南向，且未須停棹。」愚按：三聯非虛擬，非宕筆，是實事。見人人空傷我白首，處處徒接我金盃，新知不過如是，未有留我南征而迴棹者，所謂「舍棹宿誰門」也。

《雙楓浦》三聯：「浪足浮紗帽，皮須截錦苔。江邊地有主，暫借上天迴。」《詳注》：「浪高而楓頂微露，似浮紗帽。」句拙。《心解》：「紗帽隱者之冠，從枯株上發想。春湖浪足，正好浮家，截去楓皮，可當槎泛。」較《詳注》差勝。愚意浮紗帽必有所本，未考。

《望岳》結段：「牽迫限修途，未暇杖崇岡。歸來覬命駕，沐浴休玉堂。三嘆問府主，何以贊我皇。牲璧忍衰俗，神其思降祥。」《詳注》：「封内山川，府主當祭，問何以仰贊我皇。忍如衰俗之循行故事，而謂神其降祥乎。『玉堂』，指神廟。『府主』，指衡州太守。朱注作洞府之主，即指嶽神，下二句幾於責備神靈矣，於理不合。」愚按：此是過衡望嶽，故未暇杖崇岡。擬歸來而休玉堂，將問神何以贊皇。雖當衰俗，牲璧不全，神其忍之，以思降祥乎。語意莊重深奥，暗含一腔爲國爲民血淚也。如以「府主」指衡守，突然無謂。上句「休玉堂」不曾合口，下句「忍衰俗」亦覺語稚。忍衰俗而思降祥，正是哀禱神靈，非責備之謂。《心解》亦錯。

《湘江宴餞裴二端公赴道州》中段：「鄙人奉末眷，佩服自早年。義均骨肉地，懷抱罄所宣。盛名富事業，無取愧高賢。不以喪亂嬰，保愛金石堅。」《詳注》本《杜臆》：「『盛名』四句，正生平所佩服者。」《心解》以「盛名」指裴，「無取」自謂一無足取，《杜臆》牽强。下二句言不以我嬰喪亂而移宿愛。愚按：《心解》牽强。「盛名」二句，俱指裴，取愧猶取笑，言無所取愧。「不以喪亂嬰」，言不以時世喪亂隨改。「金石」指裴，帶起自己，故下接云「計拙百寮下，氣蘇君子前」。《心解》總因「無取」二字誤讀也。

《江閣卧病走筆寄呈崔盧兩侍御》：「客子庖厨薄，江樓枕席清。衰年病祇瘦，長夏想爲情。滑憶雕胡飯，香聞錦帶羹。溜匙兼煖腹，誰欲致盃甖。」《詳注》：「朱注以『溜匙』承飯，『煖腹』承羹，恐蓴性不能煖腹。吴論以『溜匙』承羹，『煖腹』承飯，據前詩『滑』，『溜匙』指飯，不當指羹。顧注：『溜匙』總承飯、羹，『煖腹』指酒，兼欲得盃甖也。此説較妥。」愚按：「溜匙」自承飯，「煖腹」應承羹，但「錦帶」是否蓴名，不必鑿定。恐蓴性不煖，此論太拘，凡羹即湯，冬日飲湯可以禦寒，老人於夏茹羹，自可煖腹，何論菜性。盃甖指酒；言飯羹既兼想矣，酒亦想爲情也，二公誰欲致我乎。《心解》得之。

《别張十三建封》結云：「高議在雲臺，嘶鳴望天衢。羽人掃碧海，功業竟何如。」《詳注》：「『掃』，『當作歸，義明而聲協』。「將來振起朝堂，何必效羽人之入海。朱注：史言建封不樂吏職，疑其人蓋有志神仙者，故諷之。趙氏以爲澄清天下之比，就指功業言。」《詳注》、《心解》俱從朱注。愚按：「羽人」句緊接「望天衢」，非歸隱之意，自比澄清天下爲是。張後爲徐泗節度使可證。至古詩不論平仄，「掃碧海」聲非不諧。

《送盧十四弟侍御護韋尚書之晉靈櫬歸上都》起云：「素幕度江遠，朱幡登陸微。」《詳注》：「韋櫬從水程往，故素幕涉江者遠。『朱幡』，黄鶴謂部曲候送之旗幡，故登陸者微。」愚按：宜從趙次公，以「朱幡」爲丹旐，引柩幡也。今引柩銘旗即平人亦用朱者，蓋韋櫬必先度江而又登陸，故曰「遠」、曰「微」。

《蘇大侍御訪江浦賦八韵記異》中云：「今晨清鏡中，勝食齋房芝。余髮喜却變，白間生黑絲。」《詳注》以「白間」句改在「清鏡中」下，以「勝食」句改在「髮却變」下，謂「舊本取其倒插，不如改此，意味深長」。愚按：不如舊本語順，讀一「却」字自見。《心解》得之。

《暮秋枉裴道州手札率爾遣興寄遞呈蘇渙侍御》中云：「使我晝立煩兒孫，令我夜坐費燈燭。」《詳注》：「『煩兒孫』，立久須扶也。」《心解》：「『晝立』，兒孫侍立候讀札，不得休也。」愚按：「晝立」，直作公自立閱札。「煩兒孫」，久侍也。不必如《詳注》須扶耳。結云：「附書與裴因示蘇，此生已愧須人扶。致君堯舜付公等，早據要路思捐軀。」《詳注》：「『須人扶』，謂扶持國家。」愚按：是言愧己衰病須人扶持，如此生已愧一讀則縮脚，須人扶指國家則縮頭，成何句法。前煩兒孫則注須人扶，此須人扶則説扶國家，均屬異想。《心解》得之。「附書與裴因示蘇」，《詳注》嫌其直率，杜詩如此類甚多，可勝嫌耶？附高適《人日寄杜二拾遺》：「人日題詩寄草堂，遥憐故人思故鄉。柳條弄色不忍見，梅花滿枝空斷腸。身在南蕃無所預，心懷百憂復千慮。今年人日空相憶，明年人日知何處。一卧東山三十春，豈知書劍老風塵。龍鍾還忝二千石，愧爾東西南北人。」《詳注》：「首二總提，次四思故鄉，下六憐故人。『卧東山』，以謝安比杜。『二千石』，時高爲刺史。」愚按語氣，「柳條」二句是思故鄉，中四句是憐故人。如「身在南蕃」屬高自講，身爲刺史，安得言「無所預」也？惟杜作客，則身無預國政而心懷憂慮耳。「明年」「知何處」，自屬作客説。「一卧」「三十年」，應屬高自説。蓋適晚仕，故云然。「書劍老風塵」，亦屬自説未仕之時况。「老」字明明逗起「龍鍾」意，愧爾乃挽合故人，正稱杜有志行道，上文百憂千慮，明年何處，俱一氣收拾矣。

《送重表侄王砅評事使南海》起云：「我之曾老姑，爾之高祖母。爾祖未貴時，歸爲尚書婦。」《詳注》以杜氏爲王珪妻，年次不合，此條記事斷屬錯誤。愚不知其有何確據而云然。杜公與王砅爲老表親，曾祖姑僅隔三代，且係唐初本朝之事，詩中縱有粧點，何至事實錯誤至此？如以年次論，公祖審言仕於武后、中宗時，年或三四十、四五十，其姑母死時不許有七八十歲乎？凡姑母有爲父之妹者，有爲父之姊者，有爲父之同胞者，有爲父之前後母出者，往往父以六七十歲得子，姑母竟有百歲以外者。按《唐書》，王珪母李氏窺見房玄齡、杜如晦，大驚，敕具酒食，盡歡，曰：「二君公輔才，汝貴不疑。」意此時珪母、珪婦俱在，共言如此。後日王珪則稱其母，《唐書》遂記爲珪母之事。杜則深悉爲珪婦曾祖姑之事，叙昭實録，杜稱「詩史」以此。何得以數千年後臆其年次，定古人事耶？中云：「次問最少年，虬髯十八九。」《詳注》：「太宗虬髯，恐非十八九歲所有，此亦訛傳。」愚按：古人於若歲留髯未考，今人亦有成丁而髯即盛者，留之至十八九，竟可似虬。後云：「自下所騎馬，右持腰間刀。左牽紫游韁，飛走使我高。」《詳注》：「『高』字拈韵，或疑句稚，不知此正寫生，公方徒步逃難，欲行不前，忽飛馬高騎可以脱險，不勝喜幸。」此解固妙。愚曾課徒講此詩，「高」字終覺少澁。有徒，旂人，名經綸，答解曰：「咀『使』字，是扶之上馬高騎耳。」精極，更覺有味。

《清明》結四句：「弟侄雖存不得書，干戈未息苦離居。逢迎少壯非吾道，况乃今朝更祓除。」《杜臆》：「以唐史氣朔考之，大曆五年三月三日清明，則是日正值上巳，故云『更祓除』。」《詳注》：「『少壯』，指同遊之輩，祓除不祥，非可行樂。」愚按：上有「諸將亦自軍中至」句，意以逢迎本非吾道，况今日更當祓除脩潔乎？是不可枉道之謂。《心解》謂平時或以不逢少壯，暫爾相忘，乃今朝祓除，都人競逐，老我孑然，可堪悽愴。此於「非吾道」三字、「况」字、「乃」字、「更」字，字字無理會矣。

《風雨看舟前落花戲爲新句》結云：「濕久飛遲半欲高，縈沙惹草細於毛。蜜蜂蝴蝶生情性，偷眼蜻蜓避伯勞。」《詳注》「縈沙」句是花墮於沙草。《心解》以「細於毛」言雨不言花，乃花飛不高之故。愚按：「濕久」已言雨，「飛遲」是言花，則「縈沙惹草」屬花爲是。《詳注》：「『生情性』，乃生熟之生。」歷引古詩「生烟」爲證。「蜂蝶見花，墮於沙草，性情頓覺生疎。蜻蜓偶過花間，有似偷眼覰，一遇伯勞，却又避去，以見花當零落，爲物情所棄。」愚按：烟可云生熟，性情只一，何云生熟？蜻蜓亦非偷眼看花者。《心解》以「生情性」爲若裝模作態之謂，妙。又以二句爲是互寫蜂、蝶、蜻蜓若戀若怪光景。是以「避伯勞」三字總承「蜂」「蝶」「蜻蜓」十一字，恐無此句法。鄙意蜂、蝶本戀花者，今因春盡花落，蜻蜓乘夏而出，伯勞芳歇而鳴，乃偷眼引避，是蜂、蝶裝模作態之性情也。於詞意乃順。

《奉贈蕭十二使君》結云：「不達長卿病，從來原憲貧。監河受貸粟，一起轍中鱗。」《詳注》：「『不達』，謂蕭君未知。注家謂因不顯達而致病，對下句不合。」愚按：長卿因病而不達，所謂「官因老病休」也。下句以虚對實，杜詩多如此。《心解》以「不達」謂不出頭，近之。

《奉酬寇十侍御錫見寄四韵復寄寇》：「往别郇瑕地，於今四十年。來簪御府筆，故泊洞庭船。詩憶傷心處，春深把臂前。南瞻按百越，黄帽待君偏。」《詳注》：「『黄帽』，指舟人，謂相候於水邊也。」《心解》依顧氏：「屬公自謂。或引《漢書》櫂舟人爲黄帽郎，或謂南人以水爲黄帽，皆好奇之癖。」「下一『偏』字有侵侵乎不得再遇之意。」極合。

《白馬》：「白馬東北來，空鞍貫雙箭。可憐馬上郎，意氣今誰見。近時主將戮，中夜傷於戰。喪亂死多門，嗚呼淚如霰。」蔡興宗曰：「『主將』，謂崔瓘，時爲臧玠所殺。」黄鶴曰：「商州兵馬使劉洽殺防禦使殷仲卿。此爲仲卿作。」朱鶴齡云：「公自峽之江陵，商於在江陵西北，不當曰『東北來』。衡州北至潭州三百九十里，公自潭如衡，則所見之白馬爲東北來明矣。臧玠與達奚覯忿争，是夜以兵殺潭州刺史崔瓘，所謂『中夜傷於戰』也。」愚按：朱説自確。疑作「商於」者，以傷於戰，似無謂耳。不知馬上郎因臧玠興兵作亂，主將受戮，義當與戰，中夜倉猝，爲其所傷，即《左傳》汪童能執干戈以衛社稷意。二句字字有義，必非「商於」之訛。《詳注》、《心解》俱合。

《舟中苦熱遣懷奉呈楊中丞通簡臺省諸公》首段云：「平生方寸心，反當帳下難。嗚呼殺賢良，不叱白刃散。吾非丈夫特，没齒埋冰炭。恥以風病辭，胡然泊湘岸。」《詳注》：「『方寸心』，疾惡之念。『帳下難』，禍起於諸將。『賢良』，指崔瓘。『恥風疾』，不如姜肱遠遯也。」《心解》以「反當」作「反掌」，謂「於蜀一見徐知道，再見崔旰，於今見臧玠」。餘與《詳注》同。愚按：「方寸心」，似公之來潭，欲依崔瓘，有爲以盡平生之志，乃反當帳下之難。如《詳注》爲平生疾惡之心，則「反」字不鬬筍矣。如《心解》作「反掌」，併追遡蜀中，又覺支離。「不叱白刃散」，言己力不能叱散，故接以「吾非丈夫特，没齒埋冰炭」云。「恥以風病辭，胡然泊湘岸」，《心解》作不復以風熱爲辭，而來泊湘岸。愚意似臧玠招公，公以風病辭之，故曰「恥」、曰「胡然」，言不能討賊而徒然逃避耳。後云：「宗英李端公，守職甚昭焕。變通迫脅地，謀畫焉得筭。」《心解》：「時嶺南節度使李勉皆赴長沙討臧玠，此公簡李之懷也。『變通迫脅』，指諸從亂者，謂黨逆衆而勝筭難也。」愚意謂有迫脅而從亂者，宜變通之，謀畫隨機焉得預筭，是脅從罔治之意。如兇徒無憚，須卒斬之，故接云：「王室不肯微，兇徒略無憚。此流須卒斬，神器資强幹。」

《聶耒陽以僕阻水書致酒肉療饑荒江詩得代懷興盡本韵至縣呈聶令》，愚按：耒陽一案聚訟紛紛，總之聶令餽牛酒後，公尚至縣呈詩以謝，則此夕未卒明矣。况《舟中苦熱》詩後尚有《暮秋將歸秦留别湖南幕府親友》詩及《風疾舟中伏枕書懷》詩，内有「三霜楚砧」、「歲陰冬炎」等句，是大曆五年冬也。公阻水在夏秋，冬有詩，何以云耒陽聶令餽牛肉白酒，一夕飽飫而卒？抑何以云是夕江水暴漲，爲驚濤漂没其尸，不知何落？此皆不必辯也。但説者力辯，欲雪其牛酒飫死之冤，欲脱其水淹身溺之慘，《詳注》且謂公以冬卒，恨詩譜减却少陵半年之壽，可謂妄爲古人担憂。試思少陵果死於牛酒，亦阻水饑餓所致，豈遂爲醉飽喪身耶？果死於水淹，亦天灾流行所致，豈遂爲蹈險輕生耶？果死於夏，亦脩短隨化所致，豈减却半年之壽，遂爲罹短折之極耶？此可與明理達識者論之。

《迴棹》首四句：「宿昔試安命，自私猶畏天。勞生繫一物，爲客費多年。」《詳注》：「趙注謂勞生之人，不免繫着一物，是也。《杜詩箋》云繫一物，言此生猶一物，於下句不接。」愚按：《箋》解是。謂勞生如繫一物耳，爲時幾何而多年作客耶？二句自接。《心解》亦混。

《長沙送李十一》：「與子避地西康州，洞庭相逢十二秋。遠愧尚方曾賜履，竟非吾土倦登樓。久存膠漆應難並，一辱泥塗遂晚收。李杜齊名真忝竊，朔雲寒菊倍離憂。」此詩句首一字皆仄聲，《詳注》以考古韵，「與」、「遠」、「久」、「一」四字俱可叶平聲。愚按：平頭之説直是譫語，五言律第一字仄聲者不得平頭，第一字平聲者不碍，杜《登兖州城樓》詩可證。七言律第一字平仄不論，此詩可證。平頭之病，如八句詩俱以首二字一頓，宜忌。

《風疾舟中伏枕書懷三十六韵奉呈湖南親友》起云：「軒轅休製律，虞舜罷彈琴。尚錯雄鳴管，猶傷半死心。」《詳注》：「身疾而氣失調，故難製律彈琴。錯管承律，傷心承琴。」「聖賢名古邈，羈旅病年侵。」《詳注》：「『聖賢』承『軒虞』，『羈旅』起下『舟泊』。」云云。《心解》亦以前四句爲風疾失調，「『聖賢』，約指古之流寓客死於湖南者，如虞舜、屈、宋之類，與羈旅相引逗。」此皆何説也？愚按：首二句是望軒轅、虞舜而不作，故曰「休」、曰「罷」。次二句是歎已莫知而不已，故曰「尚」、曰「猶」，言古帝已不復製律彈琴矣，我猶錯管傷心而不肯已。「聖賢」自承首二，「羈旅」承次二，乃入風疾意。注家執定題首「風疾」二字，作首四句，如何解得去？如謂因風失調而不能製律彈琴，語意稚極，且以軒轅、虞舜二帝自比，無禮之至。

補摘

《奉贈韋左丞丈》中云：「賦科楊雄敵，詩看子建親。李邕求識面，王翰願卜鄰。」《心解》用朱注：「李邕、王翰皆公同時前輩，『識面』、『卜鄰』乃當時實事。」得之。劉辰翁引古人有王翰卜鄰事，以詩爲今古錯落、老氣横出，非是。楊雄、子建，以古人自比矣。李邕，今人與親者，又牽一古之王翰比今人，成何文法？或王翰與古同名，公即用卜鄰事耳。

《送高三十五書記》中云：「脱身簿尉中，始與箠楚辭。借問今何官，觸熱向武威。」《心解》注：「高適前爲封丘尉，有刑人之責，今去封丘，乃辭其責矣。」極是。有謂尉受上官箠楚，今始得辭，直不成話。

《後出塞五首》第二首結云：「借問大將誰，恐是霍嫖姚。」第四首後云：「主將位益崇，氣驕凌上都。」第五首後云：「坐見幽州騎，長驅河洛昏。」《心解》：「仇氏惑於《杜詩箋》、《幽州騎》之注，引《禄山事蹟》：『十四載十一月，馬步十萬鼓行而西』等語，以此詩爲是舉兵犯順後作。試思反叛既起，何暇從容追論如前四章耶？應作在禄山將叛之時。」誠然。細味「坐見幽州騎」，「坐見」者，猶云可坐以待必然之詞也。但其注「主將位益崇」爲禄山進爵等事，注「恐是霍嫖姚」謂指名募統軍之將，非指禄山，時禄山尚未至洛陽東門營也。殊禄山未反之時，其掠邊邀功，徵兵東都，曾不一至東門營，召募士卒耶？「大將」、「主將」，不知《心解》從何分別。

《送韋十六評事充同谷防禦判官》中云：「府中韋使君，道足示懷柔。令姪才俊茂，二美又何求。」《詳注》以韋使君爲幕府同事，《心解》以韋使君爲評事叔伯行，係當日府主。觀下句「令姪」、「二美」，《心解》爲是。

《北征》後云：「桓桓陳將軍，仗鉞奮忠烈。微爾人盡非，至今國猶活。」《心解》點此四句，評曰：「元禮爲親軍主帥，縱兇鋒於上前，無人臣禮。老杜既以誅褒妲歸功主上，復贊桓桓四句，反覺拖帶。」此亦評論過火處。查陳元禮因六軍不發，奏明皇：國忠謀反，貴妃不宜供俸。上令高力士縊殺之。此實明皇悔禍割愛克斷之善，而陳元禮之功亦不可没。此正仿《春秋》筆削之義，所以爲詩史也。

《彭衙行》後半：「小留同家洼，欲出蘆子關。故人有孫宰，高義薄層雲。延客已曛黑，張燈啓重門。煖湯濯我足，剪紙招我魂。從此出妻孥，相視涕闌干。衆雛爛熳睡，唤起霑盤飧。誓將與夫子，永結爲弟昆。遂空所居堂，安居奉我歡。誰肯艱難際，豁達露心肝。」《詳注》、《心解》與諸家俱以「誓將與夫子，永結爲弟昆」二句爲公述孫宰之詞。愚意何以見得爲孫宰之詞？上接「妻孥」、「衆雛」，唤「霑盤飧」，是公所口唤，忽述孫宰一語，似應提清眉目。孫宰爲公故人，何不得稱爲夫子？何不可結爲弟昆？說者以公自言，似覺有求於孫，殊不知逃難中逢故人，爲我濯足、招魂，妻孥霑惠，因訂結爲弟昆，亦非卑諂。如以下接「遂空所居堂」，「遂」字，孫宰因公訂結弟昆，遂留安居，似覺勢利，要知故人逃難而來，業已張燈延入，設饌款待，公即不與訂結，亦必留居，何勢利之有？遂之云者，言其當夜匆匆安頓耳。若以「豁達露心肝」指「誓結爲弟昆」，試思逢逃難故人，舉家偕來，而張燈延之，設饌食之，空堂居之，豈不足以見其豁達而必以誓結弟昆爲露心肝耶？則「豁達露心肝」即「高義薄層雲」之謂，而「誓結爲弟昆」直杜公感激之詞，文義乃順。

《新婚別》中云：「暮婚晨告別，無乃太匆忙。」又云：「妾身未分明，何以拜姑嫜。」謂未曾面識姑嫜耳。俗解謂女子之身尚未分明貞潔與否，殊不成話。

《贈蜀僧閭丘師兄》起云：「大師銅梁秀，籍籍名家孫。嗚呼先博士，炳靈精氣奔。」又云：「世傳閭丘筆，峻極逾崑崙。鳳藏丹霄暮，龍去白水渾。青熒雪嶺東，碑碣舊製存。」《心解》謂「『鳳藏』、『龍去』二句，或云稱其文，或云比其歿，俱非意，即摘碑碣文中之警策句。」不確。愚意應是稱其文而惜其歿。鳳與龍稱其文也，藏與去惜其歿也。

《贈鄭十八賁》中云：「遭亂意不歸，竄身跡非隱。細人尚姑息，吾子色愈謹。高懷見物理，識者安肯哂。卑飛欲何待，捷徑應未忍。」《心解》：「此八句表鄭之品，遭亂竄身指鄭。朱注謂公自言，誤。」愚按：此上有「溫溫士君子，令我懷抱盡」，下接以「示我百篇文，詩家一標準」，此段遭亂竄身自指鄭言。《心解》是。

《别蔡十四著作》中云：「使蜀見知己，别顔始一伸。」《心解》：「此言蔡會郭英乂於蜀也。仇謂公遇蔡於成都，非。」愚按：下接以「主人薨城府，扶櫬歸咸秦。巴道此相逢，會我病江濱。憶念鳳翔都，聚散俄十春。」《心解》自確。

《八哀詩・贈秘書監江夏李公邕》中云：「終悲洛陽獄，事近小臣斃。」《心解》：「邕以杖死。」「禍階初負謗，易力何深嚌。」《心解》引朱注：「言排毁誠易爲力，何嚌禍之深一至此乎。」解「易力」似晦澁。愚意「初負謗」對「終悲」「獄」，見士憎兹多口，衆謗亦易力負，何至深嚌杖死之禍。「易力」承「負」字來，有著。

《故秘書少監武功蘇源明》中云：「不要懸黄金，胡爲投乳贙。」《心解》：「『投』，抵也，投鼠忌器之投。比上『疏不附近幸』。」得之。《故右僕射相國張九齡》中云：「碣石歲峥嶸，天池日蛙黽。」《心解》：「『碣石』，燕地，指安禄山。『蛙黽』，喻讒佞弄舌，指李林甫。」「退食吟大庭，何心記榛梗。」《心解》：「林甫疾九齡，九齡爲海燕詩曰：『無心與物競，鷹隼莫相猜。』」注俱確。「骨驚畏曩哲，鬒變負人境。」《心解》：「『畏曩哲』者，畏昔賢積毁銷骨之言。『負人境』者，帶言禄山有負嵎之勢。」愚按：此「骨驚」不必積毁銷骨之典，猶云驚入骨耳。「畏曩哲」者，猶云畏聖人之言，蓋欲退以明哲保身也。「負人境」者，猶云有負於人世。詩意非帶言禄山，分頂「碣石」句。

《寄薛三郎中璩》後云：「我未下瞿唐，空念禹功勤。聽説松門峽，吐藥攬衣巾。」《詳注》：「聽説松門峽險，方服藥而驚吐。」似不成話。此係聞松門峽之勝，遂病愈而吐藥，攬衣而欲往也。《心解》

近之。

《上後園山脚》中云：「勿謂地無疆，劣於山有陰。石梛遍天下，水陸兼浮沉。」《心解》：「『劣於』句，言地雖平曠無疆，至此山陰，漸形其劣，險窄之勢，足以奪地力也。張遠以『梛』爲『原』，引《尸子》『莒國石焦原』爲證。但石焦原爲地熱不可近，無節去焦字之理，宜依舊本作『梛』。『石梛』，木名，子如芎藭，皮可禦饑，此當即本山所産。如舊泛指天下，則文義不屬。『遍天下』者，遍及天下也。」愚按：如解「石梛」爲遍及天下，則與解「劣於山有陰」句不合。既云此山險窄，足奪地力，何以所産石梛能遍及天下耶？且與「水陸兼浮沉」句亦難接。鄙意解作石焦原，則應起句「朱夏熱所嬰」，意勿謂大地無彊，遂以山陰爲劣，試看遍天下如石原焦熱，水陸皆然，而此山則有陰可步。一解也。作「石梛」亦可，意勿謂大地無疆，遂以山陰爲劣，試看遍天下以石梛禦饑，水陸皆然，而吾將避地何之。又一解也。總與下「自我登隴首，十年經碧岑。劍門來巫峽，倚薄浩至今」語氣可接。

《奉酬薛十二判官見贈》中云：「誰矜坐錦帳，苦厭食魚腥。」此公自述在成都参幕，在夔州久食耳。《心解》因前叙薛，有「卓氏近新寡」、「銀漢會雙星」等句，後述夢有「空中有白虎，赤節引娉婷」等句，以厭食魚腥爲用《詩》「豈其食魚」，興娶妻也。不知於「厭」字、「腥」字如何解？可博一粲。

《魏將軍歌》結云：「吾將爲子歌都護，酒闌插劍肝膽寒。鈎陳蒼蒼玄武暮，萬歲千秋奉明主，臨江節士安足數。」《心解》引古樂府有《丁都護歌》，宋武帝歌曰：「督護北征去，前鋒無不平。」自是歌都護所本也。《詳注》瑣考丁都護因主將陣亡，送喪回來，主將妻哭問，連呼丁都護云云。此大不祥事，詩豈以此爲魏將軍歌耶?「臨江節士」,《心解》引纂朱注:《漢·藝文志》有《臨江王》及《愁思節士歌》四篇。景帝廢太子爲臨江王,後自殺,時人悲之,故爲作歌。其愁思節士無考,宋陸厥乃作《臨江王節士歌》。蓋相沿之誤,老杜亦襲用之。《詳注》同。愚意或向襲誤,或臨江王自有節士,不必深考。詩意總以「安足數」三字翻用耳。

《哀江頭》後云:「清渭東流劍閣深,去住彼此無消息。」《心解》:「『清渭』,貴妃縊馬嵬處。『劍閣』,明皇入蜀所。」由地理考之,自是不錯。說者有謂清渭東流指肅宗即位靈武,大繆。讀此二句,上接「明眸皓齒今何在,血汗游魂歸不得」,下接「人生有情淚沾臆,江草江花豈終極」,自見。

《李鄠縣丈人胡馬行》結云:「洛陽大道時再清,累日喜得俱東行。鳳臆龍鬐未易識,側身注目長風生。」《心解》以詩當是喜得借騎而作,「公前往鄜州,曾借追風驃於李特進,今詩云『俱東行』,與馬俱,非與李俱也。」可謂穿鑿。前詩「須公櫪上追風驃」,自是借騎。此詩「累日喜得俱東行」,焉知公東行,李不有事俱行,累日見馬之良,喜而歌之耶?

《洗兵馬》中云:「鶴駕通宵鳳輦備,雞鳴問寢龍樓曉。」《心解》以太子晉乘白鶴仙去,故稱太子之駕爲「鶴駕」,屬廣平王俶,「鳳輦」屬肅宗,以「問寢」乃文王世子語,作肅宗朝玄宗,謂鶴駕既來,鳳輦亦備,父子相隨以朝寢門。駁《杜詩箋》刺肅宗不能盡子道,「『鶴駕』爲太子故實,若作肅宗之駕,仍然《詩箋》『不欲其成乎君』之旨矣。」愚按:公無刺意,《杜詩箋》自應駁,而《博議》謂望肅宗能修人子之禮,已自穩合,何必又分鶴駕爲廣平王之駕?詩意正以肅宗位爲天子,分兼太子,故用「鶴駕」、「鳳輦」。「通宵」者，見早駕而輦備，問寢之誠也。廣平之隨往，可不必分及。如《心解》之分「鶴駕」屬廣平，「鳳輦」屬肅宗，則「龍樓」又宜兼玄宗、肅宗矣，詞意俱覺牽强。又引《收京》詩「羽翼懷商老，文思憶帝堯」，謂兼父道、子道言。愚按：「商老」指李泌，亦非謂羽翼廣平。考史，京兆李泌幼以才敏著聞，玄宗使與太子爲布衣交，則李泌乃肅宗之羽翼也。

《杜鵑》又一首題注：「集外詩。」《文苑英華》刻司空曙，注云：「又見杜甫集。」《心解》於蜀既有前首，於夔又有五古一首，此篇必非杜作。筆亦高老，前幅似翻杜。愚按：杜詩數首而後首翻前首者正多。

《觀打魚歌》起云：「綿州江水之東津，魴魚鱍鱍色勝銀。漁人漾舟沉大網，截江一擁數百鱗。衆魚常才盡却棄，尺鯉騰出如有神。」中云：「饔子左右揮霜刀，鱠飛金盤白雪高。」結云：「魴魚味美知第一，既飽歡娱亦蕭瑟。君不見朝來割素鬐，咫尺波濤永相失。」《心解》：「此詩從來誤會以魴爲鱠，且須以霜刀割鬐，幾令人不可解。今細玩詩意，乃知作鱠者謂赤鯉，魴其陪襯也。」愚玩作鱠者是魴，《心解》不過因古有「鱠鯉」二字，好用師心耳。

《入奏行贈西山檢察使竇侍御》結云：「爲君酤酒滿眼酤，與奴白飯馬青芻。」「酤」字不必分上爲酤酒，下爲清酤。「滿眼」，俗解紛紛，總不如《心解》作盡量酤，又不如仍作滿眼酤，見得樽中酒不空也。《相從行贈嚴二别駕》中云：「把臂開樽飲我酒。」又云：「烏帽拂塵青騾粟。」《心解》：「即『與奴白飯馬青芻』意。」蓋爲我烏帽拂塵，爲我青騾餵粟也。

《古栢行》：「孔明廟前有老栢，柯如青銅根如石。霜皮溜雨四十圍，黛色參天二千尺。君臣已與時際會，樹木猶爲人愛惜。雲來氣接巫峽長，月出寒通雪山白。」《心解》：「此咏夔州之栢，『雪山』恰好引出成都。」誠然。「憶昨路繞錦亭東，先主武侯同閟宮。參差枝幹郊原古，窈窕丹青户牖空。落落盤踞雖得地，冥冥孤高多烈風。扶持自是神明力，正直元因造化功。」《心解》謂宜從朱注，分四句成都，四句夔州，以「冥冥孤高多烈風」在夔州高山耳。不知「孤高」是言樹高，非言山高，「烈風」是言樹高而多，非言山高而多，何以見爲指夔州，不指成都？其實此四句合下段至末「古來材大難爲用」，是統指夔州、成都孔明廟前古栢也。《短歌行贈王郎司直》中云：「豫章翻風白日動，鯨魚跋浪滄溟開。」總形容王郎之奇才。《心解》以白日滄溟喻當時之有勢力者，太鑿。

《歲晏行》起第二聯：「漁父天寒網罟凍，莫徭射雁鳴桑弓。」中有云：「高馬達官厭酒肉，此輩杼柚茅茨空。楚人重魚不重鳥，汝休枉殺南飛鴻。」《心解》謂起則書所見，中則諷浚民之達官，重魚不重鳥，借舊語爲興，「南飛鴻」比窮民，「汝」指達官。《詳注》以此二語承「漁父」、「莫徭」，謬甚。愚按詩意，固譏達官，然先以網魚射雁觸所見而起，中言官浚民窮，「汝休枉殺」，即指莫徭以諷達官，語勢測承。《詳注》無甚謬。

《追酬人日高蜀州見寄》題序後云：「老病懷舊，生意可知。今海内忘形，故人獨漢中王瑀昭州敬使君超先在。追酬高公此作，因寄王及敬弟。」詩結四句：「文章曹植波瀾闊，服食劉安德業尊。長笛鄰家亂愁思，昭州詞翰與招魂。」《心解》：「兩寄漢中王，兩寄敬使君，於王則泛稱才德，於敬則寄意招尋。舊説以招魂爲招蜀州之魂，非也。」愚按：舊説固是。《心解》寄意招尋，乃混詩意。望昭州詞翰招高之魂，甚明白。

《暫如臨邑至𡺸山湖亭奉懷李員外率爾成興》第三聯：「暫遊阻詞伯，却望懷青關。」舊注以「青關」爲他郡地名，《詳注》以「暫遊」屬員外，《心解》以「青關」爲即員外所官之齊州，「暫遊」屬公自謂。觀題首「暫如」二字，《心解》自確。

《重過何氏》第五首後四句：「何日霑微禄，歸山買薄田。斯遊恐不遠，把酒意茫然。」詩意如得霑禄買田，則歸山而斯遊可遂，未知何日，故恐不遂。《心解》以爲尚期霑禄，未能脱離朝市，恐斯遊不遂，失旨。

《晚行口號》結聯：「遠媿梁江總，還家尚黑頭。」《心解》：「考陳江總，濟陽考城人，仕梁，侯景陷臺城，避難會稽龍華寺。寺即其上世都陽里居舊基，詩謂『還家』，當指此，正以自況避難而歸寓宅。江總十八解褐，計避難時纔三十餘，而公已五十，故曰『遠媿』。劉辰翁謂自梁入陳、入隋，乃著一『梁』字媿之，非。」愚按：通首詩意並無注到末句譏諷江總意，《心解》是。

《夕烽》：「夕烽來不近，每日報平安。塞上傳光小，雲間落點殘。照秦通警急，過隴自艱難。聞道蓬萊殿，千門立馬看。」《心解》：第三聯「惟邊將『照秦』知『警』，則蕃兵『過隴』斯『難』」，所謂『將軍且莫破愁顔』也。」似捨却夕烽於照秦，則添綴邊將，雖有夕烽意，而邊將照秦，似不成話。於過隴則添綴蕃兵，而又謂蕃兵過之斯難，真所謂閦殺没頭鵞矣。應仍如舊解，若夕烽照秦，則信通警急，夕烽過隴，則勢自艱難。蓋公時在秦州，蕃警之來，當自秦而隴而京，下接蓬萊殿，乃合，將軍且莫破愁顏之意亦自在其中。

《送遠》：「帶甲滿天地，胡爲君遠行。親朋盡一哭，鞍馬去孤城。草木歲月晚，關河霜雪清。别離已昨日，因見古人情。」《心解》謂「此首詩不言所送，蓋公自送，知公已發秦州，玩下四句，當是就道後作。不曰故人，而曰古人，知公在秦州，人情冷落也。」此未免師心穿鑿，總爲末二句難解之故。如公因人情冷落，則别時親朋盡哭，豈虚語耶？愚按：應是送别後次日追贈之詩，曰「古人」者，因見古人離别之思耳，不必深求。

《天末懷李白》第三聯：「文章憎命達，魑魅喜人過。」有解作魑魅欲食人而喜者，有解作魑魅創見人而喜者，總是遠禦魑魅意。愚意跟上句「文章」來，言人不喜之而魑魅喜之，人竟魑魅之不若也。故下接云：「應共冤魂語，投詩贈汨羅。」

《望兜率寺》：「樹密當山徑，江深隔寺門。霏霏雲氣動，閃閃浪花翻。不復知天大，空餘見佛尊。時應清盥罷，隨喜給孤園。」舊解似在山望寺，非出山望寺。《心解》作泛江迴望，誠然。但謂泛江，宜知天大，而心依初地，猶然但見佛尊，着一餘字，見過後之思。不確。愚意不復知天大者，見天大莫容身，空餘見佛尊者，見初地空回首耳。老杜非竟佞佛者。

《江亭王閬州筵送蕭遂州》第二聯：「老畏歌聲短，愁隨舞曲長。」諸本有作「歌聲短」者、「斷」者、「繼」者。愚按：對下句意，應是「短」字。蓋節促則聲短，故老年畏聞，調換則曲長，故愁思相引。

《暮寒》結二句：「忽思高宴會，朱袖拂雲和。」《詳注》謂思朝廷禮樂，非。《心解》謂即指妓女，是。

《題張氏隱居》結聯：「乘興杳然迷出處，對君疑是泛虚舟。」《心解》以舊説「處」字作去聲，謂迷所出之處，「泛虚舟」，用《莊子》「虚船來觸舟」，貼張君説，直使語氣不連。誠然。應如《心解》，「處」字作上聲，言欲出欲處，自迷所之。但謂「泛虚舟」貼公自説，對君之隱，我如泛泛無着，似未確。愚意我欲出不可，欲處不可，自迷所之，而君則如泛虚舟，無可不可，我對之而杳不可攀也。「虚舟」仍本《莊子》，説並見前。

《鄭駙馬宅宴洞中》起云：「主家陰洞細烟霧，留客夏簟青琅玕。」結云：「自是秦樓壓鄭谷，時聞雜佩聲珊珊。」《心解》：起四字不雅。愚按：題本宴洞中，如稱幽洞、玉洞、花洞，同一不雅，稱仙洞更俗，稱石洞更鑿，還是「陰洞」雅。又引《杜臆》「壓」字諧詞，亦不確。凡娶公主曰尚，公主下嫁曰降，今用「秦樓」切公主，「鄭谷」切駙馬姓，「壓」者，尊卑之詞也。

《江上值水如海勢聊短述》：「爲人性僻耽佳句，語不驚人死不休。老去詩篇渾漫興，春來花鳥莫深愁。新添水檻供垂釣，故着浮槎替入舟。安得思如陶謝手，令渠述作與同遊。」諸家以此詩重在聊短述，「漫興」、「漫與」，本各不同。《心解》以爲不必執。愚意對下「愁」字，宜用「興」字，况「與」字費解。「花鳥莫深愁」，諸解作老去不能長吟，花鳥不須愁吾雕搜。《心解》引退之《雙鳥詩》「百物皆生愁」，即本此「愁」字。愚意不慊。花鳥愁吾雕搜，成何文義？「愁」字應屬自説，「感時花濺淚，恨别鳥驚心」也。蓋謂老去作詩篇，亦渾漫興，春來見花鳥，亦莫深愁，不求佳句驚人矣。今見水勢如海，安得述作大手以形容盡致。結二句正形容如海之意，起首佳句驚人，亦是要形容如海之意。解者執煞「短述」二字作題眼，將上七字全拋，故多錯解。

《嚴中丞枉駕見過》第三聯：「扁舟不獨如張翰，皂帽應兼似管甯。」《心解》：張翰用秋風起見幾輒去意。以朱注引賀循入洛，與翰同載一段，則以此句爲入京，似太曲。愚意只用賀循與翰同載，切嚴公見訪，何必併攔入京意？

《又送》：《心解》：前「有《惠義寺送辛員外》絕句，寺在梓州郪縣。」第三四聯：「同舟昨夜何由得，並馬今朝未擬迴。直到綿州始分手，江邊樹裹共誰來。」義本甚明。《心解》：「直到綿州，非真送到，言若果到，則歸路誰同，不如就此作別。」解似無謂。蓋彼不識梓與綿相去不過數十里，綿州北通長安，南通蜀楚，送客至此分手者多。

《詠懷古蹟五首》，朱本題下注云：「吴本作《詠懷》一章，《古跡》四首。」《心解》謂「此題四字，本兩題也，或同時所作，僞合爲一，併讀殊不成語。」因解首章，「此詠懷也」。「以舊説五詩例看，殊無具眼。《杜臆》疑首章爲五詩總冒，亦似是而非。」「顧宸則謂因已懷而感古蹟，黄生則謂因古蹟而自詠懷，總爲本章所碍，添幾許蛇足。」愚讀首章：「支離東北風塵際，漂泊西南天地間。三峽樓臺掩日月，五溪衣服共雲山。羯胡事主終無賴，詞客哀時且未還。庾信生平最蕭瑟，暮年詩賦動鄉關。」此章自是總冒，「三峽」、「五溪」皆所懷古蹟之處，「先主」、「孔明」在三峽，「宋玉」、「昭君」在歸州，已是峽外。本章庾信雖在荆州，尚遠，却以詩賦自比，而先詠及之耳。《心解》因吴本之分，以詠懷是詠懷，古蹟是古蹟，焉知吴本不亦如《心解》之錯會耶？愚按：題意是詠所懷之古蹟，謂因已懷而感古蹟，謂因古蹟而自詠懷，俱可。惟改爲詠懷一首，古蹟四首，則不可。

《七月一日題終明府水樓》第一首：「高棟層軒已自涼，秋風此日灑衣裳。翛然欲下陰山雪，不去非無漢署香。」《心解》用黄生説：「風雖洒衣，香故不去。《漢官儀》有『侍史執香爐護衣服』之文。」愚意何苦如此頂風洒衣裳？第三句「欲下陰山雪」，已頂此日秋風，來此不去，是言羈留。漢署香，是用尚書郎含雞舌香奏事爲妥。

《燕子來舟中作》，《心解》以「燕子來」三字一讀，蓋詩前六句只詠燕子來，七八乃貼舟中作。可見七八是詠燕來舟中也，何必分開？

《建都十二韻》：「《唐書》：上元初以吕諲爲荆州刺史，諲請以荆州置南都。」從之。詩前半：「蒼生未蘇息，胡馬半乾坤。議在雲臺上，誰扶黄屋尊。建都分魏闕，下詔闢荆門。恐失東人望，其如西極存。時危當雪恥，計大豈輕論。雖倚三階正，終愁萬國翻。」《心解》：「詩妙在不沾沾於諫止本事。起四句劈提殄寇宜急，勢如建瓴。次八句轉入本事。『東人望』，原分建之心。『西極存』，明本圖之重。『當雪恥』、『豈輕論』，隱譏怯敵以摧浮議。」解俱確當。「三階正」、「萬國翻」，謂乘輿縱不輕動，群情難免危疑，似又沾沾於建都講。意以建都雖不遷徙，人情已覺危疑，終愁翻動，豈不建都而即無愁耶？愚意「三階」字不必泥，惟頂上須「雪恥」，言諸臣不知殄北寇以雪恥，雖倚主上三階之正，終愁天下萬國之翻，建南都何益哉？餘已見前。

《陪章留後侍御宴南樓》起四句：「絶域長夏晚，茲樓清宴同。朝廷燒棧北，鼓角漏天東。」《心解》注「燒棧北」、「上年奴刺等入寇，燒大震關。然本句只言去國之遠。」注「漏天東」：「雅州有大小漏天。西據蕃境。見備蕃方急。」愚按：「漏天東」上有「鼓角」，固應指備蕃。「朝廷」下用「燒棧」字，亦應指刺奴等入寇燒關爲是，不獨言去國遠也。

《傷春》第三首起四句：「日月還相鬬，星辰屢合圍。不成誅執法，焉得變危機。」《心解》：「《石氏星經》：執法四星在太陽首西北，主刑餘之人，内常侍官也。《晉・天文志》：太陽守西北四星曰勢。勢，腐刑人也。《星經》有執法，而無勢星。《晉書》有勢星，而無執法。總之皆此一星。詩以比宦官程元振也。注家或引《史記》『南四星，執法。中，端門』。不知此爲太微之藩。或據《觀象書》『熒惑，一名執法』。不知此爲大星之號。豈可以比閹人而誅戮之乎？」此皆以程元振爲閹人，以此句爲上頂「星辰」，必於星辰中切指之。愚意星辰何必指閹人？下文「大角纏兵氣，鈎陳出帝畿」，乃所謂屢合圍也。此句言日月還鬬，星辰屢圍，皆因朝廷不執法誅奸之故，所以大角纏兵，鈎陳出畿，危機難變耳，則竟作「執法不成誅，危機焉得變」。或作不成執法之誅，焉得危機之變，無不可，解程元振自在内也。至《星經》謂執法爲中常侍官，試問刑餘之人，何以應稱執法？《晉書》謂勢星爲腐刑人，試問腐刑乃割勢，何以反稱勢星？此古書之不足信者。

《贈王二十四侍御》中云：「屢喜王侯宅，時邀江海人。」《詳注》以侍御不得稱王，此王字指姓。《心解》以爲未妥。侍御恐是賃故侯廢宅爲居者，近似。今細繹前後語意，宅不必指侍御所居，侍御時已掛冠而來，與公俱是江海人。此王侯是仕蜀者，如漢中王爲梓州刺史，嚴鄭公爲兩川節度，俱可稱王侯。時邀公與王侍御在宅宴遊耳。此解可定，餘已見前。

《夔府書懷百韵》中云：「幕府初交辟，郎官幸備員。瓜時猶旅寓，萍泛若夤緣。」《心解》：「『幕府』二句，嚴武辟公爲參謀、工部員外郎。『瓜時』句，比在幕。『萍泛』句，指羈夔。」愚按：詩起自「絶塞烏蠻北，孤城白帝邊」至「登臨多物色，陶冶賴詩篇」，共十二句，以在夔冒全篇。自「峽束滄江起，岩排古樹圓」至「兩京猶薄産，四海絶隨肩」共二十句，實寫在夔。以「四海」引起「幕府」，初交辟追叙在成都嚴幕時事，何得以「瓜時」一句了却，「萍泛」句即又指夔耶？愚意「萍泛」對「瓜時」，正見在幕府亦是萍泛，所謂「地分南北任浮萍」也。自「幕府初交辟」起，中叙高宴諸侯，佳人上客，至「滿座淚潺湲」共十六句，俱是追叙成都事。下「弔影夔州僻，迴腸杜曲煎」，再提夔州，以追叙兩京治亂。定應如此解，餘已見前。

《寄峽州劉伯華使君》中云：「刺史諸侯貴，郎官列宿應。潘生雲閣遠，黄霸璽書增。」《心解》：「『刺史』、『黄霸』，貼劉。『郎官』、『潘生』，貼己。」後云：「筋力交彫喪，飄零免戰兢。皆爲百里宰，正似六安丞。」《心解》：「句義謂郎官例宜出宰，今不復希此矣。『皆』、『爲』二字不可通，定誤。『六安丞』，引桓譚諫用讖，光武怒出爲六安丞，忽忽不樂，道病卒。公以讒失職，自憂客死。」愚按：如此解「皆」、「爲」二字，何不可通？蓋謂郎官皆爲百里宰，我獨似六安丞云爾。

《奉贈盧五丈參謀琚》結云：「孤負滄江願，誰云晚見招。」《心解》：「此願之孤負，豈曰有招，往仕途者，故不得遂耶。」解似費。愚意直作「白首不見招」解，見孤負滄州，徒然白首耳。《冬晚送長孫漸舍人歸州》，《心解》：「『歸』字下疑有脱字，非峽外之歸州，長孫蓋北歸者。」誠然。詩起云：「參卿休坐幄，蕩子不歸鄉。南客瀟湘外，西戎鄠杜傍。」謂「此四句皆公自述。『參卿』用孫楚參卿軍事，自指參嚴幕休罷也。」愚意公自稱，何必用「參卿」？長孫蓋辭幕而歸去者，故曰「休坐幄」。蕩子則自謂不歸也。「南客」，公與長孫俱在作客。「鄠杜」，公與長孫俱是故鄉。因有西戎之憂，故結云：「匣裏雌雄劍，吹毛任選將。」冀其歸而驅戎也。如《心解》，「參卿」公自謂，「蕩子」又自謂，「南客」又自謂，成何句法？

《奉贈蕭十二使君》結云：「曠絶含香署，稽留伏枕辰。停驂雙闕早，迴雁五湖春。」《心解》：「『曠絶』二句，公自嘆其久廢。『停驂』二句，指蕭自京邑來。」愚意蕭似從湖南將北歸者，停驂是預計其歸，北迴雁是正指其發南。

《奉送二十三舅録事之攝郴州》次聯云：「徐庶高交友，劉牢出外甥。」又有云：「氣春江上別，淚血渭陽情。」《心解》點此四句，曰：「『高交友』及『氣春』字似生，何耶？豈詩必要用『春時江上別，淚下渭陽情』，字句方熟耶？」結云：「從事何蠻貊，居官志在行。」《心解》以用《論語》「蠻貊之邦」，用《左傳》「當官而行」，「句似拙」。愚謂詩意從「君子居之，何陋之有」運化出來，正妙在拙。

《風疾舟中伏枕書懷三十六韵呈湖南親友》結云：「家事丹砂訣，無成涕作霖。」《心解》：「家只靠丹砂，則將登仙乎，況又無成也。」解得曲折有味。又解云：「作霖乃活人之本，而以涕爲之，則是飲泣待斃耳。」此過於求深，反覺無謂。詩意不過淚下如雨之謂。

讀雪山房唐詩序例

讀雪山房唐詩序例提要

《讀雪山房唐詩序例》不分卷，據光緒二十年重刊《讀雪山房唐詩序例並雜著二種》本點校。撰者管世銘（一七三八—一七九八），字緘若，號韞山。江蘇武進人。乾隆四十三年進士，官至監察御史。有《韞山堂詩文集》等。管氏輯有《讀雪山房唐詩選》三十四卷，歷時七載，成於乾隆六十年。諸體目録前有凡例，光緒間同里金武祥抽出單刊，並附以管氏《讀書偶得》、《論文雜言》二種。始末見於卷前管氏、金氏、洪亮吉、趙懷玉諸序。管氏選本承王漁洋分體選詩之旨，又以斷代專選較易於深入，故其例言雖多似習見者，而取去甚爲精審。如五古合唐一代而言之，下及韓、白，與李滄溟、王漁洋「唐無五古」論異；七古不專尊初唐，與何大復《明月篇序》之論異；近體則並推摩詰、少陵爲極致，而無分五言、七言；至於五排累李遜於杜，七絶杜不能工等，是皆平允有見，而出自于深思，極有當於一代之選本也。其論頗獲有識者好評，如道光初陳僅《竹林答問》即稱其精確。惜其選本後世不甚流傳。今人郭紹虞收此《序例》入《清詩話續編》，復於上述《讀書偶得》、《論文雜言》二種中選録論唐詩者二十則，附於卷末。

重刻讀雪山房唐詩序例并雜著二種序

管緘若先生《讀雪山房唐詩選》四十卷，最稱善本，而流傳未廣。曩在里門，先生曾孫才叔明經，嘗告余原板已燬，印本亦僅有存者。嗣來嶺南，同郡方子可國簿見示印本，爲録刊《序例》。又余舊藏先生古今體詩十六卷，古文四卷，駢文、雜文四卷。雜文中《讀書偶得》、《論文雜言》二種，皆隨筆條記，多可與《唐詩選序例》相發明，因附刻之。先生制舉文，家絃户誦，至今不衰，而詩古文反爲所掩，世不盡知。他日取《唐詩選》及詩古文全集盡刻之，非藝林快事乎？是所望海内之同志者。光緒十二年，歲在丙戌季冬，同郡後學金武祥識。

序一

「《詩》亡然後《春秋》作」。蓋《詩》操勸懲之柄，一代之正變，四方之風化繫焉。故其義與《春秋》相表裏。《三百篇》經宣父釐正，列於《六經》。漢、魏以來，人自爲集，而古今之體咸備，稱極盛焉，故言詩者必宗唐。假令擇焉不精，則又無以示人趨嚮，是又貴乎選詩者之擷其藴也。《英靈》、《國秀》，已有以唐人選唐詩者。繼此而作，代不乏人。見淺見深，要皆得其性之所近，欲求犂然各當於人心者，殆戛戛乎其難之。康熙間，仁廟有《全唐詩》之刻，遂集大成。然披卷若大水之涉，而購書非窮巷所能。迨德清徐侍郎倬續進《全唐詩録》，已簡而便覽矣，讀者猶苦其難竟。此侍御管君韞山又有《唐詩鈔》一編也。君工文，海内傳誦，而尤邃於詩。詩不苟作，作必言之有物，聲情沈鬱，寄託深遠，所謂暢懷舒憤，塞違從正者，實能寢饋唐賢，非徒襲貌似，作優孟衣冠，又非務矜虚響，如琴瑟之專壹而不能終聽也。自公之暇，輒有所鈔，既序其原委，又著爲《凡例》，以自道其所得，共若干卷，庋之於家。君之子學洛始刻而廣之，於是遺糟粕而咀英華，作者之面目傳，選者之性情亦出，使人繇此進焉，可以端厥趨而無悖乎「四始」、「六義」之旨矣。余嘗欲裒唐、宋、金、元、明詩，凡有關於懲勸者録之，取亡而不亡之義，曰《五朝詩存》。斯事體大，綆短汲深，日月易逝，遂乖夙願。今讀亡友遺編，不禁爲之感且恧也。嘉慶十四年，歲在己巳，月在己巳，同里趙懷玉撰。

序二

吾友韞山侍御，深於詩者也，而世不盡知，則以制舉文之工掩之也。侍御又深於論詩者也，而世亦不盡知，則又以論文之精確掩之也。夫侍御之文，風力至天、崇、國初而止，若侍御之詩，則宛然開元、天寶之體格也，大曆、元和之嚴整也。傳曰：「惟其有之，是以似之。」觀侍御之所選，不可知侍御詩之所自出乎？又嘗論之，王文簡、沈文慤以名工鉅卿，手操選政，文簡則專主神韻，而蹠實或所未暇；文慤則專主體裁，而性情反置不言。其病在於以己律人，又强人以就我。今觀侍御之所選，一人有一人之面目，一人有一人之性情，各不相肖，始各極其工。選一代之詩，而即可爲前古後今之法，蓋善之善者。猶憶己亥、庚子間，余在京師，一日集讀雪山房，與侍御從叔松崖漕督及侍御論詩至夜半。于古體則高、岑、王、李、李、杜、韓、白、錢、劉、韋、柳而外，尤醉心次山。近體則初唐五家、天寶數公、大曆十子之外，以玉溪爲中興，致堯爲後勁。三人者，意見無一不合，因相視大笑。至酒冰復温，燭跋屢易乃散。一俯仰間，若昨日事，而二君之殁已十數年，二君詩集之刊定又及十年矣。然則余之序兹集者，非特序侍御所選之詩，即謂序侍御之詩可，謂兼序漕督之詩，亦非不可也。嘉慶十三年，歲在戊辰春仲，同里洪亮吉叙。

讀雪山房唐詩序

古今詩體莫備於唐，而迄無善本。內府《全唐詩》最爲大備，而卷帙浩繁，既不能家有其書，且非善讀者，莫知由博返約。諸家甄録，毋慮數十百種，其泛濫叢雜者，置不足論，即所號爲佳選，往往操一律以繩之，合即登，不合即擯，學者得此遺彼，終莫能窺其大全。余自束髮喜讀唐詩，各大家專集而外，自唐人九種，歷宋、明以至國朝諸名流所纂唐詩各本，靡不畢覽。《英靈》、《間氣》，拔三唐之萃矣，而限於時代；《篋中》、《才調》，成一家之言矣，而域於方隅。姚氏《文粹》，拘於昭明舊例，不及律詩；荆公《百家》，盡闕李、杜諸公，兼無長幅。自此以下，牴牾益多。篇帙富矣，而沉雄高雅之章，求之而每軼也；持擇嚴矣，而淺易頹唐之作，披之而輒在也。生平嘗積此恨。乾隆乙未，假館秦中，適案頭有徐蕢村侍郎所撰《全唐詩録》，蓄意鈔撮，彙爲此編。不標初、盛、中、晚之名，不設正法眼藏、聲聞、辟支之見，反覆甄誦，必求有得於心而後取之。其有未備，則又廣之專集與各家選本，以及詩話、小説、叢書所載，苟有可採，莫不掇拾，意在備一代之大觀，該三百年之正變。或初見輒悦，既而覺其無味者，删之；或從前忽遺，久而知其可貴者，補之。聞一未見之本，投袂以求；録一佚出之篇，喜躍彌日。分體編鈔，便於誦習。七更寒暑，而去取始不疑焉。共得詩三千九百餘首，犂爲三十四卷。又仿王新城《古詩選》及删定洪氏《唐人萬首絶句》之例，取源流大旨及鄙意之偶有所得者，著爲凡例，分冠於諸體目録之前，而盡略其圈點評釋，使讀者各以其意求之。雖不敢謂盡有唐詩之勝，而凡爲詩人之所當吟諷及有裨於詩教者，宜無不在。後之君子，或更能損益以致其精，而亦必以此爲篳路藍縷，則唐詩之有善本，實自兹編始也。其不負余七年之意也夫。乾隆六十年乙卯春，武進管世銘韞山氏叙。

讀雪山房唐詩凡例

武進管世銘韞山著

五古凡例

太宗皇帝既纘武功，首開文治，玄宗、德宗，奕葉重光，御製數章，冠於篇首，尊其本也。人臣之作，則首魏鄭公、虞永興二詩，亦廟廷配食之意。

初唐五言，尚沿排偶之迹，陳拾遺翩然脱去，直接西京。「國朝盛文章，子昂始高蹈」，昌黎豈欺我哉？

張曲江襟情高邁，有遺世獨立之意，《感遇》諸詩，與子昂稱岱、華矣。

以禪喻詩，昔人所詆。然詩境究貴在悟，五言尤然。王維、孟浩然逸才妙悟，笙磬同音。並時劉眘虚、常建、李頎、王昌齡、丘爲、綦毋潛、儲光羲之徒，遥相應和，共一宗風，正始之音，于兹爲盛。

岑嘉州獨尚警拔，比於孤鶴出群。陶員外、高常侍沉著高蹇，亦不與諸君一律。

元次山古調獨彈，冰襟雪抱，令人不敢褻玩。《篋中》一集，孟雲卿其職志乎？

李太白《古風》一卷，上薄《風》《騷》，顧其間多隱約時事。如「蟾蜍薄太清」，爲王皇后被廢而作。「胡關饒風沙」，爲哥舒開邊而作。「天津三月時」，爲林甫斲棺而作。「羽檄如流星」，爲鮮于喪師而作。至後一章云：「比干諫而死，屈平竄湘源。彭咸久淪没，此意與誰論？」又一章云：「姦臣欲竊位，樹黨自相群。果然田成子，一旦殺齊君。」直指國忠、禄山亂政跋扈，不啻垂涕泣而道之也。世推杜工部爲詩史，而知太白之意者少矣，故特揭而著之。

陳、張《感遇》出于阮公《咏懷》，供奉《古風》本於太沖《咏史》。《經亂離後贈江夏韋太守》計八百三十字，太白生平略具，縱橫恣肆，激宕淋漓，真少陵《北征》勁敵。後人舍此而舉昌黎《南山》，失其倫矣。

太白五言有極經意，有極不經意。樂府咏古諸題，合節應絃，極經意之作也。尋常酬應，亂頭粗服，不經意之作也。於經意處得其深奇，於不經意處得其灑脱。

杜工部五言詩，盡有古今文字之體。前、後《出塞》、《三别》、《三吏》，固爲詩中絶調，漢、魏樂府之遺音矣。他若《上韋左丞》，書體也；《留花門》，論體也；《北征》，賦體也；《送從弟亞》，序體也；《鐵堂》、《青陽峽》以下諸詩，記體也；《遭田父泥飲》，頌體也；《義鶻》、《病柏》，説體也；《織成褥段》，箴體也；《八哀》，碑狀體也；《送王砯》，紀傳體也。可謂牢籠衆有，揮斥百家。

大曆五古，以錢仲文爲第一，得意處宛然右丞。次即李君虞，得太白一體。

「發穠纖于簡古，寄至味于淡泊」，韋、柳詩之定評也。蘇州殁後，識之者僅一樂天。柳州文掩其詩，得東坡而始顯。當時雖榮，没則已焉。文章之道，乃反乎是。

昔人爲詩，未有用力於韵者。自韓昌黎横空盤硬，妥貼排奡，韵寬者轉更出入旁通，韵狹者則界畫謹嚴，險阻不避。歐陽永叔所謂「退之一生倔强」，見於此也。然韵愈齟齬，詩愈精神，腕中固宜獨有神力。

不讀《南山詩》，那識五言材力，放之可以至於如是，猶賦中之《兩京》、《三都》乎？彼以囊括苞符，此以鐫鑱造化。

孟東野蜇吻澀齒，然自是盤餐中所不可少。

張、王樂府多七言，易於曲折動人也。白樂天《秦中吟》等，五言而能質古，足以當採風之獻。

李義山《行次西郊百韵》，少陵而後，此爲嗣音，當與《韓碑》詩兩大。

五言肇興至唐，將及千載，故其境象尤博。即以有唐一代論之：陳、張爲先聲，王、孟爲正響。常建、劉眘虚幾於蘇、李天成，李頎、王昌齡不減曹、劉自得。陶翰慷慨，喜言邊塞；儲光羲真樸，善説田家。岑嘉州峭壁懸崖，峻不得上；元次山松風澗雪，凛不可留。李供奉襟情倜儻，集建安、六代之成；杜員外氣韵沉雄，盡樂府古詞之變。韋、柳以澄澹爲宗，錢、李以風標相尚。韓、孟皆戛戛獨造，而塗畛又分；樂天若平平無奇，而裨益自遠。其他一吟一咏，各自成家，不可枚舉。於戲，其極天下之大觀乎！

七古凡例

李嶠《汾陰行》，步伐整齊，詞旨悽惻，爲有唐一代七言古正聲所起，特以列於盧、駱之前。

盧照鄰《長安古意》，駱賓王《帝京篇》，劉希夷《代悲白頭翁》，張若虚《春江花月夜》，何嘗非一時傑作，然奏十篇以上，得不厭而思去乎？非開、寶諸公，豈識七言中有如許境界？何大復未之思也。郭代公《寶劍篇》與薛少保《陜郊》五言詩，均爲子美服膺，見於本集。可見古人虚心好善，折服前輩若此。

張燕公《鄴都引》：「晝攜壯士破堅陣，夜接詞人賦華屋。」王、岑而下，均不能爲此言。

王摩詰善能錯綜子史，而言不欲盡，詞旨温麗，音節鏗鏘，蔚然爲一朝冠冕。

李東川七言古詩，只讀得《兩漢書》爛熟，故信手揮灑，無一俗料俗韵。

高常侍豪宕感激，岑嘉州創闢經奇，各有「建大將旗鼓出井陘」之意。

李供奉歌行長句，縱横開闔，不可端倪，高下短長，唯變所適。「昂昂若千里之駒，泛泛若水中之鳧」，太白斯近之矣。

一人作一面目，王、李、高、岑、太白所能也。一篇出一面目，王、李、高、岑、太白所不能也。杜工部七言古詩，隨物賦形，因題立制，如怒猊抉石，如香象渡河，如秋隼摶空，如春鯨跋浪，如洞庭張樂，魚龍出聽，如昆陽濟師，瓴甓皆震，如太原公子，裼裘高步而來，如許下狂生，蹀躞摻撾而至。千態萬狀，不可殫名，悲喜無端，俯仰自失，觀止之嘆，意在斯乎？

韋蘇州落落數篇，氣息古雅，正不可廢。大曆諸子兼長七言古者，推盧綸、韓翃，比之摩詰、東川，可稱具體。獨劉隨州通篇少振拔處，亦筆力之限於天授也。

李、杜既没，正聲詘然。昌黎倔興，始傑然復有丈夫之氣，惟波瀾頓挫小不及耳。

劉賓客長篇，雖不逮韓之奇横，而健舉略足相當。七古劉之敵韓，猶五古郊之匹愈也。即夢得五言，亦自質雅可誦。世乃謂其不工古詩，何其武斷。

樂府古詞，陳陳相因，易於取厭。張文昌、王仲初創爲新製，文今意古，言淺諷深，頗合《三百篇》興、觀、群、怨之旨。白樂天尤工此體，至欲藉以感悟宸聰，敷陳民瘼，其積愈厚，故其言愈昌。特音節骫骳，乖於杜、韓正響，要亦天地間不可少之一種文字也。元微之骨色稍庸，擇數篇自足相敵。至張、王尚有古音，元、白始全今調，則又可爲知者道也。

李長吉不屑作一常語，奇處直欲突過昌黎，不善學之得其晦昧格塞，則墮入惡道矣。

李義山《韓碑》，句奇語重，追步退之。《轉韵七十二句贈同舍》，開合挫頓中，一振當日凡庸之習，三百年之後勁也。

温飛卿遁作别調，七言之齊、梁歟？録其一二以備歌行之變。鄭嵎《津陽門詩》，七言百韵，爲三唐歌行中第一長幅，可與《連昌宫詞》、《長恨歌》參觀。惟七言音節，昌黎以後，頓爾銷亡，知之者僅長吉、義山數人，至宋永叔、子瞻、魯直諸公而後復。此篇正恨其讀之不響耳。

唐七言古詩，整齊於高、岑、王、李，飄灑於太白，沉雄於少陵，倔强於昌黎，蓋猶七雄之並峙也。前之王、楊、盧、駱，後之元、白、張、王，則宋、衛、中山之君也。韓翃、盧綸，王、李之附庸；昌谷、樊南，退之之屬國也。惟李、杜，則昌黎而外，蓋莫敢問津焉。

五律凡例

昔人論五言律詩：「如聚四十賢人，更著一屠沽不得。」解此自不敢苟於下筆。太宗、明皇並工五言，以至尊爲風雅倡。王勃、陳子昂、沈佺期、宋之問、張説、張九齡之徒，比肩接迹，莫不淵岳其心，麟鳳其采，稱盛代之元音焉。

「藍田日暖，良玉生烟」，此最五言勝境也。王摩詰殆篇篇不愧此意。孟浩然、劉昚虛、常建三君子，臭味同源，並清廟之遺音，《廣陵》之絶調也。襄陽名篇較廣，遂與摩詰齊名。劉、常二君，零圭斷璧，倍爲可寶。

開、寶詩人工爲五言古者，無不工爲五言律，各選所載，殆無一篇不佳。然古人亦惟作五古多，作五律少，此其所以能工也。

太白五言律，如聽鈞天廣樂，心開目明，如望海上仙山，雲起水湧。又或通篇不着對偶，而興趣天然，不可湊泊。常尉、孟山人時有之，太白尤臻其妙。不知者多篡入古詩，反減其美，今皆一一正之。

孟襄陽伫興而就，摩詰、太白亦多得于自然，嘉州間出奇峭，究非倚以全力。惟老杜苦學力思，久而大適，恢張變化，律切渾成。兹集所登，殆當前後各家之半，以學者取法，莫備於是也。

少陵一生，篤於倫誼。「夢中吾見弟，書到汝爲人」，同氣之愛也。「香霧雲鬟濕，清輝玉臂寒」，伉儷之情也。「世亂憐渠小，家貧仰母慈」，父子之恩也。「已用當時法，誰將此義陳」，「一病緣明主，三年獨此心」，「盡哀知有日，爲客恐長休」，友朋之誼也。至於愛君憂國，每飯不忘，尤不可以枚舉。其得於《詩》之本者厚矣，故曰「詩聖」。

杜集《洞房》以下八章，皆取篇首二字爲題，蓋聯章也。俯今仰昔，與《有感》、《傷春》等作，異曲同工。俗選有止登《洞房》一首，而遺其下七章，殊不可解。又《鸚鵡》一篇，係誤行編入，不與前後諸章相首尾也。

五言用虚字易弱，獨工部「江山有巴蜀，棟宇自齊梁」，「古牆猶竹色，虚閣自松聲」，轉從虚字出力。七言用叠字近湊，獨工部「無邊落木蕭蕭下，不盡長江滚滚來」，「江天漠漠鳥雙去，風雨時時龍一吟」，轉就叠字生色。

大曆諸子，實始争工字句。然雋不傷鍊，巧不傷纖，又通體仍必雅令温醇，耐人吟諷，不似元和以後，但得一聯稱意，便「匆匆不暇草書」，以致全無氣格也。賈長江號爲苦吟，而每篇必有敗闕，況其下乎？

温庭筠「古戍落黄葉」，劉綺莊「桂楫木蘭舟」，韋莊「錦瑟怨遥夜」，便覺開、寶去人不遠。可見文章雖限于時代，豪傑之士終不爲風氣所囿也。李樊南集中沉着之作，自命亦復不淺。

閨閤之詩，不能與士大夫争勝，以其學力終淺也。獨李冶「遠水浮仙棹，寒星伴使車」，比同時所稱劉長卿「楚國蒼山古，幽州白日寒」，錢起「破鏡催歸客，殘陽見舊山」，郎士元「荒城背流水，遠雁入寒雲」，韓翃「潮聲當晝起，山翠近南深」，皇甫冉「岸明殘雪在，潮滿夕陽多」，于良史「風兼殘雪起，河帶斷冰流」等句，殆皆有過無不及。中興高步，若準周才之例，吾必以作者與焉。

七律凡例

五言律詩，有性靈人可以頓悟，七言則非積學攻苦，不能至也。論者謂「如挽百石之弓，非腕中有神力者，止到八九分地位」，斯言最善名狀。

七言律詩出於樂府，故以沈雲卿《龍池》、《古意》冠篇。初唐之作，皆當以是求之。張燕公《舞馬千秋萬歲詞》，崔司勳《雁門胡人歌》，尤顯然樂府也。王摩詰「秦川一半夕陽開」，爲樂府高詞，見樂天集。

崔顥《黄鶴樓》，直以古歌行入律。太白諸作，亦只以歌行視之。祖咏《薊門》之作，調高氣厚，爲七言律正始之音，惜不多見。

王右丞精深華妙，獨出冠時；終唐之世，與少陵分席而坐者，一人而已矣。

李東川摛詞典則，結響和平，固當在摩詰之下，高、岑之上。

高常侍律法稍疎，而彌見古意。岑嘉州始爲沈著凝鍊，稍異於王、李，而將入杜矣。

開、寶以前，如孫逖、王昌齡、盧象、張繼、包何輩，皆不以七言律名，而流傳一二篇，音節安和，情詞高雅，迥非後來可及，信乎時代爲之也。元次山尤稱與世聱牙，而《橘井》一章，又何其流逸乃爾。

獨孤常州《早發龍且館》一篇，比之少陵拗律，正復不減。其《同皇甫侍御齋中春望》，則又大曆之高唱也。七律中兼此兩種筆墨者甚難。

七言律詩，至杜工部而曲盡其變。蓋昔人多以自在流行出之，作者獨加以沉鬱頓挫。其氣盛，其言昌，格法、句法、字法、章法，無美不備，無奇不臻，橫絶古今，莫能兩大。

少陵七律，自當以《諸將五首》爲壓卷，關中、朔方、洛陽、南海、西蜀，直以天下全局運量胸中。如借兵回紇，府兵法壞，宦官監軍，皆關當時大利大害，而廷臣無能見及者。氣雄詞傑，足以稱其所欲言。每章起結，皆具二十分力量。俗選有止登「回首扶桑」一首者，于本詩「回首」及第七句「朔雪」字蒙前數章而下，尚無理會，何暇與之道黑白哉。

《秋興》八章，衹一時遣興之作，其得意處固入神品，而亦時有利鈍。又對結最末是杜公好處，而此凡三用之。後人以此摹杜，則耳食之見也。

大曆十子，所傳互異，而皆不及隨州。或以長卿爲開、寶進士，輩行略先。顧錢仲文與摩詰聯吟，皇甫茂政與獨孤至之贈答，而皆居其冠，何也？今就詩而論，且用五七言律定之，當以劉長卿、錢起、郎士元、皇甫冉、李嘉祐、司空曙、韓翃、盧綸、李端、李益前後十人爲定，而皇甫曾、耿湋、崔峒輩爲附庸，苗發、吉中孚、夏侯審，略之可也。

説者多以讀少陵後，繼以隨州，便覺厭厭無色。不知文房開、寶進士，《全唐詩》編在李、杜之前，特其詩與大曆諸公並瓣香摩詰，原與子美異派，善讀者自當另出一番手眼心胸。

大曆諸公，善於言情，工於選料。學爲七律者，從此進步，可以滌去塵俗。自此而之乎開、寶，則沿河入海矣。故甄録不厭詳焉。

十子而降，多成一副面目，未免數見不鮮。至劉、柳出，乃復見詩人本色，觀聽爲之一變。子厚骨聳，夢得氣雄，元和之二豪也。其次則張水部，風流藴藉，不失雅音。楊少尹情致纏綿，抑又其次也。以昌黎之神力，而七言律未能擅場，弓强而手不柔也。

白樂天失之流易，自序所謂「率然成章」，非平生所尚也。披沙揀金，往往見寶，惟善擇者能之。元微之大近甜俗，一篇而外，不可强登矣。

善學少陵七言律者，終唐之世，惟李義山一人。胎息在神骨之間，不在形貌，《蜀中離席》一篇，轉非其至也。義山當朋黨傾危之際，獨能乃心王室，便是作詩根源。其《哭劉蕡》、《重有感》、《曲江》等詩，不減老杜憂時之作。組織太工，或爲撏撦家藉口。然意理完足，神韵悠長，異時西崑諸公，未有能學而至者也。

温飛卿久困名場，故學力獨爲透到。其于玉溪，何止偏師之攻。顧華玉盛詆之，亦蚍蜉撼樹也。七言律至長慶以後，奄奄一息。温、李二集，正如漁歌牧笛，忽聞鐘鼓噌吰。

晚唐雖雅不勝鄭，其秀出者，猶非宋、元人可及。兹選於黄茅白葦中，一律之工，未嘗輕擲，正以其難得爲可貴也。高廷禮盛許劉滄，今觀《懷古》諸篇，全不争工起訖，殆無一篇完善可收。鄭谷、曹唐，有識皆嗤，更不具論。

唐末七言，韓致堯爲第一，去其《香奩》諸作，多出於愛君憂國，而氣格頗近渾成。次即吴子華，亦推高唱。司空表聖《歸王官谷》作，有蛻棄軒冕之風。羅昭諫《駕幸蜀》諸章，見不忘本朝之意。全軍之殿，數子爲多。

五律解散不對，爲孟、李創格，詳前篇矣。七言變體，始于崔司勳之《黄鶴樓》，太白深服之，故作《鸚鵡洲》詩，全仿其格。其後白樂天「早聞元九咏君詩，恨與盧君相識遲。今日逢君開舊卷，卷中多道贈微之」，李義山「杜牧司勳字牧之，清秋一首《杜秋》詩。前身應是梁江總，名總還曾字總持」，韓致堯「往年曾在溪橋上，見倚朱欄咏柳綿。今日獨來芳徑裏，更無人迹有苔錢」，雖氣體不同，杼軸各出，要皆《黄鶴樓》作爲之濫觴也。今悉登之，以廣律詩之變。至義山之《當句有對》，徐夤之《迴文》，有損詩體，竊所不取。

律詩最重起結，七言尤然。起句之工于發端，如賈曾「銅龍曉闢問安迴，金輅春遊博望開」，岑參「相國臨戎别帝京，擁麾持節遠横行」，王維「無才不敢累明時，思向東溪守故籬」，杜甫「花近高樓傷客心，萬方多難此登臨」，「群山萬壑赴荆門，生長明妃尚有村」，劉長卿「送君巵酒不成歡，幼女辭家事伯鸞」，韓翃「江城五馬楚雲邊，不羨雍容畫省年」，劉禹錫「王濬樓船下益州，金陵王氣黯然收」，「將星夜落使星來，三省清臣集外臺」，柳宗元「十年憔悴到秦京，誰料翻爲嶺外行」，張籍「聖朝特重大司空，人咏元和第一功」，楊巨源「晴明紫閣最高峰，仙掖開簾范彦龍」，「天眷君陳久在東，歸朝人看大司空」，李商隱「玉帳牙旗得上游，安危須共主君憂」，「清時無事奏明光，不遣當關報早霜」，「七國三邊未到憂，十三身襲富平侯」，温飛卿「十年分散劍關秋，萬事皆隨錦水流」，羅隱「爪牙柱石兩俱銷，一點渝塵九土摇」。落句以語盡意不盡爲貴，如王維「飽食不須愁内熱，大官還有蔗漿寒」，李白「此處别離同落葉，明朝分散敬亭秋」，「總爲浮雲能蔽日，長安不見使人愁」，杜甫「王師未報收東郡，城闕秋深畫角哀」，「同學少年多不賤，五陵裘馬自輕肥」，「一卧滄江驚歲晚，幾回青瑣點朝班」，「庾信平生最蕭瑟，暮年詩賦動江關」，「最是楚宫俱泯滅，舟人指點到今疑」，「三年奔走空皮骨，信有人間行路難」，劉禹錫「若問舊人劉子政，如今白首在南徐」，柳宗元「今朝不用臨河别，垂淚千行便濯纓」，張籍「賓筵戲樂年年别，已得三迴對御看」，白居易「共看明月應垂淚，一夜鄉心五處同」，「曾經爛漫三年著，欲棄空箱似少恩」，楊巨源「滿筵舊府笙歌在，惟有羊曇最淚流」，李商隱「日晚鸊鵜泉畔獵，路人猶識郅都鷹」，薛逢「中原駿馬搜求盡，沙苑年來草又芳」，韓偓「莫怪天涯棲不穩，托身須是萬年枝」，羅隱「跪望峻山重啓告，可能餘烈不勝妖」，皆足爲一代楷式。

頷頸兩聯，如二句一意，無異車前騶仗，有何生氣？唐賢之可法者，如王維「愁看北渚三湘遠，惡説南風五兩輕」，岑參「愁窺白髮羞微禄，悔别青山憶舊谿」，杜甫「豈有文章驚海内，漫勞車馬駐江干」，「憶昨賜霑門下省，退朝擎出大明宫」，「萬里秋風吹錦水，誰家别淚濕羅衣」，「路經灩澦雙蓬鬢，天入滄浪一釣舟」，「時危兵甲黄塵裏，日短江湖白髮前」，「萬里悲秋常作客，百年多病獨登臺」，錢起「且貪原獸輕黄屋，寧畏漁人犯白龍」，韓翃「落日澄江烏榜外，秋風疎柳白門前」，劉禹錫「黄河一曲當城下，緹騎千重照路傍」，「懷舊空吟聞笛賦，到鄉翻似爛柯人」，白居易「當君白首同歸日，是我青山獨往時」，「曾犯龍鱗容不死，欲騎鶴背覓長生」，楊汝士「文章舊價留鸞掖，桃李新陰在鯉庭」，李商隱「此日六軍同駐馬，當時七夕笑牽牛」，「永憶江湖歸白髮，欲迴天地入扁舟」，温庭筠「石麟埋没藏秋草，銅雀荒涼對暮雲」，「回日樓臺非甲帳，去時冠劍是丁年」，「百二關山扶玉座，五千文字閟瑶緘」，薛逢「一自犬戎生薊北，便從征戰老汾陽」，唐彦謙「耳聞明主提三尺，眼見愚民盜一抔」，韓偓「謀身拙爲安蛇足，報國危曾捋虎鬚」，「左牽犬馬誠難測，右袒簪纓最負恩」，譚用之「鸚鵡語中分百里，鳳凰聲裏任三年」，皆神韵天成，變化不測。宋、元以後，此法不講，故日近凡庸。

五排凡例

玄宗《早渡蒲關》，藻耀鮮明，氣勢穩稱，王荆公《百家詩選》以爲壓卷，吾無間然。

陳子昂之《白帝》，杜審言之《贈蘇味道》，沈佺期之《和韋舍人早朝》，宋之問之《晦日昆明池應制》，景龍以前之名篇也。

張曲江、宋廣平、張燕公、蘇許公應制諸作，雄厲振拔，見一代君臣際會之盛。

盧象《送綦毋潛》，祖咏《清明宴劉郎中别業》，瀟洒脱俗，全是古詩興趣，不獨李太白「黄鶴西樓月」一篇也。

王摩詰之春容，李青蓮之灑落，岑嘉州之奇警，高達夫之沉著，長律中缺一不可。

李、杜二公，古今勁敵，獨七言律與五言長律，太白寥寥數篇而已，豈若少陵之「瓊琚玉佩，大放厥詞」哉？

少陵長律，排比鋪張之内，陰施陽設，變動若神。元微之素工此體，故能識其奥窔。而李之遜杜，實在此處。元遺山以譏微之，亦好高而不察實也。

杜工部有三體詩古今無兩：七言古、七言律、五言長律也。

大曆詩人，多用此體詩爲祖餞。如錢起《送劉相公江淮催轉運》、《送王諫議東都居守》、《送鄭書記》，皇甫冉、吉中孚《送歸中丞使新羅》，韓翃《送王相公幽州巡邊》，耿湋《送蔣尚書東都留守》，盧綸《送鮑中丞赴太原》，皇甫曾《送和蕃使》，莫不聲華冠冕，詞旨安和，使節星軺，得之增重。才子之名，信不虚也。

柳子厚《同劉二十八述舊言情八十韵》，韵愈險而詞愈工，氣愈勝，最爲長律中奇作，稱柳詩者未有及之者也。劉夢得《歷陽書事七十韵》，亦足旗鼓相當。

白傅百韵律詩三首，字字調和，銖兩悉稱。學者未能驟窺少陵門徑，且從此置力，亦猶七律從大曆諸公入也。元微之次韵一首，亦同聲之應焉。

李義山瓣香子美，此體尤可亂真，得意處非特不愧之而已。温飛卿才多而捷，又善藴藉，皆施之長律尤宜。

試帖一體，特便於場屋，大手筆多不屑爲，昌黎所謂類於俳優者之詞也。即唐賢佳製，與諸體詩並列，幾于無可位置。兹選概不之及，惟存錢起《湘靈鼓瑟》一篇，亦以其結句入神而存之，非以其爲試帖也。且吾見能爲試帖而終身無與于詩者矣，安有能爲詩而顧不能爲試帖者哉？

五絶凡例

八音之内，磬最難和，以其促數而無餘韵也。可悟五言絶句之妙。

王勃絶句，若無可喜，而優柔不迫，有一唱三嘆之音。

讀崔顥《長干曲》，宛如艤舟江上，聽兒女子問答，此之謂天籟。

專工五言小詩，自崔國輔始，篇篇有樂府遺意。

王維妙悟，李白天才，即以五言絶句一體論之，亦古今之岱、華也。裴迪輞川唱和，不失爲摩詰勁敵。

王之涣「黄河遠上」之外，五言如《送别》及《鸛雀樓》二篇，亦當入旗亭之畫。

王維「紅豆生南國」，王之涣「楊柳東門樹」，李白「天下傷心處」，皆直舉胸臆，不假雕鎪，祖帳離筵，聽之惘惘，二十字移情固至此哉。

韋蘇州五言高妙，劉賓客七律沉雄，以作小詩，風流未遠。

錢起《江行》，盧綸《塞下》，大曆之高唱也。李君虞聲情悽惋，尤篇篇可入管絃。

孟郊之《古别離》，即其古詩。王建之《新嫁娘》，即其樂府。司空曙之「知有前期在」，金昌緒之「打起黄鶯兒」，張仲素之「提籠忘採葉」，于武陵之「遠天明月出」，劉采春所歌之「不喜秦淮水」，蓋嘉運所進之「北斗七星高」，或天真爛熳，或寄意深微，雖使王維、李白爲之，未能遠過。張祜「故國三千里」，亦自激楚動人。

李義山《樂遊原》詩，消息甚大，爲絶句中所未有。

七絶凡例

初唐七絶，味在酸鹹之外。「人情已厭南中苦，鴻雁那從北地來」，「獨憐京國人南竄，不似湘江水北流」，「即今河畔冰開日，正是長安花落時」，讀之初似常語，久而自知其妙。

摩詰、少伯、太白三家，鼎足而立，美不勝收。王之渙獨以「黄河遠上」一篇當之。彼不厭其多，此不愧其少，可謂拔戟自成一隊。

王、李之外，岑嘉州獨推高步，惟去樂府意漸遠。常建、賈至作雖不多，亦臻大雅。

少陵絶句，《逢龜年》一首而外，皆不能工，正不必曲爲之説。然質重之中，時得《鐃吹》、《竹枝》之遺意，則亦諸家所無也。

韋蘇州《和人求橘》一章，瀟灑獨絶，匪特世所稱「門對寒流」、「春潮帶雨」而已。

大曆以還，韓君平之婉麗，李君虞之悲慨，猶有兩王遺韵，宜當時樂府傳播爲多。李庶子絶句，出手即有羽歌激楚之音，非古傷心人不能及此。

劉賓客無體不備，蔚爲大家，絶句中之山海也。始以議論入詩，下開杜紫微一派。玄都觀前後看桃二作，本極淺直，轉不足存。

張仲素《塞下》、《秋閨》諸曲，升王江寧之堂。張籍《秋思》、《涼州》等篇，入岑嘉州之室。

《竹枝》始於劉夢得，《宫詞》始於王仲初，後人仿爲之者，總無能掩出其上也。「樹頭樹底覓殘紅」，于百篇中宕開一首，尤非淺人所解。王涯諸作，佳者幾可亂群。

張祜喜咏天寶遺事，合者亦自婉約可思。

杜紫微天才橫逸，有太白之風，而時出入於夢得。七言絶句一體，殆尤專長。觀玉溪生「高樓風雨」云云，傾倒之者至矣。

于鵠、雍陶名不甚著，而絶句頗多雅音。

李義山用意深微，使事穩愜，直欲於前賢之外，另闢一奇。絶句秘藏，至是盡洩，後人更無可以展拓處也。

王阮亭司寇删定洪氏《唐人萬首絶句》，以王維之《渭城》，李白之《白帝》，王昌齡之「奉帚平明」，王之涣之「黄河遠上」爲壓卷，韙於前人之舉「蒲萄美酒」、「秦時明月」者矣。近沈歸愚宗伯，亦效舉數首以續之。今按其所舉，惟杜牧「烟籠寒水」一首爲當。其柳宗元之「破額山前」，劉禹錫之「山圍故國」，李益之「回樂峰前」，詩雖佳而非其至。鄭谷「揚子江頭」，不過稍有風調，尤非數詩之匹也。必欲求之，其張潮之「茨菰葉爛」，張繼之「月落烏啼」，錢起之「瀟湘何事」，韓翃之「春城無處」，李益之「邊霜昨夜」，劉禹錫之「二十餘年」，李商隱之「珠箔輕明」，與杜牧《秦淮》之作，可稱匹美。

唐末惟七言絶句，不少名篇。司空圖《贈日本鑒禪師》，崔塗《讀庾信集》，骨色神韵，俱臻絶品，可以俯視衆流矣。

曹唐《小遊仙》，王涣《惆悵詞》，至爲凡陋，然「玉詔新除沈侍郎」，「他年江令獨來時」，未嘗無孤鶴出群之致。羅虬《比紅兒》百首，胡曾《咏古》諸篇，輕佻淺鄙，又下二人數等，不識何以流傳至今。選中亦各收其一，此外皆當付之秉炬矣。

詩中諧隱，始於古《稾砧》詩，唐賢絶句，間師此意。劉夢得「東邊日出西邊雨，道是無晴却有晴」，温飛卿「玲瓏骰子安紅豆，入骨相思知不知」，古趣盎然，勿病其俚與纖也。李商隱「只應同楚水，長短入淮流」，亦是一家風味。

杜詩説膚

杜詩説膚提要

《杜詩説膚》四卷，據嘉慶二十四年刊瘦竹山房木活字本點校。撰者萬俊，字富村，江西南昌人。餘未詳。首有乾隆六十年乙卯自序，知萬氏是年館於永福寺院，應西來禪師之請而説詩學，分原情、式法、煉字、審音四項，皆選杜詩以説之。卷二「式法」依次説章法、句法與屬對法，又特列所謂「情景之法」，目細而全。卷三列出七十餘字，一一説出其確當無移之妙，亦細緻，即煉字法也。審音則從傳統詩人性情與琴瑟樂調説之，而非漁洋、秋谷以來之平仄聲調一路。其説尚簡，視詩亦同，至有「作詩如作《春秋》」，「每下一字如千斤不移」云云。又謂「一字未敢稍忽」者，另有「未肯稍忽於彼者，未肯稍忽於我也。彼可忽我，能自忽乎」之意在，則是康、乾以來「有我」詩學之遺也。萬氏自謂非評詩，欲以「原詩」之高度説杜，故雖自謙膚淺，實甚自信。全書選老杜古、近體詩近九十首、八十餘聯、二百餘句，可作一杜詩之精粹本讀。

叙

緊余何人，余何人，何敢妄言詩哉！言詩者，必得其性情之正以端其本，順天地之和以審其音，廣聞見以玩其辭，廓天機以博其趣，庶使有言者卒歸於無言，無言者忽若其有言，使人求于言而言不可得，不求於言而言罔不得，非不言也，不言之言，斯真善言者矣。蓋聖賢有法度之言，須字字體會而後得之。若詩亦字字穿鑿，則滯而不通矣。惟潛通其意於言外，使人默會其旨於言中，自有不可勝言者存於若遠若近之間，始嘆其言未嘗不至纖且悉有如此者。故曰：「説詩者不以文害辭，不以辭害志，以意逆志，是謂得之。」循是説也，詩果易言乎哉？歲乙卯，余假館永福禪林，其鄰僧西來以詩學來請，余却之再三。西來請益堅，不得已，舉余曩所讀杜有聞諸前輩、得諸良友及見諸各集之説，約爲四則，曰「原情」，曰「式法」，曰「鍊字」，曰「審音」，粗舉大略，以應其請云爾。夫杜以忠君愛國之心，吐爲忠厚和平之響，且讀萬卷，下筆有神，真所謂「羚羊挂角」、「香象渡河」，不與人以思議者。余果何人，敢妄爲之説哉？今所説者，第謂之説膚也可，故名之「杜詩説膚」，聊舉以授西來。倘西來由淺而深，由粗而精，以至發乎情者止乎義，出諸口者中其節，而非巴人之曲、高叟之見，則所説將必有過于此者，余乃着芒鞋，携尊酒，並坐于緑草閒房，重與細論，復明以教我，則幸甚。

乾隆乙卯仲冬月，福村萬俊叙。

凡例

一、是編爲杜詩法律，各備一體，非選詩也。故法備而止，餘俱不録。

一、是編爲初學津梁，故説皆淺顯，語有次弟。所説既畢，不復另贅辭。

一、是編淺之不及平仄，深之不及評論。因平仄諸集所載，人所共曉；評論選本精詳，披覽而知。且此非評詩也，與評論無涉，故不及。

一、是編率余管見，説皆淺膚，未免挂一漏萬，但爲初學起見，非敢登之詞壇也。海内諸君子幸勿見哂，并祈斧正，則幸甚。

杜詩説膚目次

杜詩説膚卷之一

豫章福村萬俊

原情

情真而語切，情盛而文明，其詩之謂歟？故雖勞人思婦之謳吟，亦入聖帝明王之採擇，同此情焉耳。然則情也者，詩之所由生也。説詩者舍情，烏從而入之？作《原情》。

原夫孩提何知，有時而嘻笑，有時而悲啼。其悲也有思，笑也有懷，亦似有解於謳吟。且禽鳥何心，有爲之嚾嚾，有爲之喈喈。其嚾嚾也何故？喈喈也奚爲？不啻夫人之歌泣。吾以爲皆詩之情而未動焉者也。至於《康衢》「順則」之謡，「元首」「股肱」之歌，喜斯陶，陶斯咏，咏斯猶，祇順其情之自然。故一唱三嘆，不自知其所以然，而感人最深、入人最切有如此者，何也？蓋惟其情真已耳。不然，山川、草木、蟲魚、風雲、鳥獸之狀，類於我乎何與？何以楚臣去境，漢妾辭宮，或骨横遠塞，或魂逐飛蓬，或孤客衣單，或孀閨淚盡，偶觸於心目，遂形爲歌詠，此何以故？物也而情寓焉，情也而物寄焉，一而二、二而一者也。《三百》具在，可取而證之。獨是情者，性之動。寂然者性也，感發者情也，禮義者性之德也。動而不失其德，則情之正矣。故曰温柔敦厚，詩之教也。不淫不傷，情之正也。第恐恣情以往，則流蕩忘返，詩教於是乎泯矣。如是，反不如其無詩，而若有詩者，至真且切也。古所云「自從刪後更無詩」，即此意也。夫然自唐宋以來，豈無含跨劉郭、陵轢潘左，可爲文詞之命世、後學之津梁者哉？但上下數百年，惟杜稱詩聖，更非人所易及者。吾試歷舉之，而先窺其情。如：

陪諸貴公子丈八溝攜妓納涼晚際遇雨二首

落日放船好，輕風生浪遲。竹深留客處，荷净納涼時。公子調冰水，佳人雪藕絲。片雲頭上黑，應是雨催詩。

雨來霑席上，風急打船頭。越女紅裙濕，燕姬翠黛愁。纜侵堤柳繫，幔卷浪花浮。歸路翻蕭颯，陂塘五月秋。

以爲吾何爲而放船？爲風輕而浪遲也，豈爲此妓乎？當其時，惟知竹深，惟知荷净，留客納涼而已，若不知有妓也者。彼公子兮，但與佳人調冰水而雪藕絲，溺於情也如此。末以人己雙收，若曰我於納涼之外見有黑雲，便覺詩興勃然，曷嘗念及此妓乎？公子之溺情如此，亦如天上片雲黑於頭上，遇此催詩暴雨，則頃刻之間悲歡迥異，樂誠有不可極也，危矣哉！次首重發此意，以爲直待事勢已危，如雨來席上、風打船頭，雖越女燕姬，濕焉而已，愁焉而已，有何興趣？痛定思痛，殆將難以爲懷也。際此身敗名裂，雖欲挽回萬一，何殊纜繫堤柳，如此幔卷浪花何，悔無及矣。少年豪放，末路蕭條，豈可諉於時命耶？徒自取耳。如今日之歸途蕭颯，雨至如秋，豈真天時已秋耶？重可戒也。又如：

數陪李梓州泛江，有女樂在諸舫，戲爲艷曲二首

上客迴空騎，佳人滿近船。江清歌扇底，野曠舞衣前。玉袖臨風並，金壺隱浪偏。競將明媚色，偷眼艷陽天。

白日移歌袖，青霄近笛牀。翠眉縈度曲，雲鬢儼成行。立馬千山暮，迴舟一水香。使君自有婦，莫學野鴛央。

前云下馬泛舟時則見近船之佳人滿於目前，有歌者、舞者、並肩者、獨立者，莫不以明媚之色，偷眼艷陽，固已一見神驚矣。況以歌喉齊發，響遏行雲，山爲之暮，水爲之杳。山水且然，人豈無情哉？然人必以義制欲，以理御情，各有定耦，豈可學此野鴛以亂其群耶？且首稱之曰「上客」，末呼之曰「使君」，望其自宜尊重也，旨微矣。試先觀此四首，不獨謂其有情也，可見情所易溺，公且不溺，況其上焉者乎！且其中有天地人物之類，有一非與情相關而或以爲贅疣者哉。下此惟舉其情之大略以相告，會心人當不在遠耳。又如：

春夜喜雨

好雨知時節，當春乃發生。隨風潛入夜，潤物細無聲。野徑雲俱黑，江船火獨明。曉來看紅濕，花重錦官城。

首二句比之及時而大澤旁敷，次聯比之潛移默運，三聯比之不識不知，末二句比之光華復旦。此係何等景象，何等情懷，「喜」孰有過於此者！又如：

寒食

寒食江村路，風花高下飛。汀烟輕冉冉，竹日浄暉暉。田父邀皆去，鄰家問不違。地偏相識盡，雞犬亦忘歸。

此可見公平日處鄉黨鄰里之間，和光混俗，故有此流連款洽之情。前四句景，後四句情。知其情則知其景，絶不泛設一字。又如：

聞官軍收河南河北

劍外忽傳收薊北，初聞涕淚滿衣裳。却看妻子愁何在，漫卷詩書喜欲狂。白首放歌須縱酒，青春作伴好還鄉。即從巴峽穿巫峽，便下襄陽向洛陽。

此至情也，至性也，肺腑中一時流露。讀之娓娓動人，可以不言而喻矣。又如：

客至

舍南舍北皆春水，但見群鷗日日來。花徑不曾緣客掃，蓬門今始爲君開。盤飧市遠無兼味，尊酒家貧只舊醅。肯與鄰(舍)〔翁〕相對飲,隔籬呼取盡餘杯。

此詩何等忘形,何等率真,見公並見其客矣,豈世之矜延攬相標榜者可同日語哉!又如:

月

天上秋期(盡)〔近〕,人間月影清。入河蟾不没,擣藥兔長生。只益丹心苦,能添白髮明。干戈知滿地,休照國西營。

讀至結二句,言我何爲而丹心益苦、白髮添明,誠以干戈滿地故也。又轉念之曰「休照國西營」,以見國西之苦更有甚於丹心白髮者,夫亦可以自解矣。又如:

月夜

今夜鄜州月,閨中只獨看。遥憐小兒女,未解憶長安。香霧雲鬟濕,清輝玉臂寒。何當倚虚幌,雙照淚痕乾。

説者謂公製題之巧,立意之新,此猶公之餘事耳。不知公於家人骨肉間,樂天倫而篤伉儷,至親且切,一舉念自有此種情致,何假雕琢爲哉!又如:

戰哭多新鬼，愁吟獨老翁。亂雲低薄暮，急雪舞迴風。瓢棄尊無緑，爐存火似紅。數州消息斷，愁坐正書空。

對雪

劈頭一句，何等悽慘傷心，知此者又獨老翁一人，此老必至愁死矣。看其對雪久坐之時，强裁詩以排悶，聊咄咄以書空，殆所謂「酌彼金罍」者乎？以上諸詩，可知各有其情，且情無不正。公之詩類皆如此，此外不必更僕而數之，自可以徐參。惟是題同而詩異者，何也？如前《月》與《月夜》兩首，等月也，此月則此詩，彼月則彼詩。非月有不同，所以不能相襲者，景以情遷耳。解此，非獨對月爲然，又安有不然者哉？且如《秋興八首》與人共一「秋興」耳，惟公者是哭、是笑、是怒、是罵，有如畫角、秋砧，令人生感，亦惟公有公之情。作者以情而生文，讀者以文而生情，情與情相感，或有問其何以感之者，而皆不知也。他如《春（夜）〔日〕憶李白》，豈是空悲離合？《夜宴（李）〔左〕氏莊》豈是徒誇歡愛？《望嶽》、《登樓》非無寄托，《蒹葭》、《苦竹》别有遥情。大約或閒情逸致，樂境愁腸，不過假物興懷，以抒至性。惟樂不至淫，哀不至傷，詩之爲道也止矣。可怪者讀杜諸君子知公之即景即情，往往以朝野理亂附會而穿鑿之。如：

奉和賈至舍人早朝大明宫

五夜漏聲催曉箭，九重春色醉仙桃。旌旗日暖龍蛇動，宫殿風微燕雀高。朝罷香烟携滿袖，詩成珠玉在揮毫。欲知世掌絲綸美，池上于今有鳳毛。

三、四句，見有坊間注本，謂其隱諷承恩在高位者，不知「日暖」、「風微」，承上「春」、「曉」二字，以還題之「早朝大明宮」，而以「旌旗」、「宫殿」、「龍蛇」、「燕雀」點染之，安見其有隱諷之心？但公每寫一景，絶無泛設，以此「龍蛇」、「燕雀」比其大小臣工，「日暖」、「風微」比其共承天寵，極爲淺顯。然大明宫中何所不有，必以「龍蛇」、「燕雀」乎？實欲起下一「鳳」字，使其兩相關照，歸重于賈公而已。此杜詩之精細多在於此。至公偶有所諷，其佳處不以比體見長，多以賦體見手法，此其所以難及也。又如：

曲江對酒

苑外江頭坐不歸，水晶宫殿轉霏微。桃花細逐楊花（發）〔落〕，黄鳥時兼白鳥飛。縱飲久拚人共棄，懶朝真與世相違。吏情更覺滄州遠，老大徒傷未拂衣。

坊間注本又有以「桃花」、「楊花」、「黄鳥」、「白鳥」謂比君子、小人，不知此正喜其以類相從，故用自對格，以見其意。既承上二句，又起下「人共棄」、「世相違」六字。以爲花與花並落，鳥與鳥齊飛，我何同此人並此世，反爲相違其棄乎？此又景中明承暗起之法。何以知公之有情？多以俗情度之，此又知情之過也。總之，學杜不先于公之性情窺其萬一，而徒以謀篇、琢句、做摹而切究之，鮮不愈求而愈遠矣。夫天光雲影、鳥語花香，何關學問？詩人騷客三致意焉，亦其情不自禁而已。

杜詩説膚卷之二

豫章福椿萬俊

式法

規矩者，方圓之至也。未有舍規矩而成方圓，凡物皆然。至於詩，何獨不然。《原情》之後，若不更語以規矩，雖有情而無法度之可守，又何以言詩？作《式法》。

儒者一操觚，則如長江大河，渾浩流轉，汩汩乎來，其勢不容以遏抑，况於五七言寥寥數語，詎足以擱其筆耶？然或有所不能者，其故何也？大凡立一名即有一義，有一義即有一體，有一體即有一法。文之外既各曰詩，自有所謂詩法者，不容紊也。夫《三百》，詩之祖也。「四始」「六義」而外，其法安在？然彼乃淡味希聲，語自天成。譬則浮雲之過太虚，無心舒卷；飃風之出幽谷，觸物喁吁。非所作而致，亦非可學而成焉者也。惟五言、七言創於漢魏，自建安父子、平原兄弟，始彬彬大備。及太康中，張、陸、潘、左，敦爾復興。極之義熙、元嘉諸公，皆屬五言之冠冕。終於盛唐，尤爲盛世元音。蓋體愈全而法愈精矣。假令前人既立以法程，後人欲改其繩墨，是欲濟川而不以舟楫，和羹而不以鹽梅，可乎不可？顧欲流覽篇章，得以奉爲金鍼者何在蔑有，至謂世界一開者，其惟杜公乎？蓋重規疊矩，廣大悉備，殆所謂金針玉科而無滲漏者非歟？吾試先以其章法而歷言之。如：

送裴二虬作尉永嘉

孤嶼亭何處，天涯水氣中。故人官就此，絶境與誰同？隱吏逢梅福，遊山憶謝公。扁舟吾已具，把釣待秋風。

三、四順承一、二，五、六順承三、四，七、八順承五、六，此一氣順承之法也。又如：

一百五日夜對月

無家對寒食，有淚如金波。斫却月中桂，清光應更多。仳離放紅蕊，想像顰青蛾。牛女（慢）〔漫〕愁思，秋期猶渡河。

三、四承次句，五、六承首句，七、八總收。又如：

促織

促織甚微細，哀音何動人。草根吟不穩，牀下夜相親。久客得無淚，故妻難及晨。悲絲與急管，感激異天真。

三、四承首句，五、六承次句，七、八總收。又如：

獨酌

步屧深林晚，開尊獨酌遲。仰蜂粘落絮，行蟻上枯梨。薄劣慚真隱，幽偏得自怡。本無軒冕意，不是傲當時。

三、四承首句，五、六承次句，七承五句，八承六句。又如：

玉臺觀

浩劫因王造，平臺訪古遊。綵雲蕭史駐，文字魯（公）〔恭〕留。宫闕通群帝，乾坤到十洲。人傳有笙鶴，時過（北）〔此〕山頭。

三承次句，四承首句，五承首句，六承次句，七、八承一、二句。又如：

去蜀

五載客蜀郡，一年居梓州。如何關塞阻，轉作瀟湘遊。萬事已黄髮，殘生隨白鷗。安危大臣在，何必淚長流？

五承一、二，六承三、四，七、八總收。又如：

送賈閣老出汝州

西掖梧桐樹，空留一院陰。艱難歸故里，去住損春心。宮殿青門隔，雲山紫邏深。人生五馬貴，莫受二毛侵。

三、四承一、二，五承四「去」字，六承四「住」字，七、八承「損春心」。又如：

入喬口

漠漠舊京遠，遲遲歸路（奢）〔賒〕。殘年傍水國，落日對春華。樹蜜早蜂亂，江泥輕燕斜。賈生骨已朽，悽惻近長沙。

三承上一、二，四起下五、六，七、八總收。又如：

銅瓶

亂後碧井廢，時清瑶殿深。銅瓶未失水，百丈有哀音。側想美人意，應悲寒甃深。蛟龍半缺落，猶得折黄金。

突起一句，隨手撇開。三、四、五、六俱承次句，結尾始承首句。此則大開大闔，遥呼徐應之法也。

又如：

秋興

玉露凋傷楓樹林，巫山巫峽氣蕭森。江間波浪兼天湧，塞上風雲接地陰。叢菊兩開他日淚，孤舟一繫故園心。寒衣處處催刀尺，白帝城邊急暮砧。

三句承「巫峽」，四句承「巫山」，五承首句，六起下二句。又如：

至日遣興奉寄北省舊閣老兩院故人二首

去歲茲(晨)〔辰〕捧御牀，五更三點入鵷行。欲知趨走傷心地，正想氤氳滿眼香。無路從容陪語笑，有時顛倒着衣裳。何人錯憶窮愁日，愁日愁隨一線長。

二承「去歲」，三承「茲晨」，四承「入鵷行」，五、六承「趨走」，七、八總結。又如：

其二

憶昨逍遥供奉班，去年今日侍龍顔。麒麟不動爐烟上，孔雀徐開扇影還。玉几由來天北極，朱衣只在殿中間。孤城此日腸堪斷，愁對寒雲雪滿山。

八句一氣讀下，前以「憶昨」二字領起，末以「此日」二字收住，此首尾相顧之法也。又如：

鸚鵡

鸚鵡含愁思，聰明憶別離。翠襟渾短盡，紅嘴漫多知。未有開籠日，空殘舊宿枝。世人憐復損，何用羽毛奇。

三、四承一、二，五、六再承一、二，七、八總收。又如：

秋盡

秋盡東行且未回，茅齋寄在少城隈。籬邊老却陶潛菊，江上徒逢袁紹杯。雪嶺獨看西日落，劍門猶阻北人來。不辭萬里長爲客，懷抱何時得好開。

三承一，四承二，五、六再承一、二，七承一、二、三、四，八承五、六。又如：

曲江值雨

城上春陰覆苑墻，江亭晚色静年芳。林花着雨胭脂落，水荇牽風翠帶長。龍武新軍深駐輦，芙蓉别殿漫焚香。何時詔此金錢會，暫醉佳人錦瑟傍。

通章以「静」字爲主，句句分疏之。又如：

大曆二年九月三十日

爲客無時了，悲秋向夕終。瘴餘夔子國，霜薄楚王宫。草敵虚嵐翠，花禁冷蕊紅。年年小搖落，不與故園同。

首句心事也，次句題事也，三、四、五、六俱承次句，七、八則首句、次句皆應。此乃單抛雙綰之法，與前大開大合者稍異。彼於字面絶不着跡，而意實相融，此則意與字面暗斷明連，一覽而知也。又如：

重過何氏（其二）

山雨樽仍在，沙沉榻未移。犬迎曾宿客，鴉護落巢兒。雲薄翠微寺，天清皇子陂。向來幽興極，步屧過東籬。

此倒繳法也。二、四、五、六倒應末句，一、二倒應七句。其法由尾聯轉折，讀至首聯自見。又如：

空囊

翠柏苦猶食，明霞高可餐。世人共鹵莽，吾道屬艱難。不爨井晨凍，無衣牀夜寒。囊空恐羞澁，留得一錢看。

法亦倒繳，但彼以「向來」二字明折轉去，此以題字點醒之。又如：

遣意

囀枝黄鳥近，泛渚白鷗輕。一徑野花落，孤村春水生。衰年催釀黍，細雨更移橙。漸喜交遊絶，幽居不用名。

法亦倒繳，但前二首必倒讀其義乃見，此以末聯總括上六句，最爲明顯，倒看順看俱可。又如：

歸燕

不獨避霜雪，其如儔侶稀。四時無失序，八月自知歸。春色豈相誤，衆雛還識機。故巢儻未毁，會傍主人飛。

此分兩截前後對照之法。以上乃咏物感懷，起承照應之法雖不能以盡舉，已可見其大概。至於題贈酬答之詩，題中主人最爲緊要，所貴人己分明，其章法稍有不同。如：

宿贊公房

杖錫何來此，秋風已颯然。雨荒深院菊，霜倒半池蓮。放逐寧違性，虚空不離禪。相逢成夜宿，隴月向人圓。

如此製題，自應以贊公爲主人翁。前六句就贊公説，末以人、己雙收。此一法也。又如：

和裴廸登蜀州東亭送客逢早梅相憶見寄

東閣官梅動（逸）〔詩〕興，還如何遜在揚州。此時對雪遥相憶，送客逢花可自由。幸不折來傷歲暮，若爲看去亂春愁。江邊一樹垂垂發，朝夕催人自白頭。

就彼起，就己結。一、二彼也，三己四彼，五彼六己，七、八己也。此乃交叙交應之法。又如：

晚秋長沙蔡五侍御飲筵送殷六參軍歸灃州覲省

佳士欣相識，慈顔望遠游。甘從投轄飲，肯作置書郵。高鳥黄雲暮，寒蟬碧樹秋。湖南冬不雪，吾病得淹留。

就殷起，就己結。三、四以事見，一己一彼；五、六以景寓，一彼一己。蔡五侍御惟安頓「投轄」二字之中。公蓋託殷寄書，故歸重殷，與他筵送客賓主分明者有别。詳略輕重之法也。又如：

題玄武禪師屋壁

何年顧虎頭，滿壁畫滄洲。赤日石林氣，青天江海流。錫飛常近鶴，杯渡不驚鷗。似得廬山（面）〔路〕，真隨惠遠遊。

此題壁間之畫，非題禪師也。故前四句是畫，五、六承三、四，仍是説畫，然暗用高僧事，以渡七、八之意，便於結歸主人，而已亦在其中，與《宿贊公房》者有別。此帶叙之法也。又如：

陪李梓州王閬州蘇遂州李果州四使君登惠義寺

春日無人境，虚空不住天。鶯花隨世界，樓閣倚山顛。遲暮身何得，登臨意惘然。誰能解金印，瀟洒其安禪。

前四句寺，五、六己，七、八彼。此總序之法也。又如：

送翰林張司馬南海勒碑

冠冕通南極，文章落上台。詔從三殿去，碑〔自〕〔到〕百蠻開。野館濃花發，春帆〔帶〕〔細〕雨來。不知滄海上，天遣幾〔人〕〔時〕回？

此通章稱頌主人而已，欣羡之意，見於言外。此具文見意之法也。又如：

衡州送李大夫七丈勉赴廣州

斧鉞下青冥，樓船過洞庭。北風隨爽氣，南斗避文星。日月籠中鳥，乾坤水上萍。王孫丈人行，垂老見飃零。

前四句彼，後四句己。此兩截分序之法也。上以題贈酬答之詩，大約因彼及己者，則以彼爲主；由己及彼者，則以己爲主，此乃不易之法也。至於合數章以爲一章之法，又不可以不講也。如《秋興》之八首，《陪鄭廣文遊何將軍園林》之十章，俱有次第，不獨每首之線索不亂，且於一首中或開數首之門，或於一首中爲過上下之峽，此定法也。試取而誦之，自歷歷可見。若夫其爲變格者，則有如：

喜達行在所三首

西憶岐陽信，無人遂却回。眼穿當落日，心死着寒灰。茂樹行相引，連山望（或）〔忽〕開。所親驚老瘦，辛苦賊中來。

當時公陷於賊中，望官軍再舉，至眼穿心死，始爲脱走之計。惟公一人得以奔赴行在，故喜之而作此詩。此首乃初見所親，倉卒間未及細叙之情，故不露脱走字，於次首始爲補足。七、八亦不見其自喜達於行在，惟寫行在所親初見慰勞之詞。

其二

愁思胡笳夕，淒涼漢苑春。生還今日事，間道暫時人。司隸章初覩，南陽氣已新。喜心翻倒極，嗚咽淚霑巾。

前叙賊中脱走事，後叙喜達行在意。因痛定思痛，是以喜極翻悲耳。

其三

死去憑誰報，歸來始自憐。猶瞻太白雪，喜遇武功天。影静千官裏，心蘇七校前。今朝漢社稷，新數中興年。

此則初列朝序，心神甫定之語。合觀三首，似情事參錯，與別合數章以爲首尾者不同。其故何也？此乃由末章逆讀以至首章，情事乃順，亦如一章中之倒繳法也。以上合數章以爲一章之法，如斯而已。若夫詩以雜名，則一首各具一事，不必强爲牽扯，如《秦州雜詩二十首》是也。然其中間各首雖無關照，至於起結兩首，却有籠罩收束之意，始可見其所以興感者何事也，此又不可以不知。以上各章法已明，則詩未成而先有成竹，稿既脱而有所脱胎。雖非盡善，庶可以無雜亂浮泛之弊矣。然復有謂句法焉。句法未明，欲顯則流於淺，欲深則流於晦，欲雅則流於文，欲真則流於俗，欲健則流於直，欲老則流於霸，且非浮筋露骨，則鎖項蒙頭，種種不一，皆句之病也。

要知詩中有謂實眼句，如：

浮雲連海岱，平野入青徐。

珠簾繡柱圍黄鵠，錦纜牙檣起白鷗。

「連」字、「入」字、「圍」字、「起」字，皆實字也。凡以實字用於句中者是也。

有謂虛眼句，如：

倒衣還命駕，高枕乃吾廬。

沿堦碧草自春色，隔葉黄鸝空好音。

「還」字、「乃」字、「自」字、「空」字，皆虛字也。凡以虛字用於句中者是也。

有謂雙眼句，如：

星垂平野濶，月湧大江流。

波漂菰米沉雲黑，露冷蓮房墜粉紅。

「垂」、「濶」、「湧」、「流」、「漂」、「沉」、「冷」、「墜」，一句中皆雙實字也。凡以雙字練於一句之中者是也。

有謂直硬句，如：

群公蒼玉佩，天子翠雲裘。

遷轉五州防禦使，起居八座太夫人。

句中不用虛字可以順解者是也。

有謂硬裝句，如：

清新庾開府，俊逸鮑參軍。

匡衡抗疏功名薄，劉向傳經心事違。

此亦不用虛字成句，然中暗藏一虛字。首言太白清新似庾開府，雋逸似鮑參軍，中間暗藏一「似」

字。次言我亦似匡衡抗疏，何功名甚薄？欲如劉向傳經，何心事甚違？中間暗藏一「何」字。本六字徑作五字，本九字徑作七字者是也。

有謂縮脉句，如：

艱難歸故里，去住損春心。

錦江春色來天地，玉壘浮雲變古今。

首言艱難，幸歸故里，去住都損春心；次言錦江春色依舊來天地，玉壘浮雲一任變古今，亦是中藏數虚字。然此已將「歸」字、「損」字、「來」字、「變」字明明轉下，但未盡言耳，不似硬裝絶不明用一字也。

有謂藏頭句，如：

宫殿青門隔，雲山紫邏深。

花蕚夾城通御氣，芙蓉小苑入邊愁。

首言回看宫殿青門隔，前望雲山紫邏深；次言初時花蕚夾城通御氣，後來芙蓉小苑入邊愁，不露句頭之字者是也。

有謂縮脚句，如：

孤嶂秦碑在，荒城魯殿餘。

長路關心悲劍閣，片雲何意傍琴臺。

首言孤嶂之秦碑在否，荒城之魯殿餘乎；次言長路關心悲劍閣之難越，片雲何意傍琴臺而不歸，省去下文之字以成句者是也。

有謂折腰句，如：

青惜峰巒迥，黄知橘柚來。
澗水空山道，柴門老樹村。
司隸章初覩，南陽氣已新。
市橋官柳細，江路野梅香。
盤剝白鴉谷口栗，飯煮青泥坊底芹。
不貪夜識金銀氣，遠害朝看麋鹿遊。
漁人網集澄潭下，估客船隨返照來。
路經灩澦雙蓬鬢，天入滄浪一釣舟。
寺下春江深不流，山腰官閣迥添愁。
慣看賓客兒童喜，得食階除鳥雀馴。

凡上一下六，上二下五，上三下四，上四下三，上五下二，上六下一者是也。五言倣此。

有謂上因句，如：

風起春燈亂，江鳴夜雨懸。
縱飲久拚人共棄，懶朝真與世相違。

前下三字因上二字，後下五字因上二字者是也。

有謂下因句，如：

花妥鶯捎蝶，溪喧獺趁魚。

南菊再逢人卧病，北書不至鴈無情。

前上二字因下三字，後上四字因下三字者是也。

有謂倒裝句，如：

雲薄翠微寺，天清皇子陂。

却看妻子愁何在，漫卷詩書喜欲狂。

前本云翠微寺之雲薄，皇子陂之天清；後本云愁何在却看妻子，喜欲狂漫卷詩書，皆以在上之字倒裝於下者是也。

有謂倒剔句，如：

入河蟾不没，擣藥兔長生。

紅豆啄殘鸚鵡粒，碧梧棲老鳳凰枝。

前本云蟾入河不没，兔擣藥長生，而曰「入河蟾」、「擣藥兔」；次本云鸚鵡啄殘紅豆粒，鳳凰棲老碧梧枝，而以「鸚鵡」、「鳳凰」、「紅豆」、「碧梧」互换成句，皆倒剔也。倒剔與倒裝不同，倒裝則韵脚皆動，倒剔不動韵，剔者是也。

有謂脚押句，如：

牛羊歸徑險，鳥雀聚林深。

高秋總餽貧人實，來歲還舒滿眼花。

首言「徑險牛羊歸，林深鳥雀聚」，其次言「高秋實總餽貧人，來歲花還舒滿眼」，因「深」字、「花」字在於本韵，故以倒押成句者是也，此與倒剔之韵本在下、倒裝之動韵脚者不同。

有謂混裝句，如：

何恨倚山木，吟詩秋葉黄。

花近高樓傷客心，萬方多難此登臨。

首本云「山木秋葉黄，何恨倚吟詩」，次本云「花近高樓此登臨，萬方多難傷客心」，如此混裝句成曲折者是也。

有謂套裝句，如：

挂壁移筐果，呼兒問煮魚。

多病所須惟藥物，微軀此外復何求。

首聯「呼兒」二字本在首句之上，次聯「微軀」二字亦在首句之上，皆套裝於下句者是也。

有謂明暗句，如：

遲迴度嶺怯，浩蕩及關愁。

麒麟不動爐烟上，孔雀徐開扇影還。

首上二字暗，下三字明，次上四字暗，下三字明者是也。

有謂呼應句，如：

書亂誰能帙，杯乾自可添。

丞相祠堂何處尋，錦官城外柏森森。

首於本句上、下一呼一應，次合兩句上下一呼一應，皆呼應法也。

有謂分疏句，如：

芳菲緣岸圃，樵爨倚灘舟。

江光隱見黿鼉窟，石勢參差烏鵲橋。

首言芳菲是緣岸之圃，樵爨是倚灘之舟；次言江光隱見是黿鼉之窟，石勢參差是烏鵲之橋，句中自疏其意者是也。與明暗不同，彼實隱躍其詞，不可不明，此已明露其意，更爲寔按也。

有謂比賦句，如：

日月籠中鳥，乾坤水上萍。

林花着雨胭脂濕，水荇牽風翠帶長。

首上二字賦，下三字比，次上四字賦，下三字比者是也。

有是鹿盧句，如：

石泉流暗壁，草露滴秋根。

江間波浪兼天湧，塞上風雲接地陰。

兩聯皆可倒可順，可分可合，抽换可得數聯者是也。

有謂兩截句，如：

兩急青楓暮，雲深黑水遥。

雲斷嶽蓮臨大路，天晴宫柳暗長春。

「雨急」、「雲深」、「雲斷」、「天晴」意貫而詞實兩截者是也。

有謂三折句，如：

戰哭多新鬼，愁吟獨老翁。

風急天高猿嘯哀，渚清沙白鳥飛迴。

永夜角聲悲自語，中天月色好誰看。

首聯上一字一折，二字又一折，下三字又一折；次聯上二字一折，三、四又一折，五、六、七又一折；又次聯一、二、三、四一折，五又一折，六、七又一折，皆是也。

有謂横插句，如：

苔蘚山門古，丹青野殿空。

盤飧市遠無兼味，尊酒家貧只舊醅。

「古」字屬「苔蘚」，「空」字屬「丹青」，而以「山門」、「野殿」橫插之；「無兼味」屬「盤飧」，「只舊醅」屬「尊酒」，而以「市遠」、「家貧」橫插之是也。

有謂渾成句，如：

野老來看客，河魚不取錢。

秋水纔深四五尺，野航恰受兩三人。

不費思索，自然湊泊，所謂渾成者是也。

有謂連環句，如：

層閣凭雷殷，長空面水文。

叢菊兩開他日淚，孤舟一繫故園心。

首聯本云「凭層閣」、「面水文」，而聞長空之雷殷，「凭」字、「面」字能以彼此關照，故爲連環而兼混裝。次聯本云「叢菊兩開」非菊兩開，而開他日之淚，「孤舟一繫」非舟一繫，而繫故園之心，亦以「開」、「繫」兩字能以彼此關照而爲連環者是也。

有謂掉字句，如：

自去自來梁上燕，相親相近水中鷗。

即從巴峽穿巫峽，便下襄陽向洛陽。

皆以兩字掉動成句者是也。以上所謂句法者，大率如此。更有所謂屬對者，不明乎此，非拘而不活，則滯而不靈，未必圓轉如意也。

所謂屬對者，有謂走馬對，如：

所向無空闊，真堪託死生。

兩句一氣，勢不能住者是也。

有謂流水對，如：

縱被微雲掩，終能永夜清。

兩句斷而不斷者是也。

有謂分裝對，如：

竹深留客處，荷净納涼時。

竹深荷净之處，皆留客納涼之時，兩句分裝成對者是也。

有謂反裝對，如：

黄閣長司諫，丹墀有故人。

本謂丹墀有故人，乃黄閣之長司諫，此以反裝成對者是也。

有謂博換對，如：

親朋滿天地，兵甲少來書。

本謂「兵甲滿天地，親朋少來書」，此以博換成對者是也。

有謂交互對，如：

歎君能戀主，久客羡歸秦。

本云歎我久客不歸秦，心徒戀主，所以羡君能戀主，已得歸秦，如此交互成對者是也。

有謂參差對，如：

衆水會涪萬，瞿塘争一門。

「衆水」本對「一門」，「涪萬」本對「瞿塘」，此則參差以字對而句不對者是也。

有謂陪襯對，如：

立馬千山暮，迴舟一水香。

田父邀皆去，鄰家問不違。

前以首句陪次句，言使其立于馬上，雖爲春山，且覺其如美人之遲暮，茲迴舟於水上，水豈不爲生香乎？次以次句陪首句，言今日之田父邀皆去者，因平日之鄰家相問不違也。先陪、後陪皆是也。此等陪襯之法，其意義惟於本聯關照便了，倘於通章求線索，則是强生枝葉耳。

有謂背面對，如：

晒藥能無婦，應門亦有兒。

兩句意同語異者是也。

有謂换柱對，如：

無家對寒食，有淚如金波。斫却月中桂，清光應更多。

以三、四應對者换至一、二，以一、二之不對者换至三、四，彼此互换者是也。

有謂隔聯對，如：

喜近天皇寺，先披古畫圖。應經帝子渚，同泣舜蒼梧。

以後聯對前聯者是也。

有謂虛實對，如：

萬里秋風吹錦水，誰家别淚濕羅衣。

以「誰家别淚」對「萬里秋風」，以虛對實者是也。

有謂比賦對，如：

風磴吹陰雪，雲門吼瀑泉。

上比下賦者是也。

有謂斷續對，如：

可憐賓客盡傾蓋，何處老翁來賦詩。

「可憐」二字一斷，乃自己悲憫之辭，上句下五字續下句七字而串解之，言賓客盡爲傾蓋，而問於我曰：「何處老翁來賦詩？」乃屬他人悲憫之辭，一斷一續，始能得解者是也。

有謂開合對，如：

秋蟲聲不去，暮雀意如何。

一開一合者是也。

有謂自身對，如：

桃花細逐楊花落，黄鳥時兼白鳥飛。

「桃花」、「楊花」、「黄鳥」、「白鳥」各於本身自對者是也。

有謂借音對，如：

枸杞因吾有，雞棲奈汝何。

論音不論字者是也。然此偶一爲之則可，不可視爲常法也，録之以備一體耳。

有謂不對而對，如：

銅瓶未失水，百丈有哀音。

似不對而實對者是也。所謂對法者止此。以上之章法、句法、對法，三者略備。章法明則結構清，句法明則造語精，對法明則用意靈，法遂如斯而已乎？然詩不外於情、景，倘於寫景言情未嘗經意，仍似雜亂矣，故於此法又不可以不亟講也。所謂情景之法者，如：

舍弟占歸草堂檢校聊示此詩

久客應吾道，相隨獨爾來。孰知江路近，頻爲草堂迴。鵝鴨宜長數，柴荆莫浪開。東林竹影薄，臘月更須栽。

此皆言情，而景在其中。如「江路」、「草堂」、「鵝鴨」、「柴荆」、「東林」、「竹影」，皆景也，必如此添枝帶葉，方有趣味。倘一味率直言情，便爲笨伯，豈似詩人口角耶？又如：

草堂即事

荒村建子月，獨樹老夫家。雪裏江船渡，風前徑竹斜。寒魚依密藻，宿鷺起圓沙。蜀酒禁愁得，無錢何處賒。

此皆寫景，而情在其中。如「荒」字、「獨」字、「渡」字、「斜」字、「依」字、「起」字、「愁」字、「賒」字皆情也。但八句皆景，雖有大小遠近之分，未免板煞不靈，故結聯急宜放鬆，始成調法，此又不可不知也。又如：

漫成

野日荒荒白，春流泯泯清。渚蒲隨地有，村徑逐門成。只作披衣慣，常從漉酒生。眼邊無俗物，多病也身輕。

前四句景，後四句情。又如：

過故斛斯校書莊二首

此老已云殁，鄰人嗟未休。竟無宣室召，徒有茂陵求。妻子寄他食，園林非昔遊。空堂繐帷在，淅淅野風秋。

前四句情，後四句景。又如：

野望

清秋望不極，迢遞起層陰。遠水兼天净，孤城隱霧深。葉稀風更落，山迥日初沉。獨鶴歸何晚，昏鴉已滿林。

前二句情，後六句景。又如：

有感

丹桂風霜急，青梧日夜凋。由來强幹地，未有不臣朝。授鉞親賢往，卑宫制詔遥。終依古封建，豈獨聽簫韶。

前二句景，後六句情。又如：

放船

送客蒼溪縣，山寒雨不開。直愁騎馬滑，故作放船回。青惜峰巒過，黄知橘柚來。江流大自在，坐穩興悠哉。

首二句景，次二句情，又次二句景，末二句情，虛實相間之法也。又如：

歸雁

聞道今春雁，南歸自廣州。見花辭漲海，避雪到羅浮。是物關兵氣，何時免客愁？年年霜露隔，不過五湖秋。

事起景接，事轉景收，亦虛實相間法也。又如：

對雪

戰哭多新鬼，愁吟獨老翁。亂雲低薄暮，急雪舞迴風。瓢棄尊無緑，爐存火似紅。數州消息斷，愁坐正書空。

前二句情，後二句情，中四句景，外虛中實之法也。又如：

暮春題瀼西新賃草屋

綵雲陰復白，錦樹曉來青。身世雙蓬鬢，乾坤一草亭。哀歌時自短，醉舞爲誰醒。細雨荷鋤立，江猿吟翠屏。

前二句景，後二景句，中四句情，外實中虚之法也。又如：

秋興

聞道長安似弈棋，百年世事不勝悲。王侯第宅皆新主，文武衣冠異昔時。直北關山金鼓振，征西車馬羽書遲。魚龍寂寞秋江冷，故國平居有所思。

此前六句皆情，且以直述成句，其調易弱，故七句寫景，必着意錘鍊，則通體皆振，此要法也。

又如：

見螢火

巫山秋夜螢火飛，簾疎巧入坐人衣。忽驚屋裏琴書冷，復亂簷前星宿稀。却繞井邊添箇箇，偶經花蕊弄輝輝。滄江白髮愁看汝，來歲如今歸未歸。

前六句皆景，雖刻劃似無關緊要，故於七句言情，忽用大筆一振，則前細描者皆爲巨觀矣。且七必開、八必合，杜公常法也。所謂情景之法止此。以上諸法，參觀而互用之。若明於規矩之中，超規矩之外，法有不可勝用者。若夫以法而反拘，則有如蠅鑽紙窗，明而實暗；蠶作春繭，引而愈縛，以是求法，不如其已也。夫法亦在乎熟之而已，熟則若有意、若無意，左宜右有，投之所向，無不如意，斯神乎技矣。

杜詩說膚卷之三

豫章福村萬俊

鍊字

披砂揀金者，避(熱)〔熟〕也；移宮换羽者，擇精也。倘富以千言，貧於一字，則爲累不淺。故詩人每於一字之中，千錘百鍊，始爲諦當，不然當年之驢子背上何斤斤以推敲爲哉！作《鍊字》。

一字之褒，一字之貶，《春秋》有之，《詩》亦宜然。夫《春秋》以數百年之君臣、父子、禮樂、刑政筆削之，遂使其是非邪正不煩言而燦若列眉者，慘淡經營故也。至於《詩》，或忠臣孝子、勞人思婦，内有憂思感憤之鬱積，而發於怨刺，類寫人情所難言，故在彼作者，必蒐一字以寓深情，而在吾讀者，始得由一字而窺至隱，又豈苟焉而已耶？況詩人寄意賦、興、比三義，而於比、興爲尤多。其繪月也有色，其繪水也有聲，要皆於一字之中未敢稍忽。未肯稍忽於彼者，未肯稍忽於我也。彼可忽我，能自忽哉？至云賦體，直陳其事者也，尤當慎重。始爲言者無罪，聽者生感，不然吟成一字，鬚斷數根，何艱難若此？蓋差以毫釐，繆以千里，可不慎歟？嘗思道子之畫龍也，一點睛則破壁而飛。其點睛也，則挾鱗甲以俱飛，畫也而實龍也；其未點睛也，即一蚰蜒之不如，龍也而實畫也。可見全體精神，皆聚於此。詩之鍊字，亦詩之點睛也。夫是故詩人之簡鍊揣摩，每下一字如千斤不移，其嚴謹如此，即謂之作詩如作《春秋》也可。第詩中之緑珠萬斛，美不勝收，今姑舉其一二，以例其餘。如其所用：

「蹴」字

「高浪蹴天浮」，「朝海蹴吴天」，萬頃波濤，如聞澎湃之聲，皆一「蹴」字寫得極透故也。

「倒」字

「霜倒半池蓮」，寫殘荷入畫。「敗」字則少此形容。「銀河倒列星」，可見列宿漫空，大小畢現。「滿」字則無此盡致。

「膩」字

「寒膩黑貂裘」，垢膩也。寒如垢膩之切身，其寒可知，而貂裘之有若無更可知矣。與黑貂之裘敝，更進一解。

「分」字

「鄂渚分雲樹」，鷗浪鯨濤，一泓浸緑；蕢洲萸汫，兩岸拖藍，可以想其佳境。

「隨」字

「鶯花隨世界」，無限至理，一字括盡無餘。「更覺老隨人」，極藴藉而寔辛酸。「芹泥隨燕嘴」，至平淡而實風華。

「與」字

「香與歲時闌」，共也。换「共」字便有聲病。「江與放船清」，贈也。易「贈」字便成俗調。

「贈」字

「投詩贈汨羅」，不曰「弔」而曰「贈」，「弔」則其人已死，「贈」若其人尚在，説得魂靈活現。

「連」字

「浮雲連海岳」，接也。此尚移宫换羽之法。「客愁連蟋蟀」，此却以蟋蟀一并扯入漆桶矣，尤妙。

「買」字

「恣意買江天」，出句「藩籬無限景」。本云「江天無限景，恣意買藩籬」，因混裝求工，不覺「買」字湊合，遂成絶調。可知句法或由章法而新，字法或由句法而奇者不少。

「立」字

「山空立鬼神」，凜不可留。「壁色立積鐵」，高不可攀。「屈强沙泥有時立」，以「立」字安放魚上，奇矣。然魚屈强時真欲立者。然詩人寫得出，吾恐名手畫不出。

「霑」字

「秋日霑新影」，寫雨用「霑」字，何異？妙在反從日上寫。日豈可霑？妙從影上寫。影又豈可謂霑乎？又可謂之不霑乎？即此眼前光景，人人看得見，未必人人寫得出。

「回」字

「清暉回群鷗」，清暉固知可愛，而群鷗亦留連不舍，去而復返，與波上下之景，歷歷如繪。

「夾」字

「豫章夾日月」，極言其高耳。着一「夾」字，似覩干霄蔽日之狀。

「**護**」字

「鴉護落巢兒」，是何真切。「蒼隼護巢歸」，是何迅速。二者性情一齊描出。

「**遠**」字

「高枕遠江聲」，此其不寐而作也。人多以尋常忽過，試一靜按，自知其妙。

「**足**」字

「池中足鯉魚」，「江天足芰荷」，二句俱係尋常事，以一字而價增十倍。

「**傳**」字

「三峽傳何處」，「梅杏半傳黄」，「香傳山樹花」。三峽曰「傳」，見其盈科而至。香色曰「傳」，見其次第而來。

「**整**」字

「繁憂不自整」，余别有繁憂已數十年，非不自整也，整之以詩而神苦，整之以酒而神昏，整之以坐而神悶，整之以遊而神倦。今鬢眉漸白，亦只對人曰「繁憂不自整」，讀之幾欲淚下。

「停」字

「春濃停野騎」，隨手拈來，情景並到。

「獨」字

「行藏獨倚樓」，滿肚牢騷，抑鬱誰語，以一字和盤托出。

「易」字

「喬木易秋風」，「大江秋易盛」，未嘗不是尋常字，用來如此驚眼。

「裹」字

「稠花亂蕊裹江濱」，如用「繞」「滿」等字，不過見其多，那得如此一絲不空也。

「飽」字

「老樹飽經霜」，「應須飽經術」，俱老而趣。

「引」字

「山林引興長」，「和風引桂楫」，「衡山引舳艫」，俱有風味。

「隘」字

「賓客隘村墟」，足徵賓客之盛，不啻孟嘗三千。

「潛」字

「到處潛悲辛」。所謂嘻笑之怒，甚乎裂眦；長歌之哀，過於慟哭，庸詎知吾之浩浩非戚戚之尤者乎？此意以一字道盡。

「界」字

「雪嶺界天白」，堅老無匹。

「拔」字

「聲拔洞庭湖」，寫風之大，形容極矣。

「漲」字

「春日漲雲岑」，「兵氣漲林巒」，何嘗不是「滿」字，用「滿」則索然無味。

「貪」字

「老夫貪佛日」，「仰面貪飛鳥」。貪非人之所宜，此却恐人之不貪，安放得宜。

「到」字

「乾坤到十州」，「見」字固遠不及，「遍」字亦不能敵，老當之極。

「喚」字

「江草日日喚愁生」。花聞解語，草不能言，彼豈能喚乎？祇恐亦是回頭錯應也。

「狎」字

「何處狎漁樵」，「全生狎楚童」，「萬里狎漁翁」，「狎」與「伴」更深一層。

「歸」字

「青歸楊柳新」，「山歸萬古春」，若非一字迴不猶人，便成俗調。

「割」字

「陰陽割昏曉」。山北山南，陰陽固是迴別，何其下字竟亦如此斬截分明。

「曳」字

「清漣曳水衣」，藻荇交横之象，飀泊滿紙。

「坐」字

「簾疎巧入坐人衣」，螢之「坐」與魚之「立」，俱屬非非想。

「信」字

「作客信乾坤」，「吟詩信杖扶」，「春風自信牙檣動」，俱係任天而動之意，非比「漫」經意者。

「撥」字

「老困撥書眠」，推去也。「拔劍撥年衰」，奮興也。

「倚」字

「湘娥倚暮花」，比「贈汨羅」之句尤爲活現，能不動人？

「落」字

「文章落上台」，自上而頒，故曰「落」，頌聖也。「多病秋風落」，惟秋極高，故曰「落」，因時也。「水落魚龍夜」，消也。「伴月落城邊」，垂也。「山虚風落石」，墜也。「星落黄姑渚」，映也。「驟雨落河魚」，潛也。「藍水遠從千澗落」，來也。凡屬此等移宫换羽之字，皆以緑珠百斛始换得來，未可以泛常忽過。後倣此。

「通」字

「冠冕通南極」，遠極。「宫闕通群帝」，高極。「花萼夾城通御氣」，盛極。「月出寒通雪山白」，光極。「簾户每宜通乳燕」，想其自得之趣。「楚岸通秋屐」，知其相會之難。

「深」字

「深憑送此生」，全也。「如今契闊深」，久也。「雲深黑水遥」，暗也。「一寄塞垣深」，遠也。「雨荒深苑菊」，滿也。「翠柏深留影」，密也。「即遣花開深造次」，甚也。「龍虎新軍深駐輦」，長也。

「低」字

「宫雲去殿低」，此以低而見宫闕之高大。「日月低秦樹」，此以低而喻帝業之光昌。「亂雲低薄暮」，此以低而寫黄昏之景象。

「散」字

「山月散江城」，滿也。「旭日散雞豚」，放也。「月林散清影」，垂也。「遠開山月散江湖」，列也。

「入」字

「平遠入青徐」，「紅入桃花嫩」，「天入滄浪一釣舟」，「芙蓉小苑入邊愁」，此等字句，只可意會，寔難寫照。

「走」字

「薄宦走風塵」,「江聲走白沙」,「石上走長根」,「珠玉走中原」,俱老而趣。

「自」字

「風月自清夜」,「風簾自上鉤」,「棟宇自齊梁」,「虚閣自松聲」,「沿堦碧草自春色」,義各有别,用之各臻其妙。

「送」字

「竹送清溪月」,「瀟洒送日月」,「萬竹青青送客杯」,「野店山橋送馬蹄」,「應須美酒送生涯」,「自吟詩送老」,「雷聲忽送千峰雨」,字字風趣,又極老練。

「辭」字

「秋辭白帝城」,「花落辭故枝」,「江月辭風纜」,皆以無情者説得有情。

始服其妙。

「失」字

「歸雲擁樹失山村」，「青天失萬艘」，「江漢失清秋」，「指揮若定失蕭曹」，此類之字甚夥，遍易之，始服其妙。

「清」字

「關河霜雪清」，寒也。「天清木葉聞」，靜也。「沙亂雪山清」，明也。「天清皇子陂」，霽也。「侍立小童清」，秀也。「衣乾枕席清」，爽也。「投壺散帙有餘清」，閒也。

「一」字

「老去一沾巾」，只也。「萬古一長吟」，共也。「秋邊一聲雁」，孤也。「一徑野花落」，滿也。「一哀三峽暮」，盡也。

「生」字

「陰壑生靈籟」，「雲氣生虛壁」，「輕風生浪遲」，俱清新雋逸。

「接」字

「神功接混茫」，承也。「詩接謝宣樓」，繼也。「塞上風雲接地陰」，竪説。「萬里風烟接素秋」，横説。

「静」字

「音書静不來」，「江亭晚色静年芳」，細按之可想其妙。

「下」字

「高風下木葉」，「明年下春水」，「無邊落木蕭蕭下」，「遮莫鄰雞下五更」，俱新。

「交」字

「虚簷交茂林」，是影。
「交虚簷鳥道」，是高。

「近」字

「陽關已近天」，是遠。

「日月近雕梁」，是高。

「得」字

「幽偏得自怡」，「沙草得微茫」，「無使蛟龍得」，「瓶中得酒還」，「老樹空庭得」，堅老無匹。

「借」字

「微馨借渚萍」，正借。「色借瀟湘闊」，轉借。「江風借夕涼」，硬借。杜公下字十分妙絶，大半如此多般借法。

「肯」字

「肯與鄰翁相對飲」，「秋天不肯明」，「江平不肯流」，「巢父掉頭不肯住」，瘦硬中饒有風趣。

「上」字

「崆峒使節上青霄」，與「陽關已近天」同意，然一平遠，一高遠。「花蕊上蜂鬚」，妙絶。

「抱」字

「徑危抱寒石」，一路草拖裙腰，如瞻屈曲。「清江一曲抱村流」，一帶波搖翡翠，尚想灣環。

「取」字

「徑厄不復取」，「喚取佳人舞繡筵」，「隔籬呼取盡餘杯」，「乘舟取醉非難事」，俱新。

「煩」字

「不是煩形勝」，「白髮煩多酒」，皆厭也。

「暮」字

「一哀三峽暮」，悲也。「雨急青楓暮」，暗也。「立馬千山暮」，遲暮也。「別筵花欲暮」，愁也。

「定」字

「三伏炎蒸定有無」，「下峽銷愁定幾回」，「杭州定越州」，俱屬定而不定之意，急省語也。

「底」字

「花飛有底急」,「終朝有底忙」,「盤渦鷺浴底心性」,皆作「甚」字看。

「從」字

「把酒從衣濕」,「失學從兒懶」,聽從也,急省語。

「那」字

「那聞來往戍」,「那無囊中帛」,「對月那無酒」,那堪也,急省語。

集中字字不能徧舉,此外復陳其概。如「古墻猶竹色」,「木落更天風」,「雲氣噓青壁」,「雙星壯此門」,「寒風疏草木」,「猶思理烟艇」,「松林駐遠情」,「臺榭枕巴山」,「北雪犯長沙」,「風塵淹白日」,「傾壺就淺沙」,「朝光切太虛」,「高齋次水門」,「禮樂攻吾短」,「急雨捎溪足」,「岷山赴北堂」,「青嶂插雕梁」,「質朴謝軒墀」,「展席俯長流」,「長風駕高浪」,「江閣鄰石面」,「勳業頻看鏡」,「隱几亦青山」,「夜宿敞雲樓」,「山鬼迷春竹」,「暝色延山徑」,「夕陽熏細草」,「滄海先還日」,「江閣嫌津柳」,「崩石欹山樹」,「沱水臨中座」,「高枕乃吾廬」,「空濛辨漁艇」,「獨立發皓齒」,凡其所鍊之字,即此已見一斑,知音者芳心自憧耳。夫以一寸之鐵,可以制人,鍊極故也。孤月一點,在在皎潔,精極故也。鍊字者可以彷彿遇之。故吴山民曰：「『不寢聽金鑰，因風想玉珂。』『聽』字、『想』字意極圓轉。『他鄉復行役，駐馬别孤墳。』宛轉離情全在『復』、『孤』兩字。『月明垂葉露，雲逐度溪風。』『明』字有光，『逐』字有勢。『萬里悲秋常作客，百年多病獨登臺。』『常』、『獨』字何等骨力。『花近高樓傷客心，萬方多難此登臨。』花傷客心，以時方多難耳，茫茫宇宙乃於此登臨耶？『此』字甚有力。後人效用之，太憒憒。」王荆公曰：「『暝色赴春愁。』下得『赴』字最好。□下『起』字即小兒語也。『無人覺來往，疏懶興何長。』下得『覺』字大好。足見吟詩要一兩字工夫。」葉夢得曰：「『穿花蛺蝶深深見，點水蜻蜓款款飛。』『款款飛』、『深深見』若無『穿』字、『點』字，皆無以見其精微如此，然讀之渾然，全似未嘗用力，此所以不礙氣格也。至『江山有巴蜀，棟宇自齊梁。』只在『有』與『自』兩字間而吐吞山水之氣，俯仰古今之懷，皆見於言外。如此工妙，已到人力不可及處。」

杜詩説膚卷之四

豫章福村萬俊

審音

音，生於心者也。情動於中而形於聲，聲成文謂之音。然則有詩則有情，有情則有聲，有聲則有音。聲音之道，詎可闕焉弗講歟？作《審音》。

先王聞五聲、播八音，非苟焉愉心娱耳，聽其鏗鏘已也，將以順天地之體，成萬物之性，協律吕之情，和陰陽之氣，上以格天地，下以移風俗，德音之感召至矣哉！夫德者，本也。有是德然後有是音，無是德則亦無是音。是故治世之音安以樂，亂世之音怨以怒，亡國之音哀以思，蓋音由人心而作者也。然音不先以爲音，而根於聲，單出曰「聲」，雜比曰「音」。宫商角徵羽，五聲也，而又曰「五音」，以五聲而更唱迭和，旋相爲宫，則聲也變而爲音矣。詩也者，由人心而被諸管絃者也，可無清濁高下之殊，噍殺嘽緩之分，使人聽之耳失其聰，可乎？試思《南陔》六詩必以笙吹，鐘師《九夏》必以金奏，且歌《清廟》者必叶乎宫，歌《思文》者必叶乎角，其故何也？亦以情各有所鍾，斯音各有所屬也明矣。或曰詩一也，安能各以成其音？不見夫大塊噫氣，風，一也，觸群動而披拂，感百竅而喁吁。和者，吾知其爲春；肅者，吾知其爲秋。澎湃者，吾知其在水；呼號者，吾知其在山。鏦鏦錚錚者，吾知其在於金鐵；蕭蕭疏疏者，吾知其在於草木。隨所感以成聲，亦隨其聲以成音，亦莫之爲而爲，莫之致而致焉者也，而又何患乎？所患者，有所生於中，無所節於外，則哀樂不分，正變互亂。試質諸太師，必無是樂，即問之騷壇，亦無是詩矣。第音節微茫，可言而不言者也。兹姑舉一二，而以罕譬而得之，可乎？如：

新婚别

兔絲附蓬蔴，〔引蔓故不長。嫁女與征夫〕，不如棄道傍。結髮爲妻子，席不煖君床。暮婚晨告别，無乃太匆忙。君行雖不遠，守邊赴河陽。妾身未分明，何以拜姑嫜？父母養我時，日夜令我藏。生女有所歸，雞狗亦得將。君今往死地，沈慟迫中腸。誓欲隨君去，形勢反蒼黄。勿爲新婚念，努力事戎行。婦人在軍中，兵氣恐不揚。自嗟貧家女，久致羅襦裳。羅襦不復施，對君洗紅粧。仰視百鳥飛，大小必雙翔。人事多錯迕，與君〔兩〕〔永〕相望。

希聲恬淡，雅韵春容，似更闌而坐月，忽天外以聞鐘，不自知其感發之何從也。此殆所謂正聲歟。

秋野五首

秋野日疏蕪，寒江動碧虚。繫舟蠻井絡，卜宅楚村墟。棗熟從人打，葵荒欲自鋤。盤飧老夫食，分減及溪魚。

易識浮生理，難教一物違。水深魚極樂，林茂鳥知歸。衰老甘貧病，榮華有是非。秋風吹几杖，不厭北山薇。

禮樂攻吾短，山林引興長。掉頭紗帽側，曝背竹書光。風落收松子，天寒割蜜房。稀疏小紅翠，駐屐近微香。

遠岸秋沙白，連山晚照紅。潛鱗輸駭浪，歸翼會高風。砧響家家發，樵聲箇箇同。飛霜任青女，賜被隔南宮。

身許麒麟畫，年衰鴛鷺群。大江秋易盛，空峽夜多聞。徑隱千重石，帆留一片雲。兒童解蠻語，不必作參軍。

春風出谷，吹來面寒；銀漢横空，流去天静。變風之正者如斯夫。

少年行

馬上誰家白面郎，臨堦下馬坐人牀。不通姓字粗豪甚，指點銀瓶索酒嘗。

石龕

熊羆咆我東，虎豹號我西。我後鬼長嘯，我前狨又啼。天寒昏無日，山遠道路迷。驅車石龕下，仲冬見虹霓。伐竹者誰子？悲歌上雲梯。爲君採美箭，五歲供梁齊。苦云直簳盡，無以充提携。奈何漁陽騎，颯颯驚蒸黎。非竹非絲，將平復起；亦風亦雅，似有而無。淡如玄酒之味，妙有機緘之伏，惟古樂府有此音節。

乾元中寓居同谷縣作歌七首

有客有客字子美，白頭亂髮垂過耳。歲拾橡栗隨狙公，天寒日暮山谷裏。中原無書歸不得，手脚凍皴皮肉死。嗚呼一歌兮歌已哀，悲風爲我從天來。

長鑱長鑱白木柄，我生託子以爲命。黄精無苗山雪盛，短衣數挽不掩脛。此時與子空歸來，男呻女吟四壁静。嗚呼二歌兮歌始放，鄰里爲我色惆悵。

有弟有弟在遠方，三人各瘦何人强。生别展轉不相見，胡塵暗天道路長。東飛駕鵝後鶖鶬，安得送我置汝旁。嗚呼三歌兮歌三發，汝歸何處收兄骨。

有妹有妹在鍾離，良人早没諸孤痴。長淮浪高蛟龍怒，十年不見來何時。扁舟欲往箭滿眼，杳杳南國多旌旗。嗚呼四歌兮歌四奏，林猿爲我啼清晝。

四山多風溪水急，寒雨颯颯枯樹濕。黄蒿古城雲不開，白狐跳梁黄狐立。我生〔何〕〔胡〕爲在〔空〕〔窮〕谷，中夜起坐萬感集。嗚呼五歌兮歌正長，魂招不來歸故鄉。

南有龍兮在山湫，古木巃嵸枝相樛。木葉黄落龍正蟄，蝮蛇東來水上游。我行怪此安敢出，拔劍欲斬且復休。嗚呼六歌兮歌思遲，溪壑爲我回春姿。

男兒生不成名身已老，三年飢走荒山道。長安卿相多少年，富貴應須致身早。山中儒生舊相識，但話夙夕傷懷抱。嗚呼七歌兮悄終曲，仰視皇天白日速。

淒清雲外，悲笳吹來，北塞孤另，天邊寒鴈，度過南樓。既慷慨而悲歌，自悄然而深感，此風騷之極致歟？

雨過蘇端

雞鳴風雨交，久旱雨亦好。杖藜入春泥，無食起我早。諸家憶所歷，一飯跡便掃。蘇侯得數過，歡喜每傾倒。也復可憐人，呼兒具梨棗。濁醪必在眼，盡醉攄懷抱。紅稠屋角花，碧（蔓）〔委〕墻隅草。親賓縱談謔，喧鬧慰衰老。况蒙沛澤垂，糧粒或自保。妻孥隔軍壘，撥棄不擬道。

芭蕉葉上，瀟疏細雨飛來；菡萏池中，披拂微風過去，極志和而音雅。擬之淵明，似亦何敢多讓。

贈李白

二年客東都，所歷厭機巧。野人對羶腥，蔬食常不飽。豈無青精飯，使我顔色好。苦乏大藥資，山林跡如掃。李侯金閨彦，脱身事幽討。亦有梁宋遊，方期拾瑶草。

嬌鶯喉滑，語欲斷而還連；駿馬蹄輕，勢欲行而輒止。贈李白者，即倣于李白，公豈難爲李白哉！

恨别

洛城一别四千里，胡騎長驅五六年。草木變衰行劍外，兵戈阻絶老江邊。思家步月清宵立，憶弟看雲白日眠。聞道河陽近乘勝，司徒急爲破幽燕。

萬壑千山自響，湧出松濤；征夫戰馬遥聞，凛然軍令。非獨格老氣蒼，更爲古調獨彈，律家上（秉）〔乘〕。

蜀相

丞相祠堂何處尋，錦官城外柏森森。映堦碧草自春色，隔葉黄鸝空好音。三顧頻繁天下計，兩朝開濟老臣心。出師未捷身先死，長使英雄淚滿襟。

烟波江上，興來笛弄三聲；花月樓中，閟裏琴調一曲。律家正宗，是此牢騷悲壯歟？

登高

風急天高猿嘯哀，渚清沙白鳥飛迴。無邊落木蕭蕭下，不盡長江滾滾來。萬里悲秋常作客，百年多病獨登臺。艱難苦恨繁霜鬢，潦倒新停濁酒杯。

萬里長江，湧出崑崙嶺下；千尋瀑布，瀉來玉女峰前。高渾中一氣流轉，不類錚錚細響。

峽口

峽口大江間，西南控百蠻。城〔傾〕〔欹〕連粉堞，岸斷更青山。開闢多天險，防隅一水關。亂離聞鼓角，秋氣動衰顔。

時清關失險，世亂戟如林。去矣英雄事，荒哉割據心。蘆花留客晚，楓樹坐猿深。疲苶煩親故，諸侯數賜金。

嶺上啼猿，悽切之悲音自響；簾前拜月，唧噥之小語誰聞。感慨而極深渾矣。

舍弟占歸草堂檢校聊示此詩

久客應吾道，相隨獨爾來。孰知江路近，頻爲草堂迴。鵝鴨宜長數，柴荆莫浪開。東林竹影薄，臘月更須栽。

侃侃而談，儼若家人父子；津津不已，却如野老漁樵。不是燈前兒女一派聲情也。

樓上

天地空搔首，頻抽白玉簪。皇輿三極北，身事五湖南。戀闕勞肝肺，掄材愧杞楠。亂離難自救，終是老湘潭。

枯木寒霜，空谷之秋聲驟至；崩崖裂石，高山之泉水争流。聲情可謂激越矣。

王十五前閣會

楚岸收新雨，春臺引細風。情人來石上，鮮鱠出江中。鄰舍煩書札，肩輿强老翁。病身虚俊味，何幸飫兒童。

「欸乃一聲山水緑」，「短笛無腔信口吹」，即此二語，可以持贈。自然中饒有風趣。

遣意二首

囀枝黄鳥近，泛渚白鷗輕。一徑野花落，孤村春水生。衰年催釀黍，細雨更移橙。漸喜交遊絶，幽居不用名。

簷影微微落，津流脉脉斜。野船明細火，宿鷺聚圓沙。雲掩初弦月，香傳小樹花。鄰人有美酒，稚子夜能賒。

桃花片片，佳人玉指彈箏；楊柳纖纖，小女鶯喉度曲。亦復明秀可人。

獨酌成詩

燈花何太喜，酒緑正相親。醉裏從爲客，詩成覺有神。兵戈猶在眼，儒術豈謀身。若被微官縛，低頭愧野人。

瑟舍猶聞，尚悠揚於斷續之表；曲終不見，仍往復於有無之中。何其情致駘蕩歟！

寒食

寒食江村路，風花高下飛。汀烟輕冉冉，竹日凈暉暉。田父邀皆去，鄰家問不違。地偏相識盡，鷄犬亦忘歸。

悠揚玉磬，送好音於夕照林中；斷續木魚，傳逸響於朝烟寺裏。此種清幽之致，可以彷彿遇之歟。

立秋後題

日月不相饒，節序昨夜隔。玄蟬無停號，秋燕已如客。平生獨往願，惆悵年半百。罷官亦由人，何事拘形役。

朱絃而越疏，一唱而三嘆，此調不彈久矣。似此音節之高古，元音尚在人間也。

見螢火

巫山秋夜螢火飛，簾疎巧入坐人衣。忽驚屋裏琴書冷，復亂簷前星宿稀。却繞井欄添箇箇，偶經花蕊弄暉暉。滄江白髮愁看汝，來歲如今歸未歸。森森林木，深藏歌管樓臺；漠漠烟雲，撑出瓊簫畫舫。豈不風流藴籍乎？

狂夫

萬里橋西一草堂，百花潭水即滄浪。風含翠篠娟娟静，雨挹紅蕖冉冉香。厚禄故人書斷絶，恒飢稚子色淒涼。欲填溝壑惟疏放，自笑狂夫老更狂。遠渡長江，一帶之秋蘆入聽；閒遊深谷，四邊之蔓草遥聞。另是一種蕭疏之致。

鄭駙馬宅宴洞中

主家陰洞細烟霧，留客夏簟青瑯玕。春酒杯濃琥珀薄，冰漿碗碧瑪瑙寒。誤疑茅堂過江麓，已入風磴霾雲端。自是秦樓壓鄭谷，時聞雜珮響珊珊。鸚鵡能言，音歷歷於水晶簾外；鸜鵒曉事，語津津於雲母屏前。雖屬拗體，而鏗鏘不測。以上所謂詩各有音者如是乎？外此之引商刻羽各成其調者，指不勝屈，由此而推之可也。若夫陳子昂之堅光奥響，孟浩然之清超越俗，沈佺期之簡老渾厚，王右丞之清遠雄渾，杜審言之不假雕鏤清音自足，劉長卿之工於鑄意雅調堪聆，李商隱之長於諷諭，柳宗元之善於哀怨；高古如魏徵，清穩如照鄰，激壯如岑參，清秀如錢起；幽如常建，淡如蘇州；孤峻如孟郊，藴藉如九齡，他如奇響逸趣，志和音雅之屬，更大有人，非不著名於當時，可法於後世。若杜公者，則金聲玉振，集群賢之大成者矣。

（姚蓉、金琛點校）

種李園詩話

種李園詩話提要

《種李園詩話》二卷，據山東省圖書館藏原稿本點校。撰者顔崇椝（一七四一——一八〇二後），字運生，號心齋，山東曲阜人。乾隆三十五年舉人，官江蘇興化知縣。有《種李園詩》、《摩墨亭稿》。此書卷一輯録孔裔唐宋以來之能詩者，卷二輯録顔氏賢者自顔延之以來之能詩者，而以明清人爲多，末附女眷，不無聖人、復聖之遺氛也。卷二一則「近日李雨村調元傳顔酌山（崇潙）《通永署中登大光樓作》」，即載於《雨村詩話》卷七。此詩作於乾隆四十六年辛丑，李氏《詩話》之成則遲至乾隆六十年，顔氏此書當亦在乾隆末。

種李園詩話卷一

曲阜顏崇槼運生甫編

孔黨赴舉，皇甫冉送以詩云：「入貢列諸生，詩書業早成。家承孔聖後，身有魯儒名。楚水通滎浦，秦山擁漢京。愛君方弱冠，爲賦少年行。」

孔徵士名□，皇甫曾送之歸魯云：「谷口山多處，君歸不可尋。家貧青史在，身老白雲深。掃雪開松徑，疏泉過竹林。余生負丘壑，相送亦何心。」

孔旼字寧極，高尚士也。與范仲宣、韓持國遊。持國守許，孔居郊外，嘗迎致郡圃養真庵，連床促膝。孔歸，持國輒出郊相訪。有詩云：「驅車下横嶺，西走龍陽道。青烟人幾家，緑野山四抱。鳥啼春意闌，林變夏陰早。知近應生廬，民風故醇好。」見《過庭録》。

孔宗翰知揚州，劉景文季孫送之，有「詩書魯國真男子，歌吹揚州作貴人」之句。宗翰字周翰，道輔次子，第進士。元祐中官刑部侍郎。

孔舜思《題靈巖寺》云：「忽從平地出塵籠，親到諸天釋梵宫。卻悟冗官長役物，争如大士日談空。山横青壁千層合，泉迸丹崖一綫通。幽鳥静啼人外境，疏鐘不墮世間風。目無可欲猿猱伏，心絶微塵水鑑融。自恨無緣陪宴坐，它生願效種松翁。」熙寧丙辰十月立石。

孔德通築東園，東萊劉無黨迎題以詩云：「花木陰陰一畝宫，平生高興與誰同？尊罍北海無虛日，鄉里東家有故風。先業固知衣鉢在，大門應惜橐奩空。襄陽耆舊今誰識，尚喜風流見阿戎。」

光山縣尹孔凝道，作縣有聲，邑人爲之圖。馬文貞公題云：「光山近在故山西，樹滿江頭稻滿畦。鄰屋讀書相教授，社詞醉酒共提攜。水牛礪角嫌耕淺，野繭抽絲喜價低。春雨行田無從吏，獨騎齋馬畏青泥。」

孔肅夫藏張伯雨外史《雪景山香圖》二幀，吴匏翁題其後云：「結廬句曲號貞居，石鼎千年句法如。所有白雲難贈客，豈無清露可爲書。湖陰小閣題金菌，月下高冠製玉蕖。白首交游洙水上，歸儒深恨早回車。」

曲阜孔濤題東坡《村醪帖》云：「張宣公謂：『東坡結字穩密，姿態横生，一字落紙，固可寶翫。而況其平生大節，如此昭著，忠義之氣，未嘗不蔚然見于筆墨之間。』此詩雖出一時率然之作，以南軒之言求之，信可寶也。」

孔思吉題劉性初《破窗風雨卷》云：「寓館臨苕水，清吟破寂寥。軒窗秋淡淡，風雨夜瀟瀟。研沼沾應濕，書衣亂欲飄。曉來佳客至，留話且停橈。」

孔克讓《題水節婦李氏卷》云：「水家貞婦蘭蕙姿，廿載孀居節自持。陶女矢歌《黄鵠》操，共姜誓死《柏舟》詩。感時顧影臨鸞鏡，奉桉傷心對繐幃。只恨同生未同穴，九原無路不勝悲。」

孔克伸《應製蔣山詩》：「壓盡群峰素有名，巍巍雄姿獨崢嶸。數峰碧玉横天闕，一帶螺屏映帝京。雲竇雨晴龍虎見，月巖風暖鳳凰鳴。應知聖主無疆福，日聽崑崙萬歲聲。」按東漢以前，曲阜爲魯國，故有從事、督郵之官。隋改曲阜爲縣，則有令。宋仁宗皇祐三年，詔仙源官于孔氏子孫中選用。金、元或以衍聖公兼曲阜縣事，故有世襲縣尹。至明太祖，因知縣孔希大生事，改世襲爲世職。衍聖公同族人赴京保舉孔克伸堪任世職，太祖御奉天門，召試蔣山詩，立就。上朗誦數過，顧左右曰：「真孔氏子孫也。」遂給勅赴任。曲阜世職知縣，自公始。

宋景濂《贈孔君序》：「曲阜孔君克敬，通儒家言。習唐人古今詩，往往婉麗，如晴花鬭春，態有餘妍，得言外含蓄之意。」

貝清江瓊《送衍聖公孔希學還闕里》云：「星斗光芒萬丈騰，賜書連舸出金陵。雁違青塚天將雪，馬度黄河夜已冰。博士經存終漢出，上公爵重自唐升。喜聞守植庭中檜，翠接東蒙幾百層。」

衍聖公孔彦縉，工篆書。顧謹中贈句云：「魯國名公篆法奇，懸針倒薤總相宜。」見朱謀垔《書史會要續》。

《江陵百咏》一卷，曲阜孔克學撰。克學於洪武初遊寓江陵作。成化間，章丘甯祥爲之序。孔克晏《雨後望嶧山》云：「山色平明看，雨餘秋正濃。滿前青突兀，幾朵翠芙蓉。烏落懸崖樹，雲開對面峰。當年頌功石，苔蘚辨秦封。」

孔公輈，字御文，少習舉子業，有名。父殁，棄去。工詩歌。兗士大夫結壽英會，公輈以齒列第二。卜居泗上，自號泗漁，學者稱泗漁先生。所著有《南坡稿》、《元和景象集》、《泗漁樂府》。

贈衍聖公孔承慶，字永祚，少從薛文清遊，未及襲封而卒。其外祖王惟善，哀其遺詩，爲《禮庭吟》

三卷。景泰間，同郡許彬序，又有天順丁丑長洲劉鉉序。《舞雩臺》云：「春服初成候，同行沂水隅。欲求曾點志，先上舞雩臺。仰止懷先達，遊歌啓後來。鄉民瞻望處，童冠幾人回。」《杏壇》云：「魯城遺跡已成空，點瑟回琴想象中。獨有杏壇春意早，年年花發舊時紅。」

孔四可給諫，《謝友人》一帖云：「主興濃于羅浮春，客遂不敢言醉。歸路如泥，接羅倒著，朝來日已三竿，幽然尚夢也。」

孔承寵，曲阜人，寓京口二十年，與陳從訓永年交善。弟某，爲僧甘露寺，募資建堂殿，工竣，餘千金。病將死，呼承寵取之去。承寵笑弗顧，起謝曰：「若兄苟取此，何寂寂久居爲也？」後卒于金山，無子，永年葬之于城南勝果寺。承寵工詩，其《金山依周維京韵》云：「神禹緣何事，江心留石標。亭亘今古，面面湧風潮。岸遠人烟隔，山孤秋氣寥。王喬本仙史，來此數吹簫。」「涉江知水險，陟嶼見山靈。今古疑浮玉，孤高似落星。月來連海白，潮滿接天青。聞道神僧在，降龍爲説經。」其《金山除夕》云：「爲避塵囂住此山，此山獨立水雲間。風濤面面何常定，心事年年只等閒。今夕尊前送寒去，明朝江上待春還。吾身已自成孤鶴，歲月推遷總不關。」

孔貞瑄，字璧六，號聊園，順治庚子舉人，官大姚縣知縣。著有《聊園集》，王阮亭司寇序之，其略云：「余自癸卯司李邗上，識璧六于平山堂。契闊二十年，乃復會于濟南。得從觀所著《太山紀勝》、《大成樂律全書》、《操縵新説》、《琴瑟譜》，操觚者采入省志。既而遠任邊邑，萬里炎荒，以不阿豪酋，著譽兩迤，見愠于上官，以致解組。卿大夫出使滇南，如畢鐵嵐、李漁村、吴在公，咸謂其不愧吾黨。

然則璧六所重于時者，不僅在詩，而詩則已重矣。」

孔農部尚任《燕臺雜興》詩：「太傅吟詩舊草堂，新開蔣徑自鋤荒。藤花不是梧桐樹，卻得年年棲鳳凰。」自箋云：「宜興蔣京少，寓古藤書屋，予與王阮亭先生數過談。其地爲金太傅舊第，龔芝麓、朱竹垞、黄俞邰、周青原諸公，先後寓此，皆名流也。」

岸堂農部《紅橋》一律云：「紅橋垂柳裊烟樹，隋氏風流今尚存。酒旆時遮看竹路，畫船多繫種花門。曾逢粉黛當筵舞，未許笙歌避吏尊。可惜同遊無小杜，撲襟絲雨總消魂。」《憶昔》一律云：「憶昔春宵傍父兄，故園風景乍承平。城門吏放深更鑰，樓下人聽上界笙。珠履貪遊從雪浣，花燈不息任天明。誰知此夜來爲客，漁火江村照獨行。」沈確士先生謂讀此二作，想像其人于酒旗歌扇之間。

岸堂《桃花扇樂府》，紀故明弘光朝實事。己卯秋夕，内侍索本甚亟，午夜進之直邸，遂入内府。李木庵總憲買歌兒演之，一時名公咸集，讓先生居上座。諸伶更番進觴，座客榮之。

孔衍譜，字榆村，别字小岸，岸堂先生子。雍正甲辰，陪祀，授丹陽主簿。性通率，畫入逸品。隱居湖上，自放於酒。與邑人陶湘等，爲「湖山八子」。弟衍誌，字柏村，亦工花卉。先是民部嘗輯《闕里誌》，修族譜，既成，因以名其二子云。

孔石村衍栻，岸堂先生猶子。工詩翰，畫入逸品。年逾八十，除任城廣文。嘗寄先仲父畫扇，旁嵌「鸜鵒翎畫」四字小印，蓋先生晚年嘗以鸜鵒翎做畫筆也。有《題畫詩》二卷、《畫訣》一卷。《畫訣》云：「古今畫家，用水渲染，不易之法也。渴筆烘染，古人未闢此境。余幼師石田，一樹一石，必究其用意處。久之，似少有所得。因靜心自思，筆筆石田，終在古人範圍。乃窮日夜之思，忽結別想，偶以渴筆烘染，似覺別有意趣，脱卻常態。久乃益精，幸不爲鑒賞家所鄙。實由苦心，未忍自泯，因書《畫訣》，藏于篋中，以俟同志云。」《畫訣》凡十則，一曰《立意》，二曰《取神》，三曰《運筆》，四曰《造景》，五曰《位置》，六曰《避俗》，七曰《點綴》，八曰《渴染》，九曰《款識》，十曰《圖章》。《渴染》一則：「墨少著水，重磨。用秃湖穎，不著水即蘸焦墨。先用別紙試，微潤，輕拂畫上，筆筆勾起，可染二三次。惟無筆痕爲妙，頗有秀色。凡點樹葉，俱用渴筆實染，雙勾葉白者不染。房舍有瓦草者染，無瓦草處空白。室内人物器具俱空白，週圍俱用渴筆剔清。每一石，止渴染皺處，石頂空白，石根宜重染。大山平坡皆然。近山先用炭爲輪廓，外用渴染，漸與天氣相接。遠山空白，山根用渴染。坡水溪江，俱用平直筆密細畫去，有聚有散，皆用渴染。樹石房屋，橋梁舟楫，凡外空處皆用渴染托出。雲烟斷續，須輕染，漸漸不見，乃妙。非有定體，惟畫者自裁。有墨畫處，此實筆也。無墨畫處，以雲氣襯，此虛中之實也。樹石房廊等，皆有白處，又實中之虛也。實者虛之，虛者實之，滿幅皆筆墨到處，卻又不見筆痕，但覺一片靈氣浮動于紙上矣。」

孔觀察興詔，字綸錫，有《滇遊集》。《馬底道中》云：「蠟屐尋幽去，風光過雨妍。石牀懸瀑水，板屋帶寒烟。鹿食春前草，人耕戰後田。龍鐘看不厭，花笑對嫣然。」《由滇入覲留別同人》云：「祖道離筵近，金門去路遥。故人方戀戀，班馬忽蕭蕭。雪水通晴谷，春風度板橋。良朋寬旅況，飛束下寒宵。」

孔毓埏，字宏輿，恭慤公弟，襲五經博士，有《遠秀堂集》。《餞春》云：「緑慘紅愁不自持，匆匆又是送春時。韶光老去鶯無語，别緒添來鬢有絲。榆莢雨殘人事改，楝花風盡鳥聲移。歸期應在三冬後，日望寒梅幾樹枝。」

孔振鷺上公傳鐸《山中絶句》云：「山居盡日無膏沐，侍女牽蘿補茅屋。芳草春時深閉門，月明自伴棣花宿。」

莝城居士孔衍鑒，字懋昭，曰子涵、曰秋山，皆别字也。性峭鯁，意有所不可，怫然弗就。居常兀坐一室，冥思默搜，動輒旬日，人鮮覯其面。喜鈔録，自經傳以及唐宋人雜著，心之所向，輒繕寫終卷。家藏者百數十種，無一誤謬。嘗遊吴越，以達百粤，冀有所遇，終不可得，聊復與山水爲緣而已。屬畫師爲一箑，題曰「空山獨卧秋」。晉江何琦爲之序，略云：「石門之間，恒多隱君子。其拔俗長往，每沉冥而不見，君豈其儔類歟？」

温泉吟客，姓孔氏，名衍欽，字簡夫，别號北皋居士。性簡易，疏率自喜，不入城市。家貧，教授生徒自給。春秋佳日，吟咏閒作。如「落葉聲乾客到時」句，爲空山先生所賞。又《西村散步》云：「豆黄初脱莢，柿緑未經霜。扶杖行村路，隨人過野塘。埸寬秋稼滿，社近午炊香。更欲遊泉上，青簾掛夕陽。」

孔毓琚，字季玉，一字璞齋，以諸生官世職知縣，有《紅杏山房詩》。《過九仙山飲陳萬元茅齋》云：「夕陽雲影抱天根，兩岸桃花帶雨痕。已到山村還問路，行過竹徑始通門。有時高咏輕千卷，盡日留賓共一樽。獨卧茅齋春已晚，不知芳草欲消魂。」

孔毓璘，字叔玉，一字繡谷。貢生，官昌平州州判，有《水木山房詩》。《漁翁》云：「青簑帶雨下長川，網得金鱗换酒錢。醉卧月明人不見，鸕鷀飛上打魚船。」

孔興軒與甥朱滄湄舍人論駢體文，其略云：「駢體文，以達意明事爲主，不爾，則用之昏啓，不可用之書札，用之銘誄，不可用之論辨，直爲無用之物。六朝文無非駢體，但從横開合，一與散體文同也。」又云：「任、庾、徐三家，必須熟讀。此外四傑，即當擇取，須避其平實之弊。至于玉谿，已不可宗尚。」又云：「要音節近古，庾文『落花芝蓋』，『楊柳春旗』一聯，若删卻『與』字、『共』字，便成俗響。陳檢討句云：『四圍皆王母靈禽，一片悉姮娥寶樹。』此調殊劣。若在古人，寧以兩『之』字易『靈』、『寶』二字也。」又云：「不可用經典奥衍之詞，不可雜制舉文柔滑之句。」云云。蓋其自得于古人，并期其甥如此。

孔毓埏，字宏興，著《蕉露詞》一卷。其中《滿庭芳》二闋，《漢殿秋霜》云：「風動罘罳，月明金榜，當年制度輝煌。雕甍綺户，藻繪滿修廊。殿角風筝乍響，琉璃瓦，白露瀼瀼。金商應，宵寒月冷，一夜盡成霜。荒涼秋暮也，淒清矍圃，蕭瑟靈光。看蒼蒼葭葦，塞雁南翔。早見大庭庫畔，飛雲迴，九點烟黄。徘徊久，摩挲碑碣，尚憶魯恭王。」《石門月霽》云：「暮雨全收，殘雲盡卷，碧天洗浄無塵。晚山獨步，偏與月相親。張氏隱居何處？看礀外，麋鹿成群。千峰翠，遥遥遠岫，夜氣識金銀。嶙峋，懸崖下，青垂古柏，翠擁寒筠。任芒鞋穿破，歷偏雲根。還有枯藤堪據，須痛飲，莫負尋春。天將曙，啓明東上，白月落孤村。」

孔西銘傳誌《清濤詞》，錫山顧天石定本，《霓裳中序第一·咏季桓子井》云：「三桓古遺宅，曾見朱門列華戟，千年後、荒蕪敗棘。剩一井澄泓，四山環碧。行人誰識，但指點莓苔片石。風雨夜，狐鴟叫嘯，寶氣亘天直。　堪憶，羵羊舊迹，向土缶潛身栖息。黄泉何處求食，想陵谷遷移，物怪岑寂。如今縱掘得，一例作山魈木客。空留下，銀床斷綆，未敢議湮塞。」《雙聲子·弔魯公墓》云：「寒雲敗棘，一抔荒土，自古曾葬重瞳。陰陵道失，鴻溝計左，夢想不到江東。斬蛇帝子，得秦鹿、歸安新豐。范增玉玦無驗，翻令泗上成功。　憶往日，空身經百戰，烏騅蹀躞嘶風。楚歌四面，虞兮起舞，至今野草猶紅。歎百城俱下，使我魯、父老孤忠。千秋遺恨茫茫，使人憑弔無窮。」

孔雪村傳商《藕絲詞》，其《如夢令》云：「笑入檀郎卧内，輕揭鴛鴦雙被。若箇伴春眠，凄凄清清，獨自憔悴。憔悴，枕上細尋珠淚。」《謝秋娘》云：「相逢好，最惱是臨行。明月已催簾外影，横波猶送眼中情，無語尚丁寧。」《相見歡》云：「深深，花掩重門，漸黄昏。聽得雙環輕扣，已銷魂。猜不出伊心曲，故生嗔。愁到碧紗窗下，費温存。」《薄命女》云：「臨曉鏡，鏡裏雙蛾憐瘦影，便是愁人證。春晝常愁夢短，秋夜還愁漏永，愁盡今生。須索性、莫把分毫剩。」《浣溪紗》云：「小立燈前斂笑眸，不分明事説還羞，心情道破强摇頭。　翠袖捧觴傾竹葉，金罏撥火覆香篝，睡鄉何處不温柔。」《海棠春》云：「鶯聲燕影誰曾見，算九十春光已半。緑意共紅情，入夜偷相换。　背人潛到湖山畔，照曲徑星光隱現。躡足更藏踪，等着檀郎唤。」《南鄉子》云：「草草罷晨妝，何事能消春晝長。行到楳花深樹裏，携將半院濃香入洞房。　頻倚曲闌傍，人懶無心上繡床。忽見鴛鴦眠細草，端詳，又坐紅窗繡一雙。」《浪淘沙》云：「花困柳纔眠，春意闌珊，雛娃未解受人憐。貪看簷邊雙燕舞，不近郎前。　真箇是無緣，惱被情牽，柳絲花朵一年年。但使春光能買得，誰惜金錢。」《踏莎行》云：「柳陌風寒，花溪水暖，鶯聲歇處驚春晚。閒愁寸寸積柔腸，誰能量出情長短。　脣喜脂深，眉嫌黛淺，羅裳宮様新裁剪。玉人何事愛濃妝，要郎細着簾前眼。」《琴調相思引》云：「禁住心情放教閒，柔腸應是没人牽。綠窗深處觸起又無端。積得連宵幽怨事，擬將一一訴卿前。爲何花下相見卻無言？」

明寧靖王奠培長女，下嫁先聖五十八代孫景文。天順元年，封安福郡主。工草書，能詩，有《桂華集》一卷。《咏柳眼》云：「種得風流性，盈盈似可親。沿堤窺去騎，隔水望歸人。露重含情泣，烟綿作態顰。半開還半合，盼到十分春。」

《惠州西湖志》載：閨秀孔少娥絶句云：「西湖西子兩相儔，湖面偏宜點翠洲。一段芳華描不就，月灣宛轉似眉頭。」少娥字文淑，歸善人。芳華，洲名。明月，灣名。

孔素瑛，字玉田，聖裔毓楷女，占籍桐鄉，適烏程貢生金某。善寫花鳥，著有《飛霞閣詩》十二卷。

種李園詩話卷二

曲阜顔崇槼運生甫編

先秘監延之，與陳郡謝靈運俱以辭采齊名，自潘岳、陸機之後，文士莫及也，江左稱曰「顔謝」。有集三十卷。子四人，曰竣、曰測、曰奐、曰躍。竣有集百卷，測有集十卷。太祖嘗問：「卿諸子誰有父風？」對曰：「竣得臣筆，測得臣文，奐得臣義，躍得臣酒。」何尚之曰：「誰得卿狂？」曰：「其狂不可及。」

顔協，字子和，博涉群書，隱居不仕。梁湘東王出鎮荆州，以爲記室參軍。時吴郡顧協亦在藩邸，與顔同名，才學相亞，府中稱爲「二協」。大同五年卒，元帝爲《懷舊詩》以傷之。其一章曰：「弘都多雅度，信乃含賓實。鴻漸殊未升，上材淹下秩。」有集二十卷，燬于火。别撰《晉仙傳》五篇、《日月災異圖》二卷。

梁永明中，與魏和親，歲通聘好，特簡才學之士，以爲行人。范鎮及從弟雲，與琅琊顔幼明等，相繼將命，并著名鄰國。按：幼明官駕部郎中，著《靈棋經》一卷。

顔晃，字元明，瑯琊臨沂人。少孤貧，好學，有辭采。解褐爲梁邵陵王記室參軍。時東宫學士庾信使府中，王使晃接對。信輕其少，曰：「此府兼記室幾人？」晃曰：「猶當少于宫中學士。」當時以爲善對。侯景之亂，奔荆州。承聖初，除中書侍郎。陳天嘉初，累遷員外散騎常侍，兼中書舍人，掌詔誥。卒，贈司農卿，謚曰貞子。有集二十卷。

顔游秦，黄門公仲子。武德初，累遷廉州刺史，封臨沂縣男。時劉黑闥初平，人多强暴寡禮，風俗未安。游秦撫恤境内，敬讓大行。邑里歌曰：「廉州顔有道，性行同莊老。愛人如赤子，不殺非時草。」高祖璽書勞勉之。俄拜鄆州刺史，卒于官。撰《漢書决疑》十二卷，别有《唐史略》若干卷，爲學者所稱。

顔勤禮，字敬之。幼朗悟，識量宏遠，工於篆籀，尤精訓詁。太宗平京城，授朝散大夫、校書郎。後爲夔州都府長史，加上護軍，賜虢州刺史。太宗嘗命蕭鈞贊其行，有曰：「依仁服義，懷文守一。履道自居，下帷終日。德彰素里，行成蘭室。鶴鑰馳稱，龍樓委質。」當代榮之。

顔元孫，字聿修。少孤，養于舅氏殷仲容家，聰敏絶倫。年十歲，李逸聞其少俊，請與相見，試以《安石榴賦》，援翰立就，不加點竄，逸大驚。嗣聖元年舉進士，省試銘賦二道，既麗且新，名動天下。解褐彭城簿，歷登封、長安二尉、洛陽丞、著作佐郎、太子舍人。時明皇監國，元孫獨掌令誥，當時以爲綸言之最。明皇嘗出諸家書迹數十卷，令定其真僞。元孫分别以進，明皇大悦，因賜箋籐筆墨衣服等物。嘗和《游苑詩》，御札八分批答曰：「孔門稱哲，宋室聞賢。翰墨便捷，莫之與先。」出爲潤州長史，遷滁、沂二州刺史，終朝散大夫、亳州刺史、上柱國。有集三十卷、《干禄字書》一卷。

顔魯公真卿，平生大節，昭垂史册。不以著作見重，然行狀中所載著作，亦復極富。今雖散佚，録其名目，以誌前業。佐吉州，有《廬陵集》十卷。刺撫州，有《臨川集》十卷。刺湖州，有《吴興集》十卷。

官禮儀使，有《禮儀集》十卷。並逸。又唐大曆七年，魯公在郡，建韵海樓，與李萼、陸羽、僧皎然著《韵海鏡源》三百六十卷，亦無存。宋嘉祐中，宋敏求輯其刻于金石者爲十五卷。年遠板漶，椠重爲鋟板收藏。兹敬録其聯句詩二、和作詩一，並唐代詩人之和公、悲公者二作附焉。《登峴山觀李左相石尊連句》云：「李公登飲處，因石爲窪尊。魯公人事歲年改，峴山今古存。劉全白榛蕪掩前迹，苔蘚餘舊痕。裴循叔子尚遺德，山公此迴軒。張薦維舟陪高興，感昔情彌敦。吴筠藹藹賢哲事，依依離別言。强蒙嶇嶔横周道，迢遞連山根。范縉餘烈曖林野，衆芳挹蘭蓀。王純德暉映巖足，勝賞延高原。魏理遠水明匹練，因晴見吴門。王修甫陪遊追盛美，揆德欣討論。顔峴。魯公兄子，官監察御史、贊善大夫。器有成形用，功資造化元。左輔元流霞方泔泔字疑是泊字。淡，別鶴遽翩翻。劉茂舊規傾逸賞，新興麗初暾。顔渾。魯公族弟，官太子通事舍人。醉後接䍦倒，歸時騶騎喧。楊元德遲回向遺跡，離別並傷魂。韋介覽事古興屬，送人歸思繁。皎然懷賢久徂謝，贈遠空攀援。崔宏八座欽懿躅，高名播乾坤。史仲宣松深引閒步，葛弱供險捫。陸羽花氣酒中馥，雲華衣上屯。權器森沉列湖樹，牢落望郊原。陸士修白日半巖岫，清風滿丘樊。裴幼清旌旆間翠幄，簫鼓來朱輪。柳淡閑路躡雲顥，清心澄水源。塵外萍連浦中嶼，竹遶山下村。顔顓。魯公族姪。景落全谿暗，烟凝半嶺昏。顔須。魯公族姪。去日往如復，换年涼代温。顔頊。魯公族姪，官大理寺少卿、南營田判官。登臨繼風雅，義激舊府恩。李萼」《竹山連句》云：「竹山招隱處，潘子讀書堂。魯公萬卷皆成袠，千竿不作行。處士陸羽練容餐沆瀣，濯足詠滄浪。前□侍御史廣漢李萼守道心自樂，下帷名益彰。前梁縣尉河東裴修風來似秋興，花發勝河陽。推官會稽康造支策曉雲近，援琴春日長。評事范陽湯清河水田聊學稼，野圃試條桑。僧皎然巾折定因雨，履穿寧爲霜。河南陸士修解衣垂蕙帶，拂席坐藜床。河南房夔檐宇馴輕翼，簪裾染衆芳。顏粲。登建中進士第，爵里不可考。草生還近砌，籐長稍依墻。顏顯魚樂憐清淺，禽閑喜頡頏。顏須空園種桃李，遠墅下牛羊。京兆韋介讀易三時罷，圍棋百事忘。洛陽丞趙郡李觀境幽神自王，道在器猶藏。詹事司□河南房益晝啜山僧茗，宵傳野客觴。河東柳淡遥峰對枕席，麗藻映縑緗。永穆丞顏峴偶得幽棲地，無心學鄭鄉。魯公」右魯公《竹山連句》墨蹟，安麓村得自太倉王烟客先生家，正定梁相國曾借摹入《秋碧堂帖》中，後不知所在。乾隆甲寅夏，吴司馬人驥得自山右高氏。槩嘗觀梁刻，如「圍」、「穿」諸字，幾不成文，竊疑其贋。今觀真本，乃剪衡卷改裝成册，凡諸訛謬，皆裱工以意綴成之。如「馴」之竪筆、「拂」之左方，又因蠹蝕處用涂傅，故稍肥。計不過十許字，尚無損于全帖也。是年九月，槩遂摹鐫石，嵌置濟南之潭西精舍。吴門有清遠道士，《同沈恭子遊虎丘詩》，間涉荒誕，而詞藻健俊，魯公愛之，刻于巖際，并有和作。和詩云：「不到東山寺，于今五十春。竭來從舊賞，林壑宛相親。吴子多藏日，秦皇厭聖辰。劍池穿萬仞，磐石坐千人。金氣騰爲虎，琴台化若神。登壇仰生一，捨宅歎珣珉。中嶺分雙樹，回巒絶四鄰。窺臨江海接，崇飾四時新。客有神仙者，於兹雅麗陳。名高清遠峽，文聚斗牛津。迹異心寧問，聲同質豈均。悠然千載後，知我揖光塵。」附録清遠道人詩云：「我本長殷周，遭罹歷秦漢。四瀆與五岳，名山盡幽竄。及此寰區中，始有近峰翫。近峰何鬱鬱，平湖渺瀰漫。吟挽川之陰，步上山之岸。山川共澄澈，光彩交凌亂。白雲淰欲歸，青松忽消半。客去川島靜，人來山鳥散。谷深中見日，厓幽曉非旦。聞子盛遨遊，風流足詞翰。嘉兹好松石，一言常累歎。勿謂予鬼神，忻君共幽贊。」釋皎然《奉和顔使君修韵海樓畢州中重宴詩》云：「世學高南郡，身封盛魯邦。九流宗韵海，七字揖文江。惜惜當是借。賞雲歸堞，留歡月在窗。不知名教樂，千載意誰雙。」戎昱《聞顔尚書陷賊中吊以詩》云：「傳道征南殁，那堪故吏聞。能持蘇武節，不授馬超勳。國破無家信，天秋有雁群。同榮不同辱，今日負將軍。」

顔詡，居禾川，水部員外郎孟賓于贈詩云：「園林蕭爽聞來久，欲訪因循二十秋。此日開襟吟不盡，碧山重叠水長流。」

顔仁郁，字文傑，泉州人，仕王審知爲歸德場長。時土荒民散，仁郁撫之，一年襁負至，二年田萊闢，閲三歲而民用足。有詩百篇，宛轉回曲，歷盡人情，邑人傳唱，謂「顔長官詩」。其《勸農》有云：「夜半呼兒趁曉耕，羸牛無力漸艱行。時人不識農家苦，將謂田萊穀自生。」

顔舒《鳳樓怨》云：「佳人名莫愁，珠箔上花鉤。清鏡鴛央匣，新妝翡翠樓。搗衣明月夜，吹管白雲秋。惟恨金吾子，年年向隴頭。」

顔粲，登建中進士第。賦《吴宫教美人戰》云：「有客陳兵畫，功成欲霸吴。玉顔承將略，金鈿指軍符。轉佩風雲暗，明鉦錦繡趨。雪花頻落粉，香汗盡流珠。掩笑誰干令，嚴刑必用誅。至今孫子法，猶可静邊隅。」《白露爲霜》云：「悲秋將歲晚，繁露已成霜。遍渚蘆花白，霑籬菊自黄。應鐘鳴遠寺，擁雁度三湘。氣傴襦衣薄，寒侵宵夢長。滿庭添月净，拂水斂荷香。獨念蓬門下，窮年在一方。」

顔給事蕘，謫官殁于湖外。嘗自草墓志，其詞云：「寓于東吴，與吴郡陸龜蒙爲討論之交，一紀無踰，龜蒙卒，爲其就木，至穴，情禮不缺。其後即故諫議大夫高公承之、故丞相陸公扆。二君於蕘，至死不變。其餘面交，皆如攜手過市，見利即解攜而去，莫我知也。復有吏部尚書薛公貽矩、兵部侍郎于公兢、中書舍人鄭公撰，三君子者，余今已前不變，不知異日見余骨肉孤幼，復何如哉。」

顔萱，江南進士，中書舍人蕘之弟。少時受知張祜。唐季與皮、陸二先生酬唱，有詩載《松陵集》。顔慥，龍溪人。以德行文章名世，與蔡襄爲金石交。讀書西湖白蓮院，襄爲郡幕，「襄爲郡幕」似有「還」字。與慥唱和頗多。慶曆中，辟爲本州教授。

顔太初，字醇之，彭城人。慷慨好義，喜爲詩，以救正時事。天聖中，文宣公孔聖祐卒，無子，除襲封且十餘年，朝臣無論及者。時有名醫許希，以針愈仁宗疾，獲賜甚厚。希拜賜已，復西向拜扁鵲，曰：「不敢忘師也。」上爲封扁鵲神應侯，立祠城西。太初作《許希》詩，指聖祐以諷有位。又致書參知政事蔡齊。齊爲言于上，遂以聖祐弟襲封。山東人范諷、石延年、劉潛之徒，豪放劇飲，不循禮法，後生多效之。太初作《東州逸黨詩》，以寓責懲。詩上聞，守牧獲罪，士風亦改。孔道輔深器之。太初第進士，歷南京國子監説書、著書，號洙南子。所居在梟、繹兩山之間，號梟繹處士。有《梟繹集》十卷、《淳曜聯英》二十卷。《詠許希》云：「京城名利途，車馬交馳驅。其間取富貴，往往輸巫醫。前後十數輩，身没名已隳。獨有許希者，蘊蓄何瑰奇。始自下蔡來，所處尤喧卑。西市三十年，汩汩無人知。一朝仗曲藝，驟登文石墀。三針愈上疾，神速不移時。酬以六尚官，著籍通端闈。旌以三品服，佩紫垂金龜。于時稱謝畢，西向復陳儀。當宁驚且問，歷歷宣其辭。臣傳扁鵲術，遇主今得施。特此一展謝，臣心不自私。主上悟其意，擊賞爲噓唏。仍給水衡錢，國西命立祠。復加靈應號，金額照華榱。自此輦轂下，求禱何祁祁。我過慶成坊，見之心且悲。秦毉術雖妙，五腑及四肢。所習得其人，千齡祀不虧。魯聖術至大，帝道與民彝。所習非其人，一朝返相持。小吏師荀況，竊爲辨説資。作相勸焚書，詐云愚蚩蚩。後之爲儒者，其心皆李斯。昔在布衣日，動守先王規。朝談十二經，夕誦三百詩。依憑稽古力，榮進無他歧。及居廟堂上，劍長冠峩巍。自謂天所賦，烏知有宣尼。宣尼斷襲封，十經寒暑移。他姓爲邑官，鄉老皆驚疑。上章寢不報，九重遭面欺。諫官不舉失，御史不言非。盡爲許希笑，得路忘先師。」《東州逸黨詩》起云：「天之有常度，躔次絶乖離。地之有常理，沉潛無變虧。人之有常道，高下遵軌儀。三才各定位，萬古永不移。二儀設有變，修德可以祈。人道或反常，其亂何由支。」次言西晉高談無爲，虛名飾詐，如竹林等輩，深可慨傷。次言東州逸黨，慢聖侮賢，流蕩往返，爲禍尤烈。次言廷臣牧守，目睹頹風，不思創挽，恐此俗一成，積久難返。末云：「幸有名教儒，可與決雄雌。所嗟九品賤，不得列文墀。賈誼惟痛哭，梁鴻空五噫。終削南山竹，冒死指其疵。無使永嘉風，敗亂昇平時。」蘇文忠公序《鳧繹集》云：「昔吾先君適京師，與卿士大夫遊。歸以語軾曰：『自今以往，文章其日工，而道將散矣。士慕遠而忽近，貴華而賤實，吾已見其兆矣。』以魯人鳧繹先生詩文十餘篇示軾，曰：『小子識之，後十餘年，天下無復爲斯文者也。』先生之詩文，皆有爲而作，精悍確苦，言必中當世之過，鑿鑿乎如五穀必可以療飢，斷斷乎如藥石必可以伐病。其游談以爲高，校辭以爲美觀者，先生無一言焉。其後二十餘年，先君既沒，而其言存。士之爲文者，莫不超然出于形器之表，微言高論，既以鄙陋漢唐，而其反覆論難，正言不諱，如先生之文者，世莫之貴也。軾是以悲於孔子之言，而懷先君之遺訓。盡求先生之文，而得之於其子復，乃録而藏之。」司馬温公序《皇綷集》曰：「太初嘗以爲讀先王之書，不治章句，必求其理而已矣。既得其理，不徒誦之以誇誑于人，必也蹈而行之。在其身與鄉黨，無餘于其外則不光，不光，先王之道猶翳如也。乃求天下國家政理風俗之得失，爲詩歌洎文以宣暢之。景祐初，青州牧有荒淫放蕩爲事，慕嵇康、阮籍之爲人，當時四方士大夫，樂其無名教之拘，翕然效之，浸以成風。太初惡其爲大亂風俗之本，作《東州逸黨詩》以刺之。遂上聞天子，亟治牧罪。又有鄆州牧，怒屬吏之清直與己異者，誣以罪，搒掠死獄中。妻子弱，不能自訴。太初素與令善，憐其冤死，作哭友人詩，牧亦坐是廢。于時世人見太初官職不能動人，又其文多指訐，有疵病者所惡聞，雖得其文，不甚重之，故所棄居多。余止得其兩卷，在同州又得其所爲題名記，今集而序之。」

《雲門集》載顔復《寄靈運禪師》詩云：「雲門山嶺椶葉青，雲門山下陰溪鳴。山翁毀服悖世榮，此心圓靜無能名。松間一飯養槁形，石壁幾見秋苔生。愛山不免搜其情，掇拾短闋成長行。施子傳來奇可驚，爽闓空谷天外聲。高峰擺蕩疑莖英。」復字長道，太初子。嘉祐中，賜進士，爲校書郎。元祐中，累官國子祭酒、天章閣待制。

顔岐，字夷仲，復子。建炎中，官門下侍郎。嘗從滎陽吕公學，吕居仁爲濟陰主簿時，夷仲適在曹南，贈居仁句云：「念昔從學日，同升夫子堂。」謂滎陽公也。居仁罷官歸，作詩留別夷仲云：「昔日同升夫子堂，如今俱是鬢蒼浪。」即用夷仲之語。

《春渚紀聞》：錢唐顏幾，字幾聖，俊偉不羈，性嗜酒，無日不飲。東坡先生臨郡日，幾適以訟繫獄，久不得飲，密以詩付獄吏，送外間酒友云：「龜不靈身禍有胎，刀從林甫笑中來。憂惶囚繫二十日，辜負醺酣三百杯。病鶴雖甘低羽翼，罪龍尤欲望風雷。諸豪俱是知心友，誰遣尊罍向北開。」吏以呈坡，坡因緩其獄，會赦得免。

《廣群芳譜》載顏頤仲《咏柳》詩云：「柳漸成陰萬縷斜，舞腰柔弱弄韶華。一庭春色無人管，簷雨聲中飛盡花。」頤仲字景正，龍溪人，官吏部尚書，焕章閣學士師魯孫也。

顏博文，字約持，德州人。靖康初，官著作佐郎。作山水頗有清致。《墨莊漫録》載其《咏茉莉花》云：「竹梢脱青錦，榕葉隨黄雲。嶺頭暑正煩，見此萼緑君。欲言嬌不吐，藏意久未分。最憐月初上，濃香夢中聞。蕭然六曲屏，西施帶微醺。叢深珊瑚帳，枝轉翡翠裙。辟如追風騎，一抹萬馬群。銅瓶汲清泚，聊復爲子勤。願言少須臾，對此髯參軍。」約持晚年有鄭虔之貶，在五羊城賣畫自活。作《品令》云：「夜蕭索，側耳聽、清海樓頭吹角。停歸棹，不覺重門閇，恨只恨暮潮落。偷想紅啼緑怨，道我真箇情薄。紗窗外，厭厭新月上，應也則睡不著。」此詞不減唐人作。

顏孝初，永春人。力學起家，嘉祐中，第進士。初廷對有陞黜，孝初凡兩中南宫，以文名世，尤長于詩，人争誦之。官秘書。

顏伯瑋，名褱，以字行，廬陵人，唐魯國公裔。知沛縣事，靖難兵攻沛急，謂其弟珏曰：「汝歸白大人，子職不克盡矣。」題詩于壁，冠帶升堂，南向拜，自經死。子有爲，于父尸旁自刎以從。楊士奇弔以詩云：「平生金石見臨危，就義從容子亦隨。千載山河遺縣在，一門忠孝史官知。故鄉住近文丞相，先德傳從魯太師。欲酬荒墳何處是，離離芳草淚空垂。」劉球和云：「父子捐生總蹈危，精魂常與日光隨。縣南荒隴遺民識，地下丹心故老知。雙節名家先祖德，四忠同郡後賢師。古今載筆皆公道，共使清名百代垂。」

顏瑄，字寶之，江陰人，成化丙戌進士，官户部主事。賦才敏捷，嘗即内兄夏希明座上，令侍婢喬妙福捧硯，王碧雲展紙，和白香山《琵琶行》韵，援筆成篇，不竄一字。詩多穠縟，七律頗近錢、郎。《過沛縣》云：「獨坐篷窗對月明，靜聽譙鼓已三更。舟將泊處聞人語，驛未臨時見吏迎。泗水亭前荒草徧，歌風臺上宿雲平。英雄回首今何在，撫景空懸萬古情。」《登鳳皇臺》云：「鳳皇臺上雨初收，天際凉雲拂地流。萬里關河明落照，九重宫闕動高秋。青山近繞城頭路，紅樹深藏驛外樓。莫怪臨歧重惆悵，青袍三載此淹留。」《宿河西務》云：「漠漠烟光漸欲昏，人家一半掩柴門。鼓聲近報沙邊驛，帆影遥連郭外村。紅斂夕陽微有迹，緑浮春水净無痕。怪來野趣難消遣，自倚篷窗勸酒尊。」

顏鈞，字山農，吉安人。初師劉師泉，無所得，乃從徐波石學，得泰州之傳。嘗曰：「吾門人中，與羅汝芳言從性，與陳一泉言從心，餘子所言止從情耳。」山農游俠，好急人之難。趙大洲赴貶所，山農偕之行，大洲感之。徐波石戰没元江府，山農携其骸歸葬焉。有寄周恭節詩云：「蒙蒙烟雨鎖江垓，江上漁人争釣臺。夜静得魚呼酒肆，湍流和月掇將來。」後以事下江南獄，近溪力爲營救，不赴廷對者六年。旋以成出，年八十餘。

顏俊彦，字開美，桐鄉人，崇禎戊辰進士。《村居雜興》云：「病卧經旬滿面埃，楳花落盡杏花開。畫梁無數空巢在，社雨瀟瀟燕不來。」

皖志《隱逸傳》：顏從喬，字若齡，懷寧人，京兆素子也。性恬曠，喜讀書，尤耽釋典，著有《僧世説》。愛豹嶺林泉之勝，遂卜居焉，嘗作《隱士詩》以見志。有集，名《種黍》。時有倪尔朝、方應賓者，同隱冶塘山中，爲世外交。倪贈詩云：「石門湖水隔溪碧，豹嶺山月當窗明。與君一别驚一本作忽，驚字較勝。秋晏，短髮朝來白數莖。」皆明季高士也。

顏廷榘，字范卿，永春人，官九江府通判，終岷府左長史。嘗取杜詩七言律二百五十一首，先用疏釋，次加引證，名曰《意箋》，蓋取「以意逆志」之義。

《明史·藝文志》：顏棫詩文集四十卷，顏木《燼餘集稿》四卷，顏復膺《潛庵咏物詩》六卷。

《甘泉縣志》載顏光祚《竹西曲》云：「柳嚲花陰揚子橋，儂家樂事勝前朝。不須更畏韓擒虎，别有深宫貯阿嬌。」

顏鑄，字聖冶，江南上元人，詩筆清老。《建溪》云：「禹功不到處，天地限遐荒。夾道山爲岸，中流石作梁。安危分瞬息，通塞辨微茫。行過驚濤裏，扁舟即故鄉。」其一「生趣隨時换，奇觀逐境開。木龍翻浪出，石虎赴舟來。沫濺青天雨，灘鳴白日雷。乾坤有雕琢，工聚海山隈。」其二《一圖關》一圖二字未解。云：「險斷行無地，旁通石有門。飛泉鳴磵底，古路遶山根。壁合青陰冷，峰回白晝昏。試看開闢處，斧鑿尚餘痕。」《仙霞嶺》云：「一門通箭括，鎖鑰萬重山。飛鳥中途倦，浮雲半嶺還。版圖封建外，閩越戰争間。幸值昇平日，琴書穩過關。」

宛平顔光敏，字廼來，號澹叟。明初有以軍功襲錦衣者，遂籍宛平，爲宛平顔氏。中順治乙酉舉人，願就新安教諭，乞升斗養母。會己丑大比，當遷閩縣令，乃慷慨詣吏部堂請會試，部臣奇其言，破例許之，遂以是年成進士。授刑部主事，進郎中，出知池州府，累遷陝西左布政使，會裁缺家居，久不調。康熙丁巳，江南藩司缺出，或有爲公地者，公曰：「吾十年前在西秦，元旦假寐，夢乘官舫，舫中白榜青書，有『月臨波作案，雲倚樹爲屏』之句。兩岸紳士稠雜，皆云迎方伯公者，恍是廣西境界。異時當補粵藩，他非所望也。」閲二載，以舊例引見，欽點廣西藩司，竟殁于任。公與槩先曾祖同名。

顔光教，字敷五，廼來公之弟。中順治戊子舉人，以刑部郎中出知岳州府。公與槩叔曾祖同名。

顔紹昤，字素子，武生，著有《清吟集》一卷。《寧山道中》云：「車輪渾未歇，但覺路途長。日暮亂山紫，天高遠樹黄。横塘流水闊，細磵野花香。自笑栖栖客，他鄉是故鄉。」

顔酌山侍讀，詩工應制長律，他體不多作。近日李雨村調元傳其《通永署中登大光樓作》云：「玉河橋上車轟雷，長安城中十丈埃。炎雲如火午風熱，登樓要醉青蓮杯。延陵公子頗好事，鼓舞遊興呼朋儕。出郭眼界一空闊，輕飈披拂篷半推。戲波拍拍簇鳧鷲，夾岸陰陰交柳槐。一葉順流不炊黍，候吏已在州城隈。主人懽歡未暇揖，亟命選勝開尊罍。大光之樓聳北郭，凭闌一目何雄哉。居庸大行儼羅列，灤水一帶遥環回。神京西望天咫尺，五雲縹緲瞻蓬萊。九關密邇資鎖鑰，萬國朝貢從沿洄。信矣畿甸此重地，坐鎮宜得如君才。君家西蜀謫仙裔，淋漓大筆嗤鄒枚。頃持文衡自南粤，嶺海奇秀豐詩材。畿東觀察任繁劇，文章政事能兼該。其書滿家富著作，勤搜勝帖披橐臯。一一精審付剞劂，要公同好流埏垓。一行作吏此事廢，如君雅尚誰與偕。走也芸館偶後進，庾樓高宴欣趨陪。尊前嘯咏極清興，西山不覺朱丸頽。京華數載恒剌促，兹遊暫使煩襟開。冷官亦苦職司縛，惆悵緇塵歸去來。聊紀勝遊寫長句，艾焙幸免涪翁咍。」雨村，通永觀察也，是詩蓋在其署中作。

顔懷禮，字約亭，襲五經博士。好學，喜爲詩，早年夭逝，故骨格未成。著有《帶月草堂詩》一卷，爲其弟懷繹所編。簡首有嶧縣李子冰克敬序，亦惜天假以年，俾勤盡其勤，何遽不如鏤肝劚髓者之所爲也。《田家辭》云：「轆轤十丈汲無水，穲稏千畦不見泥。野日荒荒春睡足，愁聽門外鵪鴣啼。」其一「河邊淑氣轉芳菲，結伴出門塵滿衣。日暮牆頭兒女笑，傾筐携得柳芽歸。」其二

顔懋恕，字如仲，一字平叔，乾隆戊午舉人。《自題卷石山房》云：「賦性本拙魯，所愛一卷石。携自泰嶽巔，渾噩吾所擇。既無媚世態，兼絶斧鑿迹。貯之此室中，色奪秋山碧。舍人且勿來，居士能見惜。二石相伯仲，與余成三益。」

先高祖孝靖公，諱伯璟，字□□，前明廩生。晚年偕賈梟西、孔栗如諸先輩，寄情吟咏。稿多不存，先考功《家誡》載《咏蟬》詩云：「蜩螗如沸羹，南威扇方逞。卑栖待物化，且願羲輪永。昨夜梧桐飄，秋聲泛金井。遥愛丘園深，共惜桑榆景。槖籥乘虚空，天籟吹逾静。夕露生華滋，朝霞伴孤迥。念昔居草澤，不悉炎與冷。美蔭良可懷，栗林更三省。」孔方訓先生見之，曰：「顔氏其興乎？」

高叔祖諱伯珣，字石珍，先忠烈公季子。前明崇禎壬午，河間城破，忠烈公闔室自焚，公方六歲，

從入火，僕呂有年自烈焰中掖之走免。康熙甲子，以恩貢生授江南壽州同知。州故有芍陂，爲水門三十六，灌田萬餘頃，楚令尹孫叔敖所建也。湮廢且百年，公修復之，作孫叔廟，以報以祈，七年迄於成。庚寅五月，將去官，力疾享父老於陂上，曰：「吾南對陂光，北眺八公峰，如對故園，便覺蒓鱸之思不能終日。今當別去，爾子孫其勉圖久遠，勿如今日恃老夫也。」父老皆爲流涕。公留陂旬日乃還。旋終于丞署，年七十有四。州民請祀名宦，並祭于孫叔之廟。著有《舊雨草堂集》一卷、《秪芳園集》三卷，爲宋牧仲、吴六益兩先生手訂，嶧縣李子冰克敬、吾邑孔璧六貞瑄二君序而傳之。

先曾祖，諱光敏，字修來，康熙□□進士，官吏部考功司郎中。從施愚山、王阮亭論詩。每退食，與宋公犖、田公雯、曹公禾、林公堯英、王公幼旦、曹公貞吉、汪公懋麟、葉公封、謝公重輝相倡和，時號「十子」，刻有《十子詩略》。施愚山先生云：「吏部五言如《太華》、《燕子磯》，七言如《麥雨》、《地震》諸篇，皆蒼鬱雄高，出入於工部、昌黎之間。王阮亭侍讀嘗謂予曰：『吾鄉後來英絶，當讓此人。』」杜茶村先生云：「吾論詩有堅脆之分，詩必堅而後傳。脆者，頃刻之觀耳。何謂堅？曰不可動摇。今人之詩，脱手鮮麗，一經披勘，便通首動摇，無一字安穩，不堅故也。少陵云：『毫髮無遺憾，波瀾獨老成。』正是堅字注脚。讀樂圃詩，蓋欣然遇之。」順治辛丑，東吴顧先生炎武訪先考功，訂交，同賦《行路難》九篇。旋以即墨姜元衡訕，繫獄東省。時先考功在京師，送朱竹垞先生入劉中丞幕，有「訟庭尚有南冠客，莫向燕臺思故人」之句。考功有《未信堂文集》、《樂園詩集》，並刻板藏于家，又有《顔氏家誡》二卷。

曾伯祖，諱光猷，字澹園。康熙□□第進士，官鹽運司運使。著有《周易義疏》□□卷、《澹園文集》二卷、《水明樓詩集》二卷。《龍灣村居》云：「萬里凝秋色，山樓靜落暉。河喧群犢返，沙響夕漁歸。初月懸楓嶺，餘霞戀竹扉。草邊臨水坐，霜露墜人衣。」其一「秋暮人歸浦，汀寒晝不喧。松稍延岫色，沙渡失溪痕。洗藥尋楓岸，蒔花傍竹根。北窗看淼漫，彷彿入桃源。」其二

曾叔祖，諱光斆，字學山，先孝靖公季子，康熙□□翰林，官浙江提督學政。在院日久，請假時，詩文稿爲人取去，篋衍所遺，寥寥數紙。從館課集中檢得應制長律二首，謹録之于左。《聖駕釋奠闕里恭紀》：「鳳曆開先甲，葭灰動早陽。人歌年豫泰，天祚帝遐昌。問俗來東土，尊師過孔堂。風雲從劍履，星漢睹文章。宛轉鸞旂拂，容與翠葆張。齋宮神靜穆，露冕意徬徨。贊幣馳天馬，酌齊出上方。一牢牲比漢，九拜禮超唐。臣庶陪敷奏，曾孫事祼將。儼如憑杖几，肅爾對冠裳。玉斝擎時重，袞衣覆處香。明庭羅羽籥，古壁發笙簧。六代宮縣備，兩階象舞詳。升中儀卒度，竣事敬無忘。榮及群賢席，光生數仞墻。昭垂歸柱下，觀聽任橋旁。殿日紅霞奉，壇松碧影長。龍顧親咫尺，鷺序接班行。盛典逢非偶，微生喜若狂。欲裁三大賦，詞陋媿抒揚。」《喜雨》：「一氣天人際，三時宵旰中。精誠原不隔，呼吸自相通。雲暗宮城樹，塵清輦道風。恩流雙闕近，澤被四郊同。甘液傾盆遠，陰膏潤物融。黍苗光薿薿，麥穗勢芃芃。動植多含態，高低各占叢。是誰司造化，真見發群蒙。浩蕩沾敷土，蒼莽仰太空。可能忘帝力，端合慰皇衷。良耜歌周室，靈星紀漢宮。歡聲畿輔外，瑞景日華東。國計時方泰，農書歲屢豐。村村歸餉婦，户户走樵童。共享盈寧樂，難窺發育功。小臣慚獻頌，拜舞效呼嵩。」

大父，諱肇濰，字□□，别號漫翁，官司李。著有《鍾水堂詩》一卷、《賦莎齋詩》一卷、《太乙樓詩》一卷。作序者，休寧汪芳藻、臨海侯嘉繙、曹縣陳周璜。晚歲有《漫翁編年稿》，則天台齊宗伯召南所定也。《東湖行春絶句》云：「春寒楊柳未成陰，湖水年年似客心。遲日先青寄奴草，輕風時送郭公禽。」《山行》云：「榴花白映栗花灘，五月椒江尚戒寒。絶似龍灣村舍裏，門前老樹挂漁竿。」《北上飲餞枝津園示從子輩》云：「柳棉初墜雨聲飛，春去人家盡掩扉。記取諸郎相送處，種桃成樹我應歸。」行人公致仕歸曲阜，杭大宗先生送以詩云：「清門禮樂舊儒冠，况有清風立懦頑。毅魄百年留止水，鴻文再世仰高山。碧雲深處家居好，小閣開時竹樹環。最羨斜川能倡和，鶴聲一一到人間。」其一「幾年簪紱立彤廷，此日重尋鷗鷺汀。六瑞躬桓徵典守，二疏圖畫想儀形。不周風向初冬急，未了山迎馬首青。莫道時閒高卧穩，晁生還擬受遺經。」其二關中屈復字悔翁，有壽先行人公二絶句云：「星使天高不見文，安知野鶴在人群。滿堂春酒香如霧，隔霧遥看是白雲。」其一「三山渺予引仙源，綺席今開紫陌尊。正是清風生陋巷，杏花春雨長蘭蓀。」其二

先子《西郛集》二卷，劉穌村、牛空山兩先生選定。錢唐桑弢甫夫子題曰：「是編才擅恢奇，自迴得神仙之氣；力優排奡，詎不出月露之形。黑雲壓城，嘔心本如昌谷；清風生腋，搜腸亦學玉川。傷腐肉於郊原，烏鳶下上；飲貞心於帷簿，孔雀東南。詞翰有堂，先生自此升矣；靈臺不梏，之子其殆庶乎？」

伯父諱懋僑，字幼客。乾隆□年充萬善殿教習，詩名特著。戊申歲暮，寄居霞城。瘧初愈，登樓

望小固山，寒烏夕照，黯然欲絶。過日甚難，因取古人名離合之，聊以寫我心曲，待來年燒燈時，爲獵酒之具。《春闈》用《四書》人名：「點綴東風百卉芳景春，削肩斜立貫丁香瘠環。分明解語瑶池樹桃應，司馬焦桐挑不妨琴張。」「畫眉夫婿好丰姿張儀，曾説花開是去時許行。門對東村猶未嫁西子，春情已透綠楊枝泄柳。」《估客樂》用漢時人名：「行到扶桑月正初東方朔，年年爲客在征途陸賈。强將酒與兒童飲灌嬰，頓覺相思恙已無霍去病。」《竹枝曲》用晉時人名：「峰頂懸流萬壑聲山濤，九衢瑞氣曉烟平陸雲。江中魴鱮生雙翅庾翼，不是親夫嫁不成賈充。」《春雪》用唐時人名：「鬱金堂裏借燈光盧照鄰，柰子花前膩粉香李白。柳絮滿庭春已盡薛收，杖藜踏玉到山房薛登。」《紀恩》用唐時人名：「同心綰就想團圓元結，埋足終南近十年高適。聞道朝廷求逸士羅隱，詔書飛下九重天王翰。」《訪隱》用宋時人名：「風急垂楊正斷魂柳開，劍池春水到衡門吴淵。樹間似有人來往林逋，伐木分明晉相孫王樵。」《感舊》用宋時人名：「垂柳新栽路十千楊萬里，天台讀易變華顛劉義叟。邯鄲近學周公禮趙師旦，昔出潼關正妙年秦少游。」《春遊》用明時人名：「瑞烟曉落牡丹叢花雲，處士園林處處紅梅殷。白璧種成天一色藍玉，春風吹帽落溪中沐英。」「門開閶闔半天中高啓，萬里無雲一色空景清。何處花開不相識常遇春，行人指點未央宫劉基。」

伯父諱懋儐，字質以，有《秋水閣遺稿》。《贈兄司諭公古意》云：「日出扶桑東，月行滄溟西。不知天地闊，午夜聞鳴雞。」晉江何琦丞稱之。《送人》云：「寒食人家酒滿城，杜鵑花外送君行。石梁一夜千溪雨，都入靈江作水聲。」風調絶佳。

季父諱懋仝，字異我，號甦道人。《淮上絶句》云：「淮上人家竹作扉，春城四面盡漁磯。孤帆雨霽斜陽外，葉子花黄蝶亂飛。」郭秀才勄磐嘗取以作圖，謂「純是天籟，不可湊泊也」。

清古從伯，諱懋倫，字樂清，所著《什一篇》，牛空山先生序之。尚有《癸乙編》、《舊止堂稿》、《夷門遊草》，凡若干卷，未經剞劂。其中五言如：「漸見園林色，微聞花藥香。」「孤月黄沙岸，荒烟老樹村。」「長堤飛白蝶，枯樹上青苔。」「酸棗微風路，哀鴻細雨灘。」七言如：「十里紅簾三□雨，半山黄葉六朝僧。」「秋水杜蘅崇嗣画，稻田雞犬劍南詩。」「半橋短樹騎驢路，野水寒烟賣酒聲。」「斜陽落網魴鱮美，甜水浮鷗豆粥香。」並風雅可誦。從伯嘗于酒間言曰：「吾兄弟負詩名，各不相下。然寄託比興，沉深格律，諸體兼長，工力悉敵，吾不如幼客。出入漢唐樂府，古色斑剥，吾不如幼民。選詞遺調，森秀纏綿，拈花微笑，天然豐美，吾不如慕谷。若斬新花蕊，妙舞渾脱，如食諫果，如飲活泉，吾無多讓焉。」

慕谷從伯，諱懋价，字介子。論詩專取本色，特工絶句。《春晚》云：「春晚流鶯處處啼，板橋水漲烟柳低。不知一度清明雨，落到桃花第幾溪。」《彭城》云：「冷冷古調七絃存，太息當風奏雍門。公子不來村杜散，鳴鳩時節雨黄昏。」《春柳》云：「碧壓闌干弱墮烟，陌頭人影自年年。柔絲老去憑誰問，總得新晴亦可憐。」《春草》云：「緑來隨意碧來勻，映水穿堤總見新。拖屐還應作細步，王孫多是六朝人。」《春水》云：「縠紋剪剪窈無聲，欲去還遲似有情。溪上人家春已半，杏花如雨又清明。」《題画》云：「溪聲出谷到窗遲，疏木還于老性宜。何似愛閒亭下坐，泗河秋樹半黄詩。」

從兄崇縠，字用冠。遺稿曰《小顔家詩》。篋衍所存無幾，從故舊處搜得若干篇，𣏾手輯之。先伯司諭嘗書其端曰：「古之作者，意在言外，運筆神行，未有以艱深澁滯之語，故作光怪，欲以讋世聾俗也。試問奉禮集中，何者爲不可解者乎？汝才思藻麗，心亦能入，降志求之，可以語上。若日事雕鎪，浸淫堅僻，墮入鬼道，種種惡趣，皆由己作。幼客談詩三十年，曾不以風雅作人情，吾姪思之，勉之，勿令逆耳可矣。」

從兄海陽司諭，名崇檢，字石冊，有《停雲草堂稿》，金陵周幔亭棨序之。《戲仿香奩體》云：「春來玉燕語雕梁，雙去雙棲且自傷。翻恨侍兒不解意，誤將紅豆打鴛鴦。」《秋初》云：「隔院秋來三兩家，暮蟬猶自戀殘霞。閒階忽見涼風起，吹落墻陰白豆花。」《燈草》云：「誰將玉質惜娉婷，獨沐蘭膏照画屏。祇是儂心灰易盡，讓他明月下疏櫺。」《齋中燕子來巢偶爲垂簾使不得出飛飛若有悔意詩以諭之》云：「青天無路可追尋，鎖向雕梁怨已深。莫怪東風吹不去，水晶簾外正春陰。」

祖姑卹緯老人，年逾二十而寡，悼亡傷逝之餘，偶寄吟詠，久而彌工。嘗見自寫《玉髓心法》諸醫書，體類《黃庭經》。詩可誦者甚多，略載數篇于左。五律《秋夜西窗獨坐》云：「獨坐秋宵裏，西窗月正圓。竹疏風細細，花靜露涓涓。得句吟蟲候，更衣暮杵天。多應貓捕鼠，觸動素琴絃。」《秋暮》云：「門前霜葉落，古柳集寒烏。僕爲年豐傲，兒因業廢愚。貧知親冷淡，老耐世崎嶇。索漠東籬下，花黄映藥罏。」五絶《觀物》云：「種樹書須讀，梧桐手自栽。眼看生緑葉，日日抱孫來。」七律《清明前一日》云：「微雨初晴正禁烟，春光多在斷腸邊。澹澹東風來舊處，濛濛芳草似前年。嫩柳緑垂調鶴院，小桃紅入賣餳天。明朝展墓城陰去，一路車輪儭紙錢。」《七夕憶亡妹》云：「樹遠雲輕月有陰，都門一別歲華侵。調琴舊友中途逝，照鏡同袍再世尋。憶昔閨中同乞巧，至今樓上獨穿針。傷心不忍看銀漢，愁比天孫深更深。」《和孔岸堂先生靈光殿懷古》云：「一片耕殘瓦礫場，誰人傳是魯靈光。荒田野鼠穿秋草，衰柳寒鴉出壞墻。夢去何須愁玉輦，月明無復照椒房。前朝往事還如此，憶過金陵已斷腸。」《春日衈緯齋即事》云：「新構茅亭日照欹，東風吹柳入簾垂。桃花粥冷清明節，蒙頂茶青穀雨時。灌藥莫嫌泉脈細，彈琴正與竹香宜。誰憐目斷河干上，緑草芊芊乳燕兒。」《春盡遣懷》云：「竹舍漁村舊水園，東風落地柳花肥。養蠶人倦三眠後，割麥天長午夢稀。井上病桃還結子，巢中雛燕漸能飛。閒將針綫教孫女，撿點筐箱到夏衣。」七絶《惜春》云：「自從花謝嬾圍棋，三尺湘簾依舊垂。小院鞦韆人已去，碧烟和草立多時。」《春日樂圃》云：「鶯老花殘柳絮天，濛濛絲雨暗茶烟。東風忽起重雲破，月到西窗正上弦。」《養蠶》云：「火箱蘆席閉蠶房，五月家家拜簇忙。不問繅車問絸市，他人正作嫁衣裳。」《舊宅梧桐》：「三十餘年伴寂寥，彈琴調鶴度清宵。别來休問人憔悴，只看梧桐亦半焦。」《輓岸堂》云：「吹笙跨鶴小遊仙，老愛蘭苕翡翠妍。寄語維揚諸女史，一時佳句借誰傳。」其他佳句如「别緒維杯酒，年光入歲盤」、「半菽腸猶餒，午炊米待賒」、「一燈明復滅，雙杵斷還清」、「空館苔生分緑竹，短籬霜嫩綻黄花」、「鴉啼背月栖衰柳，螢火通宵上短墻」、「花如有恨時含淚，柳不知愁漸放眉」、「荷方舒卷明新露，蟬趁清涼語上風」、「學栽蔣詡庭中竹，愛看淵明籬下花」、「雨晴鄰笛聲無譜，風起檐箏調入商」、「湘簾夢去春華歇，玉簟塵生夜月昏」、「一生周急先貧族，廿載從官少息錢」、「漫將衣食愁家口，早辨錢租上縣官」之類，不能備舉，並載《衈緯舊集》中。

大父官臨海，祖姑寄一詩云：「病過殘春汝未知，家貧何處覓良醫。偶懷去日一瓢水，開讀來書千里悲。豈有陽城終下考，翻教彭澤賦歸遲。皇天爾我容相見，炊黍鋤瓜是所期。」

顔芳在，字柔仙，桐鄉雪臞工部女也，適吴江周氏。《送春》云：「豈是春歸候，凭欄意忽離。緑酣鶯語澁，紅瘦蝶魂痴。澹泊無群好，幽閒與古期。欠伸方欲起，風雨到窗時。」芳在妹宛在，綺才蘭質，不逐芳在，所適非偶，抑鬱而夭。時人傳其二絶句云：「秋入重門夜似年，麝蘭香爐不成眠。梧窗坐聽瀟瀟雨，挑盡殘燈獨黯然。」「黛痕消滅兩眉峰，强起臨妝意已慵。對鏡自疑非似我，可能描取舊時容？」

蔭椿書屋詩話

蔭椿書屋詩話提要

《蔭椿書屋詩話》一卷，據民國三年刊趙藩等輯《雲南叢書初編本》校點。撰者師範（一七五一—一八一一），字端人，號荔扉，雲南趙州人。乾隆三十九年舉人，官望江知縣。有《滇繫》、《金華山樵詩文集》。此書首則録「今上」乾隆皇帝詩，記事最晚爲乾隆五十五年，書約作於乾隆末。作者以滇人官望江，詩話多記内地之詩人詩事，恰與同時稍前之望江人檀萃作宦雲南、撰《滇南草堂詩話》相映成趣，同爲近代滇詩開化之先聲也。

蔭椿書屋詩話

趙州師範荔扉纂

自古帝王能詩者，《大風》、《秋風》而外，宋、齊、梁、陳、隋無論矣。唐之太宗、玄宗，天才雄傑，實開一代風氣。降而宋、元、明，書册所存，不少可傳之作，然未有如我朝之盛者。列聖相承，天章炳蔚，至今上以萬幾之暇，製爲初集、二集、三、四集，頒示天下，即古來專門名家之士，亦未有如是之富者。典型斯在，咸泳津涯。臣謹就管見所及，敬登簡首。《題宋徽宗畫》云：「筆端多少江南意，何事終成塞北遊。」冷語唤醒，而道君之失德，自在言外。《豐潤行宫早發》云：「晨蟾背西指，曙馬面東迎。坂黍露光重，衢楊風意輕。」描寫物情，備極精鍊，而出之若不經意。天縱之聖，豈徒然歟。

家大人以辛酉第二魁於鄉，由丙辰挑選，訓導晉寧，量移長蘆石碑廳，屢兼越支、歸化，三護分司篆，事上接下，不激不隨，兩入薦剡，俱辭而讓之他人。至義利取與之界，尤爲斤斤。嘗戒範曰：「吾輩幹事讀書，俱不可任天而棄人。予幼時性頗鈍，年十四，汝祖父以應試卒於楚郡。無叔伯昆弟之助，因自思舍此案頭物，終無以報吾親。奈日夜咿唔，旋得旋失，遂虔禱於所供大士，並作一疏，焚之爐中。甫就寢，見一人持刀啓胸，提予心三洗之而去。醒後汗淫淫在，胸鬲間且猶作負創痛。自是心境豁然，日有進機。予之得以承先啓後，弗墜家聲，皆由神佑。然亦非予之積誠，無以致此。汝其識之。」當家君應試時，尚未有詩。癸未北上，與同年金公式昭結伴，著《北征集》一卷。《鎮遠舟中》云：

「舟去移山影，天來接水光。」《春日游海淀》云：「望春樓閣烟霄裏，修禊亭臺海樹間。」觀補亭先生評云：「莊雅明麗，不愧唐音。」自理鹺永東，遂不復作。戊申予先還里，偶成一絶，示範云：「二十年前宦海游，歸來依舊理田疇。去時頭黑今頭白，笑看兒孫也白頭。」一切激烈感歎矯飾之詞，俱無可著，所謂「仁人之言，其意藹如」也。識者鑒之。

石丹崖先生，丁卯亞元，令蜀之納溪縣。縣北臨渝江，每遇淫潦，積屍滿岸。先生憫之，申詳收瘞。一時名輩俱有詩紀其事，簪巖七古，最爲擅場。予於庚寅秋從先生談藝致遠齋，竹木松雲，清幽峭蒨。出示時文二百篇，瑰偉宏麗，大類國初諸老，業經板行。詩有《咏史》四卷，多不及載。其《題湖石》云：「斜孔露蔽顛倒月，危峰下上即離天。」是蓋苦吟而得者。至《與蘇柏軒夜坐》云：「情話偏長爲酒多。」又自清切可味。

孫布衣蔞庵，名髯，字髯翁，陝西三原人。僑寓滇中，徐南岡、孫灊村兩先生極爲引重，勸其出試，辭不就。生平著作甚富，穿穴漢、魏、三唐諸大家，自成一子。庚寅秋，謁先生於呪蛟臺，問作詩之法，出示《和李遠失鶴》一律，有云：「微吟記共花陰淺，起舞還同午夜深。」不即不離，蓋有所爲而言之也。没後遺稿散佚，大爲可惜。

劉霽軒師，常州武進人，庚辰進士，令浪穹。辛卯分房，以予五策呈薦，已經取中，副考陳菇浦謂二題「草木生之」多用《騷》語，遂棄不録。公極爲惋惜，覓予進見，時予年未二十，公曰：「吾場中閲文，以爲老諸生矣，今年尚爾，烏足慮。來科佇看子拔幟而登也。」後改署趙州，又署蒙化廳。寄予詩云：「田園容易歸彭澤，婚嫁殊難了向平。」又云：「脚色久于同學賤，頭銜合以長翁吏。」未幾，緣廠務被劾。甲午榜發，公方出自囹圄，入謁兩主司，叩道予名不置，喜見顏色，若忘身之掛吏議者。後竟卒於永昌。著有《門外集》，蓋夢樓太守嘗曰：「子詩尚是門外漢。」公遂取以名集云。

今尋甸刺史屠笏崖先生，予甲午實出其房，闈中一别，音問弗通。丁酉春，晤于都門，示予所叠東麓少寇「蛇」字韵詩七章。予以一夕次答，先生喜極，且有見贈之作。後半律云：「蒼洱文章於古近，蓬萊才望匪今賒。起予倍覺傷離索，瓊玖真同報德蛇。」時以銅差留滯寓邸，吟《祀竈詞》十章，有云：「玉皇若問人間世，莫道儂無香火緣。」又云：「勿嫌寒乞真無賴，曾見高僧破竈來。」擬以付梓，予力阻之，乃不果。

褚筠心先生以丁丑召試，成進士，入詞館，大考一等第二，屢典文衡。乙未春闈，爲予薦卷師。接見後備蒙禮遇，題予《佇月圖》，中二云：「春序幾人驚婉娩，月輪終古擅光華。多情濃識中庭露，獨賞香憐繞砌花。」又曾爲予書其《黄鶴樓》舊作，有云：「境從去鶴飛邊勝，詩到無人和處傳。」句新而極穩，景淺而極確。予《駢枝集》皆先生所點定者。

曹習安先生乃江左七子之一，與筠心師同登召試。前刻《宛委山房集》，其五言云：「緑樹歇疏雨，人家春鳥鳴。」「夕陽千樹暝，殘雪一枝斜。」七言云：「浪連鐵甕無邊白，山到金陵不斷青。」「白露爲霜人乍去，碧天如水雁初聞。」「兩岸鳥聲疏雨後，一溪花影晚晴初。」皆膾炙人口者。甲辰之役，先生誤以予卷爲鶴峰中丞少君，極力呈堂。出棘後始知爲予，因索近作觀之。予呈《鄉園雜憶》四十章許，謬蒙獎勵，贈以《刻燭》、《炙硯》二集，且爲題《佇月圖》二絶。其次云：「點蒼回首暮雲横，賸有詩懷月露清。莫向鄉園添雜憶，金波猶似故山明。」洗盡鉛華，獨存真韵，非所謂「老去漸於詩律細」耶。

錢學使南園，少負詩名，不自存稿，多散寄諸友人處。古體清勁質實，近體高逸沈鍊。乙未乞假還滇，其《臨漳遇雪》云：「邢臺路轉背初陽，日日西行引轡長。一雪齊封韓趙地，萬山交送濁清漳。谷陰冰滑駝顛趾，雲際風嚴雁拆行。欲弔古來征戰地，題詩先怯鬼雄傷。」《隨州道中》云：「枯楊風意苦，廢寺水痕明。」又云：「膾芥魚抛枕，羹菘鼈褪裙。」前之雄直，後之巉削，無不各極其妙。才人之筆，不可端倪如此。

「秋海棠開微雨後，水芙蓉褪夕陽時」，晉寧唐藥洲先生句也。先生以此得名，吾輩多議之者，然先生於此道實已成家。萬荔邨謂其似許丁卯，予則謂其似劉文房。集中《遊雞足山》五古、《鳳皇卵歌》，俱能不失體格。即以前二語論之，如汪鈍翁「白蛺蝶飛芳草外，紅蜻蜓立藕花中」，較此已有雅俗之别，操觚者不可不知。

高羽豐前輩未令餘干時，落拓不偶，負才忤俗。乙未春，同上公車。舊於樊城眷一妓，訪之已死，欷歔累日。予戲其未必果佳，羽豐掀髯狂吟曰：「枉説當年人不信，小桃花在夕陽前。」又有《對酒》一絶云：「萬里悲歌盡，春風草又生。徘徊殘照裏，往事怯分明。」誦其詩，如見其人。

雲龍黄月軒前輩，中年中式，素以詩自豪。其《題蘭津橋》中四云：「路窮生造化，人過入丹青。曉岸雲常戀，雄關夜不扃。」《鎮遠》云：「地窄能容市，橋高不礙舟。」《辰陽舟中》云：「老奔黔道千山馬，寒卧辰江十日舡。」《兕灘》結語云：「夕陽古道無人來，溪上一亭危欲墜。」皆新俊可誦。

「朝發青山頭，暮歇青山曲。青山不見人，猿聲聽相續。」南海程湊湟古詩，漁洋删作絶句，程深服之。蘇丈硯北《瓶梅》云：「捲簾見青山，梅來青山路。枝上帶烟霞，窗虚化雲去。」又《月夜》句云：「步屧行月中，人寒影亦溼。」神韻俱不減前人。

蘇丈柏軒爲侍御觀巖先生令子，篤志力學。戊子下第後病，有句云：「青衫命舛囊中穎，白髮神勞掌上珠。」寫情用事，殊非苟作者。

龔簪崖《古從軍行》二絶云：「珠子淩邊夜月昏，鷂兒嶺上陣雲屯。三千盡有封侯骨，畢竟誰擒吐谷渾。」「從戎二十執戈殳，百戰餘生膽氣粗。飲馬長江休照影，恐驚霜雪上頭顱。」亢壯之氣，颯人眉宇。

彭大竹林幼即工吟咏，天才雄傑，然如出土古彝器，必略有缺玷，方入賞鑑。其五古云：「游鱗不避人，物我同一喜。」此「喜」字之鍊，可與王右丞「堦前虎心善」「善」字相敵。《兕牛灘瀑布》云：「高岸經年雪，青天不斷虹。」《渡河》云：「乾坤惟此水，江漢盡支流。」《響水關》云：「空外濤聲奔日夜，馬頭山色落西南。」《樂亭道中》云：「東望海翻雲似墨，北來天合柳爲城。」皆磊落自喜，迥不猶人。己亥、庚子間，以武陵胡羨門薦赴會垣，客徐雨松先生臬署，今中堂孫補山先生方守藩伯，主賓酬唱，相得倍彰。後二載，挑發粤東，羨門已卒於滇，竹林爲刻其詩四卷傳之。近又聞其搜訪楊栗亭遺集，將以付刊，此誼尤爲今人所難者。

同年楊栗亭以書卷爲性命，體素癯，天明就案，必丙夜始罷。著有《經腴》、《史舫》，俱未竣而卒。其《廨中憶三塔鐘聲》云：「流螢度疏箔，微雨霽高松。坐對竹間月，相思雲外鐘。秋聲下木葉，霜信落芙蓉。安得騎玄鶴，歸飛駐碧峰。」又有七言云：「涼月一天荒驛白，好花三徑故園黄。」雖未能盡絶依傍，然較之託迹宋、元者，相去不知幾許也。

易州司馬袁葦塘，總角後即與竹林唱和，一時稱爲「彭袁」。古體仿元、白，近體間染指於温、李。乙未同赴公車。《題少陵祠》有句云：「房公終罷相，嚴武竟能容。」十字括盡此老一生。予謂杜茶村之《詠東坡》曰：「蚤讀范滂傳，晚和淵明詩。」兩者不知誰優。

王聖峰孝廉居榆城之觀音塘，人品和粹，素稱制藝能手，門下士多成名者。予以試事赴大理，遇暇即相往還，出《咏史詩》一卷，屬予點定。其《咏漢武帝》云：「那知四百年文治，全仗雄才大略人。」《東方生》云：「過主數罪三，割肉自譽四。」《汲黯周亞夫》云：「介胄無拜禮，將軍有揖客。君前與臣前，亞夫無乃越。」遣用成事中自出論斷，大得運實于虚之法。

許丹山庚子中式，年逾五十。其嗜書與栗亭同，而和易過之，詩品亦如其人。設教飛來寺，與聖峰夾洱河而居。予《都門懷人》詩云：「古心古貌超流俗，最愛丹山與聖峰。一水盈盈淡相對，講堂雲散暮天鐘。」令子晉齋，己酉拔貢，亦能詩，兼善六法。

陳穎村倜儻工吟咏，嘗自刻印章曰「榆城一武生」。辛卯客彌渡，同人邀集紫薇山房，共擬聯句，時楊芝翁並硯北、竹林、簪崖俱在座。穎村首唱曰：「酒樓人去日西斜。」餘皆擱筆，蓋用張君房事也。

後竟落拓以死，未及中壽。時令子明也選貢甫冠，即司訓宜良。曾有《咏雁》句云：「雲來蘇武廟，月落李陵臺。」戊申冬亦卒于署，得年二十九。喬梓俱負材，而俱嗇於命，惜哉！

温柔敦厚，詩教也。即間涉諷刺，要使言者無罪，聞者足戒，方無戾于《三百篇》之旨。鄉先輩張宜軒稱詩於六十年前，所作甚夥。丁亥選授洛陽令，有句云：「渭水同歸河水濁，大梁何處覓清流。」後竟以是罷官。

詩讖之説，予多不信，然亦有不爽者。同里金式昭先生，立品端方，接人和粹，設帳三十載。癸未謁選，改教回滇，卒于新鄭。嘗有《咏佛手柑》一絶云：「託根西土問誰栽，百卉曾經指點來。屈處原多伸處少，一拳半握待人猜。」生平景況，都被此詩道盡。又於景忠庵夜坐，有句云：「代僕晨炊冰結甕，覓薪夜坐雪堆爐。」雖一時真事，終嫌寒苦之態逼人。

白川李維屏先生以歲薦授姚安廣文，歸林後年餘，八十猶自健飯。予得其畫竹一幅，上題七古，結云：「寄君尺幅掛書堂，炎天無日不清涼。」前輩風流，於此可見。

楊芝翁老於諸生，素有三絶之目：字已到香光妙處，畫極清韵，詩亦簡淡。予嘗私議其詩不如畫，畫不如字。先生殊不謂然。曾題龔解元《揆翁吟卷》，有句云：「太行春碧浮詩眼。」七字可敵唐人。

洪棕巖性穎妙，詩文皆能以深思達其奥義。庚戌同上南宫。《老鷹崖》句云：「倦客怕談當路虎，巉崖猛似脱鞲鷹。」極有生致。又曾見其《三塔寺擬趙所園》五律云：「雁聲三塔外，秋氣一樓中。」較所園初唱更佳。

趙所園大尹羆官後，著有《倦圃集》，大類鍾伯敬《詩歸》風格。五言云：「秋雨不憐菊，離披壓徑黄。」又云：「灌花兼課竹，無事覺春長。」七言云：「疏林矮樹飛黄葉，淺渚輕舟漾白沙。」又云：「三杯便醉吾衰也，半濟逢傾事已而。」幽思雋旨，頗耐尋繹。

沙雪湖以開爽之才，鋭意吟咏，素從栗亭、羨門遊。其《舡溪早行》五言云：「溪深遲見曉，上馬怯孤峰。霧重冰生石，雲消雪在松。」寫景清真。《雪後夜行》云：「山雪照行路，不知寒夜深。梅花一萬樹，明月生空林。」結體超逸。《荆州》七言云：「江風信有雌雄勢，人事難憑出没洲。」《武陵道中》云：「孤村人静烟生竹，野渡舡過鳥上汀。」皆新穩可誦。予謂其魄力可企竹林，而氣象極似簪崖。

嚴解元匡山出筆娟秀，予嘗愛其「一春書對鏡臺修」之句，爲麗而有骨。庚戌報罷回滇，今學使蕭碧畦先生邀與衡文。按榆時由闈中寄予云：「十九峰巒笑近人，看山何處染緇塵。離情似隔迢迢水，一夜蒹葭曉月新。」措詞深婉，落墨黯然。

汪殿撰雲壑先生督學滇中，極傾倒于龔簪崖、羅琴山，曾合序其集，且謂琴山具體王、孟，簪崖出入於遺山、青丘。予遂以五律二首寄琴山，其次云：「稱與簪崖子，東西峙兩生。高元才自逸，王孟格猶清。一序堪千古，三都敵二京。望山差後起，鼎足不嫌輕。」望山，蓋謂文五也。

望山爲西浦難弟，負才卓犖，能詩、古文，兼工箠翰。性嗜酒，醉後多駡座，人皆畏避，然其中坦坦如也。曾次南園先生韵題予《佇月圖》，有云：「安得延清輝，照我讀書室。鑒我冰雪心，净我疏狂疾。

使我懷抱舒，傾倒謝明月。」著眼「佇」字，頗得鄙意之所在。

張大溟洲，晉寧人，性豪邁。丁未客都門時，與望山、匡山過予談詩。予回滇，溟洲亦往濟南。庚戌春，同寓宣南坊，出示《東山遊草》一卷，造語生辣，頗多可採者。《中秋夜舟中獨酌》云：「豈是今宵月，偏於此處明。長江人萬里，短燭夜三更。」《姜伯約》云：「若教依魏氏，誰肯祀姜公。得子如鳴鳳，知君有卧龍。九番承壯志，百戰矢孤忠。古廟臨流水，滔滔恨未窮。」《飛來石》云：「來是何年月，巖巖坐翠微。兄兮如有翼，吾願跨之飛。」《登泰山極頂石》云：「峭壁撼天風，巉巖噴紫霧。我登封禪臺，喜得振衣處。」《春閨怨》云：「看花鎮日小窗憑，幾度拈花懶不勝。羨煞無愁諸女伴，手裁雙鳳繡春燈。」七律《勵志》句云：「雞犬最宜防野去，牛羊莫使入山來。」《九日懷人》云：「送酒人來荒徑晚，題餻客散暮山寒。」如新鶻出林，羽毛俊異，倘加以學力，吾不能量其所至也。

方大夢亭，晉寧人，朱四笏山，石屏人，住京日往還甚密。予曾作《老將》一律云：「二十從戎勇冠軍，燕然山斷皀雕群。摧堅不肯辭前部，犁穴曾經立異勳。苔卧緑沈槍已澀，血凝金鎖甲猶殷。白頭甘向關門老，閒對秋風指陣雲。」夢亭曰：「十二文中『殷』字並無此意，若必作此意用，不如移入十五删，則山、關、閒、間、還、艱、殷，俱成妙押。」一時手滑，偶致不檢，遂易爲「苔卧緑沈槍黯黯，血消金鎖甲紛紛。」然終當改作，以答良友之意也。又有《本事》一律云：「已成情恨復情癡，惡耗傳來信忽疑。愁易填膺仍諱病，藥難及膈枉求醫。淒涼被履餘今日，辛苦刀砧憶往時。我未言歸卿便死，免教人世有生離。」笏山曰：「『不教人世有生離』，似覺更緊，若『免教』，是幸其死矣。」二君皆予一字師，誌之以示不忘。

李葦齋爲庚午解元，國衡公季子，工時藝，屢舉不第，遂逃於酒。曾有《咏梅》句云：「大力冰霜後，元功天地初。」簪巖評曰：「可匹『獨立江山暮，能開天地春』之句。後人極力深造，稍覺自得之語，往往不能出古人意之所到。所謂『先得我心之所同然』，此類是也。」予謂沈公身丁鼎革，故此語彌覺其工；若以宗旨論之，則葦齋句尤爲近裏。

趙二覺齋總角時即與家素人唱和，後則每變而愈工，方夢亭、張溟洲、何魯崖皆奉爲畏友。其步人《咏鶴》八律有句云：「雲中瘦格群推丙，華表遊踪舊識丁。」「草閣雲團珠樹緑，桑山日挂島門紅。」「糧熟芝田秋飯石，書來閬苑體簪花。」「楚塞高樓横月影，黄州斷岸走江聲。」又《於華山精舍謁玉峰少宰畫像》云：「軟障高懸歷歲寒，九齡風度未摧殘。白頭歸佛渾閒事，説法居然現宰官。」「撫仙湖上返征鴻，重到僧房謁鉅公。石氣青蒼雲氣冷，山茶一樹接簷紅。」嘗鼎一臠，亦可知味。

王雪廬大尹，性清曠，善詩文，尤工鐵筆。著《紅書》二卷，不減何雪漁、程穆倩。隨意作没骨畫，頗有生趣。予趨庭晉寧日，朝夕請益。曾記其《寄李澹園》云：「囊空應有債，筆禿定隨身。」造句酷似賈長江。又題畫意贈予云：「昂藏自有沖霄志，瀟灑真看出世姿。絶勝人間最高樹，蓬萊山上矮松枝。」雖雲林、石田，無以過此。

晉寧王公覺士、宋公亦樂，能詩工琴，且時作嵇、阮遊，然酒後多不自檢。尹相國元長先生總制滇、黔時，謂覺士不減吴江顧我錡。亦樂遇試輒冠軍。後皆以狂蕩被斥。王有句云：「高樓鐵笛殘陽裏，吹落江門一派秋。」宋有句云：「醉後不知身是客，家山一枕月明中。」

建水李文五前輩由知縣陞任通政司經歷，素以詩酒自娱，性豪宕，老彌嗜學。注杜頗費精思，然以五倫分體，甚屬穿鑿。先生雖極自負，予終不敢阿所好也。丁未夏六月，過先生寓，几上一燈如豆，猶跣足袒臂作洛生咏不絶。未數日，鼻垂玉筯，趺坐而逝。蓋先生篤於至性，宜其如此。《過荆州》七古有句云：「以賊攻賊侯所耻。」文望山謂：「關公心事，一語寫出，覺『南連孫權，北拒曹操』之言終屬機械。」又有《題鳳凰臺》一律云：「不到青蓮不是才，才人心地九天開。澄江浄練古推謝，黄鶴白雲今讓崔。國活汾陽君不見，諷深飛燕我之懷。香亭奏罷清平調，又賦離騷上鳳臺。」予嘗謂先生云：「大著如林，終當以此爲第一。」先生首肯。

倪東平前輩原令柳城，後補宜城，性修潔，工賞鑒，書臨董、米，時出新意。詩不常作，間爲之，聲調極諧，即專門者或居其下。唐葯洲先生戲稱爲「柳生詩」。其《偕友人飲豐臺劉園》云：「五年燕市苦摧藏，怪底今朝喜欲狂。夌尾千畦春爛漫，紅螺百罰興飛揚。桑麻被野分泉潤，竹樹成村散夏涼。極目晴郊思小伫，尊前切莫舞山香。」此亦似經錘鍊者。

太和楊松舟年伯赴任河西日過晉寧，爲予言太和令屠雁湖先生《都門元夜》有句云：「萬里他鄉人共醉，一年此夜月初盈。」輦下遂有「屠初盈」之呼。予今年元夕亦有句云：「一年又見初圓月，萬里同看不夜天。」未知與屠句何似？恨不起先生一正之。

施竹田布衣爲編修芳谷師從叔，少從鶴峰中丞游，久負詩名。硯北嘗誦其句云：「天街夜月重梅冷，深巷秋風落葉多。」「驚秋氣短將軍樹，愛月情多姊妹花。」「風雲高閣低河漢，燈火秋窗見古今。」俱近大曆十子。甲午北上，晤于金馬坊。予索觀其近集，遂以二絶投予云：「夕陽古寺三分雪，流水孤村數點鴉。自有詩人横幅在，不辭千里看梅花。」「柳市寒深新貰酒，月泉歲暮苦徵詩。請君好讀談龍録，秋谷漁洋舊所師。」庚戌春，文望山于都門誦其《紫荆里》七古，氣體豪逸，不減玉局公，惜篇長，未及備載。

段可石同年，弱冠即享盛名，落筆敏妙，尤工行草。成進士，年近五十，素與段玉三、王雪廬唱和。乙未赴南宫，有《題木洲》一律，次聯云：「灘急白飛千古雪，江平青熨一痕天。」結聯則有買宅之意，同輩皆艷稱之。予戊申南還過此，感成一絶，並寄可石云：「木洲買宅總虚謀，雲樹陰陰水自流。辛苦題詩前進士，江天灘雪共千秋。」

漱亭同年爲游戎陸公仲子，能書喜畫，結社碧嶢别院。有「舡載波光直到門」之句，夢樓太守極賞之，廣爲延譽。遂作《波光圖》，遍索諸名人題咏，且自號「波光」，以附於趙倚樓、鮑孤雁之後。前歲暴卒，年未五十，則「波光」二字早寓不壽之徵。

陳雪嶺，樂亭人。性簡傲，喜諧謔。畫無師授，落筆便肖，凡人世猥瑣鄙褻之事，一經描寫，無不各極其態。曾宿石臼坨禪院，有句云：「沙鳥月明呼客夢，野花風定伴僧閒。」頗入静悟。予題其集後云：「沙鳥月明呼客夢，野花風定伴僧閒。南樓楚雨吴江水，各有詩留天地間。」蓋用張養重之與漁洋也。年逾六十，面色如嬰兒，素談引導之術，似亦有得。在畿東，可稱一奇士。

裴孝廉璞軒，丙申歲即從予遊，食貧力學。予嘗贈以句云：「積苦攻文朝晝粥，息心稽古夜披帷。」蓋紀實也。庚子獲雋，辛丑亦入額，竟爲有力者所擠。予戊申南還，以詩送別，有句云：「十年張翰秋風思，萬里成連渤海絃。」頗能不忘其所自。

天津太守金質夫《梅影》四律，和者甚夥，予亦有作，爲南園所删。評曰：「題本纖碎，詩即工何益？」然如大鴻臚陳潭嶼先生《月下梅影》云：「鶴背凝香静不知。」唐若村文學《燈下梅影》云：「帳中如見李夫人。」造語精當，似亦可傳。

湘潭張鏡湖爲潭嶼先生内姪。先生分巡迤西，鏡湖在其署，曾管聚龍廠，劍川、蘭州皆所涉歷。後於永平總鹽筴，與予甚契。其談詩最重格律，銖稱黍度，每鮮當意者。曾有《白桃花》一律云：「似爲清明願未酬，夕陽含影艷全收。三春雪點名園裏，二月霜飛古渡頭。妝試蘂宫誰傅粉，浪摇湘岸欲迷鷗。芳魂不返天台路，玉鏡空餘一段愁。」此蓋悼亡之作也。託物言情，較之潘安仁「遺挂猶在壁」，倍覺淒艷。

謝九默夫，南昌人，乃尊官參戎。少習弓馬，二十始知向學。經史子籍，以及陰陽孤虚、醫卜相數，無不力窮其奥。甫四旬，鬚髮皓然。意有弗屑，雖對坐終日，不交一言；心所許可者，獨得風馳泉湧，漏數下未肯即休。與予交最善，曾題水仙花六絶句見寄，有云：「沙寒未必栖根穩，留取幽香寄所思。」又云：「應是有香無地著，一池清淺憶蓬萊。」西還日，以絶句十四章送別，其五云：「一度高歌一愴神，短篷風雪馬前春。江西坡上如回首，應念天涯有故人。」其末云：「海鶴氊毽迹尚留，送君何異失浮丘。苦吟從此無人會，真爲團茶憶趙州。」清轉疏峭，大類北宋名家。予亦贈以二律，首云：「貌如山立句如城，天上星辰指掌名。説劍心同漆園爽，吟詩骨比建安清。敢因捫蝨疑王猛，喜爲聞雞識祖生。閱盡炎涼情轉熱，十年遼海賦孤征。」次云：「莫彈長鋏嘆無魚，緩步何妨且當車。白首功名誰許共，青山事業我終疏。霜凝紫塞秋風勁，雲鎖遥空夕照虚。天地茫茫如此大，應容吾輩結蘧廬。」傾倒之至，不覺探喉而出，未知謝四溟、盧次楩較渠何如。

吴興戴香帆，詩才雋上，兼工駢體。移寓畿南之蘆臺場，西接津門、東鄰少海，嘗題延秀亭以見意云：「海天晴雨皆宜畫，烟水菰蘆大有人。」又和予《秋柳》云：「秋水孤帆棲極浦，遠天殘照下高城。」句外遠神，正復不淺。

虎林葛砥齋善諧謔，兼工小詞。張鏡湖偶置二姬，砥齋以詩調之，有句云：「貫魚原有序，射雉不嫌多。」落筆便無傖氣。嘗著《玉坨日記》，高幾逾尺，凡應接往來、風雷晴雨，及一切鄙瑣之事，無不具備。又撰《留仙閣》、《一串珠》、《火裏蓮》諸小説，才情敏妙，不在李笠翁之下。

集句起于王介甫，後亦寥寥。近世朱竹垞先生著《番錦詞》，疑出鬼工，遂多傚顰者。山陰戴上舍玉亭有古今體集唐數百首，屬予評點。指事彙情，絶無補綴之痕，可稱此道高手。然其自作便不見佳。曾記其《齡兒詞》六絶云：「金絡青驄白玉鞍，萬楚穰苴門户慣登壇。薛逢閃然欲落還收得，劉言史不見江湖行路難。杜甫」「彩纛高於百尺樓，王建有遮攔處任鉤留。魚玄機風飄香袂空中舞，李白百戲皆呈未放休。張籍」「薄粉輕朱取次施，羅虬形同秋後牡丹枝。關盼盼忽然笑語半天上，劉禹錫著畫工夫人未知。元稹」「東風無力(萬)〔百〕花殘，李商隱粉落香肌汗未乾。崔珏裊裊横枝高百尺，王建等閒平地起波瀾。劉禹錫」「倚風如唱《步虛詞》，韋莊畫日飄颻出定時。李白倒挂纖腰學垂柳，劉言史再三招手起來遲。王季友」「荒堦行盡又重行，僧子蘭迴雪從風暗有情。顧況舞勝柳枝腰更軟，崔珏世間何物比輕盈。郭震」描寫繩伎，曲盡其態。

吴百藥先生幼負偉略，嘗往來塞外，屢著奇誼。辛未成進士，歷官内閣侍讀。後以病耳告休，總監筴於蘆臺，與家君稱莫逆交。有《桐華閣詩鈔》八卷，其《老去》一絶云：「老去翻憐意氣孤，枉將甲子溷泥塗。漫言長事袁絲少，弟畜何曾得灌夫。」《再過薊州》云：「秋到山城朔氣迴，寥天大落雁聲哀。先生老去營何事，如此風霜數往來。」慷慨激越，落紙有聲。《聞同年丁鏡山給諫没於中州》云：「老去戀親舊，知交已無幾。乃當危病中，復報故人死。憶作相别時，三年速彈指。方寄遲君書，良晤疑在邇。豈期凶耗傳，驚魂生還起。前春悼湯公，蓴南昨秋哭周子。立崖俱往猶在心，何圖君又爾。淰淰中岳雲，湯湯大河水。西日不可追，東流詎能止。念之如循環，悲來不自救。年迫桑榆間，那堪數聞此。」又《哭申笏山中丞》兩起句云：「老罷無多泪，何堪哭到君。」「亦知終到盡，身在不無悲。」所謂「驚心動魄，一字千金」，讀之令人淒然增友朋之重。近時作者，罕有其匹。

常熟錢公讓山任鹽經歷，令子雋選，予甲午同年，現尹陜西之郿縣。公好飲耽吟，每有所作，輒與謝默夫商榷，必穩而後示人。其《運河舟中》有句云：「緑樹一江殘照裏，白頭划槳賣冰瓜。」較之王阮翁「半江紅樹賣鱸魚」，尤覺清妙。

元和沈公，名光裕，壬申孝廉，曾任石碑廳。篤志績學，旋卒於署。無子，少妻馬孺人撫柩歸蘇。藏書數千卷，皆已零落。予猶購得大復、滄溟二集，悉心評注，丹墨如新，不愧風雅之士。衙齋壞壁上粘《津門秋興》一律云：「瀕海林亭日易沈，憑高望遠輒驚心。河堤露白王孫草，城闕風淒少女砧。庚信江關年事暮，仲宣詞賦客愁深。飄零仍結天涯夢，每向塵勞憶漢陰。」聲調淒婉，誦之令人寡歡。

海寧查二以名家子，幼即工吟咏，不屑仕進。爲吴百藥先生客，遂移居遵化州之平安城。與予未識面，然每向諸朋好處道予不置。曾記其《贈張鏡湖》一律云：「風雨舊曾經，揚帆過洞庭。瀟湘秋湛湛，岣嶁曉冥冥。囊貯騷人賦，胸懷帝子靈。長沙遷客盡，雙眼爲誰青？」兀傲之氣，溢于言表。百藥題予《佇月圖》七古即出其手，清轉明麗，大似初唐風格。

唐代詩人多出秦、晉、梁、宋間，靖康後風氣遂自北而南。予原籍山西，都門所晤鄉人，鮮講韵話者。庚子春，與陽曲折霽山前輩同寓北極庵，以全集囑編訂。妥帖排奡，卓然可傳。《蓮洋集》外，鮮有其敵。旋補令粤東，與彭大南池同爲孫補山先生所推重。曾記其《信陽州題壁》下半律云：「雲氣連天來北岳，秋聲一夜滿中州。可憐桐柏山前月，猶照西風鸛鵲樓。」音響沈雄，不亞李北地「黄河水繞漢宫墻」之作。慰予下第句云：「騏驥有時蹶，雲霄空後高。」丙午、丁未間，聞其卒于粤署，未識遺詩能不零落否？

辛丑會闈之二場，一同號生英姿磊落，議論風發，歷誦其近體詩，自爲擊節，琅琅可聽。中有「落木關河圖恨賦，秋風天地入商聲」之句，予急起款之，始知爲鳳臺苗公，名令琮，以乙酉選貢，中戊子副車，辛卯魁於鄉。曾執經沈宗伯之門，故詩特有原委。旋挑入二等，補授寧鄉訓導。青氈半幅天，每設此以爲詩人歇脚之所，可歎亦復可笑。

陽城郭梅崖，性洪飲，喜作五七字近體詩。尹樂亭日，曾遊石臼坨。坨故在大海中，綠洋間之。梅崖得句云：「觀於海者難爲水，自有天來便此山。」拍手狂呼，把杯叫絕。張鏡湖譏其裁對欠工，然平心論之，亦不失爲好句。第嫌内竟殊少含蓄耳。予次之云：「空外蜃噓能作市，沙頭蠔起盡成山。」又云：「驚沙到此都成垤，積水河期更有山。」梅崖閱之啞然，曰：「君何逼人太甚耶！」

屈徵君悔翁，甘肅寧夏人。丙辰舉鴻博，不遇，去。遊吴越，世皆呼爲小屈，蓋以别於翁山處士也。著有《弱水集》，寄意高遠。張鏡湖誦其《睡燕》後半律云：「深閨香炧簾垂地，小院人稀日照梁。夢裏莫尋王謝宅，漢家何處覓昭陽？」戴香帆亦誦其《潼關》五律云：「雄關截雲起，得得此間行。果扼中原險，空憐四塞平。日華含岳色，風勢壯河聲。畢世無征戰，譙樓角自鳴。」洽、熙諸老後，巍然成一大家。

德州盧雅雨先生長不滿三尺，而胸中筆下皆具兼人之才。轉運兩淮日，修禊紅橋，以繼阮翁之盛。嘗手選《山左詩鈔》，並刻《感舊集》諸書，宏獎風流，四十年來所罕觀。而吏事精察，每蒞任，輒傳循卓聲。曾以薄譴配新疆，有句云：「三年便許朝金闕，萬里何辭出玉門。」後果賜環，較之紀曉嵐先生「相逢不用通名姓，出塞詞臣自古無」，便覺和厚幾許。

京江王夢樓先生，以庚辰名探花入詞林，大考第一，晉侍讀。出守臨安，爲屬吏所累，部議降調。

其赴省日，過晉寧，獨游段氏竹園。主人出紙索書，先生即題云：「晉寧南郭外，修竹自成林。風過戛鳴玉，似聞流水琴。綠天寒欲滴，白晝淡生陰。而我栖栖者，於兹清道心。」一氣呵成，自然高妙。時予年甫十四，亦和云：「既然居修竹，合讓子猷看。地迥烟痕密，天低月影寒。况聞減騎從，相對倚檀欒。嘯罷歸來晚，神移第幾竿？」蓋先生咏竹，予則咏咏竹者，雖少作，似不草草，故記之。

陳翼叔，名佐才，不知何許人爲。勝國時，桂王由榔將孫可望入滇，雖以恢復爲名，而賊性未悛，挾主請封，肆行殺戮。翼叔心傷之，遂遁去，隱於陽瓜。亂定後，改道士裝，手製一石槨，槨成適謝世。著有《天叫集》、《寧瘦居》、《是何庵》等草，其《題關帝宫》云：「漢家無寸土，關帝廟長存。試問何功德，殺戮爲天尊。曹瞞亦殺戮，至今鬼猶哭。」樂府云：「龍死有小龍，鳳死有小鳳。」《咏茶花》云：「染紅一塊地，遮黑半邊天。」論其詩，可知其遇。至其《送遠曲》云：「臨欲别時不及問，可過雲遮那座山。」又有五言云：「斜月低於樹，遠山高過天。」一種清妙之致，前後若出兩手。俗傳不識字而能詩，恐未必爾。

松溪彭公諱印古，竹林族大王父也，幼負材。兵燹中偶獲一麗質，蓋樂昌、紅拂者流，懼人物色之，鍵户相守，遂抱相如疾，未四十而終。著有《松溪集》，多挺拔語。嘗記其一絶云：「一林烟樹裏，隱隱兩三家。怕有人尋問，溪邊不種花。」愈淺愈真，宛然唐人聲口。

本朝來，吾郡詩學首蒙化，蓋有退庵先生父子提唱其間，遂多可觀者。退庵尤工書畫，九十餘，能於燈下作蠅頭楷；喜寫松鶴，飄飄有仙氣，山水亦到四大家妙處。著《撫松吟》。其司諭浪穹日曾題潛龍庵云：「黄屋青山並渺茫，獨留遺迹小雲堂。沈淪衮冕悲皇祖，寂寞袈裟老梵王。燈火半龕懸午夜，忠魂一碣卧斜陽。傍有希賢、應能墓。死生不盡君臣泪，添得彌茨水更長。」懷古詩可謂及格，高出許渾、劉滄遠甚。

張景園孝廉，退庵先生從孫，詩書俱有祖風。嘗渡黄河，有句云：「九萬里奔東海闊，一千年爲聖人清。」與竹林「乾坤惟此水，江漢盡支流」，分道揚鑣，各極其致。

吾鄉張鶴亭，幼即能詩，丹山、聖峰、葦塘皆與之善，予終未識面。嘗和楊一川《書生八咏》，《顱》云：「天下讓君先放出，名山埋我不妨窮。」《舌》云：「帳下談兵驚客咏，軍中嚼血動猿啼。」栗亭極賞之。竹林《己酉秋陽江懷人》云：「師丹歸去紗爲帳，張祜狂來酒滿尊。」與予作對，其人想當不俗。

優人得發，周姓，武進籍。三十年都中名旦，《燕蘭小譜》評其爲崑班之最，予猶及見之。香帆嘗誦今宫坊劉存厚先生《斜橋》一絶云：「去年花底送吴舠，緑滿春淮水半篙。行到斜橋重回首，春風一樹野櫻桃。」情境兩妙，蓋即爲此優而作者。

安州陳臬使，詩才雄傑，尤工七言古。予曾見其《東門行》、《驪山》、《温泉》諸作，沈鬱處不減遺山、道園。丁亥寓長蘆運使陳潭嶼先生署，時有起復之意。其《閏七夕》句云：「緑宫再去添鍼線，烏鵲重來費羽毛。」較之趙秋谷「未必天孫思再渡，世間兒女漫相猜」，同床各夢，互極其趣。

畫溪論詩

畫溪論詩提要

《畫溪論詩》一卷，據乾隆間刊《畫溪詩集》本點校。撰者吴詢，字重約，一字湘麓，號畫溪，安徽桐城人。諸生。有《畫溪詩集》。此篇寥寥二十餘則，頗爲有識。大抵主宋人詩學，言志而至於援道學入詩。然亦不廢飲食男女之情，每引《風》、《雅》中詩以徵之，此則與彼時方盛之袁枚詩説相類。其説惟不屑於禪説，而亦與隨園同。

畫溪草堂論詩二十一則

桐城吴詢重約撰

詩言志，歌永言，其古今詩話之祖乎？宋人知詩言志，而不知歌永言。唐人知永言，而言志則未足。故曰：正心誠意者，詩之命脈也；風雨露雷者，詩之鼓吹也；飲食男女，或歌或泣，愚不肖之性情話言，皆詩之妙境也。

昔人以禪論詩，此最可笑。詩家神妙，備載《風》《騷》，其時有禪乎？或曰：「明月松間照，清泉石上流」，「返景入深林，復照青苔上」，此等處如何？余曰：吾輩喫飯，佛氏亦喫飯，將以喫飯爲禪耶？

做文字而無本者，非也。做文字而必求有本者，亦非也。《書》曰：「辭尚體要。」《易》曰：「修辭立其誠。」有人説詩要有出處，晦翁先生曰：「『關關雎鳩』，出在何處？」

詩入神境，只是叙事。歷觀《三百》、漢魏、唐人及山歌野曲之佳者，皆是如此。然善於叙事者天馬行空，不善叙事者跛驢磨麵。

技藝之精，皆通於神，非神之至者，不足語一藝之微也。太白、子美皆非以詩人自命，落魄而爲詩人耳。故曰淵明諸人皆有志於吾道。

熟精《孟子》，可得歌行之法；熟精《論語》，可得絶句之法。古人聞江聲而得草書，職此故也。

李、杜似《史》《漢》，亶其然乎？

「道不行，乘桴浮於海，從我者，其由與？」子路聞之喜。子曰：「由也，好勇過我，無所取材。」人都説是責子路，豈知是一部《離騷》之本耶？《天問》亦是從《大東》來。

宇宙間真景真情，即至鄙至細，道得出便是絶妙好辭。醉漢罵坐，是何景象？「賓筵」一篇登之《小雅》，此最可思。

味外有味，色外有色，音外有音，神外有神，言在此而意在彼，意在此而韵在彼，言有盡而意無窮，意有盡而韵無窮，風人之致也。

詩忌詞章氣。或謂亦忌道學氣。余謂「天生烝民，有物有則，民之秉彝，好是懿德」，非道學乎？且一部《詩經》，以無邪爲主，莫非道學，而忌道學乎？然如《擊壤集》，則又過矣。

以窮理盡性之學，寫閭閻小民、飲食男女之情，其惟《東山》、《七月》乎？破窻風雨，夜坐焚香，或四無人聲，明月在天，細玩此等詩，豈啻海上三山？子美《石壕吏》亦頗窺見此意。

以宋儒之眼看《史記》，殊不見其潔。然酈生勸立六國，後不見本傳，此等卻是子長潔處。詩家亦不可不知潔。

後人筆墨只是不知閑字訣。不知閑冷處是極要緊處，淺近處是極深遠處，無文字處是極有文字處。只見他有文字，不見無文字，何由入古人佳境？《易》曰：「鴻漸于逵，其羽可用爲儀。」

事必童而習之，方可登極。不則，未有不半途廢者。然達夫五十學詩，居然入室，可見功深力到，器必晚成，烈士所以貴也。又況於聞道之早者乎？

用韵是詩中要義。《三百篇》千變萬化，莫可端倪，匹如天孫織錦回環，皆璀璨奪目，非復尋常羅綺。漢魏人得其三四，李唐大家得其二三，宋元後幾無聞焉。

孟武伯問孝，聖人卻説是慈。由是推之，我懷人卻説那人懷我，此《陟岵》所以妙也。我贈人卻説那人贈我，此《四牡》、《皇皇者華》所以妙也。「今夜鄜州月」全得此法。太白《牛渚懷古》翻謂古人懷我，更變化莫測，絶世聰明。

不讀書者不可詩，不善讀書者亦不可詩。「吟成五個字，撚斷數莖鬚」，亦古人經營慘淡處。楊升庵謂李、杜那有許多鬍鬚撚斷，蓋幾善於謔矣，不亦失之固乎？大抵讀書萬卷而不識一「破」字，則下筆必有魔。

問李詩何句最佳，曰：「天生我才必有用。」問高，曰：「乍可狂歌草澤中。」問杜，曰：「詩卷長留天地間。」

唐人以詩取士，李、杜不登第。或謂李、杜大家，不長應試。或謂李、杜應試之作，衆人不識。或謂若使李、杜又復登第，天道亦殊不公。之三説者，然與？否與？吾不得而知也。

問何爲詩言志？曰：「爲天地立心，爲生民立命，爲往聖繼絶學，爲萬世開太平。」何爲歌永言？曰：「清廟之瑟，朱弦而疏越，一唱而三嘆，有遺音者矣。」

觀飲食男女之情，可以知王道之本；聽草野鄙俚之曲，可以悟正始之音。故删《詩》者雖無邪，而作《易》者必知盜。聖人以此采風問俗，洞觀民情，寔在於此。但上知不可必得，立法貴取乎中。鄭詩雖存，鄭聲未嘗不放也。

（竇瑞敏點校）